OBJECTIF PARIS

DU MÊME AUTEUR

ROBERT LUDLUM
et
GAYLE LYNDS

OBJECTIF PARIS

roman

Traduit de l'américain
par
PAUL THOREAU

BERNARD GRASSET
PARIS

*L'édition originale de cet ouvrage a été publiée par St. Martin's Griffin, à New York, en 2002,
sous le titre :*

THE PARIS OPTION

REMERCIEMENTS

L'avenir nous réserve quantité de progrès scientifiques. Parmi ces défis, l'un des plus fascinants reste l'ordinateur piloté par l'ADN – ou ordinateur moléculaire. Nous tenons à exprimer notre reconnaissance à Kathleen Foltz, docteur ès sciences, pour son aide généreuse et ses connaissances expertes en ce domaine, qu'elle n'a pas hésité à partager. Le Dr Foltz est professeur associé au département de Biologie moléculaire, cellulaire et du développement à l'université de Californie (Santa Barbara). Récemment, la National Science Foundation l'a nommée membre de sa présidence. Elle est aussi membre du Marine Science Institute.

Prologue

Paris, France,
dimanche 4 mai

LES premiers vents chauds du printemps soufflaient en rafales dans les petites rues étroites et les larges boulevards de la capitale, appelant les Parisiens las de l'hiver à sortir dans la nuit. Ils envahissaient les trottoirs, flânaient bras dessus bras dessous, prenaient d'assaut les chaises serrées autour des tables à la terrasse des cafés, tout le monde bavardait, tout le monde avait le sourire. Les touristes eux-mêmes cessaient de se plaindre – c'était le Paris enchanteur qu'on leur avait promis dans les pages de leur guide.

Leur verre de vin ordinaire à la main, installés sous la voûte étoilée, tous ces gens sortis fêter le printemps dans une rue de Vaugirard grouillante de monde ne remarquèrent pas un Renault Espace noir aux vitres opaques quittant la rue pour s'engager dans le boulevard Pasteur. L'Espace fit le tour du pâté de maisons, descendit la rue du Docteur-Roux, pour finalement déboucher dans la paisible rue des Volontaires, où ne subsistait pour seule animation qu'un jeune couple en train de s'embrasser dans le renfoncement d'une porte cochère.

Le véhicule s'arrêta devant l'Institut Pasteur, moteur coupé, feux éteints, et demeura là, silencieux, jusqu'à ce que le jeune couple, oublieux de tout dans sa béatitude, disparaisse à l'intérieur d'un immeuble de l'autre côté de la rue.

Les portières s'ouvrirent avec un déclic, et quatre silhouettes émergèrent, vêtues de noir des pieds à la tête, le visage dissimulé derrière des cagoules. Armées de mitraillettes compactes Uzi et portant des sacs à dos, presque invisibles, elles se faufilèrent dans la nuit. Une autre silhouette se matérialisa, surgie de la pénombre de l'Institut Pasteur, et les guida dans l'enceinte, tandis que la rue derrière eux demeurait tranquille et déserte.

*

Dans la rue de Vaugirard, un saxophoniste s'était mis à jouer une musique mélodieuse, sur une tonalité rauque. La brise nocturne apportait avec elle les notes, les rires et le parfum des fleurs de printemps par les fenêtres ouvertes des innombrables bâtiments de l'Institut Pasteur. Ce centre de recherches célèbre abrite plus de deux mille cinq cents scientifiques, techniciens, étudiants et administrateurs, et beaucoup travaillaient encore au cœur de la nuit.

Les intrus ne s'étaient pas attendus à une telle activité. Aux aguets, ils évitaient les allées, tendaient l'oreille, surveillaient les fenêtres et les parterres, ne s'écartaient jamais des arbres et des bâtiments, alors que les clameurs de gaieté printanière en provenance de la rue de Vaugirard allaient sans cesse croissant.

Dans son laboratoire, le professeur Emile Chambord ne prêtait absolument pas garde à cette activité nocturne. Seul devant son clavier d'ordinateur, il travaillait au deuxième étage du bâtiment, inoccupé à cette heure tardive. Son laboratoire était vaste, comme il convenait, s'agissant de l'un des chercheurs les plus émérites de l'Institut. Il pouvait s'enorgueillir de posséder plusieurs équipements de grande valeur, notamment un lecteur de biopuce robotisé et un microscope tunnel à balayage, capable de mesurer et de déplacer des atomes individuellement. Mais pour lui, ce soir, le matériel le plus personnel et le plus essentiel qui soit, c'étaient ces fichiers posés près de son coude gauche et, du côté droit, un carnet de notes à spirale, ouvert à la page sur laquelle il était en train de consigner méticuleusement des données.

Non sans impatience, ses doigts marquèrent un temps d'arrêt sur le clavier, connecté à un appareil d'allure étrange, évoquant davantage une pieuvre qu'un IBM ou un Compaq. Le centre nerveux de cet appareil était renfermé dans un boîtier en verre. A travers les parois, on apercevait des packs de gel colloïde bleu argenté immergés comme des œufs translucides dans une substance gélatineuse semblable à de la mousse. Un tubage ultrafin reliait les packs de gel entre eux, et ils étaient coiffés d'un couvercle. A l'emplacement de l'interface avec les packs de gel, il y avait une plaque métallique. Le tout était surmonté d'une machine de la taille d'un i-Mac équipée d'un tableau de contrôle très complexe où clignotaient des témoins lumineux, comme de petits yeux animés de brèves impulsions. D'autres tubes ressortaient de cette machine, branchés dans l'alignement des packs de gel et, enfin, des câbles et des fils reliaient le bac et la machine au clavier, à un écran, à une imprimante et à divers autres équipements électroniques.

Le professeur Chambord tapa des instructions sur le clavier, observa l'écran, lut ce qui s'affichait sur la machine, tout en vérifiant continuellement la température des packs de gel logés dans leur boîte en verre. Tout en travaillant, il nota les données sur son carnet, puis subitement il s'arrêta, et considéra l'ensemble des packs alignés. Après un bref hochement de la tête, il saisit un paragraphe, apparemment du charabia – des lettres, des chiffres et des symboles – et arma un minuteur.

Il tapait nerveusement du pied, et ses doigts tambourinaient sur la paillasse du labo. Mais en douze secondes, l'imprimante se mit en branle et cracha une feuille de papier. Maîtrisant son excitation, il arrêta le minuteur et prit des notes. Enfin, il osa attraper le feuillet imprimé.

Tout en lisant, il eut un sourire.

« Mais oui. »

Le professeur Chambord respira profondément et tapa de petites séries d'instructions. Des séquences s'affichèrent à l'écran, si vite que ses doigts ne parvenaient pas à en suivre le rythme. Tout en travaillant, il marmonna quelques mots inaudibles. Quelques instants plus tard, il se redressa, se pencha plus près de l'écran et chuchota.

« ... encore un... encore un... là ! »

Il éclata de rire, d'un rire de triomphe, et se retourna pour consulter l'horloge murale. Il était 21 h 55. Il inscrivit l'heure dans son cahier et se leva.

Le visage pâle et rayonnant, il fourra ses dossiers et son cahier dans un attaché-case tout cabossé, prit son manteau dans l'armoire Empire près de la porte. En coiffant son chapeau, il jeta de nouveau un coup d'œil à l'horloge et retourna près de son engin. Toujours debout, il tapa une autre brève série d'instructions, regarda l'écran un court moment et, finalement, éteignit tout. Il gagna la porte d'un pas vif, l'ouvrit, sortit dans le couloir, constata qu'il était désert et faiblement éclairé. L'espace d'un instant, il eut un pressentiment.

Mais il refusa d'y prêter davantage attention. Non, se répéta-t-il : c'était un moment à savourer, une grande réussite. Avec un large sourire, il sortit dans la pénombre du couloir. Avant qu'il ait pu refermer la porte, quatre silhouettes vêtues de noir l'encerclaient.

*

Trente minutes plus tard, le chef filiforme des intrus montait la garde tandis que ses trois compagnons achevaient de charger l'Espace noir garé dans la rue des Volontaires. Dès que la portière latérale fut refermée, il surveilla une nouvelle fois la rue tranquille et, d'un bond, s'installa côté passager. Il adressa un signe de tête au conducteur, l'Espace démarra en direction de la rue de Vaugirard noire de monde, et là, se fondit dans la circulation.

Dans les cafés et les tabacs, l'ambiance était toujours à la fête et la bonne humeur. D'autres musiciens de rue étaient arrivés, et le vin coulait à flots, comme la Seine. Puis, sans le moindre signe avant-coureur, le bâtiment qui abritait le laboratoire du professeur Chambord, sur le campus légendaire de l'Institut Pasteur, explosa dans une gerbe de flammes. La terre trembla, les flammes paraissaient jaillir de toutes les fenêtres et se consumer vers le ciel noir dans une terrible éruption de chaleur jaune et rouge, visible à des kilomètres à la ronde. Sous une pluie de briques, d'étincelles, de verre et de cendres, la foule des rues avoisinantes hurla de terreur et courut se mettre à l'abri.

Première partie

CHAPITRE UN

Île de Diego Garcia, océan Indien

A 6 h 54, dans l'un des centres nerveux vitaux de l'U.S. Army, l'Air Force et la Marine, à Diego Garcia, l'officier supérieur de quart admirait, par les fenêtres de la tour de contrôle, le soleil matinal qui illuminait les eaux chaudes et bleues d'Emerald Bay, sur le versant du lagon de l'atoll en forme de U, en regrettant d'être de service. Il cligna les yeux, et laissa son esprit vagabonder.

Le centre d'appui et de contrôle de l'U.S. Navy, l'unité de commandement de cette base à la situation stratégique et aux précieuses capacités opérationnelles, suffisait à maintenir tout le monde sur le qui-vive, en raison de son rôle de soutien et de coordination en surface, sous les mers et dans les airs. Le dédommagement, c'était l'île en soi, un lieu reculé, d'une beauté inouïe, où les rythmes confortables de la routine suffisaient à endormir les ambitions.

L'officier de quart envisageait sérieusement d'aller piquer une tête dès la fin de son service quand, une minute plus tard, à 6 h 55, la tour de contrôle perdit le contact avec la totalité de la flotte de bombardiers B-1, B-52, d'avions radar AWACS, de P-3 Orion de détection et d'appareils espion U-2, tous affectés à une gamme de missions allant de la reconnaissance des points chauds à l'appui anti-sous-marin et à l'appui de surveillance radar.

Le lagon tropical lui sortit complètement de la tête. Il beugla des ordres, d'une bourrade il délogea un technicien d'une console et entama une série de diagnostics. Tout le monde s'affaira pour rétablir le contact, l'attention rivée sur les cadrans, les afficheurs d'acquisition de données et les écrans.

En vain. A 6 h 58, maîtrisant sa panique, il alerta le commandant de la base.

A 6 h 59, ce dernier informa le Pentagone.

Après quoi, fait étrange, inexplicable, à 7 h 00, cinq minutes après cette mystérieuse interruption, toutes les communications avec les aéronefs se rétablirent, à la même seconde très exactement.

Fort Collins, Colorado,
lundi 5 mai

Au lever du soleil, sur la vaste prairie qui s'étendait vers l'est à perte de vue, le très campagnard Foothills Campus de l'Université d'Etat du Colorado s'illumina d'une lumière dorée. C'est là, dans un laboratoire ultramoderne situé à l'intérieur d'un bâtiment insignifiant, que Jonathan (« Jon ») Smith, docteur en médecine, l'œil collé sur le double optique d'un microscope binoculaire, amenait lentement en position une aiguille de verre finement usinée. Il plaça une goutte de fluide infime sur un disque plat guère plus grand qu'une tête d'épingle. Sous le microscope à haute résolution, cette petite plaque ressemblait fort – une ressemblance qui échappait pourtant à l'ordre du possible – à une carte de circuit imprimé.

Smith effectua un réglage, améliora la résolution en faisant le point.

« Bien, marmonna-t-il, et il sourit. Il y a de l'espoir. »

Expert en virologie et en biologie moléculaire, Smith était aussi un médecin officier de l'armée – un lieutenant-colonel, très exactement – stationné ici à titre temporaire, au milieu des pins géants et des contreforts ondoyants du Colorado, dans ces installations du Centre de Prévention des Maladies Infectieuses de l'Etat[1]. Détaché, « prêté » de manière officieuse par l'USAMRIID[2], on l'avait assigné à des recherches de base sur les virus évolutifs.

A ceci près que les virus n'avaient rien à voir avec ce produit d'un travail d'orfèvre qu'il était en train d'observer au microscope, en cette aube naissante. L'USAMRIID était l'unité de recherche militaire médicale la plus en pointe de toute l'armée, tandis que le Centre de Contrôle constituait son homologue civil à la réputation la plus flatteuse. En temps normal, les deux entités se livraient à une rivalité sans frein. Mais pas ici, pas maintenant et, en outre, le travail qui se menait dans ce laboratoire n'avait qu'un rapport secondaire avec la médecine.

Smith faisait partie d'une petite équipe de recherche peu connue, rattachée à la fois au CDC et à l'USAMRIID dans le cadre de la compétition mondiale en vue de la création du premier ordinateur moléculaire – ou ordinateur ADN – jamais réalisé, scellant ainsi un lien décisif et sans précédent entre les sciences de la vie et celles du calcul, un véritable

---

1. Center of Disease Control (CDC) équivalent américain de l'Institut Pasteur, présent dans chaque Etat.

2. US-AMRIID (United States Army Medical Research Institute on Infectious Diseases), l'Institut de Recherche de l'Armée des Etats-Unis sur les Maladies Infectieuses.

bond en avant. Le concept, qui intriguait le scientifique en Smith, constituait aussi un défi à ses compétences dans le champ de la microbiologie. En fait, ce qui l'avait amené dans ce laboratoire à cette heure exceptionnellement matinale, c'était l'espérance d'aboutir à une percée dans le domaine des circuits moléculaires recourant à certains polymères organiques spéciaux, pour la création desquels d'autres chercheurs et lui-même avaient travaillé sans relâche, jour et nuit.

S'ils réussissaient, leurs tout nouveaux circuits ADN pourraient subir de nombreuses reconfigurations, et leur équipe conjointe aurait accompli un pas de plus susceptible de rendre le silicium, l'actuel composant clé dans la connectique des circuits imprimés des ordinateurs actuels, définitivement obsolète. Une mutation qui tomberait à pic. En effet, de toute façon, l'industrie de l'informatique avait quasiment atteint les limites de la technologie du silicium, alors que les composants biologiques, en toute logique, ouvraient la porte vers l'étape suivante – en dépit des obstacles. Quand les ordinateurs ADN seraient fiables, ils posséderaient une puissance incomparable, proprement inconcevable pour le grand public, et c'étaient là qu'entraient en ligne de compte les intérêts respectifs de l'armée et de l'USAMRIID.

Smith était captivé par cette recherche, et dès qu'il avait eu vent d'un projet secret conjoint CDC-USAMRIID, il s'était débrouillé pour décrocher son ticket d'entrée et s'était lancé à corps perdu dans cette compétition technologique où le futur n'était peut-être qu'à un atome de distance.

« Salut, Jon. » Larry Schulenberg, un autre biologiste cellulaire de premier ordre engagé dans ce projet, entra dans le laboratoire désert, assis dans son fauteuil roulant. « Tu as appris la nouvelle, pour l'Institut Pasteur ? »

Smith releva le nez de son microscope.

« Zut, je ne t'avais même pas entendu ouvrir la porte. » Puis il remarqua le visage sombre de Larry. « Pasteur, répéta-t-il en écho. Pourquoi ? Que s'est-il passé ? »

Tout comme l'USAMRIID et le CDC, l'Institut Pasteur était un centre de recherche de première catégorie.

Schulenberg, la cinquantaine, était un homme énergique, au teint bronzé, au crâne rasé, avec un petit diamant piqué dans le lobe de l'oreille, et des épaules musculeuses après des années passées à marcher sur des béquilles. Le ton de sa voix était lugubre.

« Une explosion. Sale truc. Il y a eu des morts. »

Il détacha une page de la pile de feuillets imprimés posés sur ses genoux.

Jon s'empara du document.

« Mon Dieu. Comment est-ce arrivé ? Un accident de labo ?

— La police française n'est pas de cet avis. Peut-être une bombe. Ils vérifient du côté des anciens employés. » Larry fit pivoter son fauteuil roulant et repartit en direction de la porte. « J'imaginais que tu aurais envie d'avoir cette information. Jim Thrane, à Porton Down, m'a envoyé ça par e-mail, du coup j'ai téléchargé tout l'article. Il faut que je voie qui est là, en dehors de toi. Tout le monde va vouloir connaître la nouvelle.

— Merci. » Tandis que la porte se refermait, Smith lut en vitesse. Puis, l'estomac retourné, il relut le texte...

PLUSIEURS LABORATOIRES DÉTRUITS À L'INSTITUT PASTEUR

Paris – Hier soir, à 22 h 52, une énorme explosion a tué au moins douze personnes et détruit un immeuble de trois étages abritant des bureaux et des laboratoires, dans la vénérable enceinte de l'Institut Pasteur. Quatre survivants ont été retrouvés, et sont dans un état critique. Les recherches d'éventuelles autres victimes se poursuivent au milieu des décombres.

Les enquêteurs disent avoir retrouvé des traces d'explosif. Aucune revendication émanant d'un groupe ou d'un individu n'a été formulée. Les investigations se poursuivent, notamment parmi les employés ayant récemment cessé leurs fonctions à l'Institut.

Parmi les survivants déjà identifiés figurent Martin Zellerbach, docteur ès sciences, un chercheur en informatique américain, qui souffre de lésions crâniennes...

Smith eut l'impression que son cœur s'arrêtait. *Martin Zellerbach, docteur ès sciences, un chercheur en informatique américain, qui souffre de lésions crâniennes.* Marty ? Le visage de son vieil ami traversa l'esprit de Jon, et ses doigts se refermèrent sur la feuille de papier. Le sourire en coin, avec ses yeux d'un vert intense, pétillants et mobiles, perdu dans ses pensées ou l'instant d'après, qui sait, dans l'espace intersidéral, ce petit homme rondouillard marchait gauchement, comme s'il n'avait jamais appris à mouvoir ses jambes, car il souffrait du syndrome d'Asperger, une maladie rare inscrite au registre des pathologies de l'autisme, mais dans une version atténuée. Chez lui, les symptômes du mal se traduisaient par des obsessions dévorantes, une grande intelligence, un manque très handicapant de sens des relations sociales et de la communication, et un talent exceptionnel dans un domaine en particulier – les mathématiques et l'électronique. En réalité, Marty était un génie de l'informatique.

Une inquiétude douloureuse serra la gorge de Smith. Des lésions crâniennes. Quelle était la gravité de ces blessures ? L'article ne le précisait pas. Smith sortit son téléphone portable, doté de fonctions de brouillage spéciales, et appela Washington.

Marty et lui avaient grandi ensemble dans l'Iowa, où il avait protégé son ami des niches de leurs camarades étudiants, et même contre certains enseignants qui avaient du mal à admettre que, chez un individu aussi brillant, le côté grossier et perturbateur ne soit pas intentionnel. Ce n'est qu'à un âge plus tardif que l'on diagnostiqua le syndrome d'Asperger de Marty, et qu'enfin on lui administra les médicaments qui lui permirent d'évoluer avec les deux pieds fermement ancrés dans le sol de la planète. Pourtant, Marty détestait prendre des médicaments, et il avait conçu toute son existence de manière à pouvoir les éviter – autant que possible. Pendant des années, il ne quitta pas son confortable pavillon de Washington. Là, il était en sécurité, au milieu des ordinateurs et des logiciels avant-gardistes qu'il inventait, car son esprit et sa créativité pouvaient prendre leur essor sans entraves. Des hommes d'affaires, des académiciens et des scientifiques du monde entier venaient le consulter, mais jamais en chair et en os, uniquement par les voies de l'électronique.

Alors, que faisait-il à Paris, ce sorcier de l'informatique, ce personnage tellement en retrait ?

La dernière fois que Marty avait consenti à sortir de chez lui remontait à dix-huit mois, et ce n'était pas quelques efforts de persuasion polis qui avaient suffi à l'en convaincre. C'était une grêle de balles, et le début de la quasi-catastrophe du virus Hadès, qui avait causé la mort de la fiancée de Jon Smith, Sophia Russell.

Le téléphone émit une tonalité lointaine, tout là-bas, à Washington et, simultanément, Smith entendit ce qui ressemblait à la sonnerie d'un téléphone portable, mais juste derrière la porte de son laboratoire. Il eut une curieuse sensation...

« Allô ? »

C'était la voix de Nathaniel Frederick Klein, « Fred ». Smith se retourna subitement et fixa la porte de la pièce.

« Entrez, Fred. »

Le chef du Réseau Bouclier, l'organisation ultrasecrète d'experts du renseignement et du contre-espionnage, entra dans le laboratoire, silencieux comme un fantôme, avec son téléphone portable encore à la main.

« J'aurais dû deviner que vous aviez appris la nouvelle et que vous m'appelleriez. »

Il éteignit son téléphone.

« Au sujet de Mart ? Oui, je viens de lire l'article sur Pasteur. Qu'en dites-vous, et que faites-vous ici ? »

Sans répondre, Klein passa devant les râteliers de tubes à essais et les équipements jalonnant l'alignement de paillasses du laboratoire, qui seraient bientôt occupées par d'autres chercheurs et assistants du CDC-USAMRIID. Il s'arrêta devant celle de Smith, et s'assit à cheval sur le rebord de pierre, bras croisés, le visage fermé. Avec son mètre quatre-vingts, il était habillé, comme d'habitude, d'un de ses éternels costumes fripés, en l'occurrence marron. Il avait la peau pâle, il voyait rarement le soleil très longtemps. Fred Klein n'opérait pas au grand jour. Avec son crâne dégarni, ses lunettes cerclées et son grand front intelligent, il aurait pu tout aussi bien être éditeur ou faussaire.

Il examina Smith et le rassura d'une voix compatissante.

« Votre ami est en vie, mais dans le coma. Je ne vais pas vous mentir, colonel. Les médecins sont inquiets. »

Jon Smith se ressentait encore de la douleur sourde et lancinante de la mort de Sophia, elle lui pesait encore, et l'état de Marty en ravivait le souvenir. Mais Sophia avait disparu, et ce qui comptait à présent, c'était Marty.

« Bon sang, qu'est-ce qu'il fabriquait à Pasteur ? »

Klein sortit sa pipe et ouvrit sa blague à tabac.

« Oui, c'est aussi ce que nous nous sommes demandé. »

Smith reprit la parole... puis il hésita. Invisible du grand public et du gouvernement, sauf de la Maison Blanche, le Réseau Bouclier travaillait totalement en dehors de la bureaucratie officielle du renseignement militaire, et loin du regard scrutateur du Congrès. Son chef, un homme de l'ombre, ne se montrait jamais, à moins qu'un séisme ne se déclenche. Le Réseau Bouclier ne possédait aucune organisation formelle, aucune bureaucratie, aucun véritable quartier général, et pas d'agents officiels. A la place, il était composé d'un réseau flou de professionnels, experts en quantité de domaines, tous pourvus d'une expérience de la clandestinité, souvent dotés d'une formation militaire et, pour l'essentiel, tous dénués d'entraves – sans famille, sans liens, sans foyer, sans obligations, temporaires ou permanentes.

Dès qu'on faisait appel à lui, Smith était l'un de ces agents d'élite.

« Vous n'êtes pas ici à cause de Marty, se ravisa Smith. C'est à cause de Pasteur. Il se trame quelque chose. Quoi ?

— Allons faire quelques pas dehors. »

Klein releva ses lunettes sur son front et tassa un peu le tabac dans le fourneau de sa pipe.

« Vous ne pouvez pas l'allumer ici, l'avertit Smith. L'ADN pourrait être contaminé par les particules de tabac en suspension dans l'air. »

Klein soupira.

« Une raison de plus pour sortir. »

Fred Klein – et le Réseau Bouclier – ne se fiaient à personne, ne tenaient jamais rien pour acquis. Même un laboratoire sans existence officielle pouvait être truffé de micros, et c'était la véritable raison, Smith ne l'ignorait pas, qui poussait Klein à poursuivre l'entretien dehors. Il suivit le maître du renseignement dans le couloir et referma sa porte à clef. Marchant côte à côte, ils descendirent au rez-de-chaussée, passèrent devant des labos plongés dans l'obscurité et des bureaux où n'étaient allumées que de rares lumières. Le bâtiment était silencieux, hormis le ronronnement voilé du système de ventilation surpuissant.

A l'extérieur, le soleil levant zébrait les sapins de ses rayons obliques, les illuminant vers l'est d'une lumière tremblante, tandis qu'à l'ouest ils restaient d'un noir de goudron, plongés dans l'obscurité. Très loin audessus du campus, en direction du levant, se dressaient les montagnes

Rocheuses, avec leurs pics déchiquetés et incandescents. Les vallées qui creusaient les pentes étaient encore violacées, sous l'effet des ombres de la nuit qui s'y attardaient. Les senteurs aromatiques des pins emplissaient l'air.

Klein s'éloigna du bâtiment d'une dizaine de pas et s'arrêta pour allumer sa pipe. Il tira quelques bouffées et tassa le tabac jusqu'à ce que des volutes de fumée lui noient à moitié le visage. Il les dissipa un peu du revers de la main.

« Marchons. » Ils se dirigeaient vers la route, et Klein reprit. « Parlez-moi de votre travail ici. Comment ça se présente ? Etes-vous sur le point de créer un ordinateur moléculaire ?

— J'aimerais. La recherche avance bien, mais lentement. C'est complexe. »

Les gouvernements du monde entier voulaient être les premiers à disposer d'un ordinateur fonctionnant à l'ADN, car une machine pareille serait capable de percer n'importe quel code, n'importe quel cryptage en l'espace de quelques secondes. Une perspective terrifiante, surtout dans le domaine de la défense. Tous les missiles des Etats-Unis, tous les systèmes secrets de la NSA [1], tous les satellites espions du NRO [2], la totalité des capacités opérationnelles de la marine et des plans de défense – l'ensemble de ce qui reposait sur l'électronique serait à la merci du premier ordinateur moléculaire. Même le plus puissant ordinateur à circuits au silicium serait incapable de l'arrêter.

« Combien de temps avant d'en voir apparaître un à la surface de la planète qui soit opérationnel ? s'enquit Klein.

— Plusieurs années, répondit Smith sans hésitation, peut-être davantage.

— Qui s'en rapproche le plus ?

— Sur le plan pratique et opérationnel ? A ma connaissance, personne. »

Klein tira sur sa pipe, tassa de nouveau le tabac brûlant.

« Si je vous annonçais que quelqu'un y est déjà parvenu, de qui s'agirait-il, à votre avis ? »

On avait construit des prototypes précurseurs qui se rapprochaient chaque année un peu plus du stade de l'utilisation pratique, mais pour ce qui était d'une véritable et complète réussite, il aurait encore fallu au moins cinq ans. A moins que... Takeda ? Chambord ?

Et aussitôt Smith comprit. Puisque Klein était ici, cela désignait Pasteur.

« Emile Chambord. Etes-vous en train de me dire que Chambord possède des années d'avance sur nous tous ? Et même sur Takeda, à Tokyo ?

— Chambord est probablement mort dans l'explosion. » Klein tira sur sa pipe, l'air soucieux. « Son labo a été totalement détruit. Il n'en reste

1. National Security Agency, ou Agence pour la Sécurité Intérieure.
2. National Reconnaissance Office, ou Office de Surveillance du Territoire.

rien, de la brique pulvérisée, du bois calciné et du verre brisé. On a vérifié son domicile, auprès de sa fille. On a cherché partout. Sa voiture était garée sur le parking de Pasteur, mais il demeure introuvable. Cela suscite des conjectures.

— Des conjectures ? Oui, comme toujours.

— Cette fois, c'est différent. Cela émane des cercles militaires français, du sommet de la hiérarchie, de ses collègues et de ses supérieurs.

— Si Chambord était si près d'aboutir, cela aurait suscité davantage que des conjectures. Quelqu'un était au courant.

— Pas nécessairement. Les militaires le contrôlaient régulièrement, mais il prétendait ne pas être plus avancé que les autres. Pas plus que l'Institut Pasteur lui-même, un chercheur de l'ancienneté, de la stature et de la position de Chambord n'a aucune obligation d'informer qui que ce soit. »

Smith hocha la tête. C'était là un anachronisme tout à fait réel au sein de cet institut renommé.

« Et ses notes ? Ses comptes rendus ? Ses rapports ?

— Rien depuis l'année dernière. Zéro.

— Pas de comptes rendus ? » Smith éleva la voix. « Il doit bien en exister. Il doit y en avoir dans la banque de données de Pasteur. Ne me dites pas que tout le système informatique a été détruit.

— Non, l'ordinateur central est intact. Il est situé dans une salle à l'épreuve des bombes, mais Chambord n'y avait plus enregistré aucune donnée depuis plus d'un an. »

Smith se renfrogna.

« Il consignait des comptes rendus sous forme manuscrite ?

— S'il tenait des cahiers.

— Il devait forcément conserver des comptes rendus sous une forme ou une autre. On ne mène pas de recherche fondamentale sans en consigner les données de façon exhaustive. Des notes de labo, un état des travaux en cours. Les comptes rendus se doivent d'être scrupuleux, sans quoi le travail ne peut être ni vérifié ni reproduit. La moindre impasse, la moindre erreur, le moindre retour en arrière doivent être couchés par écrit. Bon sang, s'il ne sauvegardait pas ses données sur ordinateur, il devait bien les noter à la main. C'est une certitude.

— Peut-être, Jon, mais jusqu'à présent, ni Pasteur ni les Français n'ont retrouvé de comptes rendus, et croyez-moi, ils ont cherché. Vraiment cherché. »

Smith réfléchit. Des comptes rendus consignés à la main ? Pourquoi ? Chambord aurait-il veillé plus jalousement sur ses résultats à partir du moment où il s'était vu sur le point de réussir ?

« Pensez-vous qu'il se savait surveillé, ou qu'il soupçonnait des indiscrétions de la part d'un membre de l'Institut ?

— Les Français ne savent pas trop quoi penser. Ni eux ni personne, d'ailleurs, affirma Klein.

— Il travaillait seul ?

— Il avait un assistant de niveau très subalterne, qui est en vacances. La police française est à sa recherche. » Klein regarda fixement en direction de l'est, où le soleil était à présent plus haut dans le ciel, tel un disque géant au-dessus de la prairie. « Et nous croyons que le Dr Zellerbach travaillait aussi avec lui.

— Vous croyez ?

— Quel qu'ait été le rôle du Dr Zellerbach, il semble qu'il agissait de façon totalement officieuse, quasi secrète. Son nom figure simplement en qualité d'"observateur", sans affectation particulière, rattaché à la sécurité de l'Institut Pasteur. Après l'explosion, la police s'est immédiatement rendue dans sa chambre d'hôtel, mais n'y a rien trouvé d'utile. Il passait sa vie à se déplacer, et il n'avait pas d'amis. En fait, la police a été surprise de constater que si peu de gens, sur place, se souvenaient de lui. »

Smith hocha la tête.

« C'est tout Marty, ça. » En bon solitaire, son vieil ami avait dû insister pour demeurer autant que possible dans l'anonymat. En même temps, un ordinateur moléculaire sur le point de voir le jour constituait l'un des rares projets susceptibles de l'attirer hors de sa retraite volontaire à Washington. « Quand il reprendra conscience, il vous indiquera où en étaient les travaux de Chambord.

— S'il se réveille. Et à ce moment-là, il pourrait être trop tard. »

Jon se sentit pris d'une colère subite.

« Il va sortir du coma.

— Très bien, colonel. Mais quand ? » Klein retira sa pipe de sa bouche et lui lança un regard noir. « Il faut que je vous en informe, nous venons de recevoir un coup de fil déplaisant, au saut du lit. A 7 h 55, heure de Washington, la nuit dernière, l'île de Diego Garcia a perdu toute capacité de communication avec ses appareils en vol. Toutes les tentatives pour les rétablir, ou pour remonter à la source de cette coupure, ont été vaines. Ensuite, précisément cinq minutes plus tard, ces communications se sont rétablies. Il n'y a eu ni dysfonctionnement des systèmes, ni problèmes météo, ni erreur humaine. Conclusion : ce devait être l'œuvre d'un pirate informatique, mais on n'a retrouvé aucune trace de rien, et tous les experts, au niveau du saint des saints, estiment qu'aucun ordinateur existant n'aurait pu réussir un coup pareil sans laisser de traces.

— Y a-t-il eu des dégâts ?

— Sur les systèmes, non. Sur notre niveau d'inquiétude, un paquet.

— Chonologiquement, quel lien avec l'explosion de l'Institut Pasteur ? »

Klein eut un sourire sombre.

« C'est intervenu deux heures plus tard.

— Ce pouvait être un essai à partir du prototype de Chambord, s'il en existe un. Et si quelqu'un s'en est emparé.

— Non, sans blague. En tant que tel, le labo de Chambord a été rasé. Chambord est mort ou porté disparu. Et son travail est anéanti... ou porté disparu. »

Jon hocha la tête.

« Vous pensez que la bombe a été posée là pour dissimuler son meurtre et le vol de ses dossiers et de son prototype.

— Un ordinateur ADN en ordre de marche, tombé entre de mauvaises mains, le tableau ne serait guère réjouissant.

— Je projetais déjà de me rendre à Paris, à cause de Marty.

— J'imaginais. C'est une bonne couverture. Qui plus est, vous avez davantage de capacités à reconnaître un ordinateur moléculaire que n'importe quel autre membre du Réseau Bouclier. » Klein leva les yeux et posa son regard anxieux à l'autre bout du ciel immense de la prairie, comme s'il voyait s'abattre une pluie de missiles balistiques intercontinentaux. « Il faut que vous découvriez si les notes, les rapports et les données de Chambord ont été détruits, ou volés. S'il existe réellement quelque part un prototype en état de fonctionnement. Nous travaillerons selon la méthode habituelle. Je serai votre seul contact. De nuit comme de jour. Quels que soient vos besoins du côté du gouvernement ou de l'armée, vous n'hésitez pas à demander. Mais vous maintenez tout ça sous le boisseau, compris ? Nous ne voulons pas déclencher de panique. Ou pire encore, nous n'avons aucune envie qu'une petite puissance ou un pays du tiers-monde un peu trop pressé ne conclue un accord unilatéral avec les poseurs de bombe.

— Compris. » La moitié des nations sous-développées nourrissaient peu d'affection envers les Etats-Unis. Pas plus que les divers terroristes qui prenaient l'Amérique et les Américains de plus en plus souvent pour cible. « Je pars quand ?

— Tout de suite, lui répondit Klein. Je vais mettre d'autres experts du Réseau Bouclier sur l'affaire, bien sûr. Ils suivront d'autres pistes, mais vous serez notre fer de lance. La CIA et le FBI ont aussi mobilisé des gens à eux. Et pour ce qui est de Zellerbach, dites-vous bien que je suis aussi inquiet que vous. Nous espérons tous qu'il reprendra vite connaissance. Mais nous disposons peut-être de très peu de temps, et il y a certainement beaucoup, beaucoup d'autres vies humaines en jeu. »

CHAPITRE DEUX

Paris, France

C'ÉTAIT la fin de son service, et il était presque 6 heures du soir quand Farouk al-Hamid retira enfin son uniforme et quitta l'hôpital européen Georges-Pompidou par une porte réservée au personnel. Quand il emprunta le boulevard Victor grouillant de monde, en direction du café Massoud, niché dans une rue de traverse, il n'avait aucune raison de soupçonner qu'il était suivi.

Epuisé et déprimé par sa longue journée passée à lessiver les sols, à charrier des monceaux de linge sale et à exécuter les innombrables autres tâches éreintantes d'un agent de service en milieu hospitalier, il prit un siège à une table, ni à l'intérieur, ni à l'extérieur, mais exactement à l'endroit où les portes vitrées rabattues laissaient se mêler l'air frais du printemps aux odeurs très aromatiques de la cuisine.

Il jeta de nouveau un coup d'œil autour de lui, puis ignora ses compatriotes algériens, tout comme les Marocains et les Mauritaniens qui fréquentaient ce café. Il ne tarda pas à boire son deuxième verre de moka serré, tout en lançant des regards désapprobateurs à ceux qui se permettaient de boire du vin. L'alcool était interdit, un principe de l'islam trop souvent ignoré par ses compatriotes nord-africains qui, dès qu'ils étaient loin de leur pays natal, s'estimaient également en droit d'oublier Allah.

Farouk bouillait déjà de colère quand un étranger s'assit à sa table.

L'homme n'était pas un Arabe, pas avec ces yeux bleu clair. Pourtant, il s'adressa à lui en arabe.

« *Salaam aleikoum*, Farouk. Vous travaillez dur. Je vous ai observé, et à mon avis vous méritez mieux. Alors j'ai une proposition à vous faire. Cela vous intéresse ?

— *Wash tahab ?* grommela l'agent de service, plutôt soupçonneux. On n'a rien pour rien. »

L'étranger approuva d'un hochement de tête.

« C'est vrai. Quand même, votre famille et vous, aimeriez-vous partir en vacances ?

— *Eshmahli*. En vacances ? le questionna Farouk avec amertume. Là, vous proposez l'impossible. »

L'homme parlait un arabe plus raffiné que celui de Farouk, et avec un léger accent, peut-être irakien ou saoudien. Mais il n'était ni irakien, ni saoudien, ni algérien. C'était un Européen blanc, plus âgé que Farouk, sec et à la peau très mate. L'étranger fit signe au serveur qu'on apporte un autre café, et Farouk al-Hamid remarqua également qu'il était bien habillé, mais encore une fois sans pouvoir définir sa nationalité, et pourtant il n'avait en général aucune difficulté à en identifier un certain nombre. C'était un jeu auquel il jouait pour préserver son mental de la fatigue de ses muscles, de ces longues heures d'un labeur abrutissant, et de l'impossibilité de s'élever dans ce monde nouveau pour lui.

« Impossible pour vous, oui, acquiesça l'étranger d'âge mûr. Mais pas pour moi. Je suis un homme qui est capable de rendre possible l'impossible.

— Hé là ! Pas question, je ne tuerai pas.

— Je ne vous l'ai pas proposé. Et on ne vous demandera pas non plus de voler ou de vous livrer à des actes de sabotage. »

Farouk marqua un temps de silence, davantage intéressé.

« Alors comment vais-je pouvoir me payer ces vacances grandioses ?

— Simplement en écrivant un mot à l'hôpital, de votre main. Un mot en français signalant que vous êtes malade et que vous avez envoyé votre cousin Mansour prendre votre place quelques jours. En échange, je vous verserai une somme en liquide.

— Je n'ai pas de cousin.

— Tous les Algériens ont des cousins. Vous n'êtes pas au courant ?

— C'est vrai. Mais je n'en ai pas à Paris. »

L'étranger sourit d'un air entendu.

« Le cousin dont je parle vient d'arriver d'Alger. »

Farouk sentit bondir son cœur. Des vacances avec sa femme, et les enfants.

L'homme avait raison, personne à Paris ne saurait ou ne se préoccuperait de savoir qui venait travailler dans cet immense hôpital Georges-Pompidou, pourvu que le travail soit fait, et le tout moyennant un salaire de misère. Mais ce que souhaitait ce gaillard, ou ceux pour le compte de qui il agissait, ne mènerait à rien de bon. C'était peut-être une histoire de vol de médicaments. D'un autre côté, ces gens étaient de toute façon des païens, et ce n'était pas son affaire. En revanche, il s'attarda sur le bonheur que ce serait de rentrer annoncer à sa famille qu'ils allaient partir en vacances... mais où ?

« J'aimerais revoir la Méditerranée, avoua Farouk d'un ton hésitant, observant l'homme attentivement, guettant une réaction, le signe qu'il se serait montré trop exigeant. A Capri, pourquoi pas ? J'ai entendu dire que les plages de Capri étaient couvertes d'un sable argenté. Mais ça va coûter très cher.

— Alors ce sera Capri. Ou Porto-Vecchio. Ou, tant qu'on y est, Cannes ou Monaco. »

Au fur et à mesure que l'étranger énumérait ces noms magiques et prometteurs, Farouk al-Hamid sentait naître un sourire tout au fond de son âme avide et sevrée de sommeil.

« Dites-moi ce que vous voulez que j'écrive. »

Bordeaux, France

Quelques heures plus tard, un téléphone sonnait dans une pension miteuse, le long des entrepôts des Chartrons, sur les rives de la Garonne, vers la sortie de Bordeaux. Le seul occupant de la chambre était un petit homme au teint cireux, âgé d'environ vingt-cinq ans, assis au bord de son lit de camp, et qui regardait fixement le téléphone en train de sonner. Il avait les yeux écarquillés de terreur, le corps tremblant. Depuis la rivière, les cris et le mugissement grave des cornes des péniches pénétraient dans la pièce lugubre et, à chaque sonnerie assourdissante, le jeune homme, du nom de Jean-Luc Massenet, sursautait comme une poupée en plastique au bout de sa ficelle. Il ne décrocha pas.

Quand la sonnerie s'interrompit enfin, il sortit un carnet de son attaché-case posé à ses pieds et se mit à écrire d'une main tremblante, de plus en plus vite à mesure qu'il se pressait de noter ce qui lui venait en tête. Mais, au bout de quelques minutes, il se ravisa. Il jura, arracha la feuille de papier, la roula en boule et la lança dans la corbeille. Ecœuré, effrayé, il frappa de son carnet sur la petite table et comprit qu'il n'avait aucune autre solution que celle de s'en aller, de repartir en cavale.

En nage, il attrapa son attaché-case et se rua vers la porte.

Mais avant qu'il ait pu poser la main sur la poignée, on frappa. Il se figea, regarda la poignée tourner lentement, un coup à droite, un coup à gauche, comme une souris regarde osciller la tête d'un cobra.

« C'est vous, Jean-Luc ? » La voix était feutrée, et l'homme parlait français. En tout cas, il parlait tout contre la porte, à quelques centimètres. « C'est le capitaine Bonnard. Pourquoi ne répondez-vous pas au téléphone ? Laissez-moi entrer. »

Jean-Luc eut un frisson de soulagement. Il tenta d'avaler sa salive, mais sa gorge était aussi sèche que le Sahara. Fébrilement, il déverrouilla la porte et l'ouvrit d'un coup sur le couloir sinistre.

« Bonjour, mon capitaine. Comment avez-vous... ? » commença le jeune Français.

Mais sur un geste de l'officier alerte et râblé qui entra dans la pièce, il garda le silence, car il respectait le pouvoir de cet homme qui portait l'uniforme d'un régiment d'élite de parachutistes français. D'un regard inquisiteur, le capitaine Bonnard scruta la chambre miteuse avant de se tourner vers Jean-Luc Massenet, qui était resté immobile sur le seuil, laissant la porte toujours ouverte.

« Vous avez l'air terrorisé, Jean-Luc. Puisque vous croyez être en si grand danger que cela, lâcha sèchement l'officier, je suggère que vous fermiez cette porte. »

Le capitaine Bonnard avait le visage carré, un regard clair et rassurant. Ses cheveux blonds étaient taillés court, à la manière militaire, et il se dégageait de lui une telle impression de confiance en soi que Jean-Luc fut trop heureux de s'y raccrocher.

Son visage terreux vira au rose vif.

« Je... je suis confus, capitaine. » Il ferma la porte.

« Vous pouvez. Alors, de quoi s'agit-il ? Vous me dites que vous êtes en vacances. A Arcachon, c'est cela ? Alors que fabriquez-vous ici ?

— Je... je me cache, monsieur. Des hommes sont venus me trouver à mon hôtel. Pas n'importe qui. Ils connaissaient mon nom, mon adresse à Paris, tout. » Il s'interrompit, déglutit non sans mal. « L'un de ces hommes a dégainé un pistolet et menacé le réceptionniste... J'ai surpris toute la conversation ! Comment ont-ils su que j'étais là ? Que voulaient-ils ? Apparemment, ils venaient pour me tuer, et moi, je ne savais même pas pourquoi. Du coup, je suis sorti de là en douce, je suis monté dans ma voiture et j'ai filé. Je me suis retrouvé dans une anse, sur la côte, un endroit à l'écart, j'y suis resté, à écouter la radio et à me demander si je pouvais retourner chercher le reste de mes bagages, quand j'ai appris la tragédie épouvantable de l'Institut Pasteur. La... la mort probable du professeur Chambord. Vous avez des nouvelles ? Il va bien ? »

Le capitaine Bonnard secoua la tête tristement.

« On sait qu'il travaillait tard ce soir-là, dans son labo, et depuis ce moment, personne ne l'a revu. Pour les enquêteurs, il est assez évident qu'il faudra encore au moins une semaine pour fouiller tous les décombres. Cet après-midi, ils ont retrouvé deux corps.

— C'est trop horrible. Pauvre professeur Chambord ! Il était si gentil avec moi. Toujours à me répéter que je travaillais trop. Je n'avais pas eu de vacances, et c'est lui qui a insisté pour que j'en prenne. »

Le capitaine poussa un soupir et opina du chef.

« Mais continuez donc votre histoire. Dites-moi pourquoi vous pensez que ces hommes en avaient après vous. »

L'assistant du chercheur s'essuya les yeux avec ses paumes.

« Bien sûr, une fois que j'ai appris la nouvelle pour l'Institut Pasteur et Chambord... tout devenait clair, la raison pour laquelle ils s'en prenaient à moi. Alors je me suis enfui de nouveau, et je n'ai pas soufflé un seul instant, jusqu'à ce que je trouve cette pension. Ici, personne ne me connaît, cet endroit est à l'écart des routes fréquentées.

— Je comprends. Et c'est à ce moment-là que vous m'avez appelé ?

— Oui. Je ne savais pas quoi faire d'autre. »

A présent, c'était le capitaine qui semblait perturbé.

« Ils s'en seraient pris à vous parce qu'Emile Chambord a été victime de cette explosion ? Pourquoi ? Cela n'a pas de sens, à moins que vous ne me racontiez que cette explosion serait une affaire moins simple qu'il y paraît. »

Jean-Luc Massenet hocha la tête catégoriquement.

« Je ne suis pas quelqu'un d'important, si ce n'est que je suis... que j'étais le laborantin du grand Emile Chambord. Je pense que cette bombe était destinée à le tuer.

— Mais pourquoi, nom de Dieu ? Qui pourrait avoir envie de le tuer ?

— Je n'en sais rien, capitaine, mais je pense que c'était à cause de cet ordinateur moléculaire. Au moment où je suis parti de l'Institut, M. Chambord était sûr à quatre-vingt-dix pour cent d'avoir réussi à le rendre opérationnel. Mais vous savez comment il pouvait être, un tel perfectionniste. Il ne voulait pas que la nouvelle se propage, même pas une allusion, tant qu'il n'aurait pas l'assurance à cent pour cent que ça marche. Vous comprenez tout ce que représenterait une pareille machine ? Beaucoup de gens le tueraient, me tueraient volontiers, nous, et n'importe qui d'autre, pour mettre la main sur un véritable ordinateur piloté par ADN. »

Le capitaine Bonnard se rembrunit.

« Nous n'avons pas décelé la moindre preuve d'un pareil succès. Mais il est vrai qu'il ne reste là-bas qu'une montagne de débris, un vrai massif alpin. Etes-vous certain de ce que vous avancez ? »

L'autre hocha la tête.

« Sûr et certain. J'étais à ses côtés à chaque étape du processus. Je veux dire, je ne comprenais pas grand-chose à ce qu'il fabriquait, mais... » Il hésita, une nouvelle frayeur le fit se raidir. « Son ordinateur a-t-il été détruit ? Vous n'avez pas retrouvé ses notes ? La preuve, justement ?

— Le labo est en ruine, et il n'y avait rien sur l'ordinateur central de Pasteur.

— Forcément. L'idée d'un accès trop facile, ou même d'un piratage par des espions, le préoccupait. Du coup, il conservait ses données dans un carnet, enfermé dans le coffre de son labo. Tout le projet était consigné là, dans ce coffre ! »

Bonnard lâcha un bougonnement.

« Autrement dit, nous ne serons jamais en mesure de reproduire son travail. »

Jean-Luc le reprit, non sans circonspection.

« Peut-être que si.

— Comment cela ? » Le capitaine fronça les sourcils. « Qu'êtes-vous en train de me chanter là, Jean-Luc ?

— Que nous pouvons peut-être reproduire son travail. Nous avons la possibilité de fabriquer un ordinateur piloté par ADN, et sans lui. » Jean-Luc hésita, réprimant un tremblement de peur. « Je crois que c'est pour ça que ces hommes armés sont venus me chercher jusqu'à Arcachon. »

Bonnard le dévisagea.

« Vous détenez une copie de ces notes ?

— Non, j'ai pris les miennes, personnellement. Elles ne sont pas aussi complètes que les siennes, je l'admets. Je ne comprenais pas tout ce qu'il faisait, et il nous a interdit, tant à moi qu'à cet Américain bizarre, de le seconder dans la prise de ses notes. Mais j'ai presque tout recopié, de mémoire, en tout cas jusqu'à la fin de la semaine dernière. C'est à ce moment-là que je suis parti en vacances. J'ai bien conscience que mes comptes rendus ne seront pas aussi complets et aussi détaillés que les siens, mais à mon avis cela devrait suffire pour qu'un autre expert en ce domaine soit capable de prendre la suite, et même d'améliorer les choses.

— Vos notes ? » L'information semblait susciter le plus grand intérêt chez Bonnard. « Vous les avez emportées en vacances ? Vous les avez avec vous, là ?

— Oui, monsieur. » Jean-Luc Massenet tapota sur l'attaché-case posé à ses pieds. « Je ne m'en sépare jamais.

— Alors on ferait mieux d'y aller, et vite. Ils pourraient tout à fait remonter la piste depuis le village et n'être plus qu'à quelques minutes d'ici. » En quelques enjambées, il s'approcha de la fenêtre et regarda en bas, dans la rue, au cœur de la nuit. « Venez voir, Jean-Luc. Est-ce qu'un de ces types leur ressemble ? L'un d'eux serait-il suspect, à votre avis ? Il faut en être sûr, comme ça nous saurons s'il vaut mieux sortir par la porte de devant ou par celle de derrière. »

Jean-Luc s'approcha du capitaine Bonnard, devant la fenêtre ouverte. Il étudia les allées et venues dans la rue en contrebas, éclairée par le halo des réverbères. Trois hommes entraient dans un bar sur le front de mer, et deux autres en sortaient. Une demi-douzaine d'autres individus faisaient rouler des fûts hors d'un entrepôt, à la file, et les hissaient par le vantail ouvert d'un camion. Un sans-abri était assis au bord du trottoir, les deux pieds sur la chaussée, la tête basculée en avant, comme s'il somnolait.

Jean-Luc scruta attentivement chacun d'eux.

« Non, monsieur. Je ne les vois pas. »

Le capitaine émit un bruit de gorge, l'air satisfait.

« Bon. Il faut agir vite, avant que ces truands ne vous retrouvent. Attrapez votre attaché-case. Ma Jeep est juste au coin de la rue. Allons-y.

— Merci ! » Jean-Luc Massenet retourna en vitesse chercher son attaché-case, l'empoigna et se précipita vers la porte.

Mais dès que le jeune homme se fut détourné, Bonnard, d'une main, attrapa un gros oreiller sur le lit de camp et, de l'autre, sortit de son étui logé au creux de ses reins un calibre 7.65 militaire équipé d'un silencieux spécialement conçu. C'était une arme ancienne, dont la fabrication avait cessé dans les années 50. Le numéro de série, qui était gravé dans la partie arrière droite du barillet, était limé. Il ne possédait pas de cran de sûreté, si bien que tout possesseur de ce 7.65 devait se montrer extrêmement prudent. Bonnard appréciait la menue sensation de danger que lui procurait ce pistolet, qui représentait un défi en soi.

Tout en suivant Massenet, il l'interpella à voix basse.

« Jean-Luc ! »

Jean-Luc se retourna, l'allégresse et le soulagement se lisaient sur son visage. Instantanément, il vit l'arme et l'oreiller. Surpris, ne comprenant pas encore tout à fait de quoi il retournait, il tendit la main, dans un geste de protestation.

« Capitaine ?

— Désolé, fiston, mais j'ai besoin de ces notes. »

Avant que le laborantin ait pu reprendre la parole ou même esquisser un geste, le capitaine Darius Bonnard lui calait l'oreiller contre la nuque, lui plaquait le silencieux du canon contre la tempe, et pressait sur la détente. Il y eut une détonation étouffée. Du sang, de la chair et des fragments d'os crâniens explosèrent dans l'épaisseur de l'oreiller. La balle perfora la tête et alla se ficher dans le plâtre du mur.

En se servant toujours de l'oreiller pour éviter de tacher le sol, le capitaine Bonnard soutint le corps en le portant jusqu'au lit. Il l'allongea, l'oreiller sous la tête, dévissa le silencieux du canon qu'il glissa dans sa poche, et plaça l'arme dans la main gauche de Jean-Luc. Dès qu'il eut disposé l'oreiller comme il fallait, il prit la main de l'assistant dans la sienne et pressa de nouveau sur la détente. Il y eut un bruit assourdissant, une véritable onde de choc dans cette pièce minuscule, et le capitaine Bonnard qui pourtant s'y attendait sursauta.

On avait beau être dans un quartier de bord de mer assez malfamé, le bruit du coup de feu allait attirer l'attention. Il avait peu de temps. D'abord, il vérifia l'oreiller. Le deuxième coup de feu avait été parfait, la balle avait traversé le tissu si près de la première qu'on eût dit un seul gros trou. Et désormais il y aurait sur la main de Jean-Luc des traces de poudre susceptibles de convaincre l'expert médico-légal que, complètement anéanti par le décès du professeur Chambord, il avait préféré mettre fin à ses jours.

Pressant le mouvement, le capitaine trouva un carnet de notes présentant des déchirures, attestant que l'on avait écrit sur une page manquante. Il récupéra au fond de la corbeille une feuille de papier qu'il rangea, ainsi que le carnet, dans la poche de son uniforme, sans prendre le temps de déchiffrer l'une ou l'autre. Il jeta un œil au-dessous du lit et de tous les autres meubles. Il n'y avait pas de placard. Il extirpa la première balle du mur et déplaça une commode très abîmée de vingt centimètres vers la gauche, pour dissimuler l'impact.

Quand il se saisit de l'attaché-case de Jean-Luc Massenet, le hululement sinueux d'une sirène de police retentit au loin. Sous la décharge d'adrénaline, son cœur palpita, et il évalua la distance. Oui, la sirène se rapprochait. Avec son sang-froid habituel, il s'imposa un dernier examen attentif de la pièce. Finalement, assuré de n'avoir rien oublié, il ouvrit la porte. Lorsque le capitaine Bonnard disparut dans l'obscurité du couloir de l'étage, la voiture de police s'arrêtait devant la pension dans un crissement de pneus.

CHAPITRE TROIS

Paris, France,
mardi 6 mai

LE jet cargo C-17 qui, lundi, avait quitté la base Buckley de l'Air Force non loin de Denver pour un vol prévu en direction de Munich, avec un franchissement du pôle Nord, transportait un seul passager dont le nom n'apparaissait nulle part sur le registre de l'équipage ou sur le manifeste du bord. L'appareil gros-porteur fit escale à Paris, à 6 h 00 le mardi, dans l'obscurité du petit matin, officiellement pour récupérer un colis attendu à Munich. Une voiture de service de l'US Air Force vint stationner au pied de l'appareil, et un homme en uniforme de lieutenant-colonel de l'armée de terre monta à bord une boîte en métal scellée, mais qui était vide. Il y resta. Toutefois quand le cargo reprit l'air une quinzaine de minutes plus tard, le passager fantôme, lui, n'était plus à bord.

Peu de temps après, la même voiture de service s'arrêta de nouveau, cette fois devant l'entrée secondaire d'un bâtiment indépendant de l'aéroport international Charles-de-Gaulle. La portière arrière du véhicule s'ouvrit, et un homme de grande taille, également vêtu d'un uniforme de lieutenant-colonel de l'armée de terre, en sortit. C'était Jon Smith. Bien entretenu, athlétique, le début de la quarantaine, il avait l'allure d'un militaire jusqu'au bout des ongles, le visage anguleux, les cheveux bruns, un peu plus longs que d'habitude, soigneusement plaqués sous sa casquette d'officier. Se redressant, il lança un regard circulaire de ses yeux bleu nuit.

Quand finalement il entra dans le bâtiment, en cette heure tranquille, avant le lever du jour, il n'y avait en lui rien de particulier, car il avait tout d'un officier de l'armée comme un autre, portant son sac de voyage et un ordinateur Thinkpad IBM dans une mallette en aluminium à haute résistance. Une demi-heure plus tard, Smith en ressortait, sans uniforme. Cette fois, il avait sa tenue décontractée préférée – une veste en tweed, une chemise en coton bleu, un pantalon beige également en coton, et un imper. Sous sa veste sport, il avait également enfilé un holster en toile dans lequel était glissé son Sig Sauer 9 mm.

Il traversa le tarmac d'un pas vif et franchit la douane de Charles-de-Gaulle en compagnie d'autres passagers. Grâce à sa carte d'identité de l'armée américaine, on lui fit signe de passer sans le soumettre à aucune fouille. Une limousine privée l'attendait, portière arrière ouverte. Smith s'y installa, sans laisser le chauffeur de la limousine se charger de sa valise ou de son portable.

Paris était réputé pour sa joie de vivre, y compris en matière de conduite automobile. Ici, par exemple, le klaxon tenait lieu d'instrument de communication : un long coup de trompe signifiait l'écœurement – dégage de ma route. Un petit coup bref servait d'avertissement amical. Plusieurs coups brefs, et c'était un salut guilleret, surtout s'ils étaient en rythme. En outre, la vitesse, la dextérité et l'insouciance étaient des qualités indispensables, en particulier au milieu de la tour de Babel de chauffeurs de toutes origines, au volant de taxis innombrables et d'une immense flotte de limousines. Celui de Smith était un Américain, il n'avait pas le pied léger, et cela lui convenait fort bien. Il avait envie d'arriver à l'hôpital, et de voir Marty.

La limousine filait en direction du sud sur un boulevard périphérique chargé, et Smith se sentait tendu. Dans le Colorado, il avait pu passer la main sans encombre pour ses recherches sur les circuits moléculaires. Il regrettait d'avoir dû s'y résoudre, mais il le fallait. Durant le long vol vers la France, il avait appelé pour s'assurer de l'état de santé de Marty. On n'avait enregistré aucune amélioration, mais au moins on ne constatait aucune aggravation non plus. Il avait également passé d'autres appels téléphoniques, cette fois à ses collègues à Tokyo, Berlin, Sydney, Bruxelles et Londres, les sondant avec doigté sur leurs progrès dans la mise au point d'ordinateurs moléculaires. Mais ils s'étaient tous montrés méfiants, car chacun d'eux espérait être le premier à aboutir.

Ayant décodé leurs propos, il en retira l'impression qu'aucun n'était sur le point d'y parvenir. Tous commentèrent le décès déplorable d'Emile Chambord, mais sans évoquer le projet du savant. Smith en conclut qu'ils étaient apparemment aussi mal informés que lui-même.

Le chauffeur engagea sa limousine dans l'avenue de la porte de Sèvres, et arriva peu après devant l'hôpital européen Georges-Pompidou, un établissement de huit cents lits. Ce monument lumineux élevé à l'architecture moderne, avec ses murs incurvés et sa façade vitrée, se dressait comme une pilule géante, avec ses étages en échelon refusé, juste en face du parc André-Citroën. Son bagage à la main, Smith régla la course et entra dans le patio tapissé de marbre, au toit de verre. Il retira ses lunettes de soleil, les glissa dans sa poche et regarda autour de lui.

Le patio (la « Rue Hospitalière ») était si profond – plus de deux fois la longueur d'un terrain de football – que des palmiers se balançaient doucement sous l'effet de la brise légère qui soufflait entre ses parois. L'établissement était presque neuf, ayant ouvert à peine deux ans plus tôt, annoncé dans les discours officiels comme l'hôpital du futur. En se dirigeant vers un comptoir d'accueil, Smith remarqua les ascenseurs ultramodernes qui conduisaient aux chambres des patients, situées dans les étages, filant comme des flèches brillantes pointées vers le théâtre des opérations, et nota également une légère fragrance en suspension dans l'air, qui lui rappela la cire Johnson parfumée au citron.

S'exprimant dans un français parfait, il se renseigna sur le service de soins intensifs où l'on avait mis Marty en observation, et emprunta l'escalator. Il arriva en plein dans un moment d'effervescence contenue, car c'était l'heure des changements d'équipe, et les infirmières, les techniciens, les aumôniers et les aides-soignants s'affairaient en tous sens. Tout cela se faisait en douceur, en silence, et seul un regard des plus expérimentés aurait remarqué les échanges d'instructions signalant cette transmission des responsabilités.

L'une des théories qui contribuaient à faire de cet hôpital un modèle du genre reposait sur l'organisation des services en pôles de compéten-ces, de sorte que c'était le spécialiste qui se rendait auprès du patient, et non l'inverse. Lors de leur admission, les patients arrivaient à l'un des quatorze points d'accueil, où les attendaient des hôtesses attitrées qui les guidaient jusqu'à leur chambre individuelle. Là, un ordinateur était installé au pied du lit, le dossier médical du patient n'avait d'existence que dans le cyberespace et, si la chirurgie s'avérait nécessaire, il n'était pas rare que des robots prennent en charge une partie de l'intervention. Cet établissement gigantesque pouvait aussi se vanter d'offrir aux patients des piscines, des clubs de remise en forme et des cafés.

Derrière le bureau situé en face de l'unité de soins intensifs, deux gendarmes étaient postés en faction devant la porte qui menait au service proprement dit. Smith déclina son identité en français, se présentant cérémonieusement à l'infirmière comme le correspondant médical américain de la famille du Dr Martin Zellerbach.

« J'ai besoin de parler au chef de service qui s'occupe du Dr Zellerbach.

— C'est le Dr Dubost. Il est arrivé pour effectuer sa tournée et il a déjà vu votre ami ce matin. Je vais l'avertir en sonnant son alphapage.

— Merci. Voulez-vous me conduire auprès du Dr Zellerbach ? J'attendrai sur place.

— Bien sûr. Je vous en prie. »

Elle le gratifia d'un sourire absent et, après qu'un gendarme eut exa-miné ses papiers d'identité des services médicaux de l'armée, elle lui fit franchir les lourdes portes battantes.

Instantanément, les bruits et l'ambiance énergique de l'hôpital s'estom-pèrent, et il évolua dans un monde feutré où les pas étaient assourdis, où les médecins et les infirmières chuchotaient, où les éclairages, les sonnettes et les diodes clignotantes des appareils étaient tamisés, des appareils qui, dans ce silence, donnaient l'impression de respirer bruyamment. Dans une unité de soins intensifs, les machines s'appro-priaient l'univers, et les patients leur appartenaient.

Anxieux, Smith s'approcha de Marty, qui occupait le troisième box sur la gauche, allongé, immobile, entre les barrières métalliques surélevées d'un lit étroit commandé électriquement, aussi impuissant et sans défense au milieu des perfusions, des câblages et des écrans qu'un bambin qui aurait donné la main à deux adultes le dominant de leur haute stature. La poitrine serrée, Smith baissa les yeux sur son ami. Figé dans le coma, le visage rond de Marty était cireux, mais il respirait avec régularité.

Smith toucha du doigt l'écran de l'ordinateur, au pied du lit, et consulta le dossier médical de Marty. Ses autres blessures étaient mineures, des égratignures et des hématomes, pour l'essentiel. C'était ce coma qui était inquiétant, avec ses risques de lésions cérébrales, de mort subite, et même pire – un état végétatif permanent, qui n'était ni la vie ni la mort. Mais il y avait quelques signes encourageants. Toutes les fonctions du système nerveux autonome étaient intactes – il respirait sans assistance, toussait de temps en temps, bâillait, clignait les paupières, et ses yeux remuaient –, ce qui indiquait que le tronc cérébral inférieur, la région vitale qui contrôlait toutes ces activités, fonctionnait toujours.

« Docteur Smith ? » Un petit homme au cheveu grisonnant, le teint olivâtre, se dirigea vers lui. « J'ai cru comprendre que vous arriviez directement des Etats-Unis. » Il se présenta, et Smith avisa le prénom et le nom cousus sur sa longue blouse de praticien – Edouard Dubost. C'était le médecin de Marty.

« Merci de m'avoir reçu aussi vite, lui fit Smith. Parlez-moi de l'état du Dr Zellerbach. »

Le Dr Dubost hocha la tête.

« J'ai de bonnes nouvelles. Votre ami semble aller mieux. »

Immédiatement, Smith sentit un sourire lui éclairer le visage.

« Qu'est-il arrivé ? Je n'ai vu aucune mention nouvelle sur son dossier, rien depuis ce matin.

— Oui, oui. Mais voyez-vous, je n'avais pas terminé. J'ai dû m'absenter un moment. A présent, nous allons parler un peu, et je vais taper ces éléments en même temps. » Le médecin se pencha sur l'ordinateur. « Avec le Dr Zellerbach, nous avons de la chance. Comme vous pouvez le constater, il est encore dans le coma, mais ce matin il a prononcé quelques mots et il a bougé le bras. Il a réagi à la stimulation. »

Smith lâcha un soupir de soulagement.

« C'est donc moins grave que vous ne l'aviez cru initialement. Il est possible qu'il se réveille, et qu'il aille bien. »

Le médecin hocha la tête tout en tapant.

« Oui, oui.

— Il s'est écoulé plus de vingt-quatre heures depuis l'explosion, reprit Smith. Bien sûr, au fur et à mesure que le temps passe, cela rend plus problématique une totale reprise de conscience.

— Tout à fait exact. Il est naturel que cela vous préoccupe. Je suis comme vous.

— Allez-vous laisser pour instruction aux infirmières de travailler avec lui ? De lui poser des questions ? Qu'elles fassent en sorte qu'il bouge davantage ?

— C'est justement ce que je suis en train de rédiger. » Il tapa encore deux lignes et se redressa. Il étudia Smith. « Ne vous inquiétez pas, docteur. Ici, nous savons ce que nous faisons. Votre ami est entre d'excellentes mains. D'ici une semaine, et avec un peu de chance, il se plaindra à voix haute de ses douleurs et de ses maux, et il aura complètement oublié son coma. » Le praticien pencha la tête de côté. « C'est un de vos amis très chers, à ce que je vois. Vous pouvez rester aussi longtemps que vous voudrez, mais je dois poursuivre ma tournée. »

Rasséréné par l'espoir que Marty allait non seulement émerger de son coma, mais recouvrer la totalité de ses fonctions cérébrales, Smith s'assit à côté du lit, au milieu des écrans clignotants et des voyants des moniteurs, et ses souvenirs le ramenèrent au temps de Council Bluffs et du lycée, lorsque Marty et lui s'étaient rencontrés. C'est là que l'oncle de Jon avait diagnostiqué pour la première fois le syndrome d'Asperger de son ami... puis il songea à la mort de Sophia et au virus pandémique Hadès, quand il avait eu besoin du génie de Marty en électronique.

Il prit la main de son ami et la serra dans la sienne.

« Tu as entendu le docteur ? Il estime que tu vas t'en sortir. Mart, tu m'entends ? » Il attendit, observant le visage immobile. « Nom de Dieu, qu'est-ce qui s'est passé, à Pasteur, Marty ? Tu aidais Chambord à mettre au point son ordinateur moléculaire ? »

Marty frémit, et ses lèvres tremblèrent comme s'il essayait de parler.

Stimulé, Jon poursuivit.

« De quoi s'agit-il ? Dis-le-moi, Mart. Je t'en prie ! Toi et moi, on sait que tu n'es jamais à court de mots. » Il s'interrompit, avec un espoir, mais comme Marty n'ajoutait aucun signe supplémentaire, il poursuivit d'une voix plus chaleureuse, plus encourageante. « On se revoit dans de drôles de circonstances, Mart. Mais tu sais ce qu'il en est, j'ai besoin de toi. Alors je suis là, et je te demande de me prêter une fois encore le concours de ton cerveau si extraordinaire... »

A force de paroles et de réminiscences, il resta avec Marty une heure. Il tint sa main dans la sienne, lui frictionna les bras, lui massa les pieds. Mais c'était seulement lorsque Smith évoquait l'Institut Pasteur que Marty tentait de se réveiller. Smith venait de se redresser contre le dossier de son siège et de s'étirer, concluant qu'il aurait été mieux inspiré de continuer ses investigations sur l'ordinateur moléculaire du professeur Chambord, quand un homme de grande taille, en tenue d'agent de service, apparut par l'ouverture du box de Marty.

L'homme avait le cheveu sombre, le teint basané, et une énorme moustache noire. Il planta ses yeux dans ceux de Smith, des yeux marron, durs et froids. Un regard intelligent et mortel. Et lorsque le regard de Smith et le sien se croisèrent, il eut l'air déconcerté. Ses pupilles ne trahirent sa stupeur que brièvement, puis, juste avant qu'il détale, il parut laisser transparaître un soupçon de malice, d'amusement ou peut-être de méchanceté... une expression familière.

Cette sensation fugitive de familiarité suffit à arrêter Smith le temps d'un battement de cœur, puis aussitôt après il était debout et se lançait à la poursuite de l'agent de service, en extrayant le Sig Sauer du holster logé sous sa veste. Ce n'étaient pas seulement le regard et l'expression de l'homme qui ne cadraient pas, mais aussi sa manière de porter ces draps pliés, jetés sur son bras droit. Il se pouvait qu'il dissimule une arme dessous. Etait-il venu là pour tuer Marty ?

A l'extérieur du service de soins intensifs, tous les regards se posèrent sur Smith qui surgit entre les larges portes battantes comme un dément, les pans de son imperméable voletant en tous sens. Loin devant, l'agent de service piquait un sprint, bousculant les gens qui se mettaient en travers de son chemin.

Smith se lança à sa poursuite, ses semelles frappaient le sol, et il hurla en français :

« Arrêtez cet homme ! Il a un pistolet ! »

Dès lors, toute simulation devenant inutile, l'agent de service brandit une petite mitraillette guère plus grande que le Sig Sauer de Smith. Il se retourna, trottant à reculons avec toute l'adresse d'un expert, et releva le canon de son arme de terroriste, sans panique ni précipitation. Il balaya l'espace avec son arme, comme s'il voulait dégager le couloir. Le personnage était un professionnel, qui laissait la menace de sa mitraillette accomplir tout le travail sans qu'il ait à ouvrir le feu.

Des cris éclatèrent, et des infirmières, des médecins et des visiteurs plongèrent au sol, dans les encadrements des portes, derrière les angles des murs.

Smith repoussa brutalement des chariots de petit déjeuner et poursuivit sa course, dans un vacarme assourdissant. Devant lui, l'homme franchit une porte, qu'il claqua. Smith l'ouvrit d'un coup de pied et passa en courant devant un laborantin terrorisé, franchit une autre porte, dépassa une baignoire où était assis un homme nu que l'on soignait dans un bain d'eau chaude, et que l'infirmière recouvrit précipitamment d'une serviette.

« Où est-il ? demanda Smith. Où est passé l'agent de service ? »

Le visage pétrifié de peur, l'infirmière lui désigna l'une des trois chambres et il entendit une porte claquer dans cette direction. Il se rua en avant, ouvrit d'un coup de poing la seule porte de la pièce, et déboucha en glissade dans un autre couloir. Il regarda sur sa droite et sur sa gauche, dans ce corridor flambant neuf et rutilant. Des gens terrorisés se plaquèrent contre les murs en regardant tous sur leur droite, comme s'ils venaient de réchapper de justesse au passage d'une tornade mortelle.

Smith courut dans la direction de leurs regards, accéléra et, au bout du couloir, il vit l'agent de service pousser un chariot à malade vide pour lui barrer le chemin. Smith lâcha un juron. Il respira à fond, exigeant un effort supplémentaire de ses poumons. S'il devait s'arrêter pour écarter ce chariot, à coup sûr l'autre allait s'échapper. Sans se désunir, Smith rassembla toute son énergie. En se persuadant à voix haute qu'il en était capable, il bondit par-dessus l'obstacle. A la réception, ses genoux flanchèrent, mais il préserva son équilibre et reprit sa course, laissant derrière lui un sillage de gens apeurés. Il était en nage, mais il gagnait enfin du terrain sur l'agent de service, lui-même ralenti par sa manœuvre avec le chariot. Cela encouragea Smith, qui accéléra encore.

Sans regarder derrière lui, l'homme ouvrit une porte à la volée. Elle était surmontée d'un panneau lumineux indiquant la sortie. Un escalier de secours. Smith s'y engouffra. Mais du coin de l'œil il entrevit quelqu'un qui se cachait sur la gauche de la porte, derrière le battant qu'il ouvrait à son tour.

Il eut tout juste le temps de se baisser, dans un geste de parade. Dans la cage d'escalier mal éclairée, l'agent de service bondit sur lui. L'impact le sonna, mais il réussit à se remettre sur pied. Il flanqua un coup d'épaule à son adversaire, l'envoyant valdinguer en arrière dans l'escalier.

L'agent de service tituba. L'arrière de son crâne heurta la balustrade en acier. Mais il avait cédé à la poussée de Smith et recouvra rapidement l'équilibre, tandis que Smith, rencontrant moins de résistance qu'il ne s'y était attendu, lâchait son Sig Sauer et perdait l'équilibre. Il trébucha, s'abattit sur le sol en ciment, et son dos heurta violemment le mur. Ignorant la douleur, il se releva tant bien que mal et empoigna son pistolet, juste à temps pour entrevoir l'ombre menaçante de l'homme. Smith lui décocha un coup de pied, trop tard. Un élancement fulgurant lui explosa dans le crâne, puis l'obscurité et le silence l'enveloppèrent.

CHAPITRE QUATRE

Q UAND le train express du matin en provenance de Bordeaux s'arrêta ce mardi-là à la gare Montparnasse, le capitaine Darius Bonnard fut le troisième passager à en descendre, fendant à grands pas la foule des Parisiens, des provinciaux et des touristes qui arrivaient ou partaient, comme s'il ignorait leur existence. La vérité, c'était qu'il guettait le moindre signe d'attention ou d'intérêt dirigé vers sa personne. Ils seraient trop nombreux à vouloir l'arrêter dans son entreprise, s'ils en prenaient connaissance – tant les ennemis que les amis.

Il restait déterminé, concentré, scrutant les alentours avec des coups d'œil furtifs tout en se dirigeant vers la sortie : vu de l'extérieur, un homme blond, vigoureux, trapu, tiré à quatre épingles dans son uniforme d'officier de l'armée française. Il avait passé toute sa vie d'adulte au service de la France, et sa mission actuelle pouvait se révéler la plus importante de toute la glorieuse histoire du pays. En tout cas, c'était la plus importante qu'il ait jamais entreprise. Et la plus dangereuse.

Il sortit son téléphone portable de sa poche, composa un numéro, et une voix lui répondit.

« Je suis là », murmura-t-il. Dès qu'il eut raccroché, il composa un second numéro et répéta son message.

Dehors, il ignora les files de taxis, plus quatre chauffeurs, avec ou sans licence, désireux de le prendre en charge, mais il monta dans la voiture isolée qui venait de s'arrêter.

« *Salaam aleikoum.* » Une voix rocailleuse le salua depuis la banquette arrière.

« *La bahs hamdililah.* » Tout en s'installant à côté de l'homme en tunique, le capitaine Bonnard venait de lui adresser la réponse d'usage. Il claqua la portière et la verrouilla.

Dans la rue, d'autres chauffeurs hurlèrent force imprécations contre cette infraction à l'étiquette des taxis.

Alors que le véhicule démarrait, le capitaine Bonnard se tourna vers l'homme qui lui avait adressé la parole. Dans la pénombre de l'habitacle, des rais de soleil jouaient par intermittence avec les yeux marron-vert aux paupières tombantes. Le visage de l'homme était presque entièrement voilé par les plis volumineux de sa tunique blanche et le keffieh brodé d'or d'un Bédouin, mais à en juger par le peu que pouvait en apercevoir Bonnard, son interlocuteur avait la peau d'un noir satiné. Il savait qu'il s'appelait Abu Auda et qu'il était membre de la tribu des Fulani, originaire de cette région du Sahel située à la frange méridionale du Sahara, où le désert sec et inhospitalier rejoignait la forêt luxuriante et les prairies. Les yeux marron-vert révélaient, quelque part dans son arbre généalogique, la présence d'un Berbère aux yeux bleus ou d'un Vandale de l'Antiquité.

« Vous les avez ? demanda le Fulani en arabe.

— *Naam.* » Le capitaine français hocha la tête. Il déboutonna sa tunique, ouvrit la chemise de son uniforme, et sortit un porte-documents en cuir de la taille d'une feuille, fermé par une fermeture Eclair. Pendant que Bonnard lui tendait le porte-documents tout en le tenant informé, le regard d'Abu Auda suivit chacun de ses mouvements. « L'assistant de Chambord est mort. Et l'Américain, Zellerbach ?

— Nous n'avons pas trouvé de notes, comme nous nous y attendions, et pourtant nous avons cherché de fond en comble », lui indiqua Abu Auda.

Les yeux étranges de l'homme scrutèrent Bonnard, comme s'ils cherchaient à atteindre le tréfonds de l'âme du Français. Des yeux qui ne se fiaient à personne, pas même au dieu qu'il ne se faisait pas faute de prier cinq fois par jour. Comme le visage de Bonnard soutenait avec une impassible fermeté le feu du regard inquisiteur du Bédouin, les yeux durs détournèrent finalement leur attention vers le porte-documents.

De ses longs doigts, Abu Auda le palpa d'un bout à l'autre, puis le glissa sous sa tunique.

« Il vous contactera, dit-il d'une voix forte et mesurée.

— Inutile. Je vais bientôt le voir. » Bonnard ponctua sèchement d'un hochement de la tête. « Arrêtez la voiture. »

Le Bédouin donna un ordre, le véhicule s'arrêta le long du trottoir, et le Français en descendit. Dès que la portière se fut refermée derrière lui avec un cliquettement, le taxi redémarra.

Le capitaine Bonnard se rendit au prochain coin de rue, et parla de nouveau dans son téléphone portable.

« Vous avez tout suivi.

— Oui. Aucun problème. »

Quelques secondes plus tard, une grosse Citroën aux vitres teintées ralentit en se rapprochant de ce même coin de rue. Une portière s'ouvrit à l'arrière, et le capitaine monta dedans. La luxueuse voiture fit demi-tour, et le conduisit à son bureau, où il lui fallait passer quelques coups de fil avant de rencontrer le patron d'Abu Auda.

*

Lorsque Jon Smith reprit connaissance dans la cage d'escalier de l'hôpital Georges-Pompidou, une image persistait dans son esprit. Le teint basané, une épaisse moustache noire, des yeux marron, et un sourire triomphant qui s'effaça comme celui du chat de Cheshire. Mais ces yeux... Il se concentra sur les yeux qui accompagnaient ce sourire jusqu'en bas des marches, en s'estompant, s'estompant... *Des voix qui parlaient quelle langue ? Le français ? Oui, le français. Où diable était-il... ?*

« ... Ça va ? Monsieur ?

— Comment vous sentez-vous ?

— Qui est l'homme qui vous a agressé ? Pourquoi était-il... ?

— Reculez, bande d'imbéciles. Vous ne voyez pas qu'il est encore inconscient ? Faites-moi de la place que je puisse l'examiner... »

Les yeux de Smith s'ouvrirent d'un coup. Il était étendu sur le dos, sur le béton, un plafond en ciment gris au-dessus de la tête. Des visages préoccupés avaient fait cercle autour de lui, ils l'observaient – des infirmières, des infirmiers, un médecin agenouillé juste au-dessus de lui, et puis, encore plus haut, plus en retrait, un policier et des hommes en uniforme de la sécurité.

Smith se redressa, il avait la tête qui tournait, le crâne douloureux.

« Nom de Dieu.

— Monsieur, il faut rester allongé. Vous avez reçu un méchant coup à la tête. Dites-moi comment vous vous sentez. »

Smith ne reprit pas la position allongée, mais il laissa le médecin en blouse blanche lui braquer son crayon lumineux dans les yeux. Il se soumit à l'examen à contrecœur.

« Bien. Je me sens parfaitement bien. » Ce qui était un mensonge. Il avait des élancements dans la tête, comme s'il abritait sous son crâne un type armé d'une masse. Subitement, il se souvint. D'une poigne ferme, il saisit la main du médecin, écarta sa lampe d'auscultation et regarda tout autour de lui. « Où est-il ? demanda-t-il. Cet agent de service arabe. Où est-il ! Il avait une mitraillette. Il...

— Il n'était pas le seul à porter une arme. » Le policier brandit le Sig Sauer de Smith. Il affichait une expression sévère, méfiante, et Smith sentit qu'il était sur le point de se retrouver en état d'arrestation. Le policier poursuivit. « Vous avez acheté ceci ici, à Paris ? A moins que vous n'ayez trouvé un moyen de l'introduire dans le pays ? »

Smith palpa la poche de sa veste. Elle était vide, ce qui signifiait que sa carte d'identité avait disparu.

« Vous avez ma pièce d'identité ? » Le gendarme opina du chef. « Alors vous savez que je suis un colonel de l'armée américaine, reprit Smith. Sortez ma carte d'identité de son étui. Dessous, vous trouverez un permis spécial qui m'autorise à voyager avec mon arme et à la garder sur moi. »

Le policier fit ce qu'on lui disait, tandis qu'autour de Smith le personnel de l'hôpital suivait cette scène d'un air soupçonneux. Enfin, le policier approuva lentement de la tête et lui rendit l'étui de sa carte d'identité.

« Mon Sig Sauer également, s'il vous plaît. » Un vigile le lui tendit. « Maintenant parlez-moi de cet "agent de service" armé d'une mitraillette. Qui était-ce ? »

Le docteur leva les yeux vers le vigile.

« L'autre personnage était un agent de service ?

— Ce devait être Farouk al-Hamid, précisa le vigile. C'était son service. »

L'autre vigile le contredit.

« Ce n'était pas Farouk. J'ai vu ce type courir, et ce n'était pas Farouk.

— Il fallait bien que ce soit lui. C'était son service. »

Une infirmière les interrompit.

« Je connais Farouk. Cet homme était trop grand pour être Farouk.

— Pendant qu'ils s'occupent de résoudre ce mystère, je vais terminer mon examen, annonça le médecin à Smith. Cela ne prendra qu'un moment. » Il lui pointa sa lampe allumée dans un œil, puis dans l'autre.

Jon s'efforça de contenir son agacement.

« Ça va », répéta-t-il, et cette fois il était sérieux. Il reprenait ses esprits, la douleur refluait.

Le praticien éteignit la lampe et se campa sur ses talons.

« Vous avez des vertiges ?

— Pas du tout. »

Et c'était la vérité. Le médecin haussa les épaules et se releva.

« J'ai appris que vous étiez médecin, vous êtes donc au courant des dangers liés à une blessure à la tête. Mais vous m'avez l'air d'une vraie tête brûlée. » Il fronça les sourcils et sonda Smith d'un œil soucieux. « Manifestement, vous êtes impatient de sortir d'ici, et je ne peux pas vous en empêcher. Enfin, au moins, vous avez un fond d'œil limpide et vos pupilles suivent la lumière, votre peau a une carnation correcte, et il se peut que vous soyez capable d'un raisonnement rationnel, je vais donc me contenter de vous conseiller de prendre soin de vous et d'éviter d'autres blessures. Et si vous recommencez à vous sentir mal, ou si vous perdez de nouveau connaissance, revenez tout de suite vous présenter ici. Vous connaissez les dangers de la commotion cérébrale. C'est peut-être ce que vous avez subi.

— Oui, docteur. » Jon se remit tant bien que mal sur ses pieds. « Merci. Je suis sensible à vos inquiétudes. » Il décida d'ignorer le commentaire sur son caractère de tête brûlée. « Où est le chef de la sécurité de cet hôpital ?

— Je vous conduis », lui proposa l'un des vigiles.

Il mena Smith tout en bas de l'escalier de secours, dans un service à l'écart, composé de plusieurs bureaux, tous équipés de matériel de surveillance électronique et d'ordinateurs de dernière génération. Le bureau du chef de la sécurité donnait sur un parking et, au mur, plusieurs photographies personnelles étaient encadrées. L'un de ces clichés représentait cinq hommes épuisés, les yeux creusés, l'air plein de défi, en uniforme de campagne. Ils étaient assis sur des cageots, entourés d'une jungle épaisse. Smith étudia la photo un instant, puis il reconnut Diên Biên Phu, où, en 1954, les Français avaient été vaincus à l'issue d'un siège brutal et humiliant qui scella la fin de leur très ancienne domination dans la région.

Le vigile expliqua la situation.

« Chef, voici l'homme qui a tenté d'arrêter l'agent de service armé. » Smith lui tendit la main.

« Lieutenant colonel Jon Smith, de l'armée des Etats-Unis.

— Pierre Girard. Prenez un siège, colonel. »

Girard ne quitta pas le sien, derrière son bureau moderne aux lignes épurées, pas plus qu'il ne serra la main de Smith, mais, d'un signe de tête, il lui désigna l'un des sièges. Le chef de la sécurité était un personnage massif, solidement charpenté, de taille moyenne, vêtu d'un costume gris, avec une cravate au nœud lâche. Il ressemblait davantage à un inspecteur de la Sûreté, la police criminelle d'autrefois, qu'à un agent de sécurité privé.

Smith s'assit.

« Cet agent de service, ou quelle que soit son identité, sur laquelle il semble que soit né un doute, s'est présenté, je pense, dans le service de soins intensifs pour tuer Martin Zellerbach. »

Girard lança un coup d'œil au vigile.

« L'homme n'était pas un agent de service, comme signalé ?

— Il occupait le poste de Farouk al-Hamid, expliqua le vigile, mais certains témoins affirment que ce n'était pas lui. »

Le chef de la sécurité décrocha son téléphone.

« Passez-moi le service du personnel. » Il attendit, le visage neutre. Un ancien inspecteur, cela ne faisait aucun doute, habitué à la bureaucratie... « Avez-vous un agent de service nommé Farouk al-Hamid, qui travaille au... oui, au service des soins intensifs. Ah oui ? Je vois. Merci. » Girard raccrocha et mit Smith au courant. « Il a écrit un mot signalant qu'il était malade, que son cousin prendrait sa place, et il a envoyé ce mot ici, avec le cousin qui, à ce qu'il semble, était justement notre grand agent de service armé d'une mitraillette.

— Et qui, ajouta Smith, n'était pas un agent de service, et peut-être même pas un Algérien.

— Un imposteur. » Girard ponctua sa propre réflexion d'un hochement de tête. « Possible. Puis-je vous demander pourquoi l'on chercherait à assassiner M. Zellerbach ? Le chef de la sécurité se débrouillait fort mal pour prononcer ce nom allemand, comme il se doit chez tout Français qui se respecte.

— C'est un savant informaticien. Le soir de l'explosion, il travaillait avec le professeur Emile Chambord à l'Institut Pasteur.

— Une grande perte, la disparition de Chambord. » Girard observa un temps de réflexion. « Il se peut donc que votre Dr Zellerbach ait vu ou entendu là-bas quelque chose de compromettant. Peut-être que les poseurs de bombe essaient désormais d'empêcher le Dr Zellerbach de se réveiller et de nous livrer ces informations. »

C'était une réponse de policier, et Smith ne voyait aucune raison d'entrer dans les détails.

« Je dirais que c'est plus qu'une éventualité.

— Je vais alerter la police.

— Je vous serais reconnaissant de doubler la garde au service de soins intensifs, ou de vous en remettre à la police. D'autre part, s'il doit être déplacé dans un autre service, que cette surveillance le suive, où qu'il aille.

— Je vais contacter le Quai des Orfèvres.

— Bien. » Smith se leva. « Merci. J'ai un rendez-vous, et je vais donc devoir vous quitter. » Ce n'était pas tout à fait vrai, mais presque.

« Naturellement. Toutefois, par la suite, la police aura certainement besoin de vous parler. »

Smith confia à Girard le nom et le numéro de téléphone de son hôtel et sortit. Au service de soins intensifs, du côté de Marty, rien n'avait changé. Il reprit place à son chevet, examinant le visage rond et endormi, non sans inquiétude. Marty avait l'air si vulnérable, et Smith s'aperçut qu'il avait la gorge nouée d'émotion.

Enfin, il se leva, serra une fois encore la main de Marty dans la sienne, et lui assura qu'il reviendrait. Il sortit du service, mais resta au même étage, en retournant inspecter l'escalier de secours. Sur le palier, il chercha ce que le tueur aurait pu laisser tomber, n'importe quel indice. Il ne trouva rien, excepté une trace de sang sur la balustrade, preuve qu'il avait réellement blessé le tueur, ce qui pourrait constituer une information intéressante si jamais l'homme refaisait une apparition.

Toujours sur ce palier désert, il activa son téléphone portable et composa un numéro.

« Quelqu'un a tenté de tuer Marty à l'hôpital », informa-t-il son interlocuteur.

Le chef du Réseau Bouclier, Fred Klein, lui répondit depuis l'autre bout de l'Atlantique, avec son grommellement habituel.

« Sait-on qui c'est ?

— Apparemment, un pro. Il était bien organisé. Le type s'était déguisé en agent de service, et si je n'avais pas été là, ça passait comme une lettre à la poste.

— Les vigiles français ne l'ont pas pincé ?

— Non, mais la police criminelle va peut-être faire mieux, à présent.

— Mieux encore, je vais parler aux Français moi-même, leur demander d'envoyer des soldats de leurs forces spéciales protéger Zellerbach.

— Il faut que vous sachiez autre chose. Le type possédait une mini-mitraillette. Il la portait dissimulée sous des draps de rechange. »

Brusquement, à l'autre bout de la ligne, il y eut un silence. Klein savait aussi bien que Smith que cette mitraillette modifiait tout le tableau. Elle transformait une banale tentative d'assassinat en quelque chose de bien plus complexe. Quand Klein reprit la parole, ce fut pour poser une question.

« Ce qui signifierait, au juste, colonel ? »

Smith était certain que Klein savait parfaitement à quoi il songeait, mais il le formula quand même.

« De là où il se trouvait, il possédait la puissance de feu nécessaire pour tuer Marty. S'il avait eu l'intention de me tuer, ainsi, pourquoi pas, que tout le reste du personnel du service de soins intensifs, ma présence n'aurait pas suffi à l'en dissuader. Son plan initial était probablement d'entrer avec un couteau, un objet silencieux, de manière à ne pas attirer l'attention. La mitraillette n'était là que comme ultime recours, un moyen de protéger ses arrières.

— Et ?

— Et cela laisse entendre qu'il a compris que s'il ouvrait le feu et tuait une poignée d'entre nous, sa fuite aurait été bien plus compliquée. Autrement dit, il n'avait aucune envie de courir le risque d'être capturé, mort ou vif. Ce qui, en retour, suggère que cette bombe posée à l'Institut Pasteur n'était pas une action lancée au hasard ou l'acte de vengeance démentielle d'un employé licencié, mais qu'elle s'inscrivait dans le cadre d'un plan mené dans un but spécifique par des gens qui prendront tout un luxe de précautions pour ne pas se faire démasquer. »

Klein demeura de nouveau silencieux.

« Selon vous, il est encore plus clair à présent que le professeur Chambord était bien la cible. Et, du même coup, Marty également, puisqu'il travaillait avec Chambord.

— Pour cet attentat à la bombe, a-t-on enregistré une revendication de la part d'un individu ou d'un groupe ?

— Pas encore.

— Il n'y en aura pas », trancha Smith.

Klein lâcha un petit rire froid.

« J'ai toujours considéré que l'on vous gâchait en vous cantonnant dans la médecine et la recherche, Jon. Très bien, nous sommes tous deux du même avis, mais jusqu'à présent tout le monde tente de se rassurer en pensant que la mort de Chambord ne serait qu'une sorte de dommage collatéral consécutif à cette explosion, un accident. » Smith l'entendit soupirer profondément au bout du fil. « Mais cette partie-là, c'est mon boulot. Le vôtre, c'est de creuser plus en profondeur et de nous dénicher ces notes et l'éventuel prototype d'ordinateur qu'il aurait réussi à mettre au point. » Sa voix se durcit. « Et si vous ne parvenez pas à mettre la main dessus, il faut que vous les supprimiez, l'un et l'autre. Ce sont vos ordres. Nous ne pouvons pas courir le risque de voir une puissance pareille aboutir entre de mauvaises mains.

— Je comprends.

— Comment va Zellerbach ? Son état s'est-il modifié ? »

Smith l'informa de l'amélioration constatée.

« Ça va mieux, mais ce n'est pas encore la garantie d'un complet rétablissement.

— Alors il nous reste à prier.

— S'il sait quelque chose, ou s'il a pris des notes, il a pu sauvegarder ces données sur son ordinateur principal, à Washington. Vous feriez bien d'y envoyer un expert en informatique du Réseau Bouclier.

— C'est déjà fait, colonel. Notre expert a eu un mal fou à y pénétrer, et quand il y est parvenu, il n'a rien trouvé. Si Zellerbach a pris des notes, il a suivi l'exemple de Chambord et ne les a pas sauvegardées dans son ordinateur.

— C'était une idée.

— Une idée appréciée à sa juste valeur. Que prévoyez-vous pour la suite ?

— Je vais à l'Institut Pasteur. Il y a là-bas un biochimiste américain avec qui j'ai travaillé. Je vais voir ce qu'il peut me dire à propos de Chambord.

— Soyez prudent. Souvenez-vous, vous ne jouissez d'aucune position officielle dans cette affaire. Le Réseau Bouclier doit rester dans l'ombre.

— Ce sera une simple visite amicale, rien de plus, le rassura Smith.

— Très bien. Autre chose... Je voudrais que vous rencontriez le général Carlos Henze, l'Américain qui commande les forces de l'OTAN en Europe. Il est la seule personne là-bas qui soit au courant de votre mission d'enquête, mais il croit que vous travaillez pour le renseignement militaire. Le Président l'a appelé personnellement pour organiser la chose. Henze a mis ses contacts au travail, et il va vous tenir informé de ce qu'il a découvert. Il ne sait rien de moi ou du Réseau Bouclier, naturellement. Retenez ceci : Pension Paul Cézanne, à quatorze heures précises. Demandez M. Werner. Le mot de passe sera Loki. »

CHAPITRE CINQ

Washington, D.C.

TÔT ce matin-là, la brise printanière apportait avec elle des bouffées de parfum des cerisiers en fleur sur le bassin de marée et, par les portes-fenêtres ouvertes, jusque dans le Bureau ovale, mais le Président Samuel Adams Castilla était trop absorbé pour s'en apercevoir. Il se leva de la lourde table en pin qui lui tenait lieu de bureau et lança un regard furibond aux trois personnes assises là, qui attendaient qu'il poursuive. Il avait entamé son second mandat depuis tout juste un an, et la dernière chose dont Castilla avait besoin, c'était bien une crise militaire. Le temps était venu pour lui de consolider ses succès, de mener à bien le reste de son programme devant un Congrès frondeur, et de bâtir son image pour l'Histoire.

« Telle est donc la situation, gronda-t-il. Nous ne disposons pas encore de suffisamment de preuves pour déterminer si un ordinateur moléculaire existe réellement et, s'il existe, qui le détient. Ce que nous savons, bon sang, c'est qu'il n'est pas entre nos mains. » L'homme était costaud, les épaules massives, une taille qui avait forci, aussi large que la ville d'Albuquerque. D'ordinaire cordial, il lançait des regards courroucés, derrière ses lunettes à monture en titane et s'efforçait de maîtriser son agacement. « L'armée de l'air et mes experts informatiques me soutiennent qu'il n'existe aucune autre explication à ce qui s'est produit à Diego Garcia. Mon conseiller scientifique me dit avoir consulté les meilleurs en ce domaine, et ils affirment tous qu'il peut exister quantité de raisons à une pareille coupure de communications, à commencer par on ne sait quel phénomène atmosphérique rare. J'espère que les scientifiques ont raison.

— Moi aussi, acquiesça promptement l'amiral Stevens Brose.

— Et nous donc, tous autant que nous sommes, ajouta la conseillère pour la sécurité nationale, Emily Powell-Hill.

— Amen », conclut le secrétaire général de la Maison Blanche, Charles Ouray, adossé au mur, près de la cheminée.

L'amiral Brose et la conseillère pour la sécurité nationale Emily

Powell-Hill étaient assis en face du bureau du Président, dans des fauteuils de cuir que ce dernier avait apportés avec lui de Santa Fe. Comme tous les présidents, il avait choisi personnellement sa décoration. Le mobilier actuel reflétait son goût campagnard d'homme du sud-ouest des Etats-Unis, quelque peu altéré à présent par cinq années de sophistication et de cosmopolitisme qu'il avait fini par apprécier, avait-il découvert non sans surprise, dans cette position éminente au sommet du pouvoir fédéral, que venaient compléter tous ces voyages officiels dans les capitales, les musées, et ces banquets un peu partout dans le monde. Ainsi, les meubles dans le style ranch rustique, rapportés de sa résidence d'ancien gouverneur du Nouveau-Mexique, s'étaient un peu raréfiés, et on leur avait adjoint d'élégantes dessertes à la française et un confortable fauteuil club anglais devant la cheminée. Les tentures navajo rouge et jaune et les vases, les paniers et les coiffes amérindiens se mêlaient désormais aux masques sénégalais, aux gravures sur boue nigérianes et aux boucliers zoulous.

Très agité, le Président contourna le bureau. Il s'y appuya, croisa les bras, et poursuivit :

« Nous savons tous que les attaques terroristes sont généralement le fait d'individus dont l'objectif principal est d'attirer l'attention sur leur cause et de révéler au monde ce qu'ils considèrent comme étant le mal. Mais jusqu'à présent, dans le cas qui nous occupe, nous sommes confrontés à deux aberrations : cette bombe n'était pas dirigée contre les cibles symboliques habituelles... une ambassade, un bâtiment du gouvernement, une installation militaire, un site connu... et ce n'était pas non plus l'action suicide d'un individu isolé s'en prenant à la foule d'un autobus ou d'une boîte de nuit bondée. Nous en sommes loin, puisque la cible était un centre de recherche et d'enseignement. Un endroit où l'on contribue à aider l'humanité. Et, pour être encore plus précis, le bâtiment où l'on travaillait à la fabrication d'un ordinateur moléculaire. »

Emily Powell-Hill, ancien brigadier-général de l'armée de terre, haussa ses sourcils parfaitement dessinés. La cinquantaine, elle était mince, élancée, avec de longues jambes, et extrêmement intelligente.

« Avec tout le respect qui vous est dû, monsieur le Président, l'information dont vous disposez concernant l'aboutissement de la mise au point d'un ordinateur ADN semble essentiellement relever de la pure spéculation, de projections à partir de données insuffisantes, de la pure et simple conjecture. Tout cela repose sur une rumeur autour d'une explosion qui a fort bien pu être provoquée par hasard, en faisant des victimes également par hasard. Concernant ce scénario catastrophe échafaudé par votre source, serait-il possible qu'il relève de la paranoïa ? » Elle marqua un temps de silence. « Cela participerait d'une tentative, pour le formuler avec tact... tout le monde connaît cette mentalité des services de contre-espionnage qui les pousse à se jeter sur la moindre ombre qui passe. Cela ressemble à l'une de leurs hypothèses un peu farfelues. »

Le Président lâcha un soupir.

« Je suppose que vous souhaitez ajouter autre chose à ce propos.

— En effet, monsieur le Président, en effet. Mes experts scientifiques m'assurent qu'un ordinateur reposant sur la technologie ADN demeure au stade du développement préliminaire et s'apparente à la marche du Christ sur les eaux. On ne s'attend pas à voir apparaître un engin fonctionnel avant au moins une décennie. Voire deux. Et c'est une raison supplémentaire pour considérer d'un œil très suspicieux ce qui n'est peut-être qu'une réaction disproportionnée.

— Vous pourriez avoir raison, fit le Président. Mais vous admettrez, je pense, que vos scientifiques reconnaissent que si quelqu'un était capable d'un tel bond en avant, Chambord figurerait en tête de liste. »

Charles Ouray, le secrétaire général de la Maison Blanche, se renfrogna.

« Quelqu'un peut-il expliquer avec des mots simples, qu'un vieux vétéran de la politique comme moi serait susceptible de comprendre, ce qui rend un appareil piloté par ADN si particulier, et ce qui en fait une telle menace ? »

Le Président adressa un signe de tête à Emily Powell-Hill, qui se tourna vers Ouray.

« Il s'agit de substituer au silicium, le composant fondamental des ordinateurs actuels, le carbone, qui est le fondement de la vie, commença-t-elle. Les machines sont d'une rapidité et d'une précision serviles, tandis que la vie, elle, est en mutation perpétuelle, toute en subtilité et en nuances. Les ordinateurs pilotés par l'ADN intégreront les enseignements les plus puissants des deux univers, dans une technologie qui s'avère de loin supérieure à tout ce que la plupart des gens sont capables d'imaginer à l'heure actuelle. Et, dans une large mesure, cela reposera sur notre capacité d'employer des molécules d'ADN à la place des circuits intégrés. »

Ouray grimaça.

« Intégrer la vie dans une machine ? Ça ressemble à une histoire tout droit sortie d'une bande dessinée.

— A une certaine époque, acquiesça le Président, c'est probablement dans une bande dessinée que vous auriez lu cette histoire. Beaucoup de technologies que nous considérons aujourd'hui comme acquises sont d'abord apparues dans la science-fiction et les bandes dessinées. La vérité, c'est que les chercheurs ont travaillé depuis des années pour trouver le moyen de tirer parti de la propriété naturelle de l'ADN à se réorganiser et à fusionner rapidement selon des schémas complexes et prévisibles.

— Monsieur le Président, je ne vous suis plus », prévint Ouray.

Le Président acquiesça.

« Pardon, Chuck. Admettons que vous vouliez tondre un gazon, comme celui-ci, dans l'allée. » De sa grande main, il désigna l'allée en question. « La solution électronique consisterait à utiliser quelques tondeuses géantes, et chacune d'elles couperait des milliers de brins d'herbe à la seconde. C'est ainsi que procèdent les superordinateurs. Maintenant, la solution ADN se situe exactement à l'opposé. Elle emploierait des milliards de tondeuses minuscules, chacune coupant uniquement un brin d'herbe. Le truc, c'est que toutes ces petites tondeuses pilotées par ADN tailleraient leur brin d'herbe en même temps. C'est la clef : le parallélisme de grande envergure propre à la nature. Croyez-moi, l'ordinateur moléculaire éclipsera la puissance du plus gros des superordinateurs actuels.

— Qui plus est, il ne consommera quasiment aucune énergie et sera bien moins coûteux à faire fonctionner, ajouta Emily Powell-Hill. Quand on en créera un. Si on en crée un.

— Formidable, grogna l'amiral Stevens Brose, chef d'état-major interarmes. » Il était assis dans une posture curieuse, chevilles croisées, son menton proéminent saillant vers l'avant. A bien observer son visage carré, on voyait que la confiance le disputait à l'inquiétude. « Si cette machine ADN existe bel et bien, et si elle est aux mains de quelqu'un qui ne nous apprécie guère, ou qui désire obtenir quelque chose que nous n'entendons pas lui accorder, ce qui est probablement le cas d'à peu près la moitié de la planète à l'heure qu'il est... Je n'ose même pas songer à l'avenir. Nos militaires se déplacent, combattent, vivent, respirent en comptant sur l'électronique, sur des codes de commandement et des codes de communications. Bon Dieu, de nos jours, tout est piloté par ordinateur, y compris l'approvisionnement en alcool pour les cocktails du chef d'état-major. A mon humble avis, les chemins de fer ont été la clef de la guerre de Sécession, l'aviation celle de la Seconde Guerre mondiale, et le cryptage et la protection des systèmes électroniques seront les atouts décisifs des guerres futures, alors Dieu nous vienne en aide.

— Les implications en matière de défense sont de votre responsabilité, Stevens, lui rappela le Président. Donc, ce qui importe en premier lieu, c'est avant tout votre avis. Moi, je dois aussi tenir compte d'autres problèmes. Des situations concernant les populations civiles.

— Lesquelles, par exemple ? s'enquit Chuck Ouray.

— On m'a indiqué qu'un ordinateur piloté par ADN est capable de couper les oléoducs et les gazoducs, ce qui scellerait déjà la fin de nos approvisionnements en combustibles. Il serait capable d'empêcher toutes les opérations de contrôle du trafic aérien sur les grands nœuds de communication aéroportuaires du continent, partout, de New York à Chicago et Los Angeles. Le nombre de morts qui en découlerait serait déjà catastrophique en soi. Bien entendu, cet ordinateur pourrait également accéder aux réseaux de transferts de fonds de la Réserve Fédérale, ce qui signifie qu'en une fraction de seconde, le Trésor serait à court de fonds.

Il pourrait également ouvrir les vannes du Hoover Dam. Rien qu'avec ça, on pourrait s'attendre à des centaines de milliers de morts par noyade. »

Chuck Ouray pâlit.

« Vous ne parlez pas sérieusement. Dites-moi que vous ne parlez pas sérieusement. Même les vannes du Hoover Dam seraient accessibles ?

— Oui, répondit simplement le Président. Elles sont informatisées, et l'ordinateur du barrage est relié au réseau de distribution d'énergie du Grand Ouest. »

Un silence atterré s'instaura dans la pièce.

Le Président changea de position, reprit une contenance. Il considéra successivement ses trois conseillers d'un regard solennel.

« Bien entendu, comme l'a dit Emily tout à l'heure, nous n'avons toujours pas la certitude qu'il existe un ordinateur piloté par ADN pleinement opérationnel. Nous allons progresser pas à pas. Chuck, voyez ce que la CIA et la NSA peuvent nous apprendre. Contactez les Anglais et vérifiez ce qu'ils savent aussi de leur côté. Emily et Stevens, réunissez les dernières informations auprès de vos équipes. Nous nous réunirons de nouveau plus tard dans la journée. »

*

Dès que la porte se fut refermée derrière le directeur de la NSA, le chef d'état-major interarmes et le secrétaire général de la Maison Blanche, la porte latérale qui conduisait au bureau privé du Président s'ouvrit. Fred Klein pénétra dans le Bureau ovale, vêtu d'un costume gris fripé et mâchonnant sa pipe vide.

Klein retira sa pipe de sa bouche. « J'ai trouvé que ça s'était bien passé », lâcha-t-il, pince-sans-rire.

Le Président soupira et regagna son grand fauteuil en cuir.

« Cela aurait pu être pire. Asseyez-vous, Fred. Concernant toute cette salade, vous ne possédez rien de plus que votre intuition et l'épisode de Diego Garcia ? »

Klein prit le siège laissé vacant par l'amiral Brose. Il se passa la main sur son front dégarni.

« Pas grand-chose, admit-il. Mais ça ne saurait tarder.

— Jon Smith a-t-il découvert quelque chose ? »

Klein informa le Président de la tentative d'assassinat de Martin Zellerbach, avortée grâce à l'intervention de Smith.

« Quand nous avons raccroché, Smith se rendait à l'Institut Pasteur pour s'entretenir avec un confrère. Après cela, il ira voir le général Henze. »

Le Président fit la moue.

« Smith est excellent, c'est une évidence, mais quelques autres gars sur place ne seraient peut-être pas du luxe. Vous savez que je suis disposé à autoriser qui vous voudrez et ce que vous voudrez. »

Klein secoua la tête.

« Une cellule terroriste n'est pas nombreuse, et elle agit vite. Elle repérerait tout déploiement de force trop important, autrement dit, même si la CIA et le MI6 sortaient de la routine qui les encroûte, ils ne seraient déjà d'emblée plus d'aucune utilité. Nous avons justement conçu le Réseau Bouclier pour des interventions chirurgicales comme celle-ci. Accordons à Smith une chance de jouer la mouche du coche, de se fondre dans le décor sans que personne le remarque. Entre-temps, comme vous le savez, j'ai lancé d'autres agents du Réseau Bouclier sur certaines pistes et certaines tâches bien précises. Si Smith a besoin d'aide, je vous le ferai savoir, et nous agirons en conséquence.

— Nous avons besoin d'un élément, émanant soit de lui... soit de quelqu'un d'autre... et vite, nom de Dieu. » Le Président fronça les sourcils, l'air soucieux. « Avant d'avoir à avaler une pilule plus amère que celle de Diego Garcia. »

Paris, France

Organisme à la fois privé et à but non lucratif, l'Institut Pasteur est l'un des grands centres scientifiques du globe, disposant d'une vingtaine d'agences sur les cinq continents. Smith n'était plus revenu au siège parisien depuis au moins cinq ans, à l'occasion d'une conférence de l'OMS sur la biologie moléculaire, l'un des domaines de recherche privilégiés de l'Institut. Il repensait à cette visite et à ce qu'il allait trouver cette fois-ci, quand son taxi s'arrêta au 28, rue du Docteur-Roux, baptisée du nom d'un des premiers chercheurs de l'institution. Il paya le chauffeur et se dirigea vers la guérite d'entrée de l'annexe.

Situé dans l'ouest du quinzième arrondissement, l'Institut Pasteur occupait les deux côtés de cette rue très fréquentée. Par l'une de ces ironies de l'existence, l'enceinte située à l'est s'appelait simplement l'Institut, ou ancien campus, tandis que l'enceinte côté ouest, quoique nettement plus vaste, se nommait l'annexe. Les lieux, très verdoyants, donnaient l'impression d'une élégante faculté, et Smith aperçut plusieurs bâtiments – aussi bien des édifices XIXe très ornementés que des cubes lisses et miroitants datant du XXe– qui se dressaient au-dessus des arbres, de part et d'autre de la rue. Il vit aussi des soldats en patrouille dans les allées et sur les trottoirs de l'enceinte, un spectacle inhabituel, sans aucun doute en rapport avec cette explosion épouvantable.

Smith montra sa carte d'identité au vigile de l'Institut. Un soldat, un fusil d'assaut FAMAS 5.6 mm entre les mains, était posté là en sentinelle. Derrière lui, des volutes d'une fumée grise s'élevaient au-dessus des toits.

En rangeant sa pièce d'identité, Smith hocha la tête en direction de la fumée et questionna le vigile, en français.

« C'était l'emplacement du labo du professeur Chambord ?

— Oui. Il n'en reste pas grand-chose. Quelques murs extérieurs et beaucoup de souffrance. » L'homme haussa tristement les épaules, dans un geste fataliste, très français.

Smith se sentit l'envie de marcher. Il y avait tant de choses à démêler, et l'état de Marty le préoccupait au plus haut point. Il leva les yeux. Comme en écho à ses pensées, le ciel s'était assombri, le soleil était masqué par une épaisse couverture nuageuse recouvrant tout de son manteau monochrome. Il attendit qu'une voiture franchisse la guérite d'entrée, puis il traversa la rue pour gagner le trottoir, et se dirigea vers la fumée, premier signe tangible de cet attentat désastreux. Il ne tarda pas à en découvrir le deuxième signe – de la cendre et de la suie gris anthracite qui nappaient la végétation et les édifices. Une odeur alcaline lui picota les narines. Enfin, il vit les cadavres d'oiseaux – des moineaux, des pigeons, des geais – gisant éparpillés sur les pelouses, poupées brisées, précipitées du haut du ciel, tuées par le souffle ou par l'incendie.

Plus il s'approchait, plus la cendre épaississait, comme un manteau fantomatique recouvrant les bâtiments, les arbres, les buissons, les panneaux indicateurs... il y en avait partout. Rien n'avait été épargné, rien n'avait échappé à cette souillure. Enfin, il tourna au coin d'une allée et le site lui-même lui apparut – d'énormes monceaux de briques et de débris noircis, empilés pêle-mêle, avec en surplomb trois murs extérieurs en équilibre précaire, squelettes lugubres qui se détachaient sur le ciel gris. Il enfonça les mains dans les poches de son imper et s'arrêta là pour prendre toute la mesure de ce spectacle déprimant.

L'immeuble devait être spacieux, à peu près de la taille d'un entrepôt. Des chiens flairaient les ruines. Des secouristes et des pompiers fouillaient avec acharnement, le visage fermé, l'air sombre, et des soldats en armes patrouillaient autour. Les restes calcinés de deux voitures gisaient le long du trottoir. A côté de ces épaves, un écriteau métallique avait fondu, réduit à une boule d'acier tordue. Tout près de là, une ambulance attendait, dans l'éventualité où l'on aurait retrouvé un autre survivant, ou bien au cas où un secouriste, un pompier se seraient blessés.

Le cœur lourd, Smith attendit qu'un soldat à l'air observateur s'approche et lui demande sa carte d'identité. Smith la lui tendit.

« Aucun signe du professeur Chambord ? s'enquit-il.

— Je n'ai pas le droit de vous renseigner, monsieur. »

Smith opina du chef. Il avait d'autres moyens de le découvrir, et maintenant qu'il avait constaté l'étendue des dégâts, il savait qu'il ne pourrait rien apprendre de plus sur place. Ce serait une chance qu'il y ait des survivants. Marty avait survécu. En s'éloignant, il songea aux individus monstrueux qui avaient commis cet acte. Il sentit la colère sourdre dans sa poitrine.

Il retourna dans la rue du Docteur-Roux et traversa en direction de l'ancien campus. Une fois calmé, il montra sa carte d'identité à la guérite, où un autre vigile de Pasteur et un autre soldat armé contrôlaient les accès. Après une vérification minutieuse, ils lui indiquèrent la direction du bureau et du labo de son vieux confrère et ami Michael Kerns.

Tout en se dirigeant vers le vieux bâtiment où Louis Pasteur avait vécu et travaillé, et où il était à présent enterré, il fut frappé de sentir à quel point cela lui faisait du bien d'être de retour dans ce berceau de la science pure, en dépit des circonstances. Après tout, c'est là que Pasteur, au XIXe siècle, avait conduit ses expériences géniales sur la fermentation, qui n'avaient pas seulement débouché sur des recherches pionnières en matière de bactériologie, mais aussi au principe de la stérilisation, qui avait transformé pour toujours la connaissance des bactéries et sauvé des millions de vies humaines.

Après Pasteur, d'autres chercheurs, ici même, avaient poursuivi dans cette voie, en réalisant des progrès scientifiques décisifs qui avaient permis de maîtriser des maladies virulentes comme la diphtérie, la grippe, la peste, la polio, le tétanos, la tuberculose et même la fièvre jaune. Il n'était pas étonnant que l'Institut Pasteur puisse s'enorgueillir d'avoir abrité davantage de prix Nobel que bien des nations. Avec plus de cent unités de recherche et laboratoires, le complexe abritait environ cinq cents scientifiques à titre permanent, tandis que six cents autres, venus de tous les coins de la planète, y travaillaient ponctuellement sur des projets précis. Parmi eux figurait Michael Kerns, docteur en biologie.

Le bureau de Mike était situé dans le bâtiment Jacques-Monod, qui abritait le département de biologie moléculaire. La porte était ouverte. Quand Smith entra, Mike leva les yeux de son bureau, où une masse de papiers couverts de calculs s'étalaient devant lui.

Kerns lança un coup d'œil à Smith et se leva d'un bond.

« Jon ! Seigneur Dieu, mon vieux. Qu'est-ce que tu fabriques ici ? » Sa blouse blanche flottant à la taille, Kerns contourna son bureau avec toute la grâce athlétique de l'arrière très véloce de l'équipe des Iowa Hawkeye qu'il avait été jadis. Mesurant presque un mètre quatre-vingt-cinq, bien bâti, il serra vigoureusement la main de son visiteur. « Bon sang, Jon, ça fait combien de temps ?

— Cinq ans, au moins, calcula Smith avec un sourire. Comment avance le travail ?

— Le but est si proche, et en même temps toujours aussi lointain, fit Kerns en riant. Comme d'habitude, hein ? Qu'est-ce qui t'amène à Paris ? Encore la chasse aux virus pour le compte de l'USAMRIID ? »

Saisissant cette perche qu'on lui tendait, Smith secoua la tête.

« C'est mon ami Marty Zellerbach. Il a été blessé dans l'explosion.

— Le Dr Zellerbach, dont on dit qu'il travaillait avec ce pauvre Chambord ? Je ne l'ai jamais rencontré. Je suis franchement navré, Jon. Comment va-t-il ?

— Dans le coma.

— Bon sang. Quel est le pronostic ?

— Nous avons de l'espoir. Mais il a une vilaine lésion crânienne, et le coma se prolonge. Pourtant, il montre des signes indiquant qu'il pourrait s'en sortir. » Smith secoua de nouveau la tête, l'air morose. « Des nouvelles à propos de Chambord ? A-t-on retrouvé son corps ?

— Ils cherchent encore. Le souffle a littéralement réduit l'immeuble en miettes. Il va leur falloir des jours et des jours pour fouiller dans tous ces décombres. Ils ont retrouvé des morceaux de cadavres qu'ils tâchent d'identifier. Quelle tristesse.

— Savais-tu que Marty travaillait avec Chambord ?

— En fait, non. Pas jusqu'à ce que je le lise dans le journal. » Kerns retourna à son bureau et, d'un geste, invita Smith à pendre place dans un fauteuil hors d'âge qui trônait au milieu de la pièce encombrée. « Tu n'as qu'à dégager un peu ces dossiers, là, par terre. »

Smith déplaça les piles de dossiers et s'assit.

Kerns poursuivit.

« Je t'ai dit que je n'avais jamais rencontré Zellerbach, d'accord ? Mais il serait encore plus exact de préciser que je ne savais même rien de sa présence ici. Il n'occupait aucun poste officiel au sein du personnel, et je n'ai jamais vu son nom inscrit parmi les chercheurs invités ou détachés. Je l'aurais su. Cela devait faire partie d'un accord privé avec Chambord. » Kerns observa un temps de silence. « Je ne devrais probablement pas te confier ça, mais je me faisais du souci pour Emile. Cette dernière année, il se comportait étrangement. »

Ce propos mit Smith en alerte.

« Chambord se comportait étrangement ? En quel sens ?

— Eh bien... » Kerns réfléchit, puis il se pencha en avant, avec un air de conspirateur, les doigts croisés, les mains posées devant lui, sur ses papiers. « Il avait toujours été un type plutôt gai, tu vois ce que je veux dire ? Convivial, ouvert, faisant partie de la bande, si tu veux, et cela malgré toute son ancienneté et sa renommée. Il était dur à la tâche, mais sans donner l'impression de prendre son travail trop au sérieux, malgré son importance. Un personnage plein de bon sens. Oh, assez excentrique, certes, comme la plupart d'entre nous, mais depuis l'an dernier, cela s'exprimait d'une manière différente. Il avait toujours l'attitude qu'il fallait, jamais d'enflure de l'ego. En fait, une fois, nous étions sortis boire un verre, un groupe d'une dizaine d'entre nous, et il nous a déclaré : "L'univers se débrouillera très bien sans nous. Il y aura toujours quelqu'un d'autre pour accomplir le travail à notre place."

— Une manière de s'effacer, et un constat véridique à bien des égards. Et c'est après cela qu'il a changé ?

— Oui. C'était presque comme s'il se volatilisait. Dans les couloirs, aux réunions, dans les cafétérias, lors de nos causeries entre hommes ou des pots du personnel... Et c'est arrivé comme ça. » Il claqua des doigts. « Il nous a donné l'impression de couper tout lien avec nous, aussi sûrement qu'un couteau à la lame tranchante. En ce qui nous concernait tous, ou presque, il avait disparu.

— Etait-ce il y a un an, à peu près à l'époque où il a cessé de sauvegarder ses données de recherche dans l'ordinateur de l'Institut ? »

Kerns fut abasourdi.

« Je n'en savais rien. Bon Dieu, cela veut-il dire que nous n'avons aucune idée de ce qu'il a pu accomplir au cours des douze derniers mois ?

— C'est exactement ce que cela signifie. Tu sais sur quoi il travaillait ?

— Bien sûr, tout le monde était au courant. Un ordinateur moléculaire. J'ai aussi entendu dire qu'il progressait à pas de géant. Qu'il serait même peut-être le premier à aboutir, d'ici moins de dix ans. Ce n'était pas un secret, donc...

— Donc ? »

Kerns se redressa contre le dossier de son fauteuil.

« Donc pourquoi faisait-il tant de mystères ? C'était en cela qu'il avait profondément changé. Secret, renfermé, l'air égaré, évitant ses collègues. Il venait au travail, repartait chez lui, revenait travailler, rien d'autre. Parfois, il restait ici plusieurs jours d'affilée. J'ai même entendu dire qu'il s'était fait installer un vrai lit. Nous avons simplement attribué ce changement à une phase de recherches très intense. »

Smith ne voulait pas donner l'impression de trop s'intéresser à Chambord, à ses notes ou à l'ordinateur piloté par ADN. Après tout, il était à Paris pour Marty. Rien d'autre, en tout cas pour ce qui regardait Kerns ou qui que ce soit d'autre.

« Il ne serait pas le premier à s'absorber dans son travail. Un scientifique qui ne se sent pas à ce point investi ne mérite pas d'appartenir à la communauté scientifique. » Jon s'interrompit et questionna son ami, l'air de rien. « Alors, quelle serait ta théorie ? »

Mike eut un petit rire.

« A mes moments de délire, je songe à du vol de données scientifiques. A des espions. Ou à de l'espionnage industriel, pourquoi pas. Une histoire clandestine, impliquant les services secrets.

— S'est-il produit quelque chose qui t'amènerait à le penser ?

— Eh bien, il y a toujours la question du Prix Nobel. Celui qui créera un ordinateur moléculaire partira favori. Naturellement, cela n'est pas seulement synonyme d'argent, mais aussi de prestige... le mont Olympe du prestige. A Pasteur, personne ne refuserait ça. Et probablement personne au monde. Dans ces conditions, n'importe lequel d'entre nous aurait de quoi devenir légèrement nerveux et se retrancher un peu dans une sorte de clandestinité, afin de protéger son travail jusqu'à ce qu'il soit prêt à le rendre public.

— Bonne déduction. Mais le vol de documents, c'est une chose, et un massacre, car c'est ce que cette bombe a provoqué, c'en est tout à fait une autre. Tout de même, il doit y avoir autre chose, pour que tu en viennes à croire que Chambord s'inquiétait qu'on puisse lui voler son travail. Un truc inhabituel, peut-être même un soupçon, qui lui aurait inspiré cette crainte.

— Maintenant que tu y fais allusion... Je me suis parfois interrogé sur quelques personnes que j'ai remarquées à une ou deux reprises en compagnie de Chambord, devant Pasteur. Et puis aussi au sujet d'une voiture qui est venue le chercher ici certains soirs. »

Smith ne laissa transparaître que très superficiellement l'intérêt que ces informations suscitaient en lui.

« Quel genre de gens ?

— Oh, assez ordinaires. Des Français, bien habillés. S'ils n'avaient pas toujours été vêtus en civil, j'aurais volontiers affirmé que c'étaient des militaires. Mais je suppose que si Chambord faisait des progrès sur son ordinateur piloté par ADN, c'était cohérent. Les militaires devaient avoir envie de suivre de près tout ce qu'il faisait, s'il les y autorisait.

— Assez naturel. Et la voiture ? Tu te souviens de l'année ou de la marque ?

— Une Citroën, récente. Je ne sais pas exactement de quelle année. Elle était imposante et noire. Je l'apercevais quand je travaillais tard. Je me rendais à ma voiture, et parfois elle arrivait. Les portières s'ouvraient. Chambord montait dedans, je le voyais baisser la tête... il était très grand, tu sais... et la Citroën démarrait. C'était curieux, car il avait sa petite Renault. Je veux dire, je repérais sa Renault qui restait garée sur le parking après le départ de la grosse Citroën.

— Tu n'as jamais vu qui était à bord avec lui ?

— Jamais. Mais à l'époque, j'étais tellement fatigué que je ne pensais qu'à une chose, rentrer chez moi.

— La Citroën le ramenait-elle ?

— Je ne saurais dire. »

Smith réfléchit.

« Merci, Mike. Je vois que tu es occupé, et je ne veux pas te prendre davantage de ton temps. Je m'enquiers simplement des activités de Marty à Paris, afin de pouvoir juger de son état de santé avant l'explosion. Désolé de m'être autant écarté du sujet avec Chambord. Marty est atteint du syndrome d'Asperger. En règle générale, il se porte bien, mais comme je ne lui ai plus parlé depuis un moment, je voulais avoir quelques certitudes. Que peux-tu me dire de la famille de Chambord ? Ils pourraient en savoir plus à propos de Marty.

— Emile était veuf. Sa femme est morte, il y a sept ans. A l'époque, je n'étais pas là, mais il a sacrément accusé le coup. Il s'est jeté à corps perdu dans le travail, et puis, pendant une période, il est resté très distant, à ce qu'on m'a dit. Il a un enfant, une fille, qui est adulte maintenant.

— Tu as son adresse ? »

Kerns se retourna vers son ordinateur et lui en fournit une sans tarder. Il pencha la tête vers Smith.

« Elle s'appelle Thérèse Chambord. J'ai cru comprendre qu'elle était une actrice assez connue, surtout à la scène, mis à part quelques rôles dans des films français. Une fille fantastique, d'après ce que j'ai entendu dire.

— Merci, Mike. Je te tiendrai informé de l'évolution des choses avec Marty.

— Oui, s'il te plaît. Et il faut au moins qu'on sorte prendre un verre ensemble, avant que tu ne rentres au pays. Et avec Marty aussi, avec un peu de chance.

— Bonne idée. J'en serais ravi. »

Il se leva et sortit.

*

Une fois dehors, Smith regarda à l'autre bout du grand campus, en direction de la fumée épaisse qui s'échappait sur fond de nuages. Il secoua la tête et se détourna, se dirigeant vers la rue, songeant à Marty. Avec son téléphone portable, il appela l'hôpital Georges-Pompidou et s'entretint avec l'infirmière chef de l'unité de soins intensifs, qui l'informa que l'état de Marty demeurait stationnaire, tout en montrant heureusement de temps à autre les signes d'un réveil possible. Ce n'était pas grand-chose, mais Smith se raccrocha à l'espoir que son ami de longue date parviendrait à s'en sortir.

« Et vous, comment vous sentez-vous ? lui demanda-t-elle.

— Moi ? » Il se souvint de son coup sur la tête, quand il s'était écroulé dans cette cage d'escalier. A présent, cela lui semblait très lointain et, comparé à la dévastation de Pasteur, vraiment sans importance. « Je vais bien. Merci de vous en inquiéter. »

Quand il raccrocha, il déboucha de nouveau dans la rue du Docteur-Roux et repensa à ce qu'il venait d'apprendre de la bouche de Mike Kerns : durant l'année écoulée, Emile Chambord avait agi comme un homme pressé, comme quelqu'un qui détient un secret. Et on l'avait vu avec des hommes bien habillés qui auraient pu être des militaires sans uniforme.

Smith ruminait tout cela quand il eut la sensation d'être surveillé. Appelons cela comme on veut – entraînement, expérience, sixième sens, impression d'une image subliminale, paranoïa, ou même parapsychologie... Mais il ressentit ce picotement dans la nuque, cette légère contraction de l'épiderme.

Ils étaient là, des yeux qui l'observaient. Cela avait commencé dès l'instant où il avait posé le pied sur le trottoir.

CHAPITRE SIX

LE capitaine Darius Bonnard pouvait presque humer l'odeur des chameaux, des dattes pourrissant au soleil, la puanteur de graisse de chèvre du couscous, et même le parfum rance mais miraculeux de l'eau stagnante. Il s'était changé, quittant son uniforme de capitaine pour un costume civil, léger mais encore trop chaud pour l'appartement où il venait d'arriver. Il transpirait déjà dans sa chemise rayée bleue.

Il regarda autour de lui. L'endroit ressemblait à l'intérieur de toutes les tentes bédouines où il avait pu prendre place, misérablement assis en tailleur, depuis le Sahara jusqu'à tous ces postes avancés perdus au fin fond du désert de l'ancien empire français, où il avait servi sous les drapeaux. Des tapis marocains masquaient chaque fenêtre et recouvraient le sol sur deux épaisseurs, formant comme un matelas. Des tentures et des objets artisanaux algériens, marocains et berbères décoraient les murs, et les meubles en cuir et en bois étaient bas et durs.

Avec un soupir, le capitaine se laissa tomber dans un fauteuil à quelques centimètres au-dessus du sol, satisfait de ne pas devoir s'asseoir par terre en tailleur. Durant un instant, sous l'effet de cette impression de déjà-vu, il s'attendit presque à voir du sable chaud balayé sous les parois de la tente venir lui fouetter les chevilles dans un tourbillon brûlant.

Mais Bonnard n'était pas au Sahara, et pas non plus sous une tente, et il avait d'autres réalités plus pressantes à l'esprit que l'illusion d'une bouse de chameau et d'un vent de sable.

« Envoyer cet homme tuer Martin Zellerbach à l'hôpital était une initiative stupide, monsieur Mauritania, prévint-il, l'air féroce. Une idiotie ! Comment avez-vous pu croire qu'il allait réussir et ensuite s'échapper sans difficulté ? Ils l'auraient attrapé et ils lui auraient soutiré la vérité. Et avec l'ami du Dr Zellerbach là-bas, en plus. Merde ! Maintenant la police criminelle a redoublé de vigilance, et il sera dix fois plus difficile d'éliminer Zellerbach. »

Tandis que le capitaine Bonnard tempêtait, le second personnage présent dans la pièce, que le capitaine avait appelé M. Mauritania, le seul nom sous lequel on le connaissait dans le monde de la pègre internationale des espions et des criminels, demeura impassible. C'était une silhouette imposante, au visage rond et mou, aux mains manucurées, portant des manchettes de chemise blanche, impeccablement ajustées au bout des manches de veste de son costume anglais gris perle tout droit sorti de chez un tailleur sur mesure de Savile Row. Ses traits menus et ses yeux d'un bleu lumineux considéraient Bonnard et son indignation avec la patience à toute épreuve de celui qui est contraint d'écouter les aboiements interminables d'un chien.

Quand le capitaine eut finalement achevé sa tirade, Mauritania, qui portait un béret, ramena une mèche de cheveux bruns derrière son oreille et répondit d'une voix aussi dure que ses mains étaient douces.

« Vous nous sous-estimez, capitaine. Nous ne sommes pas des idiots. Nous n'avons envoyé personne assassiner le Dr Zellerbach, ni à l'hôpital, ni ailleurs. Il serait stupide de tenter une chose pareille, quel que soit le moment, et plus stupide encore de tenter cela maintenant, alors qu'il serait tout à fait possible qu'il ne reprenne plus jamais connaissance. »

Bonnard resta abasourdi.

« Et cependant nous avons décidé que nous ne devions en aucun cas courir le risque de le laisser en vie. Il pourrait en savoir trop.

— Vous avez décidé cela. Nous avons décidé d'attendre. C'est à nous de choisir, pas à vous, ajouta Mauritania sur un ton qui mettait un terme à la discussion. Quoi qu'il en soit, vous et moi, nous avons des questions plus importantes à aborder.

— Comme par exemple de savoir qui a envoyé cet assassin, si ce n'est pas vous ? Qui, et pourquoi ? »

Mauritania inclina sa petite tête soignée.

« Je ne songeais pas à cela. Mais oui, c'est un sujet de préoccupation, et nous saurons découvrir tout ce que nous pourrons sur cette affaire. Entre-temps, nous avons étudié les notes de l'assistant, que vous nous avez remises. Nous avons constaté qu'elles coïncident précisément, quoique schématiquement, avec les données et les comptes rendus de Chambord. Apparemment, rien n'a été oublié ou perdu. Maintenant que nous en disposons, il ne devrait plus y avoir d'obstacle de ce côté-là. Elles ont déjà été détruites.

— Ce qui permettra de joliment préserver le secret sur nos opérations, ainsi que je vous l'avais signifié », rappela Bonnard, avec un aplomb non dépourvu d'un certain degré de condescendance toute néocoloniale. Il s'en rendit compte, mais cela lui était égal. « Quoi qu'il en soit, je ne suis pas du tout sûr qu'il faille laisser Zellerbach en vie. Je suggérerais...

— Et moi, le coupa Mauritania, je suggère que vous nous laissiez nous occuper de Zellerbach. Vous devez veiller à de plus graves dangers, comme par exemple l'enquête de la police sur le "suicide" de l'assistant de Chambord. Vu les circonstances, les questions qui vont se poser n'émaneront pas seulement de la police. Où en est l'enquête officielle sur le suicide ? »

Le Mauritanien avait contraint Bonnard à se tenir sur la défensive et, l'espace d'un instant, le capitaine réprima son écœurement. Mais d'un autre côté, s'il était en affaires avec ce caïd du milieu, c'était qu'il avait besoin de quelqu'un de dur et de rusé, et d'aussi implacable que lui. Dès lors, que pouvait-il en attendre d'autre ? En outre, il percevait bien toute la logique de la question posée.

Il s'efforça de répondre sur un ton plus accommodant.

« Je n'ai rien entendu dire. Mais après que l'assistant s'est enfui, quand il a repéré vos hommes, il s'est arrêté pour prendre de l'essence. Les gens de la station ont pu témoigner qu'il avait appris la nouvelle de la mort d'Emile Chambord et qu'il en était bouleversé, véritablement en larmes. Anéanti par le chagrin. Cela devrait fournir un motif. Sans son mentor, il se sentait incapable de tenir le coup.

— Vous ne savez rien de plus ? Pas même du côté de l'état-major de votre armée ?

— Pas un mot. »

Mauritania réfléchit.

« Cela ne vous inquiète pas ?

— Pas de nouvelles, bonnes nouvelles. » Bonnard ponctua ce cliché d'un sourire froid.

Mauritania fronça le nez, l'air dégoûté.

« Ce proverbe occidental est aussi dangereux que stupide. Dans une affaire comme celle-ci, le silence est loin d'être d'or. Un suicide est difficile à bien simuler, surtout si l'on veut abuser n'importe quel inspecteur de police pourvu d'un peu de cervelle ou d'expérience, et à plus forte raison le contre-espionnage. Je vous suggère, à vous ou à vos gens, de vous renseigner sur ce que la police et les services secrets savent vraiment de la mort de cet assistant, et de vous renseigner vite.

— Je vais y veiller », acquiesça Bonnard, à contrecœur. Il changea de position, s'apprêtant à se lever.

Mais Mauritania leva sa main menue et, avec un soupir, Bonnard se laissa retomber sur son siège.

« Autre chose, capitaine Bonnard. Cet ami de Zellerbach... Que savez-vous de lui ? »

On allait bientôt s'enquérir de l'absence de Bonnard à son poste, et il avait envie de partir. Il maîtrisa son impatience et répondit.

« L'homme s'appelle Jonathan Smith, un lieutenant-colonel. C'est un vieil ami de Zellerbach, docteur en médecine, envoyé par la famille. C'est tout au moins ce que Smith a déclaré à l'hôpital, et d'après ce que j'ai pu apprendre à partir de mes autres sources, c'est exact. Zellerbach et Smith ont grandi ensemble dans l'Iowa. » Bonnard eut un peu de mal à prononcer le mot.

« Mais d'après ce que vous m'avez également rapporté vous-même de cette tentative d'assassinat, le Dr Smith a davantage agi comme un homme possédant une expérience du combat ou de l'action policière. Vous dites qu'il est entré dans l'hôpital armé ?

— En effet, et j'admets que ses actes sur les lieux étaient loin d'être médicaux.

— Possibilité qu'il s'agisse d'un agent ? Placé dans l'hôpital par quelqu'un que notre supercherie n'aurait pas convaincu ?

— Si Smith est un agent, il n'appartient ni à la CIA, ni au MI6. Je connais tous leurs personnels en Europe et dans les services des affaires européennes à Langley et au SIS de Londres. C'est un Américain, c'est certain, il n'a rien d'un type du Mossad ou d'un Russe. Et ce n'est pas un des nôtres non plus. Ça, je le saurais forcément. Mes sources à l'intérieur du renseignement américain m'ont confirmé qu'il s'agissait simplement d'un chercheur scientifique de l'armée affecté à un établissement américain de recherches militaires et médicales.

— Un Américain, c'est certain ?

— Les vêtements, les attitudes, la façon de s'exprimer, le comportement. Plus la confirmation émanant de mes contacts. Ma réputation là-dessus.

— Se pourrait-il que ce soit un agent de la CIA que vous ne connaîtriez pas ? Langley sait mentir sur certains points. C'est leur métier de mentir. Ils sont devenus assez forts sur ce plan.

— Mes contacts ne mentent pas. Qui plus est, il ne figure sur aucun de nos fichiers du renseignement militaire.

— Se pourrait-il que ce soit un agent appartenant à une organisation que vous ne connaîtriez pas, ou sur laquelle vous ne possédez pas de sources ?

— Impossible. Pour qui nous prenez-vous ? Si le contre-espionnage n'a connaissance d'aucune organisation de cette sorte, c'est qu'elle n'existe pas.

— Très bien. » Mauritania approuva d'un signe de tête. « Pourtant, nous ferions bien de continuer de le surveiller, tant vos gens que les miens. » Il se leva, d'un mouvement souple et rapide.

Avec soulagement, le capitaine Bonnard se leva lui aussi tant bien que mal de son siège. Il avait les jambes quasiment paralysées. Il n'avait jamais compris comment les peuples du désert ne finissaient pas tous infirmes.

« Peut-être, commenta-t-il, en se massant derrière le genou, peut-être Smith n'est-il rien de plus que ce qu'il paraît être. Après tout, les Etats-Unis ont développé la culture de l'arme à feu.

— Mais il est difficile de croire qu'il ait été autorisé à porter la sienne sur lui à bord d'un vol commercial sans une raison bien déterminée, et une raison très importante, avec ça, souligna Mauritania. Enfin, il se peut que vous ayez raison. Ici aussi, il y a moyen d'acquérir un pistolet, y compris pour un étranger, n'est-ce pas ? Son ami ayant été victime d'un acte de violence, Smith a fort bien pu venir ici pour le venger. En tout cas, on a toujours le sentiment que les Américains se sentent moins vulnérables quand ils sont armés. Ce qui, de leur part, est assez sot. »

Ce qui laissa au capitaine l'impression très nette que le chef terroriste, si énigmatique et parfois perfide, estimait que Bonnard n'était pas tout à fait dans le vrai.

*

En état de vigilance maximale, Smith marchait en direction du boulevard Pasteur, tout en faisant mine de chercher à héler un taxi. Il n'arrêtait pas de tourner la tête à droite, à gauche, apparemment pour suivre le flot de la circulation en quête d'une voiture libre, alors qu'en réalité il scrutait du regard toute personne qui serait en train de le surveiller.

L'atmosphère était noyée de gaz d'échappement. Il se retourna, regarda en direction de l'entrée de l'Institut, où les vigiles effectuaient leurs contrôles d'identité. Finalement, il s'arrêta sur trois cibles potentielles : une femme assez jeune, à peu près le milieu de la trentaine, les cheveux foncés, une silhouette qui n'appelait pas de commentaires, le visage rondouillard. Totalement anodine dans une jupe noire informe et un cardigan. Elle s'était arrêtée pour admirer l'église lugubre en pierre et en brique de Saint-Jean-Baptiste-de-La-Salle.

La seconde cible potentielle était un homme d'âge moyen, tout aussi terne, en manteau sport bleu foncé et en jean de velours, malgré la chaleur de mai. Il se tenait devant une échoppe de cartes postales, étudiant soigneusement les articles du présentoir comme s'il était à la recherche d'une toile de maître oubliée. La troisième personne était un homme grand et âgé, appuyé sur une canne en ébène. Il se tenait debout à l'ombre d'un arbre, à la limite du trottoir et de la chaussée, et il regardait le panache de fumée de l'Institut Pasteur dériver dans le ciel.

Smith avait près de deux heures à tuer avant le rendez-vous que le Président Castilla lui avait organisé avec le général Henze, le commandant en chef de l'OTAN. Il ne lui faudrait probablement pas tout ce temps pour semer ceux qui s'intéressaient à lui. Autrement dit, il serait au préalable peut-être en mesure de recueillir quelques informations sur eux.

Durant tout ce temps, il n'avait pas cessé de faire semblant de chercher un taxi. Avec un haussement d'épaules théâtral, il continua en direction du boulevard Pasteur. Au carrefour, il prit à droite, et se dirigea d'un pas nonchalant vers l'hôtel Arcade très animé, avec sa façade de verre, d'acier et de stuc. Il jeta un œil aux vitrines des boutiques, consulta sa montre et, en fin de compte, s'arrêta devant un café, où il choisit une table à l'extérieur. Il commanda un demi, et quand la bière arriva, il en but une gorgée et suivit le défilé permanent avec le sourire détendu d'un touriste qui viendrait à peine d'arriver.

Le premier personnage du trio à faire son apparition fut le vieux monsieur de grande taille, celui qui s'appuyait sur sa canne à l'ombre d'un arbre pour regarder le panache de fumée s'échappant du bâtiment détruit, un comportement susceptible en soi d'éveiller le soupçon. Les criminels étaient réputés pour leur tendance à revenir sur les lieux d'un attentat, même si cet homme avait l'air trop vieux et trop infirme pour avoir pu se livrer aux efforts physiques requis par la pose d'une bombe. Il avançait en claudiquant, se servant de sa canne d'une main experte, et trouva un siège dans un café juste en face de Smith, de l'autre côté de la rue. Là, il sortit de sa poche un exemplaire du *Monde* et, après que le serveur lui eut apporté un café et une pâtisserie, il déplia le quotidien. Il lut tout en sirotant son café et en mangeant, apparemment sans du tout s'intéresser à Smith. En fait, il ne releva plus le nez de son journal.

La deuxième à arriver sur les lieux fut la jeune femme au visage rondouillard, aux cheveux foncés et à l'allure quelconque, qui subitement passa devant le café, à un mètre cinquante à peine de l'endroit où Smith était assis. Elle regarda droit vers lui, brièvement, avant de continuer sans lui témoigner le moindre signe d'intérêt, comme si, à la place de Smith, il n'y avait eu qu'un espace vide. Après avoir dépassé la terrasse, elle marqua une pause, comme si elle envisageait de s'y arrêter boire un verre, elle aussi. Elle parut écarter cette idée et poursuivit son chemin, disparaissant dans l'hôtel Arcade bondé.

La troisième personne, l'homme qui avait l'air si concentré sur ses achats devant l'échoppe des cartes postales, ne se montra pas.

Tout en terminant sa bière, Smith passa mentalement en revue ce qu'il avait observé chez le vieux monsieur à la haute stature et chez la femme insignifiante – leurs traits, le rythme de leurs mouvements, leur port de tête et leur façon de mouvoir leurs mains et leurs pieds. Il ne bougea pas avant d'être certain de les avoir bien mémorisés.

Là-dessus, il régla et repartit sur le boulevard d'un pas rapide, en direction de la station de métro Pasteur, au croisement de la rue de Vaugirard. Le vieil homme à la canne ne tarda pas à reparaître derrière lui, se déplaçant bien pour un homme de son âge souffrant d'une apparente infirmité. Smith l'avait instantanément repéré. Il surveilla le personnage à la limite de son champ de vision et continua de guetter la présence de tout individu d'allure suspecte.

Le moment était venu de recourir à un vieux truc du métier : il plongea dans la bouche de métro, tout en surveillant ce qui se passait derrière lui. L'homme à la canne ne le suivit pas. Smith attendit qu'un train entre et s'arrête dans la station, puis il se joignit au flot des passagers qui ressortaient dans la rue. A un pâté de maisons plus loin, sous le ciel plombé, le vieil homme était là, qui marchait seul. Smith pressa le pas derrière lui, restant juste assez près pour l'observer, jusqu'à ce que l'homme s'arrête à la hauteur d'une librairie avec un écriteau « Fermé pour le déjeuner » accroché à la porte vitrée. La clé à la main, il ouvrit la porte. Une fois à l'intérieur, il retourna l'écriteau du côté de la mention Ouvert, lâcha sa canne dans un pot à côté de la porte, et retira son pardessus.

Smith estima inutile de pousser plus avant. Après tout, le type possédait bel et bien une clef. D'un autre côté, il avait envie de s'en assurer. Il s'arrêta donc devant la grande vitrine en verre armé et regarda l'homme enfiler une veste en lainage et méthodiquement la boutonner en commençant par le bouton du haut. Quand l'homme eut terminé, il s'assit sur un haut tabouret derrière le comptoir, leva les yeux, aperçut Smith, sourit et lui fit signe d'entrer. Manifestement, soit il possédait cette librairie, soit il y travaillait. Smith ressentit un pincement au cœur, de déception.

Pourtant, quelqu'un le surveillait, et il avait réduit les suiveurs potentiels à deux personnes, la femme aux cheveux foncés ou l'homme qui avait jeté un œil aux articles de l'échoppe de cartes postales. En revanche, quel que soit celui des deux qui le suivait, il ou elle avait également perçu les soupçons de Smith et quitté la filature.

Il adressa au libraire un signe amical de la main et se pressa de redescendre dans la station de métro. Mais là encore, il eut une sensation angoissante et sentit ses cheveux ras se hérisser dans sa nuque. Il y avait toujours quelqu'un à proximité, qui le scrutait du regard. Contrarié, soucieux, il resta à l'entrée de la bouche de métro et regarda autour de lui. Il ne vit rien. Il lui fallait abandonner cette piste. Il n'était pas question de les conduire tout droit à ce rendez-vous avec le général Henze. Il se retourna et descendit en vitesse dans la station.

*

Dans une entrée d'immeuble partiellement masquée par un arbuste, la femme d'allure terne en tenue noire de vendeuse de magasin examina attentivement Smith qui étudiait les lieux. Sa cachette était sombre et en retrait, ce qui lui convenait parfaitement, car cela lui permettait, avec ses vêtements sombres, de se fondre dans la pénombre. Elle prit soin de maintenir son visage dans l'obscurité, car, en dépit de son bronzage, la couleur plus claire de la peau aurait pu refléter juste assez de lumière pour que quelqu'un d'aussi observateur que Smith la remarque.

Il avait l'air mal à l'aise et soupçonneux. Il était bel homme, avec des traits presque amérindiens – de hautes pommettes saillantes, un visage anguleux, et des yeux bleus très sombres. A présent, il avait les yeux dissimulés derrière des lunettes de soleil, mais elle se souvenait de leur couleur. Elle en frissonna.

Enfin, il parut prendre une décision. Il descendit rapidement l'escalier de la bouche de métro. Dans l'esprit de la femme, cela ne faisait plus de doute : il avait compris qu'il était suivi, mais il ne savait pas précisément que c'était par elle, sans quoi il lui aurait emboîté le pas quand elle était passée devant sa table, à la terrasse du café, en le regardant droit dans les yeux.

Elle soupira, irritée par cette situation. Il était temps de faire son rapport. Elle sortit son téléphone portable d'une poche sous son épaisse jupe noire.

« Il a compris qu'il était suivi, mais il ne m'a pas identifiée, expliqua-t-elle à son contact. A part ça, il a vraiment l'air d'être là parce qu'il se fait du souci pour son ami blessé. Tout ce qu'il a fait depuis son arrivée coïncide. » Elle écouta une réaction et répondit avec colère. « Ça, c'est votre requête. Si vous pensez que cela en vaut la peine, envoyez quelqu'un d'autre pour le prendre en filature. J'ai mon propre ordre de mission... Non, rien de précis pour l'instant, mais je flaire quelque chose d'important. Mauritania ne se serait pas déplacé jusqu'ici s'il n'y avait eu un impératif... Oui, s'il le détient. »

Elle raccrocha, regarda attentivement autour d'elle, et se glissa hors de la pénombre. Jon Smith n'était pas ressorti de la bouche de métro, et donc elle retourna en vitesse au café, là où il s'était assis. Elle inspecta le sol sous la chaise qu'il avait utilisée. Elle hocha la tête, satisfaite. Il n'y avait rien.

*

Smith changea quatre fois de rame et, à deux stations différentes, il remonta en vitesse dans la rue, avant de replonger. Il regarda partout autour de lui et, finalement, après une heure de ce manège, il fut convaincu d'avoir semé son suiveur. Soulagé, mais toujours prudent, il prit un taxi et se rendit à l'adresse que lui avait confiée Klein.

Il s'agissait en fait d'une pension abritée dans un immeuble en brique de trois étages, recouvert de lierre, dans une petite cour intérieure de la rue des Renaudes, en retrait du tumulte de la ville. A son poste derrière l'élégante porte d'entrée, la gardienne était aussi discrète que le bâtiment lui-même. Cette femme corpulente, aux airs de matrone, les yeux comme deux cadenas, un visage qui ne laissait rien transparaître, ne trahit aucune réaction quand il lui demanda M. Werner, mais elle sortit de derrière son comptoir pour le précéder dans l'escalier avec des gestes qui avaient décidément fort peu à voir avec ceux d'une matrone. Il soupçonnait qu'elle n'avait pas, sous son cardigan et son tablier, que les clefs de la maison en guise d'objets métalliques.

En revanche, il n'eut guère besoin de se perdre en conjectures quant à l'identité du boxeur poids coq assis sur une chaise dans le couloir du deuxième étage, en train de lire un roman policier de Michael Collins. La concierge s'effaça dans l'escalier aussi prestement que le lapin d'un magicien, et le petit planton raide comme un piquet examina la carte d'identité de Smith sans se lever. Il portait un costume sombre d'homme d'affaires, mais son aisselle présentait un renflement que Smith, après mûre réflexion, attribua à une vieille arme réglementaire, un Colt 1911 semi-automatique. La gestuelle précise et raide de l'homme laissait entrevoir un uniforme invisible, pour ainsi dire tatoué à même la peau. Manifestement, pour porter ainsi un vieux Colt .45, ce devait être un simple soldat jouissant d'une position privilégiée – probablement un sergent-chef attaché au général.

Il restitua sa pièce d'identité à Smith et, en guise de salut adressé à un supérieur, hocha légèrement sa tête en forme d'obus, et lui posa la question :

« Quel est le mot de passe, colonel ?

— Loki. »

La tête en forme d'obus désigna le couloir.

« Le général vous attend. Troisième porte. »

Smith s'y rendit, frappa et, quand un « Entrez ! » guttural se fit entendre, il pénétra dans une pièce ensoleillée avec une grande fenêtre et une vue sur un jardin en fleurs, un écheveau de végétation que Monet aurait aimé peindre. Debout dans cette pièce, il y avait un autre poids coq, mais avec dix ans de plus et vingt kilos de moins que celui du palier. Mince comme un fil, il tournait le dos à Jon et contemplait les jardins dignes d'une aquarelle.

Smith refermait à peine la porte que déjà le général lui lançait une série de questions.

« Que va-t-il sortir de cette nouvelle technologie qui est censée se balader on ne sait trop où, colonel ? Faut-il s'attendre à des conséquences similaires à celles d'une bombe nucléaire, ou serait-ce plutôt de l'ordre de la sarbacane ? Ou même de l'ordre de rien du tout ? Qu'est-ce qu'ils nous préparent ? »

Malgré sa petite taille, il avait la voix d'un poids lourd d'un mètre quatre-vingt-cinq, aussi rugueuse que de l'écorce de séquoia, et rauque, probablement à cause d'une jeunesse passée à beugler des ordres pour couvrir le vacarme d'un feu roulant.

« C'est pour le découvrir que je suis ici, monsieur.

— Vous avez une intuition, au fond de vos tripes ?

— Je ne suis à Paris que depuis quelques heures. Un assassin en puissance m'a menacé d'une arme automatique, ainsi que le Dr Zellerbach, qui travaillait avec le professeur Chambord.

— J'ai su ça, admit le général.

— J'ai aussi été suivi par quelqu'un qui connaît son boulot. Plus, bien entendu, l'incident de Diego Garcia. Je dirais que tout cela n'est pas rien. »

Le général se retourna.

« C'est tout ? Pas de théories ? Pas d'hypothèses ? C'est vous le scientifique. Docteur en médecine, par-dessus le marché. De quoi dois-je m'inquiéter ? Est-ce l'Apocalypse entre les mains de je ne sais quel quidam, ou juste un gamin qui saigne du nez dans une cour d'école avec, en prime, un bleu infligé à notre fameux amour-propre d'Américains ? »

Smith eut un sourire pincé.

« La science et la médecine ne nous apprennent pas à théoriser ou à émettre des hypothèses farfelues en présence d'un général, monsieur. »

Le général éclata d'un rire tonitruant.

« Non, j'imagine que non. »

Le général Carlos Henze, de l'armée de terre américaine, était le commandant suprême des armées alliées en Europe, avec sous ses ordres les forces interarmes de l'OTAN. Aussi raide qu'un ressort, Henze avait le cheveu grisonnant taillé court, rien que de très attendu s'agissant d'un militaire, naturellement. Mais ce n'était pas non plus le coup de tondeuse façon camp d'entraînement qu'affectionnaient les généraux des Marines et autres personnages guindés, histoire de montrer qu'ils étaient des soldats bruts de décoffrage et qu'ils s'étaient taillé un chemin dans la boue, comme tout bon héros. Au contraire, il avait le cheveu long, trois centimètres au-dessus du col de son costume deux-pièces impeccablement coupé, marron foncé, qu'il portait avec toute l'aisance et la familiarité d'un président-directeur général de société classée dans la liste des 500 premières entreprises publiée tous les ans par le magazine *Fortune*. C'était un général de la nouvelle génération, tout à fait intégré et pleinement préparé au XXIᵉ siècle.

Henze opina brusquement du chef.

« Très bien, colonel. Et si je vous racontais, moi, ce que je sais, d'accord ? Prenez un siège. Cette banquette fera l'affaire. »

Smith s'assit sur la banquette Napoléon III en velours orné, tandis que le général retournait à sa fenêtre et à sa vue bucolique, tournant de nouveau le dos à Smith, qui se demanda si c'était la manière, chez Henze, d'obtenir toute la concentration d'une salle remplie de commandants de division et de régiment sur la question inscrite à l'ordre du jour. C'était un bon truc. Smith songea qu'il pourrait s'en servir lors d'une de ses réunions avec ses confrères scientifiques, des individus notoirement indisciplinés.

« Donc, reprit le général, nous avons peut-être là une sorte de nouvelle machine capable d'accéder à tous les matériels et tous les logiciels informatiques de la planète et d'en prendre le contrôle, y compris les codes, les cryptages, les clés électroniques de lancement des missiles, les structures de commandement et les instructions officielles de n'importe quel pays. Voilà qui résume à peu près ce que ce machin serait en mesure de faire, à supposer qu'il existe ?

— Sur le plan des applications militaires, c'est cela, oui, confirma Smith.

— Pour l'heure, ce sont les seules qui me concernent, et il en va de même pour vous. L'histoire se chargera du reste. » Tournant toujours le dos à Smith, le général leva les yeux vers les nuages d'étain qui masquaient le ciel de mai, comme s'il se demandait si le soleil brillerait jamais de nouveau. « Tout indique que l'homme qui l'a construit est mort, et ses dossiers réduits en cendres. Personne n'a revendiqué l'explosion de la bombe qui l'a tué, ce qui n'est guère habituel chez des terroristes, sans constituer une franche nouveauté. »

Cette fois, Henze cessa simplement de parler, un raidissement presque imperceptible du dos et des épaules signifiant qu'il attendait une réponse, que ce soit un oui ou un non.

Smith réprima un soupir.

« Oui, monsieur, à ceci près que nous pouvons également y ajouter l'assassin présumé, d'obédience inconnue, qui a tenté de tuer le Dr Zellerbach à l'hôpital ce matin.

— Exact. » A ce moment, Henze se retourna. Il s'approcha d'un pas raide d'une chaise tapissée de brocart, s'y laissa tomber, et lança à Smith un regard furibond comme seul un général en a le secret. « Okay, moi aussi, j'ai quelques informations pour vous. Le Président m'a prié de vous apporter toute l'aide possible, et de ne pas piper mot sur votre présence ici, et je n'ai pas pour habitude d'ignorer les ordres. Donc voici ce que mes gens et la CIA ont découvert : le soir de l'explosion, un véhicule Renault Espace noir a été aperçu en stationnement derrière l'annexe de Pasteur, rue des Volontaires. A peine quelques minutes avant l'explosion, il a quitté la zone. Vous savez que Chambord avait un assistant ?

— Oui. La dernière fois que j'en ai entendu parler, les autorités françaises étaient à sa recherche. On l'a retrouvé ?

— Mort. Suicide. Il s'est supprimé, la nuit dernière, dans un petit hôtel minable de la banlieue de Bordeaux. Il était en vacances dans un village de la côte, il peignait les pêcheurs, rien de mieux à faire. D'après l'un des amis que ce gamin avait à Paris, Chambord lui aurait dit qu'il travaillait trop et lui aurait conseillé de prendre des vacances, et c'était sa conception du divertissement. Ces Français. Alors que fabriquait-il dans un hôtel miteux, sur la mauvaise rive de la Garonne ?

— On est sûr du suicide ?

— A ce qu'ils disent. La CIA me rapporte que le propriétaire de l'hôtel se souvient que l'assistant avait avec lui un attaché-case quand il a pris la chambre. Il l'a remarqué parce que c'était déjà plus de bagages que n'en ont la plupart de ses clients. Vous voyez où je veux en venir... c'est ce genre d'"hôtel". Le hic, c'est que l'assistant était seul, pas de petite amie, pas de petit ami. Et s'il avait effectivement un attaché-case, à l'heure qu'il est cet attaché-case a disparu.

— Vous pensez que les poseurs de bombe ont frappé de nouveau, maquillé le meurtre en suicide, et subtilisé l'attaché-case, avec son contenu. »

Henze se leva d'un bond et, au pas de charge, regagna son poste de prédilection, devant la fenêtre.

« Réfléchir à tout ça, d'après ce que me dit le Président, c'est votre boulot. Mais je dirais que la CIA est d'avis que ce suicide sent mauvais, même si la police criminelle française paraît s'en contenter. »

Smith réfléchit à voix haute.

« Ce laborantin devait être au courant des progrès de Chambord, mais ce seul fait ne serait pas nécessairement une raison suffisante pour qu'on le tue. Après la mort de Chambord, et les rumeurs d'aboutissement de ses recherches, nous aurions de toute façon dû agir comme si Chambord avait fabriqué un ordinateur moléculaire en état de fonctionner. Je dirais donc qu'il devait exister un motif supplémentaire. Très vraisemblablement cet attaché-case, comme vous le suspectez. Les notes de l'assistant... peut-être les propres notes de Chambord... quelque chose que ces gens considéraient comme dangereux, ou comme essentiel.

— Ouais, grogna Henze, et il se retourna vers Smith pour lui lancer un regard menaçant. Donc, parce qu'il y a eu Diego Garcia, il semblerait que les poseurs de bombe détiennent les données de ce que Chambord a pu créer, ce que vous croyez être un authentique superordinateur moléculaire en état de marche...

— Un prototype, rectifia Smith.

— Qu'est-ce que cela signifie ?

— Il est probablement encombrant, pas facilement transportable. Du verre, des tubes, des raccords. Encore rien à voir avec les modèles stylés que nous verrons distribués dans le commerce dans le futur. »

Le général se renfrogna.

« La question importante demeure : ce machin peut-il exécuter toutes ces tâches ?

— Avec un opérateur compétent, ça m'en a tout l'air.

— Alors qu'est-ce qui a changé ? C'est qu'ils ont ce foutu bazar, et nous on a des nèfles. Dites, ça nous met pas une paille dans l'œil, ça ?

— Si, monsieur. D'ailleurs, je dirais même que cette paille dans l'œil ressemblerait à une poutre grand format. »

Henze hocha la tête sans emphase.

« Alors sortez-moi cette poutre de l'œil, colonel.

— Je vais faire de mon mieux, général.

— Faites plus que ça. Je vais faire en sorte que mon commandant en chef adjoint au sein de l'OTAN... pour vous, ce sera le général La Porte... se mette en rapport avec vous. C'est un Français. Leurs militaires sont préoccupés, c'est naturel. Puisque nous sommes sur leur territoire, la Maison Blanche souhaite qu'on leur fasse plaisir, mais sans leur confier davantage que le strict nécessaire, compris ? La Porte a déjà fourré son nez ici ou là à votre sujet et concernant le Dr Zellerbach. J'ai l'impression qu'il sent bien qu'on l'a complètement tenu à l'écart de cette affaire... ça, encore une fois, c'est les Français. Je lui ai dit que vous étiez un ami du Dr Zellerbach, mais je vois bien que cela le laisse sceptique. Il a entendu parler de cette petite escarmouche à l'hôpital Georges-Pompidou, donc préparez-vous à une flopée de questions très personnelles, mais tenez-vous-en à votre histoire. » Henze traversa la pièce, ouvrit la porte, et tendit la main à Smith. « Tenez-moi informé.

Quels que soient vos besoins, vous appelez. Le sergent Matthias là-bas va vous raccompagner. »

Smith serra cette main à la poigne de fer. Dans le couloir, le petit sergent râblé n'était pas ravi de quitter son poste. Il ouvrit la bouche pour argumenter avec le général – un maître sergent-chef, assurément –, mais croisa l'œil de son patron et se tint à carreau.

Sans un mot, il escorta Smith au pied de l'escalier et devant la gardienne, qui fumait une Gitane derrière son comptoir. Au passage, Smith remarqua la crosse d'un 9 mm dans la ceinture de sa jupe. Quelqu'un entendait ne courir aucun risque avec la sécurité du général Carlos Henze, de l'armée des Etats-Unis d'Amérique.

Le sergent s'arrêta à la porte, suivit Smith du regard jusqu'à ce qu'il ait traversé la cour sans encombre, puis franchi l'arcade qui donnait sur la rue et posé le pied sur le trottoir. Jon s'arrêta à hauteur d'un arbre et regarda tout autour de lui la circulation dense, les quelques piétons... et il eut l'impression que son cœur s'arrêtait. Il se retourna brusquement.

Il avait fugitivement entraperçu un visage à l'arrière d'un taxi, au moment où la voiture quittait la rue pour s'engager dans la cour. Tétanisé, Smith compta jusqu'à cinq et revint se poster à un emplacement d'où il pourrait observer l'entrée de la pension, à travers des buissons.

Le gaillard avait beau être coiffé d'un chapeau, Smith avait identifié les traits sombres, l'épaisse moustache, et à présent il reconnaissait également la silhouette élancée. C'était le faux agent de service qui était venu pour tuer Marty, à l'hôpital. Le même individu qui avait assommé Smith. L'homme venait d'arriver devant la porte de la pension. Par la porte que Smith venait de franchir dans le sens de la sortie. Le sergent se tenait toujours posté là-bas. Il s'effaça poliment pour laisser entrer le tueur. En parfait professionnel, le sergent regarda autour de lui, d'un air protecteur, recula, et referma la porte.

CHAPITRE SEPT

UN sombre crépuscule de printemps se déployait comme un noir édredon sur la Seine-Saint-Denis, au nord de Paris, au-delà du boulevard périphérique. Smith paya le chauffeur de son taxi et sortit, en respirant l'odeur métallique de l'ozone. A cause de l'humidité et de la pluie qui menaçait, l'air chaud était presque étouffant.

S'arrêtant sur le trottoir, il fourra les mains dans les poches de son imper et examina un immeuble étroit de trois étages en brique crème. C'était l'adresse que Mike Kerns lui avait indiquée pour rencontrer Thérèse Chambord. L'endroit pittoresque avait un charme vieillot, avec un toit pointu et une maçonnerie décorative, et il se dressait dans une rangée de constructions toutes similaires, probablement bâties à la fin des années 50 ou au début des années 60. L'immeuble où elle habitait semblait être subdivisé en trois appartements, un par niveau. Il y avait de la lumière aux fenêtres de chaque étage.

Il se retourna et balaya la rue du regard, où les voitures étaient garées à cheval sur le trottoir. Une Ford sport le dépassa, ses phares creusant deux entonnoirs de lumière blanche dans l'obscurité. C'était un petit pâté de maisons, avec les halos de lumière des entrées d'immeubles et des réverbères et, tout au bout, près d'une rampe de service surélevée, s'élevait un hôtel ultramoderne, huit étages coulés dans le béton, également peint de couleur crème, peut-être par souci d'harmonie avec les autres immeubles, moins hauts.

Prudent, Smith tourna les talons et se dirigea vers l'hôtel. Il resta une demi-heure dans le hall, en observant attentivement à travers les parois vitrées, mais personne ne l'avait suivi, ni dans la rue ni dans l'hôtel. Personne n'était sorti non plus de l'immeuble de Thérèse Chambord, et personne n'y était entré.

Il fureta dans l'hôtel jusqu'à ce qu'il trouve une entrée de service qui donnait dans une rue de traverse. Il se glissa au-dehors et fila vers le coin de la rue. Scrutant du regard tout autour de lui, il ne vit pas trace de quiconque en train de surveiller le hall de l'hôtel ou les abords de l'appartement de Thérèse Chambord. Il y avait peu de cachettes, et encore, elles se limitaient aux voitures garées de part et d'autre de la chaussée. Mais tout semblait désert. Avec un hochement approbateur, il retourna d'un pas vif jusqu'au pied de l'immeuble, sans cesser de regarder autour de lui.

Dans le renfoncement de la porte, il y avait une carte de visite de bristol blanc avec son nom gravé dessus, glissée dans le support correspondant au troisième étage. Il sonna, déclina son nom et le motif de sa venue.

Il prit l'ascenseur, et quand la porte s'ouvrit, elle se tenait sur le seuil de son appartement, vêtue d'un tailleur du soir blanc et près du corps, avec un chemisier à col montant en soie blanc cassé, et chaussée d'escarpins ivoire à hauts talons. On eût dit un tableau d'Andy Warhol, blanc sur blanc avec, en guise de point focal, une note violente, rouge sang : une paire de longues boucles d'oreilles oscillant à peine et, répété comme en écho, cette même note rouge sur ses lèvres pleines. Ensuite, il y avait le contraste de ses cheveux noirs et satinés, flottant en un nuage d'ébène à hauteur d'épaules, un contraste théâtral et attirant. C'était bel et bien une actrice. Pourtant, sa classe évidente pouvait être aussi le simple reflet du talent et de l'expérience.

Elle portait en bandoulière à l'épaule gauche un grand sac à main noir, comme si elle était sur le point de sortir. Il approcha.

Elle parlait un anglais irréprochable, sans la moindre trace d'accent.

« Je ne sais pas ce que je peux vous apprendre au sujet de mon père, ou de ce pauvre homme à l'hôpital dont on m'a dit qu'il se trouvait peut-être dans son laboratoire avec lui quand... quand la bombe a explosé, monsieur... Smith, c'est cela ?

— Dr Jon Smith, oui. Pouvez-vous m'accorder dix minutes ? Le Dr Zellerbach est un très vieil ami, très proche. Nous avons grandi ensemble. »

Elle consulta sa montre, se mordit la lèvre supérieure, ses dents étaient petites, d'une blancheur incroyable, et elle calcula mentalement. Enfin, elle acquiesça.

« Très bien, dix minutes. Entrez. Je joue ce soir, mais tant pis, je vais renoncer à mes quelques minutes de yoga. »

L'appartement n'était pas du tout ce à quoi il s'était attendu, à en juger par la façade vieillotte. Deux murs étaient entièrement coulés dans le verre, ce qui conférait à l'endroit une allure très moderne. Sur un troisième mur, de hautes portes de verre s'ouvraient sur un balcon panoramique, avec une rambarde à motifs en fer forgé, géométriques et dépouillés.

D'un autre côté, les pièces étaient grandes, mais pas immenses, avec un mobilier élégant remontant à diverses périodes, de Louis XIV au second Empire, mélangés un peu au hasard, serrés dans la pièce, à la manière parisienne, qui ne paraissait jamais chargée et qui, contre toute attente et sans qu'on sache trop comment, aboutissait à une complète harmonie. Par des portes entrouvertes, Smith entrevit deux chambres à coucher ainsi qu'une cuisine petite mais fonctionnelle. Royale, chaleureuse, confortable et contemporaine.

« Je vous en prie. »

D'un rapide regard, elle le toisa de la tête aux pieds, puis lui désigna un robuste confident second Empire.

Il sourit. Avec ce seul regard, elle l'avait à la fois jaugé et convié à s'asseoir. Elle s'adossa à un fauteuil Louis XV plus gracieux. A distance, debout sur le seuil de sa porte, elle lui avait paru grande, comme une femme de haute taille et qui en impose, mais vue de plus près, et assise, il s'aperçut qu'elle mesurait à peine un mètre soixante-cinq. C'était sa présence qui en imposait. Elle savait occuper le seuil d'une porte, une pièce. Il en déduisit que, sur scène, elle pouvait paraître de la taille qu'elle souhaitait, grossière ou délicate, jeune ou vieille. Elle projetait une image qui la dépassait, elle donnait l'impression d'un être capable de maîtriser la scène tout comme elle maîtrisait un salon.

Il la remercia.

« Saviez-vous que Marty... le Dr Zellerbach... travaillait avec votre père ? lui demanda-t-il.

— Pas de façon certaine, non. Mon père et moi étions très proches, mais nous vivions des vies si actives et si différentes que nous ne nous voyions pas aussi souvent que nous l'aurions désiré. Pourtant, nous nous parlions régulièrement au téléphone, et je me rappelle qu'il avait fait allusion, une fois, à un collaborateur très curieux et vraiment merveilleux... un excentrique, un garçon un peu reclus, originaire d'Amérique, qui souffrait d'une variante inconnue d'autisme. Mais ce garçon était aussi un génie de l'informatique. Il m'a laissé entendre que ce Dr Z., comme il l'appelait, s'était tout simplement présenté un matin, directement de l'aéroport, pour lui proposer de participer à ses recherches. Quand papa a compris de qui il s'agissait, et ce dont il était capable, il lui a tout montré. Le Dr Z. n'a pas tardé à faire progresser le travail de papa grâce à toutes sortes d'inventions très originales. Mais c'est tout ce que je sais de votre ami. Je suis désolée », ajouta-t-elle.

Elle paraissait sincère. Smith l'entendait à sa voix. Désolée pour Marty, pour son père, pour elle-même, et pour Smith. Cela se lisait aussi dans ses yeux, le choc de la disparition brutale de son père, et ce que cela impliquait : la certitude de sa mort. Un choc qui la laissait comme flottante dans les limbes, ni dans le présent, ni dans le passé, mais en suspens entre les deux.

Il perçut de la douleur dans ses yeux.

« C'est beaucoup plus dur pour vous, fit-il. Marty, au moins, conserve une bonne chance de s'en sortir.

— Oui. » Elle hocha vaguement la tête. « J'imagine que c'est vrai.

— Votre père vous a-t-il confié quoi que ce soit qui vous amènerait à penser que quelqu'un aurait voulu l'assassiner ? Quelqu'un dont il aurait pu craindre qu'il ne cherche à lui dérober son travail ?

— Non. Comme je l'ai dit, docteur Smith, nous nous voyions peu fréquemment, et encore moins ces douze derniers mois. En fait, nous nous parlions au téléphone moins souvent aussi. Il était absorbé par son labo.

— Saviez-vous sur quoi il travaillait ?

— Oui, l'ordinateur piloté par ADN. Tout le monde savait en quoi consistait ce projet. Il détestait les secrets en matière de science. Il répétait toujours qu'il n'y avait pas de place pour un tel égocentrisme, qu'il jugeait absurde.

— D'après ce que j'ai entendu, c'est resté vrai, jusqu'à l'an dernier. Avez-vous la moindre idée de ce qui a pu se passer pour qu'il change à ce point ?

— Non. »

C'était dit sans hésitation.

« De nouveaux amis ? Des femmes ? Des collègues envieux ? Des besoins d'argent ? »

Elle en sourit presque.

« Des femmes ? Non, je ne crois pas. Naturellement, un enfant, et surtout une fille, ne peut jamais en être certain, mais mon père avait à peine du temps à consacrer à ma mère quand elle était en vie, alors qu'il était très attaché à elle. Elle le savait, et cela lui permettait de supporter cette rivale écrasante : son laboratoire. Papa était, comme vous diriez, vous autres Américains, un "workaholic", un drogué du travail. Il n'avait pas besoin d'argent et ne dépensait même jamais la totalité de son confortable salaire. Il avait quelques amis, uniquement des collègues. Pas de nouveau venu, personne qui se serait montré particulièrement envieux, non, pas que je sache. Mais ses collègues n'avaient aucune raison de l'être. Tous ses pairs jouissaient eux-mêmes d'une grande réputation. »

Smith la crut. Chez les scientifiques de dimension mondiale, c'était là un type de profil assez répandu, surtout au sein de cette espèce très particulière des drogués du travail. Chez eux, la jalousie dévorante était chose peu fréquente – ils possédaient un ego trop important pour jalouser quiconque. Se livrer à une concurrence effrénée, oui. La compétition était féroce, en effet, et rien ne les enchantait davantage que les faux départs, les raisonnements erronés et les erreurs de leurs rivaux. Mais si un concurrent les devançait dans un projet identique au leur, leur réaction la plus vraisemblable serait d'abord de l'applaudir – pour ensuite se remettre au travail afin d'améliorer ce que l'autre venait de réussir.

« La dernière fois que vous aviez eu l'occasion de lui parler, demanda Smith, vous avait-il laissé entendre qu'il était près du but ? D'un prototype en état de marche ? »

Elle secoua la tête, et le nuage de longs cheveux noirs revint se lisser sur ses épaules.

« Non. Je ne me souviens pas de ça.

— Et que vous souffle votre intuition ? Vous me disiez que vous étiez très proches. »

Elle y réfléchit suffisamment longtemps pour jeter nerveusement un coup d'œil à sa montre.

« La dernière fois que nous avons déjeuné, il émanait de lui... une sensation d'allégresse. Nous étions dans un bistrot près de l'Institut Pasteur.

— Quand ?

— Oh, il y a peut-être trois semaines de cela, probablement moins. » Elle regarda de nouveau l'heure à sa montre et se leva. « Je dois vraiment y aller. » Elle lui sourit, d'un sourire direct, effronté. « Aimeriez-vous venir au théâtre ce soir ? Voir le spectacle et, pourquoi pas, continuer de parler ensuite, en dînant ? »

Smith lui rendit son sourire.

« Rien ne me ferait plus plaisir, mais pas ce soir. On reporte la partie, comme nous disons, nous, les Américains ? »

Elle eut un petit rire léger.

« Il faudra que vous m'expliquiez l'origine de cette expression, un jour ou l'autre.

— J'en serais ravi.

— Vous avez une voiture ? »

Smith reconnut être venu à pied.

« Je peux vous conduire ? Je vous emmène où vous voulez. »

Elle ferma la porte de l'appartement à clef derrière eux, et ils descendirent ensemble en ascenseur.

Dans cet espace intime, elle sentait le lilas printanier. Arrivé à la porte de l'immeuble, Smith l'ouvrit et la lui tint galamment.

En guise de remerciement, Thérèse Chambord lui offrit un sourire éclatant de ses dents d'un blanc parfait.

« Merci beaucoup. »

Elle franchit la porte.

Smith observa sa démarche dans la nuit noire, élégante et mesurée, dans son tailleur blanc du soir. C'était un de ces instants de plaisir qu'il n'aurait pas dédaigné de voir se prolonger. Il réprima un soupir, sourit intérieurement, et voulut la suivre. Il perçut le mouvement avant de réellement l'enregistrer. La porte se rabattit sur lui. Violemment. Pris complètement par surprise, il trébucha en arrière et atterrit maladroitement par terre.

Dehors dans la nuit, quelque part, Thérèse Chambord hurlait.

Il dégaina précipitamment son Sig Sauer, se releva d'un bond, fonça dans la porte, l'enfonça d'un coup d'épaule comme si elle n'avait pas existé.

Il déboucha sur le trottoir en pleine course, cherchant Thérèse de tous côtés. Sous ses pieds, du verre craqua. Il releva la tête d'un coup sec. Au-dessus de lui, les lampes de l'entrée avaient été fracassées, et tout le long de la chaussée on avait tiré sur les globes des réverbères. Quelle que soit l'identité de ces gens, ils opéraient avec minutie. Ils avaient dû employer des pistolets équipés de silencieux, sans quoi il aurait entendu les détonations.

Un amoncellement de nuages d'averse masquait la lune et les étoiles. Toute la rue était plongée dans l'obscurité, remplie d'ombres impénétrables.

Son cœur cogna contre sa cage thoracique, et il discerna quatre silhouettes. Cagoules, chaussures de sport, ils étaient entièrement vêtus de noir, ce qui les rendait presque invisibles. Ils entraînaient Thérèse Chambord et l'embarquaient de force dans un Renault Espace également noir, mais elle résistait énergiquement. Sa silhouette se détachait comme un éclair blanc dans la nuit, ruban adhésif collé sur la bouche, et elle tentait vaillamment de les repousser.

Il força l'allure et piqua un sprint vers l'Espace et Thérèse. Plus vite, se répétait-il. Plus vite !

Mais alors qu'il s'en rapprochait, un unique coup de feu, étouffé par un silencieux, provoqua une détonation sourde dans la nuit tranquille. Une balle passa en couinant, si près qu'elle lui brûla la joue. Son oreille bourdonna, et pendant un long moment, sous le coup de la douleur, il crut que sa tête allait se fendre en deux. Il cligna énergiquement les yeux en plongeant sur la chaussée, poursuivit en roulade et d'une seule détente se redressa, le Sig Sauer braqué devant lui, prêt à tirer. Il sentit la nausée monter en lui. Venait-il de se faire une nouvelle blessure à la tête ?

Il cligna les yeux plus énergiquement encore, se força à se concentrer, et vit qu'ils avaient réussi à faire monter Thérèse Chambord dans l'Espace. Il se remit à courir, le cœur battant, saisi par la colère. Il leva son Sig Sauer et tira un coup de semonce vers le sol, aux pieds d'un de ces hommes qui tentaient de kidnapper Thérèse.

« Arrêtez ! hurla Smith. Arrêtez, ou je vous abats tous ! »

Sa tête cognait. Il continua de cligner les yeux.

Dans un mouvement parfaitement maîtrisé de spécialistes, deux des agresseurs pivotèrent, se tapirent, et lâchèrent une salve, contraignant Smith à se plaquer au sol de nouveau.

Quand il se releva, braquant son Sig Sauer, le tandem bondissait dans l'Espace à côté de Thérèse, tandis que le troisième sautait sur le siège côté passager. L'homme eut du mal à refermer la portière, alors que l'Espace démarrait et repartait en marche arrière dans l'allée. La portière était toujours ouverte.

Smith visa les pneus, lâchant plusieurs salves avec soin. Mais il y avait un quatrième homme. Il courait à hauteur du Renault, se préparant à sauter par la portière coulissante, et riposta au tir de Smith.

Deux des projectiles du kidnappeur mordirent le trottoir, expédiant des morceaux de béton dans la nuque de Smith. Ce dernier poussa un juron, s'écarta en roulade, et tira. Sa balle atteignit le quatrième homme dans le dos juste au moment où il s'était retourné pour sauter à bord du véhicule. Du sang jaillit dans la nuit, et le corps de l'homme s'arqua. Sa main glissa de la poignée de la portière, il s'écroula et poussa un hurlement, lorsque la roue arrière de l'Espace lui roula dessus.

Dans un crissement de pneus, le véhicule fila dans la rue et s'éloigna. Smith le pourchassa, la respiration haletante. Ses souliers frappaient le sol, ses muscles commençaient de lui faire mal. Il courut, courut, le cœur lui martelant la poitrine, et puis l'Espace tourna au coin de la rue et disparut, ses deux feux arrière persistant au loin comme le seul signe tangible de son existence, la seule preuve que le véhicule des ravisseurs n'était pas sorti tout droit d'un invraisemblable cauchemar.

Il s'arrêta, se courba en avant, à bout de souffle. Il s'appuya sur ses genoux des deux mains, celle dans laquelle il n'y avait rien et celle dans laquelle il tenait son arme, tâchant d'emplir ses poumons d'air. Il avait mal partout. Et Thérèse Chambord avait disparu. Enfin, il reprit son souffle. Il inspira profondément et se redressa dans le halo de lumière jaune d'un réverbère. Sa main armée du Sig Sauer restait ballante. Il ferma les yeux, inspira un bon coup, se concentra sur l'état de son crâne. Sur le fonctionnement de son intellect. Sa tête n'était pas douloureuse, et il ne ressentait plus de vertiges.

Il en conclut qu'il avait effectivement dû subir une légère commotion cérébrale, suite à l'agression du tueur de ce matin, à l'hôpital. Il aurait dû se montrer plus prudent, mais ce n'était pas maintenant qu'il allait s'arrêter.

En lâchant un juron, il gagna l'endroit où le quatrième agresseur gisait immobile, face contre terre, dans cette ruelle obscure de la Seine-Saint-Denis, une flaque de sang s'élargissant sous son corps. Smith l'examina. Il était mort.

Il laissa échapper un soupir, fouilla les poches de l'homme. Il y trouva des pièces de monnaie, un couteau à cran d'arrêt d'aspect assez méchant, un paquet de cigarettes espagnoles et un étui de mouchoirs en papier. Ni portefeuille, ni pièce d'identité. Le pistolet du mort était resté sur la chaussée, près du trottoir. C'était un Glock ancien modèle, tout cabossé, mais bien graissé et correctement entretenu. Il l'examina, en se concentrant tout particulièrement sur la crosse. On avait fixé une peau en cuir autour du revêtement originel, pour le confort de la prise en main, pour rendre son maniement plus silencieux, ou simplement pour y apporter une touche personnelle. Smith observa l'objet plus attentivement. Un dessin peu visible avait été gravé dans le cuir : c'était un arbre aux branches déployées, avec trois flammes pointues jaillissant à la base du tronc, le consumant.

Smith étudiait cette figure quand les sirènes de police se mirent à mugir au loin. Il releva la tête, tendit l'oreille. Il ne fallait pas qu'on le trouve ici. Empochant le Glock du mort, il s'éloigna en pressant le pas.

*

L'Hôtel Gilles était situé rive gauche, non loin des boutiques et des restaurants chamarrés du boulevard Saint-Germain. C'était dans ce petit établissement discret que Smith était toujours descendu lors de ses séjours à Paris. Il entra dans le minuscule hall de réception et se dirigea vers le comptoir XIXe, encadré dans une sorte de cage en fer forgé doré. A chaque pas, son inquiétude pour Thérèse Chambord allait croissant.

Le directeur le salua avec une exclamation très française, une étreinte émue et un flot de mots en anglais prononcés à toute vitesse.

« Colonel Smith ! Quel plaisir ! Ça me laisse sans voix. Vous allez être des nôtres pour un long moment ?

— A moi aussi, cela me fait chaud au cœur de vous revoir, Hector. Je vais peut-être rester ici plusieurs semaines, mais je vais devoir effectuer pas mal d'allées et venues. Tant que je n'ai pas officiellement rendu la chambre, gardez-la-moi à mon nom, vous voulez bien ?

— C'est comme si c'était fait. Je m'abstiendrai de tenir compte des autres demandes de réservation, pour vous, c'est comme si elles n'existaient pas.

— Merci beaucoup, Hector. »

Dans sa chambre d'hôtel, agréable, mais tout sauf moderne, il jeta son sac et son ordinateur sur le lit. En se servant de son téléphone avec dispositif de brouillage intégré, il composa le numéro de Fred Klein, et attendit que la communication soit retransmise par d'innombrables relais dans le monde entier, pour finalement atteindre Fred, où qu'il se trouve.

« Alors ? lui demanda ce dernier.

— Ils ont enlevé Thérèse Chambord.

— Je viens de recevoir l'information. L'un de ses voisins a suivi une bonne partie de l'épisode, y compris l'intervention d'une espèce de fou qui a tenté d'empêcher l'enlèvement. La police française a relayé la nouvelle. Par chance, le voisin n'a pas pu voir distinctement le visage de cet homme.

— Par chance, acquiesça Smith, pince-sans-rire.

— La police ne possède aucun indice sur l'identité ou sur les motifs des ravisseurs, et cela rend les enquêteurs d'assez méchante humeur. Pourquoi tuer Chambord et se contenter d'enlever sa fille ? Si les poseurs de bombe disposent des données complètes concernant cet ordinateur moléculaire, pour quelle raison enlèvent-ils Mlle Chambord ? A-t-elle été kidnappée par les individus qui ont fait sauter le bâtiment de Pasteur et tué son père, ou par d'autres personnages ? Y a-t-il deux groupes impliqués... l'un qui posséderait les données et l'autre qui voudrait se les approprier, et qui aurait kidnappé Mlle Chambord dans l'espoir qu'elle ait quelque chose à leur dire ?

— L'idée est assez déplaisante. Un deuxième groupe. Nom de Dieu.

— J'espère me tromper. » Klein avait l'air contrarié.

« Ouais. Formidable. Enfin, gardons toujours cette hypothèse présente à l'esprit. Qu'en est-il du rapport de police concernant Thérèse Chambord et moi-même ? Vais-je avoir besoin de me créer une nouvelle couverture ?

— Jusqu'à présent, vous êtes hors de cause. Ils ont interrogé le chauffeur de taxi qui a chargé un homme correspondant à votre description, jusqu'aux Champs-Elysées, où ce client est descendu pour se rendre dans une boîte de nuit. Heureusement pour nous, dans la boîte de nuit, personne ne se souvient exactement de votre allure, et naturellement vous n'avez pas donné votre nom. La police ne dispose pas d'autres pistes. Joli travail.

— Merci, fit Smith, fatigué. J'ai besoin d'aide pour comprendre la signification d'un symbole que j'ai découvert : c'est un arbre, aux larges frondaisons, avec trois flammes à la base du tronc, et le feu est sur le point de le consumer. » Il expliqua comment il avait découvert ce dessin gravé dans le cuir de la crosse du pistolet.

« Je vais vérifier. Comment se sont passés vos entretiens avec Mike Kerns et le général Henze ? »

Smith fit part de ce qu'il avait appris auprès des deux hommes, y compris cette Citroën, aperçue à intervalles réguliers, qui était venue chercher Chambord à l'Institut Pasteur.

« Autre chose qu'il faut que vous sachiez. J'espère me tromper, et que mes craintes soient sans fondement. » Il mentionna au chef du Réseau Bouclier l'"agent de service" qu'il avait vu se faire accueillir par le sergent-chef dans la pension hautement sécurisée où résidait le général Henze.

Klein lâcha un juron à mi-voix.

« Bon sang, qu'est-ce qui se trame ? On ne peut tout de même pas soupçonner le général d'être mêlé à tout ça. Pas avec ses états de service. Si c'est davantage qu'une simple coïncidence, cela me laisse pantois. Mais il faut tirer la chose au clair. Je m'en occupe de mon côté.

— Se pourrait-il que ce sergent pose un problème au plan de la sécurité ? S'agirait-il d'une taupe ? »

Klein durcit le ton.

« C'est tout aussi improbable. Ne vous en mêlez pas. Pas question de mettre votre couverture en danger. Je vais aussi faire enquêter sur le sergent Matthias, à partir d'ici, et je trouverai ce que signifie ce symbole de l'arbre. » Klein raccrocha.

Smith soupira, il était épuisé. Il espérait qu'une explication à ce symbole de l'arbre le conduirait à Thérèse. Et, avec de la chance, les terroristes ne seraient pas très loin. Il retira sa valise du lit et s'affala sur le matelas, qui lui était familier. Le lit était souple, mais ferme, et il n'attendait plus qu'une chose, pouvoir s'y accorder un sommeil réparateur.

Dans la salle de bains, il retira ses vêtements et se plongea sous la douche. Depuis sa dernière visite, on l'avait installée dans l'ancienne baignoire. Une fois qu'il se fut délassé et lavé de son voyage et des épreuves de la journée, il s'enveloppa dans un peignoir en éponge, s'assit à la fenêtre et ouvrit les volets pour jeter un regard aux toits pointus de Paris.

Il laissa vagabonder son esprit las, et soudain le ciel noir fut fendillé par un éclair aveuglant. Le fracas du tonnerre précéda l'averse. L'orage qui avait menacé toute la journée avait finalement éclaté. Il passa le visage par la fenêtre et se laissa éclabousser par les gouttes. Il était difficile de croire qu'hier encore il se trouvait dans son laboratoire de Fort Collins, l'aube se levant sur les prairies infinies de l'est du Colorado.

Cela lui fit repenser à Marty. Il referma les volets. Alors que la pluie tambourinait en cadence, il appela l'hôpital. Si quelqu'un écoutait cette conversation, il n'entendrait rien d'autre que ce à quoi il devait s'attendre, un ami inquiet qui passait un innocent coup de téléphone. Rien de suspicieux, pas de subterfuge.

L'infirmière du service des soins intensifs lui apprit que l'état de Marty n'avait fondamentalement pas changé, mais qu'il montrait encore des petits signes d'amélioration. Heureux et reconnaissant, il lui souhaita bonsoir, raccrocha, et composa le numéro de la sécurité de l'hôpital. Le chef du service était absent pour la journée, mais depuis la tentative de meurtre perpétrée le matin même, l'assistant n'avait rien remarqué d'alarmant ou de suspect concernant Marty ou le service de soins intensifs. Oui, la police avait renforcé sa surveillance.

Smith commença de se détendre. Il raccrocha, se rasa, et il était sur le point de se mettre au lit quand son téléphone portable émit la tonalité sourde du vibreur. Il répondit.

Sans préambule, Fred Klein le tint informé.

« L'arbre et les flammes sont l'emblème d'un défunt groupe séparatiste basque, la Flamme Noire. Il était censé avoir été démantelé à l'occasion d'une fusillade à Bilbao, après laquelle tous ses dirigeants qui ne s'étaient pas fait tuer avaient été emprisonnés. En prison, ils se sont tous "suicidés", sauf un. On n'avait plus entendu parler d'eux depuis des années, alors que généralement les terroristes basques revendiquent leurs actes. Toutefois, ce n'est pas toujours le cas des groupes les plus violents. Ceux-là sont attachés à un réel changement, pas seulement à des actions de propagande.

— Moi, c'est pareil, ironisa Smith. Et je dispose d'un avantage, ajouta-t-il.

— Et qui serait ?

— Ils n'ont pas vraiment essayé de me tuer. Ce qui signifie qu'ils ne savent pas ce que je fabrique réellement ici. Autrement dit, ma couverture tient.

— Bonne remarque. Dormez un peu. Je vais voir si je peux vous obtenir quelque chose de plus sur vos Basques.

— Puis-je vous demander une faveur supplémentaire ? Creusez plus profond dans le passé d'Emile Chambord, voulez-vous ? Tout son parcours. J'ai l'intuition qu'il nous manque quelque chose quelque part, et cela se situe peut-être à ce niveau-là. Ou alors il pourrait s'agir d'une information vitale qu'il aurait eu l'occasion de nous communiquer s'il était en vie. Thérèse est peut-être au courant, elle aussi, sans le savoir, et c'est peut-être la raison pour laquelle on l'a enlevée. En tout cas, ça vaut la peine de tenter le coup. » Il raccrocha.

Seul à l'intérieur de la chambre plongée dans l'obscurité, il écouta le chuintement de la pluie et des pneus dans la rue détrempée, en contre-bas. Il réfléchit à un assassin, à un général, à un groupe de Basques fanatiques qui serait repassé à l'action par esprit de vengeance. Des fanatiques poursuivant un but. Avec un profond sentiment d'inquiétude, il se demanda où ils frapperaient la prochaine fois, et si Thérèse Chambord était encore en vie.

CHAPITRE HUIT

LE rythme hypnotique d'un raga indien classique flottait dans l'air lourd et chaud, enserré par les épais tapis et les tentures murales qui couvraient les sols et masquaient les cloisons de l'appartement de Mauritania. Assis en tailleur exactement au centre de la pièce principale, il oscillait comme un bouddha ondoyant sur ces sonorités à la fois douces et stridentes. Il avait les yeux clos, le visage baigné d'un sourire béat. Il sentit plus qu'il ne vit le regard désapprobateur de son lieutenant, Abu Auda, qui venait d'entrer.

« *Salaam aleikoum.* » Les yeux de Mauritania se fermèrent, tandis qu'il s'exprimait en arabe tout en continuant de se balancer d'avant en arrière. « Pardonne-moi, Abu Auda, c'est mon seul vice. Le raga indien classique faisait partie d'une riche culture bien avant que les Européens ne créent ce qu'ils présentent comme la musique dite classique. C'est ce fait qui me plaît, presque autant que la musique elle-même. Crois-tu qu'Allah me pardonnera de céder à pareil plaisir, à pareille vanité ?

— Lui sans doute davantage que moi. Pour mes oreilles, tout ça n'est que du bruit, et qui me dérange. » Grand, d'allure puissante, Abu Auda eut un petit reniflement méprisant. Il n'avait pas quitté la tunique blanche et le keffieh brodé d'or qu'il portait dans le taxi, quand le capitaine Bonnard lui avait remis les notes de recherches de l'assistant assassiné. Hélas, à présent, cette tunique était non seulement salie par toutes ces journées passées dans la pollution parisienne, mais mouillée à cause de l'orage. Aucune de ses femmes ne se trouvait à Paris pour prendre soin de lui, c'était irritant, mais on n'y pouvait rien. Il écarta son keffieh pour dégager son long visage sombre, son menton fort et osseux, son nez droit, et sa bouche pleine comme taillée dans la pierre. « Veux-tu que je te fasse mon rapport, ou vas-tu continuer de me faire perdre mon temps ? »

Mauritania eut un petit gloussement et ouvrit les yeux.

« Ton rapport, mais certainement. Allah pourrait bien me pardonner, mais toi, non, n'est-ce pas ?

— Allah dispose de plus de temps que moi, lui rétorqua Abu Auda, avec une expression dénuée d'humour.

— En effet, Abu Auda. En effet. Nous allons donc prendre connaissance de ce rapport, si vital, n'est-ce pas ? » Derrière l'expression amusée perçait dans les yeux de Mauritania une lueur qui amena son visiteur à cesser ses plaintes pour aborder l'affaire qui les occupait.

« Mon informateur à l'Institut Pasteur, commença Abu Auda, me signale que votre individu, ce Smith, s'est présenté là-bas. Il a parlé avec le Dr Kerns, apparemment en vieux camarade. Mon homme n'a pu surprendre qu'une partie de la conversation, au moment où ils ont parlé de Zellerbach. Après quoi, Smith a quitté l'Institut Pasteur, bu une petite bière dans un café, puis il a pris le métro, où notre misérable incompétent a perdu sa trace. »

Mauritania l'interrompit.

« A-t-il perdu sa trace, ou Smith l'a-t-il semé ? »

Abu Auda haussa les épaules.

« Je n'étais pas sur place. Il m'a rapporté un fait curieux. Smith a eu l'air de tourner en rond, sans but précis, jusqu'à ce qu'il arrive à la hauteur d'une librairie, où il s'est arrêté un court instant, quelque chose l'a fait sourire, puis il a continué en direction du métro, et là il est descendu dans la station.

— Ah ? » Les yeux bleus de Mauritania s'agrandirent. « Comme s'il avait éventuellement pu remarquer qu'on le surveillait depuis sa sortie de l'Institut Pasteur ? »

Les yeux marron-vert lancèrent un regard hargneux.

« J'en saurais plus si mon idiot de suiveur ne l'avait pas perdu dans la station de métro. Il a attendu trop longtemps avant de descendre derrière lui. Par Allah, il va le payer ! »

Mauritania se renfrogna.

« Et quoi d'autre, Abu ?

— Nous n'avons plus repéré Smith avant le début de la soirée, quand il s'est présenté au domicile de la fille. Notre homme sur place l'a vu, mais nous ne croyons pas que Smith s'en soit aperçu. Il est resté là-haut, dans l'appartement, près d'un quart d'heure, et ensuite ils sont descendus ensemble par l'ascenseur. Dès qu'elle a mis un pied dehors, quatre agresseurs se sont jetés sur elle. Ah, quelle qualité, ce travail ! Plût à Dieu qu'ils soient des nôtres. Ils ont d'abord éliminé Smith en le refoulant derrière la porte, donc en l'éloignant de la femme, qu'ils ont ensuite emmenée. Le temps qu'il reprenne ses esprits et se lance à leur poursuite, ils l'avaient embarquée à bord de l'Espace, et pourtant elle a bien résisté. L'Américain en a tué un, mais les autres se sont enfuis. Il a examiné l'homme qu'il venait d'abattre, lui a pris son pistolet, et il a quitté les lieux avant l'arrivée de la police. Il a trouvé un taxi devant un hôtel voisin. Notre homme l'a filé jusqu'aux Champs-Elysées, où il a de nouveau perdu sa trace. »

Mauritania opina du chef, presque satisfait.

« Ce Smith n'a aucune envie d'avoir affaire à la police, il veille à ne pas être suivi, il s'y entend pour semer une filature, il garde son calme quand on l'attaque, et il sait se servir d'un pistolet. Je dirais que notre Dr Smith ne se limite pas tout à fait à ce qu'il paraît être, et c'est exactement ce que nous soupçonnions.

— En tout cas, il a subi un entraînement militaire. Mais cet Américain constitue-t-il notre principal sujet de préoccupation ? Et la fille ? Et les cinq hommes, car il devait bien aussi y avoir un conducteur, dans l'Espace ? Avant que tous ces événements ne surviennent, n'étais-tu pas préoccupé par la fille ? Maintenant, des individus que nous ne connaissons pas, expérimentés et bien entraînés, l'ont enlevée. C'est gênant. Que veulent-ils ? Qui sont-ils ? Quel danger présentent-ils pour nous ? »

Mauritania sourit.

« Allah a exaucé ton vœu. Ils sont des nôtres. Je suis heureux de voir que leur savoir-faire rencontre ton approbation. Manifestement, j'ai été bien avisé de les engager. »

Abu Auda se rembrunit. Il plissa les paupières.

« Tu ne m'en avais rien dit.

— La montagne confie-t-elle quoi que ce soit au vent ? Tu n'avais aucun besoin de savoir.

— Avec le temps, même la montagne peut être détruite par les éléments.

— Calme-toi, Abu Auda. Cette réflexion ne s'adressait pas à toi. Nous partageons une longue et honorable histoire commune, et maintenant, enfin, nous sommes en position de montrer au monde la vérité de l'islam. Avec qui d'autre pourrais-je désirer partager ce moment ? Mais si tu avais été au courant, à propos de ces hommes que j'ai engagés, tu n'aurais eu qu'un souhait, les accompagner. Tu n'aurais pas été à mes côtés. Or, j'ai besoin de toi, et tu le sais. »

La mine sombre d'Abu Auda se dissipa.

« J'imagine que tu as raison, lâcha-t-il à contrecœur.

— Bien. Evidemment que j'ai raison. Revenons à l'Américain, ce Jon Smith. Si le capitaine Bonnard ne se trompe pas, alors cet individu appartient à un service secret inconnu de nous. Pour qui travaille-t-il, au juste ?

— Se pourrait-il que nos nouveaux alliés l'aient envoyé ici ? Dans le cadre d'un plan dont ils n'auraient pas pris la peine de nous informer ? Je ne me fie pas à eux.

— Tu ne te fies ni à ton chien, ni à tes épouses, ni à ta grand-mère. » Mauritania esquissa un petit sourire et médita sur sa musique. Il ferma les yeux un moment, tandis que le rythme subtil du raga se modifiait. « Mais tu as raison de te montrer prudent. La trahison est toujours possible, souvent inévitable. Un Fulani du désert rusé comme un renard n'est pas le seul à savoir être retors.

— Il y a autre chose, poursuivit Abu Auda, comme s'il n'avait pas entendu. L'homme à qui j'ai confié la surveillance de l'Institut Pasteur me dit également, sans en avoir l'assurance, qu'à son avis quelqu'un d'autre les surveillait, Smith, bien sûr, mais également lui-même. Une femme. Brune, jeune, mais pas séduisante et mal habillée. »

Les yeux de Mauritania s'ouvrirent d'un coup.

« Qui surveillait à la fois Smith et notre homme ? Il n'a aucune idée de qui cela pourrait être ?

— Aucune. »

Mauritania déplia les jambes et se leva.

« Il est temps de quitter Paris. »

Abu Auda fut surpris.

« Je n'aime pas l'idée de m'en aller sans en savoir davantage sur Smith et cette femelle inconnue qui nous surveille.

— Nous nous attendions à attirer l'attention, n'est-ce pas ? Nous allons observer, et nous allons agir avec prudence, mais il faut savoir aussi être mobiles. Changer de terrain, cela constitue encore la meilleure défense. »

Abu Auda sourit, dévoilant une rangée de dents blanches éblouissantes, en contraste avec sa peau sombre.

« Tu parles à ton tour comme un guerrier du désert. Au bout de toutes ces années, tu as peut-être fini par apprendre.

— Un compliment, Abu ? » Mauritania rit. « Quel honneur, vraiment. Ne t'en fais pas pour ce Smith. Nous en savons suffisamment, et s'il nous cherche vraiment, nous lui réserverons un traitement de notre façon. Informe nos amis que Paris est devenu trop fréquenté, et que nous partirons tôt. Il s'avère peut-être nécessaire d'anticiper sur notre calendrier. Et dès maintenant. »

Le guerrier gigantesque hocha la tête et suivit le petit terroriste, qui se glissa hors de la pièce sans un bruit, ses pieds paraissant à peine effleurer le tapis.

Folsom, Californie

L'attaque débuta à 6 heures de l'après-midi, au centre de régulation du California Independent System Operator (Cal-ISO), dans la petite ville pénitentiaire de Folsom, à l'est de Sacramento. Le Cal-ISO, un opérateur privé, formait un élément essentiel du réseau de distribution d'électricité de l'Etat de Californie, lui-même partie intégrante du transport de l'énergie électrique dans tout l'Etat. On avait beau être en mai, les Californiens craignaient que l'été ne voie le retour des pannes totales de réseau qu'ils avaient déjà subies dans un passé récent.

L'un des opérateurs, Tom Milowicz, fixa du regard les écrans d'affichage du grand réseau.

« Seigneur, souffla-t-il.

— Qu'y a-t-il ? » Betsy Tedesco lança un coup d'œil dans sa direction.

« Tous les chiffres dégringolent plein sud. Direction la cave !

— Qu'est-ce que tu racontes ?

— Ça descend trop fort, ça va trop vite. Le réseau va tomber en rade ! Trouve-moi Harry ! »

Arlington, Virginie

Dans une installation secrète située de l'autre côté du Potomac, à l'opposé de la rive où s'étendait Washington, les spécialistes informatiques de l'équipe d'élite du FBI établirent que la catastrophe était l'œuvre d'un pirate, au pays d'origine encore indéterminé. A présent, ils bataillaient ferme pour remettre en état de fonctionnement le réseau électrique de la Californie et bloquer la progression du pirate. Mais l'équipe comprit rapidement qu'il était déjà trop tard.

Le pirate avait écrit – « compilé » – un logiciel lui permettant de percer les puissants pare-feux qui, d'ordinaire, protégeaient les parties les plus sensibles du réseau électrique Cal-ISO. Il avait contourné les fils de détente, qui étaient destinés à alerter le personnel chargé de la sécurité de toute intrusion non autorisée, contourné les protocoles d'identification censés signaler la présence d'éventuels intrus qui tenteraient de s'y infiltrer illégalement, et il avait ouvert des ports informatiques fermés.

Ensuite, avec une habileté extraordinaire, le pirate avait continué, investissant les centrales les unes après les autres, car les ordinateurs du Cal-ISO étaient reliés à un système qui contrôlait les flux d'électricité dans toute la Californie. A son tour, le réseau californien était rattaché au réseau de transport d'énergie desservant l'ensemble de l'ouest des Etats-Unis. Le pirate était passé de système en système avec une vélocité phénoménale. Véritablement incroyable, pour toute personne qui n'en aurait pas été le témoin.

A Seattle, à San Francisco, à Los Angeles, à San Diego et à Denver, l'approvisionnement en électricité cessa : les éclairages, les cuisinières électriques, l'air conditionné, les radiateurs, les caisses enregistreuses, les ordinateurs, les distributeurs automatiques de billets de banque, les respirateurs artificiels, toutes ces machines fonctionnant à l'électricité, depuis les objets de luxe jusqu'aux appareils aux fonctions les plus vitales, s'éteignirent.

Banlieue de Reno, Nevada

La vieille Chrysler Imperial cabossée de Ricky Hitomi était secouée par les cris stridents et les rires de ses cinq meilleurs amis, et ils fonçaient dans la nuit, sur cette route de campagne. Ils s'étaient retrouvés chez sa petite amie, Jani Borotra, ils avaient fumé quelques joints dans la grange avant de tous s'entasser dans la chignole de Ricky. Et maintenant ils allaient passer chez Justin Harley, histoire de se marrer encore un peu plus. Ils étaient élèves de terminale dans un lycée et, dans une semaine, ils passaient leurs examens.

Complètement déchaînés, la cervelle engourdie par l'herbe qu'ils avaient fumée, aucun d'entre eux ne vit ou n'entendit le train de marchandises qui s'approchait au loin à grande vitesse. Et ils ne remarquèrent pas non plus que la barrière du passage à niveau était encore relevée, que les feux de signalisation étaient éteints, et les sonneries d'alarme réduites au silence. Quand Janis entendit enfin le sifflet assourdissant du convoi et le crissement suraigu des freins, elle hurla. Il était trop tard. Ricky s'engageait déjà sur le passage à niveau.

Le train de marchandises les percuta et traîna le véhicule et leurs corps déchiquetés sur plus de mille cinq cents mètres avant de parvenir à s'arrêter.

Arlington, Virginie

La panique se répandit dans les locaux de contrôle cybernétique secrets du FBI, sur la rive opposée du Potomac, en face de Washington. Dix ans plus tôt, les réseaux téléphoniques, d'électricité, ainsi que les standards d'appel d'urgence de la police et des pompiers, formaient des systèmes distincts, individuels, uniques. On pouvait les pirater, mais au prix de grandes difficultés, et en aucun cas le pirate n'aurait pu passer d'un système à un autre, excepté en certaines circonstances tout à fait exceptionnelles.

Mais la dérégulation avait transformé tout ce dispositif. Aujourd'hui, des centaines de nouvelles entreprises de production d'énergie avaient fait leur apparition, ainsi que des opérateurs en ligne, et tous ces systèmes étaient reliés par une multitude de sociétés de téléphonie, dont les interconnexions étaient elles aussi le résultat de la dérégulation. Ce grand nombre d'entités reliées entre elles par des moyens électroniques présentaient beaucoup de similitude avec la toile de l'Internet, autrement dit, les meilleurs pirates pouvaient se servir d'un de ces systèmes comme d'une porte d'entrée vers le suivant.

Vaincus par la force et la rapidité du pirate, les experts du FBI suivaient, impuissants, les commutateurs de connexion sauter et l'attaque se poursuivre avec la dernière violence. La rapidité avec laquelle les pare-feux furent franchis et les codes déchiffrés les laissa abasourdis. Mais le pire, dans ce cauchemar, c'était la vitesse à laquelle le pirate était capable d'adapter le code d'accès qu'il s'était créé.

En fait, il leur semblait presque que c'était leur contre-attaque même qui provoquait l'évolution du code. Plus ils combattaient ce pirate et son ordinateur, plus sa machine gagnait en intelligence. Ils n'avaient jamais rien vu de tel. C'était impossible... terrifiant. Une machine capable d'apprendre et d'évoluer bien plus vite que la pensée humaine.

Denver, Colorado

Dans son appartement panoramique situé au vingtième et dernier étage de la tour Aspen Towers, Carolyn Helms, fondatrice et présidente directrice générale de Saddle Leather Cosmetics pour l'Homme Occidental, recevait ses associés à l'occasion d'un dîner d'anniversaire en petit comité – elle fêtait ses quarante-deux bougies. C'était une joyeuse petite cérémonie. Carolyn leur avait fait gagner beaucoup d'argent à tous, ils composaient une équipe formidable et qui misait sur un avenir encore plus réjouissant, et encore plus lucratif.

Juste à l'instant où le vice-président George Harvey, son ami très proche, et de longue date, lui portait pour la troisième fois un toast, elle se sentit haleter, porta la main à son cœur et s'évanouit. George s'agenouilla auprès d'elle, cherchant un signe de vie. Sa directrice financière, Hetty Sykes, composa le 911, le numéro de police-secours. George entama une réanimation cardio-pulmonaire.

L'équipe d'auxiliaires médicaux d'urgence de la caserne de pompiers de Denver arriva en moins de quatre minutes. Mais lorsqu'ils se ruèrent dans l'immeuble, les lumières s'éteignirent et les ascenseurs s'immobilisèrent. Le bâtiment était dans l'obscurité complète. En fait, ils s'aperçurent que toute la ville était dans le noir. Ils cherchèrent l'accès des escaliers. Dès qu'ils l'eurent trouvé, ils s'engagèrent au pas de course dans la longue ascension des vingt étages jusqu'à l'appartement panoramique.

Le temps qu'ils arrivent, Carolyn Helms était morte.

Arlington, Virginie

Plusieurs téléphones sonnèrent dans le quartier général secret de l'équipe de lutte contre le crime cybernétique.

Los Angeles : « Qu'est-ce qui s'est passé, bon sang ? »

Chicago : « Vous pouvez régler ça ? Les prochains, c'est nous ? »

Detroit : « Qui est derrière tout ça ? Trouvez-les, et fissa, vous m'entendez ? Vous avez intérêt à ne pas laisser la même chose se produire chez nous ! »

L'un des membres de l'équipe du FBI hurla dans la pièce :

« L'attaque principale s'est produite à partir d'un serveur situé à Santa Clara, en Californie. Je remonte la piste ! »

Bitterroot Mountains, à la frontière entre le Montana et l'Idaho

Un Cessna qui ramenait un groupe de chasseurs avec la viande de leur tableau de chasse et leurs trophées atterrit impeccablement entre les deux rangées de lumière bleue qui balisaient cette piste d'un aérodrome de campagne. Le Cessna tourna et roula en direction d'un baraquement en tôle, de forme semi-cylindrique, où du café chaud et du bourbon les attendaient. A l'intérieur du petit appareil, les chasseurs échangeaient des plaisanteries et revenaient sur les succès de leur excursion quand le pilote lâcha un juron.

« Bordel, qu'est-ce que... ? »

Tout autour d'eux, à perte de vue, la totalité des éclairages avait disparu – la piste, le petit aérogare, le hangar en tôle, les boutiques et les garages. Subitement, ils captèrent un bruit, difficile à discerner, parce que couvert par celui de leur propre moteur. Puis ils virent ce que c'était : un Piper Cub à l'approche, dont le propriétaire était un pilote de cabotage aérien, avait viré de cap dans l'obscurité. Le pilote du Cessna tira fort sur le manche, mais le Piper arrivait si vite qu'il n'y avait pas moyen d'y échapper.

Dès l'impact, le Piper prit feu et enflamma le Cessna. Il n'y eut pas de survivants.

Arlington, Virginie

Une dizaine d'experts en informatique analysaient l'attaque initiale contre Cal-ISO, en quête de signes émanant du pirate. Les limiers cybernétiques scrutaient leurs écrans, tandis qu'un logiciel ultramoderne passait au crible l'équivalent de ses empreintes digitales et de ses empreintes de pas – la piste des coups au but et des coups manqués que tout pirate laissait derrière lui. Il n'y en avait pas un seul.

Ils y travaillaient laborieusement, quand l'électricité revint, inexplicablement, sans avertissement. Incrédule, l'équipe du FBI resta le regard fixé sur ses écrans, pendant que l'énorme complexe des centrales électriques et des lignes de transport de courant à haute tension revenait à la vie. Le soulagement gagna toute la salle.

Puis le chef de l'équipe des experts en cybernétique hurla à pleins poumons :

« Il est en train de pénétrer dans un système de télécommunications par satellite ! »

Paris, France
mercredi 7 mai

Un bourdonnement rugueux mit brutalement un terme au rêve de Smith, dont il oublia instantanément le contenu. Il attrapa son Sig Sauer sous son oreiller et se redressa, tous les sens en alerte, dans une chambre où il faisait noir comme dans un four, remplie d'odeurs inconnues et d'ombres inattendues. Dehors, on percevait le crépitement léger de la pluie. Une lumière grise filtrait à travers les rideaux. Où était-il ? Ensuite, il s'aperçut que le bourdonnement émanait de son téléphone portable, posé sur sa table de chevet. Bien sûr, il était dans sa chambre d'hôtel, non loin du boulevard Saint-Germain.

« Merde. » Il s'empara de son téléphone. Une seule personne pouvait l'appeler à une heure pareille. « Je croyais que vous vouliez que je dorme un peu, se plaignit-il.

— Le Réseau Bouclier ne dort jamais, et nous travaillons à l'heure de Washington. Ici, c'est à peine le début de la soirée, lui rappela Fred Klein avec désinvolture. » Il poursuivit sur un ton plus grave. « J'ai de fâcheuses nouvelles. Apparemment, l'affaire de San Diego n'était pas due à un pépin climatique ou à je ne sais quel autre dysfonctionnement. Nous venons d'essuyer une nouvelle attaque. »

Smith oublia son réveil brutal.

« Quand ?

— Cette attaque est encore en cours. » Il lui rapporta tout ce qui s'était produit depuis que le Cal-ISO avait disjoncté. « Six gosses sont morts dans le Nevada. Un train a percuté leur voiture à cause du passage à niveau qui était en panne. J'ai ici une pile de dépêches où il n'est question que de civils blessés ou tués à cause de cette panne générale. Il y en aura d'autres. »

Smith réfléchit.

« Le FBI a-t-il pu remonter à la source de l'attaque ?

— Impossible. Les modes de défense du pirate étaient si rapides qu'apparemment son ordinateur intégrait toutes les informations et évoluait en conséquence au fur et à mesure. »

Smith sentit sa poitrine se serrer.

« Un ordinateur moléculaire. Cela ne peut pas être autre chose. Et ils disposent de quelqu'un qui est capable de le faire fonctionner. Vérifiez si un pirate informatique n'aurait pas disparu de la circulation. Mettez les autres agences de renseignement là-dessus.

— Déjà fait.

— Et Chambord ? Et sa fille ? Avez-vous du nouveau pour moi ?

— J'ai du nouveau. Dans la main. Sa biographie, mais rien qui me paraisse très utile.

— Il se peut que quelque chose vous ait échappé. Lisez-moi les points principaux.

— Très bien. Il est né à Paris. Son père était un officier parachutiste français, tué lors du siège de Diên Biên Phu. Sa mère était algérienne et l'a élevé seule. Il a très tôt fait preuve d'un véritable génie pour les maths et la chimie, a fréquenté les meilleures écoles françaises, grâce aux bourses dont il a bénéficié, il a effectué sa thèse de doctorat à Cal Tech, en Californie, et ses études postdoctorales à Stanford, sous la direction de leur principal spécialiste en génétique, et il a complété son cursus à l'Institut Pasteur. Après cela, il a occupé divers postes, successivement à Tokyo, à Prague, au Maroc et au Caire, avant de revenir à Pasteur il y a environ dix ans. Sur le plan personnel, sa mère l'a élevé dans la religion musulmane, mais dans sa vie d'adulte il n'a jamais fait preuve de beaucoup d'intérêt pour les questions religieuses. Ses passe-temps favoris étaient la voile, les whiskys écossais single-malt, la marche à pied dans la campagne et le jeu, essentiellement la roulette et le poker. Pas beaucoup de traces d'islam dans tout ça. Cela vous éclaire-t-il ? »

Smith s'accorda le temps de la réflexion.

« Donc Chambord était un fonceur, qui aimait prendre des risques, mais sans trop d'excès. Il appréciait d'avoir ses petits moments de détente, et il n'était pas hostile au changement. En fait, il m'a tout l'air de quelqu'un qui pouvait céder à l'impatience. A l'inverse de beaucoup de scientifiques, il n'était manifestement pas du genre à se laisser enliser par le besoin de stabilité ou de continuité. Il se fiait à son propre jugement, et il était capable de bonds en avant spectaculaires. Exactement les caractéristiques qui sont nécessaires dans le domaine de la recherche fondamentale et de la recherche appliquée. Nous savions déjà qu'il ne respectait pas forcément les règles et les procédures. Tout cela se tient. Alors, et sa fille ? Est-elle du même acabit ?

— Fille unique, proche de son père, surtout depuis la mort de sa mère. Boursière en sciences, exactement comme son père, mais pas avec la même intelligence précoce. Elle avait à peu près vingt ans quand elle a attrapé le virus du théâtre. Elle a étudié à Paris, Londres et New York, ensuite elle a travaillé dans des villes de province, pour finalement tenir le haut de l'affiche dans le milieu du théâtre parisien. Je dirais que sa personnalité ressemble beaucoup à celle de Chambord. Célibataire, et apparemment elle ne s'est jamais fiancée. On rapporte ces propos qu'elle aurait tenus : "Je suis trop tenace dans mon travail pour m'installer dans la vie avec quelqu'un d'extérieur à mon métier, et puis les acteurs sont tellement préoccupés d'eux-mêmes, tellement instables, tout comme moi, probablement." C'est du Chambord tout craché... à la fois modeste et réaliste. Elle a eu quantité d'admirateurs et d'aventures. Vous connaissez la musique. »

Dans la chambre obscure, Smith sourit à la réflexion très collet monté de Klein. C'était l'un des aspects singuliers chez les agents secrets qui opéraient une vie entière dans la clandestinité. Klein avait à peu près tout vu, tout fait et n'était pas enclin à juger autrui, mais s'interdisait tout commentaire un peu cru sur le comportement sexuel des individus, alors qu'il n'hésitait pas à envoyer la première Juliette venue parmi ses agents séduire une cible, si c'était nécessaire pour parvenir à ses fins.

« Cela coïncide aussi avec la perception que j'ai eue d'elle, confirma Smith. Ce qui ne cadre pas, c'est son enlèvement. Je me suis demandé si elle serait capable de faire fonctionner un prototype d'ordinateur moléculaire. Si elle a quitté le milieu scientifique depuis des années et n'a guère revu son père depuis des mois, alors que veulent-ils obtenir d'elle ?

— Je ne suis pas cert... » Subitement, la voix de Klein s'évanouit, interrompue en plein milieu d'un mot.

Dans l'oreille de Smith, ce fut un profond silence qui lui succéda. Le vide, avec une espèce de réverbération.

« Chef ? » Smith était déconcerté. « Chef ? Allô ! Fred, m'entendez-vous ? »

Mais il n'y avait plus de tonalité, aucun bourdonnement, aucun signal d'interruption. Smith écarta le téléphone de son oreille et examina l'écran du portable. La batterie était à pleine charge. Il l'éteignit, le ralluma, et composa le numéro privé de Klein au siège du Réseau Bouclier, à Washington.

Le silence. Une fois encore, il n'y avait aucune tonalité. Pas de parasites. Rien. Que s'était-il passé ? Le Réseau Bouclier disposait d'innombrables systèmes de secours en cas de panne de courant, d'interférence ennemie, de panne satellite, d'interférences dues aux taches solaires. Pour tout et n'importe quoi. Qui plus est, la connexion était acheminée par le système de communications ultrasecret de l'armée de terre américaine, à Fort Meade, dans le Maryland. Et pourtant, il ne captait rien que le silence.

Il essaya d'autres numéros, mais la communication demeurant impossible, il alluma son ordinateur portable et rédigea un e-mail à l'allure innocente : « *Le temps a brusquement changé. Du tonnerre et des éclairs, si violents qu'on s'entend à peine parler. Quel temps fait-il chez vous ?* »

Dès qu'il l'eut envoyé, il tira les rideaux et ouvrit les volets. Immédiatement, le parfum de fraîcheur de la ville délavée par la pluie emplit la chambre, et une aube pâle commençait de poindre au-delà de la ligne des toits de Paris. Il avait envie de rester là pour profiter de la vue et de cette sensation de renouveau, mais il était trop préoccupé. Il enfila le peignoir, glissa le Sig Sauer dans sa poche, s'assit devant le petit bureau et se remit face à son ordinateur. Un message d'erreur affiché à l'écran le narguait. Le serveur était indisponible.

Secouant la tête, soucieux, il numérota de nouveau sur le clavier de son téléphone portable. Le silence, encore. Il se redressa contre le dossier de la chaise, considéra la chambre d'un regard anxieux et revint à l'écran de l'ordinateur.

Le centre de communications de Diego Garcia.

Le réseau électrique de l'ouest des Etats-Unis.

Et maintenant les systèmes de communications radio ultrasecrets et ultraprotégés de l'armée.

Tout était tombé en panne. Pourquoi ? S'agissait-il des premières salves de ceux qui détenaient l'ordinateur piloté par ADN de Chambord ? De quelques essais destinés à s'assurer de son bon fonctionnement et, qui que soient ces gens, à vérifier qu'ils en avaient la maîtrise ? A moins que, si la planète avait de la chance, cette coupure générale n'ait été provoquée par un pirate hors pair, à partir d'un banal ordinateur à circuits au silicium.

Ouais. Il pouvait toujours compter là-dessus.

Si ceux qui possédaient cet ordinateur piloté par ADN le soupçonnaient, alors à travers sa conversation téléphonique avec Fred Klein ils seraient en mesure de remonter la piste jusqu'à lui.

Il se leva d'un bond, s'habilla, et fourra ses vêtements dans son sac de voyage. Il remballa son ordinateur, glissa son Sig Sauer dans son holster et, attrapant son bagage, il sortit. En descendant l'escalier au petit trot, il observa, tendit l'oreille, mais ne perçut aucun signe de vie : dans l'hôtel, personne n'était levé aussi tôt. Il passa en vitesse devant la réception et franchit la porte. Paris se réveillait à peine. Il s'engagea d'un pas rapide dans la petite rue étroite. Il surveilla toutes les entrées d'immeuble, observa attentivement chacune des fenêtres, qui le scrutaient comme les yeux innombrables d'un monstre de la mythologie grecque, et finit par se fondre dans la circulation naissante et parmi les rares piétons du boulevard Saint-Germain.

Ensuite, il put héler un taxi ensommeillé qui le déposa gare du Nord, où il enferma son ordinateur et son sac dans un placard de la consigne. Sans cesser de regarder tout autour de lui, il prit un autre taxi en direction de l'hôpital Georges-Pompidou, pour rendre visite à Marty. Dès que les communications satellite seraient rétablies, il savait que Fred Klein le contacterait.

CHAPITRE NEUF

CHAUSSURES plates et déformées aux pieds, et dans sa tenue peu élégante, la femme brune marchait d'un pas hésitant dans cette rue colorée de Paris, baignée d'odeurs d'Afrique du Nord et du Proche-Orient.

Quand elle leva les yeux, Mauritania sortait de l'entrée de son immeuble. Le terroriste de toute petite taille était vêtu d'un imperméable ample et d'un pantalon en velours léger, l'air d'un travailleur parisien comme un autre. Il lui lança un regard, et il y avait dans ce regard l'œil de l'aigle formé par deux décennies de cavale permanente. Peu de choses lui échappaient. Comme elle portait des vêtements bien défraîchis, mais dont elle prenait grand soin, avec ses chaussures plates réparées par un cordonnier bon marché, et un sac à main correspondant à une femme trois fois plus âgée qu'elle, ce qui n'était pas trop surprenant, de la part d'une personne jeune, mais visiblement effarouchée, Mauritania fut rassuré. Avec sa prudence habituelle, il tourna plusieurs coins de rues et revint sur ses pas, mais la femme ne se montra plus. Satisfait, il descendit dans le métro.

La jeune femme avait suivi Mauritania dans les premières rues, jusqu'à ce que son manège la convainque qu'il serait parti suffisamment longtemps pour ce qu'elle avait à faire. Elle revint rapidement devant l'immeuble du terroriste, où les fenêtres étaient restées dans l'obscurité, sans le moindre signe visible d'une quelconque activité. Elle crocheta la serrure de l'entrée, monta l'escalier jusqu'à l'appartement du troisième étage, celui de Mauritania, et crocheta cette serrure-là également.

Elle entra dans ce qui, au premier abord, ressemblait à une tente plantée au fin fond du désert d'Arabie ou en plein cœur du Sahara. Les tapis lui faisaient l'effet de se creuser sous ses pas, comme s'ils étaient posés sur du sable. D'autres tapis accrochés aux murs et au plafond refermaient l'espace sur elle, au point d'éveiller une sensation de claustrophobie, et les couvertures qui masquaient les fenêtres expliquaient pourquoi la pièce restait en permanence obscure, de nuit comme de jour. Stupéfaite, elle demeura un moment sans bouger, jusqu'à finalement reprendre ses esprits et se mettre au travail. Tendant l'oreille pour s'assurer qu'elle était seule, elle inspecta méthodiquement chaque pièce, centimètre carré par centimètre carré.

*

A l'hôpital Georges-Pompidou, Smith s'assit au chevet de Marty toujours couché, toujours inconscient, petit et frêle, dans l'éclairage tamisé du service de soins intensifs. Devant le box du patient, un homme en civil avait rejoint les deux policiers en uniforme. Les draps et les couvertures de Marty étaient encore absolument lisses, comme si son ami n'avait pas fait un geste depuis des jours. Mais la réalité était tout à fait différente. De temps à autre, quand il était tout seul, il arrivait à Marty de bouger et, dans l'intervalle, des thérapeutes venaient régulièrement se livrer à des exercices avec lui.

Smith était au courant de tout cela car, dès son arrivée, il avait consulté le dossier médical informatisé de son vieil ami. Ce dossier attestait aussi que son état physique continuait de s'améliorer. En fait, même s'il restait dans le coma, il serait vraisemblablement transféré prochainement hors du service de soins intensifs.

« Salut, Marty », lui lança Jon avec un sourire, et il lui prit la main, qui était chaude et sèche, et une fois encore il se remémora leur enfance commune, les années où ils avaient grandi ensemble, et la faculté. Il arpentait ce même territoire de la mémoire qu'il avait déjà arpenté auparavant, mais avec davantage de détails, car au fur et à mesure que le passé lui revenait, il se faisait de plus en plus vivace dans son esprit. Tout en bavardant, en tuant le temps et en s'efforçant surtout de stimuler le cerveau de Marty, une idée lui vint.

« La dernière fois que nous avons eu une véritable conversation, lui raconta-t-il, tu étais encore chez toi, à Washington. » Il surveillait ses traits endormis. « J'ai entendu dire que tu avais embarqué à bord d'un avion et que tu étais venu ici tout seul. Mon vieux, ça m'a impressionné. La seule fois que j'ai pu te convaincre ne serait-ce que de l'approcher d'un avion, c'était parce qu'on avait à nos basques des tueurs à la détente un peu facile. Tu te souviens ? Et maintenant te voilà ici, à Paris. »

Il attendit, espérant que le nom de la ville provoquerait une réaction. Mais le visage de Marty demeurait apathique.

Smith continua.

« Et tu as travaillé à Pasteur. »

Pour la première fois, il le vit s'agiter. C'était presque comme si une vague d'énergie lui avait traversé le corps, à l'instant où il avait entendu le mot « Pasteur ». Ses paupières battirent.

« Je parie que tu te demandes comment je sais tout ça, insista Smith avec un espoir grandissant. La fille d'Emile Chambord... »

A l'évocation du nom du scientifique, le menton de Marty trembla.

« ... m'a dit que tu avais débarqué au labo de son père sans prévenir. Tu t'es présenté là-bas et tu lui as proposé ton aide. »

Les lèvres de Marty parurent vouloir former un mot.

Piqué au vif, Smith se pencha tout près.

« Qu'est-ce que c'est, Marty ? Je sais que tu veux me dire quelque chose. C'est à propos de Pasteur et du professeur Chambord, c'est ça ? Essaie, Marty. Essaie. Dis-moi ce qui s'est passé. Parle-moi de l'ordinateur piloté par ADN. Tu peux y arriver ! »

La bouche de Marty s'ouvrit et se referma. Son visage rondouillard virait à l'écarlate. Il luttait pour rassembler ses pensées, ses mots, et son corps tout entier se tendait sous l'effort. Smith avait déjà constaté cela chez des victimes de coma. Parfois, elles se réveillaient très vite, et toutes leurs facultés étaient demeurées intactes. D'autres fois, cela demandait tout un processus de reconstruction. Pour certains, ce processus était lent, plus rapide chez d'autres, comme s'il fallait rééduquer chaque muscle, affaibli par l'inactivité.

Juste à cet instant, Marty resserra la main autour de la sienne. Mais avant que Smith ait pu lui rendre cette pression de la main, son ami se relâcha, le visage épuisé. En quelques secondes, tout fut terminé, le blessé avait dû céder dans cette lutte courageuse, mais apparemment trop écrasante. Smith maudit en silence le poseur de bombe, il maudit tous ceux qui étaient derrière cette violence. Ensuite, il resta assis là, toujours en tenant la main de Marty, et il se remit à lui parler. Le silence aseptisé de la chambre n'était brisé que par sa voix feutrée, par les cliquettements et les ronronnements inhumains des appareils, et par les clignotements et les éclairs des diodes et des voyants. Il poursuivit cette conversation, ce travail inlassable autour de ces deux noms clés : Emile Chambord, l'Institut Pasteur.

Il entendit une femme s'adresser à lui, dans son dos.

« Monsieur Smith ? »

Il se retourna.

« Oui. »

C'était l'infirmière de l'accueil du service de soins intensifs, qui lui tendit une enveloppe blanche et nue, mais de grande taille.

« C'est pour vous. C'est arrivé tout à l'heure, mais j'ai été tellement occupée que j'ai oublié que vous étiez là. Je suis désolée. Si ça ne m'était pas sorti de la tête, vous auriez pu parler au porteur du pli de vive voix. Apparemment, celui qui vous a écrit ignore où vous résidez. »

Smith la remercia et prit le pli. Tandis que l'infirmière regagnait l'accueil du service, il décacheta l'enveloppe. Le message était simple et sans détours.

Lt. Col. Dr Smith

Le général, comte Roland de La Porte, sera à son domicile parisien ce matin. Il vous prie de bien vouloir vous y présenter, à l'horaire de votre convenance. Veuillez m'appeler au numéro de téléphone suivant afin de me préciser l'heure de votre arrivée. Je vous apporterai toutes les indications pour vous rendre au domicile du général.

Capitaine Darius Bonnard
Aide de camp du général

Smith se souvint que le général Henze l'avait prévenu de s'attendre à cette invitation à un entretien avec le général français. Cette convocation polie devait y correspondre. D'après ce que lui avait confié Henze, le général de La Porte avait ses entrées dans la police et au sein du contre-espionnage, tant en ce qui concernait l'explosion à Pasteur qu'à propos d'Emile Chambord. Avec de la chance, il serait à même d'en tirer quelques éclaircissements sur le professeur Chambord et l'ordinateur piloté par ADN.

*

Pour une bonne part, la majesté de Paris s'est construite à partir de ses résidences magnifiques, souvent nichées dans des rues de traverse, sous le couvert des arbres, en retrait du boulevard Haussmann. L'une de ces belles demeures était en fait la propriété du général Roland de La Porte. Bâtie en grès gris, elle était haute de cinq étages, avec une imposante entrée principale à colonnes, encadrée de balustrades et de belles pierres finement travaillées. Le bâtiment paraissait remonter au deuxième tiers du XIXe siècle, c'est-à-dire à la reconstruction radicale de Paris telle qu'elle fut entreprise sous le second Empire par le baron Georges-Eugène Haussmann. En termes exacts, c'était ce que l'on appelait à l'époque, et ce que l'on appelle encore, un hôtel particulier.

Jon Smith frappa en se servant du heurtoir à l'ancienne. La porte aux cuivres rutilants était en chêne massif sculpté.

L'homme qui vint lui ouvrir était un parachutiste en uniforme, avec rang de capitaine, portant l'insigne de membre de l'état-major du général.

« Vous devez être le lieutenant-colonel Jon Smith, remarqua d'emblée l'officier, dans un anglais un peu heurté. Vous êtes ponctuel. Je vous en prie, entrez. » Petit, blond et râblé, l'officier s'effaça, et d'un geste, invita Smith à entrer. « Je suis Darius Bonnard. Un véritable professionnel, dans le style militaire de carrière, jusqu'au bout des ongles.

— Merci, capitaine Bonnard. J'avais fait la même déduction. » Suivant ses instructions, il avait appelé l'aide de camp du général, qui lui avait fourni toutes les indications.

« Le général prend son café. Il a souhaité que vous vous joigniez à lui. »

Le capitaine conduisit Smith dans un vestibule spacieux, où un élégant escalier montait en s'incurvant vers les deuxième et troisième étages. Ils franchirent un corridor tapissé du même papier fleurdelisé que le hall d'entrée. La pièce dans laquelle pénétra Smith était vaste, avec un haut plafond décoré de nymphes et de chérubins grandeur nature, sur un fond de ciel bleu. Il y avait aussi des corniches dorées, d'élégantes moulures et des lambris d'appui, ainsi qu'un mobilier d'époque Louis XIV, aux courbes déliées et délicates. L'endroit ressemblait davantage à une salle de bal qu'à un fumoir où prendre le café.

Un homme corpulent était assis près de la fenêtre, la tête auréolée par les rayons du soleil. Il invita Smith à s'asseoir sur une simple chaise à dossier droit et siège de brocart, puis s'adressa à lui dans un anglais correct, mais avec un accent.

« Prenez place, voulez-vous, colonel Smith. Comment aimez-vous votre café ?

— Avec du lait, sans sucre, mon général, merci. »

Le général Roland de La Porte portait un coûteux complet dans lequel aurait flotté un arrière défensif du championnat de football américain, mais qui, sur lui, était parfaitement ajusté. Outre son tour de taille important, la stature était régalienne, le cheveu brun, épais, aussi long et raide que celui du jeune Bonaparte au siège de Toulon, avec un visage énergique de Breton et des yeux d'un bleu perçant. Des yeux remarquables, immobiles, semblables à ceux d'un requin. Au total, le personnage possédait une formidable présence.

« Je vous en prie, fit-il, avec une courtoisie policée. » Quand il servit son hôte, ses mains gigantesques éclipsèrent le service à café en argent, qui en parut minuscule, et puis il lui tendit une tasse en porcelaine fine.

« Merci, mon général. » Smith prit la tasse et aborda l'entretien sans retenue aucune. « C'est pour moi un privilège de rencontrer l'un des héros de l'opération Tempête du Désert, lança-t-il. Votre manœuvre de flanc à la tête du Quatrième Dragon était d'une grande audace. Sans cette initiative, les alliés n'auraient jamais été en mesure de protéger leur flanc gauche. » Smith remercia en pensée Fred Klein pour les informations détaillées que ce dernier lui avait transmises avant qu'il ne s'envole du Colorado, car lorsqu'il était en Irak, occupé à recoudre des blessés tous azimuts, il n'avait en réalité jamais entendu parler de La Porte qui, à l'époque, n'était que lieutenant-colonel.

« Vous y étiez, colonel », lâcha ce dernier. A l'évocation de ces souvenirs, La Porte eut un sourire. « Nos chars n'avaient pas reçu la peinture camouflage appropriée au désert irakien, et donc nous autres Français, nous étions plantés là comme des ours polaires. Mais les Dragons et moi, nous avons tenu bon, bouffé du sable, comme on dit dans la Légion, et au bout du compte nous avons été très chanceux. » Il étudia

Smith du regard. « Mais vous comprenez tout cela, n'est-ce pas ? Vous avez vous-même connu l'expérience du combat, non ? A un poste de commandement, vous aussi, j'imagine. »

Ainsi donc, La Porte avait demandé à ses gens de lui fournir des renseignements sur son pedigree, ce dont le général Henze l'avait prévenu.

« Brièvement, oui. Pourquoi me posez-vous cette question ? »

Les yeux bleus du général se fixèrent sur lui, sans un battement de cils, comme s'ils épinglaient un papillon, puis il suspendit ce regard, toujours sans ciller, mais avec un petit sourire. « Pardonnez-moi. C'est ma vieille vanité de soldat. J'ose me vanter de posséder une certaine capacité de jugement sur les individus. J'ai pu extrapoler votre formation et votre expérience à partir de votre façon de vous tenir, de vos mouvements, des expressions de vos yeux et de votre initiative d'hier à l'hôpital Georges-Pompidou. » Loin de s'arrêter à la surface de la peau, le regard impassible de La Porte sondait Smith en profondeur. « Peu d'individus auraient possédé comme vous ce mélange assez inhabituel de compétences médicale et scientifique et de talents qui sont le propre d'un soldat déterminé.

— Vous êtes trop aimable, général. » Et trop fouineur également, mais enfin, ainsi que l'en avait averti le général Henze, La Porte soupçonnait manifestement qu'il se tramait quelque chose, et il devait protéger les intérêts de son pays.

« Passons maintenant à un sujet bien plus important. A l'hôpital, avez-vous pu constater un quelconque changement dans l'état de votre ami ?

— Jusqu'à présent, non, général.

— Sincèrement, quel est votre pronostic ?

— En tant qu'ami ou en tant que médecin ? »

Un petit sillon de contrariété se creusa entre les yeux durs du général. Il n'aimait pas que l'on coupe les cheveux en quatre ou que l'on se défile.

« En tant qu'ami et médecin.

— Le médecin vous dirait que son coma m'impose d'émettre un pronostic réservé. L'ami sait qu'il ne tardera pas à se remettre.

— Vos sentiments amicaux sont partagés par tous, j'en suis convaincu. Mais je crains malheureusement que ce ne soit surtout à votre avis médical que nous accordions le plus de valeur. Et cela n'encourage guère à compter sur le Dr Zellerbach pour nous fournir des informations sur le professeur Chambord.

— Je pense en effet que c'est plus sage, reconnut Smith, non sans résignation. Dites-moi, a-t-on des nouvelles concernant le professeur Chambord ? J'ai parcouru le journal dans le taxi, mais on n'y indiquait rien de plus qu'hier soir, pas de faits nouveaux. »

Le général grimaça.

« Hélas, nous avons retrouvé une partie de son cadavre. » Il soupira. « J'ai cru comprendre qu'il s'agirait d'un bras, et de la main. La main portait une bague que ses collègues ont eu le malheur d'identifier, et les empreintes digitales ont été confrontées à celles de son dossier à Pasteur, ce sont bien les siennes. L'information ne paraîtra pas dans les journaux avant quelques jours. Les services compétents poursuivent leur enquête, et ils restent aussi discrets que possible. Ils espèrent démasquer les auteurs de l'attentat sans avoir à faire la moindre révélation. Je vous saurais donc gré de garder cette information pour vous.

— Bien entendu. » Smith songea à cette triste information du décès confirmé de Chambord. Quel dommage. Malgré tous ces indices apportant la preuve de sa mort, il s'était raccroché à l'espoir que le grand scientifique aurait survécu.

Le général s'était tu, comme s'il méditait sur la fragilité de la condition humaine.

« J'ai eu l'honneur de rencontrer votre Dr Zellerbach. Il est très fâcheux qu'il ait été blessé. S'il ne s'en remet pas, j'en serais profondément affecté. Si le pire devait arriver, j'apprécierais que vous transmettiez mes condoléances à sa famille en Amérique.

— Je n'y manquerais pas. Puis-je vous demander comment vous avez fait la connaissance du Dr Zellerbach, général ? Je n'étais moi-même pas au courant de la présence de Marty en France, et encore moins à Pasteur. »

Le général parut surpris.

« Ne pensiez-vous pas que votre hiérarchie s'intéressait aux recherches du professeur Chambord ? Cela ne faisait pourtant aucun doute. En réalité, elle s'y intéressait au plus haut point. Emile m'a présenté le Dr Zellerbach lors de ma dernière visite à son labo. Naturellement, Emile n'aurait jamais autorisé aucun de nous à passer comme cela sur son lieu de recherche. C'était un homme occupé, dévoué à son travail, et une invitation de sa part constituait en soi un grand événement. Cela remonte à environ deux mois, et votre Dr Zellerbach venait d'arriver. Il est tellement fâcheux que l'œuvre d'Emile ait été détruite dans cette explosion. Croyez-vous que quelque chose en ait réchappé ?

— A titre personnel, je ne dispose d'aucune information à ce sujet, général. Navré. A bon chat, bon rat. Je dois dire que je suis surpris d'apprendre que vous vous impliquez à ce point dans cette affaire. Après tout, vous exercez de nombreuses et importantes responsabilités au sein de l'OTAN.

— Mais je suis et je reste français, non ? En outre, je connaissais Emile personnellement, et depuis de longues années.

— Et était-il sur le point de réussir ? s'enquit Smith, en veillant à conserver à sa voix toute sa neutralité. Un ordinateur piloté par ADN, pratique et en état de fonctionner ? »

La Porte joignit le bout des doigts, les mains en ogive.

« C'est toute la question, n'est-ce pas ?

— Ce pourrait être la clef permettant d'identifier ceux qui ont posé la bombe, et de cerner leurs motivations. Quoi qu'il advienne de Marty, je veux faire mon possible pour capturer le salopard qui l'a mis dans cet état.

— Un véritable ami. » La Porte opina du chef. « Oui, j'aimerais voir ce scélérat puni, moi aussi. Mais hélas, en l'espèce, je ne puis vous être d'une grande aide. Sur son travail, Emile restait bouche cousue. S'il avait fait une... comment appelez-vous cela, vous, Américains ?... "faire le break", il ne m'en a pas informé. Et le Dr Zellerbach pas davantage, pas plus que le pauvre Jean-Luc Massenet, ou personne d'autre, en tout cas, pas à notre connaissance.

— L'assistant de Chambord ? Terrible, ça aussi. La police s'est-elle forgé une opinion sur son suicide ?

— Une tragédie, là encore, d'avoir perdu ce jeune homme. Apparemment, il était très dévoué à Emile et, quand il est mort, il s'était laissé aller à la dérive. C'est tout au moins ce que l'on m'en a dit. Connaissant toute la force charismatique de la personnalité d'Emile, je peux presque comprendre le suicide de ce garçon.

— Et sur cet attentat à la bombe, général, quel est votre sentiment ? »

La Porte esquissa un geste bien français de perplexité – un haussement d'épaules, les mains grandes ouvertes, la tête penchée sur le côté.

« Qui sait quel dément, quel enragé peut avoir commis un acte pareil ? Mais il s'agit peut-être d'un homme parfaitement sain d'esprit nourrissant une haine personnelle envers la science, ou envers l'Institut Pasteur, ou même contre la France, et à qui la pose d'une bombe dans un bâtiment bourré de monde paraissait une réponse tout à fait rationnelle. » La Porte secoua sa tête puissante avec dégoût. « Il m'arrive quelquefois, colonel, de considérer que l'aura de la culture et de le civilisation que nous prétendons tous partager est en train de se déliter. Nous en revenons aux temps barbares.

— La police et les services secrets français en savent-ils davantage ? »

La Porte répéta son geste, cette manie de joindre les mains en ogive. Ses yeux bleus scrutèrent Smith, sans ciller, comme s'ils cherchaient à disséquer ses pensées.

« La police et le contre-espionnage ne confient rien à un simple général, surtout s'il est attaché à l'OTAN, comme vous l'avez souligné. Toutefois, mon aide de camp, le capitaine Bonnard, a eu connaissance de rumeurs selon lesquelles notre police détient la preuve que l'attentat à l'Institut Pasteur aurait été l'œuvre d'un groupe séparatiste basque obscur que l'on avait cru liquidé depuis des années. En règle générale, les Basques limitent leurs "actions" à l'Espagne, mais vous savez, j'en suis sûr, que beaucoup de Basques vivent dans les trois départements des Pyrénées, à la frontière espagnole. Il était probablement inévitable, tôt ou tard, que cela fasse tache d'huile de ce côté de la frontière, et même jusqu'à Paris.

— Quel groupe, selon vous ?

— Je crois qu'ils s'appelaient la Flamme Noire. » La Porte attrapa ce qui ressemblait à une télécommande, appuya sur une touche, et le capitaine Bonnard entra dans la grande pièce par une porte latérale. « Darius, auriez-vous l'amabilité de préparer pour le colonel Smith une copie du rapport que la section antiterroriste nous a fait parvenir au sujet de l'attentat ?

— Il sera prêt pour son départ, général.

— Merci, Darius. Que ferais-je sans vous, hein ? »

Avec un salut, mais aussi avec le sourire, l'aide de camp ressortit de la pièce. Le général de La Porte prit la cafetière.

« Allons, une deuxième tasse, colonel, et parlez-moi un peu plus de votre ami. A ce que l'on m'a dit, c'est un génie, mais qui souffre d'une certaine pathologie. »

Le général remplit leurs tasses, tandis que Smith lui décrivait le cas de Marty.

« Le syndrome d'Asperger lui complique singulièrement l'adaptation à notre monde. Il a tendance à éviter les autres, les inconnus le terrorisent, et il vit seul, à côté de Washington. Pourtant, c'est un génie de l'électronique. Quand il n'est pas sous traitement ou dans son état maniaco-dépressif, il est capable d'intuitions et de sursauts de créativité sidérants. Mais s'il est trop longtemps sevré de ses médicaments, il est à la limite de l'incohérence, et ensuite, c'est simple, il finit par divaguer. La médecine lui permet de frayer avec les autres dans les détails pratiques du quotidien, mais il me dit qu'il se sent comme s'il était sous l'eau, et sa pensée, tout en restant brillante, devient lente et pénible. »

Le général de La Porte parut sincèrement touché.

« Depuis combien de temps souffre-t-il de cette maladie ?

— Depuis toujours. Ce n'est pas une maladie très connue, souvent mal diagnostiquée et mal comprise. Les moments où Marty est le plus heureux, c'est quand il peut se passer de ses médicaments, mais alors il est difficile pour les autres de rester à son contact. C'est l'une des raisons pour lesquelles il vit seul. »

La Porte secoua la tête.

« Et pourtant, c'est aussi un véritable trésor vivant, hein ? Mais entre de mauvaises mains, un danger potentiel.

— Pas Marty. Personne ne pourrait le contraindre à faire ce qu'il ne veut pas faire. Surtout parce que ceux qui s'y essaieraient ne sauraient jamais ce qu'il fabrique, au juste. »

La Porte lâcha un petit rire.

« Ah, je vois. Voilà qui est rassurant. » Il jeta un coup d'œil à une horloge en forme de temple, posée sur un buffet – en marbre vert, à colonnettes dorées, ornée de chérubins. Il se leva, se dressant devant Smith de toute sa stature. « Vous vous êtes montré fort éclairant, colonel, mais j'ai une réunion et je dois vous quitter. Terminez votre café.

Ensuite, le capitaine Bonnard vous remettra une copie de ce rapport sur la Flamme Noire et vous raccompagnera. »

Smith regarda sortir le corpulent général, et son attention fut attirée par tous les tableaux de la pièce, essentiellement des paysages français, accrochés sur tous les murs. Beaucoup lui semblaient dignes d'un musée. Il reconnut deux beaux Corot de la dernière période du peintre, et un Douanier Rousseau vigoureux, en revanche il n'avait jamais vu cette autre grande toile d'un château massif, bâti en pierre rouge foncé. Le peintre avait rendu cette masse dans un camaïeu d'ombres denses et menaçantes, tout dans les rouges et les violacés, et un soleil d'après-midi éclatant venait éclairer les angles des murs et des tours. Smith fut incapable de resituer l'œuvre, et ne reconnut là aucun des styles propres aux peintres paysagers du XIXe siècle français. Le tableau avait toutefois quelque chose d'inoubliable.

Il se leva, haussant les épaules pour s'étirer, sans prendre la peine de finir son café. En fait, il songeait déjà au reste de sa journée. Il n'avait plus eu de nouvelles de Fred Klein, il était donc temps de vérifier si son téléphone portable fonctionnait.

Il se dirigea vers le corridor par lequel il était entré, mais avant qu'il ait pu faire deux pas, le capitaine Bonnard s'y matérialisa, une chemise à la main, aussi effacé et silencieux qu'une apparition. Que la capitaine ait su prévoir aussi précisément que Smith était sur le point de s'en aller lui fit froid dans le dos. Bonnard avait-il écouté toute la conversation ? Si tel était le cas, il était vraiment un collaborateur de confiance, bien plus que Smith ne l'avait envisagé, à moins que le capitaine ne tienne à savoir par lui-même ce que le général avait pu lui confier.

*

Derrière la haute croisée du bureau du général, Darius Bonnard regarda Smith monter dans un taxi. Il le suivit du regard jusqu'à ce que le véhicule se fonde dans la circulation et disparaisse. Puis il traversa la pièce, franchissant les rectangles de soleil matinal qui marquetaient le parquet. Il s'assit au bureau ornementé, composa un numéro sur son téléphone, et se mordit la lèvre inférieure avec impatience.

Finalement, une voix tranquille lui répondit.

« Naam ?

— Smith est parti. Il a eu le rapport. Et le général est en route pour une de ses réunions.

— Bien, fit Mauritania. Avez-vous appris quelque chose de l'entretien du général avec Smith ? Avons-nous une quelconque indication de qui est vraiment cet Américain, et de la raison de sa présence à Paris ?

— Il s'en est tenu à son histoire : il est simplement là pour veiller sur son ami.

— C'est ce que vous croyez ?

— Je sais que Smith n'appartient ni à la CIA, ni à la NSA. »

Il y eut un silence à l'autre bout du fil, et la rumeur d'un endroit vaste, rempli d'échos et de gens se pressant en tous sens, indiquant que Mauritania parlait depuis un téléphone portable.

« Peut-être. Pourtant, il s'est donné un peu plus de mal que ça, vous ne trouvez pas ?

— Il pouvait simplement être désireux de venger son ami, ainsi qu'il l'a dit au général.

— Eh bien, je suppose que nous ne tarderons pas à le savoir. » Le terroriste poursuivit, et un sourire froid était perceptible dans sa voix. « D'ici à ce que nous découvrions la vérité sur Jon Smith, cela ne nous importera plus guère. Il est... tout est sans importance, rien de plus que des grains de sable du Sahara. Peu importe qui il est... peu importe ce qu'il vise, ou ce qu'ils visent tous... il sera trop tard. »

*

La femme brune avait méticuleusement et silencieusement fouillé l'appartement de Mauritania, de fond en comble, sans rien trouver. Le terroriste et les autres individus qu'elle avait vus entrer et sortir étaient des gens prudents. En réalité, elle n'avait rien découvert sur le plan de leur vie personnelle. Tout se passait comme si personne n'habitait là.

Lorsqu'elle se retourna vers la porte pour repartir, une clef tourna dans la serrure. Son cœur fit un bond, et elle fila dans la direction opposée. Traversant le salon, elle se faufila dans l'espace exigu, derrière le tapis, qui masquait la fenêtre opposée et prêtant l'oreille, entendit la porte s'ouvrir et quelqu'un entrer. Le bruit des pas s'interrompit brusquement, juste après le seuil, et demeura en suspens quelques secondes, comme si le nouveau venu sentait que quelque chose n'allait pas.

La respiration de cet homme qu'elle ne voyait pas faisait l'effet à la femme brune du lent chuintement d'une queue de serpent. Elle sortit son Beretta 9 mm de sous sa jupe, en veillant à ne pas toucher le tapis qui la dissimulait. Il ne fallait pas qu'elle le fasse bouger.

Elle perçut un pas prudent. Puis un deuxième. Venant vers les fenêtres. Un homme, et de petite taille. Mauritania en personne ? Depuis son étroit réduit, elle écouta. Mauritania était fort, elle le savait depuis le début, mais pas autant qu'il se l'imaginait. Un pas rapide et normal aurait exprimé davantage de sérénité, et il eût été plus mortel. Plus difficile à contrer. Il avait deviné quelles étaient les meilleures cachettes, mais il se déplaçait trop lentement, lui donnant ainsi tout le temps de se préparer.

Regardant autour de lui d'un air méfiant, Mauritania examina la pièce, un vieux pistolet Tokarev TT-33 7.63, de fabrication russe, à la main. Il n'entendit rien, ne vit rien d'inhabituel, mais il était certain qu'il y avait quelqu'un, là, ou que quelqu'un était venu, car il avait vu les marques de forçage sur les serrures de la porte de l'immeuble et de l'appartement.

Il glissa d'un pas menu vers la première fenêtre et, prestement, il releva un coin du lourd tapis qui la recouvrait. L'espace entre le tapis et la fenêtre était vide. Il répéta la manœuvre pour le deuxième et dernier tapis, prêt à faire feu de son Tokarev. Mais cet espace était également vide.

La femme baissa les yeux et vit que c'était bien Mauritania. Son Beretta en main, se tenant prête, dans le cas où il lèverait les yeux. Regroupée en une boule compacte, elle s'était suspendue par un simple crochet en titane qu'elle portait sous sa jupe et, dès qu'elle eut pris la mesure du danger, elle l'avait planté sans un bruit au-dessus du cadre de la haute croisée. Il n'avait aucun moyen de réagir assez vite pour relever le canon de son arme et tirer avant qu'elle ait eu le temps de le tuer. Elle retint son souffle, afin qu'il ne regarde pas en l'air, tous les muscles bandés, s'efforçant de rester aussi fermée, aussi serrée qu'un nœud. Elle ne voulait pas le tuer, cela pourrait compromettre son enquête, mais s'il le fallait...

Le suspense dura, quelques secondes s'écoulèrent. Une... deux... et il recula, laissant le tapis se rabattre.

Elle analysa ses pas, des pas rapides à présent, car il s'éloignait vers les deux autres pièces. Ensuite, il y eut quelques instants de silence, et elle l'entendit tirer quelque chose de lourd. Cela donnait l'impression d'un tapis que l'on faisait glisser sur le sol. Quand une latte de plancher craqua et claqua, elle en déduisit que Mauritania était arrivé à la conclusion que l'intrus, quel qu'il soit, était maintenant reparti, après s'être introduit dans l'appartement, lui permettant donc de récupérer en toute sécurité dans une cachette du plancher un objet qui avait échappé à la femme.

Il y eut deux légers cliquettements, la porte s'ouvrit et se referma. Elle attendit, à l'affût d'un bruit supplémentaire. D'une sensation de mouvement. Il n'y eut rien.

Elle se laissa retomber sur le rebord de la fenêtre. Elle était tout engourdie d'être restée ainsi, le corps suspendu en boule, mais elle en profita, en se redressant, pour jeter un coup d'œil dehors – Mauritania se tenait tout seul, de l'autre côté de la rue, et il observait l'immeuble, il attendait.

Pourquoi était-il encore là ? Pourquoi surveillait-il l'immeuble ? Elle n'aimait pas cela. S'il croyait vraiment que son « visiteur » avait filé, il serait parti, lui aussi... à moins qu'il ne soit particulièrement soucieux de sa sécurité, à cause de ce qu'il mijotait.

Elle eut une intuition soudaine, effrayante : il n'avait rien récupéré, il avait laissé quelque chose derrière lui.

Malgré ses membres ankylosés, elle n'hésita pas. Elle fonça à travers le salon vers la pièce du fond de ce bizarre appartement, écarta un tapis pour dégager la fenêtre qui donnait sur la cour, ouvrit les battants à toute vitesse et enjamba le rebord. En équilibre au-dessus du vide, avec son arme, elle fracassa complètement le carreau de la fenêtre de l'escalier de service et, au prix d'un rétablissement périlleux et acrobatique, réussit à prendre pied sur le palier.

Elle était presque au rez-de-chaussée quand le sol, au-dessus d'elle, explosa dans un rideau de flammes.

Elle se faufila jusqu'en bas et courut sur sa gauche, pour pénétrer dans un autre immeuble donnant sur la rue, qu'elle avait repéré quand elle avait jeté un œil au-dehors. Mauritania était toujours là, sur le trottoir d'en face, à hauteur de l'immeuble en flammes. Elle sourit, l'air sombre. Il croyait avoir éliminé son suiveur. Au lieu de quoi, il venait de commettre une erreur.

Quand il se retourna et s'éloigna aux premiers hululements des sirènes des pompiers, elle n'était pas très loin de lui, elle le suivait.

CHAPITRE DIX

L E café à l'enseigne du Deuxième Régiment Etranger se trouvait rue de l'Afrique-du-Nord, l'une de ces rues sinueuses qui serpentaient autour de la basilique du Sacré-Cœur. Smith déboutonna son imperméable et s'assit, seul, à une petite table, dans un coin, but une longue gorgée de son demi et mangea un sandwich au rosbif, tout en étudiant le dossier de la section antiterroriste sur la Flamme Noire. Le propriétaire de l'établissement était un ancien légionnaire dont Smith avait sauvé la jambe, quand il opérait au sein de l'unité du MASH, son unité médicale de campagne, pendant la guerre du Golfe. Faisant preuve de son hospitalité habituelle, il s'arrangea pour que personne ne vienne déranger Smith pendant qu'il lisait le document, de la première à la dernière ligne. Ayant achevé sa lecture, il se redressa contre le dossier de sa chaise, commanda un autre demi, et réfléchit à ce qu'il venait d'apprendre.

Le « petit » élément de preuve retenu contre la Flamme Noire était le suivant : exploitant le tuyau d'un indicateur, la section antiterroriste avait appréhendé un ancien membre de l'organisation à Paris, une heure pile après l'explosion à l'Institut Pasteur. Moins d'un an auparavant, l'homme avait été libéré d'une prison espagnole, où il purgeait une peine pour sa participation à des crimes attribués de longue date à la Flamme Noire. Après son arrestation et celle de ses acolytes, la Flamme Noire avait disparu de la scène, cessant apparemment toute activité.

Quand la section antiterroriste l'avait arrêté sur le territoire français, il était armé, mais il avait juré qu'il était complètement sorti de l'action politique, et qu'il travaillait à Tolède, en Espagne, comme conducteur d'engins. Il prétendait être à Paris simplement pour rendre visite à un oncle, ignorait tout de l'attentat à la bombe à l'Institut Pasteur, ayant passé toute la journée avec cet oncle. On possédait une copie couleur d'une photo de lui. Selon la date figurant sur le tirage, le cliché avait été pris durant sa garde à vue. Il avait d'épais sourcils noirs, les joues creuses, et le menton proéminent.

L'oncle avait confirmé le récit de son neveu, et la suite de l'enquête policière n'avait permis d'établir aucun élément de preuve formelle le reliant directement à l'attentat. Pourtant, il subsistait quelques points obscurs, car l'homme avait été incapable de rendre compte de certains de ses faits et gestes sur un laps de temps de plusieurs heures, au cours de cette même journée. La section antiterroriste l'avait privé de tout contact avec l'extérieur et l'interrogeait sans interruption, vingt-quatre heures sur vingt-quatre.

Historiquement, le noyau opérationnel de la Flamme Noire était toujours en mouvement, ne s'installant jamais plus d'une semaine au même endroit. L'organisation avait une préférence pour les provinces basques des Pyrénées occidentales : Biscaye, Guipúzcoa, Alava en Espagne, avec seulement des incursions de temps à autre dans les Basses-Pyrénées, en France. Ses choix les plus fréquents se portaient sur Bilbao, Guernica, et les alentours, où avaient vécu la majorité des sympathisants de la Flamme Noire.

En tant que mouvement, les nationalistes basques espagnols ne poursuivaient qu'un seul but – la séparation d'avec l'Espagne, et leur regroupement au sein d'une République basque. Faute d'y parvenir, les groupes les plus modérés avaient ponctuellement proposé un accord sur l'instauration d'une région autonome dans le cadre espagnol. Le désir d'indépendance des Basques était si fort qu'en dépit de leur catholicisme extrêmement fervent, ils avaient combattu contre l'Eglise lors de la Guerre d'Espagne, et soutenu la gauche républicaine et séculière, car elle leur promettait au moins l'autonomie, tandis que les fascistes catholiques s'y refusaient.

Smith se demandait comment la pose d'une bombe à l'Institut Pasteur, à Paris, pouvait s'inscrire dans cet objectif à long terme. Peut-être leur intention était-elle d'embarrasser l'Espagne. Non, peu probable. Aucune des actions terroristes des Basques n'avait réussi à inspirer un quelconque remords à l'Espagne.

Il se pouvait que leur but soit de susciter des frictions entre l'Espagne et la France, manœuvre susceptible de convaincre le gouvernement français de faire pression sur le gouvernement espagnol afin qu'il accède aux exigences des Basques. Voilà qui aurait plus de sens, car il s'agissait là d'une tactique déjà employée par d'autres révolutionnaires, quoique à dcs degrés de réussite divers.

Ou alors les Basques français avaient décidé de s'unir avec leurs frères et leurs sœurs du sud de la frontière, et de propager le terrorisme dans les deux pays, caressant ainsi l'espoir de tailler leur nouvelle nation à partir de petites enclaves situées de part et d'autre des Pyrénées, encourageant ainsi les Français, qui seraient moins perdants dans l'affaire que leurs voisins ibériques, à contraindre ces derniers à conclure un accord ? Naturellement, il s'y ajoutait un aiguillon supplémentaire, l'implication de deux pays limitrophes pouvant déclencher l'intervention des Nations unies, et éventuellement celle de l'Union européenne, ces deux institutions internationales confiant alors le soin à l'Espagne et à la France de trouver une solution.

Smith hocha la tête. Oui, cela pourrait coller. Et un ordinateur piloté par ADN serait un atout précieux entre les mains de ces terroristes, en leur fournissant une arme imparable à bien des égards, notamment pour ce qui s'agissait de convaincre les gouvernements de capituler devant leurs objectifs.

Mais en supposant que la Flamme Noire détienne la machine moléculaire de Chambord, pourquoi attaquer les Etats-Unis ? Cela n'avait aucun sens, à moins que les Basques ne veuillent forcer Washington à soutenir leur projet et à accentuer les pressions exercées sur l'Espagne. Mais s'il y avait là-dedans une once de vérité, ils auraient dû prendre contact et formuler des demandes. On n'en avait enregistré aucune.

Tout en continuant de réfléchir à tout cela, Smith se tourna vers son téléphone portable, espérant capter une tonalité. Et ce fut le cas. Il composa le numéro secret et protégé de Klein dans le district de Columbia, aux alentours de Washington.

« Ici Klein.

— Tous les systèmes de communication radio sont-ils rétablis ?

— Oui. Quel foutoir. Décourageant.

— Que s'est-il passé, au juste ? s'enquit Smith.

— Après avoir mis en rideau tout le réseau électrique du Grand Ouest, notre pirate fantôme a percé le code clef d'un de nos satellites de télécommunication et, avant que nos équipes aient eu le temps de se retourner, il avait infiltré toute la panoplie... des dizaines de satellites. Les experts de l'équipe technico-scientifique du FBI lui ont balancé tout ce qu'ils avaient, tout ce qu'ils connaissaient, mais il a percé tous les codes, déchiffré tous les mots de passe, agi comme si les parc-feux et les verrous étaient d'aimables plaisanteries, et il a foncé droit sur les transmissions de l'armée. Le tout à la vitesse de l'éclair. Incroyable. Il a percé des codes qui étaient censés être inviolables. »

Smith lâcha un juron.

« Mais enfin qu'est-ce qu'il veut, nom de Dieu ?

— Nos équipes estiment qu'il s'est contenté de jouer, histoire de se mettre en confiance. Le réseau du Grand Ouest a pu être rétabli au bout d'une demi-heure, et les communications radio également. Très précisément, comme s'il avait minuté le tout.

— Ce qui est probable, en effet. Autrement dit, vous avez raison, tout cela constituait un test. Et un avertissement. Un moyen pour lui de nous flanquer des sueurs froides.

— Et il a réussi. Pour l'heure, se contenter de reconnaître que notre technologie est surclassée serait l'euphémisme du siècle. La meilleure défense, c'est de le trouver, lui et cette machine.

— Pas seulement lui. Ce n'est pas l'œuvre d'un pirate isolé, pas davantage que l'attentat de l'Institut Pasteur et l'enlèvement de Thérèse Chambord. Toujours aucun contact ?

— Aucun. »

Smith considéra sa bière. C'était une très bonne bière, et il avait eu plaisir à la boire. Jusqu'à ce qu'il appelle Klein. Mais à cette minute, il écarta son verre.

« Peut-être ne veulent-ils rien de nous, hasarda-t-il, d'un ton grave. Peut-être visent-ils simplement autre chose, sans se soucier le moins du monde de ce que nous dirons ou ferons. »

Il avait beau ne pas savoir où se trouvait Klein, il pouvait presque le voir, fixant le vide devant lui, figé devant quelque vision d'apocalypse.

« J'y ai songé, moi aussi. Une attaque directe, sans sommation, dès qu'ils auront fini de tester ce prototype pour surmonter aux bogues éventuels. C'est mon cauchemar.

— Qu'en pense le Pentagone ?

— Avec les grosses légumes, mieux vaut distiller la réalité à petites doses. Mais c'est mon boulot. De votre côté, quoi d'autre ?

— Deux éléments. D'abord, la police a confronté les empreintes digitales d'Emile Chambord avec une main qu'ils ont extraite des décombres. Le général de La Porte me l'a appris ce matin.

— Seigneur, souffla Klein. Donc il est mort. Chambord est vraiment mort. Sacré nom ! Je vais faire téléphoner là-bas par le Département de la Justice, histoire de voir ce qu'ils savent d'autre. » Il hésita. « Bon, cela rend Zellerbach d'autant plus important. Comment va-t-il ? »

Smith le tint informé.

« Je pense que nous avons une excellente chance de récupérer Marty entier, conclut-il enfin. De toute façon, c'est sur la base de cette hypothèse que j'opère.

— J'espère que vous avez raison. Et j'espère surtout qu'il va se rétablir en temps utile. Je ne veux pas me montrer grossier, colonel. Je sais toute l'affection que vous éprouvez envers Zellerbach, mais ce qu'il sait pourrait suffire à tout changer. Est-il suffisamment bien protégé ?

— Aussi bien que possible. Les forces spéciales françaises montent la garde devant sa chambre, et la section antiterroriste veille. S'ils resserrent encore un peu plus cet écheveau, ils vont se marcher sur les pieds. » Il s'interrompit. « J'ai besoin d'une réservation à bord d'un vol pour Madrid.

— Madrid. Pourquoi ?

— Pour louer une voiture et me rendre à Tolède. C'est vers Tolède que remonte la piste de la Flamme Noire. » Il lui résuma le rapport que le capitaine Bonnard s'était procuré auprès de la section antiterroriste et dont il lui avait remis une copie. « Maintenant que vous avez déchiffré ce symbole sur la crosse du pistolet comme étant celui de la Flamme Noire, Tolède reste ma meilleure piste. Si la Flamme Noire est réellement responsable de l'enlèvement de Thérèse Chambord, alors je compte me servir d'eux pour la retrouver, elle, et le prototype de l'ordinateur piloté par ADN. » Il observa un temps de silence. « Je suis déjà allé plusieurs fois à Tolède, mais là, j'aimerais un peu d'aide. Pouvez-vous m'obtenir l'adresse du domicile de ce Basque et un plan détaillé de la ville ? A la section antiterroriste, quelqu'un doit sûrement avoir ça.

— Je vous procure l'information, le plan, et une réservation d'avion à votre nom vous attendra à Roissy. »

Washington D.C., à la Maison Blanche

Le Président Sam Castilla se cala contre le dossier de son fauteuil, les yeux clos, dans la chaleur printanière et guère de saison qui régnait déjà dans le Bureau ovale en cette heure matinale, car il insistait pour qu'on laisse l'air conditionné éteint et les portes-fenêtres ouvertes. D'après ses calculs (il avait consulté sa montre à quelques reprises, d'un coup d'œil furtif), la conseillère pour la sécurité nationale, l'amiral et les trois généraux avaient pris la parole, commenté des graphiques, et débattu pendant une heure et vingt-six minutes. Malgré la gravité de la situation, il se surprit à songer avec nostalgie à la manière dont les Apaches ligotaient leurs ennemis à quatre pieux, les membres écartés, sous un soleil intense, pour les laisser lentement, lentement mourir.

Finalement, il rouvrit les yeux.

« Madame, messieurs, c'est un fait bien connu que seul un imbécile égocentrique serait capable d'être candidat au poste que j'occupe, donc, l'un d'entre vous pourrait-il me dire, en quelques mots que je n'aurais pas besoin de me faire traduire en clair par le *New York Times* ou par mes conseillers scientifiques, ce qui vient de se produire et ce que cela signifie ?

— Bien sûr, monsieur. » La conseillère pour la sécurité nationale, Emily Powell-Hill, releva le défi. « Après avoir pénétré sur le réseau électrique du Grand Ouest et provoqué la coupure totale du système des communications radio de l'armée, le pirate a continué en nous privant de tous nos codes de commandement et de surveillance électronique. Tous. Il ne nous reste plus rien pour nous protéger. Rien pour protéger nos matériels, nos logiciels, ou nos personnels. Et Dieu seul sait combien de temps nous pouvons rester paralysés de la sorte. Complètement incapables de nous défendre contre une attaque. Aveugles, muets, sourds, et sans crocs pour mordre. »

En dépit de sa petite réflexion empreinte de désinvolture l'instant auparavant, le Président resta abasourdi par l'énormité des conséquences.

« J'imagine que c'est au moins aussi grave que ça en a l'air, n'est-ce pas ?

— Jusqu'à présent, reprit-elle, le pirate n'a agi que sur des durées relativement brèves. Il frappe et il disparaît, de préférence à une attaque en règle. Mais en nous dérobant nos codes, il a prouvé qu'il n'est pas seulement capable de déclencher une attaque, mais également de mener une guerre. Tant que nous n'aurons pas modifié ces codes, nous ne serons plus en position de combattre ou de défendre. Et même après que nous les aurons modifiés, il pourra toujours les percer à jour. »

Le Président Castilla prit une brusque inspiration.

« Qu'avons-nous perdu, exactement, quand il est entré par effraction dans nos systèmes ?

— Tous les systèmes de communication militaires radio transitent par Fort Meade et Fort Detrick, expliqua l'amiral Stevens. Le centre de surveillance du globe de la NSA à Menwith Hill, en Grande-Bretagne, les communications du FBI, la surveillance photographique et électronique de la planète gérée par la CIA. Le NRO était littéralement aveugle. Et bien sûr, le dispositif Echelon a totalement cessé de fonctionner.

— Aucun de ces systèmes n'est resté longtemps hors service, nuança Emily Powell-Hill, pressée d'offrir au Président cette seule bonne nouvelle. Mais... »

Le silence dans le Bureau ovale était plus épais qu'un carré de broussailles du Nouveau-Mexique. Powell-Hill, de la NSA, les quatre chefs militaires et le Président gardèrent le silence, chacun nourrissant sa propre panoplie de sombres pensées. La colère, la peur panique, la détermination, l'inquiétude, et de froids calculs, c'est tout cela qui, tour à tour, se lisait sur leurs visages.

Le Président les dévisagea tous, l'un après l'autre, de son regard calme, mais trop plein de gravité.

« Pour employer l'une de mes fameuses métaphores maison hautes en couleur... jusqu'à présent nous n'avons vu que des signaux de fumée dans les monts Diablos, mais les Apaches peuvent couper les câbles du télégraphe à tout moment. »

Stevens Brose approuva de la tête.

« Je dirais que ça résume à peu près la chose, monsieur. Si nous partons de la supposition qu'ils disposent de cet ordinateur piloté par ADN, les questions sont les suivantes : pourquoi font-ils ça ? que préparent-ils ? A mon avis, il n'y a aucune raison d'espérer qu'ils se contentent simplement d'exercer une pression pour obtenir ce qu'ils veulent, puisqu'ils n'ont rien demandé. Considérant les cibles militaires et de communications auxquelles ils se sont attaqués, il paraît clair qu'ils voulaient cet ordinateur moléculaire pour frapper quelqu'un ou quelque chose. Puisque nous avons été la seule cible militaire visée jusqu'à présent, et sachant aussi que nous figurons, à ce qu'il semble, en tête de la liste noire d'un peu tout le monde, alors je dirais qu'il y a fort à parier qu'ils en aient après nous.

— Nous avons besoin de savoir qui ils sont », trancha Emily Powell-Hill au nom de la NSA.

L'amiral Brose secoua la tête.

« Pour le moment, Emily, avec tout le respect qui vous est dû, c'est le cadet de nos soucis. Il pourrait s'agir de n'importe qui, depuis le gouvernement irakien jusqu'à une milice du Montana, ou encore, entre ces deux extrêmes, de n'importe quel pays, de n'importe quel groupe terroriste. Ce qui compte avant tout, c'est de les arrêter. Ensuite, on échangera les cartes de visite.

— Tous ces éléments convergent en direction de cet ordinateur piloté par ADN, souligna le Président, à commencer par l'attentat à l'Institut Pasteur. Maintenant, nous pensons devoir essuyer une attaque, mais nous ne savons pas ce que ce sera, ni où, ni quand. »

L'amiral Brose acquiesça sur-le-champ.

« Exact, monsieur.

— Alors nous ferions bien de retrouver cet ordinateur. » C'était l'idée de Klein. Le Président l'avait combattu sur ce point, mais au bout du compte il s'était rangé à son avis. Au vu du peu d'alternatives qui s'offraient désormais à lui, cette option n'en paraissait que plus sensée.

Les militaires se récrièrent avec véhémence, le lieutenant-général de l'armée de terre Ivan Guerrero en tête.

« C'est ridicule, se plaignit-il, pour ne pas dire insultant. Nous ne sommes pas impuissants. Nous commandons la première force militaire de la planète.

— Et l'arsenal le plus moderne, renchérit le général Kelly, de l'Air Force.

— Nous pouvons vous donner dix divisions pour traquer ces salopards, nom de Dieu, insista le lieutenant général Oda, de la Marine.

— Et aucune de vos divisions, aucun de vos chars, de vos navires, de vos avions n'est en mesure de protéger vos codes et vos systèmes électroniques, leur répliqua tranquillement le Président. Le fait est là. Pour l'heure, et en attendant que nous ayons une chance ne serait-ce que de commencer de déployer les défenses appropriées, n'importe qui, en opérant avec un ordinateur piloté par ADN, a de quoi nous réduire à l'impuissance. »

L'amiral Brose secoua la tête.

« Pas complètement. Nous ne sommes pas restés bras croisés, monsieur le Président. Chacun de nous a développé des systèmes de secours destinés à ceux de nos services qui opèrent en dehors des structures de commandement et des réseaux électroniques normaux. Nous avons organisé ce dispositif pour les situations d'urgence, et celle-ci en est une, et non des moindres. Nous allons donc les déployer séparément et installer les pare-feux les plus modernes. Nous sommes déjà en train de modifier tous les codes de commandement et de communication.

— Avec l'aide de nos amis britanniques, nous disposons de systèmes de secours similaires à la NSA, ajouta Powell-Hill. Nous pouvons être opérationnels en quelques heures. »

Le Président les gratifia d'un sourire sombre.

« D'après ce que j'ai cru comprendre, dans le meilleur des cas, cela permettra de ralentir notre nouvel ennemi. Très bien, modifiez vos codes, et les codes militaires en premier. Rendez vos systèmes électroniques tactiques aussi autonomes que possible. Et puis contactez les autres gouvernements de l'OTAN, et coordonnez vos défenses et vos données avec les leurs. Entre-temps, nos agences de renseignement doivent se consacrer à la localisation de cet ordinateur. Dernière chose, au nom du ciel, désarmez nos missiles offensifs aussi vite que possible, avant qu'ils ne décident d'en déclencher le lancement ! »

Une fois que tout le monde se fut mis d'accord, les visiteurs sortirent du Bureau ovale en file indienne.

Le Président Castilla attendait impatiemment que tout le monde soit sorti. Enfin, Fred Klein franchit la porte qui menait au bureau privé du Président. Il avait l'air fatigué, de larges cernes autour des yeux. Son costume était même encore plus fripé que d'habitude.

Le Président lâcha un soupir soucieux.

« Dites-moi la vérité, Fred. Dans tous ces dispositifs qu'ils prévoient de déployer, y en a-t-il seulement un d'utile ?

— Probablement pas. Comme vous l'avez fait remarquer, nous pourrions toujours ralentir nos agresseurs. Mais une fois qu'ils sauront comment s'y prendre avec cet ordinateur piloté par ADN, on ne pourra plus guère tenter grand-chose. Cette machine est tout simplement trop puissante. Par exemple, si vous avez un modem sur un ordinateur, et si vous envoyez un e-mail à vos petits-enfants une fois par mois, cela suffira à l'ordinateur moléculaire pour s'introduire dans votre appareil, s'emparer de toutes les données en l'espace de quelques secondes, et nettoyer totalement votre disque dur.

— En quelques secondes ? Un e-mail à mes petits-enfants ? Seigneur Dieu. Alors personne n'est plus en sécurité.

— Personne, répéta Klein, reprenant la formule du Président. Comme Stevens Brose et vous-même l'avez souligné, notre meilleur atout, c'est de le trouver. Une fois que nous l'aurons, nous les tiendrons. Mais il faut y parvenir avant qu'ils ne mettent en œuvre leur plan d'ensemble, quel qu'il soit.

— Cela revient à se battre contre un grizzly avec les bras liés dans le dos. Côté chances, ça sent l'arnaque. » Le Président scruta le visage du chef du Réseau Bouclier. « Comment projettent-ils de nous attaquer ? Comment et où ?

— Je n'en sais rien, Sam.

— Mais vous le saurez, n'est-ce pas ?

— Oui, monsieur. Je le saurai.

— Et à temps.

— Je l'espère. »

CHAPITRE ONZE

Tolède, Espagne

S MITH sortit de Madrid par la route à quatre voies N 401, vers le sud, en direction de Tolède. Comme promis, il avait trouvé l'adresse du domicile du Basque, un plan et des indications qui l'attendaient à Roissy. La petite Renault de location filait sans problèmes, à travers les champs verdoyants et vallonnés, noyés par les longues ombres de l'après-midi. Des moutons broutaient à l'ombre dentelée des peupliers.

Smith baissa sa vitre, posa le bras sur l'encadrement de la fenêtre, et un vent chaud vint lui souffler dans les cheveux. Le ciel de La Mancha, où le chevalier mélancolique de Miguel de Cervantes s'était lancé à l'assaut des moulins à vent, était immense et bleu. Mais les pensées de Smith ne tardèrent pas s'écarter de ce paysage pastoral et des illusions de Don Quichotte. Il devait partir à la charge de ses propres moulins à vent, et les siens étaient on ne peut plus réels.

Tout en conduisant, il surveillait constamment la présence d'un éventuel suiveur. Mais alors que le temps passait, les rares voitures qui le croisaient se comportaient tout à fait normalement, et il cessa d'y penser. Il se concentra sur les articles parus dans les journaux qu'il avait attentivement lus dans l'avion de Paris, au sujet de ces pannes électroniques. Comparés aux détails que Fred Klein lui avait relatés, les nouveaux articles étaient superficiels, et ne reliaient aucunement les problèmes graves qui étaient survenus à un quelconque ordinateur futuriste. Pour l'instant, le gouvernement américain était parvenu à maintenir cette information sous embargo.

Même sans livrer le fin mot de l'histoire, ces articles étaient consternants, déprimants, tout particulièrement parce que Smith savait ce qu'ils signifiaient. Alors qu'il y repensait en se demandant ce qu'il allait découvrir à Tolède, la vieille cité se profila dans la plaine devant lui, les tours de la cathédrale et l'Alcazar se dressant majestueusement au-dessus des toits de tuiles qui dessinaient une ligne d'horizon en dents-de-scie. Il avait lu que les origines de Tolède étaient si anciennes qu'elles se perdaient jusque dans la période préromaine des Celtes. Dès leur arrivée, au IIe siècle avant Jésus-Christ, les Romains en avaient fait leur ville, durant les sept cents ans de l'Empire, jusqu'à ce que les barbares Wisigoths s'y installent et n'en prennent le contrôle pour deux siècles encore, jusqu'en 712.

C'est alors que, selon la légende, le roi Rodrigo posa des mains lascives sur Florinda, fille du comte Julian, qu'il avait vue en train de se baigner nue dans le Río Tajo. Au lieu de porter l'affaire devant les tribunaux, le père outragé – en imbécile qu'il était – se précipita chez les Arabes pour leur demander leur aide. Ces derniers projetaient déjà d'envahir la cité, et furent trop heureux d'accéder à sa requête. C'est ainsi que Tolède changea une fois encore de main, pour devenir une capitale mauresque, cosmopolite et éclairée. Finalement, elle repassa sous domination espagnole en 1085, quand le roi de Castille en fit la conquête.

Entourée sur trois côtés par la rivière, la ville était perchée très en surplomb, sur un promontoire escarpé. C'était une forteresse naturelle, nécessitant uniquement deux murailles sur son flanc nord, plus exposé, pour se rendre inexpugnable, en ces temps lointains. Son expansion plus récente a débordé ces murailles, et vers le sud, sur l'autre rive du Río Tajo – en d'autres termes, cette expansion concerne tout ce qui fut bâti au cours des trois ou quatre derniers siècles.

Smith continua son chemin en empruntant les rues côté nord, légèrement plus larges, et se rapprocha des murailles septentrionales. Non sans regarder autour de lui, il entra enfin dans la vieille ville par la Puerta de Bisagra, un octroi de pierre érigé au IXe siècle, et plongea avec sa voiture dans le dédale de rues et de ruelles étroites et tortueuses qui serpentaient en spirale et dans un relatif désordre vers la grande fierté de la cité, sa cathédrale gothique, et son non moins grand sujet d'affliction, l'Alcazar, pratiquement détruit pendant la guerre d'Espagne, et depuis reconstruit.

Grâce à son plan détaillé, il suivit soigneusement les points de repère qui devaient le mener à l'adresse du Basque. Il se perdit dans le crépuscule qui s'étendait sur la ville, fit demi-tour, et s'aperçut que quantité de rues étaient si étroites que des poteaux en fer forgé suffisaient à barrer l'accès aux voitures. D'ailleurs, si la plupart de ces rues étaient assez larges pour accueillir un véhicule, c'était tout juste. Il se frayait un passage au volant de sa Renault, et les gens s'effaçaient dans les pas de portes pour lui laisser la place de passer. Des bâtiments, des monuments, des places, des églises, des synagogues, des mosquées, des boutiques, des restaurants élégants et des maisons – médiévales pour la plupart – remplissaient le moindre mètre carré de ce promontoire accidenté. Le décor était à couper le souffle, mais il était également plein de dangers. Il fournissait trop d'occasions d'embuscades.

L'adresse du Basque correspondait à un appartement situé près de la Cuesta de Carlos V, dans l'ombre de l'Alcazar lui-même, juste en contrebas du point le plus haut de Tolède. Les indications jointes au plan le prévenaient que l'endroit se trouvait précisément dans une ruelle en pente particulièrement escarpée, où même la plus petite voiture n'accéderait pas. Il se gara à deux pâtés de maisons de là et marcha, en veillant à rester dans la pénombre grandissante. Une multitude de langues emplissaient l'air du soir, avec les touristes qui se promenaient dans les rues de la magnifique vieille ville en prenant des photos.

Dès qu'il vit la maison, il ralentit le pas. C'était une construction typique, une façade dépouillée, en brique, de quatre étages, avec un toit de tuiles rouges légèrement pentu. Les fenêtres et la porte étaient des orifices carrés, dépourvus d'ornements, ménagés dans la brique, profondément enchâssés, avec seulement deux ouvertures par étage. En passant devant, il vit que la porte d'entrée n'était pas fermée. Le petit hall était éclairé, et il débouchait sur une cage d'escalier. Le Basque était censé louer une chambre au deuxième.

Smith continua jusqu'au bout du pâté de maisons, qui donnait sur une petite place bordée de boutiques et de bars. Plusieurs en repartaient, dans les quatre directions. Il s'arrêta devant un café en plein air, où il choisit une table face à la rue. L'air parfumé d'épices – cardamome, gingembre et piments. De là, il pouvait garder l'immeuble du Basque dans son champ de vision. Il commanda une bière et des tapas, et il attendit, tandis qu'un orchestre se mettait à jouer dans l'un des clubs voisins. C'était une mérengué aguichante, la musique de l'ancien poste avancé du royaume d'Espagne, la République dominicaine. Cette musique vibrante investit la nuit, et Smith mangea, but et observa. Personne ne semblait lui prêter la moindre attention.

Enfin, il vit trois hommes entrer par la porte de l'immeuble, et la lumière se déverser dans la rue. L'un d'eux ressemblait beaucoup à la photo du Basque qui figurait dans le dossier de la section antiterroriste. Les mêmes sourcils épais et noirs, les mêmes joues creuses, et le même menton prononcé. Smith régla l'addition et retourna dans la rue étroite. La nuit était tombée, et les ombres s'étiraient sur les pavés, noires et quasi impénétrables. Tout en avançant tranquillement vers l'immeuble, il eut encore une fois la sensation d'être observé. Il avait les nerfs à vif, et il s'arrêta dans l'obscurité profonde, sous un arbre.

Le pistolet parut surgir de nulle part, le canon froid s'appuya contre sa nuque. La voix rauque chuchota en espagnol.

« On nous avait avertis que vous risquiez de vous montrer. »

Il y avait bien quelques piétons dans la ruelle, mais à l'endroit où ils se trouvaient, le tueur et Smith étaient presque invisibles. Dans la vieille ville, les réverbères étaient rares et espacés.

« Vous m'attendiez ? fit Smith en espagnol. Intéressant. La Flamme Noire est revenue accomplir sa vengeance. »

Le canon s'enfonça dans sa nuque.

« On va traverser la rue et on va entrer par la porte que vous êtes venu surveiller. » Il brandit un petit talkie-walkie que Smith put tout juste apercevoir à la limite de son champ de vision. « Eteins les lumières, dit l'homme en parlant dans le micro. Je l'amène. »

A cet instant, la vigilance du terroriste dut se dédoubler, car il devait surveiller Smith tout en transmettant son information. Lorsque l'homme coupa le talkie-walkie avec un déclic, Smith comprit qu'il lui restait peu d'alternatives. Il fallait qu'il tente sa chance.

Il expédia violemment le coude dans le ventre de l'homme et plongea au sol. Le gaillard pressa sur la détente de son arme, il y eut une détonation feutrée. C'était un pistolet muni d'un silencieux, et le bruit fut noyé dans la musique et la circulation de la place. La balle siffla au-dessus des épaules de Smith, sans causer de dégâts, et ricocha sur les pavés. Avant que le terroriste ne reprenne ses esprits, Jon continua sur sa lancée, et lui décocha un coup de pied, avec la jambe gauche. Il cueillit l'homme au menton. Il y eut un grognement, et le terroriste finit au sol.

Smith lui prit le pouls : il était en vie, mais inconscient. Il le délesta de son Walther, un bon pistolet de marque allemande, et le bascula sur son épaule. Comme il avait alerté les terroristes de l'appartement, ceux-ci ne seraient pas longs à venir voir. Smith se dépêcha de remonter la rue, en portant son poids mort jusqu'à sa voiture. Lorsqu'il le laissa retomber dans le siège côté passager, le terroriste s'ébroua et gémit.

Jon contourna promptement la voiture pour s'installer côté conducteur, juste à temps pour voir jaillir un éclair de lumière. C'était l'homme, de nouveau. Il s'était réveillé et brandissait un couteau. Mais il était affaibli, et Smith écarta l'arme d'un coup sec et fixa du regard cette paire d'yeux noirs dans la pénombre de la voiture.

« ¡Bastardo! geignit l'homme.

— Maintenant on va causer, l'avertit Smith en espagnol.

— Je pense pas. » Il n'était pas rasé, et il avait une lueur farouche dans le regard. Il cligna rapidement les yeux, comme s'il luttait pour réfléchir.

Smith l'examina. Le gaillard était musclé, presque un colosse, et il mesurait un peu plus d'un mètre quatre-vingts. Il avait d'épais cheveux noirs et bouclés, une masse couleur d'encre dans l'obscurité de l'habitacle. Il était jeune. Pour l'Amérique des classes moyennes, un jeune homme, mais dans le monde des terroristes, c'était déjà un adulte à part entière.

Les yeux s'écarquillèrent, puis les paupières se plissèrent. Il releva un bras mal assuré et se massa le menton.

« Vous allez me tuer, moi aussi ? »

Smith ignora la question.

« Quel est ton nom ? »

Le jeune homme réfléchit, et jugea apparemment qu'il pouvait le lui révéler.

« Bixente. Je m'appelle Bixente. »

Pas de nom de famille, mais Smith s'en accommoderait. Tout en braquant le pistolet d'une main, il pointa le couteau de l'autre, jusqu'à ce que la lame vienne toucher le menton de Bixente. L'autre tressaillit et redressa la tête en arrière.

« Un nom, c'est un bon début, lui fit Jon. Parle-moi de la Flamme Noire. »

Le silence. Bixente tremblait, l'air déjà plus juvénile.

Il appuya le plat de la lame contre la joue du jeune homme. Il la retourna, d'un côté, de l'autre, une fois, et Bixente eut un mouvement de recul.

Smith le rassura.

« Je ne veux pas te faire de mal. On va juste avoir une conversation amicale. »

Le visage de Bixente se tordit, et Smith eut le sentiment qu'il était la proie d'une lutte intérieure. Smith éloigna la lame de la peau du jeune homme. C'était encore un pari, mais parfois la psychologie était plus puissante que la force. Il maintint le couteau levé, que Bixente puisse bien le voir.

« Ecoute, insista Smith, j'ai juste besoin de quelques informations. De toute façon, tu es trop jeune pour rester impliqué dans toute cette histoire. Parle-moi de toi. Comment t'es-tu retrouvé mêlé à la Flamme Noire ? » Et il abaissa le couteau.

Le regard de Bixente suivit le mouvement de l'arme. Puis il releva les yeux, l'air décontenancé. Il ne s'était pas attendu à cela.

« Ils ont tué mon... mon frère, avoua-t-il.

— Qui a tué ton frère ?

— La Garde civile... en prison.

— Ton frère était un dirigeant de la Flamme Noire ? »

L'autre confirma de la tête.

« Alors tu veux agir, comme ton frère. Pour une patrie basque.

— C'était un soldat, mon frère. » Dans sa voix et sur son visage, on percevait de la fierté.

« Et tu veux en être un, toi aussi. » Jon comprenait. « Quel âge as-tu... dix-neuf ans ? Dix-huit ?

— Dix-sept. »

L'Américain réprima un soupir. Il était encore plus jeune qu'il ne l'avait cru. Un gosse trop vite grandi.

« Un jour, tu seras assez âgé pour pouvoir prendre des décisions stupides sur des questions importantes, mais ce n'est pas encore pour tout de suite. Ils se servent de toi, Bixente. Je parie que tu n'es pas de Tolède, n'est-ce pas ? »

Le jeune homme nomma un village lointain dans le Nord de l'Espagne, un fief basque, connu pour ses moutons, ses chiens et ses pâturages de montagne.

« Tu es berger ?

— J'ai été élevé pour ça, oui. » Il s'interrompit, et il y eut une pointe de nostalgie dans sa voix. « J'aimais bien ça. »

Smith l'étudia. Il était fort et bien découplé, mais inexpérimenté. Un candidat attrayant pour les extrémistes.

« Tout ce que je veux, c'est parler à ces hommes qui sont avec toi, et rien de plus. Dès que nous aurons terminé, tu pourras rentrer chez toi et demain, tu seras sain et sauf. »

Le tremblement de Bixente se calma, mais il ne répondit rien.

« Quand la Flamme Noire a-t-elle repris ses activités ? Selon le rapport, après que leurs dirigeants eurent été tués ou emprisonnés, ses membres étaient sortis de la liste des terroristes activement recherchés. »

Bixente baissa les yeux, son visage trahissait la culpabilité.

« Quand Elizondo est sorti de prison. Il est le seul dirigeant historique qui n'ait pas été tué ou qui ne soit pas encore enfermé. Il a regroupé tous les anciens membres et il en a enrôlé de nouveaux.

— Pourquoi Elizondo pense-t-il que poser une bombe à l'Institut Pasteur va l'aider à défendre la cause de l'indépendance basque ? »

L'autre ne releva pas les yeux.

« Ils ne m'ont jamais expliqué grand-chose, surtout pas Elizondo. Mais je les ai entendus causer de ça, du fait qu'on travaillait pour quelqu'un qui allait leur donner un paquet d'argent et qu'on pourrait reprendre la lutte.

— Quelqu'un les a payés pour faire sauter le bâtiment de Pasteur et enlever Thérèse Chambord ?

— Je pense. En tout cas, c'est ce que j'ai saisi, d'après ce que j'ai entendu raconter. » Le jeune homme soupira profondément. « Il y en a beaucoup qui voulaient pas le faire. S'ils reprenaient la lutte, ils voulaient que ce soit pour l'Euskadi. Mais Elizondo leur a rappelé que pour mener une guerre, il fallait beaucoup d'argent, et c'est pour ça qu'on avait perdu, la première fois. Si nous voulions de nouveau lutter pour l'Euskadi, il fallait qu'on ait de l'argent. En plus, ce serait bon pour nous de faire sauter un immeuble à Paris, parce que maintenant beaucoup de gens de notre peuple vivent en France. Comme ça, on ferait savoir à nos frères et à nos sœurs qui vivent de l'autre côté des Pyrénées que nous les voulons avec nous, et que nous pouvons gagner.

— Qui a engagé Elizondo pour faire sauter Pasteur ? Pourquoi ?

— Je ne sais pas. Elizondo disait que peu importait pourquoi on posait cette bombe. C'était mieux ainsi. De toute façon, tout ça, c'était pour de l'argent, pour Euskadi, et moins nous en savions, mieux cela valait. Ce n'était pas notre problème. Je ne sais pas exactement avec qui il avait fait affaire, mais j'ai entendu un nom... le Croissant Armé ou quelque chose de ce genre. Je ne sais pas ce que ça signifie.

— As-tu entendu quoi que ce soit concernant les motifs de l'enlèvement ? Pourquoi ont-ils emmené cette femme ?

— Je n'ai rien entendu, mais je crois qu'elle est quelque part dans les environs. Je ne suis pas sûr.

— Est-ce que l'un d'eux a parlé de moi ? demanda enfin Smith.

— J'ai entendu Zumaia dire que vous aviez tué Jorge, à Paris, et ils s'imaginaient que vous veniez en Espagne parce que Jorge avait commis une erreur. Alors Elizondo a appris par quelqu'un que vous pourriez même carrément descendre jusqu'à Tolède. Il fallait se tenir prêts.

— Le pistolet de Jorge avait bien une crosse avec une gaine en cuir ?

— Oui. Si vous ne l'aviez pas tué, Elizondo s'en serait chargé. Il n'avait pas à graver notre symbole comme ça, n'importe où, et surtout pas sur une crosse de pistolet. Elizondo ne l'aurait pas su, si Zumaia ne le lui avait pas appris, après coup. »

Autrement dit, ils ne s'étaient pas souciés de Smith, ils avaient même peut-être tout ignoré de lui, jusqu'à son entrée en scène lors de l'enlèvement de Thérèse Chambord. Fronçant les sourcils, il observa Bixente. Il n'avait toujours pas relevé les yeux, et il demeurait les épaules voûtées.

« Comment m'as-tu reconnu ? voulut savoir Smith.

— Ils nous ont envoyé votre photo. Je les ai entendus causer. Un de nos gars, à Paris, vous a vu, il a entendu parler de vous, ou alors il vous a suivi. Je ne suis pas sûr. C'est lui qui nous a envoyé la photo. » Bixente avait l'air accablé. « Ils ont prévu de vous tuer. Vous causiez trop de problèmes. Je ne sais rien de plus. Vous avez dit que vous allicz me libérer. Je peux partir, maintenant ?

— Bientôt. Tu as de l'argent ? »

Le Basque releva les yeux, surpris.

« Non. »

L'Américain sortit son portefeuille de sa veste et lui tendit cent dollars.

« Ça te permettra de retourner dans ta famille. »

Il prit l'argent et le fourra dans sa poche. Sa peur s'était dissipée encore un peu plus, mais il avait toujours les épaules voûtées, le visage pétri de culpabilité. C'était un risque que Smith ne voulait pas courir. Il aurait pu aller avertir ses amis.

Smith durcit le ton.

« Souviens-toi, cette bombe et cet enlèvement, c'était uniquement pour de l'argent, pas pour la défense d'une quelconque patrie basque. Et puisque tu n'as pas été capable de me ramener dans cette maison, tu as bien plus à craindre d'eux que de moi. Si tu essaies de les rejoindre, ils vont te soupçonner. Et s'ils te soupçonnent suffisamment, ils vont te tuer. Il faut que tu te caches, un petit moment. »

L'autre eut du mal à déglutir.

« Je vais aller dans les montagnes, au-dessus de mon village.

— Bon. » Smith sortit de sa valise une corde en Nylon et un rouleau d'adhésif d'électricien. « Je vais te ligoter, mais je vais te laisser le couteau, pour que tu puisses te libérer. C'est juste pour t'accorder le temps de la réflexion. Que tu te rendes compte que mon conseil est bien le bon. » Et pour donner à Smith le temps de filer, au cas où Bixente changerait d'avis et tenterait de rejoindre les terroristes.

Le jeune homme n'était visiblement pas trop content de cette solution, mais il hocha la tête. Smith le ligota, le bâillonna, et enfouit le couteau sous la banquette arrière. Il calcula qu'il faudrait à l'adolescent au moins une demi-heure pour passer derrière en escaladant tant bien que mal son siège, récupérer le couteau et couper ses liens. Smith verrouilla la voiture de l'extérieur, rangea sa valise, son ordinateur portable et son imperméable dans le coffre, empocha les clefs et s'éloigna en vitesse. Si Thérèse Chambord était dans les parages, le prototype de l'ordinateur piloté par ADN y serait peut-être aussi.

CHAPITRE DOUZE

L A nuit avait transformé la magnifique petite cité en théâtre historique, avec ses ombres noires, ses luminaires jaunes et sa musique espagnole flottant dans l'air estival. Smith pénétra sur la petite place où il s'était arrêté pour observer la maison, en se préparant à prendre un détour par une rue de traverse qui lui permettrait de s'en approcher par une autre voie. Maintenant, à cette heure plus tardive, la foule était plus clairsemée, et Tolède était devenue une ville différente. Paisible et sereine, elle ressemblait à ces toiles du Greco éclairées par la lune, et les monuments cardinaux de son architecture baignaient dans la lumière crue des projecteurs.

Mais dès qu'il quitta la place, il vit quatre hommes surgir du désordre des rues et des ruelles. Il en reconnut un, râblé, la peau grêlée, qu'il avait entraperçu le soir de l'enlèvement de Thérèse Chambord. Il y avait aussi l'homme qui ressemblait à la photo de ce Basque prise lors d'une garde à vue, à Paris. La Flamme Noire. Ils le cherchaient.

Lorsque les quatre tueurs basques l'encerclèrent, il éleva la voix, juste assez pour qu'il soit certain de se faire entendre. Il s'exprima en espagnol.

« Lequel d'entre vous est Elizondo ? Tout ce que je veux, c'est lui parler. Je ferai en sorte que vous y trouviez votre compte. Parlons, Elizondo ! »

Aucun d'eux ne lui répondit. L'air résolu, ils continuaient de se rapprocher, leurs pistolets à la main, la main ballante à hauteur de la taille, l'œil noir, prêts à braquer leur arme sur lui et à tirer, sans ciller. Autour d'eux, les édifices chargés d'histoire les surplombaient comme des esprits maléfiques issus d'un autre monde.

« Restez où vous êtes », les menaça Smith, et il dégaina son 9 mm équipé d'un silencieux.

Mais le pistolet ne suffit pas à les arrêter. Ils se raidirent mais ne ralentirent absolument pas le pas, resserrant le cercle comme un garrot. Toutefois, ils interrogèrent du regard un vieil homme coiffé d'un béret basque rouge, attendant ses ordres.

Smith étudia le comportement des quatre hommes encore une seconde de plus, évaluant ses chances. Au son de la musique de mérengué qui palpitait dans la pénombre nocturne, il pivota sur lui-même et décampa. Lancé à pleine course, il vit un cinquième homme, plus âgé, soudain surgir d'une autre ruelle à environ dix mètres devant lui, pour lui barrer le passage. Derrière lui, les souliers des terroristes martelaient les pavés, de plus en plus près. Le cœur battant à tout rompre, Smith tourna le coin de la première ruelle, ses semelles ripèrent sur le sol, et il fonça tête baissée, plantant là ses poursuivants.

*

Un prêtre anglican, de haute taille, plutôt âgé, s'était caché dans le renfoncement de la porte d'un *estanco*, un bureau de tabac, fermé, d'où filtraient les odeurs vagues et sucrées des articles qu'on y vendait, et seul le pâle reflet de lumière de son col blanc retourné trahissait sa présence.

Il avait suivi les hommes depuis la maison du Basque qui s'était fait arrêter à Paris. Quand ils s'étaient esquivés dans leur repaire, n'importe quel passant se trouvant suffisamment proche pour pouvoir tendre l'oreille aurait été stupéfait, voir même outragé, de surprendre ces paroles marmonnées, et fort peu catholiques : « Merde ! Mais qu'est-ce qu'ils fabriquent, maintenant, nom de Dieu ! »

Le faux ecclésiastique avait espéré être le témoin d'une rencontre qui lui aurait fourni ce qu'il était venu chercher à Tolède. Mais ce qu'il vit n'avait rien d'une rencontre. Le militant basque qu'il avait reconnu à Paris, Elizondo Ibarguëngoitia, l'avait d'abord conduit à San Sebastian, puis ici, à Tolède, mais il n'y avait aucun signe de la femme kidnappée. Et aucune confirmation non plus des soupçons des patrons du prêtre.

Il était de plus en plus irrité par toutes ces fadaises. Des fadaises dangereuses, qui plus est. Et c'est pourquoi il avait en main un article encore moins catholique – un Glock 9 mm doté d'un silencieux.

Cette fois, son attente fut de courte durée. Un homme élancé, de constitution athlétique, fit son apparition sur la place.

« Sacré nom de Dieu ! », grommela le faux ecclésiastique, surpris.

Peu de temps après, les cinq Basques surgirent également dans la rue, l'un après l'autre. Chacun d'eux était armé d'un pistolet, qu'ils tenaient discrètement à hauteur de la taille, posture très commode en cas de besoin, mais qui rendait l'arme quasiment invisible pour n'importe qui d'autre. Le prêtre sortit de son abri du coin de la rue.

*

A mi-hauteur de la ruelle, Smith se plaqua contre un bâtiment, son Sig Sauer fermement brandi à deux mains. Il se concentra sur l'entrée de la ruelle, là où il venait de tourner. Un trio de touristes – un homme bien habillé et deux jeunes femmes – passèrent dans la rue en dansant, au rythme de la musique. Ils vivaient un agréable moment, inconscients du drame qui se jouait autour d'eux.

Ils disparurent de son champ de vision, et Smith attendit encore. Et encore. Cela ne dura que quelques secondes, qui lui semblèrent une heure. Un nouveau morceau de musique débutait, et le Basque trapu risqua un œil au coin de la ruelle, son arme et son visage pointant à l'angle du mur, simultanément. Smith pressa sur la détente, le coup partit, une détonation étouffée, il avait visé un peu haut, par prudence : il ne voulait pas risquer de toucher un passant innocent. Le bruit se fondit dans la musique tonitruante, et la balle mordit la pierre exactement là où il l'avait voulu – dans le mur, juste au-dessus de la tête du Basque.

Avec une explosion de poussière, une pluie d'éclats acérés s'abattit sur la tête du tueur. Il poussa un cri guttural et repartit en arrière, comme tiré au bout d'une laisse. Ce qui fit sourire Smith, un sourire macabre. Puis il se remit à courir.

Aucun projectile ne le rattrapa dans sa course, et il se jeta dans une ruelle perpendiculaire. Se plaqua de nouveau contre le mur, tout contre. Cette fois, aucune tête, aucune arme n'apparut à l'angle. Soulagé, il se remit à courir, une montée en pente raide, à présent, observant partout autour de lui tout en slalomant dans un dédale de passages déserts, et puis le terrain redevint plat. La musique refluait dans le lointain, mais quelques dernières notes lui parvenaient encore, menaçantes, comme porteuses de sombres présages.

En nage, il piqua une nouvelle fois un sprint, tomba sur un homme qui marchait à sa rencontre. L'homme flanqua un coup de pied dans une pierre, et il tanguait comme s'il avait bu trop de vin. Il leva les yeux et resta interdit devant l'allure échevelée de Smith, comme s'il venait de tomber nez à nez avec une apparition. Brusquement, il tourna les talons et détala.

Smith ne vit plus trace des terroristes. Il espérait les avoir semés. Il allait devoir patienter un moment, puis il ferait demi-tour, en direction de leur repaire. Il jeta encore une fois un coup d'œil derrière lui, s'attendant à trouver le passage désert. Aussitôt, il entendit le pop-pop très net d'un pistolet muni d'un silencieux, et simultanément une balle vint lui frôler la joue. Des éclats jaillirent du mur à hauteur de l'impact. Un autre coup de feu suivit, également étouffé par le silencieux, un couinement perçant fut répercuté par l'écho, la balle ricocha sur les murs, frappa le pavé et alla se ficher quelque part avec un claquement sec et violent.

A ce moment-là, Smith était déjà à plat ventre, en extension sur les coudes. Il pressa sur la détente, expédiant deux projectiles dans la nuit, vers deux ombres indistinctes.

Il y eut un hurlement terrifiant. Et il fut de nouveau seul. La rue était noire, de quoi rendre n'importe qui claustrophobe. Il avait dû en toucher un.

Mais il n'était pas tout à fait seul. A moins de cent mètres, une ombre aussi noire que la nuit, que les murs et les pavés, gisait dans la rue déserte. Il se redressa et, toujours tapi, en position accroupie, il s'approcha prudemment. La silhouette massive d'un homme prit forme – les bras en croix, une flaque de sang s'élargissant autour de lui, nappant le pavé d'une lueur liquide, sous le clair de lune. Les yeux vides fixaient le ciel, mais ces yeux-là ne voyaient plus rien. Smith le reconnut – l'homme trapu, à la peau grêlée, qu'il avait d'abord aperçu à Paris. Et maintenant, il était mort.

Il perçut un imperceptible craquement sur le pavé, releva aussitôt les yeux, sans bouger de l'endroit où il s'était agenouillé. C'étaient les autres. Qui s'avançaient vers lui.

Smith se leva d'un bond, courut, s'enfonça dans un nouveau dédale de rues et de ruelles qui n'arrêtaient pas de monter et de descendre, entre deux rangées de maisons toutes blotties les unes contre les autres, et même les venelles les plus étroites paraissaient devoir se frayer un chemin dans cette architecture urbaine très dense. Il traversa une voie plus large, où des touristes, le nez en l'air, le cou cassé en arrière, admiraient un alignement de maisons d'allure austère, moyenâgeuses, bâties pour les citadins ordinaires de ce temps-là. Tout près de ces touristes, il repéra deux des terroristes, qui scrutaient les lieux. Ces deux-là ne s'intéressaient pas du tout aux maisons, ils se détachaient nettement du reste du décor, comme des loups sur un paysage de neige.

Smith se retourna et repartit au pas de course. Aussitôt, ils lâchèrent une bordée de jurons, et il accéléra encore, en s'enfonçant dans une autre rue, pile au moment où une voiture s'y engageait, à l'autre bout. Une famille entière sauta d'un bond dans le renfoncement de plusieurs portes pour laisser passer la Fiat, une petite berline sportive. Les Basques étaient décidément trop près. Avec l'énergie du désespoir, presque aveuglé par les phares, il plaça sa main libre en visière et fonça droit sur la voiture.

Smith hurla un avertissement. Il entendit les freins crisser. Dans sa tentative pour s'arrêter, la Fiat laissa de la gomme sur le pavé, et une odeur âcre dans l'air. Le véhicule s'immobilisa brutalement avant de le heurter, à moins de trois mètres, et Smith ne fut pas brisé dans son élan. Il bondit sur le capot. Les semelles de ses chaussures de sport s'agrippèrent à la peinture brillante et métallisée, ce qui lui permit de trouver la force de se hisser, d'escalader le toit à toute vitesse et de redescendre par le coffre. Quand il atterrit, il était trempé de sueur. Il repartit à toute allure.

Des balles sifflèrent autour de lui, les terroristes tâchaient de l'ajuster. Il zigzagua, le souffle court, ses muscles bandés. Juste au-dessus de lui, une vitre se fracassa sous l'impact d'une balle. Une femme hurla, un bébé pleurait. Smith entendit les Basques beugler, ils grimpaient sur la Fiat à leur tour, glissant et dérapant sur le métal. Le dernier bruit qu'il entendit en provenance de la ruelle, ce fut le tonnerre de leurs pas. Et non seulement il n'était pas en sécurité, mais il n'avait rien découvert au sujet de Thérèse Chambord ou de l'ordinateur moléculaire.

Furieux, il changea encore une fois de direction, cette fois en se faufilant dans d'autres ruelles assoupies. Il regardait partout autour de lui, il était aux abois. Enfin, il aperçut une esplanade baignée d'une vive lumière et entendit des éclats de voix et des rires.

Il ralentit le pas, tâchant de reprendre son souffle. Il s'approcha à pas comptés de cet espace dégagé, et s'aperçut qu'il était arrivé sur la Plaza del Conde. En face de lui, c'était la Casa y Museo del Greco, la maison du Greco, transformée en musée. C'était le vieux quartier juif, la Juderia, dans la partie sud-ouest de la ville, juste au-dessus de la rivière. Il eut beau, de prime abord, ne remarquer aucune présence suspecte, il n'ignorait pas que les terroristes ne devaient pas être bien loin. Elizondo n'allait pas renoncer aisément et, en fin de compte, si Tolède n'était pas une petite ville, elle était assez compacte. Aucune place n'était jamais bien loin de sa voisine.

Il lui fallait ressortir discrètement de la Plaza del Conde. S'il se pressait trop, cela attirerait l'attention. Finalement, c'est son état d'épuisement qui lui dicta sa décision. Il avança d'un pas lent, en tâchant de prendre un air décontracté, non sans se couler dans l'ombre chaque fois que c'était possible. Enfin, il atteignit un rang de touristes qui contemplait le musée d'un air approbateur. Les portes étaient closes, mais l'édifice renfermait tout de même quelques-unes des toiles les plus fameuses du Greco. C'était un bâtiment reconstruit sur le modèle d'une demeure tolédane typique de cette période, et il entendit les touristes murmurer, et il les vit pointer du doigt tel ou tel détail caractéristique de la façade, pendant qu'il passait derrière eux.

Le temps qu'il parvienne à l'entrée de la Calle San Juan de Dios, il avait repris son souffle. Là, les touristes étaient moins nombreux, mais de toute façon il savait qu'il ne pourrait continuer très longtemps à cette allure démentielle. Gravir et dévaler des rues en pente était un exercice assez violent, même pour quelqu'un comme lui, qui veillait à entretenir sa forme physique. Il en conclut qu'il lui fallait courir le risque de rester dans cette artère plus fréquentée. Avant de franchir chaque croisement de rues, il étudiait soigneusement le terrain... et puis il eut une idée.

Devant lui, un homme, avec un appareil photo pendu autour du cou et une lampe flash dans la main, paraissait à la recherche d'un peu de couleur locale. L'homme s'avança d'un pas tranquille dans l'une des ruelles, tournant la tête sur la gauche, sur la droite, regardant en bas, en l'air, en quête du meilleur plan. Ils étaient à peu près de la même taille et de la même corpulence.

C'était l'occasion rêvée. Le type prit une autre rue, à peine plus large que la ruelle. L'endroit était calme, personne en vue. A la dernière seconde, il eut l'air d'entendre Smith qui arrivait dans son dos.

Il se retourna à moitié.

« Hé ! protesta-t-il, en anglais. Qui êtes-vous ? Qu'est-ce que... ? »

Smith planta le silencieux du canon dans la colonne vertébrale de l'homme.

« Pas un bruit. Vous êtes américain ?

— Si je suis... ? Et comment ! Vous... »

Smith lui enfonça un peu plus le canon dans le dos.

« Silence. »

La voix de l'homme se mua en chuchotement. Mais il restait très en colère.

« ... vous avez foutrement raison ! Et vous avez intérêt à vous en souvenir. Vous allez regretter de... »

Smith l'interrompit.

« J'ai besoin de vos vêtements. Enlevez-les.

— Mes vêtements ? Vous devez être fou. Pour qui vous... ? » Il se retourna pour faire face à Smith. La vision du Sig Sauer le laissa pétrifié, et son visage se figea de peur. « Seigneur, qui êtes-vous ? »

Smith releva l'orifice du silencieux à hauteur de la tête de l'homme.

« Vos vêtements. Tout de suite. »

Sans oser ajouter un mot, et sans quitter une seule seconde Smith des yeux, le touriste se dévêtit, ne gardant que ses sous-vêtements. Smith recula et retira ses chaussures, sa chemise et son pantalon, sans cesser de tenir l'autre en joue avec son Sig Sauer.

Smith l'avertit.

« Ne mettez que mon pantalon. En guise de chemise, votre tee-shirt suffira. Comme cela, on ne risque pas trop de vous confondre avec moi. »

Lorsque l'homme remonta la fermeture Eclair du pantalon de Smith, il était pâle.

« Vous savez que vous me foutez une sacrée frousse, vous. »

Après avoir enfilé les chaussures de jogging, le pantalon gris, la chemise hawaïenne et la casquette de base-ball des Chicago Cubs de son compatriote, Smith ajouta quelques précisions.

« Quand vous retournerez à votre hôtel, empruntez un itinéraire où vous croiserez du monde. Prenez des photos. Comportez-vous normalement. Tout ira bien. »

Et il s'éloigna à grandes enjambées. Quand il se retourna, l'homme se tenait encore dans l'ombre portée des immeubles, et il le fixait du regard.

Il était temps que, de chassé, il devienne chasseur. Smith continua d'une démarche égale et lente, ce qui lui permit de couvrir du terrain sans s'épuiser, jusqu'à ce qu'il entende à nouveau du bruit. Cette fois, il se retrouvait au Monasterio de San Juan de los Reyes, érigé pour tenir lieu de sépulture aux rois et aux reines de Castille et d'Aragon. Les touristes qui avaient payé pour s'offrir une visite nocturne de la cité s'étaient regroupés devant l'église, visiblement fascinés par son aspect extérieur, avec ses ornementations étranges : des chaînes sculptées dans la façade, celles-là mêmes que portaient les prisonniers chrétiens retenus en captivité par les Maures, jusqu'aux temps de la Reconquista.

Smith contourna le groupe de la visite et entra dans une *taberna* dont la terrasse débordait largement sur la rue. Il choisit une table placée juste à l'intérieur, qui lui assurait une vue panoramique, avec l'église qui dominait une partie du site. Il était en sueur. Attrapant une poignée de serviettes en papier, il se tamponna le visage, commanda un *café con leche*, et s'installa, en position d'attente. Les terroristes savaient quelle direction il avait prise, grosso modo, et, dans l'hypothèse où il aurait eu l'intention de revenir sur ses pas, ils avaient dû anticiper ce mouvement de sa part. Ensuite, ils finiraient bien par le retrouver.

Il avait à peine terminé son café quand il vit le vieil homme élancé, coiffé d'un béret basque rouge, passer devant lui en compagnie d'un deuxième homme. Ils tournaient constamment la tête en tous sens, ils étaient à sa recherche. Leurs regards se posèrent sur lui, mais sans s'arrêter. Ils n'eurent même pas un instant d'hésitation. C'était grâce à la chemise hawaïenne, comprit Smith, content de son stratagème.

Il se leva, lâcha quelques euros sur la table, pour payer son café, les suivit, mais il finit par les perdre de vue, de l'autre côté de l'église. Proférant un juron à mi-voix, il progressa avec méfiance. Ils ne pouvaient pas être très loin.

Finalement, il déboucha sur une pente herbue en surplomb des méandres du Río Tajo. Il s'accroupit, demeura tapi, effacé et discret, le temps de laisser ses yeux s'accommoder à l'obscurité. Assez loin sur sa gauche, vers la ville, il put distinguer les contours de la Sinagoga del Transisto et du Musée sépharade. Sur l'autre rive du fleuve, dans la partie moderne de la ville, les pièces éclairées de l'élégant Parador clignotaient dans sa direction. Autour de lui, des buissons ponctuaient la rive herbeuse, et la rivière, le flot encore gonflé par les eaux hivernales, coulait en contrebas. Son bruissement paisible signalait sa puissance.

Le sentiment de l'urgence allait grandissant. Où étaient-ils ? Là-dessus, sur sa gauche, et légèrement plus bas, il capta une conversation feutrée. Deux hommes. Le craquement du gravier derrière leurs chuchotements, et puis une autre voix, différente celle-là, se joignit aux premières. Maintenant, il y avait là trois hommes. Smith tendit l'oreille, tâchant de saisir ce qui se disait, parcouru à la fois d'un frisson glacial et d'une bouffée d'excitation – ils se parlaient en basque. Même à cette distance, il reconnut son nom. Il était question de lui, ils le cherchaient. Ils se trouvaient à cent mètres à peine, sur une pente relativement dégagée.

Un quatrième homme gravit précipitamment cette déclivité dans la direction des trois hommes. Il remontait de la rivière et, quand il fut arrivé à leur hauteur, il prononça encore une fois le nom de Smith, avant de poursuivre la conversation en espagnol.

« Il n'est pas en bas, mais je suis certain de l'avoir vu sortir de la *taberna* et suivre Zumaia et Iturbi. Il doit forcément être quelque part. Peut-être plus près du pont. »

La discussion se poursuivit, cette fois dans un mélange de basque et d'espagnol. Smith réussit à comprendre que les dénommés Zumaia et Iturbi avaient quadrillé toute la ville jusqu'aux faubourgs, et c'est là qu'ils avaient perdu sa trace. Leur chef, Elizondo, les rejoignit à son tour, après avoir poussé les recherches plus en amont du fleuve. Ils en conclurent que Smith pouvait encore se trouver dans les parages.

Tandis qu'ils se déployaient pour entamer une battue minutieuse, Jon crapahuta dans l'herbe et le sable, et se glissa sous les basses branches d'un saule qui retombaient en surplomb de la colline et la rivière. Les nerfs à vif, il s'allongea près du tronc, retenant sa respiration, cramponné à son Sig Sauer. En sécurité. Pour le moment.

*

Après avoir dîné à La Venta del Alma, une charmante auberge sur l'autre rive du Río Tajo, en face de la vieille ville, M. Mauritania sortit sur la terrasse de l'hôtel le plus luxueux de Tolède, le Parador Conde de Orgaz. Il consulta sa montre. Il avait encore du temps devant lui : le départ n'était pas prévu avant une heure.

Mauritania s'accorda un plaisir : il leva les yeux, et s'émerveilla de ce spectacle nocturne. Le vieux Tolède était perché au-dessus de la rivière éclairée par la lune, tapis scintillant d'ombres et de lumières, si enchanteur qu'il aurait pu sortir tout droit d'un chapitre des Mille et Une Nuits, ou d'un magnifique poème d'amour persan. La culture occidentale, décidément si grossière, avec sa conception étroite d'un Dieu et d'un sauveur insipide, ne comprenait rien à Tolède. Mais il est vrai que les Occidentaux étaient capables de transformer une femme en homme, corrompant ainsi à la fois la vérité de l'homme et la vérité de la femme. Cette corruption n'était nulle part aussi visible que dans la grande cité du Prophète, où chaque monument, chaque souvenir glorieux, s'était transformé en fétiche à vocation lucrative.

Il s'imprégna de cette vision de Tolède, s'en délecta. C'était un endroit divin, vivant vestige de cette ère glorieuse où, voici près de mille ans, les Arabes régnaient, créant dans cette cité éclairée un haut lieu de l'éducation musulmane, au milieu de l'ignorance et de la sauvagerie. Les disciples s'étaient multipliés, et les musulmans, les chrétiens et les juifs avaient vécu dans l'harmonie et la coopération, appris leurs langues respectives, étudié leurs cultures et leurs fois.

Mais aujourd'hui, songea-t-il avec colère, les chrétiens et les juifs taxaient l'islam de barbarie et voulaient en éliminer la moindre trace de la surface de la terre. Ils échoueraient, et l'islam se relèverait, régnerait à nouveau. Voici ce qu'il préparait à l'Occident.

Il releva le col de sa veste en cuir pour se protéger de la fraîcheur croissante de la nuit et contempla les richesses de cette cité, désormais tombée dans la décadence. Tout le monde venait la photographier, y acheter des reliques à deux sous, vestiges prétendus de son passé, car ces gens possédaient plus d'argent que d'âme. Ils étaient peu nombreux à venir dans cette cité animés de la volonté d'apprendre, de prendre la mesure de la Tolède du passé, de comprendre ce que la lumière de l'islam avait apporté ici, quand l'Europe de la chrétienté traversait les Ages Sombres de l'intolérance. Il songea amèrement à son propre pays, pauvre et affamé, où les sables du Sahara étouffaient lentement la vie de la terre et des gens.

Et ces infidèles se demandaient pourquoi il les haïssait, pourquoi il projetait de les détruire et souhaitait rétablir les lumières de l'islam. Rétablir une culture d'où l'argent et la cupidité seraient absents. Rétablir la puissance qui avait régné ici durant des siècles. Il n'était pas fondamentaliste. Il était pragmatique. D'abord, il voulait administrer aux Juifs une leçon. Ensuite aux Américains. Tant que les Américains demeureraient dans l'attente, ils en auraient des sueurs froides.

Mauritania avait conscience de représenter une énigme aux yeux des Occidentaux. Avec ses mains et son visage délicats, son corps enrobé, en apparence si inoffensif, si inefficace, il misait là-dessus. Mais en son for intérieur, il connaissait la vérité : il était un héros.

Pendant un bon moment, il garda le silence et resta ainsi, dans la nuit, sur la terrasse du palais-hôtel, à contempler la flèche de la grande cathédrale chrétienne, la masse imposante et les tours trapues du al-Qasr, bâti voilà près de quinze siècles par son peuple issu du désert. Il demeurait impassible mais, intérieurement, il enrageait. Sa fureur le consumait, elle allait sans cesse croissant, alimentée par des siècles d'outrages. Son peuple allait se relever. Mais lentement, prudemment, par petites étapes, et cela débuterait par le coup qu'il allait bientôt porter aux Juifs.

CHAPITRE TREIZE

DANS cette déclivité en surplomb du Río Tajo, Smith était resté couché, caché sous le saule, aux aguets. Les terroristes avaient cessé de parler et, derrière lui, la ville se faisait de plus en plus silencieuse. Tout en bas, un oiseau aquatique poussa un cri strident, et quelque chose brassa l'eau.

Smith braqua le Sig Sauer en direction de la rivière, d'où venait d'émerger un nageur qui escalada la pente, apparition grise au clair de lune. Une autre silhouette patrouillait plus loin sur la colline, et plus bas par rapport à l'endroit où il se trouvait. Le gaillard de la rivière marmonna quelque chose en basque, rejoignit son camarade et le tandem s'éloigna, hors de portée de voix.

Jon souffla lentement, se redressa, toujours accroupi, puis les suivit, en restant tapi au sol, pendant que les Basques poursuivait leur battue à mi-coteau. A présent, ils étaient une demi-douzaine, et ils se dirigeaient tous vers le pont Puente de San Martin. Quand l'homme posté au sommet de la pente approcha de la route du pont, le groupe échangea une série de signes de la main, et brusquement ils se retournèrent tous et dévalèrent jusqu'au bord de l'eau. Smith partit en roulade derrière des rochers, s'écorchant les coudes, avant qu'ils ne le repèrent.

Arrivés au bord de l'eau, ils s'accroupirent, se consultèrent. Smith entendit prononcer les noms de Zumaia, d'Iturbi, et d'Elizondo. Il était incapable de discerner un seul visage. Ils parlaient doucement, mais vite, en basque et en espagnol, et Smith saisit l'essentiel : Elizondo estimait que si l'Américain était là, d'une manière ou d'une autre, il leur avait échappé et devait être retourné en ville, où il allait contacter la police locale. Ce ne serait pas bon pour eux. Smith avait beau être un étranger, la police se montrerait moins bien disposée envers un groupe basque.

Zumaia n'était pas convaincu. Ils discutèrent tous de la situation, pour finalement aboutir à un compromis. A cause du facteur temps, Zumaia, un certain Carlos et les autres allaient se poster en divers endroits de la ville, dans l'espoir de dénicher l'Américain. Elizondo allait devoir renoncer à ces recherches, car il était supposé se rendre dans une ferme, de l'autre côté de la rivière, pour un rendez-vous capital.

Deux mots prononcés au sujet de ce rendez-vous clouèrent Smith sur place : Croissant Armé. S'il avait compris correctement les propos d'Elizondo, dans cette ferme, le Basque allait rencontrer les représentants de ce groupement. Il irait à pied, car ils s'étaient trop éloignés de leurs véhicules pour avoir le temps de les récupérer.

Pour Smith, c'était le signe que la chance tournait. Toujours allongé, s'abstenant de bouger, il fit en sorte de maîtriser son impatience, pendant que ces hommes arrêtaient leurs plans et remontaient vers la ville. S'il essayait de suivre Elizondo en empruntant le pont, qui était bien éclairé par des réverbères, il se ferait certainement repérer. Il fallait trouver un autre moyen. Il pouvait le filer à distance, mais c'était risquer de perdre le chef terroriste, et il n'était pas en situation de poser trop de questions aux gens du cru. La solution, ce serait d'avoir atteint la rive opposée avant qu'Elizondo ne traverse.

Tandis que les terroristes se mettaient en route, Smith retira la chemise et le pantalon qu'il avait empruntés à ce touriste américain. Il se leva d'un bond et descendit jusqu'à la rive, tout en roulant ses vêtements en un ballot bien serré. En se servant de sa ceinture, il s'attacha le paquet derrière la nuque et entra dans l'eau, en évitant tout clapotis. L'eau était froide, elle sentait la vase et la végétation en décomposition.

Il se glissa dans la rivière noire. En redressant bien la tête, il s'élança d'une brasse puissante. Ses mains plongeaient dans la masse liquide, repoussaient le flot noir, et il songea à Marty couché, inconscient, à l'hôpital Georges-Pompidou. Aux hommes et aux femmes qui avaient trouvé la mort à l'Institut Pasteur. A Thérèse Chambord. Etait-elle seulement encore en vie ?

En proie à la colère et à l'inquiétude, il fendait l'eau de ses mouvements énergiques. Quand il leva le nez vers le pont, il vit Elizondo, éclairé par les réverbères, avec son béret rouge facilement identifiable. Elizondo et lui avançaient à peu près à la même vitesse. Ça n'allait pas.

Smith était fatigué, mais il fallait qu'il avance plus vite. L'ordinateur moléculaire était par là, quelque part. Il eut un sursaut d'adrénaline. Il tira plus fort sur ses bras, poussa plus fort sur ses jambes, fendant la rivière boueuse, luttant contre un léger courant. Il jeta un coup d'œil là-haut. Le terroriste était encore là, il marchait d'un pas régulier, mais pas trop vite, pour ne pas attirer l'attention sur lui.

Smith le devançait. Il continua son sprint, fit travailler ses muscles, et finalement posa le pied sur la rive, en titubant, haletant, les jambes molles. Mais il n'avait pas le temps de se reposer. Il s'ébroua, l'eau dégoulina, il enfila vivement ses vêtements, se recoiffa en se passant les doigts dans les cheveux et courut jusqu'à la rue, qu'il traversa. Il se baissa entre deux voitures en stationnement.

Il était arrivé juste à temps. Elizondo quittait le pont à grandes enjambées. Sous son béret, son visage tanné par le soleil avait une expression sombre et farouche. Il avait l'air d'un type qui n'a pas l'esprit tranquille. Dès que le Basque tourna sur sa gauche, Smith sortit de sa cachette et le prit en filature, en veillant à ne pas le perdre de vue. Elizondo le conduisit vers une succession d'élégantes maisons de campagne, des *cigarrales*, probablement occupées par des professions libérales fortunées, gravit une colline, puis passa derrière le Parador et un ensemble de logements modernes, une sorte de lotissement. Ensuite, Smith et le Basque se retrouvèrent en pleine campagne, avec les étoiles, la lune et les champs pour seule compagnie. Quelque part, du bétail meugla.

Enfin, Elizondo tourna encore à droite, en empruntant cette fois un chemin de terre. Durant cette longue marche, il s'était retourné pour regarder derrière lui à plusieurs reprises, mais grâce aux arbres, aux fourrés et aux véhicules, Smith avait pu échapper à ses regards inquisiteurs. En revanche, ce chemin de terre nu, isolé, offrait désormais trop peu de couvert. Smith se glissa dans un bosquet et s'y fraya un chemin parallèlement au sentier.

A cause des manches courtes de sa chemise hawaïenne, les taillis griffaient ses bras nus. Il perçut au passage l'odeur doucereuse d'une fleur nocturne. Enfin, il atteignit péniblement l'extrémité du petit bois, mais en restant à couvert, et il examina la vaste clairière qui s'ouvrait devant lui. Il y avait là des granges, des poulaillers, et un enclos en forme de L, avec un corps de ferme, le tout baignant étrangement dans le clair de lune. Cette nuit, il avait de la chance – entre ces diverses bâtisses, il n'avait que l'embarras du choix.

Il examina aussi les véhicules. Trois voitures étaient garées en lisière du terre-plein délimité par le corps de bâtiment en L. Il y avait notamment une vieille Jeep Cherokee, mais ce furent les deux autres qui retinrent toute son attention – une élégante Mercedes, lisse, noire et luisante, une berline quatre portes d'un modèle récent, et un break Volvo neuf, de couleur noire, tout aussi imposant. La ferme était d'allure modeste, certainement pas assez opulente pour permettre à ses propriétaires le luxe de s'offrir deux voitures aussi coûteuses. Sur la foi de toutes ces observations, Smith en déduisit qu'Elizondo n'allait pas se borner à rencontrer un simple membre de base du Croissant Armé.

Quand le Basque atteignit la porte d'entrée, elle s'ouvrit avant même qu'il n'ait frappé. Smith observa la scène, le terroriste hésita, respira brièvement, et disparut à l'intérieur. Tapi au sol, Smith quitta le couvert du brise-vent et se dirigea vers une fenêtre éclairée, sur le côté droit de la maison. Quand il entendit le craquement sec des pas sur le gravier, il se faufila sous un vieux chêne, les nerfs tendus à bloc. Le bruit venait de sa gauche.

Un homme, le visage taillé à la serpe, la peau sombre, surgit à cet angle de la maison, aussi silencieux qu'un fantôme, vêtu de la tunique blanche d'un Arabe du désert. Il s'arrêta là, à moins de dix mètres de

Smith, un fusil d'assaut L24A1 5.56 mm de fabrication anglaise entre les mains. Il scrutait la nuit. Il avait l'air d'un homme accoutumé aux armes et aux grands espaces. Un guerrier du désert, mais pas un Arabe, et pas davantage un Touareg ou un Berbère. Peut-être un Fulani, originaire de cette tribu de nomades farouches qui régna jadis sur la frange méridionale du Sahara.

Entre-temps, un second individu se matérialisa à l'autre angle de la maison, sur le côté droit, plus loin. Il tenait lui aussi une arme d'assaut, une vieille Kalachnikov. Il entra dans la cour de la ferme.

Le garde à la Kalachnikov tourna pour se diriger vers l'enclos et Smith, blotti derrière son arbre, raffermit sa prise sur la crosse de son Sig Sauer. L'homme allait passer à moins de trois mètres de lui. En même temps, le grand Bédouin prononça quelques mots en arabe. L'autre lui répondit et s'immobilisa, si près, que Smith put sentir l'odeur qu'il dégageait, mélange d'oignon et de cardamome. Smith resta couché, sans faire le moindre geste, tandis que les deux hommes continuaient de converser.

Soudain, ce fut terminé. Le garde armé de la Kalachnikov se retourna et revint sur ses pas, dépassa la fenêtre éclairée que Smith s'était fixée pour objectif, et disparut, peut-être dans une guérite située sur l'arrière de la maison. Mais le Bédouin en tunique blanche demeura comme une statue, la tête pivotant comme une antenne radar, sondant la nuit. Sans s'en rendre compte, il interdisait à Smith d'approcher de la maison. Smith s'imagina que c'était ainsi que les guerriers du désert profond, dans le Sahara, avaient toujours monté la garde la nuit, sur une haute dune de sable, attendant l'arrivée des troupes étrangères qui avaient commis l'erreur d'investir leur désert.

Ensuite, le Bédouin en tunique blanche sortit effectuer sa ronde dans la cour et autour de l'enclos, vers les poulaillers et les voitures, sans cesser de regarder partout autour de lui. Enfin, il regagna le corps de ferme, toujours en tournant légèrement la tête sur sa droite, sur sa gauche, jusqu'à ce qu'il atteigne la porte d'entrée. Il l'ouvrit et entra à reculons. Smith venait d'assister à une remarquable démonstration – en forme d'avertissement – de la part de deux sentinelles très bien entraînées. Peu de choses leur échapperaient.

Depuis son arbre, Smith retourna en rampant sous le couvert du brise-vent. Il fit un grand détour au milieu de la végétation et, quand il ressortit de son abri, ce fut cette fois pour traverser à toute vitesse l'espace à découvert en direction de l'arrière du bâtiment de ferme, où il y avait moins de lumière, des fenêtres en moins grand nombre – seulement trois –, et toutes protégées par des barreaux. A dix mètres de là, il se plaça sur le dos et, le Sig Sauer posé au creux de la poitrine, se faufila vers la fenêtre de gauche. Au-dessus de lui, des nuages gris filaient dans le ciel nocturne et, sous son dos, de temps à autre, un caillou lui mordait la chair. Il serrait les dents.

Arrivé tout près de la maison, il se redressa, jeta un œil autour de lui, surveillant le retour éventuel du garde armé de sa vieille Kalachnikov. L'homme n'était nulle part en vue. Smith scruta plus avant dans la nuit, entendit des voix, et entrevit la lueur de deux cigarettes. Ils se trouvaient dans le champ, derrière la maison : deux hommes, et derrière eux se profilaient les ombres imposantes de trois hélicoptères. Le Croissant Armé était à la fois bien organisé et bien équipé.

Smith n'aperçut pas d'autres gardes. Il rampa encore un peu plus près et se releva, pour risquer un coup d'œil par la première fenêtre. Ce qu'il vit était tout à fait normal : une pièce éclairée et, par une porte située juste dans l'alignement, une deuxième pièce, également éclairée. Au milieu de cette dernière, Elizondo était assis dans un fauteuil à dossier droit, et suivait d'un regard nerveux une silhouette qui faisait les cent pas, apparaissant et disparaissant dans l'encadrement de la porte.

De petite taille, l'homme qui déambulait de la sorte était vêtu d'un impeccable costume gris foncé de coupe anglaise. Il avait le visage mou, rond, et quelque peu énigmatique. Ce visage n'avait rien de britannique, en dépit du costume, mais il appartenait à une ethnie que Smith fut incapable d'identifier. Trop mat de peau pour un Européen du Nord, plus pâle que beaucoup d'Italiens ou d'Espagnols, avec des traits qui n'étaient ni orientaux, ni polynésiens. Il ne semblait pas non plus originaire d'Afghanistan, d'Asie centrale ou du Pakistan. Un Berbère, pourquoi pas, supposa Smith, en repensant aux tuniques bédouines de la sentinelle à l'allure de statue qu'il avait aperçue quelques instants auparavant.

Tendant l'oreille, il comprit que l'homme était polyglotte, car il s'exprimait en plusieurs langues – en français, en espagnol, en anglais, et d'autres encore. Il perçut les mots « Mauritania », « mort », « plus d'ennuis », « excellent », « dans la rivière », « comptez dessus », et, enfin, « je vous crois ». Cette dernière phrase fut prononcée par Elizondo en espagnol, alors qu'il se levait.

Le petit homme au visage rond cessa d'aller et venir et lui tendit la main. Elizondo lui tendit la sienne. Apparemment, ils venaient de conclure un accord amiable. Elizondo disparut, Smith entendit la porte d'entrée s'ouvrir et se refermer, et il s'interrogea sur ce terme, « Mauritania ». S'étaient-ils entretenus au sujet d'un individu originaire de Mauritanie ? Oui, il pouvait s'agir de cela, du moins le supposa-t-il. Il remarqua aussi que ce mot avait été prononcé par Elizondo, et d'un ton qui indiquait, quelle qu'en soit la signification véritable, que cela constituait pour lui une bonne nouvelle.

D'un autre côté, Smith envisagea une autre hypothèse, à savoir que la Mauritanie serait la prochaine destination du Croissant Armé, s'il s'agissait bien d'eux – et même la prochaine destination de la Flamme Noire.

Tout en réfléchissant aux propos d'Elizondo et de l'autre personnage, Smith se plaqua de nouveau par terre et rampa dans la pénombre nocturne, jusqu'à la deuxième fenêtre, également protégée par des barreaux. Il se redressa et risqua un œil à l'intérieur.

Cette fois, la pièce était petite et déserte, une chambre à coucher, avec un simple lit de camp en fer, prêt pour accueillir un dormeur. Il y avait une table de chevet et une chaise, et un plateau en bois était installé sur le lit de camp, mais le dîner servi sur ce plateau était intact. Smith entendit un bruit, dans un renfoncement de la chambre, en dehors de son champ de vision. On eût dit une chaise que l'on traînait sur le sol. Il s'effaça sur le côté de la fenêtre, écouta, entendit un bruit de pas.

Quelqu'un marchait lentement, d'un pas lourd, en direction du lit. Il fut parcouru d'un frisson électrique. C'était Thérèse Chambord. Il avait redouté qu'elle ne soit morte, comme son père. Le souffle coupé, la gorge serrée, il l'observa plus attentivement.

Elle portait la même tenue que lors de leur dernière entrevue, sa robe du soir en satin blanc, mais elle était maculée de saletés, et une manche était déchirée. Son joli visage était sale et tout meurtri d'hématomes, et ses longs cheveux noirs emmêlés. Son enlèvement remontait au minimum à vingt-quatre heures et, à en juger par son apparence, elle avait dû résister à ses ravisseurs plus d'une fois. Son visage paraissait vieilli, comme si ces dernières vingt-quatre heures l'avaient privée de sa jeunesse et de son enthousiasme.

Elle se laissa tomber lourdement sur le bord du lit de fer. Elle repoussa le plateau de son dîner avec un geste de dégoût et se pencha en avant, la tête entre les mains, les coudes sur les genoux. L'image vivante du désespoir.

Smith sonda la nuit autour de lui, veillant surtout à ne pas se laisser surprendre par une sentinelle. Le seul bruit qu'il perçut fut le feulement léger du vent dans les bois, un peu plus loin. Au-dessus de lui, les nuages défilaient devant la lune, et la ferme s'enveloppait petit à petit d'une obscurité grandissante. Une alliée salutaire, pour lui qui ne voulait pas se faire voir.

Il tapota au carreau. Et s'interrompit aussitôt. La porte de la chambre venait de s'ouvrir, et le petit homme râblé que Smith avait vu faire les cent pas dans la pièce de devant tout en conversant avec Elizondo fit son entrée, toujours vêtu de son élégant costume choisi chez un tailleur de Savile Row, le visage grave, l'air très sûr de lui. C'était visiblement un meneur d'hommes, un personnage aux opinions bien arrêtées. Il avait le sourire, mais c'était un sourire froid qui restait sans aucune incidence sur son regard. Smith étudia l'individu. Cet homme sans nom jouait un rôle important pour le groupe qui occupait cette maison.

Dès que l'homme entra dans la pièce, un autre apparut derrière lui. Smith le fixa du regard. Un homme plus âgé, largement plus d'un mètre quatre-vingts. Il était voûté, comme s'il avait passé sa vie à parler à des gens plus petits que lui, courbé sur un bureau... ou mieux encore, sur une paillasse de laboratoire. Le début de la soixantaine, des cheveux noirs mais clairsemés, déjà bien grisonnants, et un long visage émacié, tout en méplats et en arêtes anguleuses. Un visage et un dos voûté bien caractéristiques, que Smith reconnaissait uniquement d'après les photographies que Fred Klein lui avait fournies, mais cette silhouette était restée gravée dans sa mémoire pour toujours, à cause de l'attentat à la bombe de l'Institut Pasteur.

A son entrée dans la pièce, Thérèse Chambord leva les yeux vers lui, le dévisagea. Sa main droite chercha un appui dans son dos, à tâtons, au jugé, pour finalement trouver l'extrémité du lit en fer. Elle aussi, elle était sous le choc. Mais ce n'était visiblement pas le cas de l'homme à la haute stature. L'empressement, l'impatience se lisaient sur son visage, et il se précipita vers Thérèse. Le grand scientifique français, le professeur Chambord, fit lever sa fille, l'attira contre lui, et la serra dans ses bras.

Deuxième partie

CHAPITRE QUATORZE

A bord du porte-avions **Charles-de-Gaulle**, *en mer Méditerranée.*

A deux cent milles nautiques au sud-sud-ouest de Toulon, le porte-avions nucléaire *Charles-de-Gaulle*, grand fauve de mer élégant, racé, mortel, croisait silencieusement dans la nuit. Seuls ses feux de position étaient allumés, et sa paire de réacteurs nucléaires jumeaux PWR type K15 à eau pressurisée propulsait le vaisseau à l'allure constante de vingt-sept nœuds, laissant derrière lui un sillage iridescent, aussi rectiligne que l'entaille d'une lame de rasoir.

Le *Charles-de-Gaulle* constituait la toute dernière pièce de l'échiquier des marines d'Europe occidentale – une pièce de taille, de première importance, d'intégration récente –, et n'importe quel observateur un peu au fait de certains détails révélateurs aurait compris, en ce mercredi soir, qu'un événement singulier se déroulait à bord. En effet, dans l'espace aérien du navire, dix chasseurs Rafale M (pour Marine) et trois EC-2 Hawkeye d'alerte avancée avaient pris l'air, déployant ainsi un véritable bouclier de défense aérienne, tandis que les servants des batteries de missiles surface-air Aster 15 et des canons Giat 20F2 20 mm étaient placés en état d'alerte maximum.

Sous le pont, à l'intérieur d'une petite salle de conférences sécurisée, cinq officiers, dans leurs uniformes de généraux, appartenant tous aux armées de quelques nations européennes de premier plan, écoutaient, manifestement avec des degrés d'intérêt et d'inquiétude divers, les propos de leur hôte, un général français, qui se trouvait être aussi le commandant suprême en second des forces alliées de l'OTAN en Europe – le comte Roland de La Porte. Imposant, le général pointait la baguette qu'il tenait à la main sur une grande carte d'Europe et jaugeait ses collègues généraux de son regard bleu clair, sans ciller.

« Ceci, messieurs, déclara-t-il, en tapotant du bout de sa baguette sur la carte, nous indique la localisation de tous les nouveaux consortiums multinationaux qui ont pu voir le jour en Europe dans le secteur des armements et autres systèmes militaires avancés. »

A son grand regret, il était contraint de s'adresser à ses invités en anglais, un véritable affront à la langue française, la langue historique des diplomates, la langue maternelle de la civilisation occidentale. Mais en réalité, plus de la moitié des chefs militaires de l'Union européenne ne parlaient pas assez bien le français pour comprendre ses propos.

Par conséquent, c'est en anglais, mais avec un accent prononcé, que le corpulent général poursuivit son exposé.

« BAE Systems au Royaume-Uni. EADS en France, en Allemagne et en Espagne. Finmeccanica en Italie. Thalès en France et au Royaume-Uni. Astrium en Suède qui, comme vous le savez, est le produit d'une association entre EADS et BAE. Et enfin, European Military Aviation au Royaume-Uni et en Italie. Jusqu'à présent, ces groupes ont collaboré avec d'autres, ou joint leurs efforts, pour produire l'Eurofighter, l'hélicoptère de transport militaire NH-90, l'hélicoptère de combat Tigre, le missile de croisière Stormshadow, et le missile air-air Meteor. Ajoutons, même s'ils n'en sont encore qu'au stade des pourparlers, que nous espérons voir aboutir prochainement le système GPS Galileo et le système de surveillance terrestre embarqué Sostar. »

La Porte fit claquer l'extrémité de sa baguette contre sa paume, comme pour rythmer sa démonstration.

« Vous m'accorderez, je pense, qu'il s'agit là d'une liste de coopérations et de réussites assez impressionnante. Ajoutez-y un récent soutien politique permettant d'aller dans le sens d'une fusion de tous nos fonds de recherche et de développement, en vue de créer un programme européen susceptible de concurrencer celui de Washington, et je crois que nous aurons complété le tableau de ce grand dessein militaire. »

Il y eut un silence, les généraux se consultèrent du regard, l'air perplexe. Finalement, le lieutenant général sir Arnold Moore posa une question de sa voix sèche et hachée, très britannique.

« Mis à part cette croissance du marché de la défense en Europe, au détriment des Etats-Unis, où voulez-vous en venir, Roland ? »

Le général Moore avait les joues quadrillées de fines ridules, un grand front et ce nez long, étroit, aquilin, réminiscence, pour les bons connaisseurs de l'histoire anglaise, du premier souverain issu de la famille des Lancastre, Henry IV.

Le général français salua la remarque de son confrère britannique d'un regard approbateur. Cette question lui plaisait et il avait vivement espéré que quelqu'un la poserait.

« Ma réponse sera simple et directe, sir Arnold. Je crois que nous approchons rapidement du moment où nous pourrons et devrons disposer d'une force militaire européenne pleinement intégrée, si puissante qu'elle n'aura plus besoin des Américains. Du tout. Totalement indépendante vis-à-vis d'eux. Nous sommes prêts à reprendre notre rôle légitime de leaders. »

Alors que l'Anglais manifestait quelques doutes sur ce point, le général espagnol Valentin Gonzalez plissa les paupières avec circonspection. C'était un homme soigné, sa casquette de général crânement inclinée sur le front.

« Vous voulez dire une armée allant au-delà des soixante mille hommes de troupes combinées dont nous disposons déjà sous le commandement de la Force de Réaction Rapide, général de La Porte ? Après tout, l'Union européenne contrôle déjà cette force. Au fond, ne possédons-nous pas déjà ce que vous proposez ?

— Non ! répliqua nettement de La Porte. Ce n'est pas suffisant. La Force de Réaction Rapide est conçue pour un déploiement dans le cadre de missions humanitaires, de sauvetage et de maintien de la paix, et encore, même dans ce cadre, elle a besoin, pour opérer, d'armes, de systèmes d'appui et de communication américains. En outre, elle est bien trop limitée pour se montrer de taille à intervenir dans des crises de première grandeur. Ce que je défends ici, c'est la complète intégration des forces militaires de tous les Etats membres, la totalité de nos deux millions de soldats, afin de nous doter des capacités d'une armée autonome, sur terre, sur mer et dans les airs.

— Mais dans quel but, Roland ? » voulut savoir sir Arnold. Il croisa les bras et fronça les sourcils. « Pourquoi ? Ne sommes-nous pas déjà, quoi qu'il arrive, tous des alliés dans le cadre de l'OTAN, œuvrant pour la paix dans le monde ? Des rivaux, sur bien des plans, certes, mais partageant tous des ennemis communs ?

— Nos intérêts ne sont pas toujours identiques à ceux des Etats-Unis. » La Porte se rapprocha du groupe, l'air soudain beaucoup plus intimidant, avec sa stature monumentale. « En fait, à mon avis, à l'heure actuelle, ils sont loin d'être identiques, car voilà plusieurs années que je tâche de convaincre l'Union européenne. L'Europe était trop grande, et elle le demeure, pour rester un simple satellite des Etats-Unis. »

Sir Arnold réprima un petit gloussement.

« Rappelez donc cette menue vérité à votre propre patrie, Roland. Après tout, ce majestueux porte-avions, ce navire de guerre français de conception futuriste qui nous accueille ce soir, est équipé de catapultes et de câbles d'appontage made in USA, car il n'en existe aucun autre modèle disponible. Et les avions de reconnaissance Hawkeye, les appareils d'alerte avancée que vous avez mis en l'air et qui tournent au-dessus de nos têtes sont également fabriqués aux Etats-Unis. Voilà quelques contradictions assez cuisantes, ne trouvez-vous pas ? »

Le général italien, Ruggero Inzaghi, avait écouté attentivement. Il avait de grands yeux noirs, aussi durs que deux silex, et une large bouche qui dessinait généralement un trait filiforme, peu sujette aux inflexions. Après avoir jaugé du regard le grand militaire français, il se tournait à présent vers son homologue anglais.

« Je crois qu'il faut accorder une chose au général de La Porte. Les Américains ne tiennent souvent aucun compte de nos besoins, tant immédiats qu'à plus longue échéance, surtout quand ils ne coïncident pas aisément avec ce qu'ils estiment relever de leur propre bon vouloir. »

Le général espagnol Valentin Gonzalez agita un doigt en direction de l'Italien.

« Ruggie, dites-moi, ne songeriez-vous pas, en l'occurrence, au problème que vous avez vous-même rencontré en Albanie, il y a quelques années ? Si mon souvenir est exact, ce n'était pas seulement les Etats-Unis qui refusaient de s'intéresser à cette question jugée trop secondaire. C'est également tout le reste de l'Europe qui a suivi.

— Avec une armée européenne pleinement intégrée, lui rétorqua le général Inzaghi, nous nous soutiendrions mutuellement face à tous les problèmes qui pourraient se présenter.

— Comme ce fut le cas, jadis, des Etats américains, qui s'arcboutèrent sur des positions tellement contradictoires qu'ils se sont combattus dans une guerre civile longue et destructrice, releva La Porte. Certains de leurs désaccords persistent, mais sur les grandes questions, ils font bloc. Considérez, messieurs, que, nous autres Européens, nous possédons une économie un tiers plus vaste que celle des Etats-Unis, et que la plupart de nos citoyens jouissent d'une qualité de soins médicaux, d'un niveau d'éducation et d'une couverture sociale également supérieurs. Nous sommes plus nombreux, et mieux nantis. Pourtant, nous sommes encore incapables de nous engager seuls dans quelque opération militaire vitale que ce soit. Cette vérité est apparue avec une terrible clarté lors de la crise des Balkans. Une fois de plus, nous avons dû nous rendre à Washington, en mettant notre drapeau dans notre poche. C'est trop humiliant. Sommes-nous voués à rester éternellement les pièces rapportées d'une nation qui nous doit jusqu'à son existence ? »

Le seul officier supérieur de cette salle de conférences à n'avoir pas encore pris part à la discussion, préférant apparemment se contenter d'observer et d'écouter, était le général de la Bundeswehr, Otto Bittrich. Comme à son habitude, son visage décharné restait pensif. Ses cheveux blonds étaient désormais presque blancs, mais sa mine rubiconde avantageait cet homme de cinquante-deux ans, au point de le faire paraître plus jeune de quelques années. Il s'éclaircit la gorge. Il affichait sa mine sévère de Prussien.

« La campagne du Kosovo s'est déroulée dans une région qui, au cours des siècles, a déjà coûté des millions de morts à l'Europe, commença-t-il en balayant ses interlocuteurs du regard, pour s'assurer de leur part une attention sans faille. Il s'agit d'une région troublée, dangereuse pour la défense de nos intérêts. Après tout, les Balkans sont notre poudrière. Tout le monde sait cela. Et pourtant, pour venir à bout de ces combats du Kosovo et redonner une certaine stabilité à l'Europe, c'est Washington qui a dû fournir quatre-vingt-cinq pour cent des équipements et des systèmes nécessaires. » Le général allemand haussa le ton, avec indignation. « Oui, nos nations membres alignent deux millions de soldats, des forces aériennes pleinement opérationnelles, et des marines d'excellente qualité, toutes très bien équipées pour le combat... mais à quoi servent-elles ? Elles restent à la maison et s'inspectent le bout des pieds. Elles sont inutiles ! Nous pourrions remonter dans le passé et recommencer la Seconde Guerre mondiale. Ach ja. Nous pourrions même détruire sur-le-champ des villes entières sous un tapis de bombes lâchées à l'aveuglette. Mais sans les Américains, ainsi que l'a justement souligné le général de La Porte, nous sommes incapables de transporter les troupes et le matériel indispensables à une guerre moderne, et encore moins de livrer bataille. Nous ne possédons aucune capacité de planification opérationnelle. Aucune structure de commandement. Techniquement, électroniquement, logistiquement, et stratégiquement, nous sommes des mastodontes empêtrés. A dire vrai, ce constat me dérange. Pas vous ? »

Mais le Britannique, sir Arnold, tenait bon.

« Pourrions-nous réellement, demanda-t-il d'un ton badin, tous nous entendre au sein d'une armée européenne unifiée ? Serions-nous en mesure de planifier des opérations ensemble, parviendrions-nous à instaurer des réseaux de communications multinationales ? Soyez francs, mes amis, ce ne sont pas seulement les Américains qui défendent des intérêts divergents des nôtres. Entre nous aussi, nous connaissons des désaccords, surtout sur le plan politique. Et c'est sur cette base-là que devrait naître un accord sur une force militaire indépendante de ce type. »

Le général Inzaghi se redressa sur son siège, l'air contrarié.

« Pour ce qui est de s'entendre, sir Arnold, reprit-il, nos politiciens éprouvent peut-être des difficultés, mais je peux vous assurer que nos soldats, pas du tout. La Force de Réaction Rapide est déjà stationnée devant Mostar, en Bosnie... La Division Salamandre est forte de sept mille hommes, des Italiens, des Français, des Allemands et des Espagnols, intégrés au sein de groupes combattants. Et sous les ordres d'un compatriote du général de La Porte... le général Robert Meille.

— Et l'Eurocorps, souligna Gonzalez, l'Espagnol. Ne les oubliez pas. Cinquante mille hommes, des Espagnols, des Allemands, des Belges et des Français.

— En ce moment même sous commandement de la Bundeswehr, ajouta le général Bittrich, d'un ton satisfait.

— Oui, reprit Inzaghi en hochant la tête. Des troupes internationales italiennes, espagnoles, françaises et portugaises sous un commandement unique, avec pour mission de protéger nos côtes méditerranéennes. »

Au vu de toutes ces énumérations, il était facile de constater quelle était la nation absente de toutes ces organisations militaires transeuropéennes. Il s'instaura un silence pesant, que personne ne brisa pour mentionner le fait que, si les Britanniques prenaient part à des opérations conjointes, c'était invariablement avec les seuls Américains. Dans ce contexte, ils représentaient le deuxième contingent par la taille, mais doté d'une place secondaire sur le plan du commandement.

Sir Arnold se contenta de sourire. Ce militaire était aussi un politique, et il poursuivit sur le même ton léger.

« Et c'est à partir de ces unités combinées que vous envisagez tous la structure de cette armée paneuropéenne ? Des pièces rapportées, collées ensemble avec de la pâte à modeler ? J'aurais du mal à les appeler des structures unifiées. »

La Porte hésita, puis il prit la parole sur un ton qui se voulait mesuré.

« La structure exacte que devrait prendre toute force militaire européenne combinée mériterait réflexion, naturellement. J'envisage plus d'une possibilité, sir Arnold. Naturellement, nous souhaiterions une implication pleine et entière de la Grande-Bretagne et... »

Otto Bittrich l'interrompit :

« Pour ma part, je vois une force centralisée et fortement intégrée, où l'influence individuelle des Etats s'estomperait, où elle serait même inexistante. En bref, une armée européenne véritablement indépendante, sous un commandement conjoint tournant, qui n'aurait de comptes à rendre à aucune des nations membres prises individuellement, et dont la responsabilité serait engagée uniquement devant le Parlement européen. De la sorte, le contrôle politique serait assuré, toutes les nations participantes auraient un représentant, et la règle de la majorité s'appliquerait. Faute de quoi, on obtiendrait un organisme totalement émasculé, un eunuque. »

Mais le général Gonzalez paraissait perturbé. Il fit part de ses griefs, avec un fort accent espagnol.

« Ce que vous décrivez là, général Bittrich, c'est davantage qu'une armée. Vous imaginez une Europe unie, ce qui, pour certains d'entre nous, dépasserait largement le cadre de l'Union européenne.

— Une Europe unie serait très certainement la résultante, oserais-je dire, d'une véritable armée européenne », fit ostensiblement remarquer le général britannique.

Bittrich et La Porte repoussèrent tous deux cette thèse, et Bittrich, dissimulant mal sa colère, précisa sa position.

« Ce n'est pas du tout ce que j'ai dit, général Moore. Je m'exprimais sur un plan militaire, et non à l'échelon politique. En tant que bloc d'échanges commerciaux et en tant qu'entité géographique, l'Europe défend des intérêts communautaires sur lesquels les Etats-Unis feraient volontiers l'impasse. En fait, nos intérêts se sont souvent opposés aux leurs. L'Union européenne partage tout, depuis la monnaie jusqu'aux réglementations en matière de chasse aux oiseaux migrateurs. Il est grand temps d'ouvrir le parapluie. Nous ne devrions plus dépendre de ces fichus militaires américains !

— Pour ma part, intervint La Porte avec un rire bourru, et je crois, vous l'admettrez, que personne n'est plus jaloux de son identité nationale et de l'importance de son rôle qu'un Français, surtout un Français comme moi... Pour ma part, disais-je, j'estime qu'une véritable Europe unie doit voir le jour. Peut-être d'ici un millier d'années, mais cette évolution est inévitable. Pourtant, je doute qu'aucune armée unifiée ne précipite son avènement avant longtemps.

— Eh bien, le coupa le Britannique, et subitement son ton de voix avait perdu toute sa légèreté, les conceptions de ma propre nation en la matière sont claires. Aucune armée européenne totalement intégrée. Pas de casquettes à insigne européen. Pas de drapeau européen non plus. Toute contribution britannique à la Force de Réaction Rapide, ou à une armée autonome, doit fermement rester sous contrôle britannique, et se déploiera uniquement sur la demande du Premier ministre. » Sir Arnold respira profondément, l'air furibond, avant de poursuivre. « Mais au juste, d'où viendrait l'argent des avions de transport nécessaires à une armée "sans implication américaine" ? Et qu'en serait-il des cargos, des avions à grande capacité, des systèmes de communication, des munitions à guidage laser, des unités de brouillage électronique, du système de planification militaire, des structures de commandement modernes ? Cet argent ne viendra certainement pas de la Grande-Bretagne ! »

La Porte lui répliqua sur un ton confiant.

« L'argent sera là, sir Arnold, quand le besoin s'en fera sentir, et quand il se fera sentir si nettement que même les politiciens ne pourront plus esquiver l'avenir. Quand ils comprendront que le sort de l'Europe est en jeu. »

Sir Arnold observa le général français d'un regard intense.

« Iriez-vous jusqu'à envisager le temps où nous souhaiterions entrer en guerre contre les Etats-Unis ? »

Un murmure parcourut la pièce, tandis que La Porte faisait les cent pas, le visage subitement plus sombre. Malgré son corps massif, il se révélait d'une agilité surprenante.

« Nous sommes déjà en guerre avec les Américains, dans tous les domaines touchant à la vie quotidienne et à la vie économique, mais pas sur le plan militaire. Car militairement, nous ne pouvons pas. Nous sommes trop faibles, trop dépendants de leurs systèmes, de leur matériel, et même de leurs armements les plus modernes. Nous avons des soldats et des armes, mais nous ne pouvons ni les équiper convenablement, ni les transporter, ni les commander sans l'aide de Washington. » Il cessa de déambuler pour leur faire face à tous, prenant le temps de les sonder de son regard sévère, inébranlable. « Par exemple, qu'arriverait-il si une crise extrêmement grave éclatait entre la Russie et la Chine, et si les systèmes américains dont nous dépendons étaient tous rendus inopérants, ou pire encore ? Et si Washington perdait la maîtrise de son propre commandement et de ses systèmes de contrôle ? Nous, où en serions-nous, dans cette hypothèse ? Si, pour une raison quelconque, les Américains se retrouvaient sans défense, ne serait-ce que pour un bref laps de temps, alors nous serions dans la même situation qu'eux. En fait, nous serions encore plus vulnérables qu'eux. »

Subitement, le visage de cuir ridé de sir Arnold se contracta, ses yeux se plissèrent.

« Sauriez-vous quelque chose que nous ignorerions, Roland ? »

Roland de La Porte soutint son regard.

« Je ne sais rien de plus que vous, sir Arnold, et je trouve insultant que vous songiez même à soulever la question. Si quelqu'un devait être mieux informé que nous ne le sommes, ce serait bien vous. Nous, les Français, nous n'entretenons aucune "relation privilégiée" avec les Américains, à l'inverse de vous autres Anglais. Mais l'attaque qu'ont essuyée hier les réseaux américains de distribution d'énergie aurait facilement pu entraîner des conséquences bien plus graves, et cet aspect a certainement de quoi renforcer mon argumentation. »

Le général Moore dévisagea La Porte encore une bonne trentaine de secondes. Puis il parut songer à tout autre chose. Il se détendit, sourit et se leva.

« Je crois que nous en avons terminé. Quant au sort et à l'avenir de l'Europe, nous, en Grande-Bretagne, nous considérons qu'ils sont liés de façon permanente à celui des Etats-Unis, que cela nous plaise ou non.

— Ah, oui. » La Porte eut à son tour un sourire dépourvu d'humour. « C'était la conception de votre George Orwell, à ce que je crois. »

Le général Moore, en bon Anglais, vira à l'écarlate, planta de nouveau ses yeux dans ceux du Français, puis tourna les talons et sortit de la salle de conférences au pas de charge.

« A quoi faisiez-vous allusion, au juste ? » voulut savoir le général Inzaghi, et la suspicion se lisait au fond des deux billes noires de ses yeux.

C'est Otto Bittrich qui lui répondit, sur un ton empreint de gravité.

« A *1984*, ce roman anglais. Un récit de géopolitique-fiction où l'Angleterre commande la Première Région aérienne dans le cadre d'une entité panaméricaine comprenant également le Commonwealth britannique, et baptisée Oceania, unie pour le meilleur et pour l'éternité. De leur côté, l'Europe et la Russie se sont rassemblées pour former Eurasia. Le reste du monde se nomme Estasia... à savoir la Chine, l'Inde, l'Asie centrale et tous les pays orientaux. Personnellement, je dirais que la Grande-Bretagne forme déjà la Première Région aérienne de l'Amérique, et que nous devrons avancer dans cette voie sans elle.

— Mais comment allons-nous procéder, au juste ? » s'enquit Gonzalez.

C'est La Porte qui détenait la réponse à cette question.

« Nous devons tous convaincre nos différentes nations et nos représentants au sein de l'Union européenne qu'une future armée européenne est le seul moyen de protéger l'identité de l'Europe. Et notre grandeur. En fait, tel est notre destin.

— Vous évoquez bien une telle armée sur le plan du principe, général de La Porte, n'est-ce pas ? insista le général Gonzalez.

— Bien entendu, Valentin. » Le comte de La Porte eut soudain une lueur rêveuse dans le regard. « Je suis un idéaliste, c'est vrai. Mais c'est un principe sur lequel nous devons travailler dès à présent. Si les Américains sont incapables de protéger leurs propres réseaux, comment pourraient-ils continuer de protéger les nôtres ? Nous devons grandir, et seuls. »

*

Le capitaine Darius Bonnard se tenait debout, dans la brise nocturne, lorsque le dernier des cinq hélicoptères chargés d'acheminer ces généraux – celui du général Inzaghi – décolla et se détacha sur fond de ciel. L'air salé de la Méditerranée était vif, revigorant, et il respira profondément, en écoutant le battement sourd des pales.

Le gros oiseau fila vers le nord, en direction de la côte italienne. Une fois qu'il fut hors de vue, le *Charles-de-Gaulle* modifia son cap, glissant silencieusement sur la mer en décrivant un grand arc de cercle pour regagner la côte française et Toulon. Cependant, l'officier suivit du regard l'hélicoptère italien, ses feux de position qui s'estompaient, avec le grondement des rotors qui s'amenuisait.

Mais en fait, il ne le regardait pas vraiment, car il se repassait mentalement le déroulement de la réunion avec les généraux, qui s'était avérée tellement instructive. Il était resté dans le fond de la salle, gardant le silence, s'abstenant d'intervenir, et n'en avait rien manqué. Les arguments convaincants du général de La Porte en faveur d'une armée européenne lui avaient plu, autant que de s'apercevoir que la quasi-totalité des autres généraux étaient déjà, au stade actuel de leurs réflexions, sur une ligne similaire. Mais La Porte avait laissé entendre, sans davantage de précisions, que ses informations sur les récentes pannes totales des systèmes électroniques américains allaient au-delà de ce qui était d'ores et déjà de notoriété publique, et cela préoccupait Bonnard.

Le capitaine sentait les problèmes poindre à l'horizon. Toujours soucieux, il titilla sa lèvre inférieure, tout en songeant au général britannique, sir Arnold Moore. Le bouledogue anglais était un personnage têtu, un pion des Américains, à l'évidence, et franchement trop paranoïaque. Les propos du général de La Porte avaient heurté sa sensibilité d'Anglais, et il n'allait pas tarder à faire à son Premier ministre, au ministère de la Guerre et au MI6 un rapport évoquant une hypothétique conspiration. Il allait falloir prendre certaines mesures, et vite.

De nouveau, le capitaine se tourna vers la mer, où les hélicoptères sur la route du retour formaient cinq points minuscules. On allait s'occuper de sir Arnold. Il sourit. Il ne restait plus que trois jours. Rien que trois jours pour maîtriser tous les aspects. Ce n'était pas long, mais à certains égards, c'était presque une éternité.

CHAPITRE QUINZE

Tolède, Espagne

S MITH observait la scène à travers les barreaux de la fenêtre. Emile Chambord pressait tendrement sa joue ridée contre la tête de sa fille, les yeux fermés, et lui murmurait quelque chose, une prière peut-être. Thérèse s'accrochait à lui comme s'il était revenu d'entre les morts. Ce qui, en un sens, n'était pas faux. Il lui embrassa les cheveux et lança un regard furibond au petit homme robuste qui était entré dans la chambre le premier.

« Espèce de monstre ! »

A travers la vitre, Smith entendit distinctement le professeur rugir ces quelques mots.

« Sincèrement, Chambord, vos paroles me blessent, lui répondit l'autre avec une expression toute de rondeur et d'amabilité. J'ai pensé que vous seriez heureux de profiter de la compagnie de votre fille, car vous allez devoir demeurer avec nous quelque temps. Vous me paraissiez si solitaire que j'ai craint que l'émotion ne vous distraie de votre travail. Ce qui serait fâcheux pour nous tous.

— Sortez d'ici, Mauritania ! Ayez au moins la décence de me laisser seul avec ma fille ! »

C'était donc cela, le sens du mot Mauritania. C'était le nom de cet homme à l'air mou, au sourire matois, et qui était habité, nourri par une sorte de vision, le miroitement d'une illusion.

Mauritania haussa les épaules.

« Comme vous voudrez. Je suis certain que la dame a faim. Elle a encore oublié de manger, ce soir. » Il lança un coup d'œil vers le repas laissé intact, sur le plateau en bois. « Maintenant que nous en avons terminé avec nos affaires, nous allons bientôt dîner, et vous pourrez tous deux vous joindre à nous. »

Il s'inclina pour poliment prendre congé et sortit en refermant la porte derrière lui. Smith entendit le claquement du verrou.

Emile Chambord jeta encore un regard furieux derrière lui et revint vers Thérèse, les mains posées fermement sur ses épaules.

« Laisse-moi te regarder, ma fille. Ça va ? Ils ne t'ont pas fait de mal ? S'ils t'ont fait du mal, je... »

Il s'interrompit, car une rafale de coups de feu retentit. Une violente fusillade d'armes légères quelque part, dehors, devant la maison. A l'intérieur, il y eut des martèlements de pas, des gonds que l'on arrache. Dans la pièce fermée à double tour, aux fenêtres protégées par des barreaux, le professeur Chambord et Thérèse se tournèrent d'abord vers la porte, puis se consultèrent du regard. Thérèse avait l'air effrayé, mais le professeur Chambord paraissait plus perplexe qu'apeuré. Il considéra le seuil de la pièce, l'air renfrogné. Un vieil homme coriace.

Smith n'avait aucune idée de ce qui se tramait, mais c'était une occasion de diversion qu'il ne devait pas laisser échapper. Maintenant qu'il les avait retrouvés tous les deux, et vivants, il fallait les sortir d'ici. Ils avaient enduré suffisamment d'épreuves comme ça et, sans Emile Chambord, la machine à l'ADN ne serait peut-être plus d'aucune utilité pour les terroristes. Il ignorait s'ils avaient contraint Chambord à faire fonctionner l'ordinateur moléculaire, ou s'ils disposaient d'un autre expert, l'enlèvement du savant n'ayant alors pas d'autre but que de l'empêcher de rééditer sa triomphale réussite.

Quelle que soit la vérité, Smith était dans l'obligation de leur arracher Chambord père et fille. Il tira sur les barreaux pour voir si l'un d'eux ne serait pas descellé, quand Thérèse s'aperçut de sa présence.

« Jon ! Qu'est-ce que vous fabriquez ici ? » Elle courut à la fenêtre et tenta d'ouvrir la croisée. Tout en se battant contre l'espagnolette, elle se retourna vers son père. « C'est le Dr Jon Smith, un Américain ! Un ami de ton collaborateur, le Dr Zellerbach. » Elle examina la fenêtre, et ouvrit grand les yeux, l'air atterré. « Le cadre est cloué, Jon. Je ne peux pas l'ouvrir. »

Des rafales d'armes à feu continuaient de crépiter au loin, et Smith renonça à s'attaquer aux barreaux. Ils étaient solidement plantés dans le cadre en métal.

« Je vous expliquerai tout ça plus tard, Thérèse. Où est l'ordinateur moléculaire ?

— Je ne sais pas !

— Il n'est pas ici, grommela Chambord. Qu'est-ce que vous... »

Il n'était plus l'heure de discuter.

« Reculez ! » Il braqua son Sig Sauer. « Il faut que je fasse sauter ce cadre de fenêtre. »

Thérèse regarda fixement l'arme. Son regard passa du pistolet au visage de Jon, puis revint au Sig Sauer. Elle hocha la tête et s'écarta vivement.

Mais avant que Jon ait pu tirer, la porte de la chambre s'ouvrit à la volée, et le petit homme épais, celui qui répondait au nom de Mauritania, apparut dans l'encadrement.

« Qu'est-ce que c'est que tous ces cris ? » Son regard se figea sur la fenêtre. Sur Smith. Ses yeux plongèrent dans les siens. Mauritania dégaina un pistolet, se coucha à plat ventre, tira et hurla. « Abu Auda ! J'ai besoin de toi ! »

Smith s'effaça juste à temps. La balle fracassa la vitre. Il brûlait d'envie de répliquer, mais s'il tirait au jugé dans la chambre, il risquait de toucher le père ou sa fille. Serrant les mâchoires, il attendit qu'une autre balle éclate à travers le carreau, puis il se redressa promptement, le Sig Sauer braqué, et risqua un œil dans la pièce, prêt à tirer.

Mais elle était déserte, et la porte était grande ouverte sur un couloir également vide. Emile et Thérèse Chambord n'étaient plus là. A peine les avait-il retrouvés qu'ils avaient déjà disparu.

Smith se rua vers la troisième fenêtre. Peut-être les avait-on fait passer dans cette pièce. Mais au moment où il atteignait cette fenêtre pour découvrir un bureau inoccupé, le grand Fulani en longue tunique blanche, celui qui avait effectué sa ronde quelques instants auparavant, surgit de l'arrière de la maison, son arme pointée, prêt à ouvrir le feu. Juste derrière lui, trois autres hommes armés se montrèrent, et ils avaient tous l'air de soldats sur le pied de guerre, aux aguets.

Aussitôt, Smith partit en roulé-boulé, tandis que les balles fouettaient le sol avec un bruit mat, le suivant à la trace. Il riposta dans la nuit noire, remerciant le ciel de cette couche de nuages de printemps qui masquait la lune. Sa première balle atteignit l'un des trois hommes à mi-corps. Le terroriste se plia en deux et s'écroula et, dans ce bref laps de temps, toute l'attention des autres poursuivants de Smith fut accaparée par leur camarade blessé. Il en profita pour se relever d'un bond et piquer une pointe de vitesse.

D'autres balles lui sifflèrent aux oreilles, giflèrent la terre, et des touffes d'herbe giclèrent. Il courut en zigzag, de toute son existence, jamais il n'avait couru aussi vite. L'adresse d'un tireur ne se limitait pas à la faculté de viser droit et de toucher sa cible. C'était aussi une affaire de psychologie, de réflexes, et il fallait posséder suffisamment d'expérience pour être capable d'anticiper le prochain mouvement de la cible. Avancer en ligne brisée constituait donc une bonne tactique de défense. Exténué, le corps de Smith criait grâce, mais il vit qu'il approchait du brise-vent.

Dans un ultime sursaut, une dernière pointe de vitesse, il se jeta sous le couvert des arbres. Les odeurs musquées de feuilles pourrissantes et de terre mouillée lui montèrent aux narines. Une fois encore, il exécuta un roulé-boulé sur le flanc, ressortit en position bien ramassée sur les hanches, pivota sur lui-même et pointa son Sig Sauer vers ses assaillants. Il lâcha une série de projectiles, une grêle de balles, sans se soucier de savoir où elles atterrissaient. Son tir de barrage suffit à précipiter les trois rescapés et leur grand chef par terre, et il en avait peut-être touché au moins deux. Mais il est vrai qu'ils fonçaient droit sur lui, lui offrant ainsi des cibles parfaites.

Smith décrocha, se replia dans l'épaisseur du sous-bois, en opérant un mouvement tournant censé le mener vers la façade de la maison, où la fusillade initiale avait éclaté. Il tendit l'oreille. Les tirs étaient parfois sporadiques, parfois intenses. Derrière lui, dans les arbres, il n'y avait pas signe de poursuite.

Puis il découvrit toute la scène : devant la cour de ferme, c'était véritablement l'état de siège. Des silhouettes étaient couchées à terre, membres écartés, armes braquées vers le rideau d'arbres. Au moins une vingtaine d'hommes. Sous les yeux de Smith, une rapide succession d'éclairs jaillit de l'épais tronc d'un chêne et, dehors dans la cour, quelqu'un poussa un cri d'agonie.

Dans son burnous blanc, le chef des extrémistes traversa en courant à découvert, tout en hurlant des ordres. Il se tapit à côté de l'enclos et beugla des instructions dans un arabe brutal, en direction de l'arrière de la maison. Quelques instants plus tard, toutes les lumières de la ferme s'éteignirent, les fenêtres se transformèrent subitement en puits d'un noir d'encre, et un projecteur, monté à l'angle gauche, juste au-dessous du toit, s'alluma dans un éclair éblouissant, illuminant la cour. Sans doute actionné par circuit télécommandé, il pivota mécaniquement sur son axe, en direction du brise-vent, et se braqua sur le chêne.

Maintenant que ses hommes n'étaient plus éclairés à contre-jour, le chef en tunique blanche leur fit signe d'avancer.

En réaction, une rafale rageuse d'armes automatiques éclata en provenance du sous-bois. Deux assaillants s'écroulèrent avec un gémissement, en proférant un juron, l'un s'agrippant le bras, et l'autre l'épaule. Leurs acolytes se plaquèrent au sol de nouveau, et prirent appui sur les coudes pour riposter. Seul le chef bédouin continuait d'offrir une cible parfaite, agenouillé, bien en vue, en tirant froidement avec son vieux fusil d'assaut britannique tout en injuriant ses acolytes en arabe. L'attention du tireur étant totalement absorbée par le chêne baigné dans une lumière crue, Smith se baissa encore davantage et s'approcha en vitesse, pour voir qui tirait derrière cet arbre.

Il écarta un bosquet de genêts et avisa une seule et unique silhouette, agenouillée derrière l'arbre, qui rechargeait un fusil-mitrailleur Heckler & Koch MP5K en y enclenchant un nouveau chargeur banane. Le projecteur illuminait les flancs et le devant de l'arbre, laissant l'arrière dans l'ombre. Néanmoins, il en vit assez pour recevoir son troisième choc de la nuit : c'était la femme brune et peu séduisante qu'il avait remarquée la veille, devant l'Institut Pasteur, cette même femme qui, plus tard, était passée juste devant la place où il s'était installé, à la terrasse de ce café, mais sans lui manifester le moindre intérêt.

Elle ne portait plus les vêtements vieux jeu qui lui allaient si mal et les chaussures ordinaires qu'il lui avait vues à Paris. A présent, elle était vêtue d'une combinaison noire près du corps, d'un bonnet noir aux bords roulés juste au-dessus des oreilles et de chaudes bottes noires.

Tous ces changements révélaient cette fois une silhouette beaucoup mieux fagotée, une tenue mieux appropriée aux exigences de son activité du moment. Smith observa les gestes calmes de la jeune femme, aussi fluides et posés que si elle s'exerçait au stand de tir, procédant par séries de trois, en balayant l'espace en demi-cercle devant elle du bout du canon de son MP5K. Elle s'acquittait de sa tâche avec une précision qui allait de pair avec une nonchalance maîtrisée, comme si elle possédait autant d'instinct que de métier, ce qui était assez impressionnant. Lorsqu'elle lâcha sa dernière rafale, quelque part sur la gauche, il y eut un autre cri perçant de douleur, et elle se leva d'un bond, se replia au pas de course et battit en retraite dans le sous-bois.

Smith suivit dans la foulée, en restant tapi au sol, intrigué parce que non seulement ils combattaient tous deux du même côté, elle et lui, mais aussi parce qu'il s'apercevait subitement qu'il lui trouvait quelque chose de familier, sans aucun rapport avec les événements du jour ou de la veille. Sa froideur et son adresse, les courbes de son corps, sa prise de risque intuitive et, dans le même temps, sa précision quasiment mécanique. Le geste exact au moment exact.

Il la surveillait toujours, et elle se laissa de nouveau retomber au sol, cette fois derrière des fourrés. Au même moment, des rafales et un chapelet de jurons signalaient que les terroristes étaient arrivés à hauteur du chêne, pour se rendre compte qu'elle avait décampé.

Smith resta immobile, caché derrière un peuplier, mais cette sensation de familiarité allait croissant. Le visage ne correspondait pas, les cheveux non plus, et pourtant ? La silhouette de son corps, dans cette combinaison moulante, le port de tête, les mains fortes, sûres de leurs gestes. Et puis il y avait ses mouvements. Il avait déjà vu tout cela. Ce ne pouvait être qu'elle, forcément. Que fabriquait-elle ? Se retrouver ici ! La CIA était dans le coup, c'était certain. Randi Russell.

Il eut un bref sourire. Chaque fois qu'il la voyait, quelles que soient les circonstances, il éprouvait cette même bouffée d'attirance. C'était à cause de sa ressemblance avec sa sœur, Sophia. Tout au moins c'était à cela qu'il l'attribuait, sachant aussi qu'il n'était pas totalement honnête avec lui-même.

Elle jeta un coup d'œil par-dessus son épaule, elle était manifestement en train de mijoter son prochain mouvement, et son visage exprimait une espèce de colère mêlée de désespoir. Il allait devoir lui venir en aide — mais s'ils s'en sortaient, s'ils survivaient à tout cela, elle allait s'immiscer dans son enquête. En fait, elle s'y était déjà immiscée. Mais quoi qu'il en soit, ses chances de s'en sortir seule étaient minimes.

Les terroristes avaient suspendu leur assaut frontal et avançaient vers elle par le côté, en lui barrant toute issue. Smith entendait les hommes avancer à pas de loup, de part et d'autre des sous-bois opaques. Randi lançait des coups d'œil nerveux, sur sa droite, sur sa gauche, tendant l'oreille, visiblement de plus en plus aux abois. C'était comme les mâchoires d'un piège qui se refermaient sur elle et, si elle se laissait isoler du reste de son groupe, elle ne parviendrait jamais à reprendre le dessus.

Le premier homme se faufila, bien en vue. Il était temps de rappeler au Fulani et à ses sbires qu'ils n'affrontaient pas qu'un seul adversaire.

Smith dévissa le silencieux de son Sig Sauer et ouvrit le feu. Lorsque la détonation crépita comme l'éclair dans l'air boisé et silencieux, le terroriste fit demi-tour, en empoignant son bras blessé, celui avec lequel il tenait son arme. Soudain, un autre homme apparut à la droite du premier, n'ayant apparemment toujours pas pris la mesure du danger. Aussitôt, Smith tira de nouveau. Ce deuxième combattant laissa échapper un cri et s'écroula, il y eut une clameur confuse, des bruits de pas, la voix furieuse du chef, et ils se précipitèrent à l'abri. Presque simultanément, Randi Russell lâcha trois coups de feu, destinés au groupe d'assaillants qui l'attaquaient sur son autre flanc, et que Smith ne pouvait pas voir.

D'autres cris suivirent, puis d'autres bruits de pas, des hommes qui battaient en retraite. Smith se retourna pour filer en courant, quand un éclair blanc attira son attention, dans la direction de la ferme. Il regarda plus attentivement et vit le Fulani à la peau sombre qui s'était levé et se tenait bien droit, du haut de toute sa stature, dans sa tunique blanche, à la lisière du brise-vent, dans une posture de défi. Sa voix était pétrie de colère, il tempêtait contre ses hommes, les exhortant à tenir bon.

Et puis Smith entendit un autre bruit et se retourna de nouveau. C'était Randi Russell qui fonçait vers lui.

« Si j'avais su qu'un jour ça me ferait plaisir de te voir... » Il perçut dans son chuchotement le mélange de soulagement et de contrariété. « Allez. On s'en va d'ici.

— Apparemment, chaque fois qu'on se rencontre, tu es pressée. »

Elle lui lança un regard noir, ils se baissèrent et détalèrent en direction de la route.

Il la suivait de près.

« Qu'est-ce que tu as fait à ton visage ? »

Elle ne lui répondit pas. Ils filaient entre les arbres. Leurs poursuivants étaient momentanément désorganisés, et ce serait leur seul répit. Il fallait qu'ils mettent ce laps de temps à profit, tant que c'était encore possible. Ils progressaient, martelant le sol de leurs pas, se baissant sous les branches, évitant des fourrés, terrorisant les animaux sauvages avec leur course débridée.

Enfin, ils plongèrent par-dessus un mur de pierres, se reçurent tant bien que mal, et se remirent à cavaler, le souffle court, en nage, pour enfin retrouver la route. Ils restèrent tapis un instant dans le sous-bois, observèrent le ruban d'asphalte, dans les deux directions, en tenant leurs armes prêtes.

« Tu vois quelque chose ? demanda-t-elle.

— Rien qui ait une arme et qui se tienne sur ses deux jambes.

— Petit malin. » Dans la pénombre des arbres, elle l'observa, il avait les commissures relevées dans un petit sourire en coin, en guise de bonsoir. Il avait un visage incomparable, qui lui avait toujours plu. Ses pommettes hautes et plates et son menton taillé à la serpe étaient décidément très masculins. Elle chassa ces pensées de son esprit, et se remit à scruter la route, les bois, les ombres.

« On ferait mieux de retourner à Tolède, fit Jon, tâcher de garder notre avance sur eux. Et puis, pour ce qui est de ton visage, en réalité, je n'ai pas franchement envie de savoir. Je t'en prie, ne me dis pas que tu as subi une opération de chirurgie esthétique, ça me désolerait. »

Ils repartirent au petit trot, côte à côte à présent, sur la route noire.

« Tends-moi la main.

— J'ai la sensation que je ne devrais pas. »

Il lui tendit tout de même celle qui était libre. Elle passa un doigt sous sa lèvre supérieure, côté gauche, côté droit de la bouche, et en retira des postiches. Elle lui tendit la main à son tour, mimant le geste de faire rouler les prothèses dans la paume de Jon.

Il dégagea vivement la sienne.

« Merci, non, vraiment, merci. »

Elle eut un grand sourire, ouvrit une fermeture Eclair de sa ceinture banane, et les y rangea.

« La perruque, je la garde. C'est déjà suffisamment épouvantable comme ça de te voir te balader dans cette chemise hawaïenne couleur fluo. Enfin, au moins, elle est bleu foncé. Avec mes cheveux blonds, ça ferait une balise lumineuse. »

Elle était vraiment forte. Elle savait obtenir d'importantes transformations physiques grâce à de légères modifications cosmétiques. Avec ces implants, ses traits avaient épaissi et, du coup, ses yeux paraissaient trop rapprochés, et son menton trop petit. Mais à présent, son visage était redevenu celui dont il avait conservé le souvenir. Ses yeux très grands, son nez droit, et le front très haut, le tout dégageait une espèce d'intelligence sexy qu'il trouvait fascinante, même quand Randi était elle-même, avec son caractère de cochon habituel.

C'était à tout cela qu'il songeait, non sans guetter la présence éventuelle des terroristes. Il s'attendait plus ou moins à en voir arriver un camion entier, chargé à ras bord, une mitrailleuse montée sur le toit, lancé à fond de train sur la route, quand il entendit un vrombissement de turbines dans leur dos, en direction de la ferme.

« Tu entends ça ? lui demanda-t-il.

— Je ne suis pas sourde. »

Le bruit se transforma, et le flap-flap des rotors s'ajouta au tonnerre des moteurs. Toujours dans cette même direction, trois hélicoptères ne tardèrent pas à s'élever dans la nuit comme les ombres d'oiseaux géants, l'un après l'autre, avec leurs feux de navigation rouges et verts clignotants, puis ils virèrent et mirent cap au sud. De sombres nuages couleur d'hématomes filaient dans le ciel. La lune pointa, puis disparut, et les hélicoptères avec elle.

« On vient de nous fausser compagnie, se plaignit-elle. Enfer !

— Il ne vaudrait pas mieux dire "amen" ? Parce que, côté enfer, tu n'es pas passée loin. »

Elle le prit mal.

« Peut-être, mais je file M. Mauritania depuis deux semaines, et maintenant voilà, je l'ai perdu, et je n'ai absolument aucune idée de l'identité des autres, et encore moins de leur destination.

— Il s'agit d'un groupe terroriste islamiste, qui s'appelle le Croissant Armé. Ce sont eux qui ont fait sauter l'Institut Pasteur, ou qui ont confié la besogne à un groupe qui leur tient lieu de façade, histoire de se couvrir et de brouiller les pistes.

— Quel est ce groupe qui leur tient lieu de façade ?

— La Flamme Noire.

— Jamais entendu parler.

— Pas surprenant. Ils sont restés inactifs pendant au moins dix ans. Cette opération était une tentative de lever des fonds pour revenir dans la partie. Préviens tes petits camarades de la CIA, la prochaine fois que tu leur rendras visite, et ils pourront avertir les autorités espagnoles. La Flamme Noire a aussi enlevé Chambord et sa fille. Mais c'est le Croissant Armé qui les retient prisonniers, et ils détiennent l'ordinateur ADN de Chambord. »

Randi s'arrêta de courir comme si elle venait de se cogner contre un mur.

« Chambord est en vie ?

— Il était dans cette ferme, et sa fille aussi.

— Et l'ordinateur ?

— Pas là. »

Ils se remirent en route, cette fois en marchant en silence, plongés dans leurs pensées respectives.

« Tu participes à ces recherches pour remettre la main sur l'ordinateur ADN ? lui demanda-t-il.

— Bien sûr, mais à la marge, l'informa Randi. Nous avons des gens qui enquêtent sur tous les chefs terroristes. Je surveillais déjà Mauritania, parce qu'il a resurgi d'on ne sait quel trou où il se cachait depuis ces trois dernières années. Je l'ai suivi d'Alger à Paris. Ensuite Pasteur a sauté, apparemment on avait volé l'ordinateur ADN, et nous avons tous été placés en état d'alerte maximum. Mais je ne l'ai jamais vu prendre contact avec aucun autre terroriste connu de nous, excepté ce grand Fulani, Abu Auda. Ils sont amis depuis le temps d'Al Qaïda.

— Mais qui est-il, ce Mauritania, au juste, pour que la CIA le fasse figurer sur la liste des individus à surveiller ?

— Tu as dû entendre qu'on l'appelait Monsieur Mauritania, le corrigea Randi. C'est un signe de respect, et il insiste beaucoup là-dessus.

Nous pensons que, de son vrai nom, il se nommerait Khalid al-Shanquiti, mais il se fait aussi appeler quelquefois Mahfouz Oud al-Walidi. Ancien bras droit de Ben Laden, il avait pris ses distances avant que ce dernier ne parte avec sa famille pour l'Afghanistan. Mauritania est sacrément doué pour conserver un profil bas, il n'apparaît jamais dans le collimateur des services de renseignement, et il a tendance à opérer à partir de l'Algérie, de préférence à tout autre pays. C'est là-bas que nous l'avons repéré. Qu'est-ce que tu sais de ce groupe du Croissant Armé ?

— Uniquement ce que j'en ai vu dans cette ferme. Ils ont l'air expérimentés, bien entraînés, efficaces... en tout cas, leurs chefs le sont. D'après le nombre de langues que je les ai entendus parler, ils sont originaires d'à peu près tous les pays possédant un parti fondamentaliste islamiste. Des panislamistes, et drôlement bien organisés.

— Forcément, avec Mauritania à leur tête. Organisés et intelligents. » Elle planta son regard aux rayons X dans les yeux de Smith. « Maintenant, parlons un peu de toi. Manifestement, tu fais partie de la chasse à l'ordinateur moléculaire, toi aussi, sinon tu n'aurais pas débarqué dans cette ferme pile pour me sauver la peau, et tu ne saurais pas tout ce que tu sais. Quand je t'ai repéré, dans les parages de Pasteur, l'information que m'avait transmise le siège, à Langley, c'était que tu avais pris un avion direction Paris pour tenir la main de ce pauvre Marty. Maintenant...

— Pourquoi la CIA me faisait-elle surveiller ? »

Elle renifla.

« Tu sais que les services s'espionnent mutuellement. Tu aurais pu être un agent travaillant pour le compte d'une puissance étrangère, d'accord ? Supposons que tu ne travailles ni pour la CIA, ni pour le FBI, ni pour la NSA, et pas non plus pour le renseignement militaire, je me moque de ce que racontent les uns et les autres, cette histoire de "Je ne suis là que pour ce pauvre Marty", pour moi, évidemment, c'est de la foutaise. A Paris, tu m'as bien baladée, d'accord, mais ici, c'est terminé. Alors, pour qui travailles-tu, bon Dieu ? »

Smith feignit l'indignation.

« Randi, cette bombe a quasiment tué Marty. » Il maudit intérieurement Fred Klein et cette vie secrète qu'il avait accepté de mener. Le Réseau Bouclier était à ce point clandestin – une confidentialité de niveau code noir – que même Randi, en dépit de tous ses titres et qualifications au sein de la CIA, ne devait rien en savoir. « Tu sais comment je suis, continua-t-il avec un haussement d'épaules, un geste d'autodérision. Je suis incapable de rester planté là sans découvrir qui a failli tuer Marty. Et puis, toi comme moi, nous le savons, jamais je ne me contenterais de trouver qui a fait ça. C'est vrai, j'aimerais les mettre hors d'état de nuire. Mais là encore, à ma place, que ferait d'autre un véritable ami ? »

Ils s'arrêtèrent au pied d'une légère déclivité, et levèrent les yeux. La pente était si peu prononcée que Smith ne l'avait même pas remarquée, tout à l'heure, quand il suivait Elizondo. Mais maintenant, sur le trajet du retour, et dans le sens de la montée, elle lui paraissait interminable, fatigante. Ils restèrent en arrêt, la mesurant du regard, comme si cela avait pu suffire à la faire disparaître.

« Des clous, lui répliqua-t-elle. La dernière fois que j'ai eu de ses nouvelles, Marty était dans le coma. S'il y a bien un endroit où il a besoin de toi, c'est dans cet hôpital, pour que tu tannes les toubibs. Alors laisse tomber, tu veux. Dans le passé, je veux bien croire que ton intervention ait pu être d'ordre personnel, comme dans l'affaire du virus Hadès, à cause de Sophia. Mais maintenant ? Pour qui travailles-tu, en réalité ? Qu'est-ce que j'ignore, et que je devrais savoir ? »

Ils étaient restés là depuis suffisamment de temps à son goût.

« Allez. On y retourne, proposa-t-il. Il faut qu'on aille fouiller cette ferme. Si elle est vide, ils auront peut-être laissé quelques indices susceptibles de nous indiquer où ils ont filé. Et s'il reste encore des types sur place, on aurait tout intérêt à les interroger, à découvrir ce qu'ils savent. » Il fit demi-tour, revenant sur ses pas. Elle lâcha un soupir et le rattrapa. « Il n'est question que de Marty, lui répéta-t-il. Vraiment. Tu es trop soupçonneuse. Le résultat de ta formation à la CIA, j'imagine. Ma grand-mère me répétait toujours qu'il ne fallait pas aller fouiller dans la boue avec un mouchoir propre. Ta grand-mère ne t'a jamais rien appris d'aussi utile, dans le même registre ? »

Elle ouvrit la bouche pour riposter.

« Chut. Ecoute », souffla-t-elle à la place. Et elle inclina la tête.

Il entendait bien quelque chose, lui aussi – le ronronnement sourd d'un puissant moteur de voiture. Le bruit se dirigeait vers eux, du haut de la colline, et donc se dirigeait vers la ferme. Subitement, le moteur se tut, et il n'entendit plus rien d'autre qu'un bruit étrange, qu'il était incapable d'identifier.

« Qu'est-ce que c'est que ça, bon sang ? » chuchota Randi.

Et puis il comprit.

« Un bruit de roulement, des roues de voiture, chuchota-t-il en réponse. Tu la vois ? C'est cette forme noire qui se déplace sur la route. On la distingue à peine. »

Elle comprit ce qui se passait.

« Une voiture noire, tous phares éteints, moteur coupé, et en roue libre. Qui dévale cette pente. Le Croissant Armé ?

— Possible. »

Ils s'entendirent en vitesse sur un plan d'action, et Jon traversa la route en courant, vers un olivier qui se dressait tout seul, probablement le seul arbre rescapé de la petite oliveraie que l'on avait dû abattre en traçant la route.

Le véhicule surgit de l'obscurité comme une apparition, un engin mécanique. C'était un gros véhicule tout-terrain d'un modèle ancien, du type de ceux qu'affectionnaient les officiers nazis durant la Seconde Guerre mondiale. Elle était décapotée, et paraissait tout droit sortie d'une vieille bande d'actualités. Il n'y avait qu'une personne à bord. Jon leva son Sig Sauer pour faire signe à Randi. Elle lui répondit d'un hochement de tête : le Croissant Armé n'aurait pas envoyé un homme isolé les attaquer à lui tout seul.

L'élégant véhicule tout-terrain poursuivait sa descente, il avait pris de la vitesse et ne se trouvait plus qu'à une trentaine de mètres. Randi se désigna du doigt, qu'elle pointa ensuite vers Jon, et acheva d'un signe de tête vers la voiture. Jon reçut le message : en clair, elle était fatiguée de marcher. Il eut un grand sourire et approuva d'un hochement de tête : lui aussi.

Lorsque la voiture arriva à leur hauteur, toujours aussi sombre et silencieuse, ils sautèrent sur les deux vieux marchepieds, chacun d'un côté. De sa main libre, Jon empoigna le rebord de la portière, et, de l'autre, braqua son Sig Sauer sur le chapeau du conducteur. Etonnamment, ce dernier ne leva pas les yeux. En fait, il ne réagit pas du tout. Puis Jon vit que l'homme portait un costume noir et un col d'ecclésiastique. C'était un ministre du culte – un prêtre anglican, ici...

Randi adressa une grimace à Jon. Elle aussi, elle avait remarqué. Elle leva les yeux au ciel, le message était clair : il ne serait pas très bon pour les relations internationales de voler sa voiture à un pasteur.

« On se sent un brin coupables, n'est-ce pas ? tonna la voix, très britannique, toujours sans lever les yeux. Je pense que vous seriez finalement parvenus à regagner Tolède par vos propres moyens, mais vous auriez mis diablement longtemps et, comme vous dites, vous autres Américains, le temps, c'est de l'argent. »

Cette voix. Elle était reconnaissable entre toutes.

« Peter ! grogna Jon. Est-ce qu'il existe encore dans la région une seule agence de renseignement qui ne soit pas en chasse de l'ordinateur ADN ? »

Randi et lui grimpèrent sur la banquette arrière.

« Sans doute pas, mon gars. Notre petit monde a la frousse. On ne peut pas franchement leur en vouloir. Sale histoire.

— Mais d'où est-ce que tu viens, nom de Dieu ? lui demanda Randi.

— Du même endroit que vous, Randi, ma fille. J'ai observé votre petite altercation avec ces gens du haut d'une colline qui surplombe cette ferme.

— Tu veux dire que tu étais là ? Tu as tout vu, explosa Randi, et tu ne nous as même pas donné un coup de main ? »

Peter Howell sourit.

« Mais vous avez fort joliment négocié l'affaire sans moi. Ça m'a offert une occasion de surveiller nos amis anonymes et cela vous a épargné l'inconvénient d'un retour à pied, un contretemps auquel vous étiez déjà sur le point de vous résigner. »

Jon et Randi échangèrent un regard.

« D'accord, fit Jon. Et que s'est-il passé, une fois qu'on a décampé de là-bas ?

— Ils ont chargé tout leur bazar dans leurs trois hélicoptères.

— Tu es allé fouiller ? s'enquit Randi.

— Naturellement, confirma Peter. Des plats encore chauds dans la cuisine, sur le point d'être servis. Mais la maison était vide, plus personne, ni vivant, ni mort, et aucun indice sur l'identité des occupants ou leur destination. Pas de cartes, pas de papiers, absolument rien, à part des monceaux de documents calcinés dans la cheminée. Et, naturellement, aucun signe de cette machine du diable.

— Ils l'ont, c'est sûr, lui assura Jon, mais pas à cet endroit, en tout cas, pas si j'en crois Chambord. »

Peter fit demi-tour sur une portion de chaussée plus large, et Jon et Randi l'informèrent de ce qu'ils savaient du Croissant Armé, de Mauritania, des Chambord et de l'ordinateur piloté par ADN.

CHAPITRE SEIZE

ELIZONDO Ibarguëngoitia s'humecta les lèvres et baissa les yeux. Le corps sec et nerveux était voûté, le béret rouge de travers, il avait l'air anéanti.

« On croyait que vous alliez quitter Tolède, monsieur Mauritania. Vous dites que vous avez un autre boulot pour nous ? C'est bien payé ?

— Les autres sont partis, Elizondo. Je vais bientôt les rejoindre. J'avais encore trop à faire, ici. Oui, la prime pour cette nouvelle mission est conséquente, je vous l'assure. Vos gens et vous-mêmes êtes intéressés ?

— Bien sûr ! »

Ils se trouvaient à l'intérieur de la vaste cathédrale remplie d'échos, dans la célèbre chapelle de la Madone Blanche, avec ses statues et ses colonnes immaculées, sa pierre rococo et ses moulures en plâtre. Abu Auda était adossé contre le mur, à côté de l'effigie de Marie à l'enfant Jésus, vêtu de son burnous blanc qui ressemblait à une imitation de la statue.

Tout en s'adressant aux trois Basques – Elizondo, Zumaia et Iturbi –, Mauritania souriait, appuyé sur une canne, et il étudiait le visage d'Elizondo.

Ce dernier hocha la tête, visiblement impatient.

« C'est quoi, ce boulot ?

— Chaque chose en son temps, Elizondo, répondit Mauritania. Chaque chose en son temps. D'abord, pour ma gouverne, décrivez-moi, je vous prie, de quelle manière vous vous y êtes pris pour tuer ce colonel américain, ce Smith. Vous êtes certain que son corps est resté dans la rivière ? Vous soutenez qu'il est mort ? »

Elizondo prit un air navré.

« Quand je l'ai abattu, il est tombé dans l'eau. Iturbi a essayé de repêcher son corps, mais le courant l'a emporté, et il a disparu. On aurait préféré l'enterrer, c'est sûr, et que personne ne puisse le retrouver. Avec de la chance, son cadavre va flotter jusqu'à Lisbonne. Et là-bas, personne ne saura qui il est. »

Mauritania opina solennellement du chef, comme s'il réfléchissait à la question de savoir si ce corps poserait ou non des problèmes, une fois qu'on l'aurait retrouvé.

« Tout ceci est étrange, Elizondo. Voyez-vous, Abu Auda, ici présent... » Il désigna de la tête le terroriste, qui gardait le silence. « ... m'affirme que l'un des deux individus qui nous ont attaqués à la ferme après votre départ était justement ce même colonel Smith. Ce qui rend peu vraisemblable que vous l'ayez tué. »

Elizondo devint aussi livide que la statue.

« Il se trompe. On l'a abattu. Nous l'avons abattu...

— Abu Auda est tout à fait sûr de son fait, l'interrompit Mauritania, l'air sincèrement perplexe. Il a fait connaissance avec le colonel Smith à Paris. En réalité, l'un des hommes d'Abu était là quand vous avez enlevé la femme. Donc, voyez-vous... »

A présent, Elizondo comprenait. Il dégaina son couteau de sa ceinture et se rua vers Mauritania. Simultanément, Zumaia sortit brusquement son pistolet, et Iturbi pivota pour détaler.

Mais Mauritania fit claquer sa canne en l'air à la vitesse d'un serpent qui attaque, et une lame étroite jaillit de l'extrémité. Elle scintilla dans la lumière tamisée de la chapelle, avant de disparaître quand Elizondo, emporté par son assaut inconsidéré, s'empala sur sa pointe. Mauritania, le visage écarlate de colère, fit tourner et remonter la lame dans un mouvement en arc de cercle, déchiquetant les organes vitaux du Basque. Elizondo s'écroula, se tenant les entrailles, le regard sur Mauritania, l'œil figé par la surprise. Il bascula en avant. Il était mort.

Au même instant, Zumaia était parvenu à exécuter un demi-tour sur lui-même, tira un coup de pistolet sans avoir pu viser, avant que le cimeterre d'Abu Auda ne lui entaille la gorge. Du sang jaillit, et il s'abattit, les bras en croix.

Iturbi essaya de s'enfuir en courant, mais Abu Auda retourna son poignet musclé avec agilité et, par un mouvement de revers, enfonça la lame de son cimeterre si profondément dans le dos du Basque que la pointe en ressortit par la poitrine. Des deux mains, le géant fulani souleva l'épée de quelques centimètres et, avec elle, le corps du Basque mourant. Quand il vit Iturbi se tordre comme un lapin sur un tournebroche, les yeux brun-vert d'Abu Auda étincelèrent de rage. Enfin, l'homme s'effondra sur la lame. Il était déjà mort. Abu Auda tira sur le cimeterre pour le dégager des chairs.

Mauritania essuya sa fine épée sur la nappe blanche de l'autel et appuya sur le bouton qui commandait la rétractation de la lame. Abu Auda lava son épée à la fontaine d'eau bénite et la sécha sur son burnous. Sa tunique du désert n'était plus seulement sale, mais ensanglantée.

Abu Auda soupira.

« Voilà longtemps que je ne m'étais pas lavé dans le sang de mes ennemis, Khalid. Cela fait du bien. »

Mauritania approuva de la tête avec une expression d'assentiment.

« Ne traînons pas. Nous avons encore beaucoup à faire avant de frapper. »

Les deux hommes enjambèrent les corps des Basques et se faufilèrent hors de la cathédrale et dans la nuit.

*

Une heure plus tard, Jon, Randi et Peter étaient sur l'autoroute, et s'éloignaient de Tolède. Ils s'étaient d'abord arrêtés dans la cité, où Jon avait récupéré son ordinateur portable et son sac de voyage dans le coffre de la Renault de location. La voiture était intacte, et ne contenait plus que des cordages. Avec de la chance, Bixente avait dû réussir à s'enfuir pour retourner à sa vie de berger. Pendant que Jon chargeait ses affaires dans le véhicule tout-terrain, Peter et Randi refermèrent la capote et filèrent, le Britannique au volant. A présent que les flèches et les tours de la ville fabuleuse du Greco s'estompaient dans le lointain, Peter prit la précaution de ralentir, calant sa vitesse juste en deçà des 120 kilomètres à l'heure réglementaires. Ce n'était pas la peine d'attirer l'attention de la police.

Randi s'était installée à l'arrière, où il émanait encore du vieux siège une odeur luxueuse de cuir. Elle écouta Jon et Peter discuter de la route à prendre pour Madrid, où ils feraient leur rapport et prendraient le temps de se regrouper.

« Simplement, ne reprenez pas la route qu'a empruntée Jon, au cas où les Basques l'auraient filé à l'aller. »

Tandis que Peter prenait bonne note du conseil de Randi, elle réprima sa colère. Pourquoi se montrait-elle si irritable envers Jon ? Elle avait commencé par le rendre responsable de la mort de Mike, son fiancé, en Somalie, et ensuite du meurtre tragique de Sophia, mais depuis ce temps-là, elle avait fini par le respecter. Elle avait envie de reléguer le passé derrière elle, mais ce passé la tenaillait toujours, comme une promesse jamais exaucée. Le plus curieux, c'était qu'elle sentait bien qu'il avait envie d'oublier le passé, lui aussi. Il subsistait trop d'histoires entre eux, qui les engluaient.

« Dieu sait ce que nous allons découvrir à la prochaine étape, remarqua Peter. Espérons que ce sera l'ordinateur moléculaire. » Cet ancien membre des SAS, cet espion du MI6 « à la retraite » était mince et musclé, peut-être un soupçon trop mince sous son costume de prêtre. Ses mains ressemblaient à deux griffes brunies par le soleil, il avait le visage émacié, de la couleur et de la texture du cuir, desséché par des années de vent et de soleil. La peau était ridée en profondeur, à tel point que les yeux paraissaient enchâssés dans deux ravines. Mais, même la nuit, ces yeux conservaient toute leur acuité et savaient rester sur leurs gardes. Là-dessus, ses prunelles scintillèrent, avec une expression subitement amusée. « Ah, au fait, Jon, mon ami, concernant cette petite égratignure, c'est assez sérieux, et je te revaudrai ça. Enfin, j'imagine que tu pourrais en dire autant, après ce petit coup que je t'ai flanqué sur la caboche. »

Peter leva la main et souleva sa coiffe noire de pasteur, révélant un bandage qui lui ceignait le sommet du crâne.

Jon fixa ce bandage du regard et secoua la tête d'incrédulité, pendant que Peter rajustait son couvre-chef.

« Ça alors ! Mais alors, l'agent de service algérien qui a provoqué tout ce raffut à l'hôpital Georges-Pompidou, c'était toi. » Il se rappela cette impression vaguement familière, quand l'agent de service en question avait couru à reculons dans le couloir de l'établissement, balayant l'espace et tenant son monde en respect au bout du canon de sa mi-traillette. Ainsi, c'était la tête de Peter qui avait laissé ces traces de sang sur la rambarde. « Tu étais donc là pour protéger Marty, et non pour le tuer. C'est pour ça que finalement, quand tu as tiré, tu as visé si haut.

— Tout à fait exact. » Peter hocha la tête. « Il se trouve que j'étais à l'hôpital pour garder un œil sur ton ami, quand j'ai appris qu'un visiteur était arrivé, un membre de sa "famille". Comme Marty n'a plus de proche parent, sauf si tu comptes le chien qu'on a ramassé dans l'opération Hadès, ça m'a flanqué la frousse, et je suis monté dare-dare armé de ma petite Sterling. J'ai vu que tu m'avais repéré, et je n'avais plus qu'à dégager, sinon je fichais en l'air toute ma mise en scène.

— Ce qui veut dire que les SAS ou le MI6 surveillent Marty, releva Randi depuis la banquette arrière.

— Ah, je suis un peu vieux pour les gars des Special Air Service, mais, de temps à autre, le MI6 me juge encore d'une certaine utilité. Ce gadget qui tourne à l'ADN fait saliver les hauts fonctionnaires de Whitehall.

— Ils ont fait appel à toi ?

— J'en sais un peu sur le potentiel de l'ADN, et j'ai travaillé assez souvent avec les Français, ce qui n'est pas la tendance dominante, au sein du MI6. L'un des avantages, quand on est à la retraite, et pour ainsi dire hors jeu, c'est qu'on peut agir à peu près à sa guise. S'ils estiment avoir besoin de moi, il faut qu'ils viennent me chercher. Ensuite, dès que je n'ai plus envie de jouer, je rassemble mes joujoux et je m'en retourne dans mon repaire de la Sierra, avec Stan. Et naturellement, ça les rend chèvres. »

Randi se retint de sourire. Peter faisait souvent allusion à son âge en des termes désobligeants, manière pour lui, peut-être, de détourner l'attention de son interlocuteur quant à ses facultés physiques et menta-les réelles, qui auraient eu de quoi faire honte à plus d'un trentenaire.

Jon se rembrunit.

« Mais quand tu t'es retrouvé face à moi, pourquoi ne t'es-tu pas fait connaître ? Je t'ai pris en chasse. Pourquoi m'as-tu laissé faire ? Nom de Dieu, tu m'as forcé à sauter par-dessus un chariot à malade ! »

Peter sourit de toutes ses dents.

« Un assez joli spectacle. Rien que pour voir ça, j'aurais payé cher. »
Il s'interrompit un instant. « On ne sait jamais, n'est-ce pas ? Je pouvais
tout de même pas savoir pourquoi tu étais là, hein ? fit-il observer, d'une
voix déjà empreinte de plus de gravité. Le 10, Downing Street et le
Bureau ovale ne courent pas toujours le même cheval. Vaut mieux
d'abord piger qui fait quoi. »

Jon se rembrunit encore davantage.

« Mais après ça, je t'ai vu entrer dans la pension de famille du général
Henze. Cet endroit où le général n'est même pas censé se trouver, officiellement. Là, en l'occurrence, vous couriez apparemment le même
cheval.

— Tu m'as remarqué ? Je n'aime pas trop ça. D'autres auraient pu me
repérer aussi.

— Je n'ai pas soupçonné une seconde que c'était toi. Ni à l'hôpital, ni
chez Henze. Si cela peut te rassurer. »

Peter retrouva un ton de voix plus rasséréné.

« C'était le but, non ?

— Surtout quand tu rends visite à un général américain, ajouta Jon, en
sondant son ami du regard.

— Il est aussi membre de l'OTAN, vois-tu. Il faut faire ami-ami avec
l'Union européenne.

— Et c'était pour lui raconter quoi, à ce général de l'OTAN ?

— Confidentiel, mon garçon. Les ordres sont stricts. »

Là-dessus, amis ou pas, il était bien clair que Peter n'allait plus rien
lui confier.

Pour ceux qui avaient l'habitude de la circulation chargée de Madrid,
cette autoroute évoquait presque un parking désert. Quelques voitures
filaient à toute vitesse en rugissant, mais Peter, lui, se tenait convenablement et maîtrisait celle de son véhicule tout-terrain. Aux abords
d'Aranjuez, une ville très verte, à la végétation luxuriante, ancien lieu de
villégiature estivale des rois et reines d'Espagne, il quitta la N 400 et prit
au nord, par l'A 4, en direction de Madrid, qui n'était plus qu'à cinquante kilomètres. La lune pointait, baignant de sa lumière argentée les
champs fraîchement plantés de fraises, de tomates, de betteraves sucriè-
res et de blé. Randi se pencha en avant, les avant-bras posés sur le
dossier des sièges.

« Bon, Jon, pour qui travailles-tu, bon sang ? » A l'instant même où
elle posa cette question, elle la regretta. Irritable et provocatrice. Mais
nom de Dieu, elle voulait savoir. « Dis-moi que ce ne sont pas mes chers
patrons dévoyés de Langley qui mentiraient encore comme des arra-
cheurs de dents.

— Je suis ici à titre tout à fait autonome, Randi. Peter me croit, n'est-
ce pas, Peter ? »

Tenant son volant à deux mains, Howell eut un sourire.

« Tu sais, ton histoire pue quand même un petit peu. Ce n'est pas que ça me préoccupe particulièrement, mais je comprends la remarque de Randi au sujet de son petit monde, là-bas, à Langley. Tu vois, les enfants qu'on vous fait dans le dos, tout le tremblement. Moi-même, j'apprécierais pas trop. »

Les traits fins de Randi étaient tendus à l'extrême, et elle rongerait cet os avec la ténacité d'un pitbull. Jon avait tenu bon suffisamment long-temps, il était l'heure de concocter un mensonge plausible.

« Très bien, tu as raison, fit Jon. Il y a autre chose en cours, mais cela ne dépend pas de Langley. Il s'agit de l'armée. Le renseignement mili-taire m'a envoyé ici pour savoir si Chambord a bel et bien créé un proto-type opérationnel d'ordinateur piloté par ADN. Et, si c'est le cas, pour savoir si on a volé l'appareil et les notes du scientifique, et si cette bombe n'était pas qu'une simple opération de diversion. »

Elle secoua la tête.

« Langley ne t'a jamais identifié sur le fichier du renseignement mili-taire.

— Je possède une identification spéciale. S'ils remontent assez haut, ils me dégotteront. » Il avait confiance dans le caractère retors de Fred Klein.

Cette fois, elle eut l'air de le croire, et il se sentit coupable, l'espace d'un instant.

« Tu vois ? ironisa-t-elle. Ce n'était pas si difficile. Enfin, sois pru-dent, quand même... la vérité, c'est une drogue.

— Jamais entendu la chose formulée de la sorte », lâcha Peter, pince-sans-rire.

Jon eut la très nette impression que Peter ne croyait pas un traître mot de son histoire, mais qu'en même temps il s'en moquait.

Pour le Britannique, c'était avant tout sa propre mission qui comptait, et il ramena la conversation sur le sujet.

« Revenons à nos moutons. Puisque Chambord est en vie, mais qu'on l'a enlevé, alors c'est qu'il y a quelque chose de pas franchement blanc-bleu dans les services de police, à Paris.

— Tu parles de l'identification de son empreinte digitale, explicita Jon. J'y ai pensé. Le seul moyen de parvenir à ce subterfuge, pour la Flamme Noire et le Croissant Armé, c'était, j'imagine, le recours à une simple interversion. Ils ont placé un cadavre à Pasteur avant de faire sauter le bâtiment. Ils ont couché le corps pile sur la bombe, sauf les avant-bras et les mains, que la police a retrouvés. Ils ont dû les trancher et les disposer suffisamment loin de l'explosion pour qu'au moins l'un ou l'autre de ces membres humains ait une bonne chance d'être identifié, mais suffisamment près pour qu'ils soient déchiquetés par la déflagra-tion. Ensuite, dans le dossier de Chambord, quelqu'un a substitué les empreintes du corps aux siennes. Ils ont aussi pu intervertir les données ADN, au cas où des parties moins facilement identifiables du cadavre seraient demeurées intactes. Dès que la police parisienne a pu boucler sa procédure d'identification dans un sens ou un autre, elle s'en est contentée. Ils devaient avoir de plus importants problèmes à traiter, notamment celui de l'ordinateur piloté par ADN. »

Randi réfléchit à voix haute.

« Quand il a fallu tout ce temps aux enquêteurs pour retrouver les restes du corps, les terroristes ont dû en avoir des sueurs froides. Cela dit, ce n'était pas si grave, puisque la police devait estimer qu'il subsistait une chance d'exhumer le corps des décombres.

— Je me demande comment ils sont parvenus à introduire un cadavre dans l'Institut. Si on les avait repérés, cela aurait pu faire capoter tous leurs plans, souligna Peter. Curieux.

— A mon avis, reprit Jon, s'exprimant avec lenteur, le corps y est probablement entré avec eux, sur ses deux jambes, très simplement, en ignorant tout du sort qu'on lui réservait. Ou alors il s'agissait d'un martyr de l'islam, qui misait sur une place garantie au paradis.

— Seigneur Dieu, lâcha Randi dans un souffle.

— Un poseur de bombe suicide d'un nouveau genre, compléta Peter. Mais où donc va le monde ? »

Tout ce que cela supposait les laissa sans voix.

« Nous venons l'un et l'autre de raconter ce qui nous avait amenés ici, Peter, reprit enfin Jon. Et toi ?

— La question est justifiée. Après l'attentat de Pasteur, le MI6 a repéré à Paris un séparatiste basque bien connu, Elizondo Ibarguëngoitia. Il avait échappé à la vigilance du contre-espionnage. Le MI6 avait tiré cette information des éléments que les Français avaient communiqués à Whitehall au sujet de l'autre Basque qu'ils avaient bouclé, et cela nous est apparu comme une occasion de brûler la politesse au contre-espionnage, trop belle pour qu'on la loupe. En fait, Elizondo et moi avions déjà croisé le béret plus d'une fois, j'avais donc pour mission de lui filer le train et de voir quel genre de manigance j'allais bien pouvoir découvrir. » Peter regardait fixement l'autoroute, droit devant lui. « Mon flair pour la chicane me dit aussi que Whitehall ne serait pas hostile à l'idée d'arriver à dérober cette machine pour le compte de la Reine et du pays, hein, et mon statut très officieux pouvait leur laisser toute latitude de nier la chose si la pêche tournait mal.

— N'importe quel gouvernement ou n'importe quel état-major militaire agirait de même, y compris le mien », admit Jon.

Tandis que Randi et Peter méditaient ce propos, Jon se redressa sur le dossier de son siège et cala sa nuque contre l'appui-tête en cuir. Il regarda par le pare-brise. La lune était plus basse dans le ciel, laissant un vaste sillage d'étoiles au firmament de La Mancha. En levant ainsi les yeux vers ce déploiement luminescent, il n'ignorait pas que la terre et l'univers seraient là pour l'éternité. Pourtant, quand il avait affaire à ses semblables, il n'en était plus tout à fait si sûr.

« Vous savez, reprit-il, le regard encore perdu dans les étoiles, il est évident que nous sommes tous liés par des ordres très stricts. Jouer serré, ne rien dire à personne, surtout pas aux agents d'autres pays lancés sur la même piste. » Il lança un coup d'œil à Peter, avant de revenir à Randi. « Nous avons tous trois compris que les rivalités malsaines, même au sein de nos propres gouvernements, finiraient par nous détruire. Cette fois-ci, nous sommes confrontés à un possible Armageddon. Mon hypothèse, c'est que le Croissant Armé est sur le point de frapper un grand coup quelque part. Probablement contre les Etats-Unis. Peut-être contre la Grande-Bretagne. Vous ne croyez pas, tous les deux, que le moment serait venu de coopérer ? Nous savons que nous pouvons nous faire confiance. »

Randi hésita, puis elle acquiesça d'un bref signe de tête.

« Je suis d'accord. Mauritania s'est donné beaucoup plus de mal que d'habitude pour brouiller les pistes, il est même allé jusqu'à recourir aux services d'un autre groupe terroriste en guise de couverture, et maintenant nous savons qu'il détient l'ordinateur moléculaire et Chambord. La menace est trop importante pour qu'on se livre à de la rétention d'informations, et peu importe ce qu'en pensent Langley et l'armée. »

Le regard méfiant de Peter était déjà un peu moins fermé. A son tour, il approuva, avec un hochement de tête un peu sec.

« D'accord, un peu de coopération. Que Whitehall et Washington aillent se faire voir.

— Bon, approuva Jon. Alors, Peter, en réalité, de quoi es-tu allé parler avec le général Henze ?

— Ce n'était pas à Henze que j'allais parler, mais à Jerry Matthias.

— Le sergent-chef du général ? » Jon était surpris.

Peter confirma de la tête.

« C'est un ancien des forces spéciales. Nous nous sommes connus dans le désert irakien, il y a de ça quelques années, et je voulais voir ce que je pouvais lui soutirer.

— A quel sujet ?

— Au sujet de quelques magouilles bizarres au sein de l'OTAN.

— Quelles magouilles ? s'enquit Randi. Voilà que tu te fais de nouveau prier. »

Peter lâcha un soupir.

« Désolé, vieille habitude. Très bien, j'ai dépisté un coup de téléphone à Elizondo Ibarguëngoitia, émanant de l'intérieur des locaux de l'OTAN. Quand j'ai remonté la piste du numéro d'appel, il s'agissait d'un bureau de maintenance qui, à ce moment-là, était censé être fermé à clef. »

Randi accusa le coup.

« La Flamme Noire ou le Croissant Armé disposent d'un espion à l'intérieur de l'OTAN.

— Cela peut être une réponse, admit Peter.

— Ou alors quelqu'un, au sein de l'OTAN, hasarda Jon, travaillait ou travaille encore avec la Flamme Noire ou le Croissant Armé pour récupérer cet ordinateur moléculaire.

— Ce peut être une autre réponse, acquiesça Peter. Le sergent Matthias est un ancien Béret vert, et puis il tient lieu de majordome au général Henze. J'avais espéré qu'il aurait ouvert un peu l'œil. La force de l'habitude. Malheureusement, il n'avait rien repéré de particulièrement suspect. Pourtant, la Flamme Noire était une piste plutôt consistante, et c'est à ce moment-là que je suis parti pour Tolède, sur leurs traces.

— Je parierais que la Flamme Noire n'est plus une piste si consistante que ça, fit Randi. Qui veut parier avec moi sur la disparition de leur chef ?

— Je n'aime pas parier quand je suis certain de perdre, ironisa Peter. Le Mauritanien, un type aussi futé que lui, il a dû saisir comment tu l'avais déniché, Jon. Mais avec un peu de chance, il ne sait rien de moi.

— La Flamme Noire est une couverture qui a mal tourné, admit Jon. Mauritania aurait préféré les maintenir dans l'ombre. Il n'ignorait pas qu'ils pouvaient toujours se retourner contre lui, lui extorquer de l'argent, interférer dans ses plans de quantité de manières. Ce qu'il n'a pas compris, c'était qu'ils finiraient aussi par conduire quelqu'un comme moi jusqu'à lui. A l'heure qu'il est, il a dû les supprimer, et pas seulement dans le but de leur infliger un quelconque châtiment, mais pour s'assurer qu'ils ne causent de tort à personne. »

Tout en réfléchissant à cet aspect des événements, Jon repensa à Marty. Il se rendit compte que l'essentiel de la journée s'était écoulé sans qu'il ait pris de ses nouvelles. La santé de son plus vieil ami lui accaparait l'esprit, et il sortit son téléphone portable.

Randi le regarda de travers.

« Qui appelles-tu ?

— L'hôpital. Marty s'est peut-être réveillé. »

Peter approuva d'un bref signe de tête.

« Avec, espérons-le, un paquet de révélations à nous faire, qui vont nous aider dans la difficile entreprise consistant à localiser Mauritania et son Croissant Armé. »

Mais les nouvelles de l'hôpital Georges-Pompidou déçurent les espoirs de Jon : peu de changement dans l'état de Marty. Ils continuaient d'avoir bon espoir, mais l'évolution du Dr Zellerbach n'avait pas connu d'accélération.

CHAPITRE DIX-SEPT

Gibraltar

T RÈS préoccupé, le lieutenant-général sir Arnold Moore était assis, seul, à l'arrière du véhicule de commandement d'une base de la Royal Air Force et méditait sur la teneur de cette réunion secrète dans la salle de conférences, à bord du *Charles-de-Gaulle*, d'où il sortait à peine. Qu'est-ce qui se tramait ? En réalité, pourquoi son vieil allié et ami Roland de La Porte les avait-il tous réunis ? Sur l'aérodrome de la colonie britannique, les phares éclatants des appareils au décollage et à l'atterrissage zébraient le ciel, et Moore regardait fixement, loin devant lui, sans rien voir, repensant au contenu de leurs débats, non sans une certaine appréhension. En fin de compte, toutes ses conjectures le ramenaient au général de La Porte.

Tout le monde savait que les Français entretenaient une forte nostalgie de leurs gloires passées, mais personne n'ignorait non plus qu'ils étaient des gens pragmatiques et que, tout au moins au niveau des hautes sphères gouvernementales, parmi les supérieurs et les chefs politiques du comte de La Porte, la « gloire » était un motif de plaisanterie. La Porte avait beau, tant en privé qu'en qualité de commandant en chef de l'OTAN, défendre cette Force Européenne et Combinée d'Action Rapide, Sir Arnold avait toujours cru que c'était pour des motifs rationnels... une manière d'exercer une certaine pression sur l'OTAN, qui dépendait si fortement des Etats-Unis dès lors qu'il s'agissait d'intervenir dans les différends, grands et petits, qui surgissaient un peu partout à la surface du globe. En fait, La Porte était déjà connu pour mettre l'accent sur cette conception vis-à-vis de Washington.

Mais voilà que le général français avait viré ouvertement à l'anti-américanisme. Vraiment ? L'armée européenne intégrée qu'il proposait n'était-elle que le prolongement logique de son désir de soulager les Américains, sur qui reposaient toujours l'essentiel des tâches militaires ? Sir Arnold l'espérait ardemment, car toute autre motivation de son attitude pourrait s'apparenter à la première salve d'une vision dangereuse, celle d'une Europe comprise comme la seconde superpuissance, et comme un rival des Américains, dans un monde post-guerre froide truffé de terroristes. Il n'était jamais sage de se diviser en plusieurs fronts, ce que Napoléon et Hitler avaient appris tous deux à leurs dépens – et à leur grand dépit. Aujourd'hui plus que jamais, sir Arnold était d'avis que le monde civilisé devait préserver son unité.

Malgré cette rhétorique antiaméricaine, sir Arnold aurait certainement accepté cette dernière prise de position du général français, s'il n'y avait eu ce qui lui était apparu comme une allusion faite en passant à une Amérique susceptible d'être prochainement soumise à une attaque électronique, qui la priverait de toute maîtrise de ses systèmes de commandement et de communication. Naturellement – perspective terrifiante –, cela rendrait les militaires américains impuissants, ainsi que les forces européennes qui dépendaient de ces systèmes.

Le tout associé aux quelques effractions électroniques aléatoires que subissaient déjà ces systèmes ultrasecrets – dont sir Arnold aurait dû être le seul informé lors de cette réunion –, voilà qui ne laissait pas de le surprendre. Pire encore, il était profondément inquiet.

La Porte était-il au courant, lui aussi ? Si oui, comment cela était-il possible ?

Sir Arnold détenait ces informations parce que le Président Castilla avait personnellement informé le Premier ministre britannique, en lui précisant que le Royaume-Uni était le seul allié qu'il alertait de cette situation, et que le seul haut responsable qu'il mettait dans la confidence serait le général Henze, son commandant suprême en Europe.

Alors, comment le général français de La Porte avait-il appris l'existence de ces terrifiantes attaques électroniques ?

Sir Arnold se massa le front du revers de ses deux mains refermées. Il avait une migraine épouvantable, et il en connaissait la cause : il redoutait que La Porte ne soit lié d'une manière ou d'une autre à ceux qui avaient déclenché ces effractions électroniques, ce qui expliquerait comment et pourquoi il détenait l'information.

Le général britannique avait peine à envisager cette possibilité. Tout cela était impensable, grotesque, et pourtant il ne pouvait ignorer que la chose comportait une certaine logique. Il n'arrivait pas à échapper aux conclusions préoccupantes que lui inspirait l'attitude de La Porte. Il devait en informer le Premier ministre, et personne d'autre. Et il faudrait que ce soit en tête-à-tête.

Ce genre de conjectures qui, même si elles se révélaient erronées, seraient susceptibles de ternir la réputation d'un homme, ne sauraient être confiées à n'importe qui. C'était pourquoi il était assis, seul, sur la banquette arrière de ce véhicule de commandement plongé dans l'obscurité, en attendant que son chauffeur et pilote personnel supervise la mise en route et le ravitaillement en carburant du jet Tornado F3 qui allait rapidement les ramener à Londres.

Tout en patientant, il continuait de tourner et retourner dans sa tête le déroulement de cette étrange réunion. S'était-il mépris ? Avait-il réagi de façon excessive ? Mais chaque fois qu'il soulevait ces questions, il était de plus en plus convaincu : il était inquiet de ce qu'impliquaient ces allusions qu'il avait entendues dans la bouche du général de La Porte, et du danger effroyable qu'elles laissaient planer.

Il se répétait déjà les termes qu'il emploierait pour tenir le Premier ministre au courant de ses propres conclusions, quand Stebbins, le pilote, tapota contre la vitre fermée. Puis il lui ouvrit la portière.

Sir Arnold leva les yeux.

« Nous sommes prêts, George ?

— Sir ! » Le sergent-chef George Stebbins eut un vigoureux signe de tête, manière de répondre par l'affirmative.

— Un simple "oui" suffirait, George. Vous n'êtes plus sergent-major d'une compagnie de Grenadiers, vous savez. » Il descendit de voiture, attaché-case à la main.

« Non, sir. Merci, sir. »

Sir Arnold soupira et secoua la tête. On pouvait sortir un homme d'un régiment, mais on ne pouvait pour ainsi dire jamais sortir le régiment de la tête d'un homme.

« Pensez-vous, ex-sergent major Stebbins, qu'au terme de votre engagement vous serez capable d'oublier votre brigade de la garde royale, ne serait-ce qu'un peu ? »

Stebbins finit par sourire.

« J'crois que je pourrais essayer, sir. »

Sir Arnold eut un petit gloussement.

« Parfait, Stebbins. J'apprécie les réponses directes et les efforts sincères. Alors, voyons un peu si vous savez encore faire voler cet engin-là. Qu'en dites-vous ? »

Ils passèrent dans le vestiaire de la base, enfilèrent leurs combinaisons pressurisées et leurs casques pour le vol à haute altitude et, vingt minutes plus tard, Stebbins, installé dans le siège du pilote, faisait rouler son jet effilé sur le terrain plongé dans le noir, en direction de la piste d'envol. Sir Arnold, qui avait pris place dans le siège du navigateur, juste derrière Stebbins, ne cessait de se répéter les nouvelles atterrantes qu'il devait transmettre au Premier ministre, et certainement aussi au ministre de la Défense, et probablement à ce vieux Colin Campbell, l'actuel chef d'état-major.

Le supersonique décolla et ne tarda pas à laisser Gibraltar, la pointe extrême sud de l'Europe, derrière lui. Il filait dans le ciel comme une flèche, loin au-dessus des nuages. La voûte étoilée, spectaculaire sur fond de ciel de velours noir, laissait toujours sir Arnold le souffle coupé, car il croyait en Dieu. Assurément, aucune autre force n'avait pu créer pareille beauté. Il songeait alternativement à cette idée et à ses inquiétudes concernant les projets du général de La Porte quand, très haut dans le ciel, hors de portée de toute oreille humaine sur la terre, l'appareil explosa dans un énorme tonnerre de flammes. Vue d'en bas, cette boule de feu ressemblait à une simple étoile filante.

Madrid, Espagne

Madrid dégageait une énergie éclatante qui lui était propre, et ses habitants s'en délectaient autant que ses visiteurs, en particulier la nuit. La pulsation de la musique et l'esprit de la fête imprégnaient l'atmosphère. Dans cette ville où les taxis étaient lancés à toute allure, où l'on savait se livrer au plaisir sans retenue, les Madrilènes restaient des gens tolérants, réputés pour aimer afficher leurs penchants anarchistes, dans leur quête d'un moment de folie, au milieu des rues pavées et des belles fontaines, sous de grands arbres centenaires.

Peter laissa le véhicule tout-terrain emprunté à un ami de confiance dans le garage de son propriétaire, puis conduisit Jon et Randi vers le métro. Leurs quelques bagages à la main, ils restaient aux aguets, tâchant de maîtriser un flux d'émotions contradictoires, mélange d'un sentiment d'urgence et d'une sorte d'épuisement mental, même si Randi et Jon s'étaient tous deux offert de bonnes siestes sur la route, pendant que Peter, aussi loyal que britannique, qui avait déjà dormi deux fois plus qu'eux, les conduisait jusqu'à Madrid.

C'est non sans soulagement qu'ils débarquèrent à la station de métro San Bernardino et pénétrèrent dans Malasaña, connu des Madrilènes sous le nom de Barrio de Maravillas, ou Quartier des Miracles. Là, dans ce quartier bohème et coloré, débordant de vie nocturne, ils passèrent devant des bars, des restaurants et des clubs, quelquefois un peu défraîchis, mais toujours charmants. En fait, ce n'était pas seulement un paradis pour les artistes et les écrivains, mais aussi pour les yuppies expatriés qui trimbalaient leurs rêves et leurs élucubrations un peu partout dans le monde. Partout où Jon, Randi et Peter mettaient les pieds, des flots de musique, jouée par des musiciens en chair et en os, se déversaient dans la rue.

Le repaire du MI6 se trouvait Calle Dominguin, non loin de la Plaza del Dos de Mayo, épicentre de tous ces lieux très animés. C'était un immeuble de six étages, en pierre de taille, situé dans un alignement d'immeubles identiques, également en pierre de taille, mitoyens ou non, avec des volets en bois peint, des portes-fenêtres également munies de stores, qui ouvraient sur des balcons traditionnels à rambarde en fer forgé, et des boutiques et des restaurants au rez-de-chaussée. Des effluves d'alcool et de fumée de cigarettes flottaient dans la rue quand Jon, Randi et Peter arrivèrent à la bonne adresse. Dans les vitrines sombres de la boutique du premier étage, on apercevait des placards publicitaires pour des *Langostinos a la Plancha* et des *Gambas al Ajillo*.

Ils s'arrêtèrent devant une porte ordinaire, et Jon et Randi veillèrent au grain pendant que Peter ouvrait la serrure. Après un dernier coup d'œil circulaire, ils se glissèrent à l'intérieur et s'engagèrent dans l'escalier.

Le mobilier confortable de l'endroit avait certes connu des jours meilleurs, mais enfin, le but d'un refuge, ce n'était pas qu'il se transforme en appartement témoin de décorateur. Ils choisirent leurs chambres respectives, se changèrent pour enfiler des pantalons et des tee-shirts plus décontractés, et se retrouvèrent au deuxième étage, dans le salon.

« Je ferais mieux de prendre contact avec le renseignement militaire », annonça Jon. Il appela Fred Klein en se servant de son téléphone portable. En attendant que les codes et les chiffrages électroniques soient lus et contrôlés, il y eut la série habituelle de déclics, de silences et de bourdonnements.

Enfin, la voix de Fred Klein prononça simplement quelques mots.

« Ne dites rien. Raccrochez. Tout de suite. »

La ligne fut coupée, et Jon éteignit promptement son portable.

« Nom de Dieu », marmonna-t-il, sidéré, décontenancé. Encore des ennuis. Il leur répéta ce que son contact de « l'armée » venait de lui dire.

« Ce sera peut-être différent avec Langley », suggéra Randi, et elle composa son propre numéro sur son portable. Le téléphone sonna longtemps, très loin, quelque part en Virginie, puis elle grimaça et haussa les épaules. « Toujours rien », fit-elle à Jon et Peter.

Enfin, il y eut une série de brefs déclics secs.

« Russell ? »

— Vous vous attendiez à qui ? Raccrochez. »

Randi éteignit son portable.

« Mais enfin, qu'est-ce qui a pu se produire ?

— Apparemment, quelqu'un a compromis le bon fonctionnement de vos systèmes de sécurité liés à la communication et au renseignement électroniques, en conclut Peter. Problème qui pourrait également affecter ceux du SIS à Londres, y compris le MI5 et le MI6. »

Randi eut du mal à avaler sa salive.

« Seigneur Dieu. Au moins, ils n'auront rien appris par notre faute.

— Ah, rectifia Peter, mais j'ai bien peur que si.

— Oui, acquiesça Jon, qui venait de comprendre. Maintenant, il se pourrait très bien qu'ils nous aient localisés, toi et moi, Randi. A supposer que cela les intéresse, qu'ils sachent qui sont les gens qu'ils pistent, et qu'ils disposent d'un ordinateur piloté par ADN en état de marche.

— Cela fait beaucoup de "si", Jon. Tu disais que l'appareil n'était pas à la ferme et, la dernière fois que nous avons vu Mauritania et sa troupe, ils décollaient à bord de trois hélicoptères.

— Tout à fait exact, admit Peter. Mais je doute que le prototype soit jamais très loin de Mauritania, ce qui m'amène à penser qu'ils disposaient d'un deuxième refuge, à proximité de là, et qu'ils se sont servis de cette ferme pour recevoir et payer Elizondo et ses Basques, et accessoirement pour enfermer les Chambord. Et c'est pour ça que je ne vais pas appeler Londres. C'est foutrement trop près de Madrid. A mon avis, pour le moment, il faut considérer que tous nos réseaux électroniques sont en état de siège. Ce qui signifie qu'ils peuvent tout à fait vous localiser, vous deux. Ils ne sont pas nécessairement au courant de ma présence, mais si je réveille mon portable pour contacter le MI6, il y a de fortes chances qu'ils nous repèrent plus vite qu'un lièvre dans les collines, moi d'abord, et le MI6 ensuite.

— Il serait quand même ridicule de devoir s'embarquer à bord d'un avion et rentrer au pays pour leur faire notre rapport de vive voix, s'emporta Randi. Mais il est vrai qu'il fut un temps où l'on fonctionnait de la sorte, avec des estafettes chargées de remettre et de recevoir des instructions écrites. Seigneur Dieu, en matière de renseignement, nous pourrions vite régresser vers le Haut Moyen Age.

— Ce qui tend à démontrer à quel point nous sommes devenus dépendants de ces communications électroniques par ailleurs si commodes, remarqua Peter. Enfin, il n'en reste pas moins que nous devons trouver le moyen de contacter nos supérieurs au sujet du Croissant Armé, de Mauritania, de cet appareil ADN et des Chambord. Il faut les informer.

— Juste. » Jon rangea son téléphone portable dans sa poche, un geste définitif. « Mais tant que ce ne sera pas possible, nous allons devoir opérer seuls. D'après moi, Mauritania en personne constitue notre meilleur espoir de remonter cette piste. A quel endroit il aime opérer, se cacher. Quelles sont ses manies au plan mental. » Dans le renseignement, les manies, les schémas, les habitudes étaient souvent les points faibles d'un individu en fuite, révélant aux yeux des analystes expérimentés bien plus de choses qu'on ne saurait l'imaginer. « Et puis ensuite, il y a cet insaisissable capitaine Darius Bonnard, l'aide de camp du général de La Porte, qui a accès à la fois à des niveaux de décisions sacrément élevés et à de sacrées couvertures. C'est lui, naturellement, qui a pu passer ce coup de fil depuis l'intérieur de l'OTAN. »

Le visage tanné de Peter se creusa de rides profondes.

« Tout à fait exact. Et Randi a probablement raison. Il serait plus sage d'en revenir aux bons vieux moyens de communication d'autrefois. Londres, c'est beaucoup plus près que Washington, suggéra-t-il. En cas de besoin, je peux toujours me rapatrier là-bas pour me présenter au rapport.

— Nos ambassades à Madrid disposent de filières de communication totalement codées, précisa Randi. Mais vu ce qui s'est produit lors de la dernière attaque, lorsque tous les codes ont été percés, les communications d'ambassades sont probablement compromises elles aussi.

— Exact. Tout ce qui est électronique est hors d'usage », renchérit Peter.

Jon faisait les cent pas devant une cheminée en pierre où l'on n'avait apparemment plus allumé le moindre feu depuis des années.

« Ils ne perturbent peut-être pas tout, et pas partout », nuança-t-il, plus circonspect.

Peter le dévisagea intensément.

« Tu as une idée, Jon.

— Y a-t-il un vrai téléphone fixe dans cette maison ? Sans rien d'électronique.

— Au troisième étage, dans le bureau. Et qui est peut-être en état de marche. »

Randi leur lança à chacun un regard furibond.

« Cela vous ennuierait de m'éclairer, vous deux ? »

Jon était déjà à mi-escalier quand Peter s'expliqua.

« De bons câbles téléphoniques bien ordinaires. Un appel direct. Par fibre optique. Tu connais ?

— Bien sûr que je connais. » Elle suivit Jon, et Peter était juste derrière elle. « Même si le Croissant Armé disposait de la technologie ou du temps nécessaires pour se brancher sur un quelconque câble, ils auraient quand même toutes les peines du monde à trier le contenu de leurs filets. Un jour, un technicien m'a expliqué que les lignes de fibre optique transmettaient tellement de données que se brancher dessus reviendrait à se faire asperger par un gros tuyau d'incendie sous pression. »

On lui avait indiqué qu'un câble aussi fin que son poignet pouvait transporter l'équivalent de quarante mille conversations téléphoniques simultanées, un chiffre proprement astronomique, comparable à la totalité du trafic vocal géré par satellites au temps de la Guerre Froide. La fibre optique transformait les coups de téléphone, les fax, les messages e-mails et les fichiers de données en rayons lumineux qui transitaient par un simple fil de verre aussi fin qu'un cheveu humain. La plupart des câbles sous-marins contenaient huit fils, ou fibres, de cette capacité. Mais en extraire des données supposait d'avoir accès à ces rayons de lumière infimes et instantanés, tout au fond de l'océan, à des profondeurs soumises à de très fortes pressions – une tâche dangereuse, et presque impossible.

Peter ponctua en grommelant son assentiment.

« Même s'ils avaient le temps et la technologie nécessaires pour poser une bretelle sur un câble, perdraient-ils leur temps à écouter l'équivalent d'un million de conversations téléphoniques à longue distance, où l'on discute aussi bien des oignons qui font souffrir Tante Sarah et des petits verres de gin que s'accorde la Reine Mère ? J'en doute.

— Exact », acquiesça Randi.

Dès que le trio eut rejoint la pièce de travail, réduite à sa plus simple expression, Jon tapa le numéro inscrit au recto de sa carte de visite sur le clavier du téléphone posé sur le bureau. Puis il composa le numéro qu'il désirait à Washington. Tout en attendant que la ligne sonne, il écarta la chaise du bureau et s'assit. Peter s'appuya sur un bureau voisin, et Randi s'affala dans un vieux fauteuil à bascule capitonné.

Ce fut une voix féminine, et très vive, qui lui répondit.

« Bureau du colonel Hakkim.

— Debbie, c'est Jon. J'ai besoin de parler à Newton. C'est urgent.

— Ne quittez pas. »

Il y eut le vide étrange de l'attente, auquel succéda la voix d'un homme soucieux.

« Jon. Que se passe-t-il ?

— Je suis à Madrid, et j'ai besoin d'un service. Pourrais-tu m'envoyer quelqu'un au bâtiment E de la Division des Domaines, bureau 2E377, et demander à la femme qui se trouve là-bas de prier son patron d'appeler Zapata, à ce numéro ? Il lui lut le numéro de la ligne sécurisée de la maison. Assure-toi que la personne que tu enverras emploie bien ce nom : Zapata. Tu peux faire ça pour moi ?

— Puis-je savoir de quoi il retourne ou qui est la personne qui occupe réellement ce bureau ?

— Non.

— Alors j'irai moi-même.

— Merci, Newton. »

La voix de Newton était froide et calme, mais Jon y perçut aussi l'inquiétude.

« A ton retour, il faudra que tu me racontes toute l'histoire.

— Compte là-dessus. »

Jon raccrocha et consulta sa montre.

« Cela devrait lui prendre environ dix minutes. Le bâtiment E est assez loin de son bureau. Ajoutons deux minutes supplémentaires pour les impondérables. Douze minutes au maximum.

— La Division des Domaines ? Une couverture pour le renseignement militaire, sans aucun doute ?

— En effet », confirma Jon d'un ton évasif.

Peter posa un index sur ses lèvres et, à pas comptés, s'approcha de la fenêtre côté rue, aux volets rabattus, celle qui se trouvait juste à côté de la porte-fenêtre, elle aussi aux stores rabattus, et qui donnait sur le balcon. Il entrouvrit les battants, à peine, et regarda en bas dans la rue. Il resta là sans bouger, avec le flot cadencé des rumeurs nocturnes de la ville, en contrebas – le grondement sourd de la circulation sur Gran Via, des voix échappées de derrière une fenêtre, interpellant quelqu'un dans la rue, le claquement d'une portière de voiture, la sérénade d'un ivrogne, les accords liquides d'une guitare.

Peter s'éloigna de cette fenêtre et se laissa tomber dans le sofa, soulagé.

« Fausse alerte... je pense.

— Qu'est-ce qui ne va pas ? demanda Randi.

— J'ai cru entendre un bruit bizarre en provenance de la rue. C'est quelque chose sur quoi j'ai déjà eu l'occasion de tomber, et que j'ai appris assez vite à repérer.

— Je n'ai rien entendu d'inhabituel, objecta Jon.

— Ce n'est pas ton rôle, mon garçon. C'est un bruit de souffle, avec un minuscule sifflement au milieu. Ça paraît lointain, l'appel discret d'un engoulevent, et qui s'estompe, tout simplement. En réalité, c'est un sifflement étouffé que personne n'entend vraiment. Cela ressemble à un bruit qui survient au hasard... le vent, un animal qui s'endort, la terre elle-même qui grince, comme si elle était tout entière posée au creux d'un nid de brindilles. Ce bruit, je l'ai capté plus d'une fois dans le nord de l'Iran, à la frontière des anciennes républiques d'Asie centrale de l'ex-Union soviétique et, dans les années 80, je l'ai retrouvé en Afghanistan, aux temps de cette mêlée barbare de la guerre contre les Soviétiques. C'est un signal qu'utilisent les tribus musulmanes d'Asie centrale. Assez voisin des signaux nocturnes qu'employaient vos Iroquois et vos Apaches.

— Ce serait le Croissant Armé ? s'enquit Jon.

— Possible. Mais l'appel n'a pas reçu de réponse. Comme je ne l'ai pas entendu une deuxième fois, je me suis probablement trompé.

— Combien de fois t'es-tu trompé sur un détail de ce genre, Peter ? »

La sonnerie du téléphone les fit sursauter. Jon attrapa le combiné.

« Nous avons rétabli toutes les communications, lui annonça la voix de Fred Klein, mais les spécialistes de la guerre informatique nous ont avertis : tous les codes de cryptage électronique ont pu être percés, donc personne n'utilise plus de moyens de communication électroniques, jusqu'à nouvel ordre. Rien qui se transmette par voie hertzienne non plus, car il leur serait trop facile d'intercepter les données. Pendant ce temps, nos spécialistes nous modifient tous les codes et mettent au point des mesures d'urgence afin de mieux les protéger. Nous leur avons signalé qu'il y avait de l'ordinateur ADN là-dessous, et qu'ils n'avaient pas droit à l'erreur. Pourquoi Madrid ? Qu'avez-vous découvert à Tolède ? »

Sans préambule, Jon fit son rapport.

« La Flamme Noire est un groupe mercenaire, une façade. Le Croissant Armé semble être la vraie force à l'œuvre derrière toute cette histoire. Et Emile Chambord est en vie. Malheureusement, le Croissant Armé les détient tous les deux, sa fille et lui, ainsi que l'ordinateur ADN. »

Klein garda le silence, stupéfait.

« Vous avez vu Chambord, vraiment ? Et pour l'ordinateur, comment êtes-vous au courant ?

— Je les ai vus et je leur ai parlé à tous les deux, Chambord et sa fille. L'ordinateur n'était pas sur les lieux.

— Chambord est en vie, cela explique pourquoi ils ont su faire fonctionner l'appareil aussi vite. Surtout s'ils détiennent la fille, elle aussi. Ils vont se servir d'elle pour avoir une emprise sur lui.

— Ouais », opina Jon.

Il y eut un autre silence.

« Vous auriez dû tuer Chambord, colonel.

— L'ordinateur ADN n'était pas sur place, Fred. J'ai essayé de les sauver, de les sortir de là vivants, pour qu'il puisse nous en construire un qui nous permette de répliquer. Que savons-nous des informations qu'ils ont pu obliger Chambord à leur révéler ? Ils en savent peut-être suffisamment pour qu'un autre scientifique reproduise son travail.

— Et si on ne vous accordait pas de seconde chance, Jon ? Et si vous ne les retrouviez pas à temps, sa machine et lui ?

— Nous y arriverons.

— C'est ce que je vais dire au Président. Mais nous savons tous deux qu'il n'y a pas de miracles, et la prochaine fois, ce sera pire. »

Ce fut au tour de Jon d'observer un silence.

« Je me suis fié à mon propre jugement. C'est pour ça que vous me payez. Si j'estime être incapable de sortir Chambord de là, ou si je ne peux pas détruire l'ordinateur, alors je tuerai Chambord. Cela vous satisfait ? »

La voix de Klein était aussi lisse et dure que du béton armé.

« Puis-je compter sur vous, colonel ? Ou dois-je envoyer quelqu'un d'autre ?

— Il n'y a personne d'autre qui en sache autant que moi. C'était déjà le cas au début de la partie, et c'est encore plus vrai au stade où nous en sommes. »

Si le téléphone avait été un visiophone, ils se seraient dévisagés, jaugés du regard. Finalement, il y eut un souffle léger, un soupir, tout là-bas, dans ce bureau du Pentagone.

« Parlez-moi de ce Croissant Armé. Jamais entendu parler d'eux.

— C'est parce qu'ils sont tout nouveaux et qu'ils sont restés dans l'ombre, lui expliqua Jon, se bornant à lui répéter les propos de Randi. Ce sont des islamistes de toute obédience, apparemment rassemblés pour cette opération bien spécifique par un dénommé Mauritania. Il...

— Je sais qui il est, Jon. Je ne le connais que trop bien. Moitié arabe, moitié berbère, rendu enragé par le destin de son malheureux pays et de son peuple qui meurt de faim, une fureur qui s'ajoute à sa colère chronique de musulman tiers-mondiste hostile à la mondialisation économique.

— Qui, à dire vrai, mobilise ces terroristes davantage encore que leur religion.

— Ouais, approuva Klein. Quelle est votre prochaine étape ?

— Je suis maintenant en compagnie de Randi Russell et Peter Howell. » Il informa Klein de l'épisode à la ferme du Croissant Armé.

Il y eut un autre moment d'hésitation et de surprise.

« Howell et Russell ? La CIA et le MI6 ? Que leur avez-vous dit ?

— Ils sont là, devant moi, fit Jon, lui signifiant par là qu'il ne pouvait en dire davantage.

— Vous ne leur avez rien révélé au sujet du Réseau Bouclier ? lança Klein.

— Bien sûr que non. » Jon s'interdit la moindre pointe d'irritation dans la voix.

« Très bien. Opérez ensemble, mais gardez secret ce qui doit l'être. Compris ? »

Jon décida de ne pas réagir à cette admonestation.

« Nous avons besoin de tout ce que vous pourrez dénicher sur l'histoire personnelle de Mauritania, jusque dans les moindres détails. Tous les schémas de comportement qu'on peut lui connaître. Où est-ce qu'il est le plus susceptible de se terrer. A quel endroit nous devrions aller le débusquer. »

Klein se reprit.

« Je peux déjà vous affirmer une chose. Il aura choisi un repaire sûr où se cacher, et il aura isolé une cible soigneusement choisie. Un choix qui ne va pas nous plaire du tout.

— Combien de temps les communications électroniques resteront-elles compromises ?

— Aucun moyen de le savoir. Il se peut que cela dure jusqu'à ce que nous retrouvions cet ordinateur. Entre-temps, nous allons en revenir aux coursiers et aux largages, aux codes verbaux et manuels, et à une ligne de téléphone de surface, dédiée, qui transitera par les câbles téléphoniques en fibre optique du réseau diplomatique, où nous pourrons surveiller la moindre tentative d'intrusion, prêts à y remédier en l'espace de quelques secondes. Nous avons mené beaucoup d'opérations de renseignement en recourant à ces méthodes, autrefois, et nous pouvons y revenir. Sur ce terrain, l'ordinateur ADN ne les aidera en rien. C'était très bien vu de me faire contacter par le colonel Hakkim. Voici le nouveau numéro de téléphone sécurisé qu'ils vont mettre en place dès que possible, afin que vous puissiez m'appeler en direct, la prochaine fois. »

Klein lui transmit le numéro, et Jon le mémorisa.

« Et le général Henze, reprit le chef du Réseau Bouclier, et cet agent de service qui a tenté de tuer Zellerbach ?

— Fausse alerte. Il se trouve que cet "agent de service", c'était Peter qui gardait Marty pour le compte du MI6. Il a filé en courant parce qu'il ne pouvait pas gâcher toute l'opération. Il s'est rendu à la pension de Henze pour s'entretenir avec le sergent-chef du général, mais pas avec le général lui-même. »

Jon expliqua ce que Peter avait souhaité obtenir auprès du sergent Matthias.

« Un coup de téléphone depuis le quartier général de l'OTAN ? Nom de Dieu, pour moi, ça sent mauvais. Comment savoir si Howell ne ment pas ?

— Je le sais, rétorqua Smith d'un ton cassant, et il y a beaucoup de monde, au sein de l'OTAN. Je m'interroge déjà sur un officier, le capitaine Bonnard. La Flamme Noire m'attendait à Tolède, donc soit j'ai été suivi, soit on les a renseignés. Bonnard est l'aide de camp du général français, Roland de La Porte, qui est le...

— Je sais qui il est. Le commandant suprême en second.

— Exact. Bonnard est celui qui a remis à La Porte les données sur les empreintes digitales et les analyses de l'ADN du dossier de Chambord, tendant à prouver que le professeur était mort. Il a aussi remis à La Porte le dossier concernant la Flamme Noire et Tolède. La position qu'il occupe vis-à-vis du général est idéale. Exactement l'endroit où quelqu'un irait placer un espion, s'il le pouvait. Cet agent aurait accès à tout ce qu'il pourrait souhaiter à l'intérieur de l'OTAN, en France, et dans presque toute l'Europe. Et en s'abritant derrière le nom du général.

— Je vais voir ce que je peux dénicher sur Bonnard et le sergent Matthias. Dans l'intervalle, vous feriez mieux de retourner voir Henze. Sur le continent européen, c'est l'OTAN qui possède les données les plus complètes concernant les groupes terroristes en activité et leurs alliances. Tout ce que je vais pouvoir vous trouver là-dessus, je le transmets à Henze.

— C'est tout ? s'enquit Jon.

— C'est tout... non, attendez ! A cause de Chambord et du Croissant Armé, j'allais presque oublier. Je viens juste de recevoir un coup de fil de Paris, m'informant que Marty Zellerbach s'est mis à parler, il y a une heure. Subitement. Des phrases entières. Ensuite il s'est rendormi. Pas grand-chose, et il n'est pas encore tout à fait cohérent. A cause du syndrome d'Asperger, j'imagine. Mais en vous rendant à Bruxelles, arrêtez-vous à Paris. »

Smith sentit monter en lui une bouffée d'excitation.

« Je serai là-bas dans deux heures ou même moins. » Il raccrocha et se retourna, riant presque de soulagement. « Marty est sorti du coma !

— Jon, c'est merveilleux ! » Randi se pendit à son cou, dans une joyeuse étreinte.

Il la serra contre lui et la souleva du sol.

Dans son sofa, Peter pencha la tête, écoutant attentivement... Et il se leva d'un bond.

« Silence ! » Il regagna la fenêtre en courant et se pencha, écoutant attentivement. Son corps mince et musclé était tendu comme un ressort.

« Tu as encore entendu ce bruit ? » chuchota Randi d'une voix nerveuse.

Il hocha sèchement la tête et répondit en chuchotant à son tour.

« Le même sifflement sur le souffle, porté par le vent dans la nuit. C'était par là. Cette fois, j'en suis certain. Un signal. On ferait mieux de... »

Au-dessus d'eux, il y eut un discret cliquettement du métal heurtant la pierre. Jon s'approcha à pas feutrés de la cage d'escalier et plaqua l'oreille contre le mur, pour en capter les vibrations.

« Il y a quelqu'un sur le toit », les prévint-il.

Et aussitôt ils entendirent, tous les trois cette fois : un bruit étrange, comme un sifflement sur le souffle, en effet, comme un dormeur qui respirerait les dents serrées, le sommeil agité. Ou émanant, pourquoi pas, d'un oiseau de nuit dans le lointain. Pas juste au-dessous d'eux, mais juste au-dessus. Ils étaient cernés.

CHAPITRE DIX-HUIT

L E bruit violent d'une porte qu'on force et qui vole en éclats signala le début de l'assaut.

Randi leva la tête d'un coup.

« L'escalier ! »

Son arme braquée devant elle, elle se rua hors du bureau. Quand elle passa devant Jon, ses cheveux blonds s'illuminèrent d'un éclair de lumière blanche.

Le visage buriné de Peter avait la mine lugubre quand, tout en éteignant les lampes au vol, il fila en direction des volets qui masquaient la porte-fenêtre du balcon.

« Vérifiez les fenêtres côté cour. »

Dans l'obscurité plus dense, Jon traversa précipitamment la chambre située derrière le bureau pour gagner le côté cour, pendant que, dans la cage d'escalier, Randi scrutait les étages en contrebas et ouvrait le feu avec son H&K MP5K, par rafales prudentes de trois balles. Il y eut un cri, là, en bas, suivi d'un bruit de pas et de deux coups de feu tirés à l'aveuglette. Elle cessa le feu.

Dans cette absence soudaine de bruit, Jon contrôla les fenêtres. Au pied de leur refuge, le patio, sur l'arrière, semblait uniquement occupé par des bancs et des plantes baignés par le clair de lune et les ombres. Il scruta le périmètre, en quête du moindre mouvement, mais ensuite il entendit un bruit de pas assourdis, juste derrière lui.

Alors qu'il faisait demi-tour pour investiguer, il y eut un halètement étouffé. Jon s'arrêta juste sur le seuil de la porte. Peter était tapi sur la silhouette d'un homme étendu à terre, en vêtements de tous les jours, une tenue intégralement noire, les mains protégées par d'épais gants, et un de ces couvre-chefs plats comme en portent les moudjahidine afghans. Sa tête et son visage étaient complètement dissimulés par une cagoule.

« Pas mécontent de voir que tu n'as pas perdu la main. » Jon dépassa Peter pour aller vérifier le balcon. Il était désert, mis à part la corde en

Nylon qui se balançait du haut du toit. Pas particulièrement malin, mais ça lui avait permis d'entrer.

Peter essuya le sang de son vieux stylet Fairbairn-Sykes sur le pantalon de l'agresseur.

« Le gaillard se croyait tranquille comme un muscardin. » Il lui retira sa cagoule, révélant une peau brunie, desséchée par le soleil, une barbe taillée court, et une expression indignée. « J'ai un plan. Si je ne me trompe pas sur le leur, ça devrait nous laisser une chance.

— Et si tu te trompes ? »

Il y eut une autre rafale en provenance de Randi, dans l'escalier, suivie par un autre cri de douleur. Puis un silence surnaturel s'abattit à nouveau sur leur repaire.

Peter haussa les épaules.

« Alors c'est probablement qu'on est cuits, comme dit l'oie au jars. »

Jon se pencha dans la pénombre, à côté de lui.

« Dis-moi ce que tu as en tête.

— On est coincés, d'accord. Mais eux, ils sont dans le pétrin, parce que nous avons montré les crocs, et le bruit de la fusillade va rameuter la police. Ils le savent. Ils doivent achever leur coup de main en vitesse. Toute action menée par la force conduit à l'imprudence et aux erreurs. Ils ont attaqué à découvert, depuis la rue, ce qui, à mon avis, était destiné à couvrir la descente du toit de notre défunt ami, ici présent... » D'un geste, il désigna le corps, à ses pieds. « ... pour qu'il tienne le balcon, pendant que les autres seraient à leur tour descendus par le toit pour nous prendre en tenaille, entre eux et l'équipe d'assaut d'en bas.

— Alors pourquoi ne les entendons-nous pas donner l'assaut dans l'escalier, depuis là-haut ? Qu'est-ce qu'ils attendent ?

— Je soupçonne qu'ils attendent un signal de leur éclaireur, ce pauvre diable, là, par terre. Une faille dans leur plan, et maintenant nous allons pouvoir tirer avantage de cette faille. » Peter enfila la cagoule du mort et son bonnet afghan. Il sortit sur le balcon.

Quelques secondes plus tard, Jon entendit à nouveau le signal, le sifflement nocturne et feutré. Cette fois, il émanait de Peter. Peu de temps après, une porte grinça à l'étage supérieur. Une vieille porte, gauchie et abîmée par les intempéries, car elle ouvrait directement sur le toit, comme c'est le cas pour bien des immeubles madrilènes.

Peter recula, rentra dans l'appartement.

« Ça devrait suffire. »

Jon courut dans la pièce qu'il avait choisie pour chambre, braqua son Sig Sauer sur son ordinateur portable et tira. Il allait prendre la fuite, et l'ordinateur aurait pu l'encombrer. Il retourna en vitesse sur le palier.

« Balance-moi une rafale, et entre là-dedans. »

Randi lâcha une salve, puis une deuxième et, rapide comme l'éclair, fit irruption dans le bureau et rejoignit Jon sur le balcon. Peter grimpait déjà à la corde, tandis que Jon la stabilisait des deux mains, en l'arrimant du pied.

Randi jeta prudemment un œil en bas. La rue était déserte, mais elle pouvait presque sentir les regards de tous ces gens, ces innocents terrorisés, cachés dans des encoignures de portes et derrière des fenêtres, sur le point de filer, mais également attirés, presque hypnotisés par cette violence et ce danger vécus par d'autres qu'eux. C'était l'obsession atavique de la chasse, l'ancienne volonté de survie qui persistait dans la cervelle de l'homme de Cro-Magnon, conservant encore toute son influence sur tant d'actions humaines.

Jon regarda en l'air et vit que Peter avait atteint le toit.

« A toi, murmura-t-il à l'oreille de Randi. Vas-y. »

Elle fit basculer sa mitraillette dans son dos, en bandoulière, et sauta sur la rambarde du balcon. Elle empoigna la corde que Jon continuait de stabiliser, et elle grimpa. Elle vit Peter pencher la tête au-dessus du parapet du toit. Il voulait s'assurer qu'elle suive en toute sécurité. Il la salua en se frappant légèrement la tempe du bout des doigts et disparut, les dents très blanches, plantées dans un sourire digne du chat de Cheshire dans *Alice au Pays des Merveilles*. Elle grimpa plus énergiquement, plus vite, inquiète parce que Jon, à l'endroit où il se trouvait, sur le balcon, était exposé, mais c'était ainsi et on n'y pouvait rien.

Jon qui, tout en tenant la corde, scrutait la nuit autour de lui, à l'affût du danger. Son Sig Sauer lui semblait très loin, alors qu'il était tout simplement glissé dans son holster. Il leva les yeux, remarquant la progression rapide de Randi. La poitrine serrée, il vit quelle cible facile elle offrait, si quelqu'un la repérait. Il pensait à cela quand il entendit des bruits de pas : ils fouillaient les pièces situées à l'étage juste au-dessus. Ils arriveraient à cet étage-ci d'un moment à l'autre. Et maintenant c'était au tour de la sirène ondoyante des voitures de police de retentir. Oui, elles venaient bien dans cette direction.

Non sans soulagement, il vit que Randi avait disparu sur le toit. Il sauta et grimpa à son tour, calant une main après l'autre aussi vite qu'il pouvait. Au contact du Nylon, ses doigts et ses paumes le brûlaient. Jusqu'à présent, il avait eu de la chance, mais maintenant il fallait qu'il atteigne ce toit avant que les terroristes ne découvrent leur camarade mort, et que la police n'arrive. Le plus important, juste après le fait de rester en vie, c'était de ne pas se laisser prendre par la police.

Des jurons proférés en arabe montèrent de l'intérieur de la maison, juste au-dessous de lui : ils venaient de découvrir le corps de leur camarade et l'ordinateur détruit. A cet instant, Jon parvenait à hauteur du toit. D'une dernière et puissante traction des deux bras, il se hissa par-dessus le parapet et se laissa retomber sur la légère déclivité de tuiles rouges, toujours en se retenant à la corde pour s'éviter de glisser en arrière. Il y eut une secousse, la corde coulissa, le tirant vers le faîte du toit. Il entrevit le crâne de Peter. Il bascula en avant la tête la première et partit en dégringolade. Randi l'empoigna par les épaules pour l'empêcher de plonger droit sur les dalles en contrebas. Il fit un roulé-boulé, se redressa sur ses deux pieds et jeta un coup d'œil circulaire. Ils se trouvaient sur un petit jardin en terrasse.

« Joli travail. » Peter trancha la corde et l'extrémité sectionnée fila par-dessus le parapet. Un cri de rage s'éleva d'en bas, suivi d'un hurlement désespéré et du bruit mat d'un corps qui s'écrase.

Sans un mot de plus, les trois agents bondirent, s'agrippèrent au sommet des tuiles, et se remirent debout. Posant un pied de part et d'autre de la ligne du toit, ils coururent, d'un pas prudent, en file indienne, Jon ouvrant la marche, enjambant le vide, esquivant les nids d'oiseaux, aussi vite que possible, mais surtout en évitant la glissade et la chute fatale, six étages plus bas. Ils étaient à cinq toits de distance de leur repaire, quand leurs poursuivants surgirent sur le jardin en terrasse, dans leur dos.

Une volée de balles les frôla en couinant, les projectiles ricochaient tout autour d'eux, et ils se laissèrent tomber à plat ventre sur l'autre versant du toit, en s'agrippant aux tuiles rugueuses qui en coiffaient le faîte, ne laissant que le bout des doigts exposés au tir de leurs poursuivants. Tout en bas, dans Calle Dominguin, les voitures de police arrivaient, moteurs hurlants. Il y eut des clameurs furibondes en espagnol et des bruits de pas lancés en pleine course.

« *¡Cuidado!*

— *¡Vamos a sondear el ambiente!* »

Tandis que les policiers se concertaient, Jon réfléchit à voix haute à la tactique de leurs agresseurs.

« Ils vont essayer de nous précéder en entrant par effraction dans le premier immeuble pour se frayer un chemin jusqu'ici et nous couper toute retraite. »

Randi ne commenta pas. On avait éteint les réverbères et les deux voitures de police étaient stationnées côte à côte au milieu de la rue, en pleins phares, portières grandes ouvertes.

« C'est la Policía municipal », remarqua-t-elle, alors que les policiers se précipitaient pour se mettre à couvert derrière leurs véhicules, pistolets pointés en tous sens, comme les piquants d'un hérisson, et l'un d'eux attrapa le micro de sa radio et hurla ses instructions.

« Il appelle probablement des unités de choc des Nacionales ou des unités antiterroristes de la Guardia civil en renfort. Quand ceux-là vont arriver, on aura intérêt à ne plus être dans les parages. On se retrouverait face à une trop grande puissance de feu, et ils auront trop de questions gênantes à nous poser.

— J'aurais tendance à être du même avis », renchérit Peter.

Randi tendit l'oreille.

« D'après ce qu'ils disent, ils auraient un témoin qui a vu les assaillants, et la police en a déduit que ce sont probablement des terroristes qui sont derrière tout ce remue-ménage.

— Voilà qui va nous soulager un peu. »

Jon vit une tête pointer au-dessus de la rambarde du balcon de leur repaire, à cinq immeubles de là. Le terroriste lâcha une rafale de son Uzi. Jon se hissa vivement, pour se caler les aisselles sur le faîte du toit, visa posément et répliqua. Il y eut un juron, le terroriste battit en retraite dans l'appartement, le bras ensanglanté.

« Ils vont essayer de nous fixer ici jusqu'à ce que leurs copains nous prennent à revers, prévint Jon.

— Alors nous ferions mieux d'avancer. » Les yeux clairs de Peter balayèrent le périmètre. « Vous voyez cet immeuble plus haut, tout au bout de la rangée ? Si nous parvenons à l'atteindre et à grimper sur le toit, il mène apparemment à ces autres immeubles là-bas. A partir de là, on pourra peut-être gagner la rue suivante, où il sera plus facile de les semer. »

Les têtes de deux terroristes apparurent au-dessus du muret qui bordait le jardin terrasse de leur repaire. Jon, Randi et Peter se laissèrent immédiatement retomber derrière le faîte du toit, et les terroristes lâchèrent un cinglant tir de barrage. Mais dès qu'il y eut une pause, le trio se redressa et, quand les terroristes baissèrent la tête, les trois agents en profitèrent pour se lever d'un bond et détaler en courant. Ils avaient presque atteint l'immeuble, leur but, quand une nouvelle grêle de balles et des hurlements en plusieurs langues éclatèrent derrière eux. Les projectiles vinrent frapper le mur du bâtiment et fracassèrent des vitres, suscitant des cris de terreur à l'intérieur des appartements.

« Ici, à l'intérieur ! » Jon plongea la tête la première par la fenêtre brisée d'un de ces logements. Deux femmes absolument terrorisées, en chemise de nuit, étaient assises dans leur lit, droites comme des I, les draps remontés jusqu'au menton, les yeux écarquillés de frayeur.

Randi et Peter plongèrent à sa suite, et Howell, après une roulade, une fois fermement rétabli sur ses deux pieds, s'inclina et adressa aux deux femmes apeurées quelques mots d'excuse dans un castillan impeccable.

« *Lo siento* . » Aussitôt après, il se précipita à la suite de Randi et Jon, traversa l'appartement et déboucha sur un vaste couloir. L'un de ses deux compagnons laissait derrière lui un sillage de gouttes de sang.

Ils dépassèrent l'ascenseur et montèrent les cinq étages au pas de course, sans s'arrêter pour examiner leurs blessures, jusqu'à ce qu'ils soient arrivés devant une sortie de secours qui donnait sur un vaste toit plat.

« Qui est blessé ? demanda Jon, essoufflé. Randi ?

— Apparemment, on est tous blessés. Surtout toi. » Elle pointa le doigt vers lui.

De longs sillons sanglants dégoulinaient de l'épaule et du bras gauches de Jon, sous sa chemise déchirée. Il avait une estafilade moins profonde à la joue gauche, là où la peau avait effleuré les débris de verre en dents-de-scie, quand il avait plongé par la fenêtre la tête la première.

Randi et Peter s'étaient fait des entailles plus superficielles, quelques bleus, auxquels s'ajoutaient deux zébrures sanglantes, conséquences de la dernière rafale.

Jon arracha la manche gauche de sa chemise et Randi s'en servit pour lui bander les entailles plus profondes qu'il avait au bras. Pendant ce temps-là, Peter surveillait la rue, tout en bas, au croisement de Calle Dominguin.

Tout en terminant son bandage, Randi inspecta le grand toit derrière eux.

« De là où nous sommes, nous pourrions repousser un assaut, mais ça ne servirait à rien. Cela ne ferait qu'aggraver notre situation, surtout si des renforts de police débarquent. »

Peter intervint à son tour, depuis le parapet, toujours en regardant en bas.

« Tout cela promet d'être plutôt risqué. Ça va se jouer à quitte ou double. On dirait que les bougres sont en train de contourner le pâté de maisons pour aller se placer au-devant de nous, et ils sont apparemment assez nombreux pour couvrir toutes les issues. »

Randi pencha la tête, tendant l'oreille.

« On ferait bien de passer à l'action sans trop tarder. Ils sont à nos trousses. »

Elle acheva de bander les blessures de Jon, et Peter s'éloigna du parapet en courant pour les rejoindre. Randi tira sur la porte du toit. Trois terroristes masqués, armés d'un Uzi, d'un AK-74 et de ce qui ressemblait à un vieux pistolet Luger étaient arrivés à la moitié de l'escalier. Le premier du groupe était un solide gaillard à la barbe sombre, si longue qu'elle dépassait sous sa cagoule noire.

Sans la moindre hésitation, Randi lâcha une brève rafale de son MP5K, qui envoya culbuter le bonhomme sur ses deux acolytes derrière lui. L'un d'eux, en jean large et tee-shirt aussi noir que sa cagoule, bondit par-dessus le corps affalé de son camarade et riposta d'une rafale tout en montant les marches. Randi le faucha net, lui aussi, tandis que le troisième trébuchait en s'enfuyant comme un dératé.

Peter se rua en avant.

« Sur le toit suivant ! »

Ils traversèrent le bâtiment en sprintant, sautèrent le vide étroit qui les séparait de l'immeuble suivant, et continuèrent de courir. Une série de coups de feu retentit loin derrière eux, tirés par le troisième terroriste, qui avait eu le courage de sortir sur le toit et qui tirait au jugé avec son vieux Luger, sans trop de chances de les toucher, à cette distance, même s'ils étaient restés immobiles.

« Nom de Dieu ! » Randi s'arrêta en dérapant, regardant droit devant elle.

A trois toitures de là, sur un bâtiment de la rue parallèle à la Calle Dominguin, quatre individus émergèrent. Leurs silhouettes, fusils calés au creux du bras, se détachaient sur le ciel étoilé.

« Ecoutez ! », s'exclama Randi.

Derrière eux, dans la Calle Dominguin, des véhicules lourds arrivaient. Il y eut ensuite le bruit des bottes martelant l'asphalte et des
officiers hurlant des ordres en espagnol. Les unités antiterroristes étaient
sur le site. Quelques secondes plus tard, il y eut ce sifflement feutré, qui
parut jaillir de nulle part et rester en suspens dans l'air nocturne. Avant
que le signal se soit estompé, les quatre silhouettes sur le toit, plus loin,
pivotèrent, regagnèrent en courant la porte d'accès à l'escalier et disparurent.

Peter regarda derrière lui. Le terroriste au Luger avait battu en retraite, lui aussi.

« Les voyous dégagent, constata-t-il, soulagé. Maintenant, il ne nous
reste plus qu'à éviter la police. Ce qui, j'en ai peur, ne va pas être commode, surtout si ce sont vraiment les unités antiterroristes de la Guardia
civil.

— On se sépare, décida Jon. Il ne serait pas mauvais de changer de
vêtements. »

Peter lança un coup d'œil à Randi.

« Surtout en ce qui concerne les collants noirs de la dame et le reste. »

Randi lui décocha un regard glacial.

« La dame s'en sortira très bien toute seule, merci. Mettons-nous
d'accord sur la prochaine étape. Pour ma part, ce sera Paris, Marty, et
mon chef de station de la CIA.

— Je vais à Paris aussi, dit Peter.

— Et toi, Jon, où vas-tu ? demanda innocemment Randi. Faire ton
rapport à tes patrons du renseignement militaire ? »

Jon entendait encore la voix de Klein : *Ne leur dites rien.*

« Disons simplement que je vous retrouve à Bruxelles, leur proposa-
t-il, après un saut au quartier général de l'OTAN.

— Vu. Bien sûr. » Mais Randi avait un petit sourire. « Okay, Jon, une
fois que nous aurons tous les trois fait ce que nous avons à faire, nous
nous retrouvons à Bruxelles. Je connais le propriétaire du Café Egmont,
dans la vieille ville. Dès que tu seras prêt, laisse-moi un message là-bas.
C'est valable pour vous deux. »

Elle termina en leur souhaitant « bonne chance » à la cantonade, puis
elle courut d'un pas léger jusqu'à la porte ouverte sur l'escalier. Silhouette vraiment étourdissante, dans sa combinaison de travail, avec ses
cheveux blonds. Les deux hommes la suivirent du regard, puis Peter
s'approcha à petites foulées de l'escalier de secours, le visage émacié,
ridé, impénétrable. Resté seul, Jon se rendit au parapet et regarda tout en
bas. Les unités antiterroristes se déployaient, avec leurs armes lourdes et
leurs gilets pare-balles. Il n'y eut pas de signaux d'avertissement, pas de
cris, aucune activité d'aucune sorte, en dehors de leur mouvement mé-
thodique de dispersion. Comme les terroristes, ils semblaient avoir
disparu.

Jon traversa le toit en courant, couvrant le plus de terrain possible, jusqu'à un bâtiment dont il emprunta l'escalier intérieur. A chaque porte, il marquait un temps d'arrêt, pour écouter. Au troisième étage, il trouva ce qu'il voulait : une télévision allumée. Il entendit le volume baisser, une fenêtre s'ouvrir avec un grincement, et la voix d'un homme crier en bas dans la rue « *¿ Que pasó, Antonio ?* »

Une voix lui répondit en espagnol.

« Tu n'as pas entendu tous ces coups de feu ? Il y a eu une bataille entre terroristes. La police a bouclé tout le quartier.

— *Después de todo lo ocurrido, eso nada más me faltalba. ¡Adios !* »

Jon entendit la fenêtre se refermer et attendit que l'homme adresse la parole à quelqu'un d'autre dans l'appartement. Mais le seul bruit qu'il perçut fut celui de la télévision, dont on avait remonté le volume.

Jon frappa sèchement à la porte et annonça en espagnol, sur un ton péremptoire :

« *Policía*. Nous avons besoin de vous parler. »

Il y eut un juron. Peu après, la porte s'ouvrit d'un coup, et un homme épais, ventripotent, en robe de chambre, lui lança un regard noir.

« Je suis resté chez moi toute... »

Jon enfonça le canon de son Sig Sauer dans le ventre de l'homme.

« Désolé. A l'intérieur, *por favor.* »

Cinq minutes plus tard, vêtu d'un pantalon et d'une veste en tweed subtilisés dans la penderie de l'homme, avec une chemise blanche au col ouvert et la robe de chambre par-dessus le tout – tout de même bien trop ample à la taille –, Jon ligotait et bâillonnait l'Espagnol et ressortait. Il dévala les marches jusque dans la rue, où il se fondit dans un groupe de riverains qui regardaient le groupe de policiers s'arrêter devant l'immeuble. En tenue de combat de couleur foncée, les officiers se ruèrent à l'intérieur, laissant deux hommes derrière eux pour interroger les badauds. Après quelques questions, le duo de policiers renvoyait l'un après l'autre les riverains dans leur immeuble.

Quand les officiers de police arrivèrent enfin devant Jon, il leur assura n'avoir rien vu ni personne, ajoutant qu'il habitait dans l'immeuble qu'ils venaient de perquisitionner. L'officier de police lui ordonna de rentrer chez lui et passa à l'interrogatoire suivant. Quand Jon eut la certitude que l'officier se fut éloigné, il traversa la rue jusque dans la pénombre du trottoir d'en face, tourna le coin de la rue et se débarrassa de la robe de chambre.

A la station de métro de San Bernardo, il monta dans la rame qui entrait en station, attrapa un exemplaire d'*El País* abandonné sur un siège, et se cacha le visage derrière, tout en surveillant l'arrivée d'éventuels poursuivants, à la limite de son champ de vision. Il changea vite pour la ligne huit et, de là, il rejoignit l'Aeropuerto de Barajas. Juste avant d'entrer dans le terminal, il tomba sur une grande poubelle. Il vérifia rapidement qu'il n'avait pas été repéré. Puis il lâcha son Sig Sauer au milieu des gobelets sales en carton et des emballages et, avec un serrement au cœur, regarda son arme s'enfoncer dans la poubelle. Il jeta le journal par-dessus.

Sans rien d'autre que ses vêtements volés, son portefeuille, son passeport et son téléphone portable, il acheta un billet pour le premier vol en direction de Bruxelles. Après avoir téléphoné à Fred Klein en utilisant le nouveau numéro qui, heureusement, était en service, il s'arrangea pour se faire remettre des vêtements neufs, un uniforme et une arme à Bruxelles, puis il prit place dans la salle d'attente, où il se plongea dans la lecture d'un roman policier.

L'embarquement du vol pour Bruxelles s'effectuait de la porte voisine, mais il ne vit aucun signe de Randi. Environ dix minutes avant l'embarquement, une femme musulmane de grande taille, vêtue d'une coiffe noire traditionnelle et d'une longue tunique noire – un *pushi* et une *abaya*, qui lui masquaient les yeux, la tête et tout le corps – s'assit de l'autre côté de l'allée, à sa hauteur. Il la regarda discrètement. Elle était assise, immobile, les mains guère visibles, et ne posait le regard sur personne. Elle avait le visage pudiquement baissé.

Puis il entendit ce même bruit étrange et feutré qui semblait presque noyé dans la brise. Cela le fit sursauter. Manifestement, dans ce terminal d'aéroport moderne et grouillant de monde, il n'y avait pas le moindre souffle de vent, en tout cas pas qui soit d'origine naturelle. Il observa attentivement la femme drapée de noir, regrettant instantanément de ne plus avoir son Sig Sauer sur lui.

Elle parut se rendre compte de l'intérêt qu'il lui portait. Elle leva les yeux, les planta dans les siens avec effronterie, et lui adressa un clin d'œil. Puis elle inclina la tête avec humilité. Jon réprima un sourire. Peter venait de lui jouer un tour. Les accents feutrés d'un air sifflé parvinrent à ses oreilles – « Rule Britannia ». Le vieux soldat de la SAS adorait ces petites farces et autres amusettes.

Quand on appela enfin son vol, Jon regardait encore autour de lui, guettant l'arrivée de Randi, le ventre noué par l'inquiétude. Elle avait été la première à les quitter. A l'heure qu'il était, elle aurait déjà dû être là.

*

Après avoir laissé Peter et Jon, Randi était descendue par l'escalier principal, s'arrêtant pour frapper aux portes jusqu'à ce qu'elle trouve un appartement au premier étage, où personne ne lui avait répondu. Elle avait crocheté la serrure, était entrée en vitesse, et elle avait découvert une penderie remplie de vêtements féminins voyants. Elle avait choisi une jupe étroite évasée très basse sur les hanches, l'air d'avoir été taillée pour les virevoltes d'une danseuse de flamenco. Elle l'avait enfilée en vitesse, ainsi qu'une blouse paysanne et des escarpins noirs à talons hauts. Elle avait secoué un peu la tête, histoire de donner un peu plus de flou à sa chevelure, puis elle avait accroché sa mitraillette MP5K sous sa jupe, à la taille.

L'immeuble était silencieux, et elle commençait tout juste à se relâcher un peu, quand elle atteignit le hall d'entrée, avec ses palmiers factices et ses tapis orientaux luxueux. Mais à travers le panneau vitré de la porte d'entrée, elle entrevit cinq hommes masqués qui couraient dans sa direction, lançant des coups d'œil prudents derrière eux, comme s'ils étaient poursuivis. Elle sentit monter en elle une véritable bouffée de frayeur. Les terroristes.

Elle prit son arme, se retourna pour ouvrir brusquement une porte sous l'escalier, et se précipita dans un sous-sol très sombre. Le souffle court, elle écoutait attentivement. Lorsque la porte du sous-sol se rouvrit, elle s'éloigna de la lumière, écartant les toiles d'araignée. Il y eut des bruits de pas, des marches descendues à grand bruit. La porte se referma, et le sous-sol se retrouva noyé dans l'obscurité. Des hommes grommelèrent quelques mots en arabe et, au ton de leur conversation, elle comprit qu'ils ne l'avaient pas remarquée. Les cinq hommes étaient là parce qu'ils se cachaient, eux aussi.

Dehors dans la rue, un véhicule de gros gabarit s'arrêta dans un crissement de pneus, des pieds bottés martelèrent le trottoir, et des ordres fusèrent en espagnol. Les troupes de choc de la Guardia civil venaient d'arriver, et elles se déployaient pour donner la chasse aux terroristes.

A l'intérieur du sous-sol, les voix des hommes étaient gagnées par la colère, et on les entendait prononcer d'autres phrases en arabe, sur un ton feutré.

« Qui es-tu, Abu Auda, pour nous ordonner de mourir pour Allah ? Tu n'as même jamais vu La Mecque. Tu parles peut-être notre langue, mais pas une goutte du sang des prophètes ne coule dans tes veines. Tu es un Fulani, un bâtard. »

Une voix grave, dure et ferme leur répliqua d'un ton grinçant.

« Tu es un lâche, tu ne mérites pas le nom d'Ibrahim. Si tu crois au Prophète, comment se fait-il que tu aies si peur de mourir en martyr ?

— Peur de mourir ? Mais non, homme noir. Ce n'est pas ça du tout. Aujourd'hui, nous avons perdu la bataille. Mais aujourd'hui seulement. Il y aura des temps meilleurs. Mourir pour rien, c'est une offense à l'islam. »

Une troisième voix intervint sur un ton méprisant.

« Tu trembles comme une femmelette, Ibrahim.

— Je suis du côté d'Ibrahim, renchérit une quatrième voix. Il a fait ses preuves, et depuis des années. Toi-même, tu n'as pas vécu tout ce qu'il a vécu. Nous sommes des guerriers, pas des fanatiques. Que les mollahs et les imams jacassent sur le jihad et le martyre. Moi, je parle de victoire, et pour ceux qui continueront de se battre pour Allah, il y a beaucoup de portes, pour s'évader d'une prison espagnole.

— Alors, tu vas te rendre, c'est ça ? s'enquit la voix grave. Toi aussi, Ibrahim ? Et Ali aussi ?

— C'est plus sage, lança la première voix, celle d'Ibrahim, non sans un tremblement de terreur. M. Mauritania trouvera bien assez vite le moyen de nous libérer, car il a besoin de tous ses combattants pour frapper un grand coup contre nos ennemis. »

La voix dédaigneuse s'impatientait.

« Tu sais que nous n'aurons le temps de libérer aucun d'entre nous. Il faut sortir d'ici les armes à la main, ou mourir pour Allah. »

Les protestations de colère du trio furent interrompues net par trois détonations sourdes et sèches. Des coups de feu, étouffés par des silencieux. Probablement tirés par la même arme. Randi écouta le silence qui lui parut se prolonger plusieurs minutes, alors qu'il ne dura probablement que quelques secondes. Elle garda son MP5K braqué vers l'obscurité impénétrable, dans la direction des coups de feu. Elle sentit son estomac se nouer.

Finalement, la troisième voix, celle de l'homme qui s'était affirmé prêt à mourir, se fit entendre à nouveau, dans un souffle.

« Alors comme ça, tu vas me tuer, moi aussi, Abu Auda ? J'ai été le seul à oser me ranger à tes côtés contre les trois autres.

— C'est malheureux. Mais tu as beaucoup trop l'air d'un Arabe, et tu ne parles pas l'espagnol. Dans certaines circonstances, on peut obliger n'importe quel homme à révéler ce qu'il sait. Tu représentes un risque. En revanche, un homme noir comme moi, qui parle l'espagnol, peut espérer s'échapper, s'il est seul. »

Randi entendit presque le hochement de tête de l'autre.

« Je vais saluer Allah en ton nom, Abu Auda. Allah soit loué ! »

Le dernier coup de feu assourdi fit sursauter Randi. Elle tenait à apercevoir le visage de l'homme qu'ils avaient appelé le Fulani, le noir, qui était capable de tuer un ami avec autant de facilité qu'un ennemi. Abu Auda.

En entendant ses pas se rapprocher, elle recula. Des frissons lui parcouraient l'échine. De son arme pointée, elle accompagna le sillage de ses pas, l'écoutant respirer, presque un soupir de soulagement, quand une porte s'ouvrit sur la nuit, à environ dix pas sur sa droite. Le clair de lune baignait les lieux, et elle dévisagea le terroriste qui venait d'ouvrir cette porte – un géant noir, vêtu à la manière d'un ouvrier espagnol ordinaire. Il sortit, levant le visage vers le ciel, comme s'il prononçait une prière muette en remerciement de sa liberté. Quand il se retourna pour attraper la poignée de la porte, la lumière d'une fenêtre se refléta dans ses yeux, traversés d'un étrange éclair brun-vert.

Avant que la porte ne se referme, Randi se souvint de l'endroit où elle avait vu cet homme. C'était le Bédouin en tunique blanche qui avait mené l'assaut contre elle, à la ferme des environs de Tolède. Et maintenant elle savait quel nom lui donner : Abu Auda. Elle mourait d'envie de tirer, mais n'osait pas. En tout état de cause, il pouvait lui être plus utile.

Elle se retourna brusquement. Un flot de lumière avait surgi à l'autre bout de la cave. La porte en haut de l'escalier venait de s'ouvrir, et des hommes descendaient les marches avec un bruit de bottes : la Guardia civil.

Elle s'obligea à compter jusqu'à dix, puis elle ouvrit la porte de la cave, jetant rapidement un coup d'œil autour d'elle avant de sortir dans la cour et de refermer derrière elle. Quelque part, un chien aboyait et, dehors dans la rue, une voiture passait. Elle fit le tri dans tous ces bruits ordinaires.

Il ne faudrait pas longtemps à la Guardia civil pour découvrir cette porte. Randi courut vers un portail. C'était la seule issue pour quitter cette cour, et elle espérait bien trouver le terroriste derrière. Alors qu'elle se précipitait en courant pour déboucher dans une ruelle, elle entendit la porte de la cave s'ouvrir dans son dos. Elle piqua une pointe de vitesse, exaspérée par sa démarche maladroite, avec ces hauts talons. Le jarret tendu, elle courut droit vers la rue, s'attendant à des hurlements et des martèlements de pas lancés à sa poursuite.

Mais il ne se passa rien de cela. Elle avait dû être suffisamment rapide pour échapper à leurs regards. Reprenant son souffle, elle regarda autour d'elle. Il n'y avait aucun signe d'Abu Auda. Elle ralentit l'allure, raccrocha son MP5K sous sa jupe évasée et continua dans cette même rue. L'espace d'un instant, elle sentit de nouveau une bouffée d'adrénaline, en revoyant Abu Auda. Il approchait du coin de la rue... mais la police, qui était stationnée là-bas, l'arrêta. Mourant d'envie de le capturer et de l'interroger elle-même, elle observa l'un des policiers, qui examinait les papiers du terroriste. Mais ce contrôle d'identité fut vite expédié : après tout, un Noir muni de papiers espagnols ne pouvait pas être un terroriste arabe.

Randi courut, traversa les flaques de lumière jaune des réverbères, mais ils le laissaient déjà passer. Les policiers se retournèrent pour la fixer du regard, l'air mauvais. Elle serait la suivante. Peu lui importaient leurs questions, car elle possédait une carte d'identité très bien falsifiée. Ce qui la préoccupait davantage, c'était qu'avoir affaire à eux allait la retarder.

Tout en regardant Abu Auda tourner au coin de la rue et disparaître, elle arrêta sa tactique. Et elle se mit à osciller des hanches. Elle s'approcha d'eux d'un pas chaloupé, leur offrant sa meilleure imitation possible d'une Carmen à l'œil ardent, ses talons claquant sur l'asphalte en cadence.

Ils avaient l'air de plus en plus intéressés. Elle les gratifia d'un grand sourire, pivotant sur ses talons, faisant virevolter sa jupe côté pile dans leur direction, juste assez pour leur laisser le temps de fugitivement apercevoir sa culotte, mais pas trop non plus, pour ne pas leur montrer l'arme qui se balançait contre son ventre. A leur tour, ils lui adressèrent de grands sourires, la sifflèrent en guise de salut, et elle passa devant eux, retenant son souffle, le cœur cognant contre les côtes, jusqu'à ce que l'un d'eux lui demande son numéro de téléphone. Avec un regard aguicheur, elle lui en donna un – faux.

Alors que les autres tapaient dans le dos de leur camarade pour le féliciter, elle s'éloigna d'un pas nonchalant, tournant à ce même coin de rue où elle avait vu disparaître Abu Auda. Et là, elle s'arrêta, regardant partout autour d'elle, scrutant le halo des réverbères et les ombres de la rue, à sa recherche. Mais il n'était nulle part. Elle avait franchi le barrage plus vite que lui, mais pas assez vite tout de même. Désappointée, elle continua d'avancer pour finalement atteindre le croisement suivant, et là elle fut obligée d'admettre qu'elle avait été trop lente ou – plus vraisemblablement – qu'il avait déjà filé depuis longtemps.

Elle héla un taxi et demanda au chauffeur de la conduire à l'aéroport. Installée dans la pénombre de l'habitacle, elle passait en revue tout ce qu'elle venait d'apprendre. Premièrement, le chef noir du Croissant Armé originaire de la tribu des Fulanis s'appelait Abu Auda et il parlait l'espagnol et l'arabe. Deuxièmement, le Croissant Armé projetait de porter des coups de grande envergure. Troisièmement – et c'était le plus inquiétant –, c'était pour bientôt. Pour très bientôt.

CHAPITRE DIX-NEUF

Paris, France,
mardi 8 mai

A l'hôpital Georges-Pompidou, Marty Zellerbach avait été transféré dans une chambre individuelle, et des hommes de la Légion gardaient sa porte. Peter Howell approcha une chaise du lit de Marty.

« Alors, mon vieux, s'écria-t-il d'un ton joyeux, tu t'es fourré dans un beau pétrin. On ne peut pas te laisser tout seul bien longtemps, hein ? Ah oui, au fait... c'est Howell. Peter Howell, qui t'a appris le peu que tu sais en matière d'armes à feu. Oh, n'essaie pas de nier, ou de me raconter que les armes, c'est vulgaire et stupide. Je ne suis pas dupe. » Souriant intérieurement, il s'interrompit, se souvint...

Il faisait nuit, nuit noire, au milieu d'un grand parc public des environs de Syracuse, dans l'Etat de New York. Marty et lui étaient pris au piège dans son camping-car, en bordure des bois, encerclés par des tueurs à gages qui avaient fracassé toutes leurs vitres sous un feu nourri. Il avait lancé à Marty un fusil d'assaut.

« Mon garçon, quand je te dirai de viser, tu presses simplement sur la détente. Imagine ton arme comme une manette de jeux vidéo, un point c'est tout. »

Il revoyait l'air dégoûté de Marty, lorsque ce dernier avait examiné l'arme.

« Il y a des choses que je n'ai jamais eu envie d'apprendre, grommelait-il, en lâchant un soupir contrarié. Naturellement, je sais comment fonctionne cette machine primitive. Un jeu d'enfant. »

Marty avait joint le geste à la parole. Quand Peter lui avait dit de tirer, il avait acquiescé d'un hochement de tête avant d'appuyer sur la détente. L'arme était partie dans une brutale embardée, Marty avait eu du mal à conserver l'équilibre, et à garder les yeux ouverts. Son tir de barrage avait réduit en miettes des feuillages et des aiguilles de pin, éraflé l'écorce de quelques arbres, scié des branches, et causé de tels ravages que cela avait suffi à stopper momentanément leurs assaillants. C'était exactement ce dont Peter avait besoin pour filer chercher de l'aide.

Peter aimait se voir comme un homme paisible, mais à la vérité, il adorait l'action. Dans son esprit, il n'était qu'un vieux bouledogue anglais, qui appréciait de pouvoir planter ses crocs dans des proies qui en valaient la peine. Il se pencha par-dessus la rambarde du lit.

« Tu t'es jeté dans le combat comme un canard se jette à l'eau. Et pas qu'un peu », reprit-il. C'était loin d'être vrai, mais c'était le genre de réflexion agaçante qui avait de quoi provoquer chez Marty un mouvement d'humeur.

Peter attendit, espérant que les yeux de son ami s'ouvrent d'un coup et qu'il profère quelque propos insultant. Comme rien ne se produisait, il se retourna vers le Dr Dubost, qui se tenait debout au pied du lit, occupé à saisir des informations dans le dossier médical informatisé de Marty. Peter haussa un sourcil interrogateur.

« C'est une petite rechute, expliqua le médecin en français. Il faut s'attendre à ce genre de contretemps.

— Qui vont aller en se résorbant ?

— Oui. Tous les signes sont là. Maintenant, monsieur Howell, je vais devoir aller rendre visite aux autres patients. Quoi qu'il en soit, continuez votre conversation avec le Dr Zellerbach, je vous en prie. Votre exubérance est tout à fait séduisante, et cela ne peut que l'aider. »

Peter se renfrogna.

« Exubérance » ne lui paraissait pas le terme le plus approprié, mais il est vrai que les Français étaient connus pour comprendre quantité de choses de travers. Il lui répondit poliment « au revoir » et se tourna vers Marty.

« Enfin seuls », marmonna-t-il, se sentant subitement fatigué et très soucieux.

À bord de son vol de retour de Madrid, il avait somnolé, s'accordant ainsi plusieurs heures de sommeil d'affilée, comme rarement au cours d'une mission, mais en soi, c'était l'inquiétude qui le tenaillait. Il avait réfléchi au Croissant Armé, qui semblait être un groupe panislamique. Le tiers-monde ne manquait pas de pays où l'on haïssait les Etats-Unis et, dans une moindre mesure, la Grande-Bretagne, des pays qui tenaient le capitalisme hégémonique pour responsable d'immenses dommages, considérant que cette mondialisation était la marque de ces deux grandes puissances, piétinait les coutumes et les marchés locaux, détruisait l'environnement, faisant preuve d'une arrogance culturelle qui réduisait à néant toute forme de protestation raisonnable. Il se remémorait Winston Churchill, ce vieux conservateur invétéré, qui expliquait allégrement – et non sans vérité – que le gouvernement de Sa Majesté ne saurait fonder ses pratiques et ses politiques sur des caprices d'autochtones. Que le Croissant Armé soit un groupe composé de fondamentalistes ou, au contraire, totalement étranger à la religion, lui paraissait moins inquiétant que la pauvreté qui faisait le lit de tout ce terrorisme.

La voix qui le sortit de ces réflexions déplaisantes n'était pas celle de Marty.

« Tu n'aurais pas pu m'attendre ? »

Mû par un réflexe, Peter empoigna son arme et se retourna. Et retrouva presque instantanément sa décontraction. C'était Randi Russell, qui entrait au pas de charge dans la chambre. Elle tenait encore à la main la pièce d'identité qu'elle avait présentée au garde en faction devant la porte.

« Puis-je te demander où tu étais passée ? » fit Peter sur un ton de reproche.

Randi rangea sa carte d'identité, et Peter la rejoignit au milieu de la chambre. Elle lui relata ce qu'elle avait vu et fait depuis leur séparation à Madrid. Elle avait troqué la tenue flamenco sexy qu'elle venait de lui décrire contre un pantalon fonctionnel en serge, un chemisier blanc boutonné ras du cou et une veste de confection noire. Ses cheveux blonds étaient noués en une courte queue-de-cheval.

« Je suis arrivée à l'aéroport de Barajas à peu près dix minutes après le décollage de votre vol. » Ses yeux marron trahissaient son inquiétude.

« Tu as légèrement flanqué la frousse à Jon. Le pauvre bougre était anxieux, à cause de toi. »

Elle eut un grand sourire.

« Ah oui, enfin ?

— Garde ce genre de réflexion pour Jon, ma fille, lui rétorqua Peter. Pour moi, je n'en ai jamais douté. Tu as dit qu'Abu Auda était leur chef ? Howell avait l'air sombre. Il se peut qu'un quelconque seigneur de la guerre nigérian soutienne le Croissant Armé. A chaque nouveau détail, ça devient de plus en plus glauque.

— Ça oui, acquiesça Randi. Mais l'élément d'information essentiel que j'ai entendu là-bas, c'est que ce qu'ils ont planifié est imminent. Dans deux jours, au maximum.

— Alors on ferait bien de se bouger, l'avertit Peter. Tu as déjà fait ton rapport à ton chef de station ?

— Pas avant d'avoir vu Marty. Il dort ?

— Une rechute. » Peter eut un soupir de lassitude. « Avec un peu de chance, il va bientôt se réveiller. Et quand il se réveillera, je serai là, au cas où il pourrait nous apprendre quelque chose que nous ne saurions pas encore.

— C'est ton fauteuil ? » Elle se dirigea vers le siège qu'il avait approché du fauteuil de Marty. « Cela t'ennuie si je m'installe ? » Elle s'assit sans attendre sa réponse.

« Je t'en prie, lâcha-t-il. Tu es mon invitée. »

Elle ignora cette réplique sarcastique et prit Marty par la main. Il émanait d'elle une chaleur naturelle qui avait quelque chose de rassurant. Elle se pencha et l'embrassa sur sa joue grassouillette.

« Il a l'air bien », dit-elle à Peter. « Salut, Marty, ajouta-t-elle aussitôt. C'est Randi, et je voulais juste que tu saches que tu as l'air super bien. Comme si tu allais te réveiller d'une minute à l'autre. Et sortir une réflexion merveilleusement désagréable à Peter. »

Mais Marty demeura silencieux, la mâchoire relâchée. Son grand front n'était creusé par aucune ride, comme s'il n'avait jamais connu la moindre contrariété. Cependant la vérité était tout autre. Après que l'écueil Hadès eut été surmonté, Marty était retourné à sa vie solitaire, dans son bungalow caché derrière de grandes haies, à Washington et, s'il avait sans doute relégué derrière lui le sifflement des balles et les évasions à vous pétrifier de peur, il lui restait à affronter les activités normales de la vie de tous les jours. Pour un être atteint du syndrome d'Asperger, c'était là une tâche qui pouvait se révéler écrasante. Et c'était pour cela que Marty avait conçu sa demeure comme une mini-forteresse.

La première fois que Randi était venue lui rendre visite chez lui, il l'avait mise à l'épreuve en exigeant qu'elle s'identifie, alors qu'il la voyait très bien dans sa caméra de surveillance. Mais aussitôt après, il avait déverrouillé la grille intérieure munie de barreaux, avait serré sa visiteuse dans ses bras, et reculé timidement pour l'accueillir dans son cottage, où toutes les fenêtres étaient protégées par des barres en acier et d'épaisses tentures.

« Je ne reçois pas de visiteurs, tu sais », lui avait-il expliqué de sa voix haut perchée, à l'élocution lente et précise. « Je n'aime pas ça, les visiteurs. Un café et un petit gâteau sec ? » Ses yeux avaient croisé les siens, le temps d'un éclair, avant d'aller fureter ailleurs.

Il lui avait préparé un instantané décaféiné, lui avait proposé un petit gâteau sec Oreo, et l'avait conduite dans une salle informatique où une formidable unité centrale Cray et d'autres équipements informatiques de toute nature remplissaient la totalité de l'espace le long des murs et occupaient presque tout le sol. En revanche, les quelques meubles avaient l'air de rebuts de l'Armée du Salut. Et pourtant, Marty était multimillionnaire. Elle tenait cela de Jon : à l'âge de cinq ans, Marty avait subi un test dont les résultats l'avaient rangé dans la catégorie des génies. Il était titulaire de deux doctorats – l'un en physique quantique et mathématiques, bien sûr, et l'autre en littérature.

Ensuite, il s'était lancé dans la description d'un nouveau virus informatique qui avait provoqué six milliards de dollars de dégâts.

« Celui-là, il était particulièrement méchant, lui avait-il expliqué en toute sincérité. Il s'auto-répliquait... on appelle ça des vers... il s'expédiait lui-même par e-mail à des dizaines de millions d'Internautes, et il encombrait les serveurs de messageries du monde entier. Mais le type qui l'a lancé a laissé derrière lui son empreinte digitale... un identifiant Globally Unique de trente-deux chiffres... on appelle ça des GUID... ça m'a suffi pour identifier son ordinateur. » Il se frottait les mains avec jubilation. Tu vois, les GUID sont parfois logés à l'intérieur du code informatique des fichiers que l'on sauvegarde à partir des logiciels de la suite Microsoft Office. Ils sont difficiles à repérer, mais le pirate aurait dû vérifier qu'ils s'étaient bien effacés. Une fois que j'ai localisé son GUID, je n'ai plus eu qu'à remonter la piste de ses fichiers sur tout le réseau Internet, jusqu'à ce que j'en déniche un qui contenait carrément son nom. Son nom en entier... tu te rends compte ? Dans un e-mail à sa petite amie. Le crétin. Il habite à Cleveland, et le FBI m'a signalé qu'ils disposaient de suffisamment de preuves pour l'arrêter. » Marty avait un sourire radieux, triomphant.

Tout en se remémorant cet épisode, Randi se pencha vers le lit de Marty, pour lui faire encore un baiser, cette fois sur l'autre joue. Elle le caressa tendrement, en espérant le voir remuer.

« Il faut que tu ailles mieux, vite, Marty, mon chou, lui souffla-t-elle enfin. A part toi, je ne connais personne d'autre avec qui j'aime autant manger des cookies. » Elle sentit ses yeux se mouiller. Finalement, elle se leva. « Prends soin de lui, Peter.

— Oui. »

Elle se dirigea vers la porte.

« Je vais remettre mon rapport à mon chef de station et voir ce qu'il peut m'apprendre sur Mauritania et la chasse à cet ordinateur ADN. Après, ce sera Bruxelles. Au cas où Jon passerait par ici, rappelle-lui que j'attends son message au Café Egmont. »

Il sourit.

« Une boîte aux lettres, comme au bon vieux temps, quand l'art et la manière comptaient vraiment. Ah bon sang, ce que ça fait du bien.

— Peter, tu es un dinosaure.

— Ah ça oui, renchérit-il joyeusement, et comment. Allez, file, ajouta-t-il plus sobrement. Je dirais qu'il y a urgence, et ton pays m'a tout l'air d'être la cible la plus plausible. »

Avant que Randi n'ait franchi la porte, Peter avait repris place dans son fauteuil au chevet de Marty le silencieux, à lui parler, à le taquiner, tout le côté excentrique de l'amitié qui les liait transparaissant dans la légèreté de chaque mot, de chaque plaisanterie.

St. Francesc, Isla de Formentera

Le capitaine Darius Bonnard était assis dans le café de pêcheurs sur ce bord de mer bien préservé, en train de déguster un plat de *langosta a la parrilla* et de contempler le paysage intact et tout plat de la dernière et de la plus petite des îles Baléares, en direction du port de La Savina. Deux des îles de l'archipel – Majorque et Ibiza – étaient synonymes de tourisme, et elles avaient été jadis la principale destination de vacances des Britanniques aisés, alors que celle-ci, la Isla de Formentera, était restée un paradis méditerranéen encore peu fréquenté, sous-développé – et presque parfaitement plat. Officiellement, la mission du capitaine Bonnard consistait à rapporter, pour la table de son supérieur, de généreuses quantités de la fameuse mayonnaise locale, qui fut créée à Maó, la capitale pittoresque de la quatrième île, Minorque.

Il avait achevé son repas de homard, accompagné de cette mayonnaise omniprésente, et buvait quelques petites gorgées du léger vin blanc local, lorsque le véritable motif de son voyage prit place à sa table, en face de lui.

Le petit visage et les yeux bleus de Mauritania étaient rayonnants, il avait un air triomphal.

« Notre essai a été un complet succès, s'enthousiasma-t-il en français. Ces Américains suffisants n'ont jamais compris ce qu'ils avaient pris sur la tête, comme ils disent dans leur langue barbare. Nous sommes exactement dans les temps.

— Pas de problèmes ?

— Il y a un problème avec le duplicateur ADN qui, d'après ce que m'a expliqué Chambord, doit être corrigé. Malheureux, mais pas désastreux. »

Bonnard sourit et leva son verre.

« Santé ! s'exclama-t-il en portant un toast. A la vôtre ! Excellentes nouvelles. Et vous ? De votre côté, comment ça se déroule ? »

Mauritania se rembrunit, et il transperça Bonnard du regard.

« Pour le moment, mon principal souci, c'est vous. Si l'explosion de l'avion qui transportait le général Moore est votre œuvre, c'était une bourde.

— C'était nécessaire. » Bonnard vida son verre de vin. « Mon général, dont les stupides convictions nationalistes me permettent de si bien travailler avec vous, a la malencontreuse habitude d'exagérer ses prises de position pour impressionner les sceptiques. Cette fois, il a effrayé le général Moore. Nous n'avions pas besoin qu'un général britannique soupçonneux alerte son gouvernement, car nous aurions eu la garantie que ce dernier, à son tour, aurait alerté les Américains. Ensuite, les uns et les autres auraient sonné le branle-bas de combat contre un danger inexistant qui aurait fort bien pu leur permettre de remonter jusqu'à nous.

— Sa mort subite aura précisément cet effet.

— Du calme, mon ami le révolutionnaire. Si sir Arnold avait atteint la Grande-Bretagne, il aurait révélé le contenu de cette réunion à bord du *Charles-de-Gaulle*, et les propositions du général de La Porte. Et là, oui, nous aurions rencontré un grave problème. Mais pour le moment le Premier ministre britannique sait simplement que l'un de ses généraux volait vers Londres pour l'entretenir d'un sujet délicat, et qu'il a disparu. Son cabinet et lui-même vont spéculer sur la chose. Etait-ce une affaire d'ordre privé ? D'ordre public ? Tout ceci va nous laisser du temps, car leur MI6 tant vanté va devoir creuser pas mal de pistes avant de découvrir le pourquoi du comment. Et ils n'y parviendront probablement jamais. Mais s'ils aboutissaient, il se sera écoulé suffisamment de jours d'ici là... » Bonnard haussa les épaules. « Et à ce stade, cela nous sera bien égal, n'est-ce pas ? »

Après un instant de réflexion, Mauritania sourit.

« Peut-être savez-vous ce que vous faites, capitaine. Pourtant, la première fois que vous m'avez approché pour que je me joigne à vous, je n'en étais pas si convaincu.

— Alors pourquoi avez-vous accepté notre plan ?

— Parce que vous aviez l'argent. Parce que le plan était bon, et parce que nous partagions le même objectif. Nous allons donc châtier l'ennemi ensemble. Mais je crains toujours que votre action contre ce général anglais n'attire l'attention.

— Si nous n'avions pas attiré toute l'attention de l'Europe et des Américains, vos essais y auront assurément remédié... »

Mauritania dut l'admettre, à contrecœur.

« Peut-être. Quand viendrez-vous nous voir ? Nous pourrions avoir bientôt besoin de vous, en particulier s'il fallait raffermir un peu les convictions de Chambord.

— Quand ce sera sûr. Quand je serai certain que mon absence passera inaperçue. »

Mauritania se leva.

« Très bien. Deux jours, pas plus.

— J'y serai bien avant. Comptez là-dessus. »

Mauritania s'éloigna du café vers sa bicyclette, qu'il avait laissée au bord de l'eau. Des voiles blanches s'étaient déployées sur la mer bleue. Au-dessus de lui, des mouettes se laissaient porter par l'air salé. Une ribambelle de cafés, de bars et de boutiques de cadeaux agrémentaient l'endroit, avec les claquements secs du drapeau espagnol sous la brise, là-haut dans le ciel. Tandis qu'il pédalait pour s'éloigner de cette vision agaçante du monde occidental, son téléphone sonna. C'était Abu Auda.

« As-tu réussi, à Madrid ? lui demanda Mauritania.

— Non », lui répondit Abu Auda, d'une voix contrariée, contenant mal sa fureur. Il ne tolérait l'échec chez personne, y compris lui-même. « Nous avons perdu beaucoup d'hommes. Ils sont malins, ces trois-là, et la police est arrivée si vite que nous avons été incapables d'achever notre mission. J'ai été contraint d'éliminer quatre des nôtres. » Il décrivit la confrontation dans la cave madrilène.

Mauritania grommela un juron arabe qui, il ne l'ignorait pas, allait choquer le puritanisme de ce guerrier du désert, mais cela lui était égal.

« L'échec n'a pas été complet », ajouta Abu Auda, trop dépité pour s'offusquer de la désinvolture avec laquelle Mauritania traitait leur religion. « Nous les avons ralentis, et nous les avons contraints de se séparer.

— Où sont-ils allés, Abu Auda ?

— Il n'y a pas eu moyen de le savoir. »

Mauritania éleva la voix.

« Avec ces trois-là en train de comploter contre nous, tu te sens en sécurité ?

— Nous n'avons pu les pourchasser à cause de la police, plaida Abu Auda, en maîtrisant son humeur. J'ai eu de la chance de leur échapper. »

Mauritania poussa de nouveau un juron, et cette fois il entendit le borborygme désapprobateur de son interlocuteur. Il raccrocha et, en anglais, marmonna qu'il se fichait éperdument de la sensibilité religieuse d'Abu Auda, qui n'était de toute façon que de la fumisterie, et qui n'avait jamais empêché le guerrier fulani d'être aussi retors qu'un serpent se mordant la queue, quand cela lui convenait. Ce qui importait, c'était que ce mystérieux Smith, le vieil Anglais de l'ouest du désert irakien et cette femme impudique de la CIA étaient encore en action.

Paris, France

La femme brune mal fagotée qui émergea de la bouche de métro Concorde directement dans la rue de Rivoli ressemblait étonnamment à celle qui avait suivi Jon Smith depuis l'Institut Pasteur, à ceci près que celle-ci portait un tailleur pantalon pastel, une tenue fréquente chez beaucoup de touristes, et qu'elle marchait du pas pressé généralement propre aux Américains. Elle traversa la rue Royale vers l'avenue Gabriel en passant devant l'hôtel Crillon, et pénétra dans l'enceinte de l'ambassade des Etats-Unis. Une fois à l'intérieur, elle prit un air désemparé, évoquant un événement urgent qui la rappelait chez elle, à North Platte, dans le Nebraska. Il fallait qu'elle rentre en Amérique, mais on lui avait volé son passeport.

Sur un ton fort compréhensif, on lui indiqua un bureau situé au deuxième étage, et elle monta les marches presque en courant. Dans ce bureau, un homme robuste, en impeccable costume rayé bleu foncé, l'attendait, assis à une table de conférence.

« Hello, Aaron, lança Randi en prenant place à cette table, face à lui.

— Vous êtes restée injoignable presque quarante-huit heures. Où est Mauritania ? lui demanda Aaron Isaacs, chef de station de la CIA à Paris.

— Disparu. » Randi lui raconta tout ce qui s'était produit à Tolède et à Madrid.

« C'est vous qui avez réuni toutes ces informations ? Chambord en vie, l'ordinateur ADN aux mains d'un groupe qui se fait appeler le Croissant Armé ? Alors pourquoi faut-il que le directeur de l'Agence l'apprenne de la Maison Blanche et du renseignement de l'armée ?

— Parce que ce n'est pas moi qui ai découvert tout ça. Tout au moins pas sans aide. Jon Smith et Peter Howell étaient là, eux aussi.

— Le MI6 ? Le directeur va en faire une crise d'apoplexie.

— Désolée. L'essentiel de ces éléments provient de Smith. Il a obtenu le nom du groupe, il a vu Chambord et sa fille en vie. Il leur a même parlé. Chambord lui a révélé que le Croissant Armé détenait l'ordinateur. Tout ce que j'ai découvert, c'est que Mauritania chapeautait les terroristes.

— Qui diable est ce Smith ?`

— Vous vous souvenez du médecin qui travaillait sur le virus Hadès ?

— Ce type-là ? Je croyais que c'était un médecin militaire.

— En effet. Il est aussi chercheur en microbiologie cellulaire à l'US-AMRIID, médecin combattant sur le champ de bataille et lieutenant-colonel. L'armée lui a mis le grappin dessus pour qu'il travaille sur cette affaire à cause de son expérience de terrain et de ses connaissances dans le domaine de la recherche consacrée à l'ordinateur ADN.

— Vous croyez à tout ça ?

— Ça m'arrive. Peu importe. Que pouvez-vous me fournir sur Mauritania et la chasse à l'ordinateur ADN dont je ne dispose déjà ?

— Vous dites que la dernière fois que vous avez vu Mauritania, il se dirigeait vers le sud de Tolède ?

— Oui.

— Vous savez qu'il est originaire d'Afrique. La plupart de ses actions avec Al Qaïda et d'autres groupes ont été lancées d'Afrique ou d'Espagne. La plupart des hommes qu'il a perdus au cours de toutes ces années, au sein de tel ou tel de ces groupes, ont été arrêtés sur le territoire espagnol. Avec lui et son équipe en route vers le sud, l'Afrique du Nord paraît une destination logique, surtout après cette rumeur qu'on a pu récolter, à Langley : Mauritania serait marié avec au moins une Algérienne, et il pourrait avoir un domicile à Alger.

— Ah voilà, on aboutit enfin quelque part. Des noms ? Des adresses ?

— Pas encore. Nos analystes sont allés à la pêche aux renseignements. Avec de la chance, nous saurons bientôt quelque chose. »

Randi hocha la tête.

« Et ce terroriste nommé Abu Auda ? Un géant fulani, plus âgé, peut-être la fin de la cinquantaine ? Avec des yeux étranges, brun-vert ? »

Isaacs fronça les sourcils.

« Jamais entendu ce nom. Je vais mettre Langley là-dessus. » Il décrocha un téléphone posé sur la table près de lui. « Cassie ? Envoyez ceci à Langley, en priorité absolue. » Il lui transmit les éléments concernant Abu Auda et raccrocha. « Vous voulez savoir ce que nous avons découvert sur l'attentat à la bombe de l'Institut Pasteur ?

— Du nouveau ? Bon sang, Aaron, crachez le morceau. » Isaacs eut un sourire sinistre.

« Nous avons reçu un appel clandestin d'un agent du Mossad ici, à

Paris, et il s'agit peut-être d'un tuyau en or. Il semble qu'il y ait un chercheur postdoctorant à Pasteur, un certain Filippino, dont le cousin a essayé de placer une bombe au quartier général du Mossad à Tel-Aviv. Le type est de Mindanao, où le groupe Abu Sayaaf du Front Moro Islamique de Libération était un allié de la faction Ben Laden et d'Ayman al-Zawahiri. Ce chercheur n'entretient aucune relation connue avec le terrorisme, et il est parti de Mindanao depuis longtemps.

— Alors qu'est-ce qui a poussé le Mossad à vous alerter sur ses relations familiales ?

— Ce chercheur s'est fait mettre en congé de maladie de Pasteur, ce soir-là. Il était censé être présent, selon son chef, qui a été gravement blessé dans l'explosion. Car on avait besoin de lui pour une expérience importante qu'ils étaient en train de mener.

— Où est leur labo, si ce chef de service a été gravement blessé ?

— Un étage au-dessous du laboratoire de Chambord. Dans ce labo, tout le monde a été tué ou mutilé.

— Le Mossad pense qu'il s'agirait de l'homme qu'ils avaient dans la place ?

— Il n'y a aucune preuve, mais j'ai transmis l'information à Langley, et ils considèrent que c'est une piste sérieuse. La sécurité de Pasteur, sans être ultramoderne, reste quand même de suffisamment bonne qualité pour interdire l'accès aux poseurs de bombe, à moins que ledit poseur de bombe ne dispose d'un contact dans la place. C'est particulièrement plausible depuis que mes gens sont arrivés à la conclusion que les terroristes ont non seulement enlevé Chambord, qui a résisté, mais qu'ils ont également emporté toute l'installation associée à son ordinateur ADN. Et ils ont bouclé tout ça quelques minutes à peine avant que la bombe n'explose.

— Et cette histoire du congé de maladie de ce chercheur ?

— Justifiée. En surface. Il a consulté un médecin pour des douleurs thoraciques, et on lui a conseillé de rester chez lui quelques jours. Bien sûr, les douleurs thoraciques et les troubles du rythme cardiaque peuvent être provoqués par des agents chimiques.

— C'est possible, en effet, et relativement simple à mettre en scène. D'accord. Où est ce type ? Il porte un nom ?

— Docteur Akbar Suleiman. Comme je vous l'ai précisé, c'est un postdoctorant qui vit à Paris. Nous avons demandé à la police parisienne de vérifier, et ils nous ont répondu qu'il restera en congé de Pasteur jusqu'à ce que son labo soit reconstruit. Le Mossad nous informe qu'il n'a pas quitté Paris. J'ai son adresse. »

Randi prit la feuille de papier et se leva.

« Dites à Langley que je vais travailler sur Mauritania et l'ordinateur ADN avec Jon Smith et Peter Howell. Dites-leur que je veux l'autorisation de réquisitionner tous les analystes dont nous disposons, n'importe où dans le monde. »

Aaron approuva de la tête.

« Vu. » Le téléphone sonna. Aaron écouta son interlocutrice. « Merci, Cassie », fit-il. Il raccrocha avec un haussement d'épaules. « Rien du tout sur Abu Auda. Ce type doit vraiment faire profil bas. »

Randi sortit, reprit la route de Roissy, vers Bruxelles et Jon. Si ce Dr Akbar Suleiman était membre du Croissant Armé, et s'ils pouvaient le dénicher, peut-être les mènerait-il à Mauritania. Elle doutait fortement qu'on leur offre une troisième chance. En tout cas, pas dans les délais impartis.

CHAPITRE VINGT

Bruxelles, Belgique

A l'aéroport de Zaventem, situé à treize kilomètres de Bruxelles, Jon Smith loua une Renault et récupéra les fournitures que Fred Klein lui avait fait préparer. Il y avait notamment un uniforme, qu'il enfila en prévision de sa prochaine destination. Muni d'un petit sac de voyage dans lequel étaient pliés des vêtements civils et un Walther 9 mm, il prit le volant et emprunta l'autoroute vers l'ouest. Il pleuvait sans discontinuer, une averse grise et lugubre. Une fois dépassé Bruxelles, il quitta les grands axes et emprunta des nationales et des petites routes, en surveillant son rétroviseur pour s'assurer qu'il n'était pas suivi.

La campagne était verte, toute plate et maussade sous les rideaux de pluie du mois de mai. Des fermes bien entretenues s'étendaient à perte de vue, vers une ligne d'horizon encore plus plate que celle de la grande prairie de l'Ouest américain ou des steppes de la Russie centrale. Dans ces basses terres, les routes croisaient quantité de petites rivières et de canaux. Jon roulait en direction de la frontière française, la circulation était relativement dense – pas autant qu'à Los Angeles ou à Londres aux heures de pointe, mais bien plus que sur les autoroutes du Montana ou du Wyoming, qui s'enfonçaient au milieu de nulle part.

De temps en temps, il s'arrêtait dans une auberge de campagne ou se rangeait simplement sous un bosquet pour scruter le ciel, en quête d'éventuels hélicoptères ou d'avions légers qui auraient pu le suivre à la trace. Une fois qu'il avait l'assurance de n'être suivi par personne, il reprenait la route, en rééditant la même tactique, jusqu'à ce qu'il finisse par atteindre la périphérie de Mons, à cinquante-cinq kilomètres au sud-ouest de Bruxelles. Les guerres et les soldats avaient fait partie de l'histoire de Mons, ou de « Bergen », en flamand, durant plus de deux mille ans, depuis les temps où les légions romaines y avaient établi un camp fortifié, à la frontière nord de leur empire. C'était aussi à cet endroit que les généraux de Louis XIV s'étaient engagés dans l'une des sanglantes batailles de leur longue série de confrontations avec leur

Némésis perpétuel, John Churchill, duc de Marlborough. Mons avait aussi été le lieu d'un combat acharné pour les armées de la Révolution française, et pour le corps expéditionnaire britannique, largement inférieur en nombre, qui avait livré là son premier engagement majeur de la Première Guerre mondiale.

Somme toute, le site était assez approprié pour que l'on y établisse le Commandement suprême des forces alliées en Europe (ou SHAPE) – le bras militaire de l'OTAN, et le siège du Commandant suprême des forces alliées en Europe, le SACEUR en personne, le général Carlos Henze, de l'armée des Etats-Unis. Située à quelques kilomètres de cette petite ville historique, l'entrée du campus (qui avait des allures de parc) était un simple kiosque dressé devant une rangée de mâts de drapeaux, où flottaient les étendards de toutes les nations membres de l'OTAN, plus celui des Nations unies. A l'arrière-plan, on discernait un édifice au toit plat, à deux étages, brun clair, derrière lequel s'élevaient d'autres bâtiments peu avenants.

Quand Smith présenta ses papiers d'identité au kiosque, il indiqua qu'il venait au rapport devant le médecin militaire en chef. Appliquant les mesures de sécurité renforcées propres au XXIe siècle, l'un des policiers militaires de service appela le bureau du médecin militaire en chef pour demander confirmation de ce rendez-vous, pendant qu'un autre examinait Jon, son uniforme de l'armée de terre, et surtout sa photo d'identité et ses papiers des services médicaux militaires.

Quand les sentinelles furent convaincues, Smith s'engagea dans la voie de droite de l'allée en forme de V, se gara sur le parking désigné, et se rendit à pied jusqu'à l'entrée principale, où une marquise à armature en acier, évoquant plutôt un petit hôtel sans prétention, annonçait fièrement : SUPREME HEADQUARTERS ALLIED POWERS EUROPE. Le Grand Quartier général des Forces Alliées en Europe. Au-dessus trônait l'insigne officiel, vert et or, du SHAPE. A l'intérieur, le réceptionniste le dirigea vers le deuxième étage, où le sergent-chef Matthias l'accueillit avec un bref salut. Vêtu en grand uniforme, avec ses rangées de barrettes et ses rubans de bataille, Matthias l'escorta dans des couloirs sans fin, jusqu'au bureau du général Carlos Henze.

Ce dernier, sec comme un coup de trique, se montra aussi abrupt que d'habitude.

« Tout ce fichu manège à la mode des espions est-il vraiment nécessaire, colonel ? »

Smith le salua.

« Ne me regardez pas comme ça, général. L'idée ne vient pas de moi. »

Henze lui lança un regard furibond et lui rendit son salut en maugréant.

« Ces civils. » D'un signe, il invita Smith à s'asseoir dans un fauteuil en cuir, en face de son bureau. « Les hommes du Président m'ont informé. Voici les données qu'ils nous ont envoyées. » Il fit glisser la chemise vers Smith, en conservant un dossier de son côté. « Mon équipe n'a rien pu dégotter concernant ce Croissant Armé du diable. Même à la CIA, ils en savent que dalle. Vous nous avez déniché un gang tout neuf de casseurs arabes, ça m'en a tout l'air, colonel. J'avais des doutes, mais vous savez peut-être ce que vous faites. Et maintenant ?

— Pas seulement des Arabes, monsieur. Des militants de plusieurs pays, des Afghans, un Fulani du nord du Nigeria... et je ne sais qui encore. Apparemment, leur chef serait originaire de Mauritanie. L'islam est un monde composé de nombreuses nations et d'une foule de groupes ethniques, et je ne suis même pas certain que ce soient tous des musulmans. »

Le général écoutait, raide et droit comme un rail, et les quatre étoiles de son uniforme semblaient scintiller de lueurs guerrières, comme un signal de défi lancé tout à la fois aux terroristes, à la journée maussade derrière les vitres battues par la pluie, et à l'espèce de salade de fruits de cordons et de galons qui lui rampaient de la poche quasiment jusqu'à l'épaule. Le regard était intense, comme s'il scrutait tous ces pays, tous ces groupes ethniques, analysant la moindre implication de la situation. Il ne s'agissait plus d'une menace potentielle. C'était réel. Si réel et si inquiétant que Henze fit pivoter son fauteuil d'un demi-tour complet pour se retrouver face à la fenêtre, dans son numéro habituel du dos tourné.

« L'Indonésie ? La Malaisie ? gronda la voix du général. La Turquie ?

— Pour le moment, pas que je sache. Mais je ne serais pas surpris qu'ils disposent de recrues de tous ces pays-là, et nous disposons de certains indices selon lesquels des tribus et des pays d'Asie centrale pourraient également être impliqués. »

Henze refit brusquement pivoter son fauteuil face à Smith, et le dévisagea.

« De certains indices ?

— Un membre du MI6 que je connais bien a identifié un de leurs signaux auditifs nocturnes, un code peu habituel mais très fréquent en Asie centrale. Similaire aux signaux nocturnes de nos Indiens des forêts.

— Les anciennes républiques soviétiques ? Les Tadjiks ? Les Ouzbeks ? Les Kirghis et les Kazaks ? »

Jon hocha la tête, et Henze se massa le nez, profondément plongé dans ses pensées. Il attrapa un dossier moins épais, posé sur son bureau, et le lança en direction de Smith.

« Le Président souhaitait que vous preniez également connaissance de ceci. C'est le dossier complet de l'OTAN concernant le capitaine Darius Bonnard, plus ce que le Bureau ovale a déniché au sujet de ce Français. Vous soupçonnez le bras droit du général de La Porte ? Un homme de confiance qui travaille dans ces murs ? Pour ainsi dire sur mes genoux ?

— Je soupçonne tout le monde, mon général.

— Même moi ? »

Se remémorant ses soupçons antérieurs au sujet de la visite de l'« agent de service » à la pension parisienne de Henze, Jon eut un sourire pincé.

« Pas pour le moment.

— Mais je ne suis pas au-dessus de tout soupçon ? »

Jon hésita, puis décida de se montrer aussi abrupt que Henze.

« Non, monsieur.

— Dieu du ciel », souffla Henze. Il se cala contre le dossier de son fauteuil, étudia Jon, et son regard intense lui fit l'effet d'un rayon laser. « Hier, quand nous parlions, vous et moi, nous savions que dalle. Maintenant, nous avons compris que ce bidule était bien réel, que le grand chaman qui l'a créé est vivant et qu'il pète le feu, et que le gang qui détient le tout est à la fois multinational et multiethnique. Alors répondez à la question que je vous ai posée précédemment : et maintenant ?

— Maintenant, nous allons les retrouver.

— Comment ?

— Je ne le sais pas encore.

— Vous ne le savez pas encore ? » Henze dévisagea Smith. « Mais quand le saurez-vous, nom de Dieu !

— Quand je le saurai. »

Henze ouvrit la bouche, son visage osseux vira presque à l'écarlate.

« Et je suis censé m'en satisfaire ?

— C'est ce genre de guerre-là que nous menons, mon général. J'aimerais pouvoir vous offrir davantage, bien davantage. J'ai des idées, des pistes, des intuitions, mais honnêtement, rien dont je puisse affirmer que cela permettra de clore ce dossier, et encore moins qui me permette d'annoncer quand et comment. »

Le général ne quitta pas Smith du regard, mais il perdait progressivement son teint couleur brique.

« Je n'apprécie pas ce type de guerre. Je n'aime pas ça du tout.

— Moi non plus. Mais pour l'heure, c'est ainsi. »

Henze acquiesça, l'air très concentré. Il était le chef suprême de l'OTAN en Europe, avec à sa disposition l'ensemble des armées des pays membres, hautement mécanisées et dotées de toute leur cyber-intelligence. Pourtant, face à ce nouvel ennemi, il se sentait impuissant – un ennemi quasiment inconnu, sans territoire, sans tribu, sans même un modèle de société, un mode de vie à défendre. Rien qu'une vision apocalyptique, et des griefs impossibles à satisfaire.

Il se frotta les yeux, l'air fatigué.

« J'ai déjà traversé une première espèce de guerre "nouvelle", colonel Smith, et qui a bien failli me détruire. Après le Vietnam, je ne suis pas certain de pouvoir en supporter encore une autre. Cela vaut peut-être mieux. L'heure est venue pour une nouvelle espèce de commandant en chef.

— Nous allons nous occuper de la mener, cette guerre », fit Jon.

Henze hocha la tête.

« Il faut que nous vainquions. » L'air épuisé, d'un geste, il indiqua à Jon d'emporter les dossiers.

Smith s'exécuta, salua et sortit. Dans le couloir, il s'arrêta et décida d'emporter ces dossiers à Bruxelles, où il devait retrouver Randi. Là-bas, il pourrait les étudier. Alors qu'il s'éloignait, il s'entendit appeler par son nom. Il se retourna et vit le général français, le comte Roland de La Porte qui s'approchait de lui à grandes enjambées, tout sourire.

« Bonjour, général de La Porte. »

Lorsque l'imposant général passait devant les portes du couloir, ces dernières donnaient l'impression de trembler sur leurs gonds.

« Ah, colonel Smith. L'homme qui nous a fichu un grand choc à tous. Il faut que l'on se parle, tout de suite. Venez, mon bureau est tout près d'ici. Vous prendrez bien un café en ma compagnie, n'est-ce pas ? »

Jon accepta et suivit La Porte dans son bureau. Le général s'assit dans un grand fauteuil en cuir rouge, un genre de fauteuil club. Hormis sa table de travail, on eût dit que c'était le seul meuble susceptible de ne pas s'écrouler sous le poids de son corps gigantesque. Il désigna un siège, c'était encore une de ces chaises Louis XV, tout à fait de circonstance. Un jeune lieutenant très nerveux vint promptement leur servir un café.

« Alors comme ça, en fin de compte, notre Emile Chambord est vivant. C'est magnifique, mais les ravisseurs le détiennent, ce qui n'est pas si magnifique que ça. Vous n'avez pas pu vous tromper, colonel ?

— Je crains que non. »

La Porte hocha la tête, avec un air renfrogné.

« Alors nous avons été dupés. Les restes du corps retrouvés dans le bâtiment de Pasteur n'étaient pas là par accident, pas plus que les empreintes digitales et son profil ADN dans son dossier au contre-espionnage, et les Basques n'étaient qu'une façade, une comédie destinée à dissimuler les vrais terroristes. C'est bien ça ?

— Oui, confirma Jon. Les vrais criminels se nomment le Croissant Armé. Un groupe extrémiste musulman multiethnique, multinational, conduit par un homme qui se fait appeler M. Mauritania. »

Le général avala son café avec un geste de fureur.

« Il semblerait donc que l'information que l'on m'a fournie, et que je vous ai transmise, ait contribué à vous fourvoyer, et sur bien des plans. Je m'en excuse.

— En fait, cette information remontait la piste des Basques, et nous a révélé l'essentiel de ce que nous savons à l'heure qu'il est. Donc, au bout du compte vous nous avez été d'une grande aide, mon général.

— Merci. Ce premier résultat me réconforte. »

Jon reposa sa tasse.

« Puis-je vous demander où se trouve votre aide de camp, le capitaine Bonnard ?

— Darius ? Je l'ai envoyé en mission dans le Sud de la France. »
Pas loin de l'Espagne.

« Où cela, au juste, mon général ? »

La Porte regarda fixement Jon, et fronça les sourcils.

« A notre base navale de Toulon, puis à Minorque pour y effectuer une petite commission. Pourquoi ? Que signifient ces questions sur Darius ?

— Connaissez-vous bien le capitaine Bonnard ?

— Bien ? » La Porte avait l'air abasourdi. « Vous soupçonnez Darius de... ? Non, non, c'est impossible. Je ne puis envisager pareille trahison.

— C'est lui qui vous a fourni l'information que vous m'avez transmise.

— Impossible. » Le général lança un regard furibond. « Si je connais bien Darius ? Comme un père connaît son fils. Il est avec moi depuis six ans. Ses états de service sont immaculés, avec de nombreuses décorations et citations pour son courage et son audace, toutes antérieures à notre première collaboration... lorsqu'il commandait un peloton sous mes ordres, au Quatrième Dragon, pendant la guerre du Golfe. Précédemment, il a été poilu au sein du Deuxième Régiment d'Infanterie de la Légion, opérant en Afrique du Nord à la demande de nos anciennes colonies, qui faisaient encore appel à notre aide de temps à autre. Il est sorti du rang et il a été promu officier. Comment pouvez-vous soupçonner un homme couvert de tant d'honneurs ?

— Un engagé volontaire dans la Légion ? Il n'est pas français ?

— Bien sûr qu'il est français ! » rétorqua La Porte sur un ton cassant. Son large visage parut se figer, comme gagné par une expression de gêne, les traits congestionnés. « Il est vrai qu'il est né de père allemand. Darius est né allemand, mais sa mère était française, et il a repris son nom, quand il a été promu officier.

— Que savez-vous de sa vie privée ?

— Tout. Il est marié à une agréable jeune femme, issue d'une bonne famille, qui fut de nombreuses années au service de la France. Et il s'intéresse à notre histoire, tout comme moi. »

D'un vaste geste circulaire du bras, La Porte désigna tout l'espace de son bureau, et Jon s'aperçut que les murs étaient couverts de tableaux, de photographies, de dessins, de cartes, autant d'évocations de grands moments de l'histoire de France. Il y avait une exception, une photo du tableau représentant le château de pierre rouge que Jon avait vu pour la première fois dans l'hôtel particulier parisien du général.

Mais La Porte ne cessait plus de parler.

« L'histoire est davantage que l'histoire d'une nation, d'un peuple. L'histoire véritable dresse la chronique de l'âme d'un pays, de sorte qu'ignorer l'histoire, c'est ignorer cette nation ou ce peuple. Si nous ignorons le passé, colonel, nous sommes condamnés à le répéter, n'est-ce pas ? Comment un homme dévoué à l'histoire de son pays pourrait-il le trahir ? Impossible. »

Jon l'écoutait avec l'impression grandissante que La Porte parlait trop, qu'il défendait Bonnard avec trop de vigueur, comme pour se convaincre lui-même. Le général se rendait-il compte, au fond de lui-même, que ce qu'il jugeait impossible serait justement possible ? Ses derniers propos trahissaient davantage qu'un simple doute.

« Non, je ne peux y croire. Pas Darius. »

Mais Jon, lui, pouvait y croire et, quand il sortit du bureau, il jeta un dernier regard au général dans son grand fauteuil. La Porte broyait du noir, et il y avait de la crainte dans son regard flou.

Paris, France

Peter Howell somnolait dans l'étroit lit de camp que l'hôpital, sur son insistance, avait installé dans la chambre individuelle de Marty, quand une abeille, une guêpe ou une espèce agaçante de dard volant vint bourdonner près de son oreille. Il se flanqua une claque et la douleur de son crâne, à l'endroit où il venait de se frapper, le réveilla... ainsi que la sonnerie insistante et grêle du téléphone de la chambre, posé sur la tablette à côté de son oreiller.

A l'autre bout de la pièce, Marty remua en marmonnant.

Peter lui lança un coup d'œil et attrapa le combiné.

« Howell...

— Alors on dormait, hein, Peter ?

— Une malheureuse nécessité, à intervalles réguliers, même pour un agent de terrain, et peu me chaut que cela vous dérange, vous autres fonctionnaires ronds-de-cuir qui avez la latitude de passer toutes vos nuits dans votre lit, ou dans celui de votre maîtresse, nom de Dieu. »

A Londres, sir Gareth Southgate gloussa. Mais il n'y avait aucun amusement dans ce rire, car en tant que chef du MI6, il avait la tâche peu enviable de gérer Peter Howell, alors qu'il aurait déjà dû depuis longtemps voir l'arrière-train de ce non-conformiste disparaître de son champ de vision. Mais chez cet agent à la retraite, rien n'était normal, y compris le plaisir qu'il prenait à jouer les trublions. Le fait est que Peter Howell demeurait un agent brillant, ce qui le rendait utile en cas d'urgence. C'est pourquoi Southgate avait résolu d'adopter avec lui deux démarches : la jovialité et un flegme à toute épreuve.

Mais à présent le petit rire de Southgate s'étranglait dans sa gorge.

« Comment va le Dr Zellerbach, Peter ?

— Inchangé. Que voulez-vous, bon Dieu ? »

Southgate conserva son ton léger, mais y ajouta une note de gravité.

« Vous apporter une information perturbante, et vous demander votre opinion ô combien pénétrante sur le sujet. »

Dans la chambre d'hôpital, Marty remua de nouveau. Il avait l'air agité. Peter l'observa avec une lueur d'espoir. Quand Marty parut replonger dans le sommeil, Peter tourna de nouveau toute son attention vers sa conversation avec Southgate. Une fois qu'il était certain d'avoir su taper sur telle ou telle des terminaisons nerveuses de son patron, il redevenait tout à fait civil. Noblesse oblige.

« Comme l'on dit en Californie, je suis tout oreilles.

— Comme c'est aimable à vous, commenta Southgate. Ceci demeurera ultrasecret. Sous le contrôle du Premier ministre. En fait, je vous appelle en utilisant un tout nouveau code de brouillage et de cryptage, pour être absolument sûr et certain que ces terroristes n'aient pas encore eu la moindre chance de le percer. Et je ne le réutiliserai jamais, pas avant que nous n'ayons mis la main sur ce monstrueux ordinateur ADN. Me suis-je fait clairement comprendre, Peter ? »

Peter grommela.

« Alors vous auriez plutôt intérêt à ne rien me dire, mon vieux. »

Il sentit l'irritabilité de Southgate affleurer encore un peu plus.

« Je vous demande pardon ?

— Les règles n'ont pas changé. Ce que je fais dans le cadre de ma mission relève de ma seule décision. Si j'étais d'avis de devoir communiquer cette information pour atteindre mon objectif, je la communiquerais. Et vous pouvez répéter ça au Premier ministre. »

Sir Gareth éleva la voix.

« Cela vous plaît de vous conduire en voyou, et avec une telle arrogance, Peter ?

— Infiniment. Maintenant, dites-moi ce que vous voulez savoir, sinon, rompez. Vu ? » Peter jugeait fort logique que des fonctionnaires d'un rang bien plus élevé que le chef du MI6 l'aient convié pour qu'il soit de la fête, ce qui signifiait que Southgate était dans l'incapacité de le virer. Il sourit, en se représentant toute l'exaspération de son interlocuteur.

Le haut fonctionnaire reprit d'une voix cassante :

« Le général Arnold Moore et son pilote sont portés disparus et présumés morts au cours d'un vol de Gibraltar à Londres. Le général rentrait en Angleterre pour présenter un rapport de la dernière urgence au Premier ministre. Tout ce qu'il a indiqué au Premier ministre par l'intermédiaire de nos moyens de communication les mieux sécurisés, c'était que cela concernait les... et ici je le cite... "récentes perturbations électroniques survenues aux Etats-Unis". C'est pour cette raison que j'ai reçu instruction de vous relayer l'information. »

Voilà qui dégrisa instantanément Peter.

« Le général Moore a-t-il laissé un indice concernant le lieu, ou la manière dont il était tombé sur l'information qu'il voulait rapporter au Premier ministre ?

— Aucun. » Southgate, lui aussi, avait renoncé à leur querelle. « Nous avons vérifié toutes les sources dont nous disposions, et ce que nous savons, c'est que le général était censé se trouver dans sa propriété du

Kent. Au lieu de quoi, il a pris un avion pour Gibraltar, avec son pilote personnel aux commandes. Après quoi, son pilote et lui ont embarqué à bord d'un hélicoptère et ils sont rentrés six heures plus tard. Durant ces six heures, il est resté hors de contact.

— Notre station de Gibraltar ignore où l'emmenait cet hélicoptère ?

— Personne n'en sait rien. Son pilote a disparu avec lui, évidemment. »

Peter digéra ces nouvelles.

« Très bien, j'ai besoin de rester ici, jusqu'à ce que je puisse interroger le Dr Zellerbach. Dans l'intervalle, que tout votre monde s'attelle à la recherche de l'endroit où s'est rendu Moore. Une fois que j'aurai parlé à Zellerbach, je descendrai fouiner dans le Sud. Un hélicoptère dispose d'un rayon d'action limité, et nous devrions donc être en mesure de réduire d'autant le nombre des destinations possibles du général.

— Très bien. Je... Ne quittez pas. » La voix de Southgate s'estompa, le temps qu'il se tourne vers une tierce personne, avec laquelle il échangea quelques mots. Les deux voix continuèrent quelques secondes, avant que le chef du MI6 ne reprenne sa conversation avec Peter. « Nous venons juste de recevoir un rapport indiquant que des débris du fuselage du Tornado ont été repêchés au large de Lisbonne. Le métal montrait des traces d'explosion. J'imagine que nous pouvons les considérer comme morts, le pilote et lui. »

Peter acquiesça.

« Vu tout le reste, un accident paraît improbable. Que vos gens continuent de creuser, et moi je reste en contact. »

Southgate s'abstint d'ajouter une remarque : Howell faisait lui aussi partie de ses « gens », soumis à ses ordres. Mais en réalité, ce n'était pas vrai. En son for intérieur, il lâcha un soupir.

« Très bien. Et au fait, Peter ? Essayez d'en parler au moins d'interlocuteurs possible, hein ? »

Peter raccrocha. *Espèce de crétin sentencieux.* Il remercia sa bonne étoile d'avoir toujours su rester à l'écart de quelque position d'autorité que ce soit. Cela ne faisait que monter à la tête des types les plus convenables, en empêchant l'oxygénation, les progrès, et les résultats. A la réflexion, les hommes convenables recherchaient rarement l'autorité, et d'ailleurs, on la leur confiait tout aussi rarement. Décidément, il fallait être un imbécile épris de solennité pour souhaiter se soumettre à ce genre de supplice.

« Mon Dieu. » Dans son dos, il entendit une voix tremblante qui s'adressait à lui. « Peter... Peter Howell ? C'est toi, Peter ? »

Peter bondit de son lit de camp et se précipita au chevet de Marty.

Zellerbach cligna les yeux, se frotta les paupières.

« Alors je suis... mort ? Ça doit être ça. Oui, je dois être en enfer. » Il scruta le visage de Peter, l'air inquiet. « Sans quoi je ne verrais pas Lucifer. J'aurais dû le savoir. Où rencontrer cet Anglais si assommant, à part en enfer ?

— Voilà qui me plaît déjà plus. » Peter sourit de toutes ses dents. « Salut, Marty, espèce de pauvre type. Ah, tu nous en as fait voir. »

Marty jeta un œil sur sa chambre d'hôpital, guère rassuré.

« Ça ne m'a pas l'air trop mal, ici, mais avec moi, ça ne prend pas. Je sais que c'est une illusion. » Il eut un mouvement de recul. « Derrière ces murs innocents, je vois des flammes. Orange, jaune, rouge. Des volutes de flammes qui bouillonnent au cœur des enfers ! Des flammes aveuglantes ! Ne vous imaginez pas que vous allez pouvoir retenir Marty Zellerbach ! » Il repoussa ses draps, et Peter l'empoigna par les épaules.

Tout en se démenant pour maintenir Marty couché dans son lit, Peter tonna :

« Garde ! Allez chercher l'infirmière ! Allez chercher le docteur, bon Dieu ! Quelqu'un ! »

La porte s'ouvrit d'un coup, le garde lança un regard dans la pièce et vit ce qui se passait.

« J'arrive tout de suite. »

Marty s'appuyait sur les mains de Peter, mais ce n'était plus tant pour se débattre que pour simplement peser de tout le poids de son corps robuste, bien déterminé à regagner sa liberté.

« Arrogant Lucifer ! J'aurai échappé à tes griffes avant que tu ne battes des paupières. Illusion et réalité. Méchant Zounds, à qui crois-tu avoir affaire ? Oh, quel bonheur ce sera de se mesurer à toi, l'archidémon ! Tu n'as aucun moyen de vaincre. Je vais m'envoler d'ici sur les ailes d'un faucon à queue rouge. Aucun moyen... aucun... aucun... »

— Chut, mon garçon, fit Peter, tâchant de le calmer. Je ne suis pas Lucifer. Pas vraiment. Tu te souviens du vieux Peter ? On s'en est payé, des moments sympa, non ? »

Mais Marty continuait de délirer, il était en proie au stade maniaco-dépressif extrême du syndrome d'Asperger. L'infirmière se précipita dans la chambre, suivie du Dr Dubost. Pendant que Peter et elle maintenaient Marty en position couchée, le docteur lui injecta du Mideral en solution aqueuse, le seul médicament susceptible de calmer ces crises maniaco-dépressives.

« ... il faut que je m'envole... Satan ne peut pas être plus malin que moi ! Pas moi ! Je vais... »

Alors que Peter et l'infirmière le maintenaient toujours, le médecin observait Marty.

« Faites en sorte qu'il soit le plus au calme possible. Il est resté dans le coma un long moment, et nous voudrions éviter toute rechute. Le Mideral va bientôt faire effet. »

Peter parla doucement à Marty, qui continuait de divaguer, échafaudant des projets et bâtissant des châteaux en Espagne. Tout était centré sur une illusion : il se trouvait dans le royaume de Pluton, où il lui fallait déjouer le démon à lui tout seul. Il ne tarda pas à perdre un peu de son tonus physique et ne tenta plus de s'enfuir, puis ses yeux se firent plus ternes, ses paupières tombèrent, et il se mit à hocher la tête.

L'infirmière sourit à Peter et recula.

« Vous êtes un véritable ami, monsieur Howell. Beaucoup de gens se seraient enfuis de sa chambre en poussant des cris. »

Peter se renfrogna.

« Ah oui ? Ces gens-là, ils n'ont pas beaucoup de cran, hein ?

— Ou pas beaucoup de cœur. » Elle lui tapota l'épaule et sortit.

Pour la première fois, Peter regretta de ne pas disposer de moyens de communication électroniques ou de ne pas pouvoir transmettre des appels sur portable par relais satellitaires. Il avait envie de tenir Jon et Randi informés de l'état de Marty et, en même temps, il fallait qu'il appelle ses contacts dans le Sud de la France, sur la Costa Brava, en Espagne, et dans tous les endroits que l'hélicoptère aurait pu rallier en partant de Gibraltar, histoire de voir ce qu'il pourrait apprendre concernant les dernières heures du général Moore. Mais on ne pouvait joindre ces contacts que sur leurs téléphones portables.

Contrarié, il se rassit, poussa un soupir, et laissa retomber sa tête entre ses mains. C'est alors qu'il entendit des pas légers derrière lui. Des pas étouffés, fuyants, et il n'avait même pas entendu la porte s'ouvrir.

« Randi ? » Lorsqu'il fut sur le point de se retourner, il tendait la main vers le Browning Hi-Power 9 mm glissé dans sa ceinture. Cette façon de marcher n'était pas celle de Randi... Et il était trop tard. Avant d'avoir son Browning en main, il sentit le métal froid, le canon de l'arme de l'intrus fermement enfoncé au creux de sa nuque. Il se figea. Il ne savait pas à qui il avait affaire, mais le type avait du talent. Expert, à faire peur. Et pas seul.

CHAPITRE VINGT ET UN

Bruxelles, Belgique

SMITH referma la couverture de la dernière chemise de dossiers, commanda une deuxième Chimay, et se redressa sur sa chaise. Il avait déposé un message au Café Egmont, proposant à Randi de le retrouver à un autre endroit, Le Cerf Agile, où il avait pris place à une table à l'écart. C'était son café préféré, dans le quartier de la rue Sainte-Catherine, vers la ville basse, non loin de la Bourse et de ce qui était jadis les berges de la Senne, du temps où cette partie de Bruxelles était encore un port accueillant des centaines de bateaux de pêche. Comme ce quartier restait un marché aux poissons, les fruits de mer demeuraient encore le plat du jour des bistrots du coin, alors que la rivière avait été depuis longtemps enterrée dans un canal et recouverte de brique, pour devenir ensuite le boulevard Anspach.

Mais le poisson, la rivière enfouie et les denrées de la mer étaient bien loin des pensées de Smith, qui but une longue gorgée de sa bière brune en regardant autour de lui. Aucun autre client ne s'était installé à l'extérieur, car de sombres nuages défilaient encore de temps en temps dans le ciel. Depuis une heure la pluie avait cessé et, quand il avait demandé au patron de lui essuyer cette table et les deux chaises qui allaient de pair, ce dernier s'était exécuté bien volontiers. Les autres clients avaient décidé de ne pas courir le risque que les cieux se rouvrent à nouveau et ne déversent un autre déluge, mais Jon ne s'en souciait guère.

Il préférait être là, tout seul, hors de portée des oreilles et des regards indiscrets. Après avoir quitté le SHAPE, il avait troqué son uniforme contre son pantalon de coton couleur fauve, son blouson sport bleu foncé et ses baskets, et il ressemblait maintenant à un touriste comme un autre. Le choix des chaussures avait son importance, dans le cas où il aurait eu à courir. Le blouson aussi avait son importance, pour dissimuler son pistolet. Et l'imper noir qu'il avait jeté sur le dossier de sa chaise l'aidait à se fondre dans la nuit.

Mais à cette heure-ci, alors que le soleil disputait aux nuages la suprématie dans le ciel de l'après-midi, Jon songeait à ce qu'il avait appris au siège de l'OTAN. Le dossier du capitaine Darius Bonnard était révélateur. Soit La Porte ne savait rien, soit il protégeait Bonnard en refusant d'admettre le fait que l'épouse actuelle du capitaine – cette Française que La Porte admirait tant – n'était pas sa première femme : quand il servait dans la Légion, il avait épousé une Algérienne. On ignorait s'il s'était converti à l'islam. Toutefois, même après sa promotion, il passait tous ses congés à Alger, où vivaient son épouse et sa famille. On ne possédait aucune information sur le motif de leur séparation. Aucun papier de divorce ne figurant non plus dans le dossier, Jon demeurait soupçonneux. Comme les espions dormants et les taupes, les terroristes se faisaient souvent établir de nouvelles identités dans les pays cibles de leur choix tout en conservant une autre vie, ailleurs.

Ainsi, Darius Bonnard, le bras droit préféré du Commandant Suprême Allié en second de l'OTAN, était un Allemand servant dans l'armée française, jadis marié à une Algérienne et, en ce moment même, il était quelque part dans le Sud de la France – pas si loin que cela de Tolède.

Tout en poursuivant ses réflexions, Jon prit son verre de bière et leva les yeux, juste à temps pour voir Randi payer un taxi à un demi-pâté de maisons de distance du café. Il se redressa contre le dossier de sa chaise, sourit, le verre à la main, profitant de ce spectacle. Elle était classiquement vêtue d'un pantalon noir et d'une veste cintrée, les cheveux simplement attachés par une queue-de-cheval. Avec ses mouvements pleins d'aisance et sa silhouette mince, elle avait l'air d'une adolescente. Elle le rejoignit d'un pas vif, pleine de vigueur, en un mot, belle, et il se rendit compte qu'il ne pensait plus à Sophia chaque fois qu'il la voyait. Cela lui inspira un sentiment étrange.

Elle arriva à sa table.

« On dirait que tu viens de voir un fantôme. Tu t'inquiétais pour moi ? Gentil, mais totalement inutile.

— Où étais-tu, bon sang ? » réussit-il à lui lancer en maugréant, malgré son sourire.

Elle s'assit et chercha le serveur du regard.

« Je vais te faire un rapport complet dans une minute. J'arrive tout juste de Paris. Je pensais que tu aimerais savoir que je me suis arrêtée pour rendre visite à Marty... »

Il se redressa.

« Comment va-t-il ?

— Il s'était de nouveau endormi et il n'avait toujours rien dit à Peter. » Elle le tint informé des rechutes de leur ami, et elle vit son visage tenaillé par l'inquiétude, ses yeux bleu marine s'assombrir. Quand les choses tournaient mal, Jon pouvait avoir l'air d'un monstre prédateur, surtout s'il était en pleine action, mais pour l'heure c'était un homme qui se préoccupait surtout de son ami. Avec ses cheveux noirs en bataille, son front ridé d'anxiété et ses égratignures au visage, traces de la poursuite à Madrid, elle le trouva presque attendrissant.

— C'est encore plus dur maintenant que nous ne pouvons pas utiliser nos téléphones portables, maugréa Jon. Sans quoi, Peter aurait appelé pour me dire tout cela lui-même.

— Tout est plus dur, sans nos téléphones portables et nos modems. » Elle lui lança un regard entendu. Le serveur s'approchait de leur table. Ils suspendirent leur conversation, pendant qu'elle commandait à son tour une Chimay, mais une Grande Réserve. Dès que le serveur fut reparti, hors de portée de voix, elle lui demanda s'il avait appris quelque chose.

— Quelques petits trucs. » Jon lui rapporta les informations contenues dans le dossier de Darius Bonnard et la teneur de son entretien avec le général de La Porte. « La Porte ne sait peut-être rien des liens de Bonnard avec l'Algérie, ou bien il se peut qu'il le couvre par souci de loyauté. Qu'as-tu dégotté ?

— Peut-être ce qu'il nous faut. » Survoltée, elle lui rapporta ce qu'elle avait appris de la bouche d'Aaron Isaacs, en terminant par la prétendue maladie du Dr Akbar Suleiman.

— Tu as raison. C'est prometteur. Où est ce type ?

— C'est un postdoctorant, et il vit à Paris. Le Mossad signale qu'il y est toujours. J'ai son adresse.

— Qu'attendons-nous ? »

Randi sourit d'un air grave.

« Que j'aie fini ma bière. »

Quelque part sur la côte nord-africaine

Par instants, une brise fraîche soufflait dans la vaste pièce blanchie à la chaux de la villa méditerranéenne toute de plain-pied, faisant gonfler les rideaux de voile. La demeure avait été conçue pour que l'on puisse y profiter du moindre souffle de vent. Dans cette propriété isolée située sur la côte, des courants d'air balayaient continuellement les arcades ouvertes qui séparaient les chambres du corridor.

Tout au fond d'une alcôve, le professeur Emile Chambord travaillait sur les tubages et les connexions ultrafins qui couraient entre son clavier et l'agglomérat de packs de gel disposés sur leur support, le chargeur, la plaque de métal flexible, l'écran et l'imprimante électronique que Mauritania et ses hommes avaient soigneusement transportés depuis le labo de l'Institut Pasteur. Chambord aimait cette alcôve, car elle était à l'abri de ce vent qui soufflait en permanence. Dans le pilotage de son délicat prototype d'ordinateur ADN, le contrôle de la température et l'absence de vibrations étaient deux facteurs vitaux.

Chambord se concentrait. Il avait l'œuvre de sa vie au bout des doigts – son ordinateur moléculaire ultrasecret. Tout en effectuant quelques réglages, il songea à l'avenir, tant électronique que politique. Pour lui, son ordinateur ADN rudimentaire marquait le début d'une série de mutations qui dépassaient le niveau d'instruction moyen de la plupart des individus, et dont ils étaient encore moins capables de mesurer l'ampleur. Maîtriser les molécules avec le degré de dextérité et de précision que possédaient déjà les physiciens dans la maîtrise des électrons, voilà qui allait révolutionner le monde, pour conduire en définitive au royaume subatomique, où la matière se comportait très différemment de ce que les gens voyaient avec leurs yeux, entendaient avec leurs oreilles ou touchaient avec leur peau.

Les électrons et les atomes ne réagissaient donc pas avec la même franche simplicité que des boules de billard, comme dans la physique classique de Newton. Au contraire, leurs caractéristiques les apparentaient plutôt à des entités floues, semblables à des ondes. Au niveau atomique, ces ondes pouvaient fonctionner comme des particules, tandis que les particules allaient de pair avec des ondes. Un électron pouvait suivre quantité de routes différentes simultanément, tout à fait comme dans les phénomènes de propagation, comme une vague. Similairement, un ordinateur atomique serait en mesure, lui aussi, d'effectuer ses calculs en suivant plusieurs chemins de front. Peut-être même dans plusieurs dimensions différentes. Les hypothèses fondamentales sur lesquelles reposait notre univers se verraient démenties de manière irréversible.

A la base, l'ordinateur actuel n'était qu'un réseau de câblages disposés dans une direction, une couche de commutateurs, avec un second réseau de câblages alignés dans la direction opposée. Ces câblages et ces commutateurs étaient configurés pour composer des portes logiques... mais c'était le type même des câblages et des commutateurs employés qui faisait toute la différence. Chambord était parvenu à obtenir des molécules d'ADN qu'elles fonctionnent comme des portes logiques correspondant aux termes ET et OU, le langage informatique de base des ordinateurs électroniques. Avec les machines ADN expérimentales créées par d'autres scientifiques, l'un des problèmes les plus insurmontables concernait les molécules de rotaxane qu'ils utilisaient pour tenir lieu de portes : on ne pouvait les régler qu'une fois pour toutes, ce qui ne les rendait compatibles que pour une mémoire morte, et non pour une mémoire vive, qui exigeait des commutations constantes.

C'était ce chaînon manquant, soi-disant hors de portée, que Chambord était parvenu à créer : il avait fabriqué une molécule différente, dotée des propriétés susceptibles de faire fonctionner un ordinateur ADN. C'était une molécule de synthèse, qu'il avait baptisée Francane, en l'honneur de la France.

Chambord se détournait de son appareil pour noter quelques calculs dans son carnet quand Thérèse apparut sous l'arcade.

« Pourquoi les aides-tu ? »

Il y avait de la colère dans ses yeux, mais elle maîtrisa sa voix, tout en observant son père, penché sur ses calculs. Il avait l'air très fatigué.

Il lâcha un soupir, leva les yeux et se retourna.

« Que puis-je faire d'autre ? »

Les lèvres charnues de Thérèse étaient pâles, tout son rouge à lèvres, d'un rouge si vif, s'était effacé depuis déjà plusieurs jours. Ses cheveux noirs, pas coiffés, pas peignés, ne coulaient plus en un rideau de satin. Elle portait toujours son ensemble de soirée blanc et près du corps, désormais sali et déchiré. Son chemisier de soie blanc cassé, à col montant, était moucheté de sang et de ce qui devait être des taches de graisse, et ses escarpins à hauts talons ivoire avaient disparu. A la place, elle portait des babouches. C'était sa seule concession : elle avait refusé le moindre vêtement de rechange venant de ses ravisseurs.

« Tu aurais pu dire non, lui répliqua-t-elle d'une voix fatiguée. Aucun d'eux ne sait faire fonctionner un ordinateur moléculaire. Ils seraient impuissants.

— Et je serais mort. Et, plus grave, tu serais morte, toi aussi.

— De toute façon, ils vont nous tuer.

— Non ! Ils ont promis. »

Thérèse perçut son désespoir. Il se raccrochait à des chimères.

« Promis ? » Le mot la fit rire. « La promesse de terroristes, de ravisseurs, de meurtriers ? »

Chambord resta bouche close, refusant de répondre. Il retourna à son travail, vérifia les connexions de son ordinateur.

« Ils vont déclencher quelque chose de terrible, ajouta-t-elle. Des gens vont mourir. Tu le sais.

— Je ne sais rien de tout ça. »

Elle fixa son profil du regard.

« Tu as conclu un marché. Pour moi. C'est cela, n'est-ce pas ? Ton âme en échange de ma vie.

— Je n'ai conclu aucun marché. » Et pourtant, son père ne relevait plus les yeux.

Elle continua de le dévisager, tentant de percevoir ce qu'il devait ressentir, ce qu'il devait penser. Tout ce qu'il devait endurer.

« Mais c'est ce que tu vas tenter. Tu vas essayer d'obtenir qu'ils me libèrent, avant de les aider à accomplir ce qu'ils veulent. »

Chambord resta silencieux un instant.

« Je ne vais pas les laisser te tuer, dit-il enfin calmement.

— Ce choix ne m'appartient-il pas ? »

Son père pivota sur son siège.

« Non ! Ce choix-là m'appartient. »

Il y eut un bruit de pas feutrés dans le dos de Thérèse. Elle tressaillit en voyant Mauritania franchir l'arcade, il l'observa, puis son œil glissa vers son père avant de revenir à elle. Armé, le regard noir, Abu Auda se tenait en sentinelle derrière lui.

Mauritania fut solennel.

« Vous vous trompez, mademoiselle Chambord. Une fois accompli notre mission, je n'aurai plus besoin de votre père, et nous annoncerons notre triomphe au monde. Ainsi, le Grand Satan saura qui aura précipité sa chute. Nous n'aurons plus aucune raison de nous soucier de ce que votre père ou vous-même pourrez dire. Personne ne va mourir, sauf ceux qui refuseraient de nous aider dans l'accomplissement de notre mission. »

Thérèse ricana.

« Vous arriverez peut-être à tromper mon père, mais pas moi. Je sais déceler le mensonge quand j'en entends un.

— Cela me chagrine que vous ne nous accordiez pas votre confiance, mais je n'ai guère le temps de vous convaincre. » Mauritania posa les yeux sur Chambord. « Encore combien de temps, avant que vous ne soyez de nouveau prêt ?

— Je vous ai dit que j'avais besoin de deux jours. »

Les petits yeux de Mauritania se fermèrent à demi.

« Ils sont presque écoulés. »

Depuis son entrée, pas une seule fois il n'avait élevé la voix, mais cela ne dissipait guère la menace allumée dans son regard.

Paris, France

La tour Montparnasse et son escorte d'immeubles élégants alignés le long du boulevard Montparnasse s'éloignaient à mesure que Smith, Randi et Hakim Gatta, un laborantin terrorisé de l'Institut Pasteur, s'enfonçaient dans les petites rues de Paris, dans ces quartiers où travaillaient et vivaient les nouveaux bourgeois bohèmes, entourés des grands esprits de la bohème d'antan. Le soleil s'était couché, et les dernières braises rougeoyantes du jour donnaient au ciel une nuance sombre, dans les gris et les jaunes. Des ombres noires s'étiraient sur les jardins printaniers envahis de végétation et sur le pavé des rues, et l'air était parfois traversé des senteurs mêlées de l'alcool et de la marijuana.

Enfin, Hakim, en petit factotum nerveux qu'il était, bredouilla quelques mots en français.

« C'est cette rue-là. Je... je peux... je peux partir... maintenant ? » Il mesurait un peu plus d'un mètre cinquante, avec une masse de cheveux noirs et bouclés, la peau café au lait, et de petits yeux fuyants. Il vivait au-dessus de chez le Dr Akbar Suleiman.

« Pas encore », lui répondit Randi. Elle l'attira de nouveau dans la pénombre, où Jon les suivit en trois rapides enjambées. « Quel bâtiment est-ce ?

— N... numéro quinze.

— Quel appartement ? insista Jon.

— T... troisième étage. Dans le fond. Vous avez promis de me payer, et que je pourrais partir.

— La ruelle est la seule autre sortie ? »

Hakim hocha la tête avec impatience.

« L'entrée de devant, ou la ruelle. Il n'y a pas d'autre sortie.

— Tu prends par la ruelle, et moi j'entre, fit Jon à Randi.

— Qui t'a dit de me donner des ordres ? »

Hakim avait commencé de reculer. Elle l'empoigna par le col et lui montra son arme. Il tressaillit et s'arrêta net.

Jon observa la scène.

« Désolé. Tu as une meilleure idée ? »

Randi secoua la tête à contrecœur.

« Tu as raison, mais la prochaine fois, consulte-moi. Tu te souviens de cette conversation que nous avons eue au sujet de la politesse ? On ferait mieux de s'activer. Inutile de te dire combien de temps il mettra à filer s'il apprend que nous avons enquêté sur son compte à Pasteur. Tu as ton talkie-walkie ?

— Bien sûr. » Jon tapota la poche de son trench noir. Il emprunta en vitesse l'étroit trottoir. Les fenêtres éclairées des appartements, aux quatrième, cinquième et sixième étages, étaient comme autant de balises surplombant la profonde tranchée de la rue. Au n° 15, il s'adossa au mur de la façade et, l'air détaché, il observa. D'un pas nonchalant, des hommes et des femmes se rendaient dans les bars et dans les bistrots, à moins qu'ils ne rentrent chez eux. Quelques couples, jeunes et vieux, se tenaient par la main, profitant de ce crépuscule printanier et du plaisir d'être à deux. Jon attendit, jusqu'à ce qu'il n'y ait plus personne pour le voir, et il passa à l'action.

La porte d'entrée de l'immeuble était entrouverte, et il n'y avait pas de concierge. Il sortit son Walther, se faufila à l'intérieur, et s'engagea dans l'escalier, jusqu'au troisième étage. La porte de l'appartement du fond était fermée. Il écouta et, au bout d'un moment, il entendit le bruit d'une radio dans une pièce à l'écart. Quelque part à l'intérieur, quelqu'un avait ouvert un robinet, et il entendit couler de l'eau dans une cuvette. Il sollicita la poignée de la porte, mais elle était fermée à clef. Il recula et l'examina – une serrure demi-tour standard. S'il y avait un verrou à bouton et s'il était fermé, lui aussi, il aurait beaucoup plus de mal à entrer. D'un autre côté, en général, les gens étaient imprudents et ne fermaient pas au verrou avant d'aller se coucher.

Il sortit son petit étui de crocheteur et se mit au travail. Il était encore aux prises avec la serrure quand le robinet cessa de couler. Il y eut un bruit de tonnerre, et une rafale tirée de l'intérieur déchiqueta la porte, quelques centimètres au-dessus de la tête de Smith. Des éclats de bois aussi acérés que des piques jaillirent, et la douleur brûla Jon au flanc. Il plongea au sol, en se cognant à l'épaule gauche. *Bon Dieu, il avait dû être touché.* Il fut pris d'un vertige. Non sans mal, il se remit en position assise, s'adossa au mur, face à la porte fracassée, son Walther braqué dans cette direction, pour se couvrir. La douleur au côté lui causait d'atroces élancements, mais il n'en tint aucun compte. Il restait l'œil fixé vers la porte.

Comme personne ne sortait, il finit par déboutonner son manteau et retira sa chemise. Une balle lui avait déchiré ses vêtements et arraché les chairs au-dessus de la taille, laissant un sillon rouge. Il saignait, mais ce n'était pas méchant, et il n'avait subi aucune lésion grave. Il s'en occuperait plus tard. Il laissa sa chemise sortie. L'étoffe noire de son trench dissimulait le sang et les trous provoqués par les projectiles.

Il se leva, son Walther prêt à la riposte, s'écarta d'un pas et balança son étui de crocheteur contre la porte. Une autre rafale éclata, projetant d'autres éclats de bois et de métal, cette fois en détruisant la serrure. Des cris, des hurlements et des jurons venus de plus haut emplirent la cage d'escalier.

De son épaule droite, Jon se rua sur la porte, plongea sur le côté, poursuivit dans un roulé-boulé et se rétablit, le pistolet tenu à deux mains. Et le regard fixe.

Une femme petite, plutôt séduisante, était assise en tailleur sur un canapé miteux, face à la porte, armée d'un gros AK-47, toujours braqué vers l'entrée. Apparemment en état de choc, elle restait le regard figé sur cette porte, comme si elle n'avait pas vu Jon l'enfoncer.

« Lâchez cette arme ! ordonna Jon en français. Par terre ! Tout de suite ! »

Soudain, la femme poussa un rugissement, se leva d'un bond et pointa sa Kalachnikov sur lui. Il lui décocha un coup de pied et le fusil d'assaut lui échappa. Il lui empoigna le bras, la retourna et la poussa devant lui tout en inspectant l'appartement, une pièce après l'autre.

Il n'y avait personne d'autre qu'elle. Il plaqua le canon de son Walther contre la tête de la petite femme et l'interrogea, d'une voix hargneuse.

« Où est le Dr Suleiman ?

— Là où tu ne le trouveras pas, chien !

— C'est ton petit ami ? »

Elle battit des paupières.

« Tu es jaloux ? »

Jon sortit de la poche de son trench-coat un talkie-walkie et parla à voix basse.

« Il n'est pas là, mais il y était. Fais attention. »

Il rangea le talkie-walkie dans sa poche, arracha un drap du lit pour ligoter fermement la femme à une chaise de la cuisine, et sortit de l'appartement précipitamment, en refermant la porte derrière lui. Il descendit l'escalier et sortit dans la rue.

*

Derrière l'immeuble, dans la ruelle pavée qui sentait l'urine et le vin éventé, Randi leva les yeux vers les fenêtres éteintes du troisième étage, son Beretta à la main. A côté d'elle, Hakim Gatta se dandinait avec nervosité, comme un lapin effarouché impatient de détaler pour aller se mettre à couvert. Ils attendaient sous un tilleul où les ombres étaient d'un noir d'encre. Au-dessus d'eux, un coin de ciel était visible, les étoiles commençaient juste de se montrer, des têtes d'épingles au milieu des nuages, très loin.

Randi lui enfonça son Beretta dans les côtes.

« Tu es sûr qu'il était là-haut ?

— Oui. Je vous l'ai dit. Il était là quand je suis parti. » Il se passa une main, puis l'autre, dans sa tignasse de cheveux bouclés et noirs. « Ils n'auraient pas dû vous dire que j'habitais dans le même immeuble. »

Randi ignora ses plaintes, réfléchit.

« Et tu es absolument certain que c'est la seule sortie ?

— Je vous l'ai dit ! cria presque Hakim.

— Silence. » Elle posa les yeux sur lui, le clouant d'un regard féroce.

Il baissa la voix et marmonna une litanie plaintive, quand la série de coups de feu, en haut, se répercuta dans la ruelle.

« A terre ! »

Le petit homme s'affala sur les pavés en geignant. Randi se coucha au sol, elle aussi, et tendit l'oreille pour tâcher de capter le moindre mouvement à l'intérieur de l'immeuble. Il n'y eut rien, et puis une seconde salve assourdissante se répercuta en échos du haut de l'escalier, suivie par le bruit du bois qui éclate.

Randi lança un regard furibond à Hakim tremblant de peur.

« Tu as intérêt à ce qu'il n'y ait pas d'autre sortie.

— Je vous ai dit la vérité ! Je le jure, je... »

Le bruit des pas martelant les marches fit lever la tête à Randi. La porte de service de l'immeuble s'ouvrit d'un coup et un homme en surgit, courant à toute vitesse. Mais après quatre enjambées, il ralentit l'allure, marchant vite, un 9 mm à la main, tenu suffisamment bas pour être moins repérable. L'homme était nerveux, et il tournait constamment la tête, guettant le danger aux deux extrémités de la ruelle.

La radio de Randi crépita. Elle tira Hakim tout près d'elle, lui plaqua la main sur la bouche, et puis elle écouta Jon qui la tenait informée.

« Il n'est pas ici, mais il y était. Fais attention.

— Je l'ai. Retrouve-moi dans la rue, si tu peux. »

CHAPITRE VINGT-DEUX

RANDI était aux aguets, l'homme se retourna et fila vers le bout de la ruelle, mais en veillant à ralentir l'allure de temps à autre, comme s'il se rendait compte que courir allait attirer l'attention. Il prenait la fuite, certes, mais sans détaler sous le coup de la panique. Randi tendit une liasse d'euros à Hakim et lui conseilla de rester couché, en silence, jusqu'à ce que l'homme et elle-même aient disparu. Il hocha la tête avec impatience, les yeux écarquillés de peur.

Elle se leva, et tout en avançant à pas feutrés, elle sortit un talkie-walkie miniature de la poche de sa veste. Elle le tenait à la main gauche. Dans la droite, elle avait son Beretta.

Le fuyard s'arrêta au croisement de la ruelle et de la rue. Il regarda sur sa gauche, sur sa droite. Randi se plaqua contre le mur, en retenant sa respiration. A la lumière des phares de voitures qui passaient par là, elle vit que l'homme était petit et mince, le cheveu noir, raide et long jusqu'aux épaules. Pas loin de la trentaine, estima-t-elle. Bien habillé, en blazer bleu, chemise blanche, cravate rayée, pantalon gris et chaussures à lacets. Il avait des yeux vifs, intelligents, de couleur sombre, et son visage allongé, aux pommettes saillantes, le genre philippin ou malais, était typique des Moros de Mindanao. C'était donc le Dr Akbar Suleiman, l'air peu rassuré, la peur au ventre. Sa surveillance patiente se prolongeait, et il ne quittait pas l'entrée de la ruelle.

Randi transmit l'information dans son talkie-walkie.

« Il attend quelque chose. Rapprochez-vous autant que vous le pourrez de la rue Combray. »

Elle venait à peine de couper son talkie-walkie quand une petite Subaru noire s'arrêta à hauteur du Dr Suleiman, dans un crissement de pneus. Une portière arrière s'ouvrit et il bondit à bord du véhicule. Avant même qu'il ait pu claquer la portière, la Subaru redémarra. Randi courut jusqu'au bout de la ruelle et arriva au moment où une seconde voiture, une Ford Crown Victoria également noire, s'immobilisait en dérapant. Jon courut depuis l'entrée de l'immeuble et contourna la voiture côté rue. Randi et lui sautèrent tous deux sur la banquette arrière.

Le conducteur fonça dans la même direction que la Subaru. Randi se pencha dans le dos du chauffeur.

« Max a repéré la Subaru ?

— En plein dans sa ligne de mire, lui répondit Aaron Isaacs.

— Parfait. Suivez-les. »

Aaron hocha la tête.

« C'est Smith que je vois avec vous, ou bien Howell ? »

Elle fit les présentations.

« Lieutenant-colonel Jon Smith, docteur en médecine, rattaché pour le moment au renseignement militaire. Jon, je te présente Aaron Isaacs, notre chef de station à Paris. »

Jon sentit les yeux d'Isaacs qui l'étudiaient, tâchant d'analyser ce qu'il voyait, d'évaluer la véracité de cette histoire. La suspicion, c'était le métier de la CIA.

La radio d'Isaacs crépita, et une voix masculine et désincarnée fit son rapport.

« La Subaru s'arrête devant l'hôtel Saint-Sulpice, près du carrefour de l'Odéon. Deux hommes en descendent et pénètrent dans l'hôtel. La Subaru repart. Les instructions ? »

Randi se pencha en avant et Aaron lui tendit le micro.

« Suivez la Subaru, Max.

— Tu l'as dit, ma petite.

— Va te faire voir, Max. »

Aaron lui lança un regard.

« Jusqu'à l'hôtel ?

— Vous lisez dans mes pensées », ironisa-t-elle.

Trois minutes plus tard, la Ford s'arrêtait à un pâté de maisons de l'hôtel Saint-Sulpice. Randi observa l'immeuble.

« Qu'est-ce que vous pouvez m'en dire, Aaron ?

— Hôtel bon marché. Huit étages. Autrefois destiné à la clientèle bohème du quartier, ensuite ce fut le tour des Nord-Africains, et maintenant il accueille surtout des touristes qui voyagent pas cher. Pas d'entrée ou de sortie de service. Une porte côté rue, c'est tout. »

La radio intégrée du bord crachota, et la voix de Max se fit entendre de nouveau.

« La Subaru est un véhicule loué à une société de service avec chauffeur. Réservation faite par téléphone. Pas d'info sur le passager, et pas davantage sur le client qu'il a ramassé en route.

— Revenez devant l'hôtel pour passer prendre Aaron. Nous gardons sa Ford.

— Autrement dit, c'est fichu pour notre rendez-vous de ce soir, Randi ? » plaisanta instantanément Max.

Randi perdait patience.

« Reste sage comme un bon petit garçon, sinon j'en parle à ta femme.

— Ah, ouais. Tu as raison. Je suis marié. » Et la radio se tut.

Randi secoua la tête. Pendant qu'Aaron et elle se répartissaient leurs missions respectives, Jon pensait à Marty. Il interrompit le conciliabule des deux agents de la CIA.

« Marty a dû se réveiller, maintenant, Randi. Qui plus est, Peter nous serait très utile ici.

— Mais le Dr Suleiman pourrait ressortir à tout moment, objecta-t-elle.

— Exact, cela dit, si Max me conduit à l'hôpital, je peux très vite m'y rendre et revenir. En cas de problème, Max et toi, vous pouvez vous concerter par radio, et j'emporte le talkie-walkie pour qu'il puisse m'appeler à l'hôpital.

— Et l'interdiction de communiquer par les réseaux sans fil? » lui rappela Randi.

Jon secoua la tête.

« Quel que soit le lieu où ils détiennent cet ordinateur ADN, il est peu probable qu'il soit réglé sur les appels téléphoniques locaux de la police parisienne, qui ne transitent pas par satellite. Qui plus est, ils ne peuvent pas déjà être informés de la cavale de Suleiman. Non, il est quasiment impossible que l'on nous écoute ou que l'on nous piste. Donc, si Suleiman bouge avant que je ne sois de retour, faites-le-moi savoir. Peter, Max et moi, nous vous rejoindrons ici. »

Randi acquiesça, et Aaron annonça qu'il restait sur le coup avec Randi jusqu'au retour de Max et Jon. Les deux agents de Langley poursuivirent leur conversation, et quand Max arriva au volant d'une Chrysler Imperial, Jon les salua et s'installa à l'avant.

« Vous avez une trousse de premiers secours, ici? demanda Jon tandis que la voiture se faufilait dans la circulation, en direction du sud-ouest et de l'hôpital.

— Bien sûr. Dans la boîte à gants. Pourquoi?

— Pas grand-chose. Juste une égratignure. »

Il nettoya la blessure provoquée par la balle sous l'aisselle et appliqua une crème antibiotique. Il se fixa un bandage adhésif sur la peau, s'assura qu'il tenait bien, puis il rangea le nécessaire médical dans la trousse. Alors qu'ils approchaient de l'hôpital, il remit le tout dans la boîte à gants.

*

Jon traversa rapidement la galerie caverneuse du gigantesque hôpital Georges-Pompidou, dépassa les palmiers et la boutique de cadeaux, et emprunta l'ascenseur conduisant au service de soins intensifs. Il avait hâte de voir Marty, il était relativement optimiste. A l'heure qu'il était, Marty avait certainement dû se réveiller, et il aurait peut-être déjà retrouvé ses manières butées. Au comptoir d'accueil du service, Jon déclina son identité à une infirmière qu'il n'avait encore jamais vue.

« Votre nom figure bien sur la liste, docteur, mais le Dr Zellerbach a été transféré dans une chambre particulière au quatrième étage. Personne ne vous a informé ?

— J'étais absent de Paris. Le Dr Dubost est-il encore là ?

— Désolé, docteur. Ce soir, il n'est pas de service. Sauf en cas d'urgence, naturellement.

— Naturellement. Eh bien, donnez-moi le numéro de la chambre du Dr Zellerbach. »

Au quatrième étage, la première vision qu'il eut de la porte de la nouvelle chambre particulière de Marty lui flanqua un coup à l'estomac. Il n'y avait pas un seul garde devant. Il regarda autour de lui, mais ne vit pas non plus signe d'un garde posté un peu à l'écart, et surveillant cette porte de loin. Où était le contre-espionnage ? Le MI6 ? Il glissa la main dans sa poche, empoigna son Walther, et le tint prêt, juste sous son trench. Craignant le pire, il passa devant des infirmières, des médecins, des personnels de service et des patients, son regard les refoulant de ses pensées à mesure qu'il se rapprochait de la porte de Marty.

Il vérifia qu'elle était bien fermée. Elle l'était. De la main gauche, il tourna lentement la poignée, jusqu'à sentir le déclic de l'ouverture. Tenant son arme à deux mains, il se servit de son pied pour repousser le battant, juste assez pour se glisser à l'intérieur, le Walther tendu devant lui, balayant la pièce du bout de son canon.

Il eut l'impression de s'étrangler, la respiration coupée. La pièce était vide. Les couvertures du lit étaient rabattues, le drap du dessous roulé en boule, comme par un patient très agité. Pas de Marty. Pas de Peter. Pas un policier, pas un agent du MI6 en civil. Les nerfs en alerte, presque électrisé, il s'avança dans la chambre, s'immobilisa. De l'autre côté du lit, il y avait deux corps étendus. Jon n'eut pas besoin de les examiner pour savoir que ni lui ni personne ne pouvaient plus rien pour eux. Ils baignaient dans une flaque de sang, qui semblait relativement frais, même s'il était coagulé sur les pourtours. Les deux cadavres étaient vêtus de tenues médicales complètes, avec bottines et masques. Au vu de leur morphologie, il en déduisit qu'aucun des deux n'était Marty ou Peter.

Il souffla et s'agenouilla. Chacun des deux hommes avait été poignardé, une lame à double tranchant, maniée par un expert. Ce pouvait fort bien être l'œuvre de Peter. Mais où était-il ? Et Marty ? Où étaient les gardes ? Jon se releva lentement. Manifestement, dans l'hôpital, personne n'était au courant de ce qui s'était passé. Pas de panique, pas d'alerte, aucun indice signalant que Marty n'était plus là où il aurait dû se trouver. Les militaires en faction avaient disparu, deux hommes avaient été assassinés, et Peter et Marty s'étaient volatilisés, tout cela sans provoquer le moindre remue-ménage, ou apparemment sans que personne remarque rien.

Son talkie-walkie sonna à sa ceinture. Il prit la communication.

« Smith. Que se passe-t-il, Max ?

— Randi m'informe que l'oiseau a un acolyte et qu'il est en train de dégager. Elle les file, avec Aaron. Elle me conseille de prendre la route. Elle suit ce type et elle nous dirigera.

— J'arrive. »

Bouleversé, il considéra la chambre une fois encore. Peter était fort, assez fort même pour se sortir d'une situation semblable sans que personne s'en aperçoive, mais Jon n'avait tout de même aucune idée de la manière dont il s'y était pris pour réussir à se cacher et à s'enfuir avec un patient malade comme Marty. Mais qu'était-il arrivé aux deux légionnaires à la porte ? A tous les agents en civil qui auraient dû se trouver là ?

Si Peter avait très bien pu réussir un coup pareil, les terroristes en étaient tout aussi capables. Ils avaient pu attirer les sentinelles et les gardes en faisant diversion, les tuer et cacher leurs corps, capturer Peter et Marty et les emmener quelque part pour les supprimer. Un long moment, il demeura immobile.

Il ne pouvait pas risquer de perdre la trace d'un gibier susceptible de les conduire à l'ordinateur ADN. Il allait alerter la police parisienne, la CIA et Fred Klein de ce qu'il avait découvert ici, en espérant qu'à eux tous, ils puissent remonter la piste de Marty et Peter.

Il fourra le talkie-walkie dans sa poche, rengaina son pistolet et sortit en courant rejoindre Max, qui l'attendait dans la Chrysler, portière ouverte.

*

La petite camionnette de boulanger tourna à droite dans le boulevard Saint-Michel. Au volant de la Ford Crown Victoria, Aaron ralentit, laissant la camionnette le distancer en veillant bien à ne pas la perdre de vue. Elle poursuivait résolument sa route vers le sud.

« Il se dirige vers le périphérique », en conclut Randi. Elle en fit part à Max, Jon et Peter qui, espérait-elle, s'étaient déjà mis en route pour les rejoindre.

« Tu dois avoir raison », acquiesça Aaron. Il resserra l'écart entre la camionnette et sa Ford, soucieux de ne pas rater un changement de direction subit.

Ils avaient suivi cette nouvelle piste depuis peut-être dix minutes. Tout avait commencé quand la camionnette de boulanger s'était arrêtée devant l'hôtel Saint-Sulpice. Le conducteur en était sorti en vitesse, il avait ouvert les portières comme pour décharger une livraison de pain. Au lieu de quoi, le Dr Akbar Suleiman et un deuxième homme étaient sortis en courant du hall de l'hôtel pour grimper à bord. Le conducteur avait claqué les portières tout en regardant sur sa droite et sur sa gauche. Puis il avait prudemment contourné le véhicule, pour une dernière vérification, il était monté dedans, et il avait démarré.

« Nom de Dieu », avait juré Randi.

Aaron s'était raidi.

« Que veux-tu faire ?

— Pas le choix. Il faut les suivre. »

Et quand la camionnette atteignit le boulevard périphérique, il s'engagea en direction de l'ouest. Aaron le gardait en vue, pendant que Randi communiquait tout changement de direction à Max, qui conduisait l'autre véhicule. Bientôt, la camionnette s'engagea sur l'autoroute A10, et, plusieurs dizaines de kilomètres plus loin, à la fourche avec l'A11 qui bifurque en direction de l'ouest, de Chartres et de l'océan, elle resta sur l'A10, obliquant maintenant vers le sud.

Le ciel nocturne formait une voûte noire, lourde de présages, les étoiles étaient masquées par les nuages, et la camionnette, qui poursuivait sa route à une allure constante, dépassa Orléans, franchit la Loire. Il s'était écoulé plusieurs heures. Soudain, le véhicule bifurqua de nouveau vers l'ouest, cette fois sur une route départementale à deux voies, la D51. Brusquement, sans prendre la peine de ralentir, elle prit un virage serré pour s'engager dans un chemin vicinal, qu'elle suivit sur plusieurs kilomètres avant de finalement foncer dans une allée dissimulée par des arbres et d'épais fourrés.

S'ils ne les avaient pas perdus, et s'ils ne s'étaient pas fait repérer, ils le devaient à Aaron et à son coup de volant. Quand Randi le félicita, il haussa modestement les épaules.

Il s'arrêta sur un accotement.

« Et maintenant ?

— On s'approche et on observe. » Elle descendait déjà de voiture.

« Il vaudrait peut-être mieux attendre Max et tes amis. Ils ne sont pas très loin derrière nous.

— Tu restes ici. Moi, j'entre. »

Elle n'entendit pas la suite de ses protestations. Elle entraperçut les lumières d'un corps de ferme à travers les arbres. Avec des mouvements prudents, elle pénétra dans le sous-bois et progressa à pas feutrés à travers la végétation, jusqu'à ce qu'elle tombe sur ce qui ressemblait à la piste d'un animal. Soulagée, elle la suivit en pressant le pas. A l'inverse de la ferme des environs de Tolède, celle-ci n'était quasiment pas entourée de grands espaces dégagés. Elle avait davantage l'allure d'un pavillon de chasse ou d'une retraite campagnarde pour citadins harassés de travail. Il n'y avait pas d'hélicoptères, mais deux autres voitures, et deux hommes armés adossés aux deux angles de la façade.

Randi observa les silhouettes qui passaient et repassaient derrière les volets des fenêtres avec force gesticulations des bras. Apparemment, il y avait de la dispute dans l'air. Des éclats de voix assourdis lui parvenaient.

Une main se posa sur son épaule, et une voix lui chuchota :

« Ils sont combien, là-dedans ? »

Elle se retourna.

« Salut, Jon. Tu arrives juste à temps. Il y avait trois hommes dans la camionnette de boulanger, plus deux voitures qui étaient déjà ici. Il y a deux gardes à l'extérieur, et il doit y en avoir au moins un autre à l'intérieur... sans qu'on sache trop qui ces types sont venus retrouver.

— Deux voitures ? Alors il n'y a sûrement pas qu'un seul personnage là-dedans pour attendre votre trio de voyageurs.

— C'est possible. » Elle regarda derrière lui. « Où est Peter ?

— J'aimerais le savoir. » Il lui relata ce qui s'était passé à l'hôpital. Elle l'écouta, le cœur serré. Il poursuivit. « S'il n'y avait que deux terroristes, et si Peter les a tués, alors il a pu trouver le moyen de sortir Marty de là, et ils sont en sécurité quelque part. Après tout, les armes des deux types morts n'avaient pas tiré une seule balle, et je n'ai pas retrouvé de douilles. Donc, c'est une possibilité. » Il secoua la tête, l'air inquiet. « Mais s'il y avait d'autres terroristes que ces deux-là, ils ont pu assommer Peter, ou encore se servir de couteaux. Si c'est réellement ainsi que les choses se sont déroulées, je n'ai pas trop envie de penser à ce qu'ils ont pu faire de Marty et Peter.

— Et moi non plus. » La porte d'entrée du pavillon s'ouvrit. « Il y a du mouvement. Regarde. »

Un rectangle de lumière éclatante jaillit dans la nuit. Le Dr Akbar Suleiman sortit, visiblement en colère, et se retourna pour continuer de se disputer avec un autre individu situé derrière lui. Dans la nuit, sa voix portait. Il s'exprimait en français.

« Je vous dis que ma fuite s'est déroulée proprement. Il est absolument impossible qu'ils m'aient suivi. Et d'ailleurs, je ne sais déjà même pas comment ils m'ont trouvé !

— C'est bien ce qui me préoccupe. »

Jon et Randi échangèrent un regard. Ils reconnaissaient cette voix.

L'homme qui venait de parler suivit Suleiman hors de la maison. C'était Abu Auda.

« Comment peux-tu être certain qu'ils ne t'ont pas suivi ? »

Suleiman ouvrit grand les bras, dans un geste englobant tout le périmètre de la propriété.

« Ici, est-ce que tu les vois ? Hein ? Non, évidemment. Donc, ils ne m'ont pas suivi !

— Ces gens qui ont su te trouver, Moro, sauraient tout aussi bien se débrouiller pour que tu ne les voies pas, et nous non plus. »

Suleiman lâcha un ricanement.

« Et alors ? Il faudrait que je me fasse arrêter ?

— Non, tu irais tout leur raconter. Mais il aurait mieux valu que tu respectes la procédure normale et que tu nous contactes avant, que nous puissions appliquer un autre plan, ce qui aurait été plus sûr, au lieu de débouler chez tes amis comme un chiot terrorisé qui regagne sa meute.

— Eh bien, fit Suleiman, d'un ton sarcastique, c'est justement ce que je vous ai épargné. Allons-nous discuter pour rien toute la nuit, puisque tu es convaincu qu'ils seraient capables de débarquer d'une minute à l'autre et de nous encercler ? »

Les yeux du terroriste s'embrasèrent. Il aboya des ordres en arabe. L'homme qui avait quitté l'hôtel de la place Saint-Sulpice avec Suleiman les rejoignit à l'extérieur de la maison, suivi par le chauffeur de la camionnette de boulanger et d'un troisième homme armé – un Ouzbek, à en juger par la forme de son visage et sa toque d'Asie centrale. Le chauffeur de la camionnette monta dedans et s'engagea dans l'allée creusée d'ornières qui rejoignait le chemin vicinal.

« Allons-y », chuchota Randi.

Jon et elle foncèrent à travers bois, jusqu'à l'endroit où Max et Aaron attendaient dans leurs voitures, à présent dissimulées à l'écart de la route, dans les broussailles.

« Que se passe-t-il ? » demanda Aaron, en sortant promptement de la sienne.

Max s'approcha de lui et dévisagea Randi, avec l'expression d'un homme de Néandertal mourant de faim qui verrait son premier morceau de viande depuis un an.

Randi préféra l'ignorer.

« Pour le moment, aucun de vous deux ne peut partir d'ici. Ils sont dans deux voitures. Pas moyen de savoir dans laquelle est monté Suleiman. » Elle n'ajouta pas qu'ils n'étaient pas non plus capables de déterminer dans quel véhicule avait pris place Abu Auda. Des deux, c'était sans doute lui le gibier principal. « Il va falloir se séparer, prendre chacun une voiture en filature.

— Et avec de sacrées précautions, ajouta Jon. Abu Auda soupçonne Suleiman d'avoir été suivi, et il sera aux aguets. »

Aaron et Max grommelèrent quelque chose sur leur boulot et une nuit de sommeil en moins, mais la mission de Randi était une priorité absolue.

Jon monta avec Max, et Randi avec Aaron. Quelques instants plus tard, les deux voitures emmenant les terroristes quittaient l'allée de terre pour le chemin vicinal. Peu de temps après, Aaron et Max se lançaient à leur poursuite. Ils restaient à distance, perdant presque le contact, se guidant seulement sur les feux arrière qu'ils apercevaient par intermittence. C'était une surveillance difficile et risquée, et ils pouvaient aisément perdre leur proie. Mais quand les deux voitures de Langley atteignirent enfin l'autoroute A6, les quatre agents virent enfin les voitures des terroristes très distinctement. Une fois sur l'autoroute à péage, les suivre serait plus simple.

Mais ensuite l'une des deux voitures prit l'autoroute dans la direction du sud, et l'autre dans la direction du nord. Aaron et Max se séparèrent, en suivant leurs cibles respectives, comme convenu. Déjà ankylosé, assis à côté de Max, Jon s'installa. La nuit promettait d'être longue.

CHAPITRE VINGT-TROIS

Washington, D.C.

C E matin-là, la réunion déjà tendue entre le Président, son cabinet et les chefs d'état-major interarmes fut interrompue par l'ouverture brusque de la porte de communication entre le Bureau ovale et le bureau de la secrétaire de direction du Président – Mme Pike, cheveu crêpé, et réputée pour sa brusquerie. Elle parcourut la pièce d'un regard interrogateur.

Sam Castilla en plissa le front d'irritation, mais si Estelle les interrompait, il savait que ce devait être important. Pourtant, ces dernières journées avaient été éprouvantes pour les nerfs, et ses nuits sans sommeil, aussi c'est d'un ton cassant qu'il s'adressa à elle.

« Estelle, je croyais avoir demandé de ne pas être interrompu.

— Je sais, monsieur. Désolée, mais le général Henze est en ligne », murmura-t-elle.

Le Président hocha la tête, sourit pour s'excuser muettement auprès de Mme Pike, et décrocha le combiné.

« Carlos ? Comment ça se passe, là-bas ? »

Le Président considéra la brochette de personnages qui l'entouraient dans le Bureau ovale, certains assis, d'autres debout. En entendant ce prénom, « Carlos », ils comprirent qu'il s'agissait du général Henze, ce qui les avait tous rendus encore plus attentifs.

« En Europe, quasiment rien de neuf, monsieur le Président », l'informa le général Henze. Il avait une voix résolue, mais le Président y perçut aussi la colère sous-jacente. « Voilà plus de vingt-quatre heures que nous n'avons eu aucune panne totale ou interruption de nos communications sur le continent. »

Pour le moment, le Président préférait ignorer la colère.

« Un pâle rayon de soleil, mais au moins c'est déjà quelque chose. Et les terroristes, sont-ils localisés ?

— Encore rien pour le moment. » Henze hésita. « Puis-je être franc, monsieur ?

— J'y tiens. Quel est le problème, Carlos ?

— J'ai eu un entretien avec le lieutenant-colonel Jon Smith... ce médecin de l'armée que vous avez envoyé ici pour mener ces recherches. Il ne s'est pas montré rassurant. Il avance au pifomètre, monsieur le Président. Non seulement il soupçonne un officier de toute confiance, un bras droit du général de La Porte, d'être de mèche avec ces dingos, mais il m'a carrément sorti que je n'étais pas moi-même au-dessus de tout soupçon. En bref, il sait foutrement peu de choses. »

Intérieurement, le Président eut un soupir.

« J'ai plutôt le sentiment qu'il a réalisé des progrès impressionnants.

— Il a pas mal creusé. C'est vrai, mais je ne le vois pas mettre la main sur ce foutu bidule pour autant. A mon avis, il pédale dans la semoule. Tout ça part en eau de boudin, et ça me préoccupe sacrément. Nous ne devrions pas plutôt mettre le paquet, au lieu de tout miser sur un seul homme, si bon soit-il ? »

A l'entendre, en conclut le Président, le général aurait été beaucoup plus satisfait d'envoyer la 82e Aéroportée et tout le 1er Régiment de Cavalerie blindée fouiller le Moyen-Orient, maison par maison, en quête de terroristes. Naturellement, l'inconvénient d'une telle initiative serait de courir le risque de déclencher la Troisième Guerre mondiale, mais le général n'avait pas anticipé les choses à ce point.

« Je vais soumettre vos réflexions et vos objections à nos conseillers, général, avec tous mes remerciements, lui assura le Président. Si je décide de changer de cheval, je vous le ferai savoir. Mais n'oubliez pas que Langley est aussi sur le coup, ainsi que le MI6. »

Il y eut un silence de pierre.

« Oui, monsieur. Bien entendu. »

De son côté, le Président opina du chef. Le général allait marcher droit, au moins pour un petit moment.

« Continuez de me tenir informé. Merci, Carlos. »

Après avoir raccroché, le Président Castilla, voûtant ses larges épaules, les deux mains jointes en ogive calées sous le menton, regarda dehors, à travers ses lunettes à monture en titane, l'orage matinal qui ne cessait pas. Le ciel était si lugubre, si gris, avec cette pluie, qu'il ne voyait même pas au-delà de la Roseraie, ce qui ne contribua pas à alléger son humeur. Il était lui-même extrêmement inquiet de constater que le Réseau Bouclier demeurait incapable de retrouver l'ordinateur moléculaire.

Mais il ne pouvait se permettre de laisser transparaître ses appréhensions. Il tourna de nouveau son attention vers ses conseillers et ses chefs militaires, certains assis dans des fauteuils et dans le canapé, d'autres debout contre le manteau de la cheminée, tous dans l'expectative. Il baissa les yeux, et son regard s'attarda sur le Grand Blason des Etats-Unis d'Amérique, qui composait le motif central du tapis, en plein milieu du groupe, et il se dit que les Etats-Unis n'étaient pas encore vaincus, et qu'ils ne le seraient pas.

« Vous venez de l'entendre, fit-il calmement, c'était le général Henze, qui m'appelait du siège de l'OTAN. Là-bas aussi, tout est tranquille. Pas une seule attaque depuis ces dernières vingt-quatre heures.

— Je n'aime pas ça, avoua le chef d'état-major, le général Charles Ouray. Pourquoi les individus qui détiennent cet ordinateur ADN suspendraient-ils maintenant leurs actions de harcèlement ? Leurs menaces ? Ont-ils obtenu ce qu'ils voulaient ? » Le début de la soixantaine, un visage triangulaire, presque dépourvu de rides et une voix bourrue de basse, le chef d'état-major croisa les bras, fronçant le sourcil. « Franchement, j'en doute.

— A moins que nos contre-mesures ne les aient arrêtés », suggéra la conseillère pour la sécurité nationale, Mme Powell-Hill. Mince, très femme d'affaires, et aussi directe et pragmatique que d'habitude, elle était vêtue d'une tenue impeccable, cette fois un tailleur Donna Karan. « Avec un peu de chance, tous les systèmes de secours que nous avons mis en place les auront finalement mis hors jeu. »

Le lieutenant général Ivan Guerrero, chef d'état-major de l'armée de terre, se pencha en avant et approuva d'un vigoureux hochement de tête. Il tenait ses mains aux doigts carrés croisées entre ses genoux, il leva la tête, considéra le groupe d'un coup d'œil circulaire, les jaugea tous de son regard froid et calculateur qui manifestait davantage que de la confiance, rayonnant de cette certitude qui, dans les cercles du commandement militaire, prenait trop souvent le pas sur l'intelligence.

« Nous avons installé nos circuits de secours sur les systèmes de visée embarqués de nos chars. J'ignore qui sont ces salopards, mais je pense que nous avons déjoué leurs manœuvres et trouvé la parade à leur ordinateur moléculaire du diable.

— Je suis d'accord », renchérit le général de l'armée de l'air Bruce Kelly, qui se tenait debout près de la cheminée. Le visage rougeaud, l'air ferme, il regarda le général Guerrero, puis tous les autres. Il avait beau être un peu trop porté sur son alcool préféré, il n'en poursuivait pas moins ses objectifs avec une habileté infatigable.

Le chef de la marine, le lieutenant général Clason Oda, qui venait récemment d'accéder à ce poste, très populaire, encore en plein état de grâce, était d'accord : ces contre-mesures avaient fonctionné et contrecarré les plans des terroristes.

« Une fois de plus, le bon vieux savoir-faire des Américains est à l'œuvre », conclut-il, et ce cliché suffit à le rendre radieux.

Alors que son entourage continuait de discuter systèmes de secours, le Président Castilla écoutait sans écouter, car il entendait à la fois les voix de ces hommes et la pluie qui tambourinait au-dehors, formant un contrepoint menaçant à leur optimisme.

Quand leur discussion s'acheva, Castilla s'éclaircit la gorge.

« Vos efforts et vos réflexions sont encourageants, mesdames et messieurs. Toutefois, je dois vous soumettre une autre explication, qui certes ne vous plaira guère, mais à laquelle nous devons prêter attention. Nos services de renseignement à l'étranger nous suggèrent un scénario totalement différent. Loin de croire que nos défenses auraient repoussé d'autres attaques cybernétiques au cours de la dernière journée, ils estiment qu'il n'y a tout simplement pas eu d'attaque. »

L'amiral Brose, président de l'état-major interarmes, se rembrunit.

« Et pour vous, qu'est-ce que cela signifie, monsieur le Président ? Qu'ils ont battu en retraite ? Ils ont marqué un point et ils s'en retournent dans leur tanière ?

— J'aimerais bien, Stevens. J'aimerais vraiment. Mais non. L'explication peut provenir en partie de ces quelques succès très bienvenus de nos agents. Je suis heureux de pouvoir vous annoncer que nous connaissons désormais le nom du groupe qui détient l'ordinateur ADN. C'est le Croissant Armé. Nos hommes ont pu retarder leurs plans.

— Le Croissant Armé ? s'écria Mme Powell-Hill, représentant la NSA. Je n'ai jamais entendu parler d'eux. Des Arabes ? »

Le Président eut un mouvement de la tête.

« Des panislamistes. Personne n'a entendu parler d'eux. Apparemment, ce sont des nouveaux venus, même s'ils comptent pas mal de vétérans parmi leurs chefs et leurs hommes.

— Et concernant leur inaction présente, quelle est la seconde partie de l'explication, monsieur ? » s'enquit l'amiral Brose.

Le Président prit une expression plus grave.

« Qu'ils n'ont plus besoin de s'entraîner. Ils ont effectué tous les essais qu'ils devaient mener, car ils ont appris tout ce qu'ils voulaient apprendre, tant sur leur système que sur nous-mêmes. Et ils nous ont tenus en échec, puisque nous nous sommes démenés pour mettre en œuvre des programmes alternatifs. En fait, ils ont probablement accompli exactement ce qu'ils avaient projeté, à ce stade des opérations. Ma supposition, c'est qu'ils sont prêts à agir. C'est le calme avant la tempête fatale, ils nous endorment avant de nous porter un coup mortel... ou plusieurs. Dieu nous vienne en aide... à nous et à notre peuple.

— Quand ? voulut savoir l'amiral Brose.

— Probablement dans les prochaines quarante-huit heures. »

Il y eut un long silence tendu. Personne n'osa échanger un regard.

« Je comprends votre logique, monsieur, admit enfin l'amiral. Que suggérez-vous ? »

Le Président répondit avec vigueur.

« Que nous retournions à nos postes et que nous repoussions nos limites. Sans rien écarter. Même pas nos systèmes de défense les plus nouveaux et les plus expérimentaux, même s'ils présentent des dangers potentiels. Il faut nous préparer à arrêter tous les armements qu'ils pourraient déployer contre nous, de la bactérie à la bombe nucléaire. »

Les sourcils parfaitement dessinés d'Emily Powell-Hill se dressèrent en accent circonflexe.

« Avec tout le respect qui vous est dû, monsieur, protesta-t-elle, ce sont des terroristes, pas des puissances nucléaires de rang mondial. Je doute qu'ils puissent nous faire subir une quelconque attaque de cet ordre.

— Vraiment, Emily ? Voulez-vous parier là-dessus les vies de plusieurs millions d'Américains, ainsi que la vôtre et celles de votre famille ?

— Oui. J'y suis prête, oui, monsieur », soutint-elle avec entêtement.

Le Président joignit de nouveau les mains en ogive, calant son menton puissant à l'extrémité de ses doigts joints, et sourit, d'un sourire paisible, mais pincé.

« Une femme courageuse, et une conseillère à la sécurité non moins courageuse. J'ai fait le bon choix. Mais c'est moi le Président, Emily, et je ne puis me permettre le luxe d'un courage aveugle ou d'un coup de dés. Les coûts potentiels sont tout simplement trop élevés. » Il balaya la pièce du regard, les enveloppa tous dans ce regard, sans exception, quelles que soient leurs divergences d'opinion. « Il s'agit de notre pays, et nous sommes tous engagés dans cette affaire, tous ensemble. Nous portons ce fardeau, mais nous conservons aussi quelques opportunités de défense, et quelques moyens de rendre coup pour coup. Nous avons été des irresponsables, de vrais ânes bâtés, de ne pas faire tout ce qui était en notre pouvoir. Maintenant, mettons-nous au travail. »

Alors qu'ils sortaient en file indienne, discutant déjà des initiatives qu'ils allaient prendre, l'amiral Brose s'attarda. Une fois que la porte se fut refermée, il s'adressa au Président depuis l'extrémité de la pièce, sur un ton las.

« Les médias deviennent méfiants, Sam. Il y a eu des fuites, et ils fourrent leur nez partout. Avec cette possibilité d'une attaque imminente, ne devrions-nous pas convier la presse et commencer de les mettre au courant ? Si vous voulez, je peux m'en charger. Ainsi, vous pourrez rester au-dessus de la mêlée. Vous connaissez la formule... "selon une source gouvernementale bien informée". Nous pourrions sonder la réaction de l'opinion, et aussi la préparer au pire, ce qui ne serait pas une mauvaise idée. »

L'amiral scruta le Président, qui parut subitement aussi épuisé que lui. Ses larges épaules s'étaient affaissées, et des bajoues surgies de nulle part avaient vieilli son visage de dix ans. Soucieux non seulement de l'avenir, mais aussi pour son chef, Stevens Brose attendit une réponse.

Sam Castilla secoua la tête.

« Pas encore. Accordez-moi une journée de plus. Après, il faudra s'y résoudre, en effet. Je ne veux pas déclencher un mouvement de panique. En tout cas, pas tout de suite.

— Je comprends. Merci de nous avoir écoutés jusqu'au bout, monsieur le Président.

— Mais je vous en prie, amiral. »

D'un air dubitatif, le chef d'état-major interarmes ouvrit la porte et sortit. Dès que le Président Castilla fut seul, il se leva et fit les cent pas derrière son bureau en pin massif. Dehors, sous la colonnade, une sentinelle des services secrets se retourna pour jeter un regard à l'intérieur, car son attention avait été fugitivement attirée par ce mouvement du chef de l'exécutif. Dès qu'il constata qu'il n'y avait aucun danger, il détourna le regard vers le parc de la Maison Blanche et le ciel pluvieux.

Le Président nota cette marque d'attention, le regard approbateur, signifiant que tout était normal, et il secoua la tête d'un air sombre. Rien n'était normal. C'était l'enfer, joliment présenté dans un panier en osier. En dix-huit mois, depuis qu'il avait créé le Réseau Bouclier, Fred Klein et son équipe ne lui avaient jamais fait défaut. Serait-ce la première fois ?

Paris, France

Niché au fond de la petite rue Duluth, dans le XVIe arrondissement, l'immeuble avait l'air typique d'un hôtel particulier haussmannien. Mais la façade élégante, quoique assez quelconque, dissimulait l'un des hôpitaux privés les plus onéreux et les plus huppés de Paris. Là, de riches personnages ou d'infâmes individus venaient subir des opérations de chirurgie esthétique, non pas tant par volonté de combattre les outrages de l'âge que par désir de reconquérir une jeunesse imaginaire. Cet endroit discret, habitué aux exigences de secret et de sécurité de l'élite, était le lieu parfait pour se cacher, si l'on connaissait les bons interlocuteurs, et si l'on savait les convaincre.

La chambre particulière de Marty Zellerbach était spacieuse et confortable, avec un vase de pivoines roses sur une table basse, devant la fenêtre. Peter Howell était assis au chevet du lit où Marty était allongé, le torse surélevé. Il avait les yeux ouverts et le regard limpide, mais un peu éteint, ce qui n'avait rien de surprenant quand il était sous l'effet d'une nouvelle dose de Mideral, ce médicament-miracle à l'action rapide qui lui permettait de mener à bien, en toute quiétude, des tâches aussi insurmontables que de changer une ampoule électrique, régler des factures ou rendre visite à un ami. Les malades du syndrome d'Asperger étaient souvent volontiers décrits comme des « tarés » ou des « crétins », des excentriques ou des farfelus, bref, des individus au comportement dérangé. Certains scientifiques estimaient qu'une personne sur deux cent cinquante souffrait au moins d'une forme bénigne de la maladie. Il n'existait pas de traitement, et le seul recours, pour les individus atteints des formes plus graves du syndrome, comme c'était le cas de Marty, résidait dans les médicaments, généralement sous la forme de stimulants du système nerveux central.

Le choc des événements avait prélevé son tribut, et Marty se conduisait maintenant avec une politesse morose. Son corps rondelet et un peu flasque était affalé comme une poupée de chiffon fatiguée sur une montagne d'oreillers blancs. Il avait des bandages sur le front et sur les bras, à cause des égratignures causées par l'explosion de l'Institut Pasteur.

« Seigneur, Peter. » Les yeux de Marty s'agitèrent en tous sens, évitant Howell. « C'était épouvantable. Tout ce sang, dans une chambre d'hôpital. Si nos vies n'avaient pas été en danger, j'aurais été encore plus horrifié.

— Tu pourrais me dire merci, Marty.

— Ah, j'ai oublié ? De ma part, c'est une négligence. Mais, Peter, tu es une vraie machine de guerre. Tu l'as dit toi-même. J'ai dû tout simplement le prendre au pied de la lettre, j'imagine. En somme, pour toi et pour les gens de ton espèce, c'était une journée de travail comme une autre. »

Peter se redressa.

« De mon espèce ? »

Marty ignora le regard courroucé de Peter.

« Je suppose que le monde civilisé a besoin de toi, bien qu'il m'arrive souvent de ne pas trop comprendre pourquoi...

— Marty, mon vieux, ne me dis pas que tu as viré pacifiste.

— Ah, oui. Bertrand Russell, Gandhi, William Penn. Là, je serais en très bonne compagnie. Je pourrais te citer quelques passages de leurs discours. De longs passages, n'est-ce pas. » Il lança à Peter un regard de ses yeux verts et taquins.

« Ne te donne pas cette peine. Dois-je te rappeler que tu sais désormais te servir d'une arme ? D'un fusil automatique, qui plus est. »

Marty en frémit.

« Touché. » Puis il eut un sourire, tout prêt à rendre au moins cette justice à Peter. « Eh bien, j'admets qu'il y a des moments où se battre est justifié.

— Tu as fichtrement raison. J'aurais pu sortir de ta chambre d'hôpital au petit trot et t'abandonner à ces deux sbires, qui t'auraient délicatement découpé en morceaux. Mais tu auras remarqué qu'ils n'y sont pas parvenus. »

L'expression de Marty changea du tout au tout. Il le fixa du regard, atterré.

« Là, tu marques un point, Peter. Donc, je te remercie.

— Bien. Et si nous passions aux choses sérieuses ? »

Peter exhiba sa joue, son bras et sa main gauches, bandés, résultat de la bataille effroyable et silencieuse qu'il avait livrée dans la chambre de Marty. Ce dernier s'était réveillé à temps pour assister à tout. Après que Peter eut disposé de ses deux agresseurs, il avait repéré l'uniforme d'un employé du personnel médical et une panière à linge montée sur roulettes, convaincu Marty de grimper dedans, et empilé des draps sur lui. Puis il avait endossé l'uniforme de l'employé. Les gardes de la Légion en faction devant la porte avaient disparu, et Peter en avait déduit qu'on avait dû les soudoyer, les assassiner, ou qu'ils étaient eux-mêmes des terroristes. Mais où étaient le MI6 et le contre-espionnage français ? Il n'avait guère le temps de réfléchir à tout cela.

Craignant la présence d'autres extrémistes dans les parages, il avait charioté Marty hors de l'hôpital et directement jusqu'à sa voiture de location, avant d'effectuer ce trajet qui les avait menés à cette clinique privée dirigée par le Dr Lochiel Cameron, un vieil ami de Peter, du temps de la guerre des Malouines.

« Bien sûr. Tu m'as demandé ce qui s'était passé au labo. » Marty s'empoigna les joues à deux mains, se remémorant la scène. « Oh, mon Dieu. Quel moment terrible. Emile... tu connais Emile Chambord ?

— Je sais qui c'est. Continue.

— Emile m'a dit qu'il n'allait pas travailler, ce soir-là. Je n'avais donc pas prévu de me rendre au labo non plus. Ensuite je me suis souvenu d'avoir laissé là-bas mon article sur les équations différentielles, donc il fallait que je retourne le chercher. » Marty s'interrompit, et son visage rondouillard tremblait. « Terrifiant ! » Il écarquilla les yeux, dans un mélange étrange de peur et d'allégresse. « Attends ! Il y a eu autre chose. Oui. Il faut que je te parle de... de tout. J'ai essayé de raconter...

— Nous savons, Marty. Jon est resté quasiment tous les jours avec toi. Randi est venue te voir, elle aussi. Que voulais-tu nous dire ?

— Jon ? Et Randi aussi ? » Marty agrippa le bras de Peter et l'attira près de lui. « Peter, écoute. Il faut que tu saches. Emile n'était pas dans son labo, ça, je m'y attendais, évidemment. Mais le prototype, il n'y était pas non plus ! Le pire de tout, c'était ce cadavre sur le sol. Un cadavre ! Je suis sorti en courant et je suis presque arrivé à l'escalier, quand... » Il avait le regard de plus en plus hanté par son propre récit... « quand il y a eu ce bruit assourdissant, à vous crever les tympans, et comme une main qui m'a soulevé de terre, qui m'a jeté... J'ai crié. Je sais que j'ai crié... »

Peter étreignit le petit génie, d'une étreinte d'ours.

« Tout va bien, Marty. C'est fini. Tu vas bien. Tu es en parfaite sécurité, maintenant. Tout est fini. Tu en es sorti. »

Peut-être était-ce cette étreinte, ou ses paroles rassurantes, ou simplement parce que Marty avait finalement réussi à relater ce qu'il avait essayé de dire depuis quatre jours, mais Peter le sentit plus calme.

En même temps, il était profondément déçu. Marty ne lui avait rien révélé de nouveau, si ce n'est que Chambord et l'ordinateur ADN n'étaient pas dans le labo quand la bombe avait explosé, mais qu'il y avait là un cadavre, toutes choses qu'ils avaient déjà subodorées. Mais au moins Marty était en vie, et il se rétablissait. Rien que pour cela, Peter s'estimait plus qu'heureux. Il desserra son étreinte et regarda Marty s'enfoncer dans les oreillers.

Il esquissa un pâle sourire.

« Ce traumatisme a dû m'affecter davantage que je ne l'aurais cru, j'imagine. On ne sait jamais comment on va réagir, n'est-ce pas ? Tu dis que je suis resté dans le coma ?

— Depuis l'explosion, mon pote. »

Le visage de Marty fut gagné par l'inquiétude.

« Peter, où est Emile ? Il m'a rendu visite, lui aussi ?

— De ce côté-là, les nouvelles ne sont guère excellentes. Les terroristes qui ont fait sauter l'Institut Pasteur l'ont enlevé et ils ont volé l'ordinateur ADN. Ils ont aussi kidnappé sa fille. Peux-tu me dire si le prototype fonctionne réellement ? C'est ce que nous supposons. Exact ?

— Oh, mon Dieu. Ces barbares détiennent Emile et Thérèse, et l'ordinateur ADN ! C'est terrible. Oui, Emile et moi considérions l'appareil comme terminé. Il nous restait encore quelques tests secondaires à mener avant de publier un communiqué officiel. Nous avions prévu ces tests pour le lendemain matin. Tout cela me préoccupe, Peter. Sais-tu ce que l'on peut réaliser avec notre prototype, surtout si c'est Emile qui le manie ? Que va-t-il arriver à Emile et Thérèse ? Rien que d'y penser, c'est trop horrible.

— Nous avons eu une démonstration grandeur nature de ce que peut provoquer cet ordinateur. »

Peter informa Marty des diverses attaques électroniques. Plus il avançait dans son récit des événements, plus le visage de Marty devenait écarlate de colère, et il serrait les poings, chose que Peter ne lui avait jamais vu faire, lui qui détestait tant la violence.

« Quelle horreur, c'est impossible ! Il faut que j'intervienne. Nous devons sauver les Chambord ! Il faut récupérer le prototype ! Passe-moi mon pantalon...

— Holà, tu n'es pas du tout rétabli, mon garçon. En plus, ici, tu n'as plus rien, en dehors de cette blouse d'hôpital. » Marty ouvrait la bouche pour se plaindre, mais Peter poursuivit aussitôt. « Alors tu restes gentiment allongé, mon gars. Dans quelques jours, on verra, d'accord ? » Il s'interrompit. « J'ai une question essentielle à te poser. Sais-tu construire un ordinateur ADN, que cela nous permette de leur répliquer ?

— Non, Peter, je suis désolé. Ce qui s'est passé, c'est que... Je n'ai pas simplement sauté dans un avion pour me présenter au labo d'Emile sans prévenir. Non, il m'a appelé à Washington et il m'a intrigué avec son grand secret, son ordinateur moléculaire. Il avait besoin de moi pour que je lui montre comment le faire fonctionner en en tirant le maximum. C'était donc mon rôle dans notre tandem. Bien entendu, Emile a créé la machine proprement dite tout seul. Tout est contenu dans ses notes. Les as-tu, ses notes ?

— Personne n'a été en mesure de les retrouver.

— J'avais bien peur que la situation ne soit celle-là. »

Après que Peter eut assuré à Marty que l'on tentait l'impossible, il passa deux coups de fil, en se servant du téléphone fixe posé au chevet du lit de son ami. Une fois ces deux appels passés, Marty et lui reprirent leur conversation, se parlèrent plus longuement.

Quand il s'apprêtait enfin à s'en aller, Peter s'adressa à son ami d'un ton grave.

« Ici, Marty, tu es entre d'excellentes mains. Lochiel est un médecin et un soldat hors pair. Il veillera à ce que personne ne te touche, et il va surveiller ton état de santé. Avec un coma, on ne plaisante pas. Même un crâne d'œuf suréduqué comme toi est au courant. Entre temps, de mon côté, j'ai un peu de pain sur la planche, ensuite je serai de retour avant que tu n'aies pu dire "Jack l'Eventreur".

— "Jack l'Eventreur". Très drôle. » Marty opina brièvement de la tête, en hommage au personnage. « Personnellement, je préférerais Pete la Pique.

— Ah ?

— Beaucoup plus approprié, Peter. Après tout, ton méchant petit stylet nous a sauvé la vie, à l'hôpital. Donc : Pete la Pique.

— Il y a de ça. »

Peter lui rendit son sourire, et les regards des deux hommes se croisèrent, comme par accident. Ils avaient tous deux de grands sourires. Puis ils détournèrent les yeux.

« Je pense que ça va aller, grommela Marty. Dieu sait si je suis plus en sécurité ici qu'en ta compagnie, avec cette manie que tu as de toujours te fourrer dans les embêtements. » Puis son visage s'illumina. « J'oubliais. Ça me laisse perplexe.

— Qu'est-ce qui te laisse perplexe ?

— Ce tableau. Enfin, pas réellement un tableau... une reproduction. Qui était à Emile, et qui avait disparu, lui aussi. Je me demande bien pourquoi. Pourquoi diable ces terroristes auraient-ils voulu de ce tableau ?

— Quelle reproduction, Marty ? » Peter perdait patience. Il échafaudait déjà des plans dans sa tête. « Disparu ? Comment cela ?

— Du laboratoire d'Emile. C'était sa reproduction du célèbre tableau, *La Retraite de la Grande Armée devant Moscou*. Tu connais. Tout le monde connaît ce tableau. C'est cette toile où Napoléon est monté sur son cheval blanc, le menton calé dans le creux du cou, avec ses troupes en haillons qui piétinent dans la neige derrière lui. Ils ont été vaincus. Je crois que c'est après l'incendie de Moscou. Alors, pourquoi les terroristes voudraient-ils voler cet objet ? Il ne vaut rien. Ce n'est qu'une reproduction. Pas du tout le vrai tableau. »

Peter secoua la tête.

« Je n'en sais rien, Marty.

— Bizarre, n'est-ce pas ? » commenta Marty, songeur. Il se passa la main sur le menton, cherchant à comprendre la signification de ce vol.

Washington, D.C.

Fred Klein était assis dans la chambre présidentielle, mâchonnant encore le tuyau de sa pipe éteinte. A certains moments, ces derniers jours, il avait tellement serré la mâchoire qu'il aurait presque pu mordre au travers de l'embout. Il avait affronté d'autres crises de grande ampleur, mais sans jamais se trouver face à une situation aussi tendue et aussi incertaine que celle-ci. C'était cette sensation d'impuissance, la conscience que si l'ennemi voulait se servir de l'ordinateur ADN, il n'existait aucun moyen de se défendre. Toutes les armes des Etats-Unis, si puissantes, conçues et construites avec tant de soin, et à si grands frais, tout au long du dernier demi-siècle, s'avéraient inutiles, même si elles donnaient une impression de sécurité aux gens peu informés – ou peu imaginatifs. En fin de compte, ils ne pouvaient miser que sur leurs services de renseignement. Quelques agents qui suivaient une piste vague, comme un chasseur isolé au milieu d'une étendue sauvage, mais à l'échelle de la planète.

Le Président Castilla arriva de son salon privé, se débarrassa de sa veste de costume, dénoua sa cravate et se laissa tomber dans son lourd fauteuil en cuir.

« C'était Pat Remia, au 10, Downing Street. Il semblerait qu'ils aient perdu un de leurs généraux de tout premier plan... le général Moore... et ils pensent que c'est l'œuvre de nos terroristes. »

Il se cala contre le dossier de son fauteuil, la tête contre le cuir, les yeux clos.

« Je sais, lâcha Klein. »

La lumière qui brillait derrière lui se reflétait sur son visage, soulignant son front dégarni et les rides profondes qui ravinaient de plus en plus son visage.

« Avez-vous entendu ce que disait le général Henze de notre tactique ? De nos progrès ? »

Klein hocha la tête.

« Et donc ?

— Il se trompe. »

Le Président secoua la tête, avec une moue.

« Je suis soucieux, Fred. Le général Henze m'explique qu'il n'est guère convaincu par les perspectives qu'aurait Smith de retrouver ces gens, et je dois admettre, d'après ce que vous m'en avez rapporté, que je suis moi-même préoccupé.

— Dans les opérations clandestines, Sam, les progrès sont quelquefois difficiles à percevoir. Nous avons déployé toutes nos ressources en matière de renseignement sur le terrain au travail, sur les différents aspects de cette affaire. En plus, Smith fait équipe avec un tandem de deux collègues, des agents extrêmement chevronnés. L'un appartient à la CIA, l'autre au MI6. C'est officieux, bien entendu. Mais par leur intermédiaire, il peut directement se brancher sur les sources d'informations de ces deux agences. En raison de tous ces problèmes de télécommunications, je n'ai pas pu l'aider autant que d'ordinaire.

— Connaissent-ils l'existence du Réseau Bouclier ?

— Absolument pas. »

Le Président croisa les mains sur sa taille généreuse. Le silence emplit la pièce. Enfin, il se tourna vers Klein.

« Merci, Fred. Restez en contact. En contact étroit. »

Klein se leva et se dirigea vers la porte.

« Je n'y manquerai pas. Merci, monsieur le Président. »

CHAPITRE VINGT-QUATRE

Es Caló, Isla de Formentera,
vendredi 9 mai

DE l'endroit où il était couché sur cette petite colline délavée de soleil, Jon leva la tête, juste assez pour voir le phare de la Mola, en surplomb vers l'est, planté sur le point culminant de cette île battue par les vents. Tout autour s'étendaient des plages immaculées qui descendaient vers une eau claire et limpide. Comme l'île était non seulement peu développée, mais à peu près dépourvue de reliefs, Max et lui s'étaient servis, pour s'abriter, du moindre rocher, du moindre fourré de ce maquis aride, pour rester à couvert et s'approcher en rampant des trois terroristes qu'ils avaient suivis durant toute cette longue nuit.

Tous trois – le Dr Akbar Suleiman, l'autre individu de l'hôtel Saint-Sulpice et l'un des gardes armés du pavillon de chasse – avaient garé leur voiture au-dessus d'une étroite langue de sable, où ils faisaient impatiemment les cent pas en scrutant un gros bateau à moteur à l'air rapide, qui se balançait sur son ancre, à une centaine de mètres du rivage.

Aux petites heures de la matinée, la Mercedes des terroristes avait traversé le sud de l'Espagne, avec Jon et Max en filature. La route avait été longue. A l'aube, ils dépassaient Barcelone, laissant le sommet des tours de la grande église de la Sagrada Familia de Gaudi sur la droite, et le château du XVIIᵉ siècle en haut de la colline de Montjuich, sur la gauche. La voiture des extrémistes continua son chemin, approcha de l'aéroport d'El Prat, puis dépassa les principaux terminaux. Enfin, elle ralentit et tourna pour s'engager dans une zone réservée aux entreprises, aux vols privés et aux charters, où elle se gara devant un comptoir d'affrètement d'hélicoptères.

Lorsque les terroristes pénétrèrent dans le terminal de l'héliport, Jon et Max attendirent, à bonne distance, à bord de leur voiture, moteur au ralenti. Il n'y avait toujours aucun signe de la deuxième voiture, ou d'Abu Auda.

« La CIA possède un bureau à Barcelone, non ? s'enquit Jon.

— Possible, admit Max.

— Alors ramenez un hélico ici, et en vitesse », lui demanda Jon.

Peu de temps après, le Dr Suleiman et les autres embarquaient dans un Bell 407 affrété. Dès qu'un hélicoptère Seahawk était arrivé sur les lieux, Max et Jon s'étaient lancés à la poursuite du Bell au-dessus de la Méditerranée, pour débarquer dans l'île la plus septentrionale des Baléares, et c'est là qu'ils se trouvaient à présent, tapis au milieu des rochers et des broussailles, en contre-haut de cette langue de sable.

Jon, qui surveillait les lieux, vit, sur le flanc du yacht ancré à l'écart, un grand canot pneumatique s'abattre à la surface de l'eau dans une gerbe d'éclaboussures. Il ne disposait que de quelques minutes pour décider quoi faire. S'il perdait les terroristes, pister la destination de ce yacht rapide, qui ressemblait à une vedette lance-torpilles reconvertie, pourrait prendre des jours, si ce n'est des semaines. Suivre un hélicoptère à bord d'un autre hélicoptère n'avait en soi rien qui puisse être de nature à éveiller les soupçons. Après tout, c'était ainsi qu'ils avaient suivi les extrémistes jusqu'ici. Plusieurs hélicoptères pouvaient se rendre au même endroit et, par temps clair, l'aéronef suiveur avait la possibilité de rester suffisamment en retrait dans le ciel pour s'assurer d'une quasi-invisibilité. En plus, le bruit lointain de ses turbines serait masqué par celui des turbines du gibier, et le problème du carburant ne se poserait pas. Mais un hélicoptère suivant un bateau, contraint de voler en décrivant des cercles en raison de sa vitesse bien plus élevée, déclencherait instantanément l'alerte. Et l'hélicoptère suiveur n'avait pas la certitude de disposer d'assez de carburant.

« Je vais monter à bord de ce bateau, annonça Smith à Max. Vous me couvrez, et vous attendez que Randi se montre. Si elle ne se montre pas, vous rentrez à Barcelone et vous la contactez, où qu'elle soit. Informez-la de ce que j'ai décidé, et qu'elle mette en place une nasse pour arrêter ce bateau. Si elle est incapable de le retrouver, restez aux aguets, et je la contacterai. »

Max hocha sèchement la tête. Puis il se remit à observer la vedette qui se balançait paresseusement avec la houle, sur cette eau bleue.

« Ça m'a l'air drôlement risqué.

— Pas moyen de faire autrement. »

Jon recula en rampant, jusqu'à ce qu'il ne soit plus visible depuis le rivage. En courant, il contourna par le côté opposé d'un promontoire rocheux, se déshabilla et s'attacha son pantalon, son Walther et son stylet autour de la taille avec sa ceinture. De là, il descendit jusqu'au rivage au petit trot et entra dans l'eau scintillante. La mer était fraîche, pas encore aussi chaude qu'elle le serait en été. Il plongea et nagea sous l'eau aussi loin qu'il put, remonta prudemment en surface et regarda tout autour de lui. Le canot était sur sa gauche, à mi-chemin du rivage, un seul membre d'équipage tenant la barre du petit moteur hors-bord, et il se dirigeait vers le trio qui attendait sur la plage. D'après ce que Jon put entrevoir, le pont de la vieille vedette lance-torpilles paraissait désert. Il prit une grande goulée d'air et plongea sous l'eau.

Tout en nageant sous la surface bleutée, en ressortant et en replongeant de nouveau, il envisagea différentes éventualités. Le bateau devait être servi par un équipage de cinq hommes au maximum, plus un capitaine. Un membre d'équipage au moins était en route vers le rivage, et personne d'autre ne s'était montré sur le pont. Où étaient les autres ? Il fallait qu'il grimpe à bord, trouve des vêtements et une cachette sûre. Ce ne serait pas facile, mais il n'y avait pas d'alternative.

Il refit surface à côté du bateau, dont la coque se soulevait et s'abaissait en rythme avec la houle. Chaque fois qu'elle retombait, la poupe giflait l'eau, créant ainsi une petite vague qui refoulait Jon. Il s'emplit les poumons, replongea et ressortit sur l'autre flanc du bateau, du côté du large, invisible du rivage. En quelques brasses, il arriva à la hauteur d'une échelle de cordes et de planches qui pendait du plat-bord, et nagea sur place tout en tendant l'oreille pour capter des voix ou du mouvement à bord, mais les seuls bruits audibles étaient les cris surexcités des mouettes qui volaient en direction de l'île et le claquement régulier de la poupe.

Il avait les nerfs à vif. Il n'y avait pas signe de vie à bord, mais cela ne constituait pas une garantie. Son stylet entre les dents, il calcula la cadence de la houle et attrapa l'échelle lorsque la coque du bateau tapa la surface de l'eau. C'était une question d'équilibre. Il grimpa aux barreaux, et atteignit le pont.

Personne n'était en vue. Il écouta son cœur cogner, rampa sur le pont, tâchant de ne pas se faire voir, ni du bateau, ni depuis l'île. Il profita de ce moment d'attente pour se repérer. Ce qu'il remarqua tout de suite, c'est que non seulement le grand canot pneumatique n'était plus là, mais le dinghy non plus. C'était une bonne nouvelle.

Aux aguets, il avança en crabe, foulant silencieusement le pont de bois de ses pieds nus, jusqu'à l'écoutille principale, et là il se glissa en bas. Dans la pénombre de l'entrepont, il continua vers l'avant, remontant une étroite coursive, longeant de petites cabines, semblables au quartier des officiers dans un sous-marin. Il était à l'affût du moindre craquement du bateau, du moindre gémissement de poutrelle, tout en guettant un bruit humain, une voix ou des pas.

Il y avait cinq cabines identiques, une pour chaque homme d'équipage, et une sixième, au moins deux fois plus grande, réservée au capitaine. Il trouva là une paire de chaussures de sport à sa taille. A en juger par les effets personnels qui traînaient un peu partout, toutes ces cabines étaient occupées. A bord d'un bateau aussi exigu et aussi petit, bâti pour la vitesse, des quartiers individuels constituaient un luxe réservé à peu de passagers. Ce nombre de cabines pouvait être synonyme de longues sorties en mer et de missions dangereuses. Et de lessive. Même des terroristes avaient besoin de laver leurs vêtements, surtout des musulmans, pour qui la propreté était un commandement.

Au bout de la coursive, Jon découvrit une petite buanderie avec une machine à laver compacte, une sécheuse et une pile de linge sale. Ici, la disparition de quelques effets risquait moins d'être remarquée. Il attrapa une chemise et des chaussettes assorties au pantalon qu'il avait apporté avec lui. Il se vêtit en vitesse et regagna le pont arrière, où il repéra un autre élément indispensable à de longs séjours en mer – des barils empilés de carburant diesel. Et, plus à l'arrière, une réponse à sa question précédente – une grande cale munie de crochets muraux et de sangles, pour maintenir la cargaison stable par mer forte. Il y avait des traces de poudre blanche sur les lames du plancher, conçu pour maintenir la cargaison au sec même si les vagues balayaient le bord. Cette poudre ressemblait à de l'héroïne ou à de la cocaïne. Très vraisemblablement, cette vedette servait à passer de la drogue clandestinement et, à en juger d'après les grosses sangles, peut-être aussi des fusils.

Tout ceci le renseignait déjà suffisamment, mais cette cale vide était encore plus révélatrice : le voyage d'aujourd'hui était très particulier, rien à voir avec le tout-venant des affaires courantes.

Il se figea. Il percevait le bruit estompé, mais net et distinct d'un moteur de bateau, et qui approchait. Il lui fallait trouver une cachette. Ce ne pouvait pas être cette cale, puisqu'elle était vide. Les minuscules cabines étaient exclues, puisqu'elles étaient toutes attribuées à ces hommes. Il était passé devant la cambuse arrière, qui offrait une possibilité. Cela étant, quelqu'un aurait probablement faim, même si le trajet était bref. Réfléchissant vite, il reprit la coursive. Au-dessus de lui, un bruit de pas sur le pont accéléra les pulsations de son pouls. Des voix retentirent, avec une proximité quelque peu angoissante.

La poitrine serrée, il finit par repérer un grand compartiment de stockage, tout au bout du bateau. L'endroit était encombré de cordages, de chaînes, de toiles, de panneaux d'écoutille, de pièces de moteur et de toutes sortes de fournitures nécessaires à un navire de haute mer soumis à une utilisation intensive. Tout en surveillant les bruits émanant de l'équipage en train d'embarquer, il déblaya du matériel, jusqu'à ce qu'il se soit aménagé un nid douillet. Des pas résonnèrent dans la coursive, à l'extérieur de sa cachette. Il se précipita dans son trou et tira un panneau d'écoutille pour s'en couvrir. Il croisa les jambes et s'enfonça, les nerfs à cran, adossé contre la cloison. Son pantalon était tout collant d'humidité.

Des voix hurlèrent au-dessus de lui, et deux paires de pieds s'arrêtèrent devant sa porte. Une conversation commença en arabe. Subitement, l'un des deux hommes éclata de rire, puis l'autre également, et c'est avec soulagement qu'il écouta le tandem s'éloigner. Alors que leurs voix faiblissaient, les puissants moteurs du bateau – de très gros calibre, jugea-t-il – rugirent, vibrèrent, secouant tout le navire. L'ancre cogna contre le flanc de la coque, et il sentit le bateau tanguer.

Au démarrage, il fut projeté contre un rouleau de cordages au contact rugueux, entassés à côté de lui, puis l'accélération le plaqua contre la cloison. Alors que la vedette faisait un bond en avant, prenant de la vitesse, il avait déjà des douleurs partout. Pourtant, il avait le sourire. Il était en vie, son Walther à la main, et il avait la promesse, à l'autre bout de l'excursion, d'obtenir quelques réponses.

*

Randi était postée au pied du Far de la Mola, avec la statue de Jules Verne toute proche, et elle scrutait la mer, là où la silhouette vague de la vedette filait vers le sud.

« Il a pu monter sur le bateau ?

— Oui, lui confirma Max. Après l'embarquement de tout ce petit monde, et après qu'ils ont levé l'ancre, je n'ai rien vu. Pas de remue-ménage, pas de bagarre, donc je dirais qu'il a trouvé une cachette. Qu'est-il arrivé à la camionnette que tu suivais ?

— Ils nous ont conduits jusqu'à Barcelone, eux aussi, mais nous les avons perdus en ville.

— Tu penses qu'ils vous ont semés délibérément.

— Oui. Ils nous ont repérés. » Elle grimaça de dégoût. « Et puis Salinger, le chef de station à Madrid, a relayé l'information de ta demande d'hélicoptère. Il nous a fallu du temps pour localiser la bonne société d'affrètement et leur soutirer la destination de ces types. Ensuite nous sommes venus ici par la voie des airs.

— Ça pourrait mal tourner pour Jon. »

Randi approuva, l'air anxieux, sans quitter la mer du regard, où la vedette rapide avait disparu dans les brumes grises de l'horizon.

« Je sais. Même si Jon arrive sain et sauf jusqu'à leur destination, il est dans la panade.

— Qu'est-ce qu'on peut tenter, bon sang ?

— Refaire le plein du Seahawk, pour atteindre l'Afrique du Nord.

— Il est équipé de réservoirs supplémentaires, donc il peut effectuer le trajet tel qu'il est. Mais si nous essayons de suivre cette vedette, ils vont nous repérer, à coup sûr.

— Nous n'allons pas les suivre, trancha Randi. Nous allons les localiser et voler directement vers l'Afrique. Ils vont nous voir. Ça ne fait aucun doute. Mais quand nous allons les survoler sans leur manifester d'intérêt particulier, ils vont se figurer qu'il s'agit d'un hélicoptère comme un autre, suivant un trajet normal.

— Alors pourquoi les survoler ?

— Pour s'assurer qu'ils se dirigent bien vers l'Afrique et non vers l'Espagne, ou même vers la Corse.

— Et ensuite ? » Max attendit.

« Ensuite on envoie tout ce qu'on peut pour les dénicher. » Et ses yeux sombres se tournèrent de nouveau vers la mer, non sans inquiétude.

Marseille, France

Le bar de pêcheurs se trouvait au milieu d'autres bâtiments battus par les vents surplombant les bateaux de pêche alignés au mouillage le long des quais. Le crépuscule était tombé, et le front de mer était peuplé de la foule habituelle qui faisait grand tapage, signalant que les chalutiers étaient de retour et que le marché aux poissons battait son plein. A l'intérieur du vieux bar, le français et l'arabe étaient les deux langues dominantes dans cette cacophonie d'éclats de voix.

Un petit homme trapu se frayait un chemin à pas lents, franchissant des rideaux gris de fumée de cigarettes. Il avait la démarche chaloupée du loup de mer qui vient de mettre pied à terre. Il portait un jean, un tee-shirt taché révélant des bras musculeux et une casquette de la marine marchande avec une coiffe blanc cassé, une bordure noire et une visière noire et brillante.

Quand il eut atteint le comptoir bardé de cuivre, il se pencha vers le barman et lui adressa la parole en mauvais français.

« Je suis censé retrouver un capitaine de bateau, un certain Marius. »

Entendant ce français qu'on écorchait, le barman se rembrunit. Il considéra l'inconnu de la tête aux pieds.

« Un Anglais ? s'enquit-il finalement.

— Yes.

— Débarqué de ce porte-conteneurs qui est arrivé hier du Japon ?

— Oui.

— Tant qu'à venir ici, vous pourriez apprendre le français.

— Je vais prendre la chose en considération, assura l'Anglais, imperturbable. Et Marius ? »

En Marseillais typique, le barman le dévisagea un instant d'un œil furieux, puis d'un signe de tête, il désigna un rideau de perles qui séparait la salle principale et son brouhaha d'une arrière-salle. Le « marin » anglais s'appelait Carsten Le Saux. En réalité, il était tout à fait capable de s'exprimer dans un excellent français et n'était pas du tout marin. Il remercia le barman dans un français encore plus déplorable et se dirigea à grandes enjambées vers ce rideau, qu'il franchit pour aller s'asseoir à une table tout éraflée, en face du seul occupant de la pièce.

Comme par miracle, la langue de Le Saux s'améliora aussitôt.

« Capitaine Marius ? »

L'homme assis à la table était mince et raide comme une cravache, de taille moyenne, le cheveu latin, épais, noir et long jusqu'aux épaules. Sa chemise sans manches révélait un corps qui semblait fait uniquement d'os et de muscles. Il avala un verre de mauvais marc cul sec, et se redressa contre le dossier de son siège comme s'il attendait un événement capital.

La bouche de Le Saux esquissa un sourire, mais pas ses yeux, lorsqu'il adressa un signe de la main à un garçon en tablier blanc, qui était en train de balayer des détritus autour d'une table inoccupée.

« Deux marcs, je vous prie.

— C'est vous qui avez appelé, demanda le capitaine Marius.

— C'est exact.

— Vous disiez qu'il y avait des dollars à la clef? Une centaine de dollars? »

Carsten Le Saux plongea la main dans la poche de son pantalon et en sortit un billet de cent dollars. Il le posa sur la table, le capitaine hocha la tête, mais sans le prendre. Leurs deux marcs arrivèrent. Le capitaine leva le sien.

« J'ai entendu dire que votre bateau et vous l'aviez échappé belle en pleine mer, il y a quelques nuits de ça.

— Où avez-vous entendu raconter ça? Qui vous en a parlé?

— J'ai mes sources. Une source convaincante. Qui m'a précisé que vous avez failli vous faire percuter par un bâtiment de grande taille. Une expérience plutôt désagréable, j'imagine. »

Le capitaine Marius étudia le billet de cent dollars. Il s'en empara et le plia dans un vieux portefeuille en cuir qu'il tira d'on ne sait où.

« C'était la nuit d'avant-hier. La pêche avait été mauvaise, alors j'ai poussé jusqu'à un banc que je connais et que les autres connaissent pas trop. C'était là que mon père allait quand la prise n'était pas bonne plus près de la côte. » Il sortit de sa poche un paquet de cigarettes à moitié écrasé, avec des caractères imprimés en arabe, et il en extirpa deux cigarettes algériennes, tordues et malodorantes.

Le Saux en prit une. Marius relâcha un nuage toxique dans l'air de la salle tendue de rideaux, et se pencha plus près. Il avait une voix âpre, comme s'il était encore sous le coup de l'événement.

« Il a surgi de nulle part! Comme un gratte-ciel, ou comme une montagne. Plutôt comme une montagne, parce que c'était un mastodonte. Qui se déplaçait. Un mastodonte en mouvement, de la taille d'une montagne. Aucune lumière, ni à l'intérieur, ni à l'extérieur, et du coup il était plus noir que la nuit. Par la suite, j'ai vu qu'il avait ses feux de position allumés, mais qui aurait pu les voir, à cette hauteur, hein? » Il se redressa et haussa les épaules, comme si cela ne comptait plus. « Il nous a manqués, par bâbord. On a bien failli se faire balayer, mais bon, je suis là.

— Le *Charles-de-Gaulle*?

— Ou le *Hollandais volant*, pourquoi pas? »

Carsten Le Saux se redressa à son tour, l'air pensif.

« Pourquoi naviguait-il quasiment tous feux éteints? Il y avait des destroyers? D'autres navires?

— Je n'en ai vu aucun.

— Quel cap suivait-il ?

— A en juger par le sillage, je dirais sud-sud-ouest. »

Le Saux hocha la tête. Il fit de nouveau signe au serveur et commanda deux autres marcs. Il recula sa chaise, se leva et sourit au capitaine du bateau de pêche.

« Merci. Faites donc attention, en mer. » Il paya le serveur et sortit.

Le crépuscule s'était transformé en nuit indigo. Sur le front de mer noir de monde, les odeurs prenantes de poisson et d'alcool emplissaient l'air. Le Saux s'arrêta pour jeter un œil à la rangée de mâts et prêta l'oreille au bruit apaisant des cordages claquant contre les coques en bois. Le vieux port avait fait vivre les villes qui s'étaient succédé depuis les Grecs et le VIIe siècle avant Jésus-Christ. Il se retourna et laissa errer son regard, comme s'il était un touriste, puis il pressa le pas, en s'éloignant en contre-haut des quais. Vers sa gauche, sur une colline surplombant Marseille, se dressait la basilique très ornementée de Notre-Dame-de-la-Garde, la gardienne de la ville moderne, dans son halo de lumière.

Enfin, il entra dans un vieil immeuble en brique donnant sur une étroite rue de traverse, et monta les marches de l'escalier jusqu'à un appartement de deux pièces situé au quatrième étage. Une fois à l'intérieur, il s'assit sur le lit, décrocha le téléphone, composa un numéro.

« Howell.

— Et si vous songiez à me gratifier d'un "bonsoir" un peu aimable ? grommela Le Saux. Je retire cette remarque. Eu égard à votre nature généralement revêche, je me contenterais d'un simple "salut" ».

Il y eut un reniflement lointain à l'autre bout du fil.

« Où diable êtes-vous, Carsten ?

— A Marseille.

— Et ?

— Et le *Charles-de-Gaulle* se trouvait en mer au sud-ouest de Marseille quelques heures avant que le général Moore ne disparaisse de Gibraltar. Avant de parler au capitaine du bateau de pêche, j'ai vérifié, et j'ai aussi découvert qu'il n'y avait pas d'exercices navals programmés à cette période, que ce soit par l'OTAN ou par les Français. En fait, aucun de toute cette semaine-là. Le *Charles-de-Gaulle* se dirigeait plus au sud et à l'ouest, en direction de la côte espagnole. Et il naviguait tous feux éteints.

— Tous feux éteints, hein ? Intéressant. Bon travail, Carsten. Merci.

— Cela m'a coûté deux cents dollars américains.

— Disons plus probablement cent, mais je vous envoie cent livres anglaises pour faire bon poids.

— La générosité est une récompense en soi, Peter.

— J'aimerais qu'il en soit ainsi. Gardez vos oreilles grandes ouvertes, j'ai besoin de savoir pourquoi le *Charles-de-Gaulle* croisait dans ces parages. »

CHAPITRE VINGT-CINQ

En Méditerranée,
non loin des côtes algériennes

DURANT des heures, la vedette rapide frappa contre le flanc des déferlantes. Piégé comme un animal dans une cage, Smith resta sur le qui-vive en se soumettant à des jeux avec lui-même, histoire de voir jusqu'à quel point il était capable de reconstituer le passé dans ses moindres détails... Cette vie trop brève avec Sophia... son travail de chasseur de virus à l'USAMRIID... son poste d'agent secret à Berlin-Est, voici très longtemps. Et aussi, cette erreur fatale en Somalie, quand il n'était pas parvenu à identifier le virus qui avait finalement tué le fiancé de Randi, un officier de valeur. Il se sentait encore coupable, alors même qu'il n'ignorait pas qu'il s'était agi d'une erreur de diagnostic que n'importe quel médecin aurait pu commettre, et que beaucoup d'entre eux avaient commise.

Les années pesaient sur Jon, et à mesure que le temps s'écoulait et que la vedette continuait de le secouer en tous sens, il finit par se demander si ce voyage allait jamais s'achever. Il sombra dans un sommeil inconfortable. Quand la porte du compartiment s'ouvrit, il fut instantanément aux aguets. Il libéra le cran de sûreté de son Walther. Quelqu'un entra, et il entendit des bruits, on cherchait quelque chose. Les minutes passèrent lentement, et il sentit la sueur perler sous ses aisselles. Excédé, le matelot marmonna quelques mots en arabe. Jon s'efforça d'en saisir le sens, et finalement il comprit que l'homme cherchait une espèce de tourne-à-gauche.

Réprimant une bouffée de claustrophobie, Jon tâcha de se représenter le compartiment de stockage, en se demandant s'il n'avait pas caché ce fichu outil par inadvertance. Intérieurement, il poussa un juron, et il entendit presque aussitôt le matelot lâcher un juron à son tour, à voix haute. Mais cette fois ce n'était plus une exclamation d'agacement, mais de satisfaction, car il avait enfin trouvé l'outil. Peu après, ses pas s'éloignèrent et franchirent le seuil du compartiment de stockage.

Tandis que le panneau de la porte se remettait en place, Jon relâcha un long filet d'air. Il s'essuya le front d'un revers du bras, remit le cran de sûreté de son arme, et s'affala contre la cloison avec soulagement. Presque instantanément, le bateau heurta une nouvelle lame.

Il n'arrêtait pas de consulter sa montre. A la sixième heure, le vacarme dû à la vibration des moteurs commença de décliner, et la vedette ralentit. Elle courut sur son erre, jusqu'à s'immobiliser au mouillage, puis il y eut le grincement métallique de l'ancre que l'on jette, et le fracas de la chaîne, et l'ancre toucha rapidement le fond de la mer. Autrement dit, ils se trouvaient sur des hauts fonds. Les cris stridents des mouettes lui permirent de comprendre que la terre n'était pas loin.

Sur le pont, on se livrait à une activité silencieuse. Deux gerbes étouffées d'éclaboussures, suivies d'une succession de bruits de course amortis sur le flanc du bateau. Il n'y eut pas d'ordres criés à voix haute. L'équipage se comportait aussi silencieusement que possible. Jon entendit le grincement des bancs de nage et le bruit mesuré des avirons frappant l'eau en cadence, puis ces bruits s'effacèrent. Avaient-ils mis à l'eau le dinghy et le Zodiac ? Il l'espérait.

Il attendit. Le bateau se cabrait et plongeait en cadence, mais sans ces fracas contre les déferlantes à vous faire grincer des dents. La mer venait lécher la coque, le navire paraissait soupirer, ses traverses et ses panneaux de métal et de bois s'installant dans le repos. Le silence imprégna l'embarcation.

Il dégagea l'écoutille située au-dessus de sa tête, l'ouvrit, et se leva lentement, attendant le retour de toutes ses sensations dans ses jambes. Il s'étira, le regard fixé sur le rai de lumière filtrant sous la porte. Enfin, il s'extirpa de son trou. Alors qu'il traversait le compartiment obscur en direction de la porte, son genou heurta une sorte de pièce mécanique, le précipitant sur le plancher avec un bruit de métal.

Il se figea, tendit l'oreille. Il n'y eut pas un bruit en provenance du pont, au-dessus de lui. Pourtant, il ne bougea pas. Il attendit. Une minute. Deux. Mais personne n'emprunta la coursive de l'entrepont.

Il inspira à fond, ouvrit la porte, et jeta un œil des deux côtés. La coursive était déserte. Il s'y engagea, referma la porte, et se dirigea vers la passerelle. Il ne s'en rendit pas compte sur le moment, mais il avait baissé la garde, se fiant à la perception qu'il avait du silence et du vide à bord de ce bateau, tel qu'il l'avait découvert en embarquant.

C'est alors qu'un homme à l'air costaud sortit d'une des petites cabines-couchettes, braquant un pistolet sur Jon. Il portait un fez et il avait l'air mauvais, avec sa barbe naissante.

« Qui tu es toi, bordel ? D'où tu viens ? » Il parlait anglais avec une espèce d'accent moyen-oriental. Un Egyptien.

Exaspéré, à bout de nerfs, Smith plongea. De sa main gauche, il saisit le poignet armé du terroriste tout en dégainant son stylet de sa main gauche.

Interloqué par la soudaineté de cet assaut, l'autre tenta de se dégager.

Il recula vivement, en déséquilibre. Jon le cueillit de son poing à la mâchoire, mais le type reprit le dessus, esquiva, et braqua son arme sur Jon, au côté, le doigt sur la détente.

Jon pivota juste à temps. L'homme pressa sur la détente, le coup de feu résonna comme un coup de canon dans l'espace confiné du bateau. La balle frôla Smith et pénétra dans l'une des cabines, où elle se ficha dans une cloison avec un bruit sourd. Avant que son agresseur n'ait pu viser et tirer de nouveau, il lui plongea son stylet en pleine poitrine.

Le terroriste s'écroula, se recevant durement sur les genoux, ses yeux noirs devinrent vitreux. Avec un grognement, il s'abattit face contre terre.

D'un coup de pied, Smith écarta le pistolet – un 9 mm Glock – de la main de l'homme, sortit son Walther de sa ceinture et recula. L'homme gisait, immobile, une flaque de sang s'élargissant sous son corps.

Smith s'agenouilla et lui tâta le pouls. Il était mort.

Quand il se releva, il était tremblant. Après cette longue période d'inactivité forcée, il venait d'imposer à ses nerfs et ses muscles une action subite et violente. Il tremblait comme une voiture de course quand elle s'immobilise soudainement, après une pointe de vitesse. Il n'avait pas eu l'intention de tuer cet homme. En fait, il n'aimait pas du tout tuer, mais il n'avait pas le choix.

Une fois ce tremblement dominé, il enjamba le cadavre et gagna le pont en montant par l'échelle. Il fut accueilli par le soleil de l'après-midi.

Risquant un regard juste au bord de l'écoutille, il scruta le pont. Il ne vit personne. Bâti pour la vitesse, le bateau possédait peu de structures offrant une prise au vent. Le pont était plat et dégagé jusqu'à la passerelle, qui était inoccupée. Le dinghy et le Zodiac avaient disparu.

Prudemment, il se hissa en rampant et se faufila vers la passerelle. De là, il pouvait observer le reste du bateau. Qui était désert. Dans le coffre de la passerelle, il trouva une paire de jumelles. Vers l'ouest, le soleil formait une boule de feu couleur citron, bas dans le ciel. L'air fraîchissait rapidement, mais il est vrai qu'au cadran de sa montre, il était 6 heures à Paris. A en juger par le temps qu'avait duré le trajet, et d'après la vitesse estimée de la vedette, il pensait être resté dans le même fuseau horaire ou, au pire, n'en avoir franchi qu'un seul.

Dans les jumelles, il inspecta la côte, embrasée sous cette lumière déclinante. Il découvrit une jolie plage de sable fin, avec ce qui ressemblait à des serres. D'autres rangées de serres avaient été construites derrière les premières, s'enfonçant vers l'intérieur des terres. Non loin de là, un verger d'agrumes partait du littoral vers le lointain. Il aperçut des oranges presque mûres dans les branches très feuillues. Il y avait aussi un grand promontoire qui s'avançait dans la mer et paraissait complètement fermé par un long mur blanc d'au moins trois mètres de hauteur. Il examina ce promontoire. Des oliviers et des palmiers sombres et désolés se dressaient fièrement contre le mur, et il aperçut derrière une sorte d'édifice coiffé d'une coupole.

Il orienta ses jumelles ailleurs. Tout à fait sur la droite, des voitures, apparemment de modèle récent, filaient sur ce qui semblait être une belle route nationale, longeant la mer. Il changea encore d'angle, cette fois en balayant le lointain. Derrière tout ce décor se dressait une succession de collines, surplombées par d'autres plus hautes encore, en direction de l'horizon.

Jon abaissa les jumelles, évaluant ces indices qu'il avait sous les yeux... On n'était pas en France. Ce pouvait être le sud de l'Espagne, mais il en doutait. Non, cela ressemblait à l'Afrique du Nord et, à en juger par toute cette végétation luxuriante, ces serres, ces vastes plages de sable, les palmiers, les collines, l'autoroute, les voitures récentes, la prospérité qui se dégageait de tout cela, la vitesse à laquelle s'était effectué leur trajet, et sa durée, il en déduisit qu'ils étaient ancrés devant la côte algérienne, et probablement pas très loin d'Alger.

Il releva ses jumelles pour étudier de nouveau ce mur, là-bas. Les rayons du soleil de l'après-midi étaient encore plus obliques et ricochaient sur la haute barrière blanche comme si elle était faite de chrome, l'aveuglant à moitié. Et la lumière dansait avec les grains de poussière, ce qui rendait le peu qu'il discernait du mur d'autant plus nébuleux. Il lui donnait presque l'impression d'onduler. Avec toutes ces interférences visuelles, il était incapable de distinguer les bâtiments situés derrière. Il examina la plage, mais ne vit ni dinghy ni Zodiac échoués sur le sable.

Avec une moue, il abaissa les jumelles et contempla la scène à l'œil nu. Il était intrigué par ce mur si haut, d'aspect très massif, qui semblait cerner tout le promontoire.

Il descendit précipitamment à l'entrepont, dans le compartiment de stockage, où il se souvenait d'avoir vu un seau en plastique. Il retira de nouveau son short et plia ses vêtements dans le seau, avec le Walther et le stylet. De retour sur le pont, il descendit le seau contenant ses effets au bout de la corde qui oscillait, jusque dans la mer de plus en plus sombre. Il se glissa dans l'eau fraîche et, poussant le seau devant lui, nagea vers la côte, en créant aussi peu de vagues que possible, car l'écume blanche reflétait la lumière du soleil et pouvait attirer l'attention.

Il était sur le point d'accoster, fatigué, usé par le stress de tous ces événements autant que par cette rude journée de voyage. Mais lorsqu'il cessa de brasser l'eau afin de pouvoir scruter ce mur blanc, il se sentit parcouru d'une énergie renouvelée. Le mur était plus haut encore qu'il ne l'avait estimé – il mesurait au moins quatre mètres cinquante. Il y avait un détail encore plus intéressant, ces chevaux de frise qui en bordaient le faîte comme une couronne d'épines. Quelqu'un s'était donné le plus grand mal pour décourager les intrus.

Considérant tout cela, il nagea silencieusement vers l'extrémité du promontoire, la température de l'eau et de l'air chutant à mesure que le crépuscule s'étendait comme une main d'un noir d'encre. Le bout de la pointe était envahi d'une masse de végétation et de palmiers à l'allure impénétrable. Il continua de nager, contournant l'obstacle, toujours sans apercevoir aucun signe de bâtiments.

Puis ce qu'il vit lui arracha un discret sourire : là, sur la plage, le dinghy et le Zodiac étaient dressés en lisière de l'épaisse végétation. C'était un progrès.

Il nagea avec plus de force, et poursuivit encore plus loin, jusqu'à ce qu'il repère un endroit où la végétation s'approchait à ce point de la mer qu'elle semblait quasiment s'y jeter, et là, le mur s'interrompait pour laisser place à la densité d'un mur naturel de verdure. Une fois encore, il cessa de brasser l'eau, pour observer le littoral, en quête d'un signe de mouvement. Au bout d'un moment, il poussa le seau vers l'épaisse végétation et rampa sur le sable, encore chaud du soleil du jour. Il resta étendu là une minute entière, sentant son cœur cogner contre le sol, s'imprégnant de cette chaleur réconfortante.

Enfin, il se redressa et courut, pieds nus, au cœur de la végétation, où il ne tarda pas à tomber sur une minuscule clairière ombragée, remplie des senteurs de la terre et des plantes. Sous un palmier dattier, il se vêtit promptement, fourra son Walther dans sa ceinture, logea son stylet dans un fourreau fixé à sa cheville par un Velcro, et dissimula le seau.

Il pénétra dans les arbres et les fourrés, sans cesser de surveiller la plage, pour finalement s'engager au pas de course sur un chemin de terre. Il s'agenouilla pour examiner le terrain. Il y avait des empreintes de pas, les marques caractéristiques de chaussures de sport, semblables à celles qu'il portait. Les empreintes les plus récentes – un méli-mélo de traces de pas de plusieurs tailles – conduisaient dans la direction de l'endroit où le dinghy et le Zodiac étaient amarrés.

Revigoré par ce constat, il sortit son Walther et suivit la piste vers l'intérieur des terres sur une quinzaine de mètres, jusqu'à ce qu'elle débouche sur une vaste aire dégagée peu à peu saisie par les ombres croissantes du soir. Il y avait là des oliviers et des palmiers dattiers et, au-delà, une levée de terre. Sur cette éminence se dressait une grande villa, surmontée d'une coupole incrustée de mosaïques. C'était la coupole qu'il avait aperçue depuis le bateau.

Cette villa tentaculaire avait l'air d'être complètement isolée et, à première vue, elle semblait aussi déserte. Personne ne travaillait ou ne flânait dans les jardins, et personne n'était assis dans les sièges en fer forgé bleu qui étaient disposés avec art sur la terrasse tout en longueur. Et il ne voyait personne non plus à travers les portes-fenêtres. Pas une voiture, et aucun autre véhicule n'étaient visibles. Le seul mouvement provenait de ces rideaux de gaze, qui gonflaient aux fenêtres ouvertes. Mais c'est alors que des voix lui parvinrent, quelque part à distance. Elles s'exclamaient à l'unisson, suivant un rythme de marche, ponctuées de temps à autre par l'écho lointain d'un coup de feu. Manifestement, il se passait ici des choses qui avaient de quoi surprendre le visiteur lambda.

Comme pour confirmer cette impression, un homme vêtu d'une tenue de camouflage de l'armée britannique et coiffé d'un puggaree afghan surgit à l'autre angle de la bâtisse, tout à fait à l'opposé. Il portait un AK-47 en bandoulière, d'un air nonchalant.

Smith sentit son pouls accélérer. Il plongea derrière un buisson pour observer un deuxième garde qui faisait son apparition à l'autre angle de la villa. Cet homme-ci était tête nue, en jean et chemise de flanelle, et il avait un air oriental. Il tenait une mitraillette légère américaine M60E3 calée au pli du coude gauche. Le duo se croisa sous les marches de la terrasse et poursuivit dans deux directions opposées sa patrouille autour de la demeure.

Jon s'abstint de tout mouvement. Quelques instants plus tard, un troisième garde se montra, cette fois sorti de la maison. Aussi bien armé que les deux autres, il se tenait debout sur la terrasse, son fusil d'assaut dans les bras, balayant le parc du regard, puis il retourna à l'intérieur. Cinq minutes plus tard, le duo qui inspectait autour de la villa reparut, bientôt suivi par une quatrième sentinelle, qui émergea de la villa pour s'engager sur la terrasse. Ils avaient donc posté quatre gardes.

Maintenant que Jon commençait de comprendre leur mode d'organisation, il était temps de se frayer un chemin jusque dans la villa. Décrivant un mouvement tournant, il regagna l'épaisse végétation, jusqu'à ce qu'il trouve ce qu'il prit pour une porte à l'écart, non loin de la façade de la maison. Ici, la demeure pleine de coins et de recoins était plus proche que jamais de la forêt, une vraie jungle. Il ne voyait toujours aucune voiture, pas même une allée d'accès, qui devait probablement se situer de l'autre côté. Toujours à distance, les voix s'élevèrent en chœur, une psalmodie qui lui parcourut l'échine d'un frisson. Il distinguait nettement des mots en arabe, à présent, une litanie de haine à l'égard d'Israël et de l'Amérique, le Grand Satan.

A l'instant où le garde tourna le coin du fond et disparut, hors de vue, il sortit de l'épais couvert et sprinta vers l'angle invisible de la maison. La porte n'était pas fermée à clef. Vu la multitude des accès par toutes ces fenêtres apparemment ouvertes sur autant de pièces, ce n'était guère une surprise. Pourtant, il demeura sur ses gardes, et il ouvrit la porte centimètre par centimètre. Par l'entrebâillement grandissant, il entrevit un sol en tommettes, du mobilier arabe coûteux, des toiles modernes abstraites qui étaient loin de la tradition, sans être de nature à choquer des sensibilités islamiques, de petites alcôves tendues de rideaux pour la lecture et la méditation silencieuses, et pas un seul être humain.

Il s'introduisit à l'intérieur, tenant son Walther à deux mains. Une autre pièce, similaire à la première, était clairement visible au-delà d'une arcade de style maure traditionnel. Sur cette terre, qui avait été envahie et occupée par une longue succession de conquérants et de colons, c'étaient les Arabes qui avaient laissé l'influence la plus durable. Ils constituaient toujours aussi une majorité. En dépit de la ténacité des tribus berbères et du pouvoir des bureaucrates et des résidents français, certains Arabes essayaient encore de ramener l'Algérie sous le contrôle total des Islamistes, un objectif qui s'était avéré de longue haleine, difficile et particulièrement sanglant. Cela expliquait aussi pourquoi tant d'habitants islamistes acceptaient de soutenir et même d'abriter des tueurs fondamentalistes.

La pièce suivante était aussi déserte que la première, et il continua sa progression prudente, traversant d'autres pièces, plus fraîches, plus ombragées. Il ne rencontra personne. Puis il entendit des voix plus loin devant lui.

Redoublant de prudence, il s'approcha, et les paroles prononcées devenaient de plus en plus claires. Enfin, il reconnut une voix – celle de Mauritania. Il avait donc découvert l'un des repaires du Croissant Armé. Peut-être même un de leurs quartiers généraux. Nerveux, tendu, il se glissa dans un coin et tendit l'oreille. Les voix étaient nimbées d'un écho tel qu'il en déduisit qu'elles provenaient d'une pièce grande et haute de plafond, plus haute que celles qu'il venait de traverser.

Il s'approcha encore, jusqu'à ce qu'il comprenne qu'elles émanaient du seuil de porte suivant. Il se plaqua contre le mur contigu et jeta un œil pour découvrir une dizaine d'hommes environ, tous dos à lui, rassemblés dans une immense salle, sous l'imposante coupole de la villa. C'était un groupe disparate, haut en couleur – des Bédouins dans leurs longues tuniques, des Indonésiens vêtus de Levi's dernière mode et de chemises de créateurs, des Afghans en pantalon de pyjama avec leurs puggaree distinctifs à longue traîne enroulés autour du crâne. Tous portaient une arme, depuis le fusil d'assaut le plus moderne jusqu'à de vieux AK-47 tout cabossés. Aux premières loges, Mauritania, avec sa petite taille et son allure trompeusement modérée, était juché sur le bord d'une table-bibliothèque en chêne, vêtu de longues tuniques blanches. Il s'exprimait en français. Le groupe l'écoutait avec une attention extrême.

« Le Dr Suleiman est arrivé, et il se repose, annonça-t-il. Il me fera bientôt son rapport, et dès qu'Abu Auda sera arrivé, le compte à rebours débutera. »

Les terroristes rassemblés laissèrent jaillir leurs hurlements surexcités, des *Alahu Akbar* et d'autres exclamations, dans une multitude de langues que Jon était incapable de comprendre. Ils brandissaient leurs armes au-dessus de leurs têtes, les agitaient.

Mauritania poursuivit.

« Ils vont nous traiter de terroristes, mais nous ne sommes pas des terroristes. Nous sommes des guérilleros, des soldats au service de Dieu, et avec l'aide de Dieu nous triompherons. » Levant les paumes des mains, il calma ce tumulte. « Nous avons testé l'ordinateur du Français. Nous avons détourné l'attention des Américains. Et maintenant nous allons les aveugler et les réduire au silence, pour qu'ils ne puissent avertir leurs laquais juifs quand nous aurons la fierté de lancer le missile tactique russe volé pour balayer les Sionistes de notre terre sacrée ! »

Cette fois, la clameur fut si violente, les cris farouches si puissants et intenses, que la coupole parut en trembler.

Tandis que le vacarme refluait, les yeux clairs de Mauritania s'assombrirent, et son visage se fit solennel.

« Ce sera une immense explosion, promit-il. Elle détruira tout. Mais le Grand Satan a le bras long, lui aussi, et beaucoup de nos gens vont se faire tuer. Cela m'attriste. Que nous devions perdre un seul fils de Mahomet suffit à m'entrer une lame dans le cœur. Mais il le faut, pour nettoyer cette terre, pour mettre fin à cette nation bâtarde de Sion. Nous allons effacer le cœur d'Israël. Ceux des nôtres qui mourront deviendront des martyrs, et ils iront droit dans les bras de Dieu, pour une gloire éternelle. »

Des cris éclatèrent de nouveau. De son repaire où il s'était tapi, dans la pièce voisine, Jon en eut le sang figé. Il s'agissait d'une attaque nucléaire, mais elle ne visait pas les Etats-Unis. La cible, c'était Israël. D'après ce que Mauritania venait d'annoncer, l'ordinateur ADN allait reprogrammer un vieux missile nucléaire tactique soviétique de moyenne portée et le lancer sur Jérusalem, « le cœur d'Israël », rayant des millions d'individus de la carte de ce pays, ainsi que beaucoup d'autres sur les territoires des pays voisins, tous des pays arabes, sacrifiés sur l'autel des rêves maladifs de Mauritania.

Smith se détourna du mur. Il ne lui restait guère de temps. Il fallait qu'il trouve le professeur Chambord et qu'il détruise l'ordinateur ADN. Ils devaient être quelque part, dans ce bâtiment tentaculaire et blanchi à la chaux. Peter, Marty et Thérèse seraient peut-être là, eux aussi. Espérant les retrouver tous, il sillonna d'autres pièces, à leur recherche.

La base navale de Toulon, en France

Dans le crépuscule printanier, le maître principal Marcel Dalio quitta la base navale de Toulon par la porte gardée. A bien des égards, c'était un homme insignifiant, de taille et de poids moyens, le comportement réservé. Mais son visage anguleux le faisait sortir de l'ordinaire. Malgré sa cinquantaine virile, il faisait bien vingt ans de moins. C'était grâce à ses années passées en mer, en permanence sous le soleil, dans le vent et le sel marin. Les éléments avaient taillé dans sa face un véritable Grand Canyon de ravins, de crevasses et de mesas.

Tout en marchant, il tournait son beau visage remarquable, avec son allure théâtrale, pour bien garder en vue le port de Toulon, sous toutes les coutures, avec ses bateaux de pêche, ses yachts privés et ses bateaux de croisière qui entamaient à peine la saison. Puis son regard se porta vers le large, où son propre navire, le puissant porte-avions *Charles-de-Gaulle*, était au mouillage. Il était fier d'être maître principal, et encore plus fier de servir sur le majestueux vaisseau.

Dalio ne tarda pas à arriver devant son bistro favori, dans une étroite ruelle, derrière le quai de Stalingrad. Le propriétaire le salua par son nom, s'inclina, et le conduisit cérémonieusement à sa table préférée, à l'écart, dans le fond.

« Qu'est-ce que tu as de bon, aujourd'hui, César ? lui demanda Dalio.

— Madame s'est surpassée avec le bœuf en daube, maître principal.

— Alors sers-moi donc ça, avec un bon côtes-du-Rhône. »

Dalio prit place et jeta un coup d'œil dans la salle de ce bistro de province. Ainsi que s'y attendait le sous-officier de marine, comme on était au printemps, les lieux n'étaient pas encore bondés. Personne ne s'intéressait à lui ou à son uniforme. A Toulon, les touristes avaient tendance à fixer du regard les Français en uniforme, car ils étaient nombreux à venir surtout pour la base navale, dans l'espoir de bien voir les bateaux de guerre et, avec de la chance, de s'offrir un tour à bord.

Dalio mangea sa daube de bœuf lentement, dégustant le ragoût aux saveurs lourdes, comme seule l'épouse du propriétaire savait le confectionner. Il expédia le côtes-du-Rhône, sa belle robe framboise miroitant comme du sang dans son verre à vin. Il termina par une tarte au citron et s'attarda sur sa tasse de café. Enfin, il se rendit aux toilettes, dans le fond. Comme tous les établissements proches du quai de Stalingrad, ce bistro accueillait des touristes presque toute l'année. Pour flatter la sensibilité des foules d'Américains très solvables, le patron avait non seulement installé deux toilettes séparées, pour les hommes et les femmes, mais il avait aussi prévu deux cabinets dans chaque.

Ayant franchi la porte, Dalio remarqua non sans soulagement que les lieux semblaient inoccupés. Il se pencha pour s'assurer que les deux cabinets l'étaient aussi. Rassuré, il s'enferma à l'intérieur de celui où on lui avait suggéré de s'installer, baissa son pantalon et s'assit. Il attendit.

Quelques instants plus tard, un autre homme entra dans le cabinet voisin et s'adressa à lui en français, à voix basse.

« Marcel ?

— Oui.

— Relax, mon vieux, vous n'allez pas révéler des secrets d'Etat.

— Vous savez bien que de toute façon je m'en garderais bien, Peter.

— Exact, reconnut Peter Howell. Qu'avez-vous découvert ?

— Il semblerait... » Dalio s'interrompit car un autre homme pénétra dans les toilettes messieurs. Dès que le type se fut lavé les mains et qu'il fut ressorti, Dalio poursuivit. « Officiellement, nous avions reçu ordre de l'OTAN de démontrer nos capacités à naviguer tous feux éteints à une commission de l'Union européenne et à des généraux de l'Organisation atlantique.

— Quels généraux de l'OTAN ?

— L'un d'eux était notre commandant suprême adjoint, le général Roland de la Porte.

— Et les autres ?

— Je ne les ai pas reconnus, lui répondit le maître principal, mais d'après leurs uniformes, ils étaient allemand, espagnol, anglais et italien. »

Deux autres messieurs entrèrent dans les toilettes, avec des rires tapageurs, en grande conversation très bruyante, à moitié ivres. Dans leurs cabinets respectifs, Peter et Dalio gardèrent le silence tout en endurant un flot d'ineptics moitié bafouillées, moitié bredouillées. Mentalement, Peter tâcha de juger si leur comportement était réel ou si c'était un numéro à l'intention de Marcel et lui.

Quand le tandem s'en alla, s'étant enfin décidé pour savoir lequel des deux allait tenter de séduire la rousse assise sur son tabouret de bar, juste à côté d'eux, Peter lâcha un soupir.

« Sales malotrus. Très bien, Marcel. Tu m'as donné la version officielle. Quelle est la version officieuse ?

— Oui, je pensais bien que vous me demanderiez ça. Deux stewards m'ont signalé que les généraux ne sont pas sortis une seule fois sur le pont. Ils ont passé tout leur temps en réunion à huis clos, dans le carré, puis ils ont quitté le navire juste après la fin de cette réunion. »

Cette précision alerta Peter.

« Comment ont-ils quitté le bord ?

— Par hélicoptère.

— Ils ont rejoint et quitté le porte-avions avec leur propre hélicoptère, c'est ça ? »

Dalio opina du chef. Puis il se souvint que Peter ne pouvait le voir.

« C'est ce qu'en ont déduit les stewards, ajouta-t-il. Moi, j'ai passé presque toute la traversée en bas, donc je n'ai rien pu voir de tout ça. »

C'était donc là que se trouvait le général Moore, songea Peter. Mais pourquoi ?

« Est-ce qu'un des stewards était au courant de l'ordre du jour de la réunion ?

— Ils n'ont rien dit de tel. »

Peter se massa le nez.

« Vois si tu peux le savoir et, si oui, contacte-moi à ce numéro de téléphone. » Il glissa sous la cloison de séparation une carte sur laquelle il avait écrit le numéro de téléphone d'un contact du MI6.

« Très bien, fit Dalio.

— Merci beaucoup, Marcel. Je te revaudrai ça.

— Je m'en souviendrai, lui assura le maître principal. J'espère ne jamais avoir à passer à la caisse. »

Peter partit le premier, puis ce fut le tour de Dalio, qui regagna sa table pour s'offrir le plaisir d'une deuxième tasse de café. Il regarda de nouveau un peu partout dans la salle du restaurant, l'air de rien. Il ne vit personne de sa connaissance, aucun individu d'allure suspecte non plus. Peter, pour sa part, avait disparu, comme de juste.

En Méditerranée occidentale, à bord du croiseur lance-missiles USS Saratoga

Le centre d'information de combat du système d'armes AEGIS du croiseur était une véritable grotte sombre et encombrée. On y respirait l'atmosphère presque inodore, fortement filtrée, caractéristique de tous ces espaces confinés, propriétés du gouvernement américain, où des équipements électroniques d'une valeur de plusieurs millions de dollars dûment puisés dans les poches du contribuable étaient en opération. Randi était assise derrière un technicien des communications, à observer des aiguilles balayer mécaniquement des écrans de radar et de sonar, tout en écoutant la voix de Max à la radio, qui hurlait pour couvrir le battement des rotors du Seahawk.

L'hélicoptère patrouillait le long de la côte algérienne, et Max avait communiqué par radio pour lui signaler qu'il avait repéré le bateau à bord duquel Smith avait voyagé clandestinement.

« C'est le même, beuglait-il.

— Tu en es sûr ? »

Randi plissa les lèvres et considéra le minuscule écho sur l'écran du radar, relayé depuis le Seahawk.

« Certain. J'ai consacré pas mal de temps à l'étudier pendant que Smith le rejoignait à la nage et ensuite, quand il est monté dedans.

— Des signes de présence à bord ? De Jon ?

— Rien ni personne, hurla la voix de Max.

— Il commence à faire sombre par là. Tu es à quelle distance ?

— Presque deux kilomètres, mais j'utilise des jumelles, et j'y vois très clair. Pas de Zodiac, pas de dinghy sur la vedette.

— Où ont-ils pu filer ?

— Il y a une grande villa sur une langue de terre qui pointe vers la mer. A peu près à huit cents mètres vers l'intérieur des terres, j'ai repéré un groupe de constructions de plain-pied qui pourraient être des baraquements. On dirait qu'ils ont aussi un terrain de manœuvres. Tout l'ensemble est assez isolé. La grande route décrit un virage avant de se rapprocher de l'endroit, et ensuite elle s'écarte très au sud.

— Tu ne vois personne ? Aucune activité ?

— Rien.

— D'accord, à plus tard. »

Randi passa toutes ces informations au crible. Finalement, elle se tourna vers le jeune sous-officier qu'on lui avait assigné pour la seconder.

« J'ai besoin de parler au capitaine. »

Elle trouva le capitaine de vaisseau Lainson en train de boire un café dans ses quartiers avec son officier en second, le commandant Schrœder. Ils avaient reçu ordre de se détacher de leur groupe aéronaval pour escorter ce qui se présentait comme une mission clandestine mineure de la CIA, ce qui n'avait mis aucun des deux officiers de très bonne humeur. Mais ils se redressèrent sur leur siège et écoutèrent avec un intérêt manifeste les plans et les besoins que Randi leur exposait.

« Je pense que nous pouvons vous infiltrer et nous tenir prêts, agent Russell, lui assura le commandant Schrœder.

— Tout cela reçoit l'aval de l'OTAN et de Washington, je suppose ? s'enquit le capitaine Lainson.

— Langley me l'affirme », lui répondit-elle fermement.

Le capitaine hocha la tête, avec un air évasif.

« Nous allons vous infiltrer, c'est parfait. Mais pour le reste, je vais devoir en référer au Pentagone.

— Faites-le vite. Nous ne savons pas encore exactement à quel genre de désastre nous sommes confrontés, mais cela n'aura rien de secondaire. Si nous ne mettions pas fin à cette menace, la perte d'un simple groupe aéronaval pourrait passer pour une victoire. »

Randi vit bien le scepticisme le disputer au malaise dans les yeux des deux officiers. Elle les laissa à leur travail et retourna se changer dans sa cabine de fortune.

CHAPITRE VINGT-SIX

Aux environs d'Alger

APRÈS des recherches minutieuses, Smith découvrit ce qui ressemblait à l'aile réservée aux chambres de l'immense villa, où certaines pièces étaient fermées par de vraies portes. Ces portes étaient taillées dans un bois lourd et sculpté, aux ferrures de cuivre massif, et donnaient l'impression de remonter aux temps des premières dynasties arabes et berbères.

Il s'arrêta dans un couloir de traverse aux mosaïques somptueuses, dont les motifs commençaient au sol pour se prolonger et complètement envelopper les murs et le plafond. Chaque centimètre carré était recouvert de pierres semi-précieuses et de carreaux vernissés parfaitement agencés, souvent dorés à la feuille. Les chambres qui se trouvaient à proximité de ce corridor avaient été placées à l'écart, isolées, elles avaient dû être habitées par d'importants personnages. Et c'était peut-être encore le cas.

Il s'engagea à pas mesurés dans le couloir aussi rutilant qu'un joyau. C'était comme de pénétrer dans un coffret à bijoux tout en longueur. Au bout, il s'immobilisa. Il n'y avait là qu'une seule porte, et qui était non seulement fermée, mais verrouillée de l'extérieur par un antique verrou à coulisse, qui paraissait aussi robuste que le jour où on l'avait forgé. La porte elle-même était ornée de ferrures filigranées et sculptée de motifs complexes, élégante et massive. Il colla l'oreille contre le panneau de bois. Ce qu'il entendit emballa les battements de son cœur. Le cliquetis d'un clavier d'ordinateur.

Il fit coulisser le verrou et tourna la poignée de la porte en exerçant dessus une pression lente et régulière, jusqu'à ce qu'il sente, plus qu'il n'entende, le loquet intérieur s'ouvrir. Il repoussa le panneau de la porte pour l'entrebâiller de quelques centimètres, et il y découvrit une pièce confortable meublée de fauteuils copieusement rembourrés, de tables simples, d'un lit et d'un bureau. Il y avait aussi un passage voûté qui donnait sur un corridor blanchi à la chaux.

Mais le centre de gravité, le cœur de cette pièce, le point sur lequel se riva son regard, c'était le dos long et mince d'Emile Chambord, penché sur son bureau, qui travaillait sur un clavier relié à un étrange appareil d'allure grossière. Jon le reconnut instantanément : l'ordinateur ADN.

Il oublia où il se trouvait, le danger de la situation. Paralysé par cette vision, il étudia la machine. Il y avait un plateau en verre, à l'intérieur duquel était logée une série de packs de gel bleu argenté, qui devaient contenir les polymères d'ADN vitaux. Reliés par un tubage ultrafin, les packs de gel étaient immergés dans une sorte de gelée, comme de la mousse, censée les protéger des vibrations et maintenir un flux stable de transfert de données. La température du plateau semblait être contrôlée, ce qui n'était pas moins essentiel, car l'interaction moléculaire était très sensible aux variations de température. Il y avait aussi un petit indicateur numérique permettant les réglages au point près.

A côté, une autre machine, munie d'une façade ouverte en verre, était reliée aux packs de gel par d'autres tubages très fins. A travers la paroi translucide, il put apercevoir une série de petites pompes et de cartouches en verre. Ce devait être le synthétiseur ADN – la station d'alimentation des packs de gel. Des témoins lumineux clignotaient sur le panneau de contrôle de l'appareil.

Captivé, il s'imprégna de la vision du reste de la création miraculeuse de Chambord. Un « couvercle » était posé sur le plateau, et à l'interface entre ce dernier et les packs de gel ADN, il y avait ce qui ressemblait à une mince plaque de métal lisse nappée d'un film biologique – probablement un autre type de polymère moléculaire. Il en déduisit qu'il devait s'agir d'un dispositif de capteurs, absorbant l'énergie chimique de l'ADN, modifiant sa conformation, avec émission de lumière résultante.

Quelle idée ingénieuse – un interrupteur moléculaire reposant sur la lumière. Chambord n'utilisait pas les molécules d'ADN seulement pour le calcul informatique : une autre catégorie de molécules, à l'intérieur de ce capteur, détectait les calculs. Brillante solution à un problème qui s'était révélé insoluble.

Impressionné, Smith prit le temps de respirer profondément. Il se remémora la raison de sa présence ici, le danger que cette machine représentait pour le monde. Considérant qu'elle se trouvait toujours en territoire ennemi, Fred Klein souhaiterait qu'il la détruise instantanément. Mais le prototype de Chambord n'était pas seulement magnifique du point de vue scientifique, c'était une innovation radicale. Il allait révolutionner l'avenir, et pourrait améliorer et faciliter la vie de masses de gens. Avant qu'un autre savant se rapproche de l'objet qui se trouvait à cet instant dans cette pièce, il s'écoulerait des années.

Tout en se livrant à ces conjectures, Jon ouvrit un peu plus la porte et se glissa dans la pièce. En s'aidant de la poignée, il maintint le loquet relevé et referma derrière lui. Alors que le verrou se remettait gentiment en place, il décida de s'accorder une vraie chance de sortir ce prototype d'ici. S'il échouait, s'il n'avait pas d'autre choix... il n'aurait plus qu'à le détruire.

Toujours en silence, il chercha un autre verrou, de ce côté-ci de la porte, mais il n'y en avait pas. Il se retourna, examina la pièce spacieuse, éclairée par l'électricité, même si la construction de la villa était bien antérieure à son invention. Les fenêtres étaient ouvertes sur la nuit, et les rideaux diaphanes flottaient dans la brise légère. Mais ces fenêtres étaient protégées par des barreaux.

Il concentra son attention sur la voûte du seuil, qui laissait entrevoir ce qui semblait être un autre couloir et un autre passage voûté menant à une deuxième chambre. Cet ensemble de pièces n'était visiblement accessible depuis le reste de la maison que par la porte derrière lui, fermée de l'extérieur. Il hocha la tête. Ce devait être les anciens appartements d'une favorite d'un noble Berbère, ou peut-être de la reine d'un sérail – autrement dit un harem – d'un haut fonctionnaire turc de l'ancien Empire ottoman.

Il traversa la pièce, en direction de Chambord, lorsque le scientifique se retourna brusquement. Il tenait un pistolet dans sa main osseuse, braqué sur Smith.

Une exclamation en français se fit entendre, provenant du passage voûté.

« Non, papa ! Tu sais qui c'est. C'est notre ami, le Dr Smith. Il a essayé de nous aider à fuir, à Tolède. Pose ce pistolet, papa ! »

L'arme resta pointée sur Jon, tenue d'une main ferme. Chambord se renfrogna, son visage cadavérique avait une expression de suspicion.

« Tu te souviens ? continua Thérèse. C'est l'ami du Dr Zellerbach. Il m'a rendu visite à Paris. Il essayait de savoir qui avait fait sauter l'Institut Pasteur. »

Le pistolet s'abaissa d'un cheveu.

« C'est plus qu'un médecin. Nous avons pu nous en rendre compte dans la ferme de Tolède. »

Jon sourit et répondit en français.

« Je suis vraiment médecin, professeur Chambord. Mais je suis aussi ici pour vous secourir, vous et votre fille.

— Ah ? » Une ride de perplexité se creusa entre les yeux de Chambord, mais il le surveillait toujours de son grand visage osseux, l'air soupçonneux. « Vous pourriez fort bien me raconter des mensonges. D'abord, vous expliquez à ma fille que vous êtes simplement un ami de Martin, et maintenant vous prétendez être ici pour nous sauver. » Le pistolet se redressa d'un coup. « Comment vous y êtes-vous pris pour nous trouver ? A deux reprises ! Vous êtes des leurs. C'est une ruse !

— Non, papa ! »

Thérèse se précipita pour s'interposer entre Jon et son père, et Smith plongea derrière un grand canapé drapé d'une couverture orientale et en ressortit avec son Walther tenu à deux mains. Thérèse dévisagea Jon, incrédule.

« Je ne suis pas l'un des leurs, professeur Chambord, mais je n'ai pas été totalement honnête, à Paris, et je vous présente mes excuses. Je suis aussi un officier de l'armée américaine, le lieutenant-colonel Jon Smith, docteur en médecine, et je suis ici pour vous aider. Tout comme j'ai tenté de vous aider à Tolède. C'est la vérité, je le jure. Mais nous devons agir vite. Ils sont presque tous réunis dans la salle de la coupole, mais j'ignore pour combien de temps.

— Un lieutenant-colonel américain ? s'étonna Thérèse. Alors... »

Jon hocha la tête.

« Oui, ma vraie mission... mon devoir... c'était de trouver votre père et son ordinateur. Pour empêcher ses ravisseurs d'utiliser sa création. »

Thérèse se tourna vers son père. L'expression de son visage gracile, maculé de saletés, se faisait insistante.

« Il est venu nous aider !

— Seul ? » Chambord secoua la tête. « Impossible. Comment pouvez-vous nous aider, tout seul ? »

Jon se releva lentement.

« Nous allons réfléchir à la manière de sortir d'ici, ensemble. Je vous demande de vous fier à moi. » Il abaissa son arme. « Avec moi, vous êtes en sécurité. »

Chambord le considéra. Il lança un coup d'œil vers sa fille, qui avait l'air déterminé. Enfin, il laissa retomber son arme, le bras le long du corps.

« Vous avez des preuves de vos dires, je suppose ?

— Malheureusement non. Ce serait trop risqué.

— Tout cela est bien beau, jeune homme, mais ma fille ne peut rien m'assurer d'autre, si ce n'est que vous êtes un ami de Martin, et c'est de vous qu'elle le tient. Cela ne me donne pas grande confiance dans votre aptitude à nous aider à nous échapper d'ici. Ces gens sont dangereux. Il faut que je tienne compte de Thérèse.

— Je suis là, professeur, insista Jon. Ma présence doit bien pouvoir peser dans la balance. En plus, comme vous l'avez souligné, j'ai été capable de vous retrouver à deux reprises. Si j'ai pu entrer ici, je saurai vous en faire sortir. Où avez-vous déniché ce pistolet ? Cela pourrait être fort utile. »

Chambord lâcha un sourire froid.

« Tout le monde me prend pour un vieux bonhomme impuissant. C'est ce qu'ils pensent, eux. Et du coup ils ne sont pas aussi vigilants qu'ils devraient l'être. Dans l'une des innombrables voitures qu'ils ont employées pour me transférer, quelqu'un a laissé un pistolet. Naturellement, je l'ai subtilisé. Ils n'avaient aucune raison de me fouiller.

— Qu'est-ce que tu comptais en faire, papa ? » fit Thérèse, la main devant la bouche.

Chambord évita son regard.

« Il vaut peut-être mieux ne pas parler de ça. J'ai ce pistolet, et nous pourrions en avoir besoin.

— Aidez-moi à démonter votre ordinateur, proposa Jon, et répondez à quelques questions. En vitesse. »

Tandis que Chambord débranchait l'appareil, Smith l'interrogea.

« Combien sont-ils, dans la villa ? Comment y accède-t-on ? Y a-t-il une route, à l'extérieur du parc ? Des voitures ? Quel genre de dispositif de sécurité, hormis les gardes à l'extérieur ? »

L'analyse de l'information était pour Chambord un exercice familier. Il répondit tout en déconnectant les câbles et les tubes.

« Le seul accès que j'aie pu voir, c'est un chemin gravillonné qui rejoint la grande route côtière. C'est la nationale qui mène d'Alger à la Tunisie, mais elle est à plus d'un kilomètre et demi vers l'intérieur des terres. Quant à la voie d'accès à la villa, elle s'arrête à la hauteur d'une sorte de petit camp d'entraînement pour les nouvelles recrues. La voiture qui nous a amenés ici est garée là-bas, avec d'anciens véhicules militaires britanniques. J'ai entrevu aussi une hélistation près du centre d'entraînement, et je crois qu'il y avait deux hélicoptères stationnés sur place. Je suis incapable de dire au juste combien d'hommes il y a dans la maison. Au moins une demi-douzaine qui la gardent, probablement davantage. Il y a tout le temps des va-et-vient. Ensuite, bien sûr, il ne faut pas oublier les nouvelles recrues et un cadre sur le terrain d'entraînement. »

Tout en écoutant, Jon réprima son agacement à l'égard de Chambord, qui travaillait lentement, méthodiquement, tandis qu'ils démontaient le prototype. Trop lentement.

Il évalua les options possibles. Ces voitures garées près de l'hélistation, cela pourrait fonctionner, s'ils parvenaient à se faufiler en douce jusque-là sans se faire repérer.

« Bon, voici comment nous allons procéder... », leur expliqua-t-il à tous deux.

*

Sous la haute coupole de la grande salle de la villa, des projecteurs baignaient les mosaïques dans un halo de lumière chaude, tandis que Mauritania interrogeait un Dr Akbar Suleiman épuisé. Ils se parlaient en français, car le Philippin ne connaissait pas l'arabe. Alors que Suleiman se tenait debout devant lui, Mauritania demeurait assis à la grande table, ses jambes courtaudes se balançant comme celles d'un gamin assis sur la branche d'un arbre. Sa petite taille lui plaisait, sa douceur trompeuse aussi, et la stupidité de ceux qui croyaient en la force physique superficielle.

« Alors vous êtes en train de m'expliquer que Smith a fait irruption dans votre appartement sans crier gare ? »

Suleiman secoua la tête.

« Non, non ! Un ami, à l'Institut Pasteur, m'a alerté, mais seulement une demi-heure plus tôt. J'ai dû passer des coups de fil en urgence, dire à ma petite amie comment agir, et je n'ai pas eu le temps de m'enfuir plus tôt.

— Vous auriez dû être mieux préparé. Ou tout au moins nous appeler, ne pas gérer cela tout seul. Vous connaissiez les risques.

— Qui aurait cru qu'ils réussiraient à me localiser, d'abord ?

— Comment y sont-ils parvenus ?

— Je ne le sais pas, au juste.

— L'adresse figurant dans votre dossier à l'hôpital était-elle inexacte, selon nos instructions ? s'enquit Mauritania, pensif.

— Bien sûr.

— Alors quelqu'un savait où vous habitiez et les a envoyés chez vous. Vous êtes certain qu'il n'y avait personne d'autre ? Il était absolument tout seul ?

— Je n'ai vu ni entendu personne d'autre, répéta Suleiman d'un ton las. » Le voyage avait été long, et il n'avait pas le pied marin.

« Vous êtes certain que personne ne vous a suivi, après votre fuite de l'appartement ? »

Suleiman grommela.

« Votre homme, le Noir, il m'a posé la même question, et je lui ai répondu la même chose qu'à vous. Les précautions que j'ai prises étaient à toute épreuve. Personne n'a pu me suivre. »

Il y eut un soudain remue-ménage, et le capitaine Darius Bonnard entra avec colère, avec deux Bédouins armés et l'imposant Abu Auda en personne, immédiatement sur ses talons. Mauritania vit la colère froide de Bonnard et le regard farouche d'Abu Auda, qui transpercèrent le Dr Akbar Suleiman depuis l'autre bout de la pièce.

« Son "homme, le Noir" ne te le demande même plus, Moro, rugit Abu Auda. Une voiture m'a suivi sur tout le trajet depuis Barcelone, où je suis enfin arrivé à la semer, mais non sans mal. Personne ne m'avait suivi jusque-là. Alors d'où est-elle sortie, cette voiture, hein ? De chez toi, Suleiman. Tu as dû rester sous surveillance, depuis que tu as filé de Paris, ce qui signifie que tu les as conduits jusqu'à moi, à l'hôtel. Et toi, espèce de crétin, tu ne t'es aperçu de rien ! »

A force de colère contenue, Bonnard était encore plus hors de lui. Il avait le visage écarlate.

« Nous possédons la preuve, fit-il en s'adressant à Mauritania, que Suleiman les a guidés de Barcelone à Formentera, et jusqu'ici. Le moins que l'on puisse dire, c'est qu'il nous a compromis ! »

Suleiman blêmit.

« Ici ? Comment le savez-vous ? s'enquit vivement Mauritania.

— Nous ne parlons pas à la légère, Khalid. » Abu Auda lança un regard sévère à Suleiman.

Le capitaine Bonnard poursuivit en français.

« L'un de nos hommes à bord de la vedette est mort, et il ne s'est pas

tué en se poignardant tout seul. Suleiman a amené ici un passager supplémentaire, qui n'est plus à bord de la vedette.

— Jon Smith ? »

Bonnard haussa les épaules, mais son visage conservait toute sa fureur.

« Nous n'allons pas tarder à le savoir. Vos soldats sont en train de
fouiller partout.

— J'en envoie tout de suite d'autres. » Mauritania claqua des doigts,
et tous les hommes se précipitèrent hors de la salle.

*

Dans la nuit noire, l'hélicoptère Seahawk SH-60B, tous feux éteints,
volait bas au-dessus d'un terrain à découvert, non loin des serres en
plastique et des orangeraies situées à un kilomètre et demi de la villa.
L'air fouettait Randi au visage. Debout devant la portière ouverte, elle
était en train d'accrocher le câble de sauvetage à son harnais. Elle portait
une tenue de camouflage pour le combat de nuit, avec une casquette de
quart noire masquant ses cheveux blonds. Elle tenait son équipement
attaché à sa ceinture-filet, avec en plus un sac à dos renfermant d'autres
matériels. Elle jeta un œil en bas, songeant à Jon, se demandant où il
était et s'il allait bien. Puis elle se concentra sur sa mission proprement
dite, car au bout du compte c'était cela le plus important. Plus important
que sa vie ou celle de Jon. Il fallait détruire l'ordinateur ADN, pour
qu'un terme soit mis à la folie planifiée par ces terroristes.

Elle s'agrippa au harnais et, d'un signe de tête, indiqua qu'elle était
prête. L'homme d'équipage posté à la manœuvre du palan regarda vers
le pilote, qui hocha la tête à son tour pour confirmer qu'il maintenait
l'hélicoptère en position, en vol stationnaire. Une fois ce signal donné,
Randi sauta dans le vide et dans le noir. L'homme d'équipage laissa filer
le filin du palan pour l'accompagner dans sa descente. Elle lutta contre
sa terreur de la chute, d'une avarie de ce matériel, refoula toutes ses
peurs de sa conscience jusqu'à ce qu'enfin, les genoux ployés, elle roule
au sol. Elle se décrocha en vitesse du harnais. Il était inutile de
l'enterrer. De toute façon, ils ne tarderaient pas à se rendre compte de sa
présence.

Elle se courba en deux sur le petit émetteur.

« Saratoga, vous me recevez ? A vous, Saratoga. »

Avec une qualité de transmission claire et nette, une voix émanant du
centre d'information de combat du croiseur lui répondit.

« Nous vous recevons, Seahawk 2.

— Cela pourra prendre une heure, peut-être plus.

— Compris. On se tient prêts. »

Randi coupa la radio et la rangea dans une poche de sa combinaison,
fit glisser la bandoulière de sa mini-mitraillette MP5K de son épaule, et

partit à petites enjambées. Plutôt que d'emprunter la grande route et la plage, elle se fraya un chemin par l'orangeraie, dépassa les serres, leurs couvertures de plastique battant sous le vent. La lune était encore basse sur l'horizon, sa lumière laiteuse se reflétait étrangement sur le plastique. Au loin, les vagues fouettaient la plage, aussi rythmées qu'un battement cardiaque. Au-dessus de la lune, les étoiles se montraient, mais le ciel semblait plus noir que d'habitude. Sur la route comme sur la mer, rien ne bougeait, et aucune maison n'était en vue. Rien d'autre que ces orangers et ces citronniers fantomatiques, et les scintillements mobiles des plastiques de serres.

Enfin, elle entendit deux voitures filant sur la route nationale, leurs moteurs livrant un assaut sonore à la nuit silencieuse. Elles passèrent en vrombissant et, subitement, leurs pneus crissèrent, de la gomme fondit, et elles s'engagèrent brusquement vers l'intérieur des terres, en empruntant le virage que Max avait identifié depuis le ciel. Quelques minutes plus tard, les moteurs se turent, se coupèrent, comme si un rideau de silence s'était abattu dessus. Randi n'ignorait pas que la seule habitation située devant elle était cette villa. La vitesse signifiait que quelqu'un avait éprouvé le besoin urgent de rejoindre la demeure.

Elle accéléra au pas de course et atteignit le haut mur blanc, surmonté, elle s'en aperçut aussitôt, de rouleaux de feuillard. Pour autant qu'elle puisse en juger, un espace à découvert d'environ dix mètres avait été pratiqué entre la végétation et le mur, ce qui voulait dire qu'elle ne pourrait s'aider de branches en surplomb. Elle posa le sac à dos qu'elle avait chargé, à bord du *Saratoga*, de l'équipement acheminé par avion exprès pour elle par la CIA, et en sortit un petit pistolet à air comprimé, une fléchette miniature à barbelures, en titane, et un rouleau de câble ultrafin gainé de Nylon. Elle attacha le câble à un anneau minuscule fixé à la fléchette, inséra cette dernière dans le canon du pistolet, et scruta l'obscurité, jusqu'à ce qu'elle repère un solide et vieil olivier, à peu près trois mètres au-delà du mur.

Elle recula et tira. La fléchette atterrit là où elle le souhaitait – dans le tronc. Elle rangea le pistolet dans son sac à dos, enfila des gants de cuir rembourrés, et, empoignant le câble, elle monta en vitesse, en plaçant une main après l'autre, jusqu'au sommet du mur. Une fois arrivée là, elle accrocha le câble à sa ceinture, rangea les gants dans le sac à dos, et sortit une paire de cisailles miniature. Elle se tailla une ouverture d'un mètre dans le feuillard, rangea les cisailles, se glissa par-dessus le mur et se laissa tomber au sol.

La sécurité de haute technologie était extrêmement coûteuse, et les terroristes avaient rarement les moyens de se l'offrir. Chez les fondamentalistes qui devenaient des terroristes, on s'imposait le secret jusqu'à des extrémités telles que leur paranoïa les empêchait de se procurer les équipements nécessaires, car la vente de ces matériels était surveillée de trop près à leur goût. Cela, en tout cas, c'était la théorie, et il ne lui restait plus qu'à espérer qu'elle soit exacte – et à se montrer d'une prudence démoniaque.

C'est avec ces idées en tête qu'elle libéra le câble de la fléchette, tira le rouleau par-dessus le mur, et remit le tout dans son sac à dos. Elle se fondit dans la végétation, en direction de la villa invisible.

*

Le professeur Emile Chambord s'arrêta, les mains posées sur le couvercle du plateau de verre.

« C'est faisable. Oui, je crois que vous avez raison, colonel. Nous devrions être en mesure de nous échapper par ce moyen. Il semble en effet que vous soyez bien plus qu'un médecin.

— Il faut y aller immédiatement. Inutile de vous expliquer ce qui va se produire quand ils découvriront ma présence ici. » Il désigna l'ordinateur, qui n'était que partiellement démonté. « Nous n'avons plus le temps. Nous allons emporter les packs de gel et laisser le reste... »

Un bruit retentit en provenance du couloir, la porte s'ouvrit à la volée, Abu Auda et trois terroristes armés se ruèrent dans la pièce, leurs armes braquées. Thérèse poussa un cri, et Chambord tenta de bondir devant elle pour la protéger de son arme. Mais le scientifique trébucha et heurta lourdement Jon, le déséquilibrant.

Ce dernier se récupéra, empoigna son Walther, pivota sur lui-même. Il était trop tard pour détruire le prototype ADN, mais il pouvait l'endommager de telle sorte qu'il faudrait plusieurs jours à Chambord pour le rendre à nouveau opérationnel. Voilà qui laisserait suffisamment de temps à Randi et Peter pour retrouver la trace de l'engin, au cas où il ne serait plus là pour les y aider.

Mais avant qu'il ne puisse viser les packs de gel, Abu Auda et ses hommes lui sautèrent dessus, expédièrent son arme au loin et le maintinrent au sol.

« Franchement, docteur. » Mauritania avait suivi ses hommes dans la pièce. Il retira son arme à Chambord. « Ce n'est guère votre style. Je ne sais si je dois être impressionné ou choqué. »

Abu Auda se releva d'un coup et pointa son fusil d'assaut sur la tête de Smith, qui gisait sur les tommettes.

« Tu nous as déjà causé suffisamment d'ennuis.

— Stop, ordonna Mauritania. Ne le tue pas. Réfléchis, Abu Auda. Un médecin militaire, c'est une chose, mais le colonel américain que nous avons vu en action à Tolède et qui a réussi à nous retrouver, c'en est une autre. Nous pourrions avoir besoin de lui, d'ici à ce que tout soit terminé. Qui sait combien il est précieux aux yeux des Américains ? »

Abu Auda ne bougea pas, le fusil toujours pointé sur la tête de Smith. Sa posture rigide trahissait la colère, irradiait l'intention de tuer. Mauritania répéta son nom. Abu Auda dévisagea Mauritania. Il cligna les yeux, l'air songeur, et le feu qui lui enflammait les prunelles déclina lentement.

Enfin, il se décida.

« Gâcher une ressource serait un péché.

— Oui. »

Abu Auda eut un geste de dégoût, et ses hommes soulevèrent Smith, le remirent sur pied.

« Laisse-moi voir le pistolet de notre professeur. » Mauritania lui tendit le pistolet de Chambord, et il l'examina. « C'est l'arme d'un de nos hommes. Quelqu'un va payer pour sa négligence. »

L'attention de Mauritania se tourna vers Smith.

« Quoi qu'il en soit, détruire cet ordinateur aurait été un geste vain, colonel Smith. Chambord aurait simplement eu à en fabriquer un autre.

— Jamais, s'exclama Thérèse Chambord, et elle se dégagea de Mauritania.

— Elle ne s'est guère montrée très amicale, colonel Smith. Quel dommage. » Il jeta de nouveau un regard à la jeune femme. « Vous sous-estimez votre pouvoir, ma chère. Mais oui, votre père en fabriquerait un autre. Après tout, nous vous détenons, et nous le détenons, lui. Votre vie, la sienne, et tout le travail qu'il accomplira dorénavant. Un prix bien trop élevé pour épargner une journée désagréable à quelques personnes, ne trouvez-vous pas ? Après tout, les Américains ne se soucieraient guère autant de votre personne ou de la mienne. Nous figurerions dans la colonne des coûts accessoires, des "dommages collatéraux", comme ils disent. Pourvu qu'ils obtiennent ce qu'ils souhaitent.

— Il n'en construira jamais d'autre ! fulmina Thérèse. Pourquoi croyez-vous qu'il ait volé ce pistolet.

— Ah ? » Mauritania haussa le sourcil à l'intention du scientifique. « Un geste romain, Chambord ? Vous vous seriez empalé sur votre épée avant d'avoir à nous prêter main-forte dans notre infâme agression ? Quelle sottise, mais aussi quelle bravoure que d'envisager un tel geste. Mes félicitations. » Il regarda Jon. « Et vous n'êtes pas moins sot, colonel, d'avoir cru pouvoir nous retarder en logeant quelques balles dans la création du professeur. » Le chef terroriste soupira presque avec tristesse. « Je vous en prie, accordez-nous le crédit d'un peu d'intelligence. Des accidents sont toujours possibles, et donc nous avons naturellement sous la main le matériel permettant au professeur de le reconstruire, même si vous décidiez de mourir en martyr à l'instant même. » Il secoua la tête. « C'est peut-être le pire de vos péchés, à vous autres Américains, votre arrogance démesurée. L'idée bouffie de prétention que vous vous faites de vous-mêmes, celle de votre supériorité en toutes choses, depuis votre technologie d'emprunt jusqu'à vos croyances d'écervelés et votre prétendue invulnérabilité. Une supposition pleine de suffisance, que vous étendez souvent à vos amis les Juifs.

— Chez vous, Mauritania, il n'y a rien de religieux, rien qui tienne non plus à la défense d'une culture, lui rétorqua Jon. Vous n'êtes qu'un aspirant dictateur comme les autres. Regardez-vous. Vous en faites une affaire profondément personnelle. Et c'est profondément répugnant. »

Les yeux clairs de Mauritania s'illuminèrent, son corps menu pétillait d'énergie. Il dégageait une sensation d'invulnérabilité quasi divine, comme s'il avait été le seul à entrevoir le paradis, comme s'il avait été chargé de la mission de répandre la parole de Dieu, par la force, s'il le fallait.

« Voilà bien les propos d'un païen, remarqua le chef terroriste, l'air moqueur. Votre nation de rapaces a transformé le Moyen-Orient en une collection de monarchies fantoches. Vous vous gavez de nos ressources pendant que le monde lutte pour trouver de quoi sera fait son prochain repas. Partout, c'est votre schéma qui s'applique. Vous êtes la nation la plus riche que la planète ait jamais connue, mais vous manipulez, vous amassez, et ensuite vous vous étonnez de ce que personne ne vous remercie, sans parler de vous apprécier. A cause de vous, un être humain sur trois n'a pas suffisamment de quoi manger, et un milliard d'individus meurent proprement de faim. Faut-il que nous vous en sachions gré ?

— Parlons de tous les innocents qui vont périr lors de votre attaque contre Israël, répliqua Smith. Le Coran dit : "Tu ne tueras aucun homme que Dieu t'a interdit de tuer, sauf pour une juste cause." C'est écrit dans vos textes sacrés, Mauritania. Il n'y a aucune justice dans votre cause, rien qu'une ambition égoïste, un regard glacial. Vous n'abusez personne, si ce n'est les pauvres bougres que vous avez abreuvés de mensonges afin qu'ils vous suivent.

— Vous vous cachez derrière un dieu que vous avez inventé de toutes pièces », renchérit Thérèse.

Mauritania l'ignora.

« Chez nous, répondit-il à Jon, l'homme protège sa femme. Elles ne doivent pas être exposées en public, que tous ne puissent pas les toucher avec leurs yeux. »

Mais Jon n'écoutait plus, il ne regardait pas non plus Thérèse et Mauritania. Son attention était centrée sur Emile Chambord, qui n'avait rien dit depuis que Mauritania, Abu Auda et leurs hommes avaient fait irruption. Le scientifique était resté exactement à l'endroit où il se trouvait, quand il avait tenté de protéger Thérèse. Il gardait le silence, ne regardant personne en particulier, pas même sa fille. Il ne paraissait pas concerné. Peut-être était-il sous le choc, paralysé. Ou alors ses pensées ne le retenaient plus dans cette pièce, mais le portaient ailleurs, là où il n'existait plus de soucis, là où l'avenir était sûr. Observer Chambord de la sorte le mit mal à l'aise.

« Nous parlons trop », lança Abu Auda et il fit signe à ses hommes de s'activer. « Emmenez-les et enfermez-les en cellule de confinement. Si l'un d'eux devait s'échapper quand même, prévint-il ses sbires, vous me le paierez de vos yeux. »

Mauritania interrompit Abu Auda.

« Laisse-moi Chambord. Nous avons du travail devant nous, n'est-ce pas, professeur ? Demain verra le monde basculer, un nouveau commencement pour l'humanité. » Le petit chef terroriste ponctua son propos d'un gloussement de véritable plaisir.

CHAPITRE VINGT-SEPT

RANDI regarda les deux sentinelles armées longer la villa, suivies d'une autre surgie du hall d'entrée. Les deux premiers marchaient le long de la façade d'un pas nonchalant, détendus, en échangeant des rires. La sentinelle solitaire s'arrêta sur la terrasse, devant la porte d'entrée, et observa la nuit éclairée par la lune d'un air admiratif, savourant la brise parfumée par les orangers et les citronniers, la fraîcheur et les quelques nuages qui flottaient lentement dans le ciel étoilé.

Ils avaient l'air assez relâchés, comme s'ils avaient monté trop long-temps la garde sans que rien se produise. En fait, ils ne s'attendaient pas à ce qu'il se produise quelque chose. Cela suffisait à indiquer à Randi que le Croissant Armé n'avait remarqué ni son infiltration ni son escalade par-dessus le mur. Comme elle l'avait espéré, ils ne disposaient pas de détecteurs de mouvement, de caméras vidéo en circuit fermé ou de scanners optiques installés sur le périmètre. Dans la villa elle-même, ce pourrait être une autre histoire.

Elle avait effectué une reconnaissance des lieux, découvert des baraquements et un camp d'entraînement, une route en direction de la nationale orientée est-ouest qui longeait la côte, une hélistation avec un vieil Huey de l'armée américaine, peint d'une couleur foncée, et un Hughes 0H-6 Loach scout non moins âgé, gardés par un seul terroriste coiffé d'un turban blanc. A présent, elle prenait par la façade de la villa en décrivant un mouvement tournant, à travers la végétation, qui la dissimulait à la fois de la parcelle aride plantée d'oliviers et de la mer. Elle s'immobilisa pour observer de nouveau la demeure, tel un fantôme blanc couché, avec presque toutes ses fenêtres éteintes, et uniquement sa coupole de mosaïque luisant comme le vaisseau spatial d'une planète étrangère. Elle recherchait le point faible. Ce qu'elle vit, c'était un quatrième garde debout devant la porte de derrière, aussi détendu que ses trois camarades.

Jusqu'à ce qu'un personnage de petite taille vêtu d'un jean de marque américaine, un Levi's, à en juger par les apparences, et d'une chemise à carreaux voyante, ne sorte en courant par cette porte de derrière. Originaire du Sud-Est asiatique, probablement un Malais, et très pressé. Il s'adressa brièvement et sèchement à la sentinelle qui, aussitôt en alerte, regarda nerveusement autour d'elle, et le petit homme retourna dans la maison au pas de course. La sentinelle sonda la nuit du regard, son fusil d'assaut levé, en décrivant des zigzags tout en scrutant la végétation qui s'étendait sur l'arrière de la villa.

Il s'était passé quelque chose. Cherchaient-ils Jon ? L'avaient-ils trouvé ?

Pressant le pas, elle coupa à travers les broussailles et les arbustes vers l'ouest du parc, où elle découvrit que la villa possédait une aile. Cette aile faisait saillie par rapport au reste très symétrique de l'édifice, et c'était la villa elle-même qui en barrait la vue à l'est. Elle était dépourvue de portes donnant sur l'extérieur, et les fenêtres étaient munies de barreaux – des barreaux en fer forgé au dessin compliqué, paraissant vieux de plusieurs siècles. Le seul accès à ce corps de bâtiment devait se situer à l'intérieur de la maison, et Randi éprouva subitement une sensation physique, un menu frisson involontaire, mélange de confirmation et de dégoût. Elle savait à quoi cette aile avait été affectée – c'était le quartier des femmes de la vieille demeure, le harem. Les barreaux et l'absence de portes n'étaient pas seulement destinés à en interdire l'accès aux intrus, mais également à maintenir les femmes enfermées à l'intérieur, prisonnières.

Tout en se faufilant plus près, elle entendit des voix venant de quelque part, derrière ces murs. Elle acheva de se retourner et vit de la lumière, derrière trois fenêtres. C'étaient de ces rectangles éclairés que provenaient les voix, des voix en colère, qui s'exprimaient à la fois en français et en arabe. Les mots étaient indéchiffrables, mais l'une de ces voix appartenait à une femme. Thérèse Chambord ? Si c'était elle, elle la reconnaîtrait d'après la photo du dossier qu'on lui avait montrée. Dès qu'elle eut atteint la première fenêtre, c'est avec impatience qu'elle se hissa pour risquer un œil à travers ces barreaux.

Mauritania, Abu Auda et deux terroristes armés se tenaient debout dans la pièce, et ils avaient tous leurs armes pointées. Même pour Randi, de l'extérieur, la tension était palpable. Mauritania s'adressait à quelqu'un, mais elle était incapable de voir qui. En se baissant, elle rampa jusqu'à la fenêtre voisine, et là, de nouveau, elle se redressa. Surexcitée, elle vit qu'il s'agissait de Thérèse Chambord et de son père. Elle s'inclina un peu et, soulagée, aperçut également Jon. Mais la joie de les avoir trouvés s'effaça devant le terrible danger qu'ils encouraient tous trois, sous la menace des armes de Mauritania et ses hommes.

Alors qu'elle observait la scène, Abu Auda multipliait les gestes violents. Puis, il éclata de rire.

Le rire du terroriste provoqua chez Randi une vague de frissons qui lui parcourut l'échine. Mais ces frissons n'étaient rien auprès de ceux suscités par la décision qu'elle savait devoir prendre. Après que l'on eut emmené Jon et Thérèse Chambord, Mauritania et le professeur Chambord, qui se tenait debout à côté d'un appareil qui pouvait être ou non l'ordinateur ADN, restèrent seuls dans la pièce. Elle examina les barreaux de la fenêtre. Ils étaient aussi solides que ce qu'il lui avait semblé, vu à distance.

Elle connaissait son travail. En quelques secondes, elle évalua les choix possibles : elle disposait d'un angle de vue bien dégagé sur les deux hommes, mais moins favorable en direction de l'appareil proprement dit. A l'instant où elle allait tuer le premier de ces deux types, le second allait se jeter à terre, hors de son champ de vision. Même Chambord en serait capable. Un éclat de projectile pouvait endommager l'ordinateur, mais elle n'avait encore rien entendu qui soit de nature à lui confirmer qu'il s'agissait bien du prototype, et elle n'était pas assez formée scientifiquement pour être certaine de ne pas se tromper.

Si c'était réellement l'ordinateur, il y avait une chance pour que Chambord soit en mesure de le réparer ou de le reconstruire à bref délai. Ce qui signifiait que le choix logique serait de tuer le savant français. D'un autre côté, Mauritania disposait peut-être de quelqu'un d'autre, possédant un niveau scientifique suffisant, pour faire fonctionner l'ordinateur ADN, sans être capable pour autant d'en fabriquer un. Ensuite, l'alternative serait de tuer Mauritania ou d'endommager le prototype.

Quelle était la meilleure ligne de conduite ? Laquelle donnerait le meilleur résultat ?

Chambord en vie, cela pourrait signifier par la suite que le monde posséderait l'ordinateur ADN, ou que seuls les Etats-Unis en profiteraient. Cela dépendrait beaucoup de qui délivrerait le scientifique. Or, Langley désirait vraiment se procurer cet ordinateur.

L'autre aspect, c'était que la moindre initiative agressive de sa part pourrait signer la mort de Thérèse Chambord et de Jon. Et si en réalité l'appareil n'était pas cette machine moléculaire, les coups de feu qu'elle allait tirer rameuteraient ce joli monde contre elle et mettre fin au peu de chances qu'elle avait encore de sauver la situation – ou de les sauver, eux.

Elle abaissa le canon de son MP5K. Après tout, elle avait aussi un plan de secours qui était dangereux mais qui tenait compte de tous les éléments imprévus. Un plan permettant d'éliminer l'ordinateur, où qu'il se trouve dans la villa. Le problème était qu'il pouvait également signifier leur mort à tous.

Il fallait qu'elle prenne le risque. Tout en surveillant les sentinelles, elle courut en se baissant, en direction de l'avant de la villa. Au loin, elle entendait les déferlantes s'abattre sur le sable. Cela lui évoquait l'écho des battements de son cœur. Au coin du bâtiment, elle jeta un œil vers la terrasse et l'entrée. Abu Auda et deux de ses hommes poussaient Jon et

Thérèse vers l'autre bout de la terrasse et les firent descendre sur la terre nue, vers les baraquements situés à l'écart. Quand ils furent suffisamment loin devant, elle les suivit.

*

Jon scrutait les arbres sombres, cherchant un moyen de s'échapper, avec Thérèse. Abu Auda et ses hommes les avaient conduits à travers un verger de mandariniers jusqu'à une construction carrée en bois, au milieu d'une clairière, à une cinquantaine de mètres derrière les baraquements. Le parfum des agrumes avait quelque chose d'écœurant, d'irrespirable.

Après qu'un des Bédouins eut ouvert la lourde porte, Abu Auda poussa Jon du pied dans une pièce sombre.

« Tu nous as causé trop d'ennuis, l'Américain. En temps normal, à l'heure qu'il est, je t'aurais déjà tué. Remercie Khalid, car il voit plus grand que moi. Là-dedans, tu ne nous créeras plus d'embêtements, et la femelle pourra réfléchir à ses péchés. »

Les gardes poussèrent Thérèse à la suite de Jon et claquèrent la porte. La clé tourna dans la serrure, et il y eut un claquement quand on repoussa une barre de fer supplémentaire, qui coulissa en place, avec un déclic sinistre.

« Mon Dieu, soupira Thérèse.

— Ce n'est pas ainsi que je m'étais imaginé notre deuxième tête-à-tête », avoua Jon, en anglais.

D'un coup d'œil circulaire, il inspecta leur unique cellule. Le clair de lune braquait ses rayons obliques par une fenêtre à barreaux percée haut dans le mur, projetant un motif rectangulaire sur le sol en béton. Ce sol était de couleur claire, indiquant une chape coulée récemment. Il n'y avait pas d'autres fenêtres, et la porte en bois était solide.

« Non, acquiesça-t-elle, en effet. » Malgré son tailleur blanc déchiré et son visage sale, il émanait d'elle une beauté et une dignité demeurées intactes. « J'avais espéré que vous viendriez au théâtre voir mon travail, et ensuite nous serions sortis souper.

— J'aurais aimé.

— Voir mon travail, ou souper tard ?

— Les deux... le souper, boire un verre... et la suite, surtout. » Il sourit.

« Oui. » Elle lui rendit son sourire, puis son expression devint plus solennelle. « C'est curieux comme la vie peut changer rapidement, de manière si inattendue.

— N'est-ce pas ? »

Elle pencha la tête, et le regarda d'un air surpris.

« Vous dites cela comme un homme qui aurait vécu de grandes pertes.

— Vraiment ? » Il n'avait pas envie de parler de Sophia. Pas ici, pas maintenant. La cellule obscure sentait le sec, presque une odeur de sable, comme si la chaleur algérienne avait cuit et recuit pour toujours l'humidité renfermée dans la charpente en bois. « Il faut que nous sortions d'ici. Nous ne pouvons pas laisser l'ordinateur ou votre père entre leurs mains.

— Mais comment ? »

Dans leur réduit, il n'y avait rien sur quoi se jucher. L'unique couchette était fixée au mauvais mur, et il n'y avait pas d'autre meuble. Il leva de nouveau les yeux vers la fenêtre, et calcula qu'elle n'était pas à plus de deux mètres soixante-dix de hauteur.

« Je vais vous soulever, pour que vous puissiez vérifier ces barreaux. Peut-être y en a-t-il un ou deux de descellés. Ce qui serait un coup de chance. »

Il lui fit la courte échelle et la hissa sur ses épaules.

Elle tira sur les barreaux, les examina.

« Ils ont été enfilés à travers trois planches horizontales boulonnées ensemble, et ensuite fixés par des écrous sur des plaques en fer, lui annonça-t-elle d'une voix découragée. Ils ne sont pas tout neufs. »

De vieux barreaux dans une prison bâtie voici longtemps, peut-être pour punir les esclaves arabes ou les prisonniers des pirates qui régnaient jadis par ici en même temps que l'ancien bey local de l'Empire ottoman.

« Vous ne sentez même pas une fissure ? insista-t-il avec optimisme.

— Non. Ils sont costauds. »

Jon l'aida à redescendre, et ils tournèrent leur attention sur la porte en bois. Son âge avancé pourrait peut-être les servir. Mais elle ne montra aucun signe de faiblesse, elle non plus, et elle était fermée du dehors, à double tour. Même les gonds étaient placés à l'extérieur. Les propriétaires d'esclaves et les pirates s'étaient apparemment davantage souciés d'un prisonnier s'échappant que d'une intervention visant à sortir quelqu'un de ce réduit. Et justement, sans aucune aide extérieure, Thérèse et lui n'allaient pas sortir de là, eux non plus.

Là-dessus, il entendit un léger bruit étouffé – comme un bruit de mordillement. Un petit animal plantant ses crocs dans le bois. Il tendit l'oreille, mais il était incapable de localiser précisément la source de ce bruit.

« Jon ! »

Le chuchotement était si feutré qu'il crut avoir eu une hallucination, entendre des voix suscitées par ses réflexions d'évasion sans espoir.

« Jon, nom de Dieu ! »

Il tourna sur lui-même et regarda là-haut, vers la fenêtre. Il ne vit que le ciel noir.

Il entendit de nouveau le chuchotement.

« Idiot ! Le mur du fond. »

C'est alors qu'il reconnut la voix. Il se précipita à l'autre bout de la cellule et s'agenouilla tout contre la paroi du fond.

« Randi ?

— Tu attendais qui, les Marines ?

— Je pouvais toujours espérer. Pourquoi chuchotes-tu ?

— Parce qu'Abu Auda et ses hommes sont partout dans le coin. C'est un piège, tu es l'appât, et je suis le gibier. Enfin, moi, ou quiconque viendrait à votre secours pour vous sortir de cette ravissante petite prison.

— Comment as-tu réussi à passer au travers ? » Une fois de plus, il se surprenait à admirer ses capacités, ses talents, son professionnalisme.

Sa réponse chuchotée vint après une hésitation.

« Il a fallu que je tue deux des hommes d'Abu Auda. La nuit est très noire, et ça m'a aidée. Mais Abu Auda ne va pas tarder à s'apercevoir de leur absence, et là, nous serons cuits.

— Là où je suis, je n'ai pas trop le choix. Je suis ouvert aux suggestions.

— Le cadenas de la porte est costaud, mais le verrou est une cochonnerie. Les gonds sont vieux, mais pas assez rouillés pour que ça nous serve à grand-chose. Ils sont graissés, et je peux les démonter. Les vis qui maintiennent la barre sont à l'extérieur. Si je les retire, je pense que tu pourras pousser la porte de l'intérieur.

— Ça me semble une possibilité. Traditionnel, mais pas bête.

— Ouais. C'est ce que je me suis dit, jusqu'à ce que je sois forcée de tuer ces deux types. Ils sont dans le verger, vers le devant de la villa. Du coup, il a fallu que j'échafaude un plan alternatif. Il y a pas mal de moisissure de bois, de ce côté-ci. »

Jon perçut de nouveau ce bruit étouffé dans le mur.

« Tu creuses dedans ?

— Exact. J'ai essayé avec mon couteau, et la pourriture est assez profonde pour que je puisse pratiquer un joli trou. Ce sera beaucoup plus silencieux, et peut-être plus rapide. »

A l'intérieur de la cellule, Jon et Thérèse écoutèrent le bruit, qui évoquait un petit animal en train de grignoter. Les bruits persistèrent, de plus en plus rapides.

Enfin, Randi se remit à chuchoter.

« Okay, mon grand, pousse donc de ton côté. Pousse fort. »

Thérèse s'agenouilla à côté de lui, et tous les deux ensemble ils s'arc-boutèrent sur le mur où ils avaient entendu Randi à l'œuvre. Pendant plusieurs secondes, il ne se produisit rien. Puis le bois céda sous leurs mains, dans un nuage de sciure. Du bois sec, mangé par les termites et les galeries creusées par d'autres insectes, qui se transforma en poussière, et les planches pourries se rompirent. Randi les rattrapa et les posa sur le sol en silence.

Jon et Thérèse se faufilèrent et sortirent dans l'air doucereux de la nuit. Jon regarda rapidement autour de lui. Le verger de mandariniers bruissait sous le vent, et la lune qui se levait était encore basse sur l'horizon.

Randi était tapie juste à l'intérieur du verger, l'air tendu, son MP5K prêt à tirer. Elle jeta un œil au-delà de la prison et à l'autre extrémité du terrain herbu à découvert, un espace nu, plongé dans la pénombre vague de la nuit, avec les arbres au loin, impénétrables. Elle leur fit signe de la suivre.

Elle roula sur le ventre, se reçut sur les coudes, son MP5K niché au pli du coude, et rampa dans l'herbe. Imitant Randi, Thérèse la suivit. Jon fermait la marche. Leur progression était lente, d'une lenteur exaspérante. La lune montait dans le ciel, elle commençait à baigner de sa lumière oblique le verger qui entourait la prison.

Enfin, ils atteignirent la pénombre du premier rideau d'arbres. Ils ne prirent pas le temps de se reposer mais passèrent en rampant devant le corps sans vie d'un des deux terroristes que Randi avait tués, puis devant le second, pour finalement atteindre une plantation de palmiers dattiers, très au-delà du périmètre où Abu Auda avait tendu sa nasse.

Randi s'assit contre le tronc d'un palmier.

« Ici, on devrait être en sécurité deux ou trois minutes. Pas plus longtemps. Ils ont des types un peu partout. »

Quelque part, à proximité, des insectes faisaient un bruit de cliquetis. Au-dessus d'eux, des étoiles scintillaient çà et là au-travers des ramures des palmiers.

« Joli sauvetage. » Jon se redressa sur ses hanches.

« Merci beaucoup. » Thérèse était assise en tailleur.

Randi lui sourit.

« Nous nous rencontrons, enfin. Je suis heureuse que vous soyez en vie.

— Moi aussi, comme vous pouvez imaginer, ajouta Thérèse avec gratitude. Merci d'être venue. Mais nous devons aller chercher mon père. Qui sait quelles terribles choses ils ont prévu de lui imposer de faire ! »

Jon adressa un sourire innocent à Randi.

« J'imagine que tu n'as pas d'arme supplémentaire pour moi ? »

Randi prit un air désapprobateur. Jon remarqua les yeux noirs, le visage sculpté, une frange de cheveux blonds dépassant de sa casquette noire.

« Je ne sais toujours pas pour qui tu travailles, au juste, lui rappela-t-elle, mais nous, à la Compagnie, nous sortons toujours équipés. Elle exhiba un Sig Sauer 9 mm exactement du même modèle que celui que Jon avait été contraint de jeter dans une poubelle à l'aéroport de Madrid, complet, avec son silencieux.

— Merci », fit-il sincèrement.

Tout en vérifiant les cartouches, ce qui lui permit de voir qu'il était totalement chargé, il fit part aux deux femmes des propos qu'il avait surpris dans la salle sous la coupole.

« Mauritania prévoit une frappe nucléaire sur Jérusalem ? » Randi était sous le choc.

Jon confirma de la tête.

« Apparemment, il s'agit d'une ogive tactique russe à moyenne portée, probablement pour minimiser les dégâts dans les pays arabes voisins, mais ils en subiront eux aussi, de toute façon. Sale affaire. Les retombées seront probablement pires qu'à Tchernobyl.

— Mon Dieu, murmura Thérèse, horrifiée. Tous ces pauvres gens ! »

Les yeux de Randi furent traversés d'une lueur.

« J'ai été infiltrée ici à partir d'un croiseur lance-missiles qui se trouve à environ soixante-dix milles en mer. L'*USS Saratoga*. J'ai une radio avec une fréquence dédiée, et ils attendent mon appel. C'est parce que nous avons élaboré un vrai plan. Ce n'est pas un plan très plaisant, mais il empêchera ces types de lancer une frappe nucléaire contre Jérusalem, New York ou Bruxelles. Nous avons deux manières d'appliquer ce plan. Si nous pouvons sauver Chambord et l'ordinateur, les gars du croiseur viendront nous exfiltrer. C'est l'option qu'on préfère. » Elle tenait à se faire confirmer que l'appareil aperçu dans la pièce avec Jon, Mauritania, Abu Auda et les Chambord était bien le prototype moléculaire. Quand Jon le lui eut confirmé, elle hocha la tête. « Si les choses tournent au pire... » Elle hésita et regarda Thérèse.

« Ce ne peut pas être plus désagréable que ce à quoi nous avons déjà pensé, ou que ce que Mauritania projette déjà, mademoiselle Russell.

— Nous ne pouvons pas laisser l'ordinateur ADN entre leurs mains, poursuivit Randi avec gravité. Il n'y a pas d'échappatoire. Pas le choix. »

Le regard de Thérèse se durcit, et elle se rembrunit.

« Alors ?

— Si nous devons en arriver là, le *Saratoga* a un missile Standard SM-2 pointé pile sur la coupole de la villa. Son objectif est d'éliminer l'ordinateur ADN.

— Et les terroristes, souffla Thérèse. Ils mourront, eux aussi ?

— S'ils sont là, oui. Quiconque se trouvera à cet endroit mourra. » La voix de Randi était dépourvue d'émotion.

Jon avait observé les deux femmes.

« Elle comprend », assura-t-il à Randi.

Thérèse avala sa salive et approuva de la tête.

« Mais mon père. Il était prêt à les arrêter. Il leur a même volé un pistolet. » Elle se tourna vers le chemin qui rejoignait la villa. « Vous ne pouvez pas le tuer !

— Nous n'avons aucune envie de le tuer, ni lui ni personne... commença Randi.

— Envisageons une combinaison des deux options, intervint Jon. Je ne veux pas prendre le temps nécessaire pour tâcher de localiser l'ordinateur. Mais nous pouvons sauver Chambord, et ensuite tes gens nous exfiltreront.

— Voilà, ça me plaît, approuva Thérèse. C'est cela que je veux, moi aussi. Mais si les choses tournent au pire... » Son visage sembla pâlir sous le clair de lune. « ... vous devez faire ce qu'il faut, pour empêcher une catastrophe. »

Randi consulta sa montre.

« Je peux vous accorder dix minutes. » Elle sortit de son sac à dos un talkie-walkie à courte portée. « Prends ceci. Quand tu auras récupéré Chambord, et dès que vous serez sortis de la villa, appelle-moi. Ensuite, j'informerai le *Saratoga* que c'est à leur tour de jouer.

— D'accord. » Jon attacha le talkie-walkie à sa ceinture.

« Je vais avec vous, souffla Thérèse à Jon.

— Ne soyez pas stupide. Vous n'êtes pas entraînée. Vous seriez tout simplement...

— Vous pourriez avoir besoin de mon aide, avec mon père. De toute manière, vous n'avez aucun moyen de m'en empêcher. Qu'allez-vous faire, m'abattre pour me forcer à rester ici ? » Elle regarda Randi. « Donnez-moi une arme. Je sais m'en servir, et je ne me laisserai pas impressionner. »

Randi pencha la tête, songeuse. Elle acquiesça.

« Prenez mon Beretta. Il est équipé d'un silencieux. Allez, prenez-le, et filez ! »

*

Jon calcula la cadence de passage des gardes, et dès qu'ils eurent franchi le coin de la bâtisse, il entraîna Thérèse dans une course rapide. Ils aboutirent chacun de part et d'autre de la porte d'entrée, et se plaquèrent dos contre le mur. Le garde qui se trouvait à l'intérieur émergea sur le seuil. Un simple coup du tout nouveau Sig Sauer de Jon suffit à l'étourdir pour de bon. Jon traîna le terroriste inconscient dans la maison tandis que Thérèse refermait soigneusement la porte, en ne provoquant qu'un bruit infime. Il entendit une discussion animée dans la direction de la salle sous la coupole. On eût dit qu'il s'y déroulait un conseil de guerre.

Il fit signe à Thérèse, et ils traversèrent à toute vitesse la vaste entrée dallée en direction de l'aile ouest de la vieille villa, sans s'arrêter avant d'avoir atteint l'angle droit que décrivait le corridor, vers l'arrière de la demeure. Là, ils marquèrent un temps d'arrêt, et Jon risqua un œil à l'angle du mur. Il chuchota à l'oreille de Thérèse :

« Pas de gardes. Venez. »

Ils filèrent dans le corridor latéral, celui qui était entièrement tapissé de magnifiques mosaïques, tenant leurs pistolets prêts à faire feu au cas où ils seraient découverts. Ils s'arrêtèrent de nouveau, cette fois à la porte de l'ancien quartier des femmes.

Jon restait quelque peu déconcerté.

« Toujours aucun signe de gardes. Pourquoi ça ? chuchota-t-il.

— Le garde est peut-être dans la chambre, avec papa.

— Vous avez probablement raison. » Jon essaya d'ouvrir la porte. « C'est ouvert. Entrez la première. Dites-leur qu'on vous a libérée et qu'on vous a renvoyée auprès de lui pour qu'il se remette au travail avec plus d'ardeur. Le garde mordra peut-être à l'hameçon. »

Elle hocha la tête en signe d'acquiescement.

« Tenez, prenez mon pistolet. Il ne faut pas éveiller leurs soupçons. »

Jon réfléchit, puis il prit le Beretta.

Elle redressa les épaules et poussa la porte. Elle entra, s'écriant en français tout en courant vers lui, en actrice consommée :

« Papa, est-ce que tu vas bien ? M. Mauritania m'a dit que je devais retourner... »

Emile Chambord pivota dans son fauteuil de bureau et dévisagea Thérèse comme s'il voyait un spectre. Puis il vit Jon se glisser dans la pièce à la suite de sa fille, les deux armes dans les mains, balayant la pièce du regard, en quête de gardes. Mais il n'y en avait pas.

Stupéfait, Smith observa le savant.

« Pourquoi n'êtes-vous pas gardé ? »

Le scientifique haussa les épaules.

« Quel besoin auraient-ils de me surveiller, à présent ? Ils vous tenaient, vous et Thérèse. Je n'allais pas détruire le prototype ou m'enfuir en abandonnant ma fille, n'est-ce pas ? »

Jon eut un geste énergique.

« Allons-nous-en d'ici. Allez. »

Chambord hésita.

« Et mon ordinateur ? Nous le laissons ici ? »

— Laisse-le, papa, s'écria Thérèse. Pressons-nous. »

Jon consulta sa montre.

« Il ne nous reste plus que cinq minutes. Nous n'avons plus le temps. »

Il empoigna le scientifique par le bras et l'entraîna à sa suite, jusqu'à ce qu'il presse lui-même l'allure. Ils parcoururent les couloirs au pas de course, les prenant en enfilade les uns après les autres, jusqu'à ce qu'ils atteignent le grand foyer. On entendait des éclats de voix accusateurs de l'autre côté de la porte d'entrée. Soit le garde que Jon avait assommé s'était réveillé, soit on l'avait découvert.

« Vers l'arrière ! » ordonna Jon.

Ils avaient parcouru la moitié du chemin quand ils entendirent d'autres voix furibondes, provenant cette fois de la salle de la coupole, puis des bruits de pas courant en tous sens. Smith fourra son Sig Sauer dans sa ceinture, à côté du Beretta de Thérèse. Il sortit le talkie-walkie à courte portée et repoussa Chambord père et fille vers une fenêtre sur le côté de la villa.

« Nous allons prendre par là. Vite ! » Tout en les guidant, il appuya sur le commutateur du talkie-walkie. D'une voix pressante, en chuchotant, il transmit les bonnes nouvelles à Randi. « Nous avons Chambord.

Tout va bien et nous serons sortis d'ici deux minutes. Envoie le tir du croiseur. »

*

Randi s'était rapprochée de la villa et elle était désormais tapie sous un dais de feuillages, dans l'ombre odorante de l'orangeraie. Elle consulta de nouveau sa montre, redoutant la progression des chiffres à affichage numérique. Nom de Dieu. Abattue, elle vit que les dix minutes qu'elle avait accordées à Jon étaient épuisées. La lune était masquée par un nuage sombre, et la température chutait. Pourtant, elle était en nage. Il y avait de la lumière aux trois fenêtres de l'annexe des femmes et sous la coupole imposante, mais à part cela, elle ne vit ni n'entendit rien de notable.

Elle consulta de nouveau sa montre. Onze minutes. Elle arracha une poignée de brins d'herbe, avec leurs racines, tout ensemble, et la lança dans la nuit.

Puis son talkie-walkie émit un crépitement étouffé, et son pouls se mit à palpiter lorsque la voix de Jon retentit, pour finalement lui chuchoter : « Envoie le tir du croiseur. »

Avec un frisson de soulagement, elle lui indiqua où elle s'était cachée.

« Vous avez cinq minutes. Une fois que j'aurai lancé le signal...

— Je comprends. » Il y eut une hésitation. « Merci, Randi. Bonne chance. »

Sa voix parut s'étrangler dans sa gorge.

« Toi aussi, soldat. »

En coupant la conversation, elle leva le visage vers le ciel nuageux de la nuit, et prononça une prière d'action de grâces silencieuse. Ensuite elle acheva son travail : elle se pencha sur son émetteur radio et passa son appel mortel au *Saratoga*.

*

Smith se tenait à la fenêtre de la villa, attendant que Thérèse ait achevé de la franchir en rampant. Elle se figea, dévisageant son père. Jon se retourna.

Chambord avait exhibé un pistolet. Il visait Jon.

« Ecarte-toi de lui, mon enfant », fit le vieil homme, le pistolet pointé fermement sur la poitrine de Smith. « Baissez votre arme, colonel. » Il avait la sienne dans la poche de sa veste.

« Papa ! qu'est-ce que tu fais ?

— Chut, mon enfant. Ne t'inquiète pas. Je remets les choses d'aplomb. » De son autre poche, il sortit un talkie-walkie. « Au sujet de votre arme, je parle sérieusement, colonel Smith. Lâchez-la, ou je vous abats.

— Professeur Chambord... », fit-il, hésitant, déconcerté. Il laissa retomber son arme, mais sans la lâcher.

Chambord parla dans le talkie-walkie.

« Aile ouest. Amenez tout le monde ici. »

Jon entrevit une étincelle dans le regard du savant. La lueur de l'excitation. C'étaient les yeux d'un fanatique. Il se remémora l'expression détachée, presque songeuse, qu'il avait entrevue sur son visage quand Mauritania les avait découverts. Dans un éclair de clairvoyance, il comprit.

« Vous n'avez pas été enlevé. Vous êtes avec eux. C'est la raison de toute cette manœuvre destinée à vous faire passer pour mort. C'est pour cela qu'il n'y avait personne pour vous garder, à l'instant. Tout cela, c'était une comédie montée avec Mauritania, pour que Thérèse vous croie prisonnier. »

Chambord lui répondit avec dédain.

« Je ne suis pas avec eux, colonel Smith, ce sont eux qui sont avec moi.

— Père ? » s'enquit Thérèse, le visage plein d'incrédulité.

Mais avant que Chambord ait pu lui répondre, Abu Auda, trois de ses hommes et Mauritania faisaient irruption, au pas de course. Jon leva son arme et empoigna celle de Thérèse, qu'il portait à sa ceinture.

*

Randi consulta sa montre. Quatre minutes. Soudain, du bruit s'échappa du bâtiment. Des hurlements et des bruits de course. Des coups de feu retentirent, suivis par une rafale d'arme automatique, et elle retint son souffle. Jon et Thérèse n'avaient pas d'armes automatiques. Il n'y avait qu'une seule possibilité : Jon et les Chambord avaient été démasqués. Elle secoua la tête, se refusant à cette idée, quand deux autres rafales automatiques crépitèrent bruyamment, tout là-bas.

Elle se redressa d'un bond et traversa à toute vitesse le terrain qui la séparait de la villa. C'est alors que survint un autre bruit terrifiant : venant de l'intérieur du bâtiment, elle entendit des rires triomphateurs. Des hurlements de victoire, remerciant Allah. Les infidèles étaient morts !

Elle se figea. Incapable de rien penser, de rien ressentir. C'était impossible. Mais toutes ces rafales, après les deux coups de feu isolés initiaux, avaient bien été tirées par des armes automatiques. Ils avaient tué Jon et Thérèse.

Elle se sentit envahie d'un grand chagrin, qui laissa la place à une colère noire. Elle se rappela à l'ordre avec sévérité, car elle n'avait de temps ni pour l'un, ni pour l'autre. Tout ce qui comptait, c'était l'ordinateur ADN. Qu'il ne reste pas aux mains des terroristes... L'enjeu était trop important. Trop de vies humaines.

Elle tourna les talons et s'éloigna de la villa en courant, courant comme si tous les chiens de l'enfer étaient lancés à sa poursuite. S'efforçant de ne pas revoir le visage de Jon, ses yeux d'un bleu sombre, son rire, son indignation, toute son intelligence. Son beau visage avec ses pommettes hautes et saillantes. Sa manière de crisper les mâchoires quand il était en colère...

Quand le missile percuta sa cible, l'explosion la projeta en avant de trois mètres. La puissance assourdissante et dévastatrice de la déflagration lui enveloppa la tête d'un coup de tonnerre, s'engouffra dans son crâne, et un souffle brûlant lui enveloppa le dos. Elle eut l'impression d'avoir été lancée au loin par un démon enragé. Alors que des débris volaient en tous sens en une pluie dangereuse, elle rampa sous les branches d'un olivier et se recouvrit la tête de ses bras.

*

Randi était assise le dos contre le mur d'enceinte, regardant les flammes rouges et jaunes lécher le ciel obscur à l'emplacement où se trouvait la villa à près d'un kilomètre et demi de là. Elle prononça quelques mots dans sa radio.

« Appelez le Pentagone. L'ordinateur ADN est détruit, et le professeur Chambord a péri avec. Il n'y a plus de danger.

— Bien reçu, agent Russell. Bon travail. »

Elle répliqua d'une voix éteinte.

« Dites-leur aussi que le lieutenant-colonel Jonathan Smith, docteur en médecine, de l'Armée des Etats-Unis, est mort dans l'explosion, ainsi que la fille du professeur Chambord. Ensuite sortez-moi d'ici. »

Elle coupa son émetteur et leva les yeux vers les nuages qui défilaient lentement dans le ciel. La lune pointa son orbe d'argent, puis elle disparut. La puanteur de la mort et des débris enflammés emplit l'air. Elle pensait à Jon. Il avait couru ce risque en toute connaissance de cause. La chance avait tourné à son détriment, mais il ne s'en serait pas plaint. Ensuite, elle se mit à pleurer.

Troisième partie

CHAPITRE VINGT-HUIT

Beyrouth, Liban

L'AGENT de la CIA Jeff Moussad évoluait avec prudence parmi les décombres de Beyrouth Sud, une zone officiellement interdite. L'air était chargé de poussière, et les montagnes de briques et de mortier amoncelées de part et d'autre reflétaient la triste histoirc de la longue guerre civile qui avait déchiré le Liban et détruit la réputation de Beyrouth, le Paris du Moyen-Orient. Même si le cœur le plus animé de la ville était en cours de reconstruction, et si plusieurs firmes internationales étaient revenues s'y implanter, on constatait peu de traces de ce progrès, ici, dans ce no man's land, pour l'essentiel une zonc de non-droit, issue de ce passé lugubre.

Jeff était armé et déguisé, en mission pour contacter un correspondant important, dont l'identité et la localisation avaient été retrouvées dans les notes d'un de ses collègues de la CIA, tué lors de l'attaque scélérate contre le Pentagone, le 11 septembre 2001. Cette mission difficile – qui revenait à pcu près à dénicher une épingle dans un silo d'aiguilles – avait été rendue possible essentiellement grâce aux nouvelles sources de renseignements que le gouvernement américain avait développées sur tous les plans, à partir d'outils bien connus comme les avions espion U-2 et la constellation de satellites secrets de surveillance tournant en orbite au-dessus de nos têtes, jusqu'aux photos des satellites commerciaux et des drones télécommandés.

Comme aucune rue ne comportait d'indications, pour trouver son chemin jusqu'à la bonne grotte, creusée dans les débris de ce qui avait dû être autrefois une sorte de bâtiment, Jeff comptait sur un Palm Pilot spécialement programmé. Il s'arrêta dans la pénombre pour le consulter. L'écran de contrôle lui affichait des rues et des ruelles de ce périmètre, en vidéo animée, relayée par une nouvelle famille de drones sans pilote. Ces aéronefs modernisés, entièrement automatisés, fournissaient des images en temps réel d'une zone, couverte à des distances immenses à travers des communications par satellites. Cela constituait une amélioration majeure par rapport au temps où un drone ne réussissait à fournir des renseignements mis à jour à la toute dernière minute que si un signal radio pouvait être braqué directement vers la base d'où l'appareil avait décollé.

En raison du chaos géographique mouvant de Beyrouth Sud, un étranger s'y serait facilement perdu. Mais avec ces données vidéo en temps réel et les notes directionnelles indiquant exactement quels virages prendre, Jeff suivit son chemin d'un pas très assuré, sur à peu près quatre cents mètres. Mais c'est alors qu'une fusillade éclata, suivie de bruits de pas derrière lui. Le battement de son pouls s'accéléra, et il fonça à toute vitesse dans l'ombre d'une citerne noircie par la fumée, que l'on avait retournée et brûlée en luttant contre un incendie, il y avait bien longtemps. Tendant l'oreille, il sortit son pistolet. Il avait besoin d'atteindre rapidement le repaire de son contact, avant qu'on ne le découvre.

Il consulta son Palm Pilot. Il n'était plus très loin de sa destination. Mais alors qu'il étudiait le prochain changement de direction, l'impensable se produisit. Le Palm Pilot s'éteignit. Il le fixa du regard, abasourdi, la poitrine serrée. Il n'avait aucune idée de l'endroit où il était. Lâchant un juron entre ses dents, sachant qu'il était égaré, il tapa sur les touches, et les fausses informations habituelles qu'il avait saisies dans le Palm s'affichèrent – des numéros de téléphone, des rendez-vous. Mais il ne recevait plus aucune information en provenance du drone pour lui indiquer où se diriger, ou comment rentrer à sa base. La connexion était coupée.

Fiévreusement, il tenta de se souvenir de l'emplacement exact de son prochain changement de direction. Quand il fut certain d'en avoir retrouvé précisément le souvenir, il traversa, en direction de ce qu'il espérait être sa destination finale. Lorsqu'il émergea sur un espace plan et dégagé, il chercha nerveusement l'entrée de la grotte. Il ne la trouva jamais. Ce qu'il vit, en revanche, ce furent les éclairs des canons de quatre fusils d'assaut... et après cela, plus rien.

Fort Belvoir, Virginie

Juste au sud de Washington se dressait Fort Belvoir, un lieu historique, devenu désormais un site ultramoderne abritant une centaine d'organismes locataires, composant un véritable Who's Who du Département de la Défense. Parmi les occupants les plus secrets qui soient, on trouvait la station de réception principale des informations satellitaires de l'Office National de Reconnaissance (le NRO). Créé en 1960 pour concevoir, lancer et manœuvrer des satellites espions américains, le NRO était un organisme tellement secret que son existence ne fut pas reconnue avant les années 90. Le budget annuel fort copieux du NRO, qui se chiffrait en milliards de dollars, dépassait celui des trois autres principautés les plus puissantes du royaume de l'espionnage – la CIA, le FBI et la NSA.

C'est là, dans les collines vallonnées de Virginie, que la station de réception d'informations du NRO constituait le centre névralgique de réseaux électroniques ultramodernes et d'une force d'analyse de données sans pareil. L'un de ces analystes civils se nommait Donna Lindhorst, la chevelure de jais, le visage tavelé de taches de rousseur, épuisée par ces six dernières journées passées en alerte maximum permanente. Aujourd'hui, elle surveillait une base lance-missiles nord-coréenne, un pays considéré non seulement comme une menace potentielle pour les Etats-Unis et leurs alliés, mais qui avait inscrit le développement de missiles à longue portée au rang de ses priorités absolues.

Employée du NRO de longue date, Donna savait que les satellites espions sillonnaient le ciel depuis quelque quarante ans, tournant pour la plupart en orbite à cent soixante kilomètres au-dessus de notre planète. Filant à Mach 25, ces oiseaux valant plusieurs milliards de dollars l'unité survolaient tous les points du globe deux fois par jour, prenaient des clichés numériques de lieux que la CIA, les décideurs du gouvernement et le haut commandement militaire voulaient tenir à l'œil. A tout moment, il y en avait au moins cinq en opération. Depuis la guerre civile au Soudan jusqu'aux catastrophes écologiques en Chine, les satellites de l'Amérique fournissaient un flux constant d'images en noir et blanc.

Cette installation lance-missiles en Corée du Nord, que Donna était en train d'étudier, constituait pour l'heure une priorité très dangereuse. Les Etats-Unis n'avaient franchement aucun besoin qu'un Etat voyou tire profit des incertitudes de la situation en matière de sécurité des communications électroniques. Et pourtant, c'était peut-être ce qui était en train de se produire, à l'instant même. Donna avait la gorge desséchée par la peur, car les images qu'elle passait en revue lui signalaient une traînée de chaleur, comme celle qu'émettent les fusées au lancement.

C'est avec une extrême nervosité qu'elle examinait son écran, réglant le satellite pour qu'il conserve le point plus longtemps sur la zone. Connu dans le métier du renseignement comme appartenant à la classe des satellites Advanced Keyhole, l'engin était capable de prendre une photo toutes les cinq secondes et de relayer ses prises de vue presque instantanément par l'intermédiaire de satellites Milstar jusqu'à son écran de contrôle. Cela imposait d'énormes exigences sur le plan des relais de données et du traitement de l'image, mais il fallait qu'elle sache si cette traînée de chaleur était bien réelle. Si c'était le cas, ce pourrait être le signal anticipé d'une attaque de missiles.

Très inquiète, elle se pencha en avant, lança des scannages numériques et des lectures de données, resserrant le cadre jusqu'à ce que... l'écran soit complètement vide. Tous les clichés avaient disparu. Elle se figea un instant, complètement abasourdie, puis elle ramena ses cheveux en arrière et, terrifiée, contempla le mur d'écrans. Ils étaient tous vides. Rien ne s'affichait plus. Si les Nord-Coréens voulaient lancer une attaque nucléaire contre l'Amérique, rien ne les arrêterait.

Washington

Dans les bureaux et dans tous les couloirs de l'aile ouest de la Maison Blanche, c'était la jubilation tranquille, une fête de Thanksgiving en plein mois de mai. Dans le Bureau ovale même, le Président Castilla s'était autorisé un sourire, événement inhabituel depuis ces dernières journées si éprouvantes, car il partageait cette exaltation mesurée avec tous les conseillers qui emplissaient la pièce.

« Je ne sais pas exactement comment vous êtes parvenu à ce résultat, monsieur. La conseillère pour la sécurité nationale, Emily Powell-Hill, était rayonnante. Mais vous avez vraiment emporté la décision.

— Nous avons emporté la décision, Emily. »

Le Président se leva et contourna son bureau pour venir s'asseoir dans le canapé à côté d'elle, l'un de ces gestes de fraternité, empreints de décontraction, auxquels il se laissait rarement aller. Aujourd'hui, il se sentait plus léger, comme si un fardeau écrasant lui avait été retiré des épaules. Derrière ses lunettes, il adressait des regards aux uns et aux autres, accordant à chacun la faveur de son sourire chaleureux, satisfait de lire aussi le soulagement sur leurs visages. Pourtant, il n'y avait pas réellement motif à célébration. Des gens loyaux avaient péri dans cette attaque de missile contre la villa algérienne.

Il poursuivit.

« Nous le devons à vous tous, ici, et aux services de renseignement. Et nous sommes très redevables à ces héros désintéressés qui travaillent au plus près de l'ennemi, sans jamais recevoir le moindre témoignage de reconnaissance de la part de l'opinion.

— D'après ce que m'a dit le capitaine Lainson, du *Saratoga*, intervint l'amiral Stevens Brose, en adressant un signe de tête au directeur de la CIA, ce sont des agents de l'Agence qui ont finalement eu ces salopards et détruit leur foutu ordinateur ADN. »

Le directeur de la CIA opina modestement du chef.

« C'est surtout l'agent Russell. L'un de mes meilleurs éléments. Elle a accompli son devoir.

— Oui, acquiesça le Président, il ne fait aucun doute que la CIA et d'autres agents, qui doivent rester anonymes, nous ont sauvé la mise... pour cette fois. » Son visage devint plus solennel, et il regarda tour à tour ses chefs d'état-major, les dirigeants de la NSA, du NRO, le directeur de la CIA, et le secrétaire général de la Maison Blanche. « A présent, il nous faut préparer l'avenir L'ordinateur moléculaire n'est plus une théorie et l'ordinateur quantique constituera la prochaine étape. C'est inévitable. Qui sait ce que la science développera d'autre, pour menacer nos défenses et, dois-je le préciser, pour aider l'humanité? Il faut nous mettre au travail tout de suite, apprendre à aborder toutes ces nouveautés.

— Si j'ai bien compris, monsieur le Président, souligna Emily Powell-Hill, le professeur Chambord, son ordinateur, et toutes ses recherches ont été perdus dans cette attaque. Selon mes informations, personne n'est près de reproduire son exploit. Nous avons donc un peu de liberté de manœuvre.

— Peut-être avons-nous cette liberté, Emily, admit le Président. Pourtant, mes meilleures sources au sein de la communauté scientifique m'ont rappelé qu'une fois qu'une avancée décisive comme celle-ci a eu lieu, c'est le rythme du développement qui s'accélère chez tout le monde. » Il les considéra tous, et il poursuivit d'une voix vigoureuse. « Quoi qu'il en soit, il faut élaborer des systèmes de défense à toute épreuve, contre un ordinateur ADN, mais aussi contre tous les autres développements scientifiques potentiels qui pourraient s'avérer des menaces pour notre sécurité. »

Dans le Bureau ovale, un silence général s'instaura, chacun mesurant la tâche qui l'attendait et le poids de ses responsabilités. Ce silence fut rompu par la sonnerie stridente du téléphone sur le bureau du Président. Sam Castilla hésita, fixant du regard ce téléphone qui ne sonnait que si l'affaire était de grande importance.

Il posa ses grandes mains sur ses genoux, se leva, se rendit à son bureau et décrocha.

« Oui ? »

C'était Fred Klein.

« Il faut que nous nous voyions, monsieur le Président.

— Tout de suite ?

— Oui, monsieur. Tout de suite. »

Paris, France

Dans cet hôpital privé très exclusif, réservé à des patients venus y subir des interventions de chirurgie esthétique, Randi, Peter et Marty s'étaient réunis dans la chambre spacieuse de ce dernier. A l'instant où leur conversation assez pénible s'interrompit, les bruits étouffés de la circulation leur parurent à tous trois particulièrement présents, et des larmes roulèrent sur les joues de Marty.

Jon Smith était mort. La nouvelle lui déchirait le cœur. Il l'avait aimé comme seuls deux amis aux talents et aux centres d'intérêt si dissemblables pouvaient s'aimer, liés par un mélange ineffable de respect mutuel, affiné et poli par les ans. Pour Marty, la perte était si grande qu'elle en devenait inexprimable. Jon avait toujours été là. Il ne pouvait s'imaginer vivre dans un monde d'où son ami serait absent.

Randi s'assit à côté du lit et lui prit la main. De l'autre, elle essuyait les larmes qui coulaient sur ses joues. Peter se tenait contre la porte, le visage de pierre, et seule sa peau légèrement rougie trahissait son chagrin.

« Il faisait son travail, rappela doucement Randi à Marty. Un travail qu'il tenait à accomplir. On ne peut pas demander mieux.

— Il... c'était un véritable héros », bredouilla Marty. Son visage tremblait, il luttait pour trouver les mots justes. Il avait du mal à exprimer ses émotions, c'était un langage qu'il ne possédait pas tout à fait. « Vous ai-je jamais dit à quel point j'admirais Bertrand Russell ? Je fais très attention au choix de mes héros. Mais Russell était extraordinaire. Je n'oublierai jamais la première fois que j'ai lu ses *Principes de Mathématiques*. Je crois que j'avais dix ans, et ça m'a vraiment sidéré. Oh, bon sang. Les implications. Cela m'a tout ouvert ! C'est le moment où il a sorti les maths du royaume de l'abstraction pour leur apporter un cadre précis. »

Peter et Randi échangèrent un regard. Ni l'un ni l'autre ne comprenaient de quoi il parlait.

Marty hochait la tête tout seul, ses larmes mouillaient ses draps sans qu'il puisse rien y faire.

« Ce livre contenait tellement d'idées, de pistes de réflexion. Bien sûr, Martin Luther King, Jr., William Faulkner et Mickey Mantle étaient eux aussi des héros. » Son regard errait dans la chambre, comme s'il cherchait un endroit sûr où se poser. « Mais Jon a toujours été mon plus grand héros. Depuis que nous étions tout petits. Mais je ne lui ai jamais dit. Il pouvait réaliser tout ce dont j'étais incapable, et je pouvais réaliser tout ce qui n'était pas à sa portée. Et ça lui plaisait. Et à moi aussi. Combien de fois trouve-t-on cela, dans une vie ? Le perdre, c'est comme si je perdais mes jambes ou mes bras, mais en pire. » Sa gorge se serra. « Je vais... il va tellement me manquer. »

Randi serra sa main dans la sienne.

« Il va tous nous manquer, Mart. J'étais tellement certaine qu'il allait ressortir à temps. Il en était persuadé. Mais... »

Sa poitrine se contracta, et elle refoula un sanglot. Elle pencha la tête, son cœur était douloureux. Elle avait échoué, et Jon était mort. Elle pleura doucement.

« Il savait ce qu'il faisait, lâcha Peter de son ton bourru. Nous sommes tous au courant des risques. Quelqu'un doit bien les endosser, ces risques, pour que les hommes d'affaires, les mères de famille et les vendeuses, et tous ces play-boys et ces millionnaires à la con dorment en paix dans leur lit. »

Randi perçut toute l'amertume de la voix du vieil agent du MI6.

C'était sa manière à lui d'exprimer cette perte. A l'endroit où il se tenait, il était seul, comme il l'était toujours, en réalité, les blessures qu'il avait à la joue, au bras et à la main gauche étaient à moitié guéries, sans bandage, et il était livide, dans sa rage contenue face à la mort de son ami.

« Je voulais l'aider moi aussi, cette fois-ci », reprit Marty d'une voix sourde et haletante, à cause de son traitement médical.

« Il le savait, mon gars », lui assura Peter.

Un silence attristé emplit la chambre. Les bruits de la circulation gagnèrent à nouveau en volume. Quelque part au loin, une sirène d'ambulance hurlait.

Finalement, Peter formula cet euphémisme flagrant :

« Les choses ne marchent pas toujours comme on veut. »

Le téléphone posé à côté du lit de Marty sonna, et tous trois le fixèrent du regard. Peter décrocha.

« Ici Howell. Je vous ai dit de ne jamais... quoi ? Oui. Quand ? Vous êtes sûr ? Très bien. Oui. Oui, je suis dessus. »

Il reposa le combiné sur sa base et se tourna vers ses amis, le visage figé en un masque lugubre, comme s'il venait d'avoir une vision d'horreur.

« Top secret. En direct de Downing Street. Quelqu'un a pris le contrôle de tous les satellites américains en orbite et coupé le Pentagone et la NASA du monde extérieur. A votre avis, existe-t-il un moyen pour qu'ils aient pu réussir cela sans un ordinateur ADN ? »

Randi cligna les yeux. Elle attrapa une poignée de mouchoirs en papier dans la boîte posée au chevet du lit de Marty et se moucha.

« Ils ont sorti l'ordinateur de la villa ? Non, ils n'y sont pas parvenus. Qu'est-ce que ça signifie, bon sang ?

— Comme si je le savais. Sauf que le danger n'a pas disparu. Il faut qu'on se remette en chasse de ces gens, en repartant de zéro. »

Randi secoua la tête.

« Ils n'ont pas pu sortir le prototype de là. Ils n'ont absolument pas eu le temps. Mais... » Elle dévisagea Peter. « Peut-être Chambord a-t-il survécu ? C'est la seule explication plausible. Et si Chambord... »

Marty se redressa dans son lit, le visage bouleversé, tremblant d'espoir.

« Jon est peut-être en vie, lui aussi.

— Du calme, tous les deux. Cela ne s'enchaîne pas nécessairement. Le Croissant Armé a dû tout tenter pour sortir Chambord de là sain et sauf. Mais ils n'auraient pas donné un kopeck pour sauver Jon et Mlle Chambord. En fait, Randi, tu as entendu des rafales d'armes automatiques. Qui d'autre auraient-ils pu viser ? Tu as noté dans ton rapport que Jon avait dû périr soit dans cette fusillade, soit sous l'impact du missile. Ces foutus salopards criaient de joie. De victoire. On ne peut rien changer à cela.

— Tu as raison. Rien, nom de Dieu. » Randi grimaça. « Pourtant, cela laisse une éventualité que nous ne pouvons pas simplement ignorer. S'il est en vie... »

Marty rejeta ses couvertures et sauta du lit, vacilla et se retint au cadre, subitement affaibli.

« Je me moque de ce que vous racontez, tous les deux. Jon est en vie ! » Son verdict était prononcé d'un ton ferme. Il avait tranché, écartant les nouvelles trop pénibles à prendre en compte. « Il faut écouter ce que dit Randi. Il a peut-être un besoin urgent de nous tous. Enfin, quand je pense à ce qu'il doit endurer en ce moment, étendu, blessé, seul quelque part dans le désert algérien brûlant... ou alors, pendant que nous discutons, ces épouvantables terroristes se préparent à le tuer ! Il faut le trouver ! » L'effet de son médicament s'estompait, et soudain la vie lui semblait plus abordable. Un surhomme armé d'un ordinateur et de la puissance du génie.

« Calme-toi, mon garçon. Tu connais ta tendance à t'envoler loin de l'univers logique. »

Marty déploya son corps plutôt corpulent de toute sa stature, ce qui amena ses yeux indignés à la hauteur du sternum de Peter.

« Mon univers, lui affirma-t-il avec beaucoup de modération, n'est pas seulement logique, mais très au-delà de ton pouvoir de compréhension insignifiant, espèce d'angliche ignorant ! »

— Tout à fait possible, fit Peter sèchement. Pourtant, souviens-toi qu'à présent, c'est dans mon univers que nous travaillons. Disons que Jon est en vie. D'après le rapport de Randi, il est prisonnier. Ou tout au moins blessé, pourchassé, et il se cache. La question devient donc : "Où est-il, et pouvons-nous entrer en contact avec lui ?" Mis à part éventuellement pour les distances courtes et les contacts brefs, nos communications électroniques ont été coupées depuis le moment où l'on a pris le contrôle de nos satellites. »

Marty ouvrit la bouche pour lui lancer une repartie cinglante, puis son visage se fripa, sous le coup d'une intense contrariété, comme s'il essayait d'obliger son cerveau encore ralenti à fonctionner comme il aurait souhaité qu'il fonctionne pour traiter ce problème.

« S'il est effectivement parvenu à s'échapper, supposa Randi, et surtout si Chambord est avec lui, le Croissant Armé les aura poursuivis. Mauritania y aura veillé. Probablement en envoyant ce tueur, Abu Auda, à leur poursuite. D'après ce que j'ai pu observer, Abu Auda sait ce qu'il fait. Donc si Jon et l'un ou l'autre sont en vie, ils sont probablement encore en Algérie.

— Mais s'il ne s'est pas échappé, raisonna Peter, si personne ne s'est échappé et, à en juger par ce qui vient de se passer avec les satellites américains, je dirais que le Croissant Armé détient toujours Chambord, alors Jon est prisonnier. Et nous ne savons absolument pas où. »

*

Impatient et plus soucieux que jamais, Fred Klein était assis sur le banc éraflé que le Président avait transféré du bureau personnel de son ranch de Taos à son bureau privé dans la suite présidentielle située au premier étage de la Maison Blanche. Il jeta un coup d'œil sur les bibliothèques imposantes, sans réellement les voir, tout en réfléchissant au sujet qu'il lui fallait aborder. Il mourait d'envie d'allumer sa pipe. Elle était encore dans la poche poitrine de sa veste de costume informe en laine, le tuyau dépassant au-dehors. Il croisa les jambes, et celle du dessus commença presque instantanément d'osciller comme le balancier d'un métronome.

A son entrée, le Président ne put que constater l'agitation du chef du Réseau Bouclier.

« Je suis désolé de cette perte, Fred. Je sais à quel point vous estimiez le Dr Smith.

— Les condoléances sont peut-être prématurées, monsieur. » Klein s'éclaircit la gorge. « Tout autant que la célébration de notre soi-disant victoire en Algérie. »

Le Président se raidit. Il alla vers le vieux bureau à cylindre, son meuble préféré, rapporté de Taos, et prit place.

« Dites-moi tout.

— L'équipe de rangers que nous avons envoyée juste après l'attaque du missile n'a jamais retrouvé les corps du colonel Smith, du professeur Chambord ou de Thérèse Chambord.

— Il est probablement trop tôt. En tout cas, les corps ont certainement été soit gravement brûlés, soit éparpillés en fragments.

— C'était le cas de certains, il est vrai. Mais nous avons envoyé nos experts de l'analyse ADN dès que j'ai reçu le rapport de l'agent Russell, l'armée et la police algériennes ont également envoyé des gens à eux. Jusqu'à présent, nous n'avons rien retrouvé qui corresponde à nos trois individus. Rien. En plus, aucun des restes humains récupérés ne provenait d'un corps de femme. Si Mlle Chambord a survécu, où est-elle ? Où est son père ? Où est le colonel Smith ? Si Jon était en vie, il m'aurait fait signe. Si Chambord et sa fille avaient survécu, on aurait certainement eu de leurs nouvelles, à l'heure qu'il est.

— A moins qu'ils ne soient prisonniers. C'est là que vous voulez en venir, n'est-ce pas ? » Le Président était incapable de rester assis. Il se leva avec raideur et fit les cent pas sur les tapis Navajo. « Vous croyez qu'il subsiste une chance pour que certains des terroristes se soient échappés, et qu'ils les aient emmenés tous les trois avec eux ?

— C'est ce qui m'inquiète. Sans quoi...

— Sans quoi, vous vous féliciteriez de la survie de Smith et des

Chambord. Oui, je vois ce que vous voulez dire. Mais tout cela reste du domaine des preuves indirectes. De la spéculation.

— Les preuves indirectes et la spéculation sont mon fonds de commerce, monsieur. C'est celui de tous les services de renseignement, pour peu qu'ils s'acquittent convenablement de leurs tâches. Il nous appartient de déceler les dangers avant qu'ils ne surviennent. Il se peut que je me trompe, et qu'on retrouve leurs corps. » Il croisa les mains et se pencha en avant. « Mais trois corps manquants, c'est trois de trop pour qu'on les ignore, Sam.

— Qu'allez-vous faire ?

— Continuer de fouiller les ruines et de faire des tests, mais... »

Le téléphone sonna, et le Président attrapa le combiné d'un geste vif.

« Oui ? » Il grimaça, les rides de son front se creusèrent. « Montez à mon bureau privé, Chuck, aboya-t-il. Oui, tout de suite. » Il raccrocha et ferma les yeux un moment, comme s'il essayait d'effacer le contenu de cet appel.

Klein attendit, ce qui ne fit qu'accroître son appréhension déjà grande.

« Quelqu'un, lui annonça Castilla d'une voix lasse, vient de reprogrammer les processeurs de nos ordinateurs à bord de tous nos satellites militaires et commerciaux, pour nous empêcher d'en récupérer les données. Tous nos satellites. Pas une seule donnée. C'est une défaillance catastrophique de nos systèmes. Et, ce qui est encore pire, c'est que personne à terre n'est en mesure de les reprogrammer dans leur configuration originelle.

— Nous sommes aveugles depuis l'espace ? » Klein réprima un juron. « Cela ressemble encore à cet ordinateur ADN, bon sang. Mais comment cela ? C'est la seule chose dont Russell était absolument certaine. Le missile a touché la villa, et l'ordinateur était à l'intérieur. Smith lui a signalé que les Chambord et lui étaient sur le point de s'échapper, tous les trois, et lui a indiqué qu'elle pouvait commander la frappe du croiseur. Même si Smith et Chambord ne l'avaient pas déjà détruit, l'engin aurait dû partir en fumée avec le bâtiment lui-même.

— Je suis d'accord. Il aurait dû. C'est la conclusion logique. Maintenant, Fred, passez dans la pièce voisine. Chuck va arriver d'un moment à l'autre. »

Juste à l'instant où Klein s'éclipsait, Charles Ouray, le chef de cabinet du Président, entra en trombe dans son bureau.

« Ils sont toujours en train de multiplier les tentatives, mais la NASA précise que celui qui a reprogrammé les ordinateurs nous en a interdit l'accès. Complètement. Nous ne pouvons plus entrer dedans ! Cela cause des problèmes partout.

— Mieux vaut me tenir au courant dans le détail.

— Dans un premier temps, il semblait que les Nord-Coréens allaient lancer une frappe de missiles, mais nous avons reçu un contact au sol qui nous a indiqué qu'il s'agissait simplement d'un épais brouillard qui masquait l'émission de chaleur d'un camion situé à proximité du silo de missile en question. Nous avons perdu un agent à Beyrouth, Jeffrey Moussad. Sa balise tridirectionnelle en 3-D est tombée en panne. Nous pensons qu'on l'a abattu. Et puis il a failli se produire une collision dans le Pacifique entre un de nos porte-avions et un sous-marin. Même les oreilles d'Echelon sont sourdes. Dans le cadre du programme Echelon, les Etats-Unis et la Grande-Bretagne interceptaient les appels relayés par satellites ainsi que les communications par câbles intercontinentaux sous-marins. »

Le Président prit le temps de respirer profondément.

« Convoquez de nouveau le comité des chefs d'état-major. Ils n'ont probablement pas encore quitté la Maison Blanche. Sinon, contactez l'amiral Brose et dites-lui qu'il donne pour instruction aux autres de se préparer au pire... une attaque immédiate contre les Etats-Unis. De n'importe quel ordre, depuis la guerre biologique jusqu'au missile nucléaire. Faites décoller tout ce que nous avons en matière de défense, et tout ce que nous ne sommes pas censés avoir... officiellement.

— Le système de missiles expérimentaux, monsieur ? Mais nos alliés...

— Je vais leur parler. Il faut qu'ils sachent, qu'ils puissent alerter leurs propres personnels. De toute façon, nous les alimentons beaucoup en informations à partir de nos satellites. Bon Dieu, ça permettra aussi de gagner du temps. Leurs systèmes ont bien dû refléter une perte de données, des données en partie vitales. Si je ne les appelle pas, c'est eux qui vont m'appeler. Je vais mettre cela sur le compte d'un pirate informatique, le meilleur que l'on ait jamais vu. Ils vont me croire, pendant un certain temps. Dans l'intervalle, nous lançons tout ce que nous avons. Au moins, le système expérimental secret devrait être totalement sécurisé, car personne n'en connaît l'existence, et il devrait être capable de tout gérer, sauf une attaque en règle de missiles, que les terroristes n'ont pas les moyens de mettre en œuvre. Personne ne le peut, sauf les Russes et les Britanniques, et cette fois-ci, ils sont de notre côté, Dieu merci. Pour tous les autres types de frappes, nous allons devoir miser à tout va sur notre armée conventionnelle, le FBI et la police. Et puis, Chuck, pas de fuites en direction de la presse. Nos alliés n'auront aucune envie non plus que leurs médias aient vent de toute cette affaire. Tout ceci n'est pas fait pour rehausser notre prestige, ni le leur, ni le nôtre. Allez, Chuck. »

Ouray ressortit, et le Président ouvrit l'autre porte. A son entrée dans la pièce, Klein avait le visage éteint, il était visiblement inquiet.

« Vous avez entendu ? demanda le Président.

— Et comment.

— Trouvez-moi ce foutu engin, Fred, et cette fois finissons-en ! »

CHAPITRE VINGT-NEUF

Paris, France

QUAND Marty se fut rendormi, dans sa chambre d'hôpital, Peter se faufila dehors pour aller contacter son correspondant local du MI6. Randi attendit dix minutes et sortit, elle aussi. Mais son trajet fut beaucoup plus court – jusqu'à la cabine téléphonique qu'elle avait repérée, à côté de l'accueil principal. Elle rôda en haut de l'escalier de secours, attendant que les quelques employés aient fini d'aller et venir, de servir les patients fortunés qui allaient bientôt émerger de ces lieux avec un nouveau visage, un nouveau corps, ou les deux. Dès que la réception fut déserte, elle y entra à pas feutrés. Des compositions printanières et voyantes de lilas, de pivoines et de jonquilles étaient disposées dans de hauts vases en verre travaillé. L'endroit était aussi parfumé que la boutique d'un fleuriste, mais on y gagnait bien plus d'argent.

Enfermée dans la cabine vitrée, elle composa le numéro de son chef à Langley, Doug Kennedy, via une ligne à fibre optique sous-marine sécurisée.

Doug avait une voix sinistre.

« J'ai de mauvaises nouvelles. En fait, des nouvelles vraiment épouvantables. Les satellites de surveillance et de communication sont toujours hors d'usage. Pire, nous avons perdu le contact avec tout ce que nous avons en orbite, aussi bien sur le plan civil que militaire. La NASA et le Pentagone travaillent comme des déments avec tous les outils dont ils disposent et, pour le reste, ils se débrouillent en marchant. Jusqu'à présent, nous sommes marrons, kaput, au revoir et merci. Sans ces satellites, nous sommes aveugles, sourds et muets.

— Je vois. A votre avis, sur quoi je travaille ? Je vous ai annoncé que le prototype avait été détruit, point à la ligne. La seule hypothèse plausible, c'est que ce Chambord ait survécu, et pourtant je ne saisis pas trop comment. Je ne sais pas non plus comment il aurait pu reconstruire un nouveau prototype aussi vite.

— Parce que c'est un génie, voilà pourquoi.

— Même les génies n'ont que deux bras et dix doigts, et ils ont besoin de temps et de matériel... et d'un endroit où travailler. Un lieu stable. Ce qui m'amène au motif de l'appel que j'adresse à votre auguste personne.

— Laissez tomber les sarcasmes, Russell. Cela ne vous vaudrait que des ennuis. Que voulez-vous ?

— Vérifiez auprès de tous les correspondants dont nous disposons sur le terrain dans un rayon de trois cents kilomètres autour de la villa et trouvez s'ils ont remarqué, entendu parler ou même soupçonné des mouvements inhabituels sur les routes et dans les ports, si discrets soient-ils, et sur toute la côte à proximité de la villa, dans les douze heures qui ont suivi l'explosion. Ensuite, faites de même avec tout ce que nous avons, sur mer et en l'air, au-dessus de la Méditerranée, pour la même période de temps.

— Ce sera tout ? »

Elle ignora sa remarque acide.

« Pour le moment, oui. Cela pourrait nous indiquer de manière certaine si Chambord a survécu ou non. » Elle s'interrompit. « Ou si nous sommes confrontés à un facteur imprévu, ce qui me fout franchement la frousse. S'il a bel et bien survécu, il faut que nous le sachions, et où il est passé.

— Vous m'avez convaincu.

— Je veux tout ça pour hier, d'accord ?

— Ce sera même fait avant. Et de votre côté ?

— J'ai quelques autres pistes, disons, officieuses, vous saisissez ? » C'était pure bravade. Les seules pistes possibles dont elle disposait reposaient sur les atouts personnels de Peter, hautement développés, très étendus et très particuliers, et sur le cerveau de Marty dans ses accès les plus maniaco-dépressifs.

« Des pistes comme nous en avons tous. Bonne chance, Russell. » Il mit fin à la communication.

Dans le ciel, quelque part au-dessus de l'Europe

Bâillonné et les yeux bandés, Jon Smith était assis bien droit dans le siège passager à l'arrière d'un hélicoptère, les mains liées dans le dos. Il était tendu, soucieux, ses mains lui faisaient mal, mais il conservait tout de même le maximum d'informations possible en tête, tout en se tordant les poignets ligotés par une corde. Par intervalles, il sentait ses liens se relâcher encore un peu plus. Cela lui donna quelque espoir, mais, une fois qu'ils auraient atteint leur destination, Abu Auda et ses hommes n'auraient aucun mal à découvrir ce qu'il était en train de fabriquer, s'il ne s'était pas libéré d'ici là.

Il était à bord d'un hélicoptère, un gros-porteur. Il percevait la vibration des turbines jumelées de forte puissance. A en juger par leur taille, le positionnement de la porte par laquelle on l'avait poussé à bord, et la disposition intérieure qu'il avait pu déduire de ses tâtonnements contre chaque rangée de sièges, quand on l'avait bousculé vers l'arrière, il estimait qu'il devait s'agir d'un Sikorsky S-70, connu sous différents noms – Seahawk dans la marine, Black Hawk dans l'armée, Pave Hawk dans l'armée de l'air, et Jayhawk chez les gardes-côtes.

Les S-70 étaient des transports de troupes et des appareils d'appui logistique, mais il leur arrivait souvent d'effectuer d'autres types de missions, comme des évacuations sanitaires et des opérations de commandement et de reconnaissance. Il avait volé suffisamment souvent à bord, sur le terrain et, à l'époque où il avait un commandement – grâce à l'armée de terre et à l'armée de l'air, avec en plus un ou deux hélicos de la marine pour faire bonne mesure – pour se souvenir des détails de l'engin.

Après avoir tranché la question, il surprit les propos qu'Abu Auda, tout près de lui, échangeait avec l'un de ses hommes. Leur conversation lui confirma qu'il s'agissait bien d'un Sikorsky, mais du modèle S-70A, la version d'exportation du Black Hawk multimissions. Peut-être un reliquat de l'opération Tempête du Désert, ou un exemplaire acquis par l'intermédiaire d'un de leurs collègues terroristes occupant un poste officiel dans la division des approvisionnements de l'armée de quelque pays islamiste. Quoi qu'il en soit, cela signifiait que cet hélicoptère pouvait être facilement équipé pour le combat, ce qui inquiétait encore plus Jon. Peu après, Abu Auda s'était éloigné, hors de portée de voix.

En près de trois heures de vol, selon sa propre estimation, Jon s'était efforcé de surprendre encore la moindre bribe de conversation, tâchant de capter d'autres informations dans le vrombissement des moteurs, mais il n'avait rien appris d'utile. L'appareil devait arriver au bout de son rayon d'action. Ensuite, il lui faudrait atterrir. A la villa, en Algérie, Mauritania avait décidé que Jon pourrait lui être utile dans un futur proche, et il devait être toujours de cet avis, sinon ils l'auraient abattu. Par la suite, ils se débarrasseraient de lui, ou Abu Auda se lasserait de le traîner avec eux, et il le tuerait. A long terme, les témoins hostiles faisaient de médiocres compagnons.

Impuissant à bord du Sikorsky qui l'emmenait vers une destination inconnue, Jon cessa un moment de travailler sur ses cordes, et se reposa. La blessure de son bras était douloureuse et le brûlait. Pourtant, elle était superficielle, plus une gêne qu'un danger, mais il faudrait s'en occuper avant que l'infection ne s'installe. D'un autre côté, son but le plus pressant demeurerait de survivre. Ce qui, dans ses réflexions, le ramena vers Randi. Il ne la connaissait que trop bien, et il était soucieux. Avait-elle réussi à prendre suffisamment de champ avant l'impact du missile ? Elle avait dû les attendre, les Chambord et lui, aussi longtemps que possible. Quand ils n'étaient pas réapparus, d'instinct, son premier mouvement avait sans doute été d'essayer de les secourir.

Dieu du ciel, il espérait qu'elle n'en avait rien fait. Même si elle avait fini par comprendre qu'elle devait impérativement se dégager, et en vitesse, elle n'en avait peut-être pas eu le temps. Il se remémora à quel point Thérèse et lui avaient vu la mort de près, et il en eut la bouche sèche...

*

... Près de la fenêtre dans la villa plongée dans l'obscurité... des gardes armés de tous côtés... Jon et Thérèse désarmés...

Emile Chambord s'adresse à Mauritania : « Les Américains ont commandé un tir de missile. Nous devons partir. Dites à vos hommes de tirer des salves avec leurs armes, que ça donne l'impression d'une fusillade. Ensuite, vous hurlez. Vous vous réjouissez bruyamment, comme si vous aviez tué Smith et ma fille. Vite ! »

Ils tirent plusieurs rafales. Crient des slogans. Sortent de la villa en courant, conduisent Jon et Thérèse à l'hélistation. Ils arrivent à hauteur des baraquements, et derrière eux le monde explose. Ils sont projetés en l'air. Plaqués au sol. Assourdis par le grondement de la déflagration qui frappe l'air avec la violence d'une onde de choc et déchiquette leurs vêtements, leur arrache les cheveux, les membres. Des branches d'arbres et des rameaux de palmiers volent en tous sens. Une porte en bois massive tournoie au-dessus de leurs têtes, s'écrase sur un des hommes d'Abu Auda et le tue sur le coup.

Quand le sol cesse de se soulever, Jon se relève en titubant, il saigne, une blessure à la tête. Son avant-bras gauche le brûle douloureusement. Il cherche frénétiquement une arme.

Mais Abu Auda braque son fusil d'assaut de fabrication britannique sur lui.

« N'essayez pas, colonel. »

Les survivants se remettent sur pied, non sans mal. Incroyable, ils ont presque tous survécu. Thérèse saigne de la jambe droite. Chambord se précipite vers elle.

« Thérèse ! Tu es blessée. »

Elle le repousse.

« Je ne sais plus qui tu es. Tu dois être fou ! »

Elle lui tourne le dos et va aider Jon. Chambord la regarde déchirer la manche de son tailleur blanc.

« Ce que je fais, je le fais pour l'avenir de la France, mon enfant, explique-t-il en toute sincérité. Tu ne tarderas pas à le comprendre.

— Il n'y a rien à comprendre. » Elle bande la blessure au bras de Jon, puis sa propre blessure à la jambe. La trace sanglante au front de Smith n'est qu'une égratignure superficielle.

Mauritania les interrompt.

« Il faudra qu'elle comprenne docteur, mais plus tard. » Il regarde autour de lui, avec l'expression de ruse d'un animal sauvage. Il renifle

l'air, comme s'il en percevait les signes. Il se pourrait qu'ils frappent de nouveau. Il faut partir immédiatement.

L'un des terroristes lâche un hurlement de dépit. Tout le monde converge vers l'hélicoptère Huey. Les rotors ont été fracassés par des débris projetés dans la déflagration. L'engin est cloué au sol.

« Il y a de la place pour cinq à bord de l'hélicoptère de reconnaissance, tranche Chambord. Vous, naturellement, monsieur Mauritania, et votre pilote. Plus le capitaine Bonnard, Thérèse et moi. »

Mauritania est sur le point de protester. Il veut emmener d'autres hommes à lui. Mais Chambord secoue fermement la tête.

« Non, j'ai besoin de Bonnard, et je ne vais pas laisser ma fille. Si je dois construire un autre prototype, j'ai besoin de me rendre dans un endroit où je puisse travailler. Un nouvel ordinateur ADN, c'est notre priorité absolue. Je regrette qu'il n'y ait de place pour personne d'autre, mais c'est ainsi. »

Mauritania doit se rendre à la raison. Il se tourne vers son lieutenant à l'imposante stature, qui a tout entendu et qui lance des regards noirs, désapprobateurs.

« Tu vas rester en arrière pour embarquer les autres, Abu Auda. Prends des dispositions pour qu'on vienne te chercher. Je vais devoir emmener notre pilote saoudien, Mohammed. C'est lui le meilleur. Tu nous rejoindras bientôt.

— Et l'Américain, Smith ? Maintenant, je peux le tuer ? C'est lui qui...

— Non. S'il a organisé cette frappe de missile, il doit être encore plus important que nous ne l'avions cru. Tu veilles sur lui, Abu Auda. »

Thérèse Chambord proteste avec véhémence, mais ils la forcent à monter à bord. Le petit hélicoptère s'élève dans les airs, contourne le site du désastre et se dirige vers le nord, vers l'Europe. Abu Auda ordonne qu'on lie les mains de Jon, et le groupe s'engage d'un pas rapide vers la route nationale, où les accueillent deux camions bâchés. Un long trajet chaotique à travers le désert balayé par les vents de l'intérieur des terres s'achève finalement sur les docks bruyants de Tunis. Là, ils embarquent à bord d'un bateau à moteur similaire à la vedette sur laquelle Jon a voyagé en passager clandestin la veille. Le groupe est désorganisé, épuisé, mais ses membres conservent toute leur lucidité quant à l'urgence de la situation.

Sur le bateau, ils lui bandent les yeux. Pour lui, leur longue traversée de la Méditerranée se passe à l'aveuglette. Malgré les coups de boutoir du bateau contre les vagues, il s'endort à nouveau, mais dès que leur embarcation arrive à bon port, il est instantanément réveillé, et il tend l'oreille, à l'écoute. Ils le sortent sans ménagement sur le pont, toujours les yeux bandés, et là il entend quantité de voix s'exprimant en italien et il devine qu'ils doivent se trouver en Italie. Ils montent dans l'hélicoptère, le Sikorsky, pour s'envoler vers un lieu qui n'a pas de nom et qui pourrait se situer n'importe où entre la Serbie et la France...

*

A présent, assis, les yeux bandés, dans l'hélicoptère, s'attendant à ce qu'il tombe en panne d'essence ou à ce qu'ils atterrissent, Jon était aux prises avec toutes ces réflexions qui le tourmentaient : Randi était-elle en vie ? Où étaient Peter et Marty ? D'après ce que croyait Thérèse, son père et elle avaient été les seuls détenus dans la villa, jusqu'à l'arrivée de Jon. Et Smith espérait que Peter était parvenu à sauver Marty, et qu'ils étaient en lieu sûr, sains et saufs. Son seul réconfort, c'était que l'ordinateur moléculaire avait été pulvérisé par l'explosion du missile.

Et maintenant, il lui fallait empêcher Emile Chambord d'en construire un autre. Cela lui avait causé un choc d'apprendre que le savant travaillait avec les terroristes depuis le début, et qu'il était apparemment l'instigateur d'une mascarade très élaborée – et couronnée de succès – destinée à tromper non seulement les gouvernements, mais aussi sa fille. Pervertissant véritablement une grande réussite scientifique, il projetait de bâtir un autre ordinateur moléculaire afin de pouvoir s'en servir pour détruire Israël. Pourquoi ? Parce que sa mère était algérienne ? Parce qu'il était partie prenante de l'islam ? Jon se remémorait le rapport de Fred Klein : sa mère l'a élevé dans la religion musulmane, mais à l'âge adulte il n'a jamais témoigné beaucoup d'intérêt pour les questions religieuses. Il n'y avait apparemment aucune raison pour considérer cette information particulière comme essentielle, puisque Chambord n'avait jamais manifesté de tendances religieuses.

Tout en réfléchissant à cette histoire, Jon se souvint que Chambord avait été professeur invité au Caire, juste avant d'intégrer l'Institut Pasteur, et que l'épouse de Chambord était décédée peu de temps auparavant. Un renouement avec l'islam, plus la perte de son épouse bien-aimée, qui avait dû transformer son existence. Toutes ces dernières années, on avait pu constater de tels changements au plan des croyances chez d'autres individus, et d'autres cas se présenteraient. Une foi oubliée pouvait resurgir et reconquérir un être, surtout s'il était âgé et confronté à une tragédie personnelle.

Ensuite, il y avait le capitaine Darius Bonnard, issu d'un milieu similaire : marié à une Algérienne à l'époque où il était dans la Légion étrangère. Après sa nomination, il avait passé ses congés en Algérie, peut-être avec une première épouse dont il n'avait jamais divorcé. Une double vie ? Désormais, cela paraissait plus que possible. Et puis, il y avait son poste – dans la confidence des hauts gradés de l'OTAN et du commandement militaire français. Il faisait partie des invisibles – lui, l'aide de camp silencieux et efficace d'un général. Il avait beau accéder à bien plus d'informations que la plupart de ses congénères, il était rarement dans les feux de l'actualité, à l'inverse de son supérieur.

Les vies de Chambord et Bonnard revêtaient un sens nouveau, dès lors qu'on les observait à la lumière de cet aveu fracassant de Chambord : « Je ne suis pas avec eux... ce sont eux qui sont avec moi ! »

Le prototype du scientifique était détruit, mais pas son savoir. A moins que quelqu'un ne l'arrête, il allait en fabriquer un autre. Mais cela prendrait du temps. Smith se raccrocha à cette bribe d'espoir. Le temps de trouver Chambord et de l'arrêter. Mais d'abord, il lui fallait s'échapper. Il se remit à la tâche, pour essayer de distendre les liens qui l'entravaient.

Paris, France

Marty était réveillé, heureux d'avoir quitté sa tenue d'hôpital, et habillé de vêtements que Peter lui avait rapportés après son contact avec le MI6 – un pantalon informe en velours marron foncé, un col roulé en cachemire noir, en dépit de la chaleur qui régnait dans sa chambre d'hôpital, des chaussures de sport avec des bandes sur les côtés, et son éternel coupe-vent fauve. Il s'inspecta de la tête aux pieds et se déclara convenablement vêtu, pourvu qu'on ne l'emmène pas à un dîner solennel avec le Premier ministre.

Randi avait regagné sa chambre, elle aussi, et les trois amis ruminaient la question qui leur occupait l'esprit – comment retrouver Jon. Sans s'être véritablement concertés, ils avaient tout simplement décidé que leur ami était en vie. L'œil pétillant, Marty se porta volontaire pour renoncer à ses médicaments et se consacrer à la recherche d'une réponse à cette question.

Randi acquiesça.

« Bonne idée.

— Tu es sûr que tu en es capable ? l'interrogea Peter.

— Ne sois pas si balourd, Peter. » Marty prit un air offensé. « Est-ce qu'un mammouth a des défenses ? Est-ce qu'une équation algébrique doit nécessairement comporter un signe égal ? Mince alors.

— J'admets », fit Howell.

Le téléphone de la chambre sonna. Randi décrocha. C'était son patron à Langley, Doug Kennedy, sur la ligne de surface sécurisée et protégée par brouillage. Il n'était guère encourageant. Elle écouta, posa quelques questions précises et, dès qu'elle eut raccroché, leur rapporta ce qu'elle venait d'apprendre : leurs correspondants de terrain en Algérie leur indiquaient avoir constaté peu d'activité inhabituelle, de quelque nature que ce soit, sauf peut-être à Tunis, où une vedette rapide de contrebandiers clairement identifiée avait appareillé à peu près cinq heures après le tir du missile pour une destination non spécifiée, avec une dizaine d'hommes environ à son bord. Toutefois, l'un de ces hommes était apparemment un Européen ou un Américain. Il n'y avait pas de femmes parmi eux, ce qui excluait donc la présence d'Emile Chambord dans ce groupe, car il devait certainement voyager avec Thérèse. Il ne serait pas parti sans elle, ou c'était tout au moins l'opinion de Randi et Marty. Peter, lui, n'en était pas si sûr.

Marty faisait grise mine.

« Jamais un être comme Emile n'abandonnerait un enfant, tu es ridicule.

— Elle va sur ses quarante ans, releva sèchement Peter. Ce n'est pas une enfant.

— Pour Emile, si », rectifia Marty.

A l'heure qu'il était, il y avait peu de navires ou d'aéronefs américains croisant en Méditerranée orientale, le *Saratoga* ayant quitté sa position tout de suite après le lancement de son missile. Il avait coupé ses radars mer-air pour éviter toute détection et naviguait tous feux éteints, à pleine vapeur, vers le nord, histoire de mettre le maximum de distance entre la côte algérienne et lui – et de latitude pour démentir en bloc, avant que le tumulte et l'indignation ne se manifestent dans les pays arabes.

« A bord de cette vedette de contrebandiers, c'était peut-être Jon, supposa Randi. C'est ce type de bateau que le Croissant Armé a utilisé pour traverser la Méditerranée en direction de l'Algérie. D'un autre côté, il se peut que les terroristes aient eu des Américains dans leurs rangs.

— Bien sûr que c'était Jon, trancha Marty. Il ne saurait y avoir de doute.

— Nous allons attendre ce que mes gens vont nous dire, si vous voulez bien. »

Marty se tenait debout à la fenêtre, il observait la rue, en bas. Son esprit livrait une course contre la montre, filant à toute vitesse dans la stratosphère de son imagination, alors qu'il recherchait une solution pour retrouver Jon. Il ferma les yeux et soupira avec bonheur, des éclairs de couleurs vives éclataient devant sa rétine, et il se sentait plus léger que l'air. Il entrevoyait des formes, il entendait des sons, dans un kaléidoscope d'émotions et de sources d'excitation. Son moi libéré s'élevait vers les hauteurs magiques où la créativité et l'intelligence se rejoignaient, ainsi que des idées hors de portée du commun des mortels, qui attendaient de naître comme des embryons d'étoiles.

Lorsque le téléphone sonna, Marty sursauta et se renfrogna.

Peter se dirigea vers le combiné.

« C'est mon tour. »

Il ne se trompait pas. L'information lui fut transmise dans un accent londonien impeccable. Un sous-marin britannique, en plongée profonde, avait fait surface à moins de quinze kilomètres de la villa algérienne quelques instants après la déflagration. En fait, c'est l'onde de choc, se transmettant dans l'eau et captée par le sonar du sous-marin, qui avait amené cette manœuvre vers la surface. Avec son radar braqué sur la villa, il avait pu identifier un petit hélicoptère de reconnaissance Hughes quittant les lieux un quart d'heure environ après la frappe du missile. Cinq minutes plus tard, le sous-marin était reparti en plongée, par crainte de se faire repérer.

Entre-temps, sur la terre ferme, un informateur du MI6 qui passait dans les parages avait remarqué des camions quittant la zone, pour prendre la route de l'ouest, vers Tunis. L'informateur avait transmis la nouvelle à son contact dans l'espoir de percevoir une rémunération, ce qui fut fait, et grassement. Dans le métier du renseignement, il n'était pas rentable de se montrer avare. Enfin, le commandant d'un vol British Airways en route de Gibraltar à Rome avait observé un petit hélicoptère du même modèle volant d'Oran vers la côte espagnole dans une zone où ce commandant n'avait jamais vu le moindre hélicoptère. Par conséquent, il avait consigné l'événement dans son livre de bord. Une rapide vérification du MI6 avait révélé qu'aucun vol d'hélicoptère programmé, ou même autorisé, n'avait eu lieu depuis Oran ou aucun autre endroit situé à proximité cette nuit-là.

« Il est en vie, tonna Marty. Il n'y a plus de doute.

— Supposons que ce soit vrai, reconnut Peter. Mais il nous reste encore un problème, celui de le contacter, et quelle piste suivons-nous ? Celle de l'hélicoptère en vol non autorisé vers l'Espagne, ou celle de la vedette des contrebandiers au départ de Tunis qui transportait peut-être un Américain ?

— Les deux, trancha Randi. Ne laissons rien à l'écart. »

Sur ces entrefaites, Marty s'était de nouveau retiré avec volupté dans les champs fertiles de son esprit. Il sentait une idée se former. Une idée presque palpable, comme s'il avait pu la caresser du bout des doigts et la goûter du bout de la langue. Ses yeux s'ouvrirent d'un coup, et il fit les cent pas dans la pièce, se frottant les paumes, tout à son excitation. Et, tout aussi brusquement, il s'immobilisa en glissade contrôlée, entama une petite danse, son corps rondouillard soudain doté de toute l'agilité d'un lutin.

« La réponse se trouve sous nos yeux depuis le début. Un jour, il faudra que j'étudie la nature de la conscience. Un sujet vraiment fascinant. Je suis certain que cela pourrait m'apprendre une ou deux choses...

— Marty ! s'exclama Randi, exaspérée. C'est quoi, ton idée ? »

Il était rayonnant.

« Nous sommes vraiment des imbéciles. Nous allons procéder comme auparavant... placer un message sur le site Internet de la maladie d'Asperger : OASIS. Après ce malheureux gâchis d'Hadès, comment Jon aurait-il pu oublier que c'est déjà par ce moyen que nous sommes restés en contact ? Impossible qu'il ne s'en souvienne pas. Tout ce qu'il nous reste à faire, c'est de composer un message qui laissera tout le monde perplexe, sauf Jon. » Avec un rictus, son visage rougeaud se ferma, car il réfléchissait.

Peter et Randi attendirent. Cela ne fut pas long.

Marty exultait.

« J'ai trouvé ! "Lazare qui tousse : Babeth qui ruisselle de désir cherche compagnon à son goût. Doit avoir son lieu à lui. Impatient de faire rencontre, prêt à effectuer déplacement. Que voulez-vous faire ?" » Il guetta leur réaction d'un regard impatient.

Randi secoua la tête.

« Je ne comprends pas du tout ce que cela signifie.

— Je suis complètement perdu, moi aussi », confirma Peter, en évitant le regard de Marty.

Marty se frotta les mains de satisfaction.

« Si vous ne saisissez pas, personne d'autre ne pigera.

— C'est parfait, insista Randi, mais tu ferais quand même mieux de nous livrer le code.

— Juste un moment, je commence à comprendre. "Lazare qui tousse" doit se référer à "Smith", à cause des pastilles Smith pour la toux. Et "Lazare" c'est encore Jon, car nous espérons qu'il se soit relevé d'entre les morts, comme Lazare. »

Randi lâcha un gloussement.

« Okay, "Babeth qui ruisselle de désir", Babeth renvoie à la reine d'Angleterre, donc à Peter Howell, et ruisselle évoque Russell, Randi Russell. "Cherche compagnon à son goût", c'est facile. Un compagnon, c'est un copain, un ami, et nous cherchons notre ami Jon. "Doit avoir son lieu à lui" signifie que nous lui demandons où il est. "Impatient de faire connaissance, prêt à effectuer déplacement", c'est évident. Nous voulons le retrouver, et nous irons là où ce sera nécessaire. Mais je ne saisis pas tout à fait le "Que voulez-vous faire ?" ».

Marty haussa les sourcils.

« Ça, proclama-t-il, c'était la partie la plus facile. Je vous tenais en plus haute estime que ça. Il y a une réplique de cinéma célèbre que tout le monde connaît : "Que voulez-vous faire ce soir ?..."

— Bien sûr, renchérit Peter, reconnaissant la phrase en question. C'est dans le film *Marty*. "Que voulez-vous faire ce soir, Marty ?" Cela renvoie donc à toi, Marty. »

Marty se frotta de nouveau les mains.

« Bien, enfin nous y sommes. Donc mon message, une fois déchiffré, donne ceci : "Jon Smith : Randi et Peter te cherchent. Où es-tu ? Ils te retrouveront, où que tu sois." Et c'est signé Marty. Des questions ?

— Je n'oserais pas », ironisa Peter avec un signe négatif de la tête.

Ils se précipitèrent au rez-de-chaussée, dans le bureau de l'ami de Peter, Lochiel Cameron, propriétaire et chirurgien chef de l'hôpital. Le Dr Cameron écouta, quitta son fauteuil, et Marty prit possession de son bureau, où trônait l'ordinateur du docteur, dans l'angle. Les doigts de Marty survolèrent le clavier, et il ne tarda pas à trouver le site d'Asperger, à l'adresse www.aspergersyndrome.org, et saisit son message. Puis il se releva d'un bond et fit les cent pas derrière le fauteuil, les yeux fixés sur l'écran.

Le Dr Cameron lança un coup d'œil à Peter, comme pour lui demander s'il devait administrer à Marty une nouvelle dose de Mideral. Howell secoua la tête, sans quitter un instant Zellerbach du regard, en quête d'un signe indiquant que son ami dérivait dangereusement à la limite du détachement de toute réalité. Le temps passait, Marty continuait de déambuler, de plus en plus fébrile, agitant les bras de façon insensée, en marmonnant tout seul d'une voix de plus en plus timbrée, à mesure que les mots devenaient de plus en plus incohérents.

Peter adressa finalement un signe de tête à Cameron.

« D'accord, mon vieux, lâcha Peter. Il faut voir les choses en face. Tu as été inspiré, mais le moment est venu d'apaiser un peu tes terminaisons nerveuses.

— Quoi ? Marty se retourna et plissa les paupières.

— Peter a raison, plaida Randi. Le médecin a ton comprimé. Prends-le, Mart. Comme ça, tu seras en forme si la situation devait se tendre. »

Marty se rembrunit. Il les regarda tous deux de la tête aux pieds, avec dédain. Mais simultanément, son esprit ultrarapide perçut leur inquiétude. Il n'aimait pas ça, mais il savait que ce médicament lui ferait gagner du temps, quand il voudrait de nouveau se livrer à des calculs de haut vol.

« Oh, très bien, lâcha-t-il en bougonnant. Donnez-moi cette pilule épouvantable. »

Une heure plus tard, Marty était revenu s'asseoir en silence devant l'écran de l'ordinateur, que Peter et Randi surveillaient à ses côtés. Il n'y avait pas de réponse de Jon.

CHAPITRE TRENTE

Aalst, Belgique

C'EST aux environs de la vieille cité marchande d'Aalst que la branche du Brabant de la famille de La Porte possédait son manoir de campagne. Même si la ville avait connu la croissance d'une banlieue animée de Bruxelles, la propriété de la famille de La Porte avait conservé sa grandeur classique, la marque d'une époque depuis longtemps révolue. Le manoir s'appelait Hethuis, « Le Château », en l'honneur de l'héritage médiéval des lieux – et de la famille qui en était propriétaire. Aujourd'hui, la cour ceinte de murs était investie par les limousines et les berlines avec chauffeurs des chefs militaires de l'OTAN et des membres du Conseil de l'Europe, qui se réunissaient cette semaine à Bruxelles.

A l'intérieur du corps de bâtiment principal, le général et comte Roland de La Porte tenait sa cour. Comme son domaine de famille, La Porte paraissait imposant et magnifique, devant sa cheminée où l'on pouvait sans peine se tenir debout, dans son grand salon seigneurial. Autour de lui, des armes d'époque, des cottes de mailles armoriées et les toiles de grands maîtres hollandais et flamands – ils y figuraient tous, de Jan van Eyck à Peter Brueghel – accrochés aux sombres murs lambrissés.

Le commissaire européen, Enzo Ciccione, venait à peine d'arriver de Rome, et livrait son opinion en anglais.

« Ces problèmes de satellites des Américains sont effrayants, et ils ont amené plusieurs d'entre nous à reconsidérer leurs positions, général de La Porte. Peut-être sommes-nous réellement devenus trop dépendants des Etats-Unis et de leurs militaires. Après tout, par nature, l'OTAN et les Etats-Unis, c'est la même chose.

— Et pourtant, notre relation avec les Etats-Unis nous a été utile », répliqua La Porte en français, quand bien même il n'ignorait pas que Ciccione ne parlait pas cette langue. Il s'interrompit pour laisser à l'interprète, assis juste derrière le commissaire européen, le temps d'achever sa traduction simultanée. « Nous n'étions pas prêts à assumer notre propre destinée. A présent, toutefois, grâce aux opérations menées dans le cadre de l'OTAN, nous avons acquis une expérience militaire indispensable. La question n'est pas simplement de lancer un défi aux Américains, mais aussi de prendre la mesure de la croissance de notre puissance et de notre importance. Ce que les Américains, naturellement, nous ont pressés de faire.

— La force militaire se traduit aussi sur les marchés par un certain impact économique dans la compétition internationale », releva le commissaire Hans Brecht, qui parlait bien le français, mais choisissait de s'exprimer en anglais, par égard pour Ciccione. Brecht était originaire de Vienne. « Là encore, comme vous l'avez souligné, général, nous sommes déjà des concurrents des Etats-Unis sur le marché mondial. Il est fâcheux que nous soyons souvent contraints de ne pas aller au bout de nos convictions, en raison de considérations politiques et militaires.

— Votre point de vue est encourageant, admit La Porte. Il m'arrive quelquefois de redouter que nous autres, Européens, ayons perdu la volonté de grandeur qui a alimenté notre conquête du monde. Nous ne devons jamais oublier que non seulement les Etats-Unis sont notre création, mais que nous avons aussi créé toutes les autres nations de l'Occident. Hélas, elles se retrouvent désormais enfermées dans la sphère américaine. » Il lâcha un soupir et secoua sa tête majestueuse. « Il m'arrive, messieurs, de penser que nous allons, nous aussi, devenir la propriété des Américains. Des Etats vassaux. Dans mon esprit, la Grande-Bretagne l'est déjà. Qui sera le prochain ? Nous tous ? »

Les autres avaient écouté attentivement. Hormis les commissaires italien et autrichien, il y avait là aussi des membres belges et danois du Conseil de l'Europe, ainsi que les mêmes chefs militaires de l'OTAN qui s'étaient réunis à bord du *Charles-de-Gaulle*, quelques nuits plus tôt : le général espagnol Valentin Gonzalez, avec ses yeux prudents et sa casquette portée crânement, un peu penchée. Le général italien Ruggero Inzaghi, avec son regard dur et sa bouche à la mimique franche. Et le général allemand Otto Bittrich, le visage décharné et pensif. Le général anglais Arnold Moore était évidemment absent, et sa fin prématurée avait causé un grand émoi chez tous ces militaires. Ceux qui avaient fait de l'armée toute leur vie percevaient ces accidents comme une insulte : si un soldat n'avait pas la chance de mourir au combat, alors il devait au moins périr dans son lit, chez lui, avec toutes ses médailles et tous ses souvenirs.

Le général de La Porte acheva son discours, et l'ensemble de son auditoire se manifesta, chacun exprimant son approbation ou son désaccord.

Le général Bittrich était assis à l'écart, son visage osseux était pensif, comme d'habitude, mais son silence d'une extrême intensité. Il ne regardait personne d'autre que La Porte, et c'était pour cette raison qu'il avait choisi un fauteuil qui ne soit pas directement dans le champ de vision du comte. Sous son épaisse chevelure presque blanche, son visage rubicond était si concentré qu'il donnait l'impression de scruter au microscope un spécimen qu'il s'apprêtait à disséquer.

Mais La Porte ne remarqua rien. Il consacrait toute son attention vers les orateurs qu'il voyait les uns après les autres se rallier à sa vision – des Etats-Unis d'Europe ou, telle que l'Union européenne se nommait elle-même dans son propre langage, « l'Europe ». Une fois encore, il développa son argumentation.

« Nous pourrions débattre à l'infini, mais au bout du compte nous savons tous que l'Europe, de la Baltique à la Méditerranée, et de l'Atlantique, oui, à l'Oural, et si possible au-delà, doit prendre son avenir en charge. Nous devons posséder une armée indépendante et unie. Nous sommes l'Europe, nous devons être l'Europe ! »

Cet appel vibrant fit résonner l'immense salle, mais il ne trouva finalement que des oreilles prudentes et pragmatiques.

Le commissaire Ciccione releva le menton, comme si son col de chemise était trop serré.

« Dans quelques années, général de La Porte. Pas dans l'immédiat. L'Union européenne ne possède ni la richesse ni la volonté nécessaires pour franchir un si grand pas. En outre, c'est dangereux. Considérant les instabilités politiques auxquelles nous sommes confrontés... le bourbier des Balkans, ces agressions terroristes permanentes, partout, un Moyen-Orient constamment ébranlé, les problèmes touchant à nos divers accords de normalisation militaire au sein même de l'OTAN... nous ne pouvons pas nous permettre de courir un risque pareil. »

Il y eut un murmure d'approbation général, même s'il était clair que, parmi certains autres membres du conseil et chez tous les généraux, ce n'était pas sans regret que l'on renonçait à cette réflexion.

Les yeux clairs de La Porte s'enflammèrent à cette idée que sa proposition arrivait trop tôt.

« Et moi je dis que nous ne pouvons pas ne pas nous le permettre ! Nous devons prendre notre place, militairement, économiquement, et politiquement. Et l'heure est venue. Nous allons bientôt devoir voter. C'est une lourde responsabilité, de celles qui peuvent améliorer la vie de tous. Je sais que lorsque vous serez confrontés à ce moment de vérité, quand vous devrez voter, vous serez d'accord avec moi. Vous percevrez le destin de l'Europe non plus tel qu'il a été ces soixante dernières années, mais tel qu'il peut être. Tel qu'il doit être. »

Ciccione regarda tout autour de lui, croisant le regard des autres, jusqu'à finalement secouer la tête.

« Je crois pouvoir parler au nom de nous tous ici, quand j'affirme que rien n'est encore de nature à nous en convaincre, général. Je le regrette, mais la dure vérité, c'est que le continent n'est tout simplement pas prêt. »

Tous les regards se tournèrent vers le général Bittrich, qui n'avait pas cessé de scruter La Porte.

« A propos de cette récente attaque contre les satellites américains qui semble tant préoccuper les commissaires et notre général de La Porte, je crois que nous allons voir les Américains bien préparés à résister et à régler le sort de ceux qui se trouvent derrière cette agression. »

Un autre murmure d'approbation bruissa dans la salle, mais le général de La Porte se contenta de sourire.

« Peut-être, général Bittrich, peut-être », commenta-t-il, soudain plus modéré.

A cet instant, les yeux gris du Prussien se durcirent, deux pointes d'acier. Tandis que les autres sortaient de la salle pour passer dans la somptueuse salle à manger contiguë, Bittrich ne bougea pas.

Resté seul avec La Porte, il se leva et s'approcha du Français.

« Tragique événement, la mort du général Moore. »

La Porte opina solennellement du chef. Ses yeux étudièrent l'Allemand, sans ciller.

« Je me sens extrêmement coupable. Quelle perte. S'il n'avait pas participé à notre réunion à bord du *Charles-de-Gaulle*... Et il ponctua d'un haussement d'épaules fataliste.

— Ah, enfin. Oui. Mais qu'est-ce que Moore avait donc dit, juste avant que nous ne nous séparions ? Maintenant, je me rappelle. Il se demandait si vous saviez quelque chose que nous ignorions.

— Je crois en effet qu'il exprimait là une interrogation de cette nature, qui lui était passée par la tête. Comme je le lui ai dit, il se trompait tout à fait. » Et La Porte sourit.

« Naturellement. » Bittrich sourit à son tour, et tout en s'éloignant vers la salle à manger, avec une table chargée de plats de haute cuisine flamande, il murmura à son tour : « Peut-être. »

Le Massif de la Chartreuse, en France

Le chalet était moderne, avec une toiture très pentue et une façade à colombages qui se fondaient dans le majestueux panorama, au pied des sommets alpins coiffés par la neige. Nichée contre des sapins à l'odeur sucrée, la bâtisse était perchée sur un versant assez raide, en lisière de vastes champs et de prés, d'où l'on apercevait le fameux monastère des Chartreux. D'un côté de la maison, on jouissait d'une vue panoramique sur un paysage entièrement dégagé, en direction du sud, encore parsemé de plaques de neige et ponctué d'empreintes de chevreuils. Les premiers brins vert pâle d'une herbe printanière commençaient tout juste à se montrer. Au nord, l'épaisse forêt de sapins s'élevait à flanc de montagne, entourant le chalet.

Pour Thérèse, qui était enfermée dans une chambre au deuxième étage, tout cela était assez important. Elle leva les yeux vers les seules fenêtres, qui étaient placées en hauteur, tout en poussant dessous un vieux cadre de lit à l'ancienne. Malheureuse, en proie à l'indignation, elle tira un bureau vide jusqu'au lit et se démena pour le jucher dessus. Elle recula, les mains sur les hanches, et secoua la tête, découragée. Même avec ce bureau sur le lit, les fenêtres étaient encore hors d'atteinte. Elle approcha un fauteuil, une espèce de trône, jusqu'au lit, quand elle entendit que l'on déverrouillait la porte.

Son père entra avec un plateau et la regarda fixement, stupéfait, alors qu'elle se préparait, debout sur le lit, à hisser le fauteuil sur le bureau. Il posa le plateau sur une table basse et ferma la porte avant qu'elle ait pu redescendre.

Il secoua la tête.

« Cela ne te servira à rien, Thérèse. Cette maison est en bordure du versant, et ta chambre surplombe une pente très raide. Même si tu parvenais à sortir par ces fenêtres, tu tomberais d'une hauteur de plus de trois étages. Cela suffirait à te tuer. Et, quoi qu'il en soit, ces fenêtres sont fermées à clef. »

Thérèse lui lança un regard furieux, du haut de son perchoir.

« Très malin de ta part. Mais je vais quand même m'enfuir, et ensuite j'irai avertir la police. »

Le visage creusé de rides du scientifique trahissait sa tristesse.

« J'espérais que tu comprendrais. Que tu te fierais à moi et que tu nous rejoindrais dans cette croisade, mon enfant. Je comptais avoir le temps de t'expliquer tout ceci, mais ensuite ce Jon Smith s'est interposé et m'a forcé à me dévoiler. Attitude égoïste de ma part, je suppose, mais... » Il haussa les épaules. « Même si tu ne te joins pas à nous, je ne peux tout de même pas te laisser t'échapper. Je t'ai apporté de quoi manger. Tu ferais mieux de te nourrir. Nous allons bientôt repartir. »

Thérèse sauta sur le sol, furibonde.

« Me joindre à votre croisade ? Comment pourrais-je être avec toi ? Tu ne m'expliques même pas ce que tu es en train de fabriquer, en ce moment même. Tout ce que je vois, c'est que tu travailles avec des terroristes, des criminels qui prévoient de provoquer un massacre en utilisant ton ordinateur. Des meurtres ! Un massacre.

— Nous poursuivons un but qui est bon, mon enfant, continua tranquillement son père, et je ne suis pas avec ces terroristes criminels, comme tu les appelles. Comme je l'ai dit à ton ami, le colonel Smith, ce sont eux qui sont avec moi. Le capitaine Bonnard et moi avons un objectif très différent du leur.

— Quel objectif ? Dis-le-moi ! Si tu veux que je me fie à toi, il faut que tu me fasses confiance. »

Il se rendit à la porte, se retourna, et parut radiographier sa fille de ses yeux vifs et aigus.

« Plus tard, peut-être, quand tout sera terminé, une fois que nous aurons transformé le futur. Alors tu verras, tu comprendras, et tu applaudiras. Mais pas maintenant. Tu n'es pas prête. Je me suis trompé. »

Il ouvrit la porte, sortit rapidement, et la referma à clef derrière lui.

Thérèse poussa un juron et retourna à son lit. Elle grimpa sur le bureau, puis sur le fauteuil. La pyramide vacilla, et elle s'appuya au mur. Elle se retint de respirer, attendant que l'empilement de meubles sous ses pieds retrouve un peu plus de stabilité. Enfin, elle prit son courage à deux mains et se redressa. Gagné. Sa tête arriva à hauteur des fenêtres.

Elle regarda au-dehors et vers le bas – elle en eut le souffle coupé. Il avait dit la vérité : le sol était trop en contrebas, et ensuite c'était la pente, l'à-pic. Elle découvrit brièvement la vue, cette vaste étendue de prés, et soupira. Elle tira sur le premier châssis de fenêtre, mais il était fermement fixé, avec de petits cadenas attachés à des loquets. Elle parviendrait peut-être à forcer ces cadenas, mais même si elle y arrivait, et si elle réussissait à ouvrir, c'était trop haut. Elle ne pouvait s'enfuir par là.

Elle considéra avec envie la beauté du paysage. Au loin, elle pouvait apercevoir le monastère de la Chartreuse du XIe siècle, magnifique point de repère dans tout ce paysage si vert, tellement attirant. Quelque part à proximité, avait-elle entendu dire, il y avait Grenoble. Tout cela l'amenait à se sentir comme un oiseau en cage, auquel on aurait coupé les ailes

Mais elle n'était pas un oiseau. Elle était une femme pragmatique. Elle aurait besoin de toutes ses forces pour empêcher son père de mener ses projets à bien. Qui plus est, elle avait faim. Prudemment, elle redescendit du lit, sauta sur le sol, et porta le plateau jusqu'à l'autre vieux fauteuil, aussi majestueux qu'un trône, avec son bois sculpté et la tapisserie de son capitonnage. Elle avala un bol d'une espèce de civet de lapin paysan assez lourd, agrémenté de choux, de patates et de lard. Elle trempa des tranches d'un pain de campagne à la mie très dense dans la sauce du ragoût et fit passer le tout avec une carafe de vin rouge. C'était un vin agréable et léger, un beaujolais, à en juger par le bouquet.

Ce ne fut qu'après avoir terminé son plat et vidé son dernier verre qu'elle se sentit subitement envahie de tristesse. Que faisait son père ? Les terroristes avaient clairement l'intention d'attaquer Israël, d'une manière ou d'une autre, au moyen de l'ordinateur ADN. Mais pourquoi s'était-il impliqué là-dedans ? Sa mère était musulmane, mais il n'avait jamais été religieux, ne s'était même jamais rendu en visite à Alger. A sa connaissance, il détestait les terroristes, et n'avait rien contre les Juifs ou Israël. Il était un scientifique, au nom du ciel. Il avait toujours été un savant. Le raisonnement, la logique pure et la pensée claire et distincte avaient constitué toute sa vie. Dans son monde, il n'y avait pas de place pour les barrières sociales ou raciales, les distinctions religieuses ou ethniques. Il n'y avait que la vérité et la dureté des faits.

Mais alors ? Qu'était-il arrivé, et quel était cet avenir formidable qu'il entrevoyait pour la France ? Elle tâchait encore de démêler cette question quand elle entendit le bruit d'un moteur. Le capitaine Bonnard et cet individu sinistre qu'ils appelaient Mauritania étaient partis en camionnette. Peut-être étaient-ils de retour, à présent. Thérèse ne savait pas où ils étaient partis ni pourquoi, mais quand ils referaient leur apparition, c'est que le moment serait venu de s'en aller. Du moins c'était ce que son père lui avait expliqué.

Quelques instants plus tard, la clef tourna de nouveau dans la serrure, et le capitaine Bonnard entra. Il était vêtu en uniforme, dans sa tenue d'état-major de la Légion étrangère, avec ses rubans, ses insignes de régiment et ses barrettes. Son visage carré était sombre, le menton ferme et haut, le regard clair, et ses cheveux blonds taillés court dissimulés sous sa casquette. Il tenait en main son arme de service.

« C'est lui qui m'envoie, mademoiselle, car moi je n'hésiterais pas à tirer, alors qu'il en serait incapable. Comprenez-vous ? Evidemment, je ne tirerai pas pour tuer, mais je suis un tireur d'élite, et vous pouvez aisément croire que je ne vous laisserai pas vous échapper, n'est-ce pas ?

— Vous me faites l'effet d'un homme qui serait heureux d'abattre une femme, capitaine. Ou un enfant, en l'occurrence. La Légion est connue pour de tels actes, n'est-ce pas ? » répliqua-t-elle, moqueuse.

Le regard de Bonnard se fit plus impénétrable, mais il ne répondit rien. A la place, avec son pistolet, il lui fit signe de sortir de la chambre, en le précédant. Ils descendirent par l'escalier jusqu'au salon à poutres apparentes du chalet, où Mauritania était penché au-dessus d'une carte déployée sur une grande table dans le coin de la pièce. Le père de Thérèse se tenait debout à côté du terroriste, il étudiait cette carte lui aussi. Son visage affichait une expression étrange, qu'elle ne parvenait pas à déchiffrer, ainsi qu'une excitation contenue qu'elle ne lui avait jamais vue, même quand il avait enregistré un progrès décisif dans ses recherches.

Mauritania poursuivit. « Montrez-moi, s'il vous plaît, où se trouve votre autre repaire. Je vais m'organiser afin que certains de mes hommes nous y retrouvent. »

Bonnard attira le regard de Thérèse et lui désigna un fauteuil, à l'écart de Chambord et Mauritania.

« Asseyez-vous, lui ordonna-t-il. Et restez là. »

Thérèse s'assit dans ce fauteuil, mal à l'aise, perplexe, tandis que Bonnard s'approchait des deux hommes. Elle regarda son père sortir le même pistolet que celui qu'elle avait vu à la villa. Elle eut la surprise de le voir le braquer sur Mauritania, d'un geste vif.

Son visage et sa voix étaient aussi durs que le granit.

« Vous n'aurez pas besoin de cette information, Mauritania. Nous savons où cela se situe. Venez. Maintenant, nous partons. »

Mauritania n'avait pas relevé les yeux.

« Nous ne pouvons pas partir, professeur. Abu Auda et mes autres hommes ne sont pas encore là. Il n'y a pas assez de place pour nous tous à bord du Bell, donc nous allons devoir utiliser également l'autre hélicoptère.

— Cela ne sera pas nécessaire, fit Chambord. Nous n'allons pas les attendre. »

Mauritania releva lentement les yeux, quittant du regard le point de la carte sur lequel il s'était penché pour l'étudier. Il se redressa et se retourna. Quand il avisa le pistolet dans la main de Chambord, il s'immobilisa tout à fait. Il regarda le capitaine Bonnard, dont le pistolet était également pointé sur lui.

« Et alors ? » Mauritania haussa imperceptiblement les sourcils, trahissant sa légère surprise face au geste des deux Français.

« Vous êtes un homme intelligent, Mauritania. Ne tentez rien que vous seriez susceptible de regretter.

— Je ne tente jamais rien que je serais amené à regretter, professeur. Puis-je vous demander ce que vous pensez faire ?

— Me dispenser de vos services. Vous avez été utile. Nous vous remercions de tout votre excellent travail, mais à partir de cet instant, vos gens et vous allez compliquer la situation. »

Mauritania parut réfléchir à la question.

« J'en déduis que vous avez un plan différent. Un plan que nous n'allons guère apprécier, je suppose.

— Au stade final, vous y adhérerez. En fait, vos camarades, au sein d'autres groupes, seront enthousiastes. Mais vous, comme vous l'avez fréquemment souligné, vous êtes de vrais guérilleros, pas seulement des terroristes. Vous poursuivez des buts politiques concrets, et c'est pourquoi nous allons devoir nous passer de vous. Pour être plus exact, nous passer de vos hommes. Quant à vous, vous allez continuer à nos côtés, mais seulement en qualité d'"invité". Par la suite, vous nous serez d'une certaine aide.

— J'en doute. » L'attitude de façade de Mauritania, toute d'onctuosité, se fendilla. « Et qui va piloter l'hélicoptère ? Mon pilote ne fera rien sans mon ordre.

— Naturellement. Nous nous y attendions. » Emile Chambord lança un coup d'œil au capitaine français. « Bonnard, emmenez Thérèse avec vous. »

Bonnard empoigna la fille de Chambord par le bras, la forçant à se lever, et la conduisit vers la porte en lui plantant le canon de son arme dans le flanc.

De ses yeux clairs, Mauritania suivit leur sortie. Une fois la porte refermée, il releva les yeux vers Chambord.

Le savant hocha la tête.

« Oui, le capitaine Bonnard est un pilote d'hélicoptère expérimenté. C'est lui qui va nous piloter. »

Mauritania n'ajouta rien, mais quand deux coups de feu retentirent successivement, en provenance de l'extérieur, il tressaillit.

Chambord n'eut absolument aucune réaction.

« Après vous, Mauritania. »

Il fit avancer le terroriste jusqu'à l'entrée du chalet, le força à franchir la porte, à sortir dans le soleil brumeux de la montagne, jusqu'à une clairière au milieu des sapins, où l'hélicoptère de reconnaissance Hughes était stationné. Gisant par terre à côté de l'appareil, il y avait le corps du pilote saoudien, Mohammed, deux trous de projectiles à la poitrine, et du sang sur ses vêtements. Debout à côté de lui, Bonnard gardait son arme pointée sur Thérèse. L'air anéanti, la main sur la bouche, on eût dit qu'elle allait vomir.

Chambord l'observa, en quête d'un signe lui laissant entendre qu'elle comprenait enfin tout le sérieux de son projet. Satisfait, il hocha pensivement la tête, et se tourna vers Bonnard.

« L'hélicoptère a été révisé ? Le plein est fait ?

— Il venait de le terminer.

— Bon. Nous allons nous mettre en route. » Il eut un sourire, une expression songeuse. « D'ici demain, nous aurons changé le cours de l'histoire. »

Bonnard grimpa le premier, suivi par un Mauritania stoïque et par une Thérèse au visage blême. Chambord embarqua le dernier. Tandis qu'ils bouclaient leurs ceintures, le rotor gémit, les pales se mirent à tourner, et le scientifique scruta une dernière fois le ciel. Quelques instants plus tard, l'hélicoptère décollait.

CHAPITRE TRENTE ET UN

Quelque part dans le ciel, au-dessus de l'Europe

L A clef, c'était ses mains. S'échapper sans avoir les mains libres ne serait possible que dans des circonstances exceptionnelles, si la situation était franchement désespérée. Pour mettre toutes les chances de son côté, il était indispensable d'avoir les mains libres. Aussi, quand les terroristes les lui avaient liées dans le dos, à bord du camion sur la route de Tunis, Smith les avait placées côte à côte, aussi bien alignées que possible. Dans leur hâte à quitter la villa, les fanatiques ne lui avaient pas replacé les poignets et, même s'ils l'avaient étroitement ligoté, sa ruse avait partiellement réussi. Depuis lors, il avait tordu ses bras et ses mains en tous sens, les écartant et les resserrant autour de la corde, sans relâche. Pourtant, il n'avait pas obtenu suffisamment de mou. Et le temps pressait.

Le bandeau sur les yeux, c'était un autre handicap. Alors qu'il mesurait ces difficultés, il se sentit pris d'un haut-le-cœur. Le Sikorsky perdait de l'altitude, bascula dans un large virage, se dirigeant apparemment vers son lieu d'atterrissage. Il lui restait peu de temps. En les attaquant par surprise, il pourrait déstabiliser le Sikorsky, assez pour le précipiter au sol et qu'il s'écrase. Après tout, avec ses sièges anticrash, son système d'alimentation en carburant également résistant à l'impact, et un dispositif d'auto-obturation, l'appareil était conçu pour absorber les vitesses d'impact d'une collision avec le sol. Toutefois, en ce qui le concernait, les chances d'en réchapper se situeraient à un cheveu au-dessus de zéro. Et puis, pour faire s'écraser l'hélicoptère, il avait besoin de ses mains libres.

S'il parvenait à se libérer, et s'il attendait juste avant l'atterrissage pour passer à l'attaque, l'hélicoptère serait bas au-dessus du sol. Il pourrait survivre, sans blessures incapacitantes, et serait en mesure de s'enfuir en profitant de la confusion générale. C'était risqué, mais il ne voyait pas d'autre option.

Alors que le Sikorsky poursuivait sa descente, il continua de s'échiner sur ses liens, mais ses nœuds ne cédaient plus rien. Subitement, à l'avant de l'hélicoptère, Abu Auda, très en colère, prononça quelques mots en arabe. Les autres le rejoignirent, et le ton monta. Jon calcula qu'il devait y avoir une dizaine d'autres terroristes à bord. Assez vite, apparemment, tout le monde dans l'appareil prenait part à la discussion et défendait son point de vue sur quelque chose qu'ils apercevaient au sol. Effarés, ils se consultaient en plusieurs langues.

« Qu'est-ce qui ne va pas ? » demanda l'une des voix.

A moitié couvert par le bruit des pales, Abu Auda hurla la mauvaise nouvelle en français, avec ici ou là un mot en anglais pour ceux qui ne comprenaient pas cette langue.

« Mauritania et les autres ne nous attendent pas au chalet comme prévu. Il ne répond pas non plus à la radio. Il y a une camionnette vide près du chalet, mais l'hélicoptère de reconnaissance a disparu. Oui, il y a quelqu'un d'étendu dans la clairière. » Il s'interrompit.

Jon sentit la tension gagner tout l'appareil, qui poursuivait sa descente en spirale, dans un concert de vibrations.

« Qui est-ce ? lança quelqu'un.

— Je le vois dans mes jumelles, leur répondit Abu Auda. C'est Mohammed. Il a du sang sur la poitrine. » Il hésita. « Il a l'air mort. »

Il y eut une explosion de fureur, en arabe, en français, et dans quelques autres langues. Abu Auda hurla à son tour, tâchant de conserver son ascendant sur ses hommes, et Smith écouta avec attention. Manifestement, Abu Auda s'était attendu à retrouver non seulement Mauritania, mais le professeur Chambord, le capitaine Bonnard et Thérèse Chambord. Le chalet était donc l'endroit où Abu Auda était censé les retrouver, l'endroit où il était prévu que Chambord fabrique un autre ordinateur ADN.

Une autre voix s'emporta.

« Tu vois ce qu'on gagne, à faire confiance aux infidèles, Fulani ?

— Nous avions conseillé à Mauritania de ne pas travailler avec eux ! » Abu Auda eut un rire railleur, de sa puissante voix de basse.

« Tu t'es fié à leur argent, Abdullah. Notre projet est un grand projet, et c'est pour ça qu'il nous fallait la machine du Français.

— Et maintenant, qu'est-ce qui nous reste ? Rien !

— Tu crois que c'est un piège, Abu Auda ? s'enquit une voix plus âgée.

— Je ne sais pas ce que c'est, bon sang. Prenez vos armes. Tenez-vous prêts à sauter dès que nous toucherons le sol. »

Jon n'arrivait pas à bout de ses liens, qui lui entravaient toujours les poignets. Mais c'était peut-être sa chance de s'évader, qui valait mieux que de courir le risque de mourir en s'écrasant avec l'appareil. Dès qu'il aurait atterri, Abu Auda et ses hommes seraient bien trop affairés pour s'occuper de lui. Vu de face, Jon semblait immobile. Seuls les tressaillements des muscles de ses épaules laissaient soupçonner l'activité frénétique de ses mains et de ses poignets, dans son dos, qui continuaient de lutter désespérément avec ces cordes.

L'hélicoptère fut parcouru d'un frémissement et demeura stationnaire, en l'air, avec un léger mouvement de balancier latéral. Jon n'arrêtait pas de tirer sur ses liens. Sa peau le brûlait, sous l'effet du frottement, mais il ignora la douleur. L'hélicoptère s'engagea dans une lente descente verticale, en ligne droite. Brusquement, tout l'appareil se coucha violemment sur le côté. Jon perdit l'équilibre et son épaule alla brutalement heurter le siège. Un objet anguleux lui pénétra dans la peau du dos. Il entendit des hurlements et les premiers terroristes sautèrent à terre. D'autres suivirent, l'hélicoptère retrouva son équilibre et toucha terre en toute sécurité.

Les rotors ralentirent, Jon chercha aussitôt cette protubérance anguleuse contre la paroi de la cabine. Il s'y frotta le dos, jusqu'à ce qu'il ressente à nouveau cette même douleur, et une tache tiède de sang qu'il sentit dans son dos lui confirma qu'il venait de tomber juste. Toujours couché sur le flanc, il vint se caler contre la paroi en se tortillant, cherchant jusqu'à ce que ses mains localisent la tache sanglante. Il tâtonna avec précaution. Le capitonnage de la cloison bâillait, et une pièce de métal acérée, une partie de l'armature de l'appareil, faisait saillie à hauteur de la fente béante, et se dénudait dès que l'on appuyait contre la fente du capitonnage. Encouragé, il frotta les cordes contre le métal. Alors que les turbines ralentissaient, un silence étrange s'instaura à l'intérieur de l'appareil, et il sentit que la corde commençait à s'effilocher.

Il frotta de plus belle contre le métal acéré, jusqu'à ce que le chanvre se sectionne subitement en deux. Il sentit du sang lui couler sur les mains, à l'endroit où il s'était entaillé la peau. Il défit la corde de ses poignets et resta allongé, silencieux, tendant l'oreille à s'en faire mal aux tympans. Combien restait-il de terroristes à bord ? Ils s'étaient rués dehors avec une telle impatience qu'ils avaient dû sauter avant même que l'hélicoptère n'ait vraiment atterri.

A l'extérieur, d'autres hurlements, d'autres jurons éclatèrent.

« Déployez-vous, ordonna Abu Auda. Cherchez-les. Cherchez partout !

— Voilà une carte de France ! beugla quelqu'un. Je l'ai trouvée dans le chalet ! »

On brailla d'autres informations, d'autres jurons. Et le tohu-bohu s'éloigna.

Jon s'efforça d'entendre si quelqu'un respirait à l'intérieur de la cabine, il était en quête du mouvement le plus infime qui soit. Rien. Il respira profondément pour maîtriser ses nerfs, arracha son bandeau, et se laissa tomber sur le sol entre les sièges. Il jeta un œil autour de lui. Vers l'avant, il ne vit personne. En se contorsionnant, il jeta un œil derrière lui et tout autour. Là encore, personne. Toujours étendu sur le plancher de l'appareil, il arracha son bâillon et fouilla partout, à la recherche d'un fusil d'assaut, d'un pistolet, d'un couteau que quelqu'un aurait pu laisser tomber. N'importe quoi. Le stylet qu'il s'était fixé à la cheville par une attache Velcro lui avait été retiré dès l'instant de sa capture.

Mais là encore, il ne trouva rien. Il rampa vers l'avant, jusqu'aux sièges du pilote et du copilote. C'est là qu'il repéra un pistolet d'aspect massif et disgracieux, rangé dans un logement juste à côté du siège du pilote. Un pistolet de détresse.

Prudemment, il se leva et risqua un œil par les hublots. Ils avaient atterri sur un champ pentu, en lisière d'une épaisse forêt de sapins, à proximité d'un chalet à colombages au toit pointu. Ce chalet était haut et étroit, ce qui le rendait moins visible depuis le ciel et sur deux côtés. Les sapins se massaient tout près de la bâtisse et s'étageaient dans la pente, en direction d'un petit sommet, sur l'arrière. Plus loin, on apercevait les pics enneigés. Quelqu'un avait parlé de la France. Les Alpes ?

Deux des terroristes, leur arme en bandoulière, étaient en train de relever le corps du pilote de Mauritania. Deux autres fouillaient plus bas, tandis que, beaucoup plus en amont, Abu Auda et deux autres de ses soldats saoudiens scrutaient au loin, depuis une terrasse située au deuxième étage.

Mais c'était la forêt sans limites qui attirait l'attention de Jon. S'il pouvait se faufiler hors de l'hélicoptère et se glisser au milieu des sapins, il triplerait ses chances d'évasion. Il fallait qu'il agisse tout de suite, pendant que les terroristes étaient occupés ailleurs. A chaque seconde, le danger augmentait de voir Abu Auda et ses sbires renoncer à leurs recherches, se regrouper et se souvenir de sa présence.

Tapi au sol, il se précipita vers la porte du copilote, du côté opposé au chalet. Oubliant ses blessures, il se laissa filer par-dessus bord et, en se retenant à la jambe du train d'atterrissage, il serpenta jusqu'au sol comme un reptile. Couché à plat ventre au-dessous de l'appareil, il surveilla les terroristes, qui s'affairaient, toujours en colère. Rassuré, le pistolet de détresse en main, il rampa sur les avant-bras, en direction de l'herbe brunie qui bordait la forêt de sapins. Les fleurs de printemps commençaient de se montrer au milieu des brins d'herbe. L'odeur fraîche du sol montagneux humide montait à ses narines. L'espace d'un instant, grisé par cet air de liberté, il sentit la tête lui tourner. Mais il n'osa pas s'arrêter.

Continuant de ramper à vive allure, il atteignit la lisière des arbres et se glissa dans l'épaisse forêt assombrie par le crépuscule, où les sapins étouffaient tous les bruits. Il respirait fort. Des gouttes de sueur lui émaillaient le visage. Mais il s'était rarement senti mieux. Il resta tapi derrière un tronc d'arbre et observa les terroristes qui allaient et venaient dans la clairière et autour du chalet. Ils n'avaient pas encore découvert sa disparition. Avec un sourire froid, il se releva d'un bond et partit à grandes enjambées.

Dès qu'il entendit du bruit devant lui, il se jeta de côté, derrière un arbre, et se plaqua au sol. Le regard fixe, scrutant les ombres entrelacées de la forêt, il avait le cœur battant. Quand il vit une tête émerger derrière un sapin, son cœur se mit à battre encore plus vite. La tête était coiffée d'un puggaree afghan avec sa longue traîne, et le reste. Smith avait donc failli tomber en plein sur un Afghan armé, qui fouillait encore les bois en quête d'un signe de Chambord, Mauritania et les autres.

L'homme se retourna lentement, son œil noir s'attardant sur les ombres. Avait-il entendu Jon ? Apparemment oui, car il releva son vieux M16A1 américain et le pointa dans sa direction. Smith retint son souffle, agrippant fermement le pistolet de détresse. Il ne voulait surtout pas tirer. Si la fusée atteignait l'Afghan, il allait crier comme un perdu. S'il le ratait, la fusée allait tout enflammer, tout illuminer, plus brillamment qu'une chandelle romaine.

Observant un silence total, il suivit attentivement du regard l'Afghan qui s'approchait pas à pas de l'endroit où il était allongé. Le terroriste aurait dû appeler du renfort, ce qu'il n'avait pas fait. Peut-être n'était-il pas certain de ce qu'il avait entendu, ni même d'avoir entendu quoi que ce soit. A en juger par les mimiques qui animaient le visage de l'homme, on eût dit qu'il cherchait à se convaincre tout seul qu'il n'avait aucune raison de s'alarmer. Il n'avait rien entendu. Un lièvre. Le vent. Il reprit contenance, et baissa la garde. Maintenant que ses soupçons étaient dissipés, il s'approchait très vite. Le temps qu'il arrive à la hauteur de l'endroit où se cachait Jon, il avançait déjà à grands pas.

Smith se leva et fut sur lui avant que le type n'ait pu réagir. Instantanément, il abattit son lourd pistolet de détresse, qui mit l'autre à genoux. Il lui plaqua la main sur la bouche et lui assena un coup sur la tête avec l'arme. Du sang jaillit. L'homme se débattit, mais le coup initial l'avait manifestement assommé, le laissant groggy. Il le frappa de nouveau, et l'extrémiste s'écroula mollement dans l'édredon d'épines et de mousse. Le souffle court, Jon baissa les yeux. Ses poumons le brûlaient, il avait la cage thoracique comprimée. Il arracha le M16 et trouva la dague à lame courbe de l'homme.

Il tâta le pouls du terroriste. Il était mort. Il lui retira ses chargeurs de fusil, tourna les talons et se fondit à nouveau dans la forêt. Il avala la pente au trot, la tête envahie de toutes sortes de pensées. Il essaya de comprendre ce qui s'était produit ici avant l'arrivée de leur hélicoptère. Pourquoi le pilote saoudien avait-il été assassiné ? D'après les propos d'Abu Auda, Chambord, Thérèse, Bonnard et Mauritania s'étaient trouvés dans ce chalet. Où étaient-ils partis ?

Les mots de Chambord lui revenaient en écho : *Je ne suis pas avec eux, colonel Smith, ce sont eux qui sont avec moi.* Ces mots se répétaient avec insistance, suscitant en lui toutes sortes d'hypothèses. La mosaïque des pièces disparates de ce qu'il avait appris depuis lundi commençait de s'organiser dans ses réflexions, venant finalement y ajouter une question supplémentaire : pourquoi Chambord et Bonnard n'avaient-ils pas attendu ? Après tout, le Croissant Armé était censé travailler pour son compte.

Chambord ne faisait pas partie du Croissant Armé. Il avait insisté là-dessus, c'était eux qui étaient avec lui.

Tout en courant, Jon continuait de réfléchir à tout cela, s'efforçant de suivre le fil de ses idées jusqu'au bout. Et puis, comme un brouillard qui s'éclaircit, cet embrouillamini finissait par prendre sens : tout comme la Flamme Noire avait tenu lieu de façade au Croissant Armé, le Croissant Armé tenait lieu de façade à Chambord et au capitaine Bonnard.

Il pouvait se tromper, mais il ne le pensait pas. Plus il y songeait, plus cela cadrait. Il fallait qu'il joigne Fred Klein, qu'il l'avertisse dès que possible. Klein et la moitié de l'univers du renseignement recherchaient des criminels, mais ce n'étaient pas les bons. Klein devait en être informé, et il fallait que Jon découvre où Chambord et Bonnard étaient partis, et quel acte dévastateur ils projetaient d'accomplir.

*

Le premier signe des nouveaux soucis de Jon, ce fut une rafale de balles explosives tirée depuis l'hélicoptère S-70A. Elle lacéra la cime des arbres quand il traversa la petite clairière. Il y eut une pluie d'aiguilles de pins, l'hélicoptère prit de la gîte, grimpa, vira et revint effectuer une seconde passe. A ce moment-là, Jon n'était plus à découvert, l'hélicoptère passa au-dessus de sa tête dans un grondement et s'enfonça vers l'à-pic. C'était une ruse, il le comprit tout de suite. Dès leur premier passage, ils l'avaient repéré, et ils allaient atterrir dans une autre clairière plus bas, en aval. Après quoi, les terroristes allaient se déployer à pied, et l'attendre. S'ils étaient suffisamment nombreux pour couvrir un large terrain, ils pouvaient espérer voir Jon se diriger vers eux.

Il avait passé les deux dernières heures à se frayer un chemin pour effectuer un grand détour vers l'amont. Quand il ne voyait aucun signe des forces du Croissant Armé, il se sentait suffisamment en sécurité pour repartir vers l'aval, où il aurait davantage de chances de tomber sur une route. Il supposa qu'il se trouvait dans le Sud-Est de la France. S'il avait raison, il pouvait être n'importe où entre Mulhouse et Grenoble. Chaque heure passée hors de tout contact avec la civilisation accentuait l'urgence de la situation. Comme il avait besoin d'avoir accès à un téléphone, il avait pris trop tôt le risque de changer de direction. Il ne s'était pas assez éloigné du chalet, et du coup ils l'avaient repéré depuis le Sikorsky.

Il fallait qu'il cesse de jouer leur jeu. Il fit demi-tour, mais ne prit pas franchement la direction de l'amont. A la place, il obliqua dans la pente, vers le chalet, espérant prendre Abu Auda par surprise. La bâtisse devait se situer à proximité d'une route quelconque. Soudain, le croassement d'un vol de corbeaux prenant son envol du faîte des sapins, tout près de là, fut le premier indice lui annonçant qu'il venait de commettre une nouvelle erreur. Le deuxième signe, ce fut un animal effarouché qui détala, affolé, à une centaine de mètres sur sa gauche.

Il avait sous-estimé Abu Auda. Une force terrestre avait suivi le sillage de l'hélicoptère, au cas où Jon aurait justement choisi l'option qu'il avait prise. Il plongea dans les crevasses d'un rocher qui affleurait sur sa droite, d'où il pouvait surveiller toute la forêt qui s'étendait devant lui. Combien de terroristes Abu Auda avait-il assignés à cette force de suivi au sol ? Au total, il disposait de douze hommes, à moins que de nouveaux renforts ne soient arrivés. Très haut au-dessus de sa tête, la cime des sapins gémissait dans le vent. Quelque part au loin, des abeilles bourdonnaient et des oiseaux chantaient. Mais par ici, pas un chant d'oiseau. Les bois eux-mêmes baignaient dans un silence étrange, une attente angoissante. Ce ne serait pas long.

Ensuite, les ombres au pied des sapins imposants semblèrent parcourues de vibrations, ondoyer comme de légères nappes de brume. De cette brume, comme flottant sur les ombres, émergea un autre Afghan. Cette fois, il n'était pas seul. Un autre terroriste se matérialisa à une cinquantaine de mètres sur la droite de Jon et vingt mètres plus bas dans la pente. Un troisième se trouvait à égale distance, de l'autre côté.

Jon n'en vit pas d'autres. Il sourit, d'un sourire neutre. Ils n'avaient pas reçu de renforts.

Trois contre un – et combien de plus, descendus de l'hélicoptère, et qui devaient être en train de remonter la pente derrière ceux-là ? Probablement six ou sept. Mais s'il agissait vite, ceux-là compteraient pour rien. Cette fois, Abu Auda avait mal calculé. Il ne s'était pas attendu à ce que Jon revienne sur ses pas en fermant à ce point l'angle, ce qui l'avait amené au contact de ces trois hommes d'arrière-garde bien plus tôt que dans leurs anticipations. A trois contre un, mais il était armé d'un M16 et caché sous le couvert des arbres, donc ce n'était pas injouable.

Il vit le premier terroriste qui repérait le rocher affleurant faire signe à ses compagnons de tourner autour, pendant qu'il vérifiait. Smith se figurait qu'ils devaient le savoir armé d'un M16, à présent. Comme Abu Auda était un chef solide, un tacticien, il aurait compté ses hommes avant de quitter le chalet. Autrement dit, il aura découvert qu'un de ses spadassins était porté manquant. Et s'ils découvraient le corps, Abu Auda aurait également la certitude que ce M16 avait disparu.

Jon risqua prudemment un coup d'œil. Le terroriste de tête avançait droit sur le rocher. Le principal souci de Smith, c'était de mesurer combien de temps il lui faudrait pour les mettre tous hors de combat, ou tout au moins pour les user à la tâche, de sorte qu'il puisse filer avant qu'ils ne s'aperçoivent de sa disparition. Mais le premier coup de feu allait rameuter les autres au pas de course. Selon toute probabilité, quelqu'un allait aussi alerter le groupe de l'hélicoptère.

Il attendit que les deux autres se présentent dans l'alignement des rochers, un de chaque côté. A ce moment-là, l'homme de tête se trouvait à moins de six ou sept mètres de lui. C'était le moment. A bout de nerfs, Jon

se leva, lâcha une brève rafale de trois balles – deux dans le premier terroriste et, après une rotation rapide de son arme, une dans l'homme qui s'approchait par l'est. Il fit pivoter de nouveau son arme et lâcha deux autres
projectiles sur l'autre, qui arrivait par l'ouest. Puis il s'enfuit en courant.

Il avait atteint le premier en plein torse. Il ne se relèverait plus. Les
deux autres étaient au tapis, eux aussi, mais il n'était pas certain de les
avoir gravement atteints. Tout en courant, il guetta d'éventuels signaux.
Il entendit un cri lointain – et rien d'autre. Pas de bruits de course, pas
de bruissement dans les broussailles, pas de craquement dans les basses
branches. Non, pas un seul de ces bruits de poursuite.

Prudemment, cherchant à se mettre à couvert dès que possible, il
poursuivit sa course, en obliquant vers l'aval, jusqu'à ce qu'il entende à
nouveau l'hélicoptère. Aussitôt, il se tapit sous un grand sapin. Il leva le
nez en l'air, scruta le ciel par les petits interstices, entre les aiguilles
scintillantes de lumière. L'appareil ne tarda pas à repasser au-dessus de
sa tête, et Jon aperçut brièvement un visage sombre penché au-dehors,
scrutant la forêt. Abu Auda.

Le Sikorsky s'éloigna. Jon ne pouvait pas rester là, car Abu Auda
n'allait pas uniquement miser sur une poursuite aérienne. Certains de ses
hommes allaient continuer d'occuper le terrain, et il fallait que Smith
prenne une décision. Mais cela valait aussi pour Abu Auda. Il allait
devoir deviner dans quelle direction courait Smith.

Il écouta attentivement les bruits de la descente et de l'atterrissage du
Sikorsky, et il tâcha de se mettre dans la tête du tueur. Finalement, il
décida qu'Abu Auda s'attendrait à ce qu'il prenne la direction opposée à
celle de ses poursuivants, en tâchant de mettre le maximum de distance
possible entre eux et lui. Ce qui signifiait, s'il ne se trompait pas, que
l'hélicoptère allait atterrir côté sud. Il se retourna et fonça sur sa droite.
Puis il ralentit l'allure et se dirigea vers l'ouest, en coupant vers l'aval,
par la forêt, en veillant à faire le moins de bruit possible.

Après moins d'une heure de fuite, la forêt de sapins commençait de se
clairsemer. En nage, avec ses blessures qui le démangeaient, il continua
à travers un pré, à découvert, et s'arrêta à hauteur d'un rideau d'arbres,
les sens en alerte. Une voiture passait sur une route asphaltée, en contrebas. Depuis qu'il avait piqué vers l'ouest, il n'avait plus entendu de
bruits de poursuite, et la rumeur intermittente de l'hélicoptère sillonnant
encore la forêt avait reflué très loin sur sa gauche, au sud. Il demeura au
milieu des arbres, fonçant vers le nord, en longeant leur lisière, espérant
que la route et la forêt allaient se rejoindre, ou tout au moins se rapprocher davantage.

Quand il tomba sur un ruisseau, il s'arrêta et se pencha sur l'eau. Haletant, il dénoua la manche de tailleur blanc que Thérèse avait utilisée en
guise de bandage pour lui panser le bras après la frappe du missile, à la
villa. La blessure était tout en longueur, mais peu profonde. Il la lava et
se rinça aussi l'aisselle, là où une balle avait entaillé la peau, le front,

éraflé par des débris projetés par l'explosion, et ses poignets. Certaines de ses blessures étaient marbrées de rouge, indice de menues infections. Enfin, rien de grave.

Il s'aspergea encore le visage de cette eau fraîche printanière, son visage bouillant, en nage, puis, avec un soupir, se remit en route. Ici, les bruits de la forêt étaient normaux, c'était le silence feutré auquel était en droit de s'attendre un individu marchant seul, au lieu de cette immobilité totale lui signalant que des intrus l'avaient encerclé.

Et puis il s'arrêta. L'espoir l'envahit. A travers les arbres, il vit un croisement et un panneau routier. Il regarda tout autour de lui et quitta prudemment le couvert des arbres pour poser le pied sur l'asphalte. Il traversa la route, jusqu'à cet écriteau. Enfin, il sut où il était : Grenoble 12 km. Ce n'était pas hors d'atteinte, et il connaissait déjà. Mais s'il restait sur la route, il allait se faire remarquer. Si l'hélicoptère le cherchait aussi loin, il serait aisément repérable.

Tout en concoctant ses plans, il regagna la forêt et attendit. Quand il entendit le bruit d'un moteur de voiture, il sourit, soulagé. Elle se rendait dans la bonne direction. Lorsqu'elle s'engagea dans le virage, il l'observa avec impatience – cette fois, c'était une camionnette de ferme. Il abandonna son M16 avec toutes ses munitions dans les sapins, qu'il recouvrit de mousse et de branches à coups de pied. Puis il fourra le couteau à lame courbe de l'Afghan dans une poche de sa veste et le pistolet de détresse dans l'autre, et fit signe des deux bras.

Le fermier s'arrêta, et Jon grimpa dans la cabine, saluant le type en français. Il lui expliqua qu'il était étranger, en visite dans la région, chez un ami qui était parti pour Grenoble avant lui. Ils devaient se retrouver pour le dîner, mais sa voiture avait refusé de démarrer, et il avait donc décidé d'aller à pied, dans l'espoir de tomber sur un bon samaritain. Il avait pris une bonne gamelle dans les bois, et c'était pourquoi il était si débraillé.

Le fermier eut un claquement de langue en signe de sympathie et se mit à lui vanter les agréments de la région, ravi de profiter de la compagnie de Jon, dans cette terre reculée de pics montagneux et de grands espaces, et somme toute peu habitée. Ils roulaient, mais Jon ne parvenait pas à se détendre. Prudent, il restait aux aguets.

Grenoble, France

Nichée au cœur des Alpes, Grenoble est une ville superbe – vieille cité d'histoire, connue pour ses accès aux stations de sports d'hiver toutes proches et pour ses monuments médiévaux. Le fermier déposa Jon sur la rive gauche de l'Isère, place Grenette, une place animée bordée de cafés. Non loin de là, il y avait la place Saint-André, le cœur de Grenoble. Le chaud soleil printanier avait fait sortir les gens de chez eux, et ils étaient assis aux petites tables en terrasses, en bras de chemise, à siroter des cafés.

En les observant, Jon se rendit compte de la saleté de ses vêtements. Ils étaient crasseux, zébrés de noir de fumée, et il ne comprenait même pas comment il avait pu arriver à se débarbouiller dans le ruisseau. Il attirait déjà l'attention, ce qu'il ne fallait pas, ce qu'il ne souhaitait vraiment pas. Il avait encore son portefeuille et, dès qu'il aurait appelé Fred Klein, il irait s'acheter des vêtements.

Il se retourna, se repéra, et se mit en route pour la place Saint-André. C'est là qu'il trouva ce dont il avait besoin avant toute chose – une cabine téléphonique. Il composa le numéro de Klein.

La voix de son chef trahit la surprise.

« Vous êtes donc en vie ?

— Vous avez l'air déçu.

— Ne jouez pas les sentimentaux, docteur, répliqua sèchement Klein. On s'embrassera plus tard. Il se passe ici deux ou trois choses dont il faut que je vous informe tout de suite. » Il lui décrivit les derniers désastres en date sur le front de l'électronique – les satellites aveugles. « J'espérais que l'ordinateur moléculaire avait été détruit, et en réalité nous avons récolté une méchante défaillance de nos systèmes.

— Vous n'avez pas cru une seule seconde à une défaillance. Les dégâts sont trop étendus.

— Disons que j'ai péché par excès d'espoir et de naïveté.

— Randi Russell s'est-elle échappée avant l'impact du missile ?

— Dans le cas contraire, nous n'aurions pas su ce qui s'était réellement produit en Algérie. Elle est de retour à Paris. Où êtes-vous ? Tenez-moi au courant. »

Donc Randi s'en était sortie. Jon souffla lentement. Il rapporta à Klein tous les événements survenus depuis la frappe du croiseur et ce qu'il avait appris.

Klein lâcha un juron.

« Alors vous considérez le Croissant Armé comme une seconde façade ?

— Cela n'a rien d'insensé. Je ne vois pas Darius Bonnard en terroriste islamiste, en dépit de ses liens avec l'Algérie. Mais il se trouvait pile au bon endroit et au bon moment pour passer ce coup de fil discret depuis le siège de l'OTAN. Chambord ou lui avait dû tuer le pilote saoudien du Croissant Armé, au chalet, avant notre arrivée sur les lieux, et ensuite ils se sont envolés avec Thérèse. Abu Auda était abasourdi. Furibond. Inquiet de savoir si Mauritania était encore en vie ou non. Tel que j'ai perçu la chose, cela n'avait rien d'une mutinerie spontanée, fomentée par les esclaves de la bande. C'était les maîtres qui prenaient le pouvoir, selon des plans bien arrêtés.

— Vous pensez qu'Emile Chambord est derrière tout ceci ?

— Peut-être, ou peut-être pas. Ce pourrait être le capitaine Bonnard, et il tiendrait Chambord en se servant de sa fille comme levier, conjectura-t-il, soucieux pour Thérèse. Il regarda fixement au-dehors, dans la rue, guettant l'apparition d'Abu Auda et ses hommes. Avez-vous reçu des nouvelles de Peter Howell et Marty ?

— D'après nos amis de Langley, ils sont tous à Paris. Marty s'est réveillé. »

Jon sourit. Quel soulagement de savoir Marty de retour.

« A-t-il dit quoi que ce soit d'utile au sujet d'Emile Chambord ?

— Malheureusement, rien que nous ne sachions déjà. Je vais envoyer Randi vous chercher.

— Dites-lui que je l'attendrai au Fort de la Bastille, en haut du téléphérique. »

Klein observa de nouveau un temps de silence.

« Vous savez, colonel, il pourrait y avoir quelqu'un d'autre dont nous ne savons rien, derrière Chambord et Bonnard. Il pourrait même s'agir de la fille. »

Jon envisagea cette hypothèse. Pas Thérèse, non. Il n'y croyait pas, mais la première partie de l'hypothèse émise par Klein trouva un écho en lui. Une idée commença de se former dans son esprit. Une idée dont il allait devoir remonter le fil, et en vitesse.

« Sortez-moi de là, Fred. »

CHAPITRE TRENTE-DEUX

Paris, France

A l'état-major de la marine, place de la Concorde, le capitaine Liberâl Tassini jouait avec son stylo Mont Blanc posé sur son bureau, sans quitter Peter Howell de son regard tranquille.

« Curieux que tu viennes ici me demander cela, Peter. Puis-je savoir ce qui suscite cet intérêt, au juste ?

— Disons simplement que le MI6 m'a prié de m'enquérir sur ce sujet. Je crois que cela pourrait avoir quelque chose à voir avec une petite difficulté concernant l'un de vos officiers subalternes.

— Et quelle serait cette petite difficulté ?

— De toi à moi, Libby, je leur ai conseillé de passer plutôt par les canaux ordinaires, mais il est apparu que cela concernait le fils d'un important personnage. » Peter baissa la tête, feignant l'embarras. « Je ne suis qu'un garçon de courses. C'est l'une des raisons pour lesquelles j'ai pris le large, hein... Question de tempérament. Rends-moi juste un service, fournis-moi une réponse simple, et ensuite je serai tiré d'affaire et tu ne me revois plus.

— C'est impossible, mon cher ami. Ta question touche à une situation délicate et compliquée qui ne regarde que nous.

— Tu m'en diras tant. Bon, voilà qui expédie ma petite question aux oubliettes, n'est-ce pas. Désolé, je... »

Le capitaine Tassini fit tournoyer le stylo sur son bureau.

« Au contraire, j'aimerais réellement savoir, au juste, en quoi, enfin, cet officier subalterne aurait pu être concerné par le fait qu'une réunion qui s'est récemment tenue à bord du *Charles-de-Gaulle* ait été autorisée ou non autorisée.

— Eh bien... » Peter eut un petit rire de conspirateur. « Très bien, Libby. Apparemment, ce gars aurait repassé une note de frais pour des dépenses occasionnées après avoir assisté à cette réunion en qualité de pilote remplaçant pour l'un de nos généraux. Son trésorier veut seulement savoir si la demande est légitime. »

Le capitaine Tassini éclata bruyamment de rire.

« Ah oui, Dieu du ciel ? Et que dit le général ?

— Là, c'est plus délicat. Apparemment, il serait mort. Il y a quelques jours. »

Tassini plissa les paupières.

« Vraiment ?

— J'en ai peur. Ce n'est pas inhabituel, chez les généraux. L'âge, tu sais.

— Tout à fait, acquiesça Tassini, en anglais. Très bien. Pour l'heure, tout ce que je peux te confier, c'est qu'aucune réunion de cet ordre n'était autorisée à bord du *Charles-de-Gaulle*. Même si une réunion de cet ordre a pu en effet s'y tenir. Nous menons notre enquête, nous aussi.

— Mmh. » Peter se leva. « Très bien, je vais me contenter de transmettre à ces connards la bonne vieille réponse habituelle : "ils ne peuvent ni confirmer ni démentir". Le trésorier décide de rembourser le garçon, ou pas. A lui de choisir. Mais il n'obtiendra pas de réponse officielle.

— Dur pour ce garçon », admit Tassini, compatissant.

Peter se dirigea vers la porte.

« Qu'est-ce que fabriquait le *Charles-de-Gaulle* là-bas, d'ailleurs ? Que dit son commandant de cette réunion ? »

Tassini s'adossa à son fauteuil et observa de nouveau Peter.

« Il prétend qu'il n'y a pas eu de réunion, lui répondit-il enfin. Il raconte qu'il s'agissait d'une sortie d'entraînement. Manœuvre tactique de nuit pour vaisseau isolé en eaux hostiles. Et que l'ordre émanait de l'OTAN. Plutôt un problème de taille, en ce qui nous concerne, car il semble qu'à l'OTAN, personne n'a donné cet ordre.

— Hou là. Eh bien, je suis content de ne pas avoir à traiter cette histoire-là, mon vieux. »

En sortant, Peter sentit dans son dos le regard interrogateur de Tassini. Il se doutait bien qu'il n'était pas parvenu à abuser son ami, mais ils avaient tous deux sauvé la face et, plus important encore, la possibilité de tout nier en bloc.

Berlin, Allemagne

Le Kurfürstendamm – le Ku'damm, pour les Berlinois – était un boulevard très animé situé au cœur du nouveau Berlin. Bordé de boutiques bondées et de bureaux aux loyers prohibitifs, il était célèbre dans le monde entier. Les gens branchés prétendaient que le Ku'damm ne dormait jamais. Dans l'un des restaurants élégants de l'avenue, Pieke Exner virevolta entre les tables nappées de blanc aux couverts impeccablement briqués pour rejoindre son rendez-vous. C'était leur deuxième entrevue en douze heures, et elle n'ignorait pas que le jeune lieutenant était plus que mûr, il était impatient.

C'était évident, à en juger par le bond qu'il fit et par le claquement très prussien de ses talons, ce qui lui aurait valu de se faire sèchement réprimander par son patron, le général Otto Bittrich. Ce fut non moins évident au vu du port décontracté de sa tunique, trahissant une familiarité et une décontraction que la jeune femme avait tout fait pour susciter chez l'officier, toute la soirée de la veille, avant de se laisser raccompagner chez elle et de le laisser sinon haletant, du moins le souffle assez court. C'était là les signaux de confirmation dont elle avait besoin. Pourtant, il lui restait à achever le travail. Ce n'était pas sa tunique qu'elle voulait déboutonner : c'était sa langue.

Elle lui sourit et s'installa à sa place. Dans un geste théâtral, il l'aida à s'approcher de la table. Lorsqu'il s'assit à côté d'elle, elle accentua son sourire, se fit authentiquement chaleureuse, comme si elle n'avait cessé de penser à lui depuis la minute où ils s'étaient séparés, devant sa porte. Après qu'il eut galamment commandé une coûteuse bouteille du meilleur vin de la Rheingau, elle reprit son bavardage là où ils l'avaient interrompu, en se quittant, et il fut question de ses rêves de voyage et d'amour, et de tous les plaisirs des escapades touristiques à l'étranger.

En fait, elle s'aperçut qu'elle n'avait que trop bien accompli sa tâche, et que le lieutenant était trop mordu pour songer à mordre à l'hameçon. Le déjeuner se prolongea sur ce mode avec une schnitzel, une deuxième bouteille de la Rheingau, et un excellent strudel, jusqu'au café et au cognac. Mais elle avait beau le gaver de sourires et se laisser prendre la main, il ne lui parla pas une seule fois de son métier.

Perdant patience, elle plongea longuement ses yeux dans les siens, parvenant à transmettre toute une palette d'émotions troublantes – tour à tour timide, nerveuse, simplement effarouchée, en adoration, impudique et pleine de désir, en chaleur, tout cela à la fois. C'était un don, et des hommes plus âgés et plus sages que le lieutenant Joachim Bierhof s'y étaient déjà laissé prendre.

Il réagit en réglant promptement l'addition, et ils s'en allèrent. Le temps qu'ils aient atteint l'appartement situé derrière la porte de Brandebourg, sur l'autre rive de la Spree, dans le quartier bohème de Prenzlauer Berg, du côté de l'ancien Berlin Est, il n'était plus en état de penser à rien d'autre qu'à elle, à son sublime appartement, à son lit.

Une fois à l'intérieur, il tira tout de suite les stores pour masquer le soleil de l'après-midi et ne tarda pas à se retrouver nu, à se frotter le nez contre les seins de Pieke, et c'est alors qu'elle se plaignit d'avoir froid. Ce mois de mai si glacial, en Allemagne. Comme elle aimerait être avec lui au soleil, en Italie, en Espagne, ou encore mieux... dans ce Sud de la France si magnifique.

Trop occupé par ses seins et par son string bikini vert, qu'il cherchait à lui retirer, Joachim se contenta de marmonner :

« C'est là que j'étais, dans le Sud de la France. Bon Dieu, comme j'aurais aimé que tu sois avec moi. »

Elle eut un rire espiègle.

« Mais tu avais ton général...

— Il a passé presque toute la soirée sur ce porte-avions français. Rien que lui et son pilote. Moi, j'ai arpenté les quais, tout seul. Tout seul. J'ai dû dîner seul. Quelle grande bouteille de vin je me suis trouvée. Tu aurais apprécié. Bon Dieu, ce que j'aimerais... mais maintenant nous sommes là, ici, et... »

C'est à cet instant que Pieke Exner tomba du lit, se tordant douloureusement le pied, se coinçant méchamment le dos. Elle était incapable de se relever sans l'aide du lieutenant, qui s'exécuta, à contrecœur, et quelque peu irrité. Lorsqu'il la remit au lit, elle lui demanda de façon charmante de la couvrir, contre le froid. Elle frissonnait en effet. Il monta le chauffage et sortit une deuxième couverture. Elle lui tendit tristement la main.

Bien sûr, elle était anéantie, et terriblement déçue, et aussi tenaillée par la culpabilité.

« Mon pauvre. Ce doit être terrible pour toi. Je suis désolée. Ça... ça va aller ? Je veux dire, tu étais tellement... tellement... »

Tout bien considéré, Joachim Bierhof était un officier et un gentleman. Il était forcé d'apaiser ses craintes, de lui déclarer que tout irait bien. Pour lui, elle signifiait bien plus que cela.

Elle serra sa main dans la sienne et lui promit de le retrouver tôt le lendemain matin, si elle s'en sentait la force, ici, dans son appartement.

« Je t'appelle demain matin ! » Et elle s'endormit aussitôt.

Le lieutenant n'avait plus d'autre issue que de s'habiller et s'en aller en silence, en faisant attention de ne pas la réveiller.

A l'instant où la porte se refermait, elle sauta de son lit, s'habilla, et composa un numéro de téléphone. Elle fit son rapport.

« Le général Bittrich était dans le Sud de la France, comme tu le soupçonnais. Il a passé la moitié de la soirée à bord du porte-avions français. C'était tout ce que tu voulais savoir, Peter ?

— Tu es une merveille, fillette, lui répondit Peter Howell depuis Paris.

— Ça, tu n'as pas oublié. »

Howell eut un petit rire.

« J'espère que le prix à payer n'a pas été trop élevé, Angie, ma vieille.

— Jaloux, Peter ?

— A mon âge, ma chère ? Je suis extrêmement flatté.

— A n'importe quel âge. Et puis, tu n'as pas d'âge. »

Il éclata de rire.

« Toute ma personne ne semble pas en avoir toujours conscience. Mais nous aurons l'occasion d'en reparler plus tard.

— Une proposition, monsieur Howell ?

— Angie, tu saurais attirer les morts. Et merci encore. »

Angela Chadwick raccrocha, refit le lit, ramassa son sac à main, et quitta l'appartement pour retourner chez elle, de l'autre côté de la porte de Brandebourg.

Paris, France

Marty avait un nouvel ordinateur portable, que Peter avait acheté en se servant de la carte de crédit du jeune génie. Livré à lui-même et sous médicaments, il était pelotonné devant son écran, dans sa chambre de la clinique, assis en tailleur sur l'édredon en patchwork de son lit. Il avait consulté le site Web de l'OASIS – le site d'Information sur le syndrome d'Asperger – une quinzaine de fois au cours des deux dernières heures, sans résultat.

Oscillant entre le désespoir et un optimisme résolu, déprimé et comme englué dans la gangue de ses médicaments, Marty n'entendit pas Randi et Peter entrer dans la pièce, pas avant qu'ils ne lui adressent la parole.

« Quelque chose, Mart ? » lui demanda Randi avant que la porte ne se fut refermée.

Peter intervint à son tour.

« Le MI6 n'est au courant de rien. Sacrément agaçant. Si nous savions pour qui Jon travaille réellement, ajouta-t-il avec une pointe d'amertume, nous pourrions les contacter directement et peut-être obtenir des renseignements de première main. »

D'un regard solennel, Marty dévisagea Randi.

« Et du côté de la CIA, Randi ?

— Aucune nouvelle », admit-elle.

Zellerbach se renfrogna, et tapa des doigts sur l'écran.

« Je vais encore vérifier sur le site de l'OASIS.

— Depuis combien de temps n'as-tu pas essayé ? » s'enquit Peter.

Les deux joues de Marty s'empourprèrent d'indignation.

« Tu me prends pour un obsessionnel, Peter, mais toi, alors ? Tous ces coups de fil que tu n'arrêtes pas de passer ! »

Peter hocha la tête et laissa brièvement échapper un sourire.

Le jeune génie marmonna quelque chose entre ses dents, tout en accédant au site d'OASIS. Dès que la page d'accueil s'afficha à l'écran, il se détendit un peu. C'était comme de rentrer chez soi. Créé pour ceux qui souffraient du syndrome d'Asperger et leur famille, OASIS était rempli d'informations, et proposait aussi tout un anneau de sites. Marty le consultait souvent, quand il menait une vie normale – enfin, pour quelqu'un comme lui. Ce que le reste du monde considérait comme normal lui paraissait d'un ennui pénible. D'un autre côté, OASIS semblait faire mouche. Les promoteurs du site savaient de quoi ils parlaient. En soi, déjà une rareté, estima-t-il, songeur. Il était impatient de lire le nouveau livre de Patricia Romanowski et Barbara L. Kirby, *Le Guide OASIS du syndrome d'Asperger*. L'ouvrage l'attendait sur son bureau, chez lui.

Il passa en revue les messages sur le site, mais ne vit toujours rien. Il se redressa, ferma les yeux et poussa un gros soupir.

« Pas un mot ? demanda Peter.

— Pas la queue d'un, non. »

Gagnés par le découragement, ils gardèrent le silence. Lorsque le téléphone sonna, Randi le décrocha vivement. C'était Doug Kennedy, son chef à Langley. Elle écouta, et ses yeux brillèrent d'excitation.

« Je connais l'endroit. Oui. Quelle nouvelle formidable. Merci, Doug. Ne vous inquiétez pas. Je m'en occupe. » Dès qu'elle eut raccroché, elle se tourna vers Marty et Peter. Ils la dévisageaient, ils attendaient. « Jon est en vie. Je sais où il est ! »

Grenoble, France

Un vent alpin froid soufflait en rafales dans les cheveux de Smith et lui piquait la figure. Il se tenait accoudé au parapet de cet édifice du XVIe siècle, le fort de la Bastille, à côté d'autres touristes, sur les hauteurs de Grenoble. Malgré le vent qui se levait, ils avaient l'air d'apprécier la vue en contrebas, cet amalgame saisissant de bâtiments médiévaux et d'immeubles ultramodernes. Réputé pour ses industries de haute technologie et ses universités de haut niveau, Grenoble s'étendait un peu de manière désordonnée, au confluent de la Drac et de l'Isère, avec les Alpes en surplomb, leur manteau neigeux scintillant sous le soleil de l'après-midi.

Pourtant, ce n'était pas sur ce panorama que Jon avait fixé son attention depuis son arrivée au vieux fort, mais plutôt sur les téléphériques qui montaient de la ville en contrebas.

Il était accoudé à ce parapet depuis plusieurs heures, vêtu de neuf, d'un jean, d'un pull vert, d'un blouson d'aviateur taille médium, avec une paire de lunettes de soleil. Tout au fond des poches de son blouson, il conservait le couteau à lame courbe de l'Afghan et le pistolet de détresse, ses seules armes. Il savourait encore les bonnes nouvelles : Randi était en vie, Marty s'était réveillé et il allait bien.

Mais il était mal à l'aise. A l'heure qu'il était, elle aurait déjà dû être là, et il n'ignorait pas qu'Abu Auda et ses hommes pouvaient arriver à tout moment, eux aussi. Il était inévitable qu'ils étendent leurs recherches à Grenoble, la seule grande ville proche du chalet de la Chartreuse. Jon en savait beaucoup trop et, de leur point de vue, il subsistait encore une chance pour qu'il n'ait pas encore pris contact avec ses supérieurs. Ils avaient pu découvrir le fusil M16 et les munitions qu'il avait enfouis sous l'humus, près de la route qui menait jusqu'ici.

Il se tenait donc à présent épaule contre épaule, dans le vent froid de la montagne, avec d'autres touristes, fondu dans les ombres de l'après-midi qui allaient s'allongeant, installé contre ce parapet, observant l'arrivée de chacune des cabines qui n'arrêtaient pas d'amener des passagers jusqu'au fort, depuis la gare du téléphérique, sur le quai Stéphane-Jay. Conçues pour faire plaisir aux touristes qui voulaient découvrir le vaste panorama, ces cabines étaient vitrées.

Evidemment, ce détail lui convenait fort bien, car il lui permettait d'examiner chaque passager à travers la coquille transparente de la cabine. Il était cinq heures passées quand, enfin, il repéra non pas Randi, mais l'un des tueurs du Croissant Armé. Son cœur battit à toute vitesse.

Il ne voulait pas attirer l'attention, aussi ne renonça-t-il pas à sa position décontractée, celle d'un visiteur comme les autres, ravi d'être là, tout en analysant et en resituant rapidement ce visage : un Saoudien rasé de frais, membre du groupe des terroristes qui avaient échappé au missile, à la villa. Il était installé à l'avant de la cabine qui montait lentement vers le fort. S'il ne reconnut pas d'autres terroristes à bord du téléphérique, il doutait que l'homme soit monté seul. D'autres membres du Croissant Armé devaient rôder dans les parages, quelque part.

Certain de l'identité de l'homme, il se retourna, fourra nonchalamment les mains dans les poches de son blouson, où il put empoigner ses deux armes, et s'éloigna d'un pas léger vers les sentiers qui serpentaient dans le parc Guy Pape en direction de la ville. Il ne voulait pas s'en aller d'ici, au cas où Randi se montrerait. Mais là où il y avait un membre du Croissant Armé, il y en aurait d'autres, et il fallait se résoudre à l'éventualité que Randi puisse ne jamais venir.

Une fois qu'il fut hors de vue, derrière le parapet, il pressa le pas. Le nombre des touristes diminuait. Il se faisait tard, et le vent mordant qui sifflait dans les ombres de l'après-midi les avait probablement découragés. Ne sentant plus le froid, il quitta le fort, tourna en direction du chemin qui descendait, et partit à petites foulées régulières. C'est alors qu'il aperçut cinq autres tueurs du Croissant Armé.

Il battit en retraite derrière une haute haie. Ils avaient gravi le chemin qu'il était sur le point de redescendre et, à leur tête, il y avait Abu Auda en personne. Ils étaient tous vêtus à l'occidentale, de façon très ordinaire. Abu Auda était coiffé d'un béret et ne semblait pas à son aise, l'air d'un requin qui tente de marcher sur la terre ferme. Jon rebroussa chemin et se précipita sur l'arrière du fort, là où s'étendait l'autre partie du parc. Il se glissa derrière un grand chêne, balaya du regard le périmètre d'où il venait, puis la ville et la rivière, tout en bas.

Il écouta attentivement. Oui, il avait raison. Il entendait des pas rapides, derrière lui, dévalant d'une hauteur. Des pas légers, mais décidés. Il sortit son pistolet de détresse, le couteau, et pivota sur lui-même.

Randi sursauta. Elle lui posa l'index sur les lèvres.

« Randi ! s'écria-t-il, accusateur.

— Chut. Sois obéissant, maintenant. »

Il grimaça de soulagement.

« Toujours aussi autoritaire. »

Cette vision de Randi, avec sa haute taille et sa minceur athlétique, était plus que bienvenue. Elle s'était changée, elle portait un pantalon noir et un blouson zippé au tiers de la hauteur, ce qui lui facilitait l'accès aux armes qu'elle y dissimulait. Elle avait aussi récupéré de nouveau une casquette noire, vissée sur la tête, baissée jusqu'aux oreilles pour dissimuler ses cheveux clairs. Enfin, elle portait également des lunettes enveloppantes attachées dans la nuque par un cordon, pour qu'elles ne tombent pas au cas où elle devrait passer à l'action.

Elle se faufila dans l'ombre à côté de lui, le visage aux aguets, mais avec une expression maîtrisée.

« Peter est ici, lui aussi. Un boulot fait pour un tandem, tu comprends. » Elle sortit une mini-radio et prononça quelques mots. « Je l'ai. On arrive. »

« Les voilà. » D'un signe de tête, il désigna la direction du fort de la Bastille, où le Saoudien rasé de près pointait le doigt vers l'endroit où ils s'étaient cachés. Il parlait à Abu Auda, l'air survolté. Les hommes n'avaient pas sorti leurs armes. Tout au moins, pas encore.

« Allez !

— Où ça ?

— Pas le temps de t'expliquer. » Elle sprinta.

Les hommes du Croissant Armé les prirent en chasse, se déployèrent sur la droite et sur la gauche, obéissant aux signaux d'Abu Auda. Jon en compta six, ce qui signifiait qu'il y en avait à peu près cinq autres ailleurs, peut-être dans les parages. Il traversa le parc en courant derrière Randi, ils remontèrent, et il se demanda où pouvait bien se trouver le reste de la bande.

Ils continuèrent de courir, Randi en tête, creusant de plus en plus la distance entre eux et le Fort de la Bastille, avec ses cabines de téléphérique, entre eux et les tueurs du Croissant Armé. Le souffle court, Jon jeta un coup d'œil derrière lui et ne vit plus les terroristes. C'est alors qu'il entendit un hélicoptère.

Nom de Dieu.

« C'est leur hélico ! lança-t-il à Randi tout en scrutant le ciel. Je savais bien qu'ils n'étaient pas tous dans le parc.

— Ne t'arrête pas ! » lui hurla-t-elle.

Ils foncèrent, obnubilés par leur fuite, et puis Smith découvrit l'engin – ce n'était pas le Sikorsky du Croissant Armé, mais un autre appareil, un Hughes OH-6 Loach de reconnaissance. Lorsqu'il se posa en terrain dégagé, à une vingtaine de mètres devant eux, sur leur droite, on eût dit un gigantesque bourdon. Randi se rua dans cette direction, en multipliant les signes de la main, et c'est Peter, vêtu d'une combinaison noire, qui sauta par la portière. Arrivé à la hauteur de Randi, Smith se dit que jamais vision ne lui avait causé pareil plaisir. Peter était coiffé d'une casquette noire et de lunettes de soleil à verres chromés, il était armé d'un fusil d'assaut anglais et se tenait prêt.

Le soulagement de Jon fut de courte durée. Il y eut un hurlement de colère derrière eux. Venant de la gauche, l'un des terroristes surgit de derrière les arbres. D'une manière ou d'une autre, il était arrivé à boucler le tour du parc plus vite que les autres. Il pointa son arme levée sur Randi, qui s'approchait de l'hélicoptère secoué de vibrations. D'un bond, Peter remonta à bord.

D'un seul mouvement très fluide, Jon pivota, pointa son pistolet de détresse, et tira. La détonation fut assourdissante, mais partiellement couverte par le rotor de l'hélico. La fusée jaillit dans un panache de fumée et frappa le terroriste en pleine poitrine.

Le projectile atteignit sa cible avec une telle vélocité qu'il refit basculer le terroriste dans les arbres d'où il venait de sortir. Il en lâcha son fusil, empoigna la fusée, fichée dans le bas de sa cage thoracique. Il poussa un cri, et ce cri suraigu provoqua une vague de frissons dans l'échine de Smith, car tous deux savaient ce qui allait arriver ensuite. L'homme avait le visage tordu de terreur.

La fusée explosa. Lorsque le torse du terroriste se déchiqueta, Jon plongea dans la cabine de l'appareil après Randi. Peter n'attendit pas que la porte soit refermée. Il décolla. Abu Auda et ses hommes mirent bas les masques et ouvrirent le feu avec leurs pistolets et leurs mitraillettes. Les balles sifflèrent tout autour de l'hélicoptère, atteignirent le train d'atterrissage, criblèrent les cloisons, et Jon était toujours couché sur le ventre, accroché aux pieds du siège, se retenant de glisser par la portière ouverte.

Randi l'empoigna dans le dos, par la ceinture.

« Je te tiens ! »

Les mains de Jon étaient à la fois gelées et moites de sueur, et il sentit ses doigts se desserrer. S'il lâchait prise, même Randi ne serait pas capable de le sauver. Pour aggraver encore la situation, Peter inclina l'appareil sèchement sur la droite, tâchant d'esquiver le feu des terroristes et de se mettre hors de portée. Mais la gîte envoya Jon en glissade contre la portière ouverte et une mort certaine.

Randi poussa un juron et, de son autre main, l'empoigna sous le bras. Sa glissade s'interrompit. Cependant, la force irrésistible de la gravité et le vent ne cessaient pas d'exercer leur effet. Talonné par la fusillade, Peter lança l'engin au-dessus des deux rivières. Jon sentit à nouveau ses phalanges glisser. Le souffle rauque, il tenta désespérément de resserrer sa prise.

« Nous sommes hors de portée ! » hurla Peter.

Ce n'était pas trop tôt. Howell stabilisa l'appareil en palier, à l'instant où les doigts de Jon glissaient des montants du siège. Il voulut s'y raccrocher, mais ne trouva que le vide. Randi lui tomba dessus, lui enserrant la taille entre les jambes, et s'agrippa au siège. L'hélicoptère avait retrouvé suffisamment d'assiette pour lui permettre d'enrayer la glissade de Smith. Il eut vaguement conscience du poids rassurant du corps de Randi sur son propre corps, des muscles bandés de ses jambes et, quelque part dans un coin de sa tête, il se dit qu'en d'autres circonstances cela pourrait ne pas lui déplaire. Mais cette sensation fugitive s'effaça aussitôt. La terreur reprenait le dessus.

De longues secondes s'écoulèrent. La force de la gravité s'exerçait autrement, non plus seulement sur ses pieds, mais sur tout son corps, de la tête aux pieds. L'hélicoptère s'était enfin stabilisé en vol horizontal. Il demeura sans bouger, sonné.

« Dieu merci, c'est fini » s'exclama Randi d'une voix rauque. Tout en se hissant péniblement, elle l'enjamba d'un bond, et claqua la portière. « J'aimerais mieux ne jamais avoir à recommencer ça. »

L'habitacle de l'hélicoptère fut soudain plus silencieux. Smith tremblait de tous ses muscles. Il se sentait faible, il s'efforça de se lever et retomba sur l'unique siège arrière. Il leva les yeux et vit le visage de Randi, pour la première fois depuis qu'il avait plongé à bord de l'appareil. Elle reprenait des couleurs. Elle avait dû être livide de peur.

« Attache ta ceinture », ordonna-t-elle. Et là-dessus, elle lui sourit, un si grand sourire de soulagement qu'il lui illumina le visage.

« Merci. » Il avait la gorge serrée, et son cœur cognait comme un marteau-piqueur. « Le mot est faible, mais je le pense vraiment. Merci. »

Il attacha promptement sa ceinture.

« Je t'en prie. Pour moi, ça me suffit. » Elle se tourna vers l'avant, et son regard croisa le sien. Pendant un long moment, ils se regardèrent droit dans les yeux, et c'est un mélange de compréhension et de pardon qui s'échangea dans ce regard.

CHAPITRE TRENTE-TROIS

VOLANT au nord-ouest en direction de Paris, l'hélicoptère laissait Grenoble derrière lui. Il régnait à bord un silence chargé de reconnaissance, car chacun admettait en lui-même à quel point ils avaient frôlé la mort. Seul à l'arrière, Jon émergeait de cet état second proprement épuisant. Il laissa échapper un profond soupir, libérant son esprit et son corps du stress et des situations désastreuses de ces derniers jours. Il déboucla sa ceinture et se pencha en avant entre Peter et Randi, qui avaient pris place sur les deux sièges jumeaux du poste de pilotage.

Randi le gratifia d'un grand sourire et lui tapota la tête.

« Un bon toutou. »

Jon gloussa de rire. Elle avait des comportements comiques et, à la minute présente elle lui fit l'impression d'être la personne la plus charmante du monde. Rien de tel que l'amitié, et c'étaient deux de ses meilleurs amis qui se trouvaient là, assis à côté de lui. Elle avait coiffé des écouteurs par-dessus sa casquette, et les verres teintés de ses lunettes de soleil oscillaient à droite, à gauche, chaque fois qu'elle scrutait le ciel autour d'elle, en quête d'un aéronef qui se serait lancé à leur poursuite.

Howell portait des écouteurs, lui aussi et, les yeux masqués par ses lunettes noires, il surveillait la jauge de carburant et les instruments de navigation. Le soleil couchant était loin sur leur gauche, une boule de feu aux rayons obliques illuminant la cime des arbres et les champs neigeux au-dessous et devant eux. Plus loin, droit devant, ils apercevaient les premiers méandres de la magnifique vallée du Rhône, avec son patchwork caractéristique de vignobles.

La cabine du vieil OH-6 était exiguë et, avec Jon penché de la sorte vers l'avant, ils formaient tous trois comme un nœud étroit. Il éleva la voix pour se faire entendre, malgré le vacarme des rotors.

« Je suis prêt, tenez-moi au courant, leur annonça-t-il. Comment va Marty ?

— Non seulement le gaillard est sorti du coma, mais il ne lâche plus le morceau », lui apprit gaiement Peter. Il lui décrivit leur fuite jusqu'à cette clinique de chirurgie esthétique, où il avait caché Marty. « A présent, il a le moral au beau fixe, en fait, surtout depuis que nous lui avons annoncé que tu étais vivant. »

Smith sourit.

« Dommage qu'il n'ait pas pu nous aider davantage au sujet de l'ordinateur ADN et de Chambord.

— Oui, reconnut Randi. A toi, maintenant. Raconte-nous ce qui s'est passé dans cette villa, en Algérie. Quand j'ai entendu ces rafales d'armes automatiques, j'étais persuadée qu'ils t'avaient abattu.

— Chambord n'a jamais été enlevé, leur raconta-t-il. Il marche avec le Croissant Armé depuis le début. En fait, c'est le Croissant qui marche avec lui, ou c'est du moins ce qu'il prétend. Ce qui est cohérent, au vu de ce que je sais à présent. Il s'est également fait passer pour prisonnier, aux yeux de Thérèse. Il ignorait complètement que Mauritania l'avait capturée, et il a donc été autant surpris de la voir qu'elle l'a été de voir son père.

— Ceci explique bien des choses, remarqua Peter. Mais comment diable sont-ils parvenus à sortir le prototype de la villa avant l'impact ?

— Ils ne l'ont pas sorti de la villa, rectifia Jon. Le missile l'a bel et bien détruit, c'est une chose certaine. Ce que je ne comprends pas, c'est comment Chambord est parvenu à en construire un autre et à le mettre en batterie suffisamment vite pour prendre le contrôle de nos satellites.

— Je sais, acquiesça Randi. C'est déconcertant. Mais nos techniciens soutiennent qu'aucun autre ordinateur ne posséderait la puissance, la vitesse et la capacité de reprogrammer des satellites, en perçant tous les codes, pare-feux et autres défenses existantes. En temps normal, la plupart de nos garde-fous sont encore classés confidentiel défense, supposés indétectables, et surtout inviolables. »

Peter consulta l'heure, la distance qu'ils venaient de parcourir, et la jauge de carburant.

« Peut-être avez-vous tous deux raison, observa-t-il. Mais qu'est-ce qui s'opposerait à l'existence d'un autre prototype ? »

Jon et Randi échangèrent un coup d'œil.

« C'est une idée, Peter, admit Randi.

— Un exemplaire qui existerait déjà, conclut Jon. Un second prototype auquel Chambord aurait accès, qu'il aurait configuré pour le piloter à distance. A moins qu'il n'ait formé quelqu'un d'autre pour le faire fonctionner selon ses instructions. Et surtout, un ordinateur dont Mauritania ignorerait complètement l'existence.

— Super, maugréa Randi. Un deuxième ordinateur ADN. Exactement ce qu'il nous fallait.

— C'est tout à fait plausible, surtout si l'on rapporte cet élément à ce que je ne vous ai pas encore révélé.

— Voilà qui me paraît de bien mauvais augure, lâcha Peter. Dis-nous tout, Jon. »

Smith regarda fixement, loin devant, à travers le pare-brise de l'hélicoptère, dans la campagne française sillonnée de petits cours d'eau et de canaux, parsemée de fermes proprettes.

« Je vous ai dit que j'ai appris, dans cette villa, que Chambord faisait partie de ce réseau terroriste depuis le début, poursuivit-il, et qu'il avait probablement prêté la main au plan d'agression dirigé contre nous.

— D'accord. Et après ? s'écria Randi, d'un ton pressant.

— Il y a de ça quelques heures, avant que je ne réussisse à échapper à Abu Auda, il m'est finalement apparu clairement que non seulement le Croissant Armé se servait des Basques comme couverture, mais que Chambord et Bonnard avaient aussi utilisé le Croissant comme une façade. Le Croissant possède une organisation assez vaste et assez souple, dotée d'un vrai savoir-faire en matière de terrorisme, et il était en mesure de réaliser ce que Chambord et Bonnard étaient incapables d'accomplir par eux-mêmes... c'est en quelque sorte leur homme de paille. Un groupe auquel faire endosser la responsabilité de toutes les actions monstrueuses qu'ils projetaient de lancer. Quoi de plus idéal que de faire porter le chapeau à un groupe islamiste extrémiste mené par un ancien lieutenant d'Ousama Ben Laden ? C'est peut-être justement la raison pour laquelle ils ont enrôlé Mauritania. Ils ont fort bien pu prévoir de le placer dans la position du bouc émissaire. »

Randi fronça le sourcil.

« Tu dirais donc que Bonnard et Chambord seraient tous les deux derrière les attaques menées contre les réseaux électroniques américains. Mais pourquoi ? Quel motif pourrait bien pousser un scientifique de renommée mondiale et un officier respecté de l'armée française à agir de la sorte ? »

Jon haussa les épaules.

« Mon hypothèse, ce serait que leur objectif final ne consisterait pas à lancer un missile nucléaire tactique à moyenne portée sur Jérusalem ou Tel-Aviv. Une telle opération revêtirait un sens politique pour le Croissant Armé, mais pas pour un tandem de Français comme Chambord et Bonnard. J'imagine qu'ils projettent autre chose, très vraisemblablement contre les Etats-Unis, car à présent ils ont neutralisé nos satellites. Mais je ne suis toujours pas en mesure de saisir pourquoi. »

Dans le ruissellement du vent sur la carlingue, et dans le tambourinement régulier des rotors, les trois amis gardèrent le silence.

« Et le Croissant Armé ne sait rien de ce que mijotent Bonnard et Chambord ? demanda Randi.

— D'après les conversations que j'ai pu surprendre, je dirais que l'idée que Chambord et Bonnard n'auraient pas été les dindons de la farce n'a jamais effleuré l'esprit du Croissant Armé. C'est ce qui pend au nez des fanatiques, ils ne voient rien d'autre que ce qu'ils veulent voir. »

Peter raffermit sa poigne sur les commandes de vol.

« A mon avis, pour ce qui est du bouc émissaire, tu ne te trompes pas. Pour celui qui portera la responsabilité de ce qu'ils ont déjà commis, ça sent déjà mauvais. Sans compter avec l'Apocalypse qu'ils sont en train de nous préparer. C'est à peu près ce qui est arrivé après l'attaque du World Trade Center et du Pentagone. Notre soldat et notre scientifique n'ont aucune envie d'endosser la responsabilité de leurs actes et de recevoir sur la tête l'équivalent de ce que vos bombardiers ont déversé sur l'Afghanistan des Talibans.

— Exactement, acquiesça Jon. Je crois que Chambord s'attend cette fois encore à ce que plusieurs nations se coalisent pour pourchasser les criminels. Ils veulent donc choisir un pigeon, que le monde sera prêt à considérer comme l'auteur de ces actes. Mauritania et le Croissant Armé sont parfaits dans ce rôle. C'est un groupe terroriste peu connu. Dès lors, qui accordera foi à leurs démentis, surtout s'ils se font pincer avec déjà du sang sur les mains ? Et puis aussi, tout tend à prouver qu'ils ont enlevé Chambord, ce que le scientifique sera prêt à jurer. Il ment suffisamment bien pour qu'on le croie. Fiez-vous à moi là-dessus.

— Et Thérèse ? s'enquit Randi. Elle connaît la vérité, à l'heure qu'il est, non ?

— Je ne sais pas si elle sait toute la vérité, mais elle est au courant pour le rôle de son père. Elle en sait même trop, ce qui doit préoccuper Chambord. Au pire, il serait capable de la sacrifier pour sauver son plan. Ou alors Bonnard assumera la décision et s'en occupera personnellement.

— Sa propre fille », fit Randi, et elle en frémit.

« C'est un déséquilibré ou un fanatique, souligna Jon. Je ne vois pas d'autres raisons susceptibles de le pousser à une telle volte-face... l'illustre scientifique se mue en terroriste, qui n'hésite pas à plonger les mains dans la boue. »

Peter observait le sol, le visage tanné, le regard intense, il étudiait le tracé des routes.

« Il va falloir marquer une petite pause dans notre discussion. » Ils approchaient d'une ville bâtie le long d'un fleuve. « C'est Mâcon, juste à l'entrée de la Bourgogne. La rivière s'appelle la Saône. Une petite cité à l'air paisible, n'est-ce pas ? Et qui, en vérité, est bien ce dont elle a l'air. Randi et moi avons fait le plein de carburant à l'aller, quand nous sommes venus te chercher, Jon. Pas de problèmes, je vais donc nous poser là. Notre hélico a le ventre vide. Et toi, Jon Smith, depuis quand n'as-tu rien mangé ?

— Du diable si je m'en souviens.

— Alors on aurait tout intérêt à ne pas se limiter au plein de kérosène. »

Dans les longues ombres de l'après-midi, Peter posa son OH-6 sur le petit aéroport.

Dans les environs de Bousmelet-sur-Seine, quelque part en France

Emile Chambord se redressa dans le fauteuil de son bureau et s'étira. Les murs de pierre, des armes médiévales à l'air maléfique, des armures poussiéreuses et un haut plafond voûté rendaient cet espace de travail sans fenêtres bien morne, malgré un épais tapis berbère et les flaques de lumière plus chaude des lampes. C'était son choix personnel, de travailler dans cette pièce aveugle, dans cette armurerie. Pas de fenêtres, pas de distractions et, chaque fois que ses inquiétudes au sujet de Thérèse venaient perturber ses réflexions, il les écartait.

C'est avec amour qu'il regarda son prototype posé sur la longue table. Si, dans cet appareil, tout le réjouissait, il était surtout particulièrement impressionné par sa rapidité et sa puissance. La machine essayait toutes les solutions à un problème donné simultanément, et non séquentiellement, ce qui demeurait le mode de fonctionnement des ordinateurs à puces en silicium les plus gros et les plus rapides. A l'échelle temporelle cybernétique, les superordinateurs au silicium les plus véloces du monde avaient besoin de beaucoup, beaucoup de temps. Et pourtant, ils étaient plus rapides que le cerveau humain. Mais le plus rapide de tous, c'était son processeur moléculaire, capable d'atteindre des vitesses quasiment inconcevables.

Et la base de ce système, c'était ces packs de gel, dans cette séquence ADN qu'il avait tout spécialement créée. Le ruban spiralé de l'ADN qui s'enroulait sur lui-même à l'intérieur de toute cellule – cette chimie naturelle sous-jacente à la totalité des entités vivantes – avait constitué sa palette d'artiste. Et le résultat, c'était que des problèmes insolubles comme ceux qui limitaient tous les systèmes d'intelligence artificielle, l'élaboration de réseaux complexes d'ordinateurs comme ceux des autoroutes de l'information, et le développement de jeux complexes comme les échecs en trois dimensions, ces problèmes inaccessibles au plus puissant des superordinateurs, pouvaient être aisément digérés par sa merveille moléculaire. Après tout, cela n'était qu'une pure et simple affaire de sélection du bon chemin, au milieu du nombre immense des choix possibles.

Il était également fasciné par son invention toute personnelle, cette aptitude qu'il avait prêtée à sa machine de modifier continuellement son identité tout en n'utilisant que le centième de sa puissance. C'était simple, l'ordinateur maintenait en permanence un pare-feu qui en modifiait le code d'accès si vite qu'aucun ordinateur conventionnel n'était en mesure de percer ce code. En résumé, sa machine moléculaire « évoluait » tout en fonctionnant, et plus elle fonctionnait, plus elle évoluait. Dans cette pièce de pierre froide, il sourit en se remémorant la première image qui lui était venue à l'esprit, quand il avait conçu cette propriété particulière. Son prototype était fabriqué à l'image de ce Borg, dans la série *Star Trek*, qui savait évoluer instantanément pour développer en permanence un nouveau mode de défense contre toute attaque. A présent, Chambord utilisait son appareil dans un constant redéploiement, afin de contrer l'attaque la plus insidieuse de toutes – celle que subissait l'âme de la France.

Pour y puiser son inspiration, il contempla la reproduction de cette toile majestueuse, au-dessus de son bureau, et ensuite, avec courage et détermination, il se remit en quête d'indices sur le lieu où se cachait Marty Zellerbach. Il s'était facilement introduit dans le système informatique de Marty, à son domicile de Washington, faisant valser en quelques secondes les défenses logicielles spécialement conçues par ce prodige de l'électronique. Malheureusement, Zellerbach n'avait plus rendu visite à son propre système depuis la nuit de l'attentat à l'Institut Pasteur, et donc Chambord n'y avait pas relevé le moindre indice sur l'endroit où il se trouvait. Déçu, il y déposa un petit « cadeau » et poursuivit sa recherche.

Il connaissait le nom de la banque de Marty, il put donc vérifier ses comptes sans la moindre difficulté. Mais là encore, aucune trace d'activité récente. Il réfléchit un moment et eut une autre idée – la carte de crédit de Zellerbach.

Lorsqu'un relevé de ses achats s'afficha sur l'écran, le visage austère de Chambord s'anima d'un sourire, et ses yeux intenses s'allumèrent. Oui ! Hier, Marty avait acheté un ordinateur portable à Paris. Il décrocha son téléphone cellulaire posé sur la table à côté de lui

Vaduz, Liechtenstein

Découpée dans une portion de territoire à la végétation très dense, entre la Suisse et l'Autriche, la petite principauté du Liechtenstein était souvent négligée par les touristes, mais fort appréciée des étrangers ayant besoin d'un endroit sûr où transférer et cacher de l'argent. Le Liechtenstein était connu pour ses panoramas à couper le souffle, et pour son sens du secret absolu.

Au cœur de la capitale, Vaduz, le crépuscule couchait des ombres noires dans l'avenue principale qui longeait le Rhin. Voilà qui convenait à Abu Auda. Toujours vêtu de sa tenue à l'occidentale, il avançait d'un pas vif, évitant de croiser les regards, jusqu'à ce qu'il arrive devant une porte accédant à la petite résidence d'apparence insignifiante qu'on lui avait décrite. Il frappa trois coups, attendit, et frappa quatre autres coups.

Il entendit un verrou que l'on ouvrait, et la porte s'entrebâilla.

En arabe, Abu Auda glissa quelques mots par l'interstice. *Breet Bate.* « Je veux une chambre. »

Une voix d'homme lui répondit *May-fah-hem-tikch.* « Je ne comprends pas. »

Abu Auda répéta le code. « Ils tiennent Mauritania », ajouta-t-il.

La porte s'ouvrit toute grande, et un petit homme à la peau sombre leva vers lui son regard inquiet.

« Ah oui ? »

Abu Auda poussa la porte pour entrer. Il était là dans l'un des principaux repaires européens de la *hawalala*, le réseau souterrain arabe spécialisé dans le transfert, l'encaissement, le blanchiment et l'investissement de capitaux. Sans aucune régulation et complètement secret, sans aucun véritable relevé dont des organismes de contrôle auraient pu remonter la trace, ce réseau finançait non seulement les individus, mais les causes. L'an passé, près d'un milliard de dollars avait transité par ses seules ramifications européennes.

« Où Mauritania se procurait-il son argent ? » Abu Auda poursuivit en arabe. « La source. De quel portefeuille provenait le financement ?

— Vous savez que je ne peux pas vous le dire. »

Abu Auda sortit son pistolet de son étui logé sous son aisselle. Il le braqua sur l'homme, qui recula, et Abu Auda le suivit.

« Mauritania est détenu par ceux qui détiennent l'argent. Ils ne font pas partie de notre cause. Je sais que les sommes étaient versées par un professeur Chambord ou un capitaine Bonnard. Mais je ne crois pas qu'ils aient été seuls dans l'opération. Alors maintenant tu vas parler, et tu vas être précis. »

Dans le ciel de France

Une demi-heure après avoir décollé de Mâcon, Jon, Peter et Randi terminaient les sandwichs qu'ils avaient achetés sur le petit aéroport, tout en poursuivant leur discussion et leur analyse de la situation.

« Quoi que nous décidions de tenter pour retrouver Chambord et Bonnard, nous avons intérêt à agir vite. Le temps joue contre nous. Quels que soient leurs plans, ils vont passer à l'action très, très bientôt. »

Jon approuva d'un signe de tête.

« Mauritania avait prévu d'attaquer Israël ce matin. Maintenant que nous savons qu'il existe encore un ordinateur moléculaire en état de marche quelque part, et que Chambord et Bonnard sont libres de leurs mouvements, j'en déduis que nous avons gagné un peu de temps, mais pas beaucoup. »

Randi en eut un frisson.

« Et peut-être pas suffisamment. »

Le soleil s'était couché, et l'obscurité s'insinuait partout sur la terre. Devant eux, un océan de lumières scintillait dans la grisaille du crépuscule. Paris. Tout en contemplant la cité tentaculaire, Jon revint en pensée à l'Institut Pasteur, et à l'attentat à la bombe qui l'avait initialement amené dans la capitale, et vers Marty. Cela lui paraissait tellement loin, et pourtant c'était seulement lundi dernier que Fred Klein avait fait irruption dans le Colorado, pour lui demander de se charger de cette mission, qui l'avait conduit sur deux continents.

A présent, le cercle se resserrait, et le prix d'un échec éventuel demeurait encore une inconnue, à ceci près, tous s'accordaient sur ce point, que ce prix serait élevé. Il leur fallait débusquer Emile Chambord et son ordinateur moléculaire. Et quand ils l'auraient débusqué, ils auraient besoin d'un Marty en bonne santé et très vigilant.

CHAPITRE TRENTE-QUATRE

Paris, France

L
E Dr Lochiel Cameron voyait bien que Marty était à la fois contrarié et irrité. L'effet de sa camisole chimique se dissipait, il faisait les cent pas dans la chambre, de sa démarche raide et gauche, et le praticien l'observait, installé dans un confortable fauteuil, avec un sourire perplexe. Cet homme accommodant était d'un naturel optimiste, il avait suffisamment connu la guerre et la dévastation pour finalement juger que renverser le cours du temps pour le compte de beautés vieillissantes des deux sexes, dans sa clinique de chirurgie esthétique très sélecte, n'offrait pas une carrière trop désagréable.

« Donc vous vous faites du souci pour vos amis », suggéra le Dr Cameron.

Marty cessa de déambuler et agita ses bras grassouillets d'un air excédé

« Mais enfin qu'est-ce qu'ils peuvent bien fabriquer ? Pendant que je me décompose dans votre espèce de boucherie où l'on pratique, j'en suis persuadé, des tarifs exorbitants, usuraires, si ce n'est même criminels, où sont-ils, eux ? Combien de temps peut-il falloir pour arriver jusqu'à Grenoble et retour ? C'est sur Pluton, Grenoble ? Pas que je sache, alors ? »

Il se remit à tourner en rond dans la pièce. Les rideaux étaient tirés sur la nuit, l'endroit était confortable, avec un joli mobilier et un éclairage aux tons chauds – pas un de ces néons aveuglants qui donnaient immédiatement un air dur à la moindre chambre d'hôpital. Il y flottait même le parfum rafraîchissant d'un bouquet de pivoines fraîchement coupées. Mais cette atmosphère réconfortante n'exerçait aucun effet sur Marty. Il n'avait qu'une seule question en tête : où étaient Jon, Randi et Peter ? Il redoutait qu'ils ne soient partis pour Grenoble non pour sauver Jon d'une mort possible, mais pour y mourir tous.

Le Dr Cameron intervint sur un ton mesuré.

« Donc cela vous bouleverse. »

Marty s'interrompit en pleine déambulation et se tourna vers le médecin avec une expression horrifiée.

« Si cela me bouleverse ? Me bouleverse ! Vous vous imaginez que ce n'est que ça, l'état dans lequel je suis ? Je suis anéanti. Ils sont en danger. Je le sais. Blessés. Ils gisent quelque part, ils baignent tout seuls dans leur propre sang ! » Ses mains se nouèrent, se contorsionnèrent, et la lueur d'une idée lui alluma le regard. « Je vais aller à leur secours. C'est ça. Je vais faire une descente là-bas et les arracher aux serres du démon. Mais il faut que je sache exactement où ils se trouvent. C'est tellement exaspérant... »

La porte s'ouvrit, et il se retourna, prêt à décocher une réflexion cinglante à celui ou celle qui osait s'immiscer dans son malheur.

Mais c'était Jon qui se tenait là, grand, musclé, imposant, dans son blouson d'aviateur de couleur sombre. En dépit de son visage mat et meurtri, il adressa un sourire de la taille de l'océan Atlantique à Marty. Peter et Randi se pressaient derrière lui, eux aussi tout sourire. De l'enfance à l'âge adulte, Zellerbach n'avait jamais très bien su déchiffrer les émotions des autres. Comprendre que les commissures des lèvres en accent aigu étaient un sourire, synonyme de joie, et qu'un sourcil froncé pouvait signifier la tristesse, la colère ou toute une palette d'autres émotions moins gaies, lui avait pris un certain temps. Mais à cet instant, il se rendit compte non seulement que ses trois amis étaient heureux d'être là, mais qu'ils avaient l'air pressés, comme s'ils n'arrivaient que pour repartir aussitôt. Tout n'allait pas pour le mieux, mais face à cette situation, ils faisaient bonne figure.

Ils entrèrent dans la pièce à grands pas.

« Mart, nous allons tous bien, fit Jon. C'est merveilleux de te revoir. Inutile de t'inquiéter pour nous. »

Marty laissa échapper un cri de joie, puis aussitôt l'air plus renfermé, il se rembrunit.

« Eh bien, ce n'est pas trop tôt. J'espère que vous vous êtes bien amusés, vous trois. » Il se haussa de toute sa stature. « Pour ma part, j'ai végété dans cet abattoir ennuyeux à mourir sans personne d'autre que ce... ce... » Il lança un regard furieux au Dr Cameron assis dans son fauteuil... « ce barbier écossais. »

Lochiel Cameron eut un gloussement.

« Comme vous voyez, il est en pleine forme. En excellente condition physique et bien parti pour un complet rétablissement. Toutefois, il vaudrait mieux lui éviter d'autres blessures. Et naturellement, s'il a la nausée ou la tête qui tourne, il faudra lui faire de nouveau examiner le crâne. »

Zellerbach tenta de protester, mais Jon éclata de rire et le prit par les épaules. Marty sourit à son tour et considéra Jon, Randi et Peter, des pieds à la tête.

« Enfin, au moins, vous voilà de retour. Apparemment, vous êtes entiers.

— Et comment, mon gars, renchérit Peter.

— Grâce à Randi et Peter, ajouta Smith.

— Encore heureux que Jon ait été d'humeur à se laisser secourir »,
ironisa Randi.

Jon allait relâcher l'épaule de Marty, mais son ami le devança, se retourna subitement et le serra dans ses bras. Avec une dernière petite
étreinte, il s'écarta et lui dit quelques mots à voix basse.

« Mince, Jon. Tu m'as sacrément fichu les jetons. Je suis tellement
content que tu sois sain et sauf. Sans toi, rien n'était pareil, c'est tout.
Pendant un bon moment, je t'ai cru mort. Tu ne pourrais pas te mettre à
choisir une existence un peu plus sédentaire ?

— Tu veux dire, comme toi ? » Les yeux bleu marine de Jon pétillè-
rent. « C'est toi, le type qui a subi une commotion après l'explosion
d'une bombe à l'Institut Pasteur, pas moi. »

Zellerbach lâcha un soupir.

« Je pensais bien que tu allais me ressortir ça. »

Le Dr Cameron leur fit ses adieux et sortit, et le trio, fatigué et débraillé, se laissa tomber dans des sièges. Marty regagna son lit, tapa et
rapetassa ses oreillers dans un monceau blanc, et s'y adossa, tel un
sultan dodu sur un trône de coton.

« Je sens que vous êtes pressés, leur dit-il. Est-ce que ça signifie que
c'est fini ? J'espérais que vous me diriez qu'on peut rentrer à la maison,
maintenant.

— J'aimerais bien », soupira Randi. Elle retira le bandeau qui
maintenait sa queue-de-cheval et secoua ses cheveux. Elle se massa le
crâne à deux mains. Des cernes bleuâtres étaient bien visibles sous ses
yeux noirs. « Nous pensons qu'ils s'apprêtent à bientôt frapper de
nouveau. J'espère simplement que nous aurons le temps de les en
empêcher.

— Où ça ? Quand ? » s'enquit Marty, le front creusé de rides.

Afin de gagner du temps, Jon lui décrivit simplement les principaux
épisodes survenus depuis sa capture dans la villa algérienne, pour finalement lui communiquer la teneur de leurs déductions, concernant la
manière dont Emile Chambord et le capitaine Bonnard se seraient servis
du Croissant Armé, non seulement pour que ce dernier se charge de
l'essentiel du sale boulot, mais pour dissimuler leur complicité dans le
cadre d'un plan reposant sur l'ordinateur ADN. A présent, ce tandem
avait disparu avec Thérèse Chambord.

« A mon avis, conclut Jon, ils doivent posséder un second prototype.
Est-ce possible ? »

Marty se redressa.

« Un second prototype ? Evidemment. Emile disposait de deux ordinateurs, afin de pouvoir tester simultanément différentes séquences moléculaires en fonction de leur efficacité, de leur rapidité et de leur capacité. Voyez-vous, les ordinateurs moléculaires procèdent à l'encodage
du problème à résoudre en langage ADN, les quatre valeurs de base

étant A, T, C et G. En les utilisant comme un système numérique, la solution à n'importe quel problème concevable peut être encodée suivant un ruban ADN et... »

Jon l'interrompit.

« Merci, Marty. Mais achève ce que tu nous expliquais au sujet de Chambord et du second prototype. »

Zellerbach cligna les yeux. Il considéra les visages ébahis de Peter et Randi et soupira d'un air théâtral.

« Oh. Très bien. » Sans rien omettre de sa démonstration, il la reprit au stade où il s'était arrêté. « Donc, la seconde installation d'Emile a disparu. Pffuitt! Evaporée! Emile m'avait dit qu'il la démontait parce que nous étions si près du but que nous n'avions plus besoin d'un autre système. Moi, cela ne me paraissait pas très sensé, mais la décision lui revenait entièrement. Nous avions résolu tous les bogues, et ce n'était plus qu'une question de réglage final du système principal.

— Quand le second système a-t-il disparu? s'enquit Randi.

— Moins de trois jours avant l'attentat, mais tous les gros problèmes qui subsistaient avaient déjà été lissés la semaine précédente.

— Il faut que nous le retrouvions tout de suite, lui fit Randi. Chambord s'absentait-il du labo pour des périodes assez longues? Les week-ends? Pour des vacances?

— Pas que je me souvienne. Il dormait souvent dans un lit qu'il avait installé dans le labo.

— Réfléchis, mon gaillard, insista Peter. Ne serait-ce que quelques heures, peut-être? »

Le visage de Marty se tordit à force de concentration.

« En général, j'allais toutes les nuits dans ma chambre d'hôtel dormir deux heures, vous voyez. »

Mais il continua de réfléchir, en allouant une certaine quantité de mémoire à ses pensées, comme le ferait un ordinateur. A partir de l'heure où la bombe avait explosé à l'Institut Pasteur, son esprit revint sur chaque minute, qu'il passa au crible, jour après jour, ses circuits neuronaux se connectant suivant une chronologie inversée remarquablement précise, jusqu'à ce qu'il hoche vigoureusement la tête. Il y était.

« Oui, deux fois! Le soir où l'ordinateur a disparu, il a décidé que nous avions besoin d'une pizza, mais Jean-Luc était sorti quelque part, je ne sais plus où, au juste, donc j'y suis allé. J'étais parti depuis à peu près un quart d'heure, et quand je suis revenu Emile n'était pas là. Je suis revenu encore un quart d'heure plus tard, environ, et nous avons réchauffé la pizza au micro-ondes.

— Donc, releva Jon, il était parti au moins une demi-heure?

— Oui.

— Et la deuxième fois? insista Randi.

— Le lendemain soir, j'ai remarqué que le deuxième système n'était plus là, Emile s'était absenté près de six heures. Il m'a dit qu'il était tellement fatigué qu'il allait rentrer en voiture chez lui, dormir dans son lit. C'était vrai qu'il était crevé. Nous l'étions tous les deux. »

Randi analysa ses propos.

« Donc, le soir où il s'est éclipsé, Chambord n'était pas parti longtemps. Le lendemain soir, il est parti environ six heures. D'après moi, le premier soir, il l'a simplement emporté chez lui. Le deuxième soir, il l'a transporté en voiture quelque part à moins de trois heures de Paris, probablement moins.

— Qu'est-ce qui te fait penser qu'il ait effectué ce trajet en voiture ? objecta Peter. Pourquoi pas par air ou en train ?

— Le prototype est trop gros, trop difficile à manipuler, avec trop de pièces et d'éléments, lui expliqua Jon. J'en ai vu un, et ce n'est franchement pas un engin portatif.

— Jon a raison, confirma Marty. Pour le transporter, même démonté, il aurait au moins fallu une camionnette. Et Emile n'aurait fait confiance à personne d'autre que lui pour le déplacer. » Il soupira tristement. « Tout cela est tellement incroyable. Horrible, incroyable. Incroyable et horrible. »

Peter fronça le sourcil.

« En trois heures, il aurait pu l'acheminer n'importe où entre Bruxelles et la Bretagne. Mais même si nous cherchions un endroit situé à deux heures de Paris, nous parlons de plusieurs centaines de kilomètres carrés autour de la capitale. » Il consulta Marty du regard. « Tu n'aurais pas un moyen de recourir à ton espèce d'attirail de sorcier de l'électronique pour résoudre notre problème ? Nous localiser ce foutu prototype ?

— Navré, Peter. » Marty secoua la tête. Puis il attrapa son nouveau portable sur sa table de nuit et le posa sur ses jambes croisées. « Le modem était déjà connecté à la prise téléphonique. Même en supposant qu'Emile ait laissé en place le logiciel de sécurité que nous avions conçu pour l'ordinateur, je n'aurais pas le pouvoir de m'y introduire. Emile a eu largement le temps de tout reconfigurer, y compris les codes. Souvenez-vous, nous sommes confrontés à l'ordinateur le plus rapide, le plus puissant du monde. Il fait évoluer ses codes pour s'adapter à toute tentative de localisation, si rapidement qu'aucun des matériels dont nous disposons à l'heure actuelle ne peut le suivre à la trace. »

Jon le regarda faire.

« Alors pourquoi as-tu allumé ton portable ? Apparemment, tu te mets en ligne.

— Bien vu, Jon, s'écria Marty gaiement. Oui, et comment. Pendant que nous nous parlons, je me connecte à mon superordinateur à la maison. Je vais tout simplement le piloter depuis ce portable. En me servant de ce logiciel de ma conception, j'espère démentir cette impossibilité que je viens de vous évoquer. Rien à perdre, et ce serait amusant d'essayer... » Brusquement, il cessa de parler et, sous le coup de l'étonnement, écarquilla les yeux. Puis ce fut le désarroi. « Oh, mon Dieu ! Quel coup infect. Zut, Emile. Tu as profité de ma générosité !

— Qu'y a-t-il ? demanda Jon en se précipitant vers le lit pour voir l'écran de Marty. Il y avait un message en français affiché dessus.

— Que s'est-il passé ? » voulut savoir Randi, inquiète.

Marty lança un regard furieux vers l'écran, et il haussa le ton, sous le coup de l'indignation.

« Comment peux-tu oser pénétrer dans le sanctuaire de mon système informatique. Espèce... espèce de sinistre satrape ! Tu me le paieras, Emile. Tu me le paieras ! »

Tout en pestant, Jon lut le message à voix haute à Peter et Randi, en anglais cette fois.

> *Martin,*
> *Il faut que tu sois plus prudent avec ton logiciel de protection. Un travail magistral, mais pas contre moi ou ma machine. Je t'ai déconnecté, j'ai refermé ta porte d'entrée système et je t'en ai totalement interdit l'accès. Tu es impuissant. L'apprenti doit apprendre à céder devant le maître.*
>
> *Emile*

Marty releva le menton, en signe de défi.

« Il n'a aucun moyen de me battre. Je suis le Paladin, et le Paladin est du côté de la vérité et de la justice. Je déjouerai ses manœuvres ! Je... je... »

Jon s'écarta, et les doigts de Marty volèrent sur le clavier, et son regard se durcit, se concentra, alors qu'il tentait de convaincre son système personnel de se rallumer. L'air morose, Jon, Peter et Randi l'observaient. Le temps donnait l'impression de s'écouler bien trop vite. Il leur fallait débusquer Chambord et le prototype.

Les doigts de Marty ralentirent l'allure, de petites taches de sueur se formèrent sur son visage. Il releva les yeux, désemparé.

« Je l'aurai. Mais pas comme ça. »

Dans les environs de Bousmelet-sur-Seine

Dans sa pièce de travail silencieuse et sans fenêtres, Emile Chambord examina le message affiché sur son écran. Comme il l'escomptait, Zellerbach était entré en contact avec son système à domicile à Washington, à partir de là, il avait reçu un message de Chambord et le système s'était éteint tout seul. Voilà qui fit rire Chambord de bon cœur. Il avait surpassé l'arrogant petit Américain. Il disposait maintenant d'une piste pour le suivre à la trace, et il allait être en mesure de le débusquer. Il tapa vite, entamant le stade suivant de sa recherche.

« Professeur Chambord. »

Le scientifique leva les yeux.

« Vous avez des nouvelles ? »

Vif et râblé, le capitaine Bonnard prit la chaise à côté du bureau de Chambord.

« Je viens de recevoir un rapport de Paris. » Son visage carré trahissait le mécontentement. « Nos gens ont montré une photo du Dr Zellerbach au vendeur du magasin. Il leur a répondu que Zellerbach n'était pas avec l'homme qui avait payé l'ordinateur avec cette carte de crédit. Néanmoins, il semblerait qu'il s'agisse bel et bien d'un des acolytes de Jon Smith. Mais quand notre homme a vérifié ses fichiers de ventes, l'adresse fournie se situait à Washington. Il n'y avait aucune indication d'adresse ou de numéro de téléphone à Paris. Naturellement, comme Zellerbach a pu tout simplement envoyer cet homme au magasin, nos gens ont sondé le vendeur avec cette photo-là. Et là encore, sans résultat. Personne n'a reconnu le Dr Zellerbach. »

Chambord eut un petit sourire.

« Ne renoncez pas, cher ami. Je viens d'apprendre une leçon... la puissance de l'ordinateur ADN est à ce point illimitée que nous nous devons de réajuster en conséquence notre conception du possible et de l'impossible. »

Bonnard croisa les jambes, en balançant le pied avec impatience.

« Vous avez un autre moyen de le localiser ? Il le faut, vous ne l'ignorez pas. Lui et les autres, ils en savent trop. Ils sont incapables de nous arrêter, plus maintenant. Mais ultérieurement... ah, oui. Cela pourrait avoir des conséquences catastrophiques pour la suite de nos plans. Il faut les éliminer, et promptement. »

Chambord dissimula son agacement. Il connaissait les enjeux mieux que Bonnard.

« Heureusement, le Dr Zellerbach a rendu visite à son système personnel, chez lui. Je suppose qu'il a dû prendre des précautions préalables, probablement en répercutant le signal dans plusieurs pays, depuis la ligne téléphonique qu'emploie son modem. Il a dû également essayer de masquer un peu plus son chemin, en passant par toute une série de serveurs et un nombre équivalent de pseudonymes.

— Comment pouvez-vous retrouver sa trace avec tout ça ? s'enquit Bonnard. Masquer une piste électronique, c'est un procédé courant. C'est courant, parce que ça marche.

— Pas contre mon appareil moléculaire. » Très confiant, le professeur Chambord revint à son clavier. « D'ici quelques minutes, nous aurons ce numéro de téléphone à Paris. Et ensuite, il sera fort simple d'identifier l'adresse correspondante. Après quoi, j'ai un petit plan qui mettra complètement fin aux poursuites, d'où qu'elles viennent. »

CHAPITRE TRENTE-CINQ

Paris

« D ONC, voici quelle est notre situation, achevait d'exposer Jon à Randi, Peter et Marty. Toutes nos agences de renseignement travaillent sur cette affaire. Nos gouvernements sont en état d'alerte maximum. Notre boulot, c'est de prendre en charge ce qu'ils ne peuvent endosser eux-mêmes. D'après ce que nous a rapporté Marty du second prototype, Chambord et Bonnard doivent se trouver quelque part à deux heures de Paris environ. Bien, que savons-nous d'autre, et qu'est-ce que nous ignorons ?

— Nous avons là un scientifique dans sa tour d'ivoire et un officier français de grade subalterne, résuma Randi. Je me demande s'ils ont pu mener toute cette entreprise tout seuls.

— Moi aussi. » Toujours dans son fauteuil, Jon se pencha en avant, le visage pénétré. « Toute cette opération sent la présence de quelqu'un qui tirerait les ficelles. Nous avons le capitaine Bonnard, qui opérait aux alentours de Paris sans lien apparent avec l'attentat de l'Institut Pasteur, pendant que l'Institut sautait et que le professeur Chambord se faisait "enlever" par les Basques. Les Basques escamotent Chambord à Tolède, où ils le remettent au Croissant Armé. Ensuite ils font demi-tour et reviennent à Paris, kidnappent Thérèse et l'acheminent jusqu'à Tolède, elle aussi. Entre-temps, Mauritania se trouve parfois à Paris, parfois à Tolède, tandis que le professeur Chambord et le capitaine Bonnard, apparemment, ne se contactent pas avant l'épisode de la villa en Algérie. Mauritania se croit partenaire sur un pied d'égalité avec Bonnard et Chambord, jusqu'à Grenoble. Donc... qui est-ce qui supervise le tout, qui orchestre, qui coordonne tous ces gens et toutes les facettes de cette histoire ? Il faut que ce quelqu'un soit proche à la fois des deux Français.

— Et qu'il dispose de l'argent, ajouta Peter. Il s'agit à l'évidence d'une opération coûteuse. Qui paie, qui finance ?

— Pas Mauritania, leur assura Randi. Langley m'a informé que, depuis qu'il est sorti du giron de Ben Laden, ses ressources ont nettement diminué. Qui plus est, si Chambord et Bonnard utilisaient le Croissant

Armé, ils étaient très certainement les instigateurs de cette collaboration, il est donc vraisemblable qu'ils endossaient aussi les factures. Or je doute qu'un capitaine de l'armée française ou un pur scientifique comme Chambord disposeraient de ce genre de somme. »

Marty se manifesta.

« Certainement pas Emile. » Il secoua sa tête ronde. « Oh, ça non, alors. Emile est loin d'être riche. Vous devriez voir comme il vit modestement. En plus, il a déjà du mal à conserver de l'ordre dans un tiroir de bureau. Je doute vraiment qu'il soit capable d'organiser et de gérer autant de gens et d'activités.

— Pendant un temps, j'ai cru qu'il pouvait s'agir du capitaine Bonnard, avoua Smith. Après tout, c'est un officier sorti du rang. Ce qui est à la fois difficile et admirable. Pourtant, il ne semble pas avoir l'étoffe d'un véritable chef, d'un authentique organisateur, d'un cerveau. Il n'a certainement rien d'un Napoléon, qui était lui aussi un officier sorti du rang. A en croire son dossier, l'épouse actuelle de Bonnard est issue d'une famille française très en vue. Là, il y a de la fortune, mais pas le genre de fortune que nous recherchons. Donc, à moins qu'un aspect m'ait échappé, rien qu'à ces deux titres, cela le met hors jeu, lui aussi. »

Alors que Jon, Randi et Peter poursuivaient leur conversation, Marty croisa les bras et se blottit dans ses oreillers. Les yeux clos, il laissa son esprit repartir vers l'aval, vers ces dernières semaines, prendre son essor dans un patchwork tridimensionnel de visions, de bruits et d'odeurs. A partir du tremplin de sa mémoire, il revécut le passé, se remémorant avec clarté, avec joie, son travail avec Emile, l'émotion d'un petit succès après l'autre, les sessions de remue-méninges, les repas qu'ils se faisaient livrer, les longues journées et les nuits encore plus longues, les odeurs de produits chimiques et des équipements, la place croissante qu'avaient prise en lui le labo et le bureau, où il s'était senti de plus en plus chez lui...

Et enfin, il tomba pile dessus. Brusquement, il décroisa les bras, s'assit bien droit, et ouvrit les yeux. Il se souvenait exactement à quoi ressemblaient le labo et le bureau.

« C'est ça ! » annonça-t-il d'une voix forte.

Tous trois le dévisagèrent.

« C'est ça, quoi ? lui demanda Jon.

— Napoléon. » Marty ouvrit grands les bras. « Jon, tu viens de mentionner Napoléon. C'est ça qui m'a remis ce souvenir en mémoire. En réalité, nous sommes à la recherche d'une anomalie, d'un détail qui ne cadrerait pas. Une bizarrerie qui nous désigne l'élément manquant de l'équation. Vous savez certainement que si vous considérez invariablement la même information de façon inchangée, vous obtiendrez forcément une réponse identique. Totale perte de temps.

— Alors, qu'est-ce qui nous manque, Mart ? s'enquit Jon.

— Le pourquoi, répliqua Marty. C'est ça, ce qui nous manque. Pourquoi Emile s'est-il lancé dans tout cela ? La réponse se trouve peut-être dans Napoléon.

— Il fait ça pour Napoléon ? s'exclama Peter. C'est ça, ta perle rare ? »

Marty lança un regard noir à l'Anglais.

« Peter, tu aurais fort bien pu t'en souvenir, toi aussi. Je t'en ai parlé. » Tandis que Peter tâchait de se rappeler à quel mystère Marty faisait référence, Marty agita les mains au-dessus de sa tête, tout excité. « Cette reproduction. Au début, elle me paraissait sans importance, mais maintenant, elle occupe une place capitale. En réalité, c'est vraiment une anomalie.

— Quelle reproduction ? insista Jon.

— Emile possédait une excellente reproduction d'un tableau accrochée au mur de son labo, expliqua Zellerbach. Je crois que la toile originale était un tableau peint à l'huile par Jacques-Louis David, ce peintre français du tournant du XIXe siècle. Le tableau s'intitulait *La Retraite de la Grande Armée devant Moscou*, ou quelque chose dans ce goût-là. Je ne me souviens plus du titre exact en français. Enfin... » Il posa l'ordinateur portable sur la table et se leva d'un bond, incapable de rester tranquille... « Ce tableau nous montrait Napoléon avec une trouille bleue. Je veux dire, après avoir pris Moscou, qui ne serait pas dans un état pareil, en se retrouvant contraint de battre en retraite parce que l'adversaire a incendié la plus grande partie de sa capitale, sans rien à manger, et avec l'hiver qui approchait ? Napoléon s'est mis en route avec plus de quatre cent mille hommes de troupe, mais lorsqu'il est arrivé à Paris, il ne lui en restait plus que dix mille. Donc, ce tableau montre Napoléon, le menton enfoncé dans la poitrine. » Marty mima la posture. « Il monte son grand cheval blanc, et les vaillants soldats de la Vieille Garde titubent misérablement dans la neige derrière lui, comme des va-nu-pieds. C'est tellement triste.

— Et cette reproduction avait disparu du labo de Chambord ? en déduisit Jon. Quand ?

— Elle a disparu le soir de la bombe. Quand je suis arrivé là-bas pour réunir mes papiers, mon premier choc, ç'a été le cadavre. Ensuite, j'ai remarqué que l'ordinateur ADN n'était plus là. Et finalement je me suis rendu compte que cette reproduction avait disparu, elle aussi. Sur le moment, le sort de cette image m'a paru dénué de toute importance. Un détail, comme vous pouvez l'imaginer. Maintenant, en revanche, cela me paraît d'une étrangeté flagrante. Il faut s'intéresser à la question de près.

— Pourquoi la Flamme Noire, les Basques, auraient-ils volé une reproduction retraçant une tragédie française vieille de deux siècles ? » s'interrogea Randi.

Marty se frotta les mains avec animation.

« Peut-être bien qu'ils ne l'ont pas volée. » Il s'interrompit, pour ménager son effet. « Peut-être qu'Emile l'a emportée avec lui ! »

— Mais pourquoi ? insista Randi. Ce n'était même pas la toile originale.

— Je pense que Marty est en train de nous expliquer, intervint promptement Smith, que la raison pour laquelle il a emporté cette reproduction pourrait nous indiquer ce que Chambord avait à l'esprit, quand il est parti avec les terroristes, et peut-être même nous éclairer sur la raison qui le pousse à agir comme il le fait. »

Peter se rendit à la fenêtre à grands pas. Il ouvrit les rideaux et observa la rue en contrebas.

« Je ne vous ai jamais parlé d'un autre petit problème, que le MI6 m'a refilé à traiter. Voici quelques jours, nous avons perdu un de nos généraux, une grosse légume... sir Arnold Moore. Une bombe placée à bord de son Tornado, hélas. Ce général rentrait au bercail pour rapporter à notre Premier ministre quelques informations si confidentielles qu'il n'y avait fait que quelques allusions.

— Quelles allusions ? s'enquit aussitôt Jon.

— Il a indiqué que ce qu'il savait pourrait toucher à vos problèmes de communications à vous, les Américains. Autrement dit, la première attaque dont vous, les Yankees, n'aviez parlé qu'à nous, les Anglais. » Peter relâcha le rideau, qui se remit en place. Il se retourna, le visage grave. « Voyez-vous, j'ai remonté la trace de Moore, à travers différents contacts. Leurs renseignements convergeaient tous sur une réunion clandestine réunissant des généraux haut placés à bord du nouveau porte-avions français, le *Charles-de-Gaulle*. Il y avait Moore, naturellement, représentant la Grande-Bretagne, plus des généraux de France, d'Italie, d'Espagne et d'Allemagne. Je connais l'identité de l'Allemand... Otto Bittrich. Ensuite, voici la partie croustillante : apparemment, cette réunion était ultrasecrète. Rien d'inhabituel, à première vue. Sauf que, ainsi que j'ai fini par le découvrir, elle était organisée par le grand pontife des grosses légumes de l'OTAN en personne, le "copain" de Jon... le général Roland de La Porte, et l'ordre de faire appareiller ce gros navire de guerre très dispendieux émanait apparemment de l'OTAN, sauf que personne n'a été en mesure de retrouver l'original de l'ordre signé.

— Roland de La Porte est le commandant suprême en second de l'OTAN.

— Lui et aucun autre, confirma Peter, avec une expression à la fois tendue et solennelle.

— Et le capitaine Bonnard est son aide de camp.

— Lui et aucun autre non plus. »

Jon observa un temps de silence, passant et repassant cette nouvelle information au crible.

« Je m'interroge. Je croyais que le capitaine Bonnard pouvait se servir de La Porte, mais si c'était l'inverse ? La Porte lui-même a admis que le haut commandement français, et probablement lui-même au premier chef, avaient suivi de près les travaux de Chambord. Et si La Porte avait suivi ces travaux de plus près que n'importe qui d'autre, pour ensuite garder ce qu'il avait appris pour lui ? Sur le plan personnel, il a également souligné le fait que Chambord et lui étaient amis. »

Marty cessa de déambuler. Peter hocha lentement la tête.

« Tout cela me paraît terriblement plausible, observa Randi.

— Roland de La Porte a de l'argent, ajouta Marty. Je me souviens d'Emile parlant du général. Il admirait en lui le vrai patriote qui aimait la France et nourrissait pour elle une vision d'avenir. Selon Emile, la fortune de La Porte dépassait l'entendement.

— Une fortune telle qu'il aurait pu financer l'opération ? » s'enquit Jon.

Tout le monde se tourna vers Marty.

« D'après moi, oui.

— Je veux bien me faire moine, s'écria Peter. Le commandant en chef suprême en second de l'OTAN, en personne.

— Incroyable, renchérit Randi. A l'OTAN, il aurait accès à toutes sortes d'autres ressources, y compris un grand navire de guerre comme le *Charles-de-Gaulle*. »

Jon se souvint de ce Français à la stature régalienne, de sa fierté et de son air suspicieux.

« Le professeur Chambord estimait que La Porte était un "vrai patriote qui aimait la France et avait pour elle une vision d'avenir", et que Napoléon était, et demeure, le sommet de la grandeur française. Et maintenant, il apparaît que la seule chose que Chambord ait emportée avec lui en quittant son labo cette nuit-là, hormis son ordinateur ADN, ce serait une reproduction d'une scène incarnant le début de la fin de l'empereur. Le début de la fin de la "grandeur" française. Etes-vous tous en train de penser ce que je pense ?

— Je crois que oui, acquiesça Peter, et son visage maigre se fit encore plus solennel. La gloire de la France.

— Dans ce cas, j'ai moi aussi repéré une anomalie, poursuivit Jon. Je l'ai remarquée en passant, mais cela ne m'avait jamais paru posséder de signification. Et maintenant, je m'interroge.

— De quoi s'agit-il ? voulut savoir Marty.

— D'un château, lui répondit Jon. Dans les tons brun rouge feu... probablement bâti dans une espèce de pierre rouge. J'en ai vu une peinture à l'huile quand je me suis rendu à l'hôtel particulier de La Porte, à Paris. Ensuite j'en ai vu une photographie, cette fois dans son bureau à l'OTAN. Manifestement, cet endroit a pour lui de l'importance. Tellement qu'il apprécie d'en avoir une image à proximité. »

Marty se précipita sur son lit et attrapa son ordinateur.

« Voyons si je peux trouver l'endroit, et voir si Emile disait vrai à propos des moyens financiers du général. »

Randi consulta Peter du regard.

« Quel était l'ordre du jour de cette réunion à bord du *Charles-de-Gaulle* ? Cet élément-là serait aussi de nature à nous apprendre beaucoup de choses.

— Il faudrait que je me renseigne, ne crois-tu pas ? lança Peter, en se dirigeant vers la porte. Aurais-tu l'amabilité, Randi, de préparer Langley à d'éventuelles nouveautés ? Et toi, Jon, pourquoi ne ferais-tu pas de même avec tes interlocuteurs ? »

Pendant que Marty se connectait sur Internet à partir de la ligne de la chambre, tous trois en sortirent précipitamment, en quête d'un téléphone.

*

Dans le bureau du Dr Cameron, Jon composa le numéro de la ligne de Fred Klein, sécurisée par brouillage.

« Avez-vous retrouvé Emile Chambord et sa machine du diable ? lui demanda Klein sans préambule.

— J'aimerais. Dites-m'en plus au sujet du capitaine Darius Bonnard et du général de La Porte. Quelle est la nature de leur amitié, au juste ?

— Une longue amitié. Ininterrompue. Telle que je l'ai décrite.

— Existe-t-il le moindre indice selon lequel le capitaine Bonnard aurait eu une certaine emprise sur le général de La Porte ? Que Bonnard pourrait être le vrai pouvoir agissant derrière le général ? »

Klein observa un silence, réfléchissant à la question.

« Le général a sauvé la vie de Bonnard pendant l'opération Tempête du Désert, quand Bonnard était encore ce que les Français appellent un sergent-chef. Bonnard doit tout au général. Je vous l'ai déjà dit.

— Qu'est-ce que vous ne m'avez pas dit à leur sujet ? »

Il y eut un silence pensif, et Klein ajouta quelques détails.

Jon l'écouta, et la situation commençait à prendre davantage de sens. Klein acheva ses explications.

« Que se passe-t-il, Jon ? Bon sang, le temps joue contre nous. Cela me fait l'effet d'un nœud coulant. A quoi rime cet intérêt soudain pour le lien entre Bonnard et le général de La Porte ? Avez-vous découvert quelque chose que j'ignore ? Préparez-vous quelque chose ? En tout cas, je l'espère, nom de Dieu. »

Smith lui parla du second prototype.

« Quoi ! Un second ordinateur moléculaire ? » Klein enrageait. « Pourquoi n'avez-vous pas tué Chambord quand vous en aviez l'occasion ? »

A son tour, Jon se laissa gagner par la tension ambiante.

« Nom de Dieu, rétorqua-t-il, personne n'a su deviner l'existence d'un second prototype. Je m'imaginais pouvoir sauver Chambord afin qu'il puisse continuer de travailler pour le bien de tous. J'ai arbitré, et au vu de nos informations, j'ai cru opérer le bon choix. J'ignorais complètement qu'il s'agissait d'une mise en scène, destinée à nous empêcher de comprendre que c'était Chambord qui menait la danse, et vous l'ignoriez aussi. »

Klein se calma.

« Très bien, ce qui est fait est fait. Maintenant il ne nous reste plus qu'à mettre la main sur ce deuxième ordinateur ADN. Si vous avez une idée de l'endroit où il est, et si vous avez un plan, je veux être tenu au courant.

— Je n'ai pas de plan, et je ne sais pas exactement où se trouve ce foutu engin, sauf qu'il est quelque part en France. S'il y a une frappe, c'est pour bientôt. Avertissez le Président. Croyez-moi, dès l'instant où j'aurai quelque chose de concret, je vous contacterai. »

Jon coupa la communication et retourna précipitamment dans la chambre de Marty.

*

Dans le bureau du directeur financier de l'hôpital, Peter était exaspéré, tâchant de maîtriser son allemand pour le moins guindé.

« Général Bittrich, vous ne comprenez pas ! C'est...

— Je comprends que le MI6 souhaite obtenir des informations dont je ne dispose pas, herr Howell.

— Général, je sais que vous étiez présent lors de cette réunion à bord du *Charles-de-Gaulle*. Je sais aussi que l'un de nos généraux qui est mort voici quelques jours, sir Arnold Moore, y était avec vous. Ce que vous ne savez peut-être pas, c'est que sa mort n'était pas un accident. Quelqu'un a voulu le tuer. Et désormais je crois que cette même personne entend utiliser l'ordinateur ADN pour priver les Etats-Unis de toute défense, avant de les attaquer. Il est urgent que vous me disiez de quoi traitait la réunion ultrasecrète du général de La Porte. »

Il y eut un silence.

« Ainsi, Moore a été assassiné ?

— Une bombe. Il était en route pour transmettre à notre Premier ministre des informations vitales qu'il avait recueillies lors de cette réunion. C'est ce qu'il faut que vous nous communiquiez. Qu'a pu apprendre le général Moore ? Quoi de si accablant, au point que l'on ait jugé utile de saboter son jet afin de l'empêcher de rien en rapporter ?

— Vous êtes certain qu'il s'agissait d'une bombe ?

— Oui. Nous avons repêché le fuselage du Tornado. Il a été examiné. Il n'y a aucun doute. »

Il y eut un long silence tendu.

Enfin, le général Bittrich reprit la parole.

« Très bien. » Il s'exprima avec soin, s'assurant de peser chaque mot. « Le général français de La Porte souhaite une armée européenne totalement intégrée, indépendante de l'Amérique, et qui soit au moins son égale. L'OTAN n'est pas adaptée à ses objectifs. Tout comme la force de déploiement rapide de l'Union européenne. Il projette une Europe réellement unie... Europa. Un pouvoir mondial continental qui finirait par surpasser les Etats-Unis. Il insistait sur le fait qu'il fallait mettre un terme à l'hégémonie des Etats-Unis. Il prétend que l'Europe est déjà en position de devenir une superpuissance avec laquelle compter. Si nous ne saisissons pas l'occasion d'occuper cette position prédominante qui nous revient à juste titre, il estime que nous finirons comme n'importe quel autre subordonné des Etats-Unis... au mieux, une grande colonie quelque peu privilégiée, mais en fin de compte toujours des esclaves des intérêts américains.

— Etes-vous en train de m'expliquer qu'il veut déclarer la guerre aux Etats-Unis ?

— Il soutient que nous sommes déjà en guerre avec les Etats-Unis sur bien des plans.

— Qu'en dites-vous, général ? »

Là encore, Bittrich observa un temps de silence.

« A bien des égards, j'adhère à ses idées, herr Howell. »

Peter perçut une légère hésitation.

« Je perçois une réticence, monsieur. Qu'est-ce que le général Moore voulait révéler à mon Premier ministre ? »

Bittrich marqua encore un silence.

« Je crois qu'il soupçonnait le général de La Porte de vouloir démontrer qu'il avait raison, que nous ne devions plus dépendre de l'Amérique, en montrant des Américains incapables de se défendre.

— Comment cela ? » lui demanda Peter. Il écouta la réponse, et ce qu'il entendit l'inquiéta à chaque mot davantage.

*

Au rez-de-chaussée, dans la même cabine téléphonique qu'elle avait utilisée précédemment, Randi raccrocha brutalement. Elle était en colère, inquiète. Langley ne disposait d'aucune information sur le général de La Porte ou le capitaine Bonnard. Elle traversa en vitesse la réception et remonta à l'étage, en espérant que les autres avaient été plus chanceux. Quand elle atteignit la chambre de Marty, Jon se tenait en sentinelle à l'unique fenêtre, surveillant la rue, pendant que Marty, toujours assis sur son lit, travaillait sur son clavier d'ordinateur.

« Nada, leur annonça-t-elle, et elle referma la porte derrière elle. Langley ne m'a été d'aucune aide.

— Moi, j'ai quelque chose de très utile, fit Smith, depuis la fenêtre. Le général de La Porte a sauvé la vie du général Bonnard lors de l'opération Tempête du Désert. Du coup, Bonnard lui est totalement loyal et manifeste des sentiments quelque peu excessifs envers la grandeur du général. » De nouveau, il regarda dans la rue. L'espace d'un instant, il crut apercevoir une silhouette se déplaçant furtivement à un pâté de maisons de là. « Bonnard fera tout... tout ce que le général lui demande, et il attendra impatiemment la prochaine occasion de le satisfaire. » Il chercha cette silhouette, au loin. Il (ou elle) avait disparu. Il observa la circulation, et suivit du regard quelques piétons, plus près de l'hôpital.

« Eh bien, que de largesses. » Marty leva les yeux de l'écran de son ordinateur. « D'accord, la réponse, c'est que le général de La Porte et sa famille pèsent des centaines de millions, calculés en dollars. Au total, on approche du demi-milliard de dollars. »

Jon lâcha un soupir.

« Avec ça, un type pourrait monter une jolie petite agression terroriste.

— Oh oui, confirma Marty. Le général de La Porte cadre parfaitement avec notre profil, plus j'y pense, plus je me souviens de la manière dont Emile me parlait de la France. Qu'elle n'était pas respectée comme elle le méritait. Qu'elle possédait une histoire magnifique, et que son avenir pouvait être encore plus formidable que son passé, pourvu qu'elle place à sa tête les gens qu'il fallait. De temps en temps, il oubliait que j'étais américain et me lançait une remarque particulièrement irritante à notre sujet. Je me souviens d'une fois où il m'a expliqué quel chef idéal était le général de La Porte, vraiment un trop grand homme, par rapport à son poste actuel. Il jugeait répugnant que l'immense général de La Porte soit contraint de travailler sous les ordres d'un Américain.

— Oui, commenta Jon. En l'occurrence, le général Carlos Henze. Le commandant suprême allié de l'OTAN.

— Cela semble coller. Mais peu lui importait que ce soit le général Henze. L'important, c'était qu'il soit américain. Vous voyez ? Mon anomalie explique bien des choses. Il est désormais évident qu'Emile a emporté cette reproduction de Napoléon avec lui parce qu'elle constitue sa source d'inspiration. La France va se relever.

— Tu as trouvé tous ces éléments financiers sur Internet ? demanda Randi.

— Aussi facile que d'ouvrir une coquille d'œuf, lui assura Marty. Il m'a suffi de déterminer quelle banque tenait ses comptes... une banque française, bien sûr. Ensuite j'ai affiné avec des logiciels que je connais bien. En les gonflant un peu, j'ai franchi tous les pare-feux, je me suis livré à une rapide intrusion et j'ai pêché pas mal de dossiers.

— Et au sujet du château de pierre rouge ? » demanda Jon.

Marty resta bouche bée.

« Oublié. La Porte m'a tellement captivé. Je m'en occupe tout de suite. »

Peter entra dans la chambre à grands pas, presque en courant. Son visage anguleux était tendu.

« Je viens de parler au général Bittrich. La réunion à bord du *Charles-*

de-Gaulle a été organisée par La Porte en personne, histoire de défendre son projet d'une armée européenne complètement intégrée. Pour construire ensuite, selon Bittrich, une Europe unie. Une seule nation – Europa. Bittrich était drôlement sur ses gardes, mais quand je lui ai appris que le général Moore avait été assassiné, il a finalement craché le morceau. Ce qui avait alarmé Moore... et, au bout du compte, Bittrich aussi... c'était que La Porte martelait ses arguments sur ces pannes que rencontrait l'armée américaine sur le plan de l'électronique et des télécommunications, en laissant fortement entendre qu'il y en aurait d'autres, preuve que les militaires américains n'étaient même plus capables de défendre leur propre pays. »

Jon haussa les sourcils.

« Quand ils se sont retrouvés à bord du *Charles-de-Gaulle*, le général de La Porte n'aurait en aucun cas pu avoir vent de nos problèmes de communications et de réseau électrique. Seuls nos dirigeants et les principaux dirigeants politiques et militaires britanniques étaient dans la confidence.

— Exactement. Le seul moyen pour La Porte d'être informé de ces attaques, c'était qu'il soit à leur origine. Sur le moment, Bittrich avait écarté ses propres craintes, les jugeant excessives, mais aussi parce qu'il craignait d'être influencé par le fait qu'il ne peut supporter La Porte, mais sur un plan personnel... il l'a surnommé M. Fanfaron de la Grenouille. » Peter sonda les visages de ses amis. « En résumé, Bittrich m'a expliqué qu'il soupçonnait La Porte d'être sur le point de lancer une attaque contre vous, les Yankees, dès que toutes vos défenses seront par terre.

— Quand ? s'enquit Jon.

— Il a laissé entendre, lui répondit Peter d'une voix plus dure, plus glaciale, que "si une hypothèse aussi invraisemblable avait un quelconque fond de vérité, ce que, naturellement, je ne crois pas un instant", cela confirmerait toutes nos craintes, ce serait pour cette nuit.

— Qu'est-ce qui lui fait croire ça ? s'étonna Randi.

— C'est lié à un vote crucial qui doit intervenir lors d'une séance spéciale du Conseil de l'Europe, prévue lundi, concernant la création d'une armée paneuropéenne. La Porte a contribué à la convocation de cette séance à huis clos, de manière que la question puisse faire l'objet d'un vote à bulletin secret. »

Le seul bruit qui subsistait dans la pièce fut le tic-tac de la pendule, sur la table de chevet de Marty.

En regardant une fois encore par la fenêtre, dans la rue, Jon remarqua deux hommes. Il lui semblait les avoir déjà vus passer à deux reprises devant la clinique.

Randi précisa sa question.

« Mais quand cette nuit ?

— Ah-ah ! s'exclama Marty depuis son lit. Château La Rouge. Est-ce que ce serait ça ? »

Aussitôt, Jon quitta la fenêtre pour venir consulter l'écran de l'ordinateur.

« C'est le château du tableau et de la photo de La Porte. » Il regagna la fenêtre et se retourna vers ses trois amis. « Vous voulez savoir quand ? Si j'étais La Porte, voilà ce que je ferais. Quand il sera six heures du matin, samedi, à New York, il sera trois heures de l'après-midi en Californie. L'heure du sport et des sorties en ville sur la côte Est, et la même chose sur la côte Ouest, avec en prime les plages bondées s'il fait beau. En plus, les autoroutes sont congestionnées. Mais ici, en France, il est minuit. Le silence. L'obscurité. Ce qui permet de cacher beaucoup de choses. Si je voulais causer le plus de mal possible aux Etats-Unis, et pour dissimuler mes actes, je lancerais mon attaque depuis la France aux alentours de minuit.

— Où se trouve le Château La Rouge, Marty ? » voulut savoir Peter.

Marty lut son écran.

« C'est un vieux château médiéval, construit en... Normandie ! Cela se situe en Normandie.

— A deux heures de Paris, releva Howell. Dans le périmètre où, selon nos déductions, le second ordinateur devrait être installé. »

Randi consulta la pendule murale.

« Il est presque vingt et une heures.

— Nous ferions mieux de nous presser, remarqua tranquillement Peter.

— J'ai dit que j'allais appeler le renseignement militaire. » Jon allait se détourner de la fenêtre. Il lui fallait alerter Fred immédiatement, mais il jeta juste encore un coup d'œil en bas dans la rue. Il lâcha un juron. « Nous avons des visiteurs. Ils sont armés. Il y en a deux qui entrent par la porte principale de la clinique. »

Peter et Randi attrapèrent leurs armes, et ils se précipitèrent vers la porte.

« Ah, mince alors ! » s'écria Marty. Il écarquilla les yeux, l'air effaré. « C'est terrible. Je viens de perdre la connexion Internet. Qu'est-ce qui s'est passé ? »

Peter débrancha la prise du modem et essaya le téléphone seul.

« La ligne est morte !

— Ils ont coupé les lignes téléphoniques ! » Le visage de Marty devint très pâle.

Randi entrouvrit la porte et tendit l'oreille.

CHAPITRE TRENTE-SIX

DERRIÈRE la porte de la chambre, dans le couloir, c'était le calme complet.

« Venez ! chuchota Randi. Quand j'ai cherché cette cabine téléphonique au rez-de-chaussée, j'ai déniché une autre sortie. »

Marty emporta ses médicaments, pendant que Jon refermait l'ordinateur portable. Randi ouvrant la marche, ils sortirent en silence de la chambre, se faufilèrent dans le couloir, devant les portes closes des autres chambres de la clinique. Une infirmière en uniforme blanc empesé venait de frapper à l'une d'elles. Elle s'immobilisa, stupéfaite, la main encore posée sur la poignée. Le quatuor passa devant elle, sans un mot.

Dans la cage ouverte de l'escalier, ils entendirent résonner la voix scandalisée du Dr Cameron.

« Halte ! Qui êtes-vous ? Comment osez-vous pénétrer dans ma clini que armés de pistolets ? »

Ils accélérèrent le pas. Marty tâchait de ne pas se laisser distancer, le visage écarlate. Ils passèrent devant deux ascenseurs et, au bout du couloir, Randi poussa la porte de secours alors que des bruits de pas martelaient l'escalier derrière elle.

« Hé, ho ! Où... où va-t-on ? » bredouilla Marty.

Randi lui fit signe de se taire, et tous les quatre descendirent l'escalier de secours dans une lumière terne et grise. Tout en bas, Randi allait ouvrir la porte, mais Jon l'arrêta.

« De l'autre côté, qu'est-ce qu'il y a ? lui demanda-t-il.

— Nous sommes descendus plus bas que le premier étage, donc je suppose qu'il doit s'agir d'une sorte de sous-sol. »

Il approuva de la tête.

« C'est mon tour. »

Elle haussa les épaules et recula. Il tendit l'ordinateur à Marty et sortit le couteau à lame courbe qu'il avait récupéré sur le corps de l'Afghan. Il entrouvrit la porte de quelques centimètres, s'attendant à entendre le grincement des gonds. Il n'en fut rien, et il poussa davantage le panneau et vit une ombre se déplacer. Il s'imposa de maîtriser sa respiration. Il se retourna vers les autres, l'index sur les lèvres. Ils lui répondirent d'un hochement de tête, en silence.

Il observa de nouveau cette ombre, repéra l'endroit où se trouvait le néon qui avait projeté cette ombre au sol, évalua de nouveau sa vitesse de déplacement, et franchit le seuil avec précaution.

Il y régnait une légère odeur d'essence. Ils se trouvaient dans un petit garage souterrain rempli de voitures. Les ascenseurs étaient tout près, et un homme à la peau claire, habillé de vêtements ordinaires, s'éloignait d'eux dans un mouvement tournant, un pistolet-mitrailleur Uzi en main.

Jon relâcha la porte, et sans attendre qu'elle ait achevé de se rabattre, il fonça. L'homme se retourna, ses yeux bleus se réduisirent à deux fentes. L'autre était trop rapide. Jon avait espéré le prendre à revers. Le doigt sur la détente, le tueur releva son arme. Plus le temps. Smith lança son couteau. Ce n'était pas une arme de lancer, elle était mal équilibrée, mais il n'avait rien d'autre sur lui. Le couteau tournoya, et Jon plongea.

Juste à l'instant où l'homme appuyait sur la détente, le manche du couteau l'atteignit au côté, déréglant son tir. Trois balles crépitèrent au sol tout près des pieds de Smith. Des éclats de béton giclèrent en tous sens. Jon flanqua un coup d'épaule dans la poitrine du tireur, l'envoyant basculer en arrière dans le flanc d'une Volvo. Il reprit du champ et lui écrasa le poing en pleine figure. Du sang jaillit du nez du type, mais il se contenta de lâcher un grognement et fit pivoter son Uzi vers la tête de Jon, qui se baissa et esquiva en se retournant. L'arme munie d'un silencieux cracha une série de projectiles dans son dos.

Toujours tapi, Smith releva le nez, et la poitrine de l'homme explosa dans un geyser de sang et de tissus humains. Aussitôt, il se retourna.

Peter se tenait là-bas, sur le côté, son Browning 9 mm au poing.

« Désolé, Jon. Pas de temps pour le pugilat. Faut qu'on se taille d'ici. Ma voiture de location est garée devant. Je m'en suis servi pour sortir Marty de l'hôpital Georges-Pompidou, donc je doute qu'ils l'aient repérée. Randi, récupère tout le contenu des poches de ce pauvre type. Histoire de voir un peu qui il est. Prends-lui son arme. Filons. »

Aux abords de Bousmelet-sur-Seine

Il est des moments qui définissent un homme et, en son for intérieur, le général de La Porte savait qu'il vivait l'un de ces moments-là. Personnage massif, tout en muscles et en force de détermination, il s'accouda à la balustrade de la plus haute tour de son château du XIIIe siècle et scruta la nuit, comptant les étoiles, sachant que le firmament lui appartenait. Son château était perché sur une colline de granit rouge. Méticuleusement restaurée par son arrière-grand-père au

XIXe siècle, la demeure était éclairée par la lumière d'une lune aux trois quarts pleine.

Non loin de là s'élevait l'éboulement squelettique des ruines d'un autre château carolingien du IXe siècle, bâti sur le site d'un ancien fort franc, édifié à son tour sur les vestiges d'un camp romain fortifié qui l'avait précédé à cet emplacement. L'histoire de cette terre, de ses édifices et de sa famille, tout cela s'enchevêtrait. Elle constituait l'histoire de la France elle-même, englobant celle de ses gouvernants des temps anciens, et n'avait jamais manqué de l'emplir de fierté – et d'un certain sens de ses responsabilités.

Enfant, il attendait avec impatience ses visites périodiques au château. Par des nuits comme celle-ci, il avait hâte de fermer les yeux, de sombrer dans le sommeil, espérant retrouver dans ses rêves le guerrier franc et barbu Dagovic, honoré dans la tradition familiale comme le premier aïeul d'une lignée ininterrompue qui porta par la suite le nom des La Porte. A dix ans, il se plongeait dans les manuscrits carolingiens, capétiens et médiévaux tout enluminés, ce qui lui imposa d'acquérir la maîtrise du latin et du vieux français. Il tenait ces manuscrits religieusement sur ses genoux, pendant que son grand-père lui relatait les légendes exaltantes qui s'étaient transmises de génération en génération. La Porte et la France... la France et La Porte... les deux ne faisaient qu'un, inséparables dans son esprit malléable. Adulte, sa foi n'avait pu que se renforcer.

« Mon général ? » Darius Bonnard franchit la porte de la tour et s'engagea sur le parapet. « Le professeur Chambord m'annonce qu'il sera prêt d'ici une heure. Il est temps de commencer.

— Des nouvelles de Jon Smith et ses comparses ?

— Non, monsieur. » Bonnard maintint le port de son menton, haut et ferme, mais avec un flottement dans le regard. Il était tête nu, ses cheveux blonds coupés court étaient presque invisibles sous le clair de lune. « Pas depuis la clinique. » Il repensait au meurtre d'un de ses hommes, dans le garage souterrain.

« Il est malheureux que nous ayons perdu un homme, remarqua La Porte, comme s'il lisait dans les pensées de Bonnard. Mais enfin, à cet égard, tous les bons commandants se sont toujours ressemblé. Leurs hommes venaient forcément après leur mission. » Sa voix s'adoucit, et il ajouta quelques paroles magnanimes. « Quand tout cela sera terminé, j'écrirai personnellement à la famille pour leur exprimer ma gratitude devant leur sacrifice.

— Ce n'est pas un sacrifice, lui assura Bonnard. Le but est noble. Ce but n'a pas de prix. »

Sur l'autoroute de Normandie, en direction de Bousmelet-sur-Seine

Après leur sortie de Paris sains et saufs, avec la certitude de n'avoir pas été suivis, Howell s'arrêta dans une grande station-service. A la lumière éclatante des néons, Jon, Peter et Randi coururent aux cabines téléphoniques pour faire part à leurs chefs respectifs de leurs soupçons au sujet de La Porte et Chambord, du château et du coup qui se préparait. Le contenu des poches de l'homme que Peter avait abattu ne leur avait rien appris. Il ne portait sur lui aucune pièce d'identité, rien que des cigarettes, de l'argent et un paquet de chocolats M & M. Mais à l'un de ses doigts, ils avaient remarqué un détail éloquent – une bague portant l'insigne de la Légion étrangère.

Smith atteignit sa cabine le premier et porta le combiné à son oreille. Il n'entendit aucune tonalité. Il lâcha des pièces dans la fente. Toujours aucune tonalité. Il sollicita le commutateur de l'appareil, mais la ligne demeura muette, tout comme celle de la chambre de Marty à la clinique. Perplexe, commençant à s'inquiéter, il rebroussa chemin. Peter et Randi ne tardèrent pas à le rejoindre.

« Vous avez obtenu une tonalité ? » Mais au moment même où il leur posait cette question, Jon lut la réponse sur leurs visages préoccupés.

Randi secoua sa masse de cheveux blonds.

« Ma ligne était morte.

— La mienne aussi, confirma Peter. Aussi silencieuse qu'une tombe à quatre heures du matin. Je n'aime pas trop la tournure que ça prend.

— Tentons le tout pour le tout. » Randi sortit son téléphone portable, l'alluma, et composa un numéro. Elle le plaqua à son oreille, et son visage parut se décomposer. Elle eut un mouvement de tête, très en colère. « Rien. Qu'est-ce qui se passe !

— Il serait préférable que l'on puisse informer notre monde, remarqua Peter. Un peu de soutien de la part de nos agences de renseignement respectives, voilà qui ne serait pas déplaisant.

— Personnellement, renchérit Randi, je ne serais pas hostile à l'idée que quelqu'un envoie un bataillon ou deux pour nous retrouver à la porte d'entrée du château de La Porte.

— Je vois ce que tu veux dire. » Smith partit à petites foulées en direction de la boutique de la station. Par les baies vitrées, il aperçut un employé. Il entra. Il y avait une télévision accrochée au mur. Elle n'était pas allumée, mais on entendait une radio. Il s'approcha de l'employé, qui s'affairait derrière son comptoir, la musique cessa, et un animateur permit d'identifier une station FM locale.

Jon expliqua au jeune homme, en français, qu'il avait essayé de se servir de la cabine située à l'extérieur.

« Elle ne marche pas. »

Le jeune homme haussa les épaules, visiblement guère surpris.

« Je sais. Des tas de gens se sont plaints. Il en vient de partout, et ils n'ont pas de ligne téléphonique non plus. La télé est en rade, elle aussi. J'arrive à capter les chaînes locales et les radios FM, mais rien d'autre. Le câble ne marche pas non plus. Vachement chiant, vous savez.

— Depuis combien de temps rencontrez-vous ces problèmes ?

— Oh, depuis neuf heures ce soir. Ça fait presque une heure, maintenant. » Neuf heures, c'était l'heure à laquelle la ligne de Marty, dans sa chambre, à Paris, avait cessé de fonctionner.

« J'espère que vous allez pouvoir réparer ça dans pas trop longtemps.

— Je vois pas comment. Sans un seul téléphone, j'ai aucun moyen de tenir quelqu'un au courant. »

Jon regagna la voiture en vitesse. Randi avait fini de faire le plein. Peter ouvrait le coffre, et Marty se tenait debout à côté de lui, regardant autour de lui, l'air un peu déboussolé. Il s'abstenait de prendre tout médicament, dans l'espoir, au cas où ils dénicheraient l'ordinateur moléculaire, d'être en forme au plan intellectuel pour enrayer le processus que Chambord était sur le point de mettre en branle.

Jon leur fit part de ce qu'il venait d'apprendre.

« Emile ! lâcha instantanément Marty. Quel méprisable salaud ! Oh, mon Dieu. Je ne voulais pas l'évoquer, mais j'étais très inquiet. En fin de compte, cela signifie qu'il a donc coupé toutes les communications, avec ou sans fil.

— Mais cela ne va-t-il pas se retourner contre lui ? s'étonna Randi. Si nous ne pouvons pas communiquer, comment le pourra-t-il ?

— Il possède l'ordinateur ADN, lui répondit simplement Marty. Il peut transmettre vers tous les satellites. Ouvrir brièvement une fenêtre de transmission pour les utiliser, en cas de besoin.

— Il faut avancer, fit Peter. Venez par ici. Choisissez votre poison. »

Marty se pencha sur le contenu du coffre et la surprise fut telle qu'il eut un mouvement de recul.

« Peter ! C'est un véritable arsenal. »

Ils se regroupèrent autour de lui. Howell avait aménagé dans ce coffre une cache polyvalente remplie de fusils, de pistolets, de munitions et autres fournitures.

« Nom de Dieu, Peter, lâcha Jon. C'est un dépôt d'armes au complet que tu as là.

— Tiens-toi prêt, telle est ma devise. » Il prit un pistolet. « Un modèle vétéran, comme tu vois. Finalement, nous apprenons peu. »

Jon ayant déjà le pistolet-mitrailleur Uzi, il choisit un pistolet

Marty secoua la tête avec véhémence.

« Non. »

Randi ignora sa réaction.

« Peter, aurais-tu quelque chose qui se rapproche d'un harnais d'escalade avec son pistolet à air comprimé ? La muraille de ce château m'a l'air assez haute.

— J'ai exactement la chose qu'il te faut. » Il lui montra le frère jumeau du harnais qu'elle s'était procuré à Barcelone auprès de la CIA. « Je l'ai emprunté il y a déjà quelque temps, oublié de le rendre, tss-tss. »

Ils remontèrent promptement en voiture, et Howell démarra pied au plancher, reprenant l'autoroute de l'ouest, qui allait les conduire au château La Rouge, où ils espéraient fermement débusquer le général de La Porte et l'ordinateur ADN.

Sur la banquette arrière, Marty se tordait les mains en tous sens.

« Cela signifie, j'imagine, que nous sommes livrés à nous-mêmes.

— Nous ne pouvons compter sur aucune aide, lui confirma Jon.

— Jon, tout ça me met à bout de nerfs, confessa Marty.

— C'est une très bonne chose, fit Peter, pour l'encourager. Ça maintient aux aguets. Allons, ne tire donc pas cette tête. Cela pourrait être pire. Tu pourrais te retrouver pile au milieu du malheureux carré de terre ferme que ces maniaques ont pris pour cible. »

Dans les environs de Bousmelet-sur-Seine

Emile Chambord hésita devant la lourde porte cloutée de fer ouvrant sur la chambre où sa fille était confinée. Il avait eu beau tenter par tous les moyens d'exposer sa position à Thérèse, elle avait refusé de l'écouter. Cela chagrinait Chambord. Il ne se contentait pas d'aimer Thérèse, il la respectait, il admirait son travail et les efforts énormes qu'elle consentait pour exceller dans son art, sans réellement songer à en retirer une contrepartie financière. Elle avait obstinément refusé toutes les invitations à se rendre à Hollywood. Elle était une comédienne de théâtre, défendant une vision de la vérité sans rapport aucun avec le succès et la popularité. Il se remémorait la formule d'un éditeur américain : « Un bon écrivain, c'est un écrivain riche, et un écrivain riche est un bon écrivain. » Il suffisait d'y substituer le mot « acteur » ou « scientifique » pour saisir toute la superficialité de l'éthique américaine sous laquelle, jusqu'à présent, le monde était condamné à vivre.

Il soupira, respira profondément, et déverrouilla la porte. Il entra en silence, sans se donner la peine de frapper à nouveau.

Enveloppée dans une couverture, Thérèse était assise devant une étroite fenêtre, à l'autre bout de la petite chambre, dans l'un des imposants fauteuils à haut dossier que La Porte appréciait. Comme le général prisait grandement l'authenticité historique, le château offrait peu d'éléments de confort, mis à part les épais tapis sur les dalles du sol et les tapisseries suspendues aux murs de pierre. Un feu était allumé dans la grande cheminée, mais la chaleur qu'il dispensait ne compensait que faiblement le froid qui semblait sourdre des moindres recoins de cette chambre pareille à une grotte. L'air sentait l'humidité et le renfermé.

Thérèse ne lui accorda même pas un coup d'œil. Elle ne détacha pas son regard des étoiles, à travers la fenêtre. Il la rejoignit là où elle était, mais il avait les yeux baissés. Le sol baignait dans la lumière neigeuse de la lune, éclairait l'herbe sombre dans la douve entièrement comblée et, au-delà, les terres cultivées et les bosquets vallonnés de Normandie, qui s'étendaient à l'infini, de tous côtés. Dans l'obscurité, un verger planté de vieux pommiers noueux enserrait le château.

« Il est presque l'heure, Thérèse, annonça-t-il. Presque minuit. »

Elle daigna enfin lever les yeux vers lui.

« Il sera donc minuit quand vous passerez à l'acte. J'espérais que tu reviendrais à la raison. Que tu étais venu ici pour me dire que tu refusais d'aider ces hommes, ces extrémistes. »

Chambord perdit son calme.

« Pourquoi refuses-tu de voir que notre action va nous sauver ? Nous offrons à l'Europe une nouvelle naissance. Les Américains nous écrasent avec leur désert culturel et leur ignorance. Ils polluent notre langage, nos idées, notre société. Avec eux à leur tête, le monde n'a aucune vision d'avenir, et guère de justice. Ils ne défendent que deux valeurs : combien un homme peut-il consommer, en payant le prix le plus élevé possible, et combien peut-il produire pour le salaire le plus bas qui soit ? » Il releva la lèvre supérieure, avec une moue pleine de dégoût.

Thérèse continua de le dévisager comme s'il était un insecte sous l'un de ces microscopes qu'il utilisait dans son laboratoire.

« Quelles que soient leurs fautes, ils n'ont pas commis d'assassinats en masse.

— Mais si ! Et les effets de leur politique en Afrique, en Asie et en Amérique latine ? »

Elle marqua un temps de silence, réfléchissant à cet argument. Puis elle secoua la tête avec un rire féroce.

« Tout cela, tu t'en moques. Tu n'agis pas par altruisme. Tout ce que tu veux, c'est leur pouvoir. Tu es pareil que le général de La Porte et le capitaine Bonnard.

— Je veux que la France s'élève. L'Europe a le droit d'être maître de son propre destin ! Il se détourna, pour qu'elle ne puisse pas constater son chagrin. Elle était sa fille... » comment faisait-elle pour ne pas le comprendre ?

Thérèse restait silencieuse. Enfin, elle lui prit la main, et sa voix se radoucit.

« Je veux un monde, moi aussi, où les êtres soient simplement des êtres, et où personne ne détienne aucun pouvoir sur personne. "La France ?" "L'Europe ?" "Les Etats-Unis ?" » Elle secoua la tête, l'air très peiné. « Ces concepts sont des anachronismes. Un monde uni, voilà ce que je veux. Un endroit où personne ne hait personne, où personne ne tue personne au nom de Dieu, de son pays, de sa race, de sa culture, de ses préférences sexuelles ou quoi que ce soit d'autre. Nos différences, il faut les cultiver, s'en réjouir. Ce sont des forces, pas des faiblesses.

— Tu penses que les Américains souhaitent un monde uni, Thérèse ?

— Et toi ? Et ton général ?

— Tu auras davantage cette chance avec la France et l'Europe qu'avec les Etats-Unis.

— Te souviens-tu, après la Seconde Guerre mondiale, comment les Américains nous ont aidés à reconstruire ? Ils nous ont tous aidés, les Allemands, les Japonais, tous. Ils ont aidé les gens dans le monde entier. »

Chambord était incapable d'en supporter davantage. Elle refusait de voir la vérité.

« Pour un certain prix, rétorqua-t-il, cassant. En échange de notre individualité, de notre humanité, de nos esprits et de nos âmes.

— Et d'après ce que tu me racontes, ton prix à toi, cette nuit, pourrait s'élever à plusieurs millions de vies humaines.

— Tu exagères, mon enfant. Ce que nous faisons servira d'avertissement au monde, qui saura que l'Amérique ne peut même pas se défendre elle-même, mais les pertes seront relativement faibles. J'ai insisté là-dessus. Et nous sommes déjà en guerre contre les Américains. A chaque minute, tous les jours, il nous faut nous battre, sinon ils nous submergeront. Nous ne sommes pas comme eux. Nous allons renouer avec la grandeur. »

Thérèse lui lâcha la main et de nouveau regarda fixement par la fenêtre, vers les étoiles. Quand elle reprit la parole, sa voix était limpide et triste.

« Je ferai tout ce que je peux pour te sauver, papa. Mais je dois aussi t'empêcher de faire cela. »

Chambord demeura sans bouger, encore un instant, mais elle ne lui accorda plus aucun regard. Il sortit de la pièce, et referma la porte à clef derrière lui

CHAPITRE TRENTE-SEPT

ILS firent une nouvelle halte, cette fois dans une petite station-service à l'entrée du village de Bousmelet-sur-Seine. Le pompiste hocha la tête en répondant aux questions de Jon.

« Oui, en effet, le comte est au château. J'ai fait le plein de sa limousine plus tôt dans la journée. Ça fait plaisir à tout le monde, ici. On ne le voit plus trop, notre grand homme, depuis qu'il a pris le commandement de l'OTAN. Qui pourrait être mieux que lui à ce poste, je vous le demande ? »

Jon sourit, remarquant que la fierté locale avait d'ores et déjà promu La Porte un cran au-dessus dans la hiérarchie de l'OTAN.

« Est-il seul ? s'enquit-il.

— Hélas. » Le pompiste retira sa casquette et se signa. « La comtesse est décédée il y a de ça de nombreuses années. » Il jeta un coup d'œil autour de lui dans la nuit, alors qu'il n'y avait personne d'autre dans les parages. « Il y avait une jeune dame au château, pendant un certain temps, mais personne ne l'a plus revue depuis un an. Il y en a qui disent que ça vaut mieux. Que le comte doit donner l'exemple. Mais moi je dis que les comtes, ils ont fait monter au château des femmes qui n'étaient pas leur épouse, et ça pendant des siècles, hein ? Et les filles de la campagne ? C'est une fille de tanneur qui a engendré le grand duc Guillaume. En plus, je crois que le comte se sent seul, et il est encore jeune. Une grande tragédie, non ? » Et il partit d'un rire tonitruant.

Randi sourit, l'air compréhensif.

« Souvent, c'est avec l'armée que les soldats sont mariés. Je doute que le capitaine Bonnard ait amené sa femme ici.

— Ah, celui-là. Il n'a de temps à consacrer à personne, sauf au comte. Dévoué à sa seigneurie, qu'il est. Je suis surpris d'apprendre qu'il est marié. »

Jon sortit des euros pour payer l'homme, et le pompiste examina les quatre voyageurs.

« Vous n'aviez pas besoin de beaucoup d'essence. Qu'est-ce que vous lui voulez, au comte, bonnes gens ?

— Il nous a invités à visiter le château si jamais nous passions dans la région.

— A mon avis, vous avez eu de la chance. Il n'est franchement pas beaucoup là. C'est drôle, quand même. J'ai eu un autre type qui m'a demandé la même chose, il y a une heure. Un grand Noir. Il m'a dit qu'il était dans la Légion avec le comte et le capitaine Bonnard. Probable qu'il y était. Il portait le béret vert, sauf qu'il le portait plutôt de travers, vous savez, davantage comme le portent les Anglais. Un peu prétentieux. Il avait de drôles d'yeux verts. Jamais vu des yeux pareils chez un Noir.

— Qu'est-ce qu'il portait d'autre ? s'enquit Jon.

— Comme vous, un pantalon, un blouson. » Le pompiste reluqua Randi. « Sauf que le sien avait l'air neuf.

— Merci », fit Smith, et Randi et lui remontèrent dans la voiture. Peter démarra.

« Vous avez entendu ? demanda Jon, en s'adressant à lui et à Marty.

— Nous avons entendu, confirma Howell.

— C'est l'homme noir que vous appelez Abu Auda ? s'inquiéta Marty.

— Avec ces yeux, ça lui ressemble, observa Randi. Ce qui pourrait signifier que le Croissant Armé croit aussi que Bonnard et Chambord sont là-bas. Ils sont peut-être à la recherche de Mauritania.

— Sans parler de mettre la main sur l'ordinateur ADN, s'ils y parviennent, supposa Peter, et de se venger de Chambord et Bonnard.

— Avoir le Croissant Armé sur les lieux, cela va nous compliquer les choses, estima Smith, mais ils pourraient aussi s'avérer utiles.

— Comment cela ? s'étonna Randi.

— Diversion. Nous ne savons pas au juste de combien de ses légionnaires renégats s'est entouré La Porte, mais je parierais qu'ils sont en nombre conséquent. Il ne serait pas mauvais qu'ils aient à se préoccuper de quelqu'un d'autre que nous. »

Ils roulèrent en silence une dizaine de minutes supplémentaires. Sous le clair de lune, la route traçait un couloir blafard dans la campagne paisible. Ils ne croisèrent pas une seule voiture. Les lumières des fermes et des manoirs scintillaient par intermittence à travers les vergers de pommiers, entre les granges et les dépendances où l'on fabriquait le cidre et distillait le calvados qui avait rendu la région fameuse.

Enfin, Randi pointa le doigt devant elle, vers une hauteur.

« C'est là. »

Marty, qui n'avait plus prononcé un mot depuis qu'ils avaient quitté l'autoroute, s'exclama subitement :

« Médiéval ! Un bastion imposant ! Vous n'attendez pas de moi, je suppose, que j'escalade ces murailles invraisemblables ? s'inquiéta-t-il. Je ne suis pas une chèvre des montagnes, moi. »

Le château La Rouge n'était pas l'élégante propriété de campagne que ce nom aurait annoncée dans la région de Bordeaux ou même dans la vallée de la Loire. C'était un château médiéval sombre et menaçant, doté de remparts et de ses deux tours. Le clair de lune faisait apparaître le granit d'un rouge sombre comme de l'encre. Perché en hauteur, sur une colline escarpée, à côté de ce qui ressemblait aux ruines en dents-de-scie d'une autre place forte beaucoup plus ancienne, c'était bien le château La Rouge que Smith avait découvert sur le tableau et la photographie.

Howell étudia le lourd édifice d'un œil critique.

« Faites déployer l'équipage de siège. C'est un sacré vieux morceau, ça. Fin XIIe ou début XIIIe siècle, dirais-je. Anglo-normand, à en juger par l'extérieur. Les Français préféraient bâtir des forteresses un peu plus élégantes et stylées. Il remonte peut-être même à Henri II, mais j'en doute...

— Oublie l'histoire, Peter, l'interrompit Randi. Qu'est-ce qui te permet de croire que nous allons réussir à escalader ces murailles sans nous faire repérer ?

— Moi, je ne grimpe pas, prévint Marty.

— Ça ne devrait pas être très compliqué, s'enflamma Peter. Apparemment, l'édifice a été rénové vers la fin du XIXe ou à peu près. On a comblé la douve, supprimé la herse, et le porche est grand ouvert. Naturellement, ce soir, ils vont le faire garder. Ils ont impeccablement taillé la végétation de la colline jusqu'au pied des murailles, ce qui constitue pour nous un avantage. Et à mon avis, nous n'aurons pas trop à nous soucier de l'huile bouillante, des arbalétriers et de tout le chemin de ronde des remparts.

— De l'huile bouillante. » Marty en frémit. « Merci bien, Peter. Tu m'as énormément remonté le moral.

— Mais tout le plaisir était pour moi. »

Howell coupa les phares, et ils filèrent jusqu'au pied de cette colline rocailleuse, où ils stationnèrent la voiture. Là, au clair de lune, ils bénéficiaient d'un angle de vue bien dégagé sur une rampe en ligne courbe qui montait jusqu'à la façade du château et franchissait le porche, voûté et profond comme un tunnel. Comme Peter l'avait deviné, il n'y avait ni porte ni barrière et, de part et d'autre, des fleurs printanières agrémentaient des parterres impeccablement tenus. Les comtes de La Porte des XIXe et XXe siècles n'étaient manifestement pas obsédés par les risques d'un assaut en règle. Mais un duo d'hommes en armes, vêtus en civil, postés devant le portail ouvert, suffisait en revanche à démontrer que le comte de La Porte du début du XXIe siècle l'était.

Peter observa les deux gardes.

« Des soldats. Des Français. Probablement de la Légion.

— Tu ne peux quand même pas savoir une chose pareille, Peter, pesta Marty. Encore une de tes hyperboles censées vanter la supériorité de l'homme d'action.

— Au contraire, mon petit ami. Toute nation militaire a ses traditions propres, ses méthodes, son entraînement, qui produisent des allures et des manières de se tenir différentes. Un soldat américain épaule son arme à l'épaule droite, l'Anglais sur la gauche. Les soldats marchent, se mettent au garde-à-vous, s'arrêtent, saluent et, de manière générale, se tiennent différemment selon leur pays. N'importe quel soldat est capable de repérer instantanément qui a entraîné l'armée d'une nation en voie de développement ou d'un Etat du tiers-monde, rien qu'en observant ses soldats. Ces gardes sont des soldats français, et je parierais une cave à vin qu'ils sont de la Légion. »

Exaspéré, Marty s'emporta.

« Sornettes ! Tu es déjà nul en français, alors ! »

Howell éclata de rire et avança la voiture pour l'engager un peu plus dans le chemin de campagne qui décrivait une courbe.

Jon repéra un hélicoptère.

« Là-haut ! Regardez ! »

L'hélicoptère était niché sur une barbacane massive, à une quinzaine de mètres au-dessus d'eux, ses pales débordant de la balustrade de pierre.

« Je parierais que c'est comme ça que Chambord et Bonnard se sont rendus à Grenoble et en sont revenus jusqu'ici. Ajoutez les militaires de faction, la présence de La Porte et celle du Croissant Armé, et je dirais que l'ordinateur ADN est là. »

Peter poursuivit son tour du château.

« Parfait. Maintenant, il ne nous reste plus qu'à entrer », conclut Randi.

Jon observa la déclivité.

« Avec notre équipement, nous serons en mesure de grimper. Arrête-toi là, Peter. »

Peter coupa le moteur et rangea la voiture sur un accotement, à l'abri d'un bosquet de vieux pommiers. La voiture cahota un instant, puis s'arrêta à un endroit où la colline escarpée rejoignait la muraille, en contre-haut. Jon, Randi et Peter descendirent. Ce dernier désigna silencieusement la tête et les épaules d'une sentinelle qui longeait le parapet dans la lumière de la lune.

Ils se concertèrent en chuchotant. A la campagne, la nuit, les bruits portaient loin.

« Quelqu'un en a vu d'autres ? » s'enquit Jon.

Après avoir examiné les murs dans les deux directions, ils secouèrent tous deux négativement la tête.

« Minutons un peu sa ronde, à celui-là », proposa Peter.

Ils déclenchèrent la fonction chronomètre de leurs montres et attendirent. Il s'écoula plus de cinq minutes avant qu'ils ne revoient la tête de la sentinelle réapparaître et disparaître dans l'autre direction. Ils attendirent encore, et l'homme repassa, plus tôt cette fois. En moins de deux minutes.

« Vu, trancha Jon. Quand il part vers notre droite, nous avons cinq minutes. Cela devrait suffire pour qu'au moins deux d'entre nous atteignent le sommet. »

Howell approuva.

« Cela devrait.

— A moins qu'il ne nous entende, objecta Randi.

— Nous allons espérer qu'il ne nous entendra pas, conclut Jon.

— Regardez ! » chuchota Howell, en pointant le doigt vers leur gauche.

Plus loin, des silhouettes sombres et courbées en deux montaient la déclivité, en direction de l'entrée du château. Le Croissant Armé.

*

Usant de signaux des bras et des mains, Abu Auda pressait ses hommes de traverser le verger de vieux pommiers pour s'engager dans la pente qui menait à la grande entrée, entre les deux tours basses. A son retour du Liechtenstein, il lui avait fallu l'essentiel de la journée pour rassembler des renforts, issus pour la plupart d'autres cellules islamistes et même de groupes dissidents. Quand il avait découvert où le général de La Porte et son laquais, ce serpent retors de Bonnard, avaient emmené ce menteur de Chambord et son vieux compagnon d'armes, Mauritania, il les avait rameutés pour leur demander leur aide.

Maintenant, son groupe comptait plus de cinquante fusils aguerris. Son petit noyau de guerriers vétérans et lui-même guidaient les nouvelles recrues vers l'entrée du château. Ses éclaireurs, qui avaient dénombré les gardes et les sentinelles, les avaient informés de la seule présence de deux hommes au portail, cinq autres, au maximum, patrouillant sur la totalité des remparts. Ce qui le préoccupait davantage, c'était le manque d'informations sur le nombre de soldats français postés à l'intérieur du château proprement dit. Au bout du compte, il avait décidé que cela importait peu. Ses cinquante combattants seraient capables de venir à bout d'une troupe deux fois supérieure en nombre... trois fois, même, si besoin était.

Mais c'était là le moindre des soucis d'Abu Auda. Si la bataille tournait à leur désavantage, ces renégats de Français pourraient assassiner Mauritania avant qu'il ait pu parvenir jusqu'à lui. C'est pourquoi Abu Auda en conclut qu'il faudrait d'abord retrouver le chef terroriste. Pour cela, il allait emmener un petit détachement, escalader les murailles là où l'effectif des sentinelles était le plus réduit et, dès que la bataille serait suffisamment engagée avec le gros de ses troupes, secourir Mauritania.

*

« Allons-y », décida Jon, tandis que Howell rouvrait son coffre.

Tous trois préparèrent leur équipement, pendant que Marty demeurait dans la voiture, indélogeable. Randi fourra le harnais d'escalade et une autre mitraillette H&K MP5K dans une sacoche ventrale des SAS britanniques [1], et Peter rangea un petit cube d'explosif, quelques détonateurs manuels et une paire de grenades dans une autre. Il vit Jon qui l'observait.

« Très commode pour les portes verrouillées, les murs trop épais, ce genre de plaisanteries. Sommes-nous prêts ? »

Marty baissa sa vitre.

« Je vous souhaite une agréable escalade. Moi, je garde la voiture.

— Toi, Mart, tu sors de là, ordonna Jon. Tu es notre arme secrète. »

Marty secoua la tête d'un air têtu.

« Pour entrer dans un bâtiment, je passe par la porte, surtout quand c'est un bâtiment très haut. En situation d'urgence extrême, je pourrais envisager de passer par une fenêtre. Si elle est au rez-de-chaussée, cela va de soi. »

Randi ne répondit rien. Avec son équipement de varappe, elle entama son escalade silencieuse de la pente escarpée. Jon échangea un regard avec Peter et, d'un signe de la tête, désigna l'autre côté de la voiture. L'Anglais contourna le véhicule à pas feutrés.

« Pas le temps de jouer les faux modestes, Marty, plaisanta Jon. Voilà le mur. Tu vas y monter, que tu le veuilles ou non. » Il ouvrit la portière et tendit le bras pour empoigner Marty.

Ce dernier se recroquevilla – pour se jeter directement dans les bras de Peter qui, d'une étreinte d'ours, l'entraîna hors de la voiture, malgré ses protestations feutrées. Randi était déjà au pied du château, préparant son harnais et ses pitons d'escalade qu'elle allait utiliser pour le hisser au sommet. Et c'est un Marty toujours aussi peu disposé que Jon et Peter poussèrent vers le haut, le long de la muraille.

Randi s'assura qu'ils la rejoignaient, vit que c'était le cas, et hocha la tête en signe d'acquiescement. Elle prit du recul, prête à lancer son grappin par-dessus le mur. Mais au pied de l'à-pic, Marty trébucha sur l'équipement de Randi, l'envoyant heurter la paroi. Le grappin claqua dans la nuit contre la pierre, avec un bruit métallique. Tous se pétrifièrent.

Au-dessus d'eux, il y eut un bruit de bottes reconnaissable entre tous, accourant au pas de course.

« Tout le monde s'aplatit contre le mur ! » chuchota Peter. Il sortit son pistolet Browning 9 mm des SAS. Il vissa le silencieux sur le canon.

Au-dessus d'eux, un visage fit son apparition, qui s'efforça de discerner ce qui avait perturbé le calme de la nuit. Mais ils se tinrent tout contre la muraille, dans un angle mort, dans l'ombre. La sentinelle se pencha un peu plus, jusqu'à se retrouver à moitié en porte-à-faux au-dessus du parapet. Elle les vit à l'instant même où Peter, visant soigneusement à deux mains, ouvrait le feu.

---

1. Special Air Service, commandos aéroportés britanniques. (N.d.T.)

Il y eut un *pop* feutré, émanant du silencieux, puis un bref borborygme étouffé. Le garde bascula sans un bruit par-dessus le mur et atterrit avec un bruit mat presque à leurs pieds. Son pistolet dégainé, Jon se pencha sur l'homme qui venait de s'abattre.

Il leva les yeux.

« Mort. Et cet insigne français sur sa bague.

— Je monte », leur indiqua Randi, sans un regard pour le soldat mort.

En dosant très exactement son geste, elle lança le mini-grappin en l'air. Ses pointes en titane firent un petit tintement métallique lorsqu'elles s'accrochèrent et se calèrent dans la pierre. Elle monta à toute vitesse, en se hissant à la crémaillère métallique, et quelques secondes plus tard elle se penchait par-dessus le mur et leur faisait signe que la voie était libre.

Le harnais vola vers le sol. Peter et Jon le bouclèrent en vitesse autour de la taille et des aisselles d'un Marty réduit au silence, qui avait cessé de protester, le visage pâle, rond et grave, fixant le cadavre du regard.

Sa voix tremblait un peu, mais il tâcha de sourire.

« Franchement, je préférerais un ascenseur, gémit-il. Eventuellement un téléphérique. »

Quelques secondes plus tard, les premiers coups de feu déchiraient la nuit, du côté du portail.

« Maintenant ! s'exclama Jon. Allez, tu montes ! »

CHAPITRE TRENTE-HUIT

A bord d'*Air Force One*, volant vers l'ouest, au départ de Washington, la secrétaire du Président, Mme Estelle Pike, pointa la tête dans la salle de conférences embarquée, ses cheveux frisés plus en désordre qu'à l'ordinaire. Elle haussa les sourcils.

« Bleu », fit-elle.

Elle s'attarda une seconde ou deux tandis que le Président pivotait sur son fauteuil, loin des regards déconcertés de Charles Ouray, d'Emily Powell-Hill, des chefs d'état-major et du directeur de la CIA, qui avaient tous pris place autour de la longue table de conférence, pour décrocher le combiné du téléphone radio bleu posé à côté de l'autre, le tristement célèbre téléphone rouge.

« Oui ? » Il écouta. « Vous êtes sûr ? Où est-il ? Quoi ! » Sa voix était au comble de la tension. Tout le pays ? Très bien. Tenez-moi informé. »

Le Président Castilla se retourna face à tous les regards braqués sur lui. Désormais, ils étaient en première ligne, tous à bord de cette Maison Blanche volante. Les services secrets avaient insisté pour adopter cette option : au vu de la volatilité de la situation, il était temps de se rendre mobile, en embarquant à bord d'*Air Force One*. L'opinion publique était toujours tenue dans le plus complet brouillard. Tout ce qui était possible avait été tenté, mais en l'absence d'un moyen concret d'avertir la population et de l'évacuer, le Président avait pris la difficile décision de transmettre l'information aux médias, en attribuant ces problèmes continuels de communications à un dangereux virus informatique qu'il fallait éradiquer, ajoutant que les criminels responsables seraient pourchassés et déférés devant la justice avec la dernière sévérité.

Pleinement informés et en contact constant par radio, le vice-président et les alter ego de tous les responsables présents à bord étaient à l'abri dans de profonds bunkers, en Caroline du Nord, de sorte que, si le pire survenait, le gouvernement ne cesserait pas d'exister. Les épouses et les enfants avaient également été évacués vers divers sites souterrains secrets. Le Président avait beau savoir qu'aucune disposition du même ordre ne pouvait être prise pour le reste des habitants du pays, car ce serait tout bonnement impossible, il n'en était pas moins très tourmenté. Il fallait trouver la parade, afin d'empêcher ce qu'ils redoutaient tous.

C'est d'une voix calme qu'il s'adressa à l'ensemble de ses conseillers réunis.

« On vient de m'informer que l'attaque pourrait être lancée dans la journée ou dans la nuit. Nous ne disposons d'aucune information plus précise que cela. » Il se rembrunit et secoua la tête, chagriné, contrarié. « Et nous ne savons ni sous quelle forme, ni où. »

Le Président vit une question poindre derrière tous ces regards douloureusement tendus vers lui. Quelle était sa source d'information ? A qui venait-il de parler ? Et s'ils n'étaient pas au courant de cette information, eux, dans quelle mesure cette source ou ces sources étaient-elles fiables ? Il n'avait aucune intention de leur donner satisfaction : le Réseau Bouclier et Fred Klein demeureraient totalement clandestins, jusqu'à ce qu'il en confie le destin à son successeur, avec la recommandation pressante de préserver à la fois cette organisation et son secret.

Finalement, c'est Emily Powell-Hill, sa conseillère pour la sécurité nationale, qui posa la question.

« Est-ce un fait confirmé, monsieur le Président ?

— C'est la conclusion la plus informée dont nous disposions ou que nous soyons susceptibles d'obtenir. » Castilla sonda leurs visages maussades, sachant qu'ils allaient tous tenir bon. Sachant qu'*il* allait tenir bon. « Mais à présent nous savons à peu près où se trouve l'ordinateur ADN, et cela signifie que nous avons une bonne chance de parvenir à le détruire à temps.

— Où cela, monsieur ? demanda l'amiral Stevens Brose.

— Quelque part en France. Là-bas, toutes les communications intérieures ou extérieures du pays sont coupées.

— Diabolique ! » La voix du secrétaire-général de la Maison Blanche, Charles Ouray, en tremblait. « Toutes les communications ? Dans toute la France ? Incroyable !

— S'ils ont coupé toutes les communications, commenta Powell-Hill, alors ils doivent être tout près de passer à l'action. Manifestement, il me semble que tout va devoir se jouer aujourd'hui. »

Le Président balaya l'assemblée du regard.

« Nous avons disposé de plusieurs jours pour déployer nos meilleurs systèmes de défense. Même avec toutes ces attaques cybernétiques, nous devrions être prêts. Le sommes-nous ? »

L'amiral Stevens Brose s'éclaircit la gorge, tâchant de dissiper toute tonalité de crainte qui, dans son timbre de voix, eût été pour le moins inhabituelle. L'amiral était aussi courageux et résolu sous le feu que n'importe quel soldat professionnel, et un soldat savait tenir bon face à l'incertitude de l'heure et du lieu. Pourtant, ce jeu aveugle avec un ordinateur irrésistible braqué sur une cible inconnue finissait par l'user, autant que tous les autres interlocuteurs présents.

« Nous sommes aussi prêts qu'il est possible, commença-t-il, en considérant que tous nos satellites et tous nos autres moyens de communications sont indisponibles, et que la sécurité de nos codes de commandement est compromise. Nous avons travaillé vingt-quatre heures sur vingt-quatre, et vous pouvez encore ajouter dix heures au cadran, pour rétablir toutes les lignes et modifier nos codes. » Il hésita. « Mais je ne suis pas sûr que cela soit vraiment utile. Avec ce que peut réaliser cet ordinateur ADN, même nos tout derniers cryptages seront probablement percés à jour, et nous serons à nouveau désarmés en quelques minutes, voire même en quelques secondes. » Il jeta un coup d'œil à ses collègues, commandants d'armes. « Notre unique avantage réside dans notre nouveau système de défense antimissile expérimental et ultrasecret. Comme ils ignorent que nous l'avons, cela suffira peut-être. » L'amiral consulta ses officiers généraux du regard. « Si l'attaque est lancée par des missiles. »

Le Président approuva de la tête.

« Si nous nous fondons sur ce que l'ordinateur ADN est capable de réaliser, et sur le peu que nous savons de ces terroristes, c'est le plus probable. »

La voix du chef d'état-major de l'US Air Force, Bruce Kelly, paraissait résolue lorsqu'il abonda dans ce sens.

« Aucun missile balistique intercontinental, d'où qu'il soit mis à feu, ne pourra franchir notre système de défense antimissile. Je peux le garantir.

— Etes-vous certains qu'ils ignorent son existence ? »

Dans la salle, les chefs d'état-major et le directeur de la CIA le confirmèrent d'un signe de tête.

L'amiral Brose répondit pour tout le monde.

« Nous en sommes certains, monsieur le Président.

— Alors nous n'avons plus aucun souci à nous faire, n'est-ce pas ? » conclut le Président. Dans la pièce silencieuse, il adressa un sourire à tout le monde, mais personne n'osa soutenir son regard.

Château La Rouge, en Normandie

Dans l'armurerie sans fenêtres, tout en haut du château, où les cottes de mailles étaient suspendues à côté des armures vides, Emile Chambord leva la tête et tendit l'oreille. Dehors, une fusillade avait éclaté. Que se passait-il ? Quelqu'un tirait-il sur le château ? Le bruit était étouffé par l'épaisseur des murs, mais il était clairement reconnaissable.

Subitement, tout s'effaça sur l'écran de l'ordinateur devant lui.

En vitesse, il effectua quelques réglages et il en reprit le contrôle. Le prototype, qui n'avait jamais été d'une grande stabilité, venait de lui filer entre les doigts. A deux reprises, il avait pu se caler sur les codes de contrôle du vieux missile soviétique choisi par le général de La Porte, toujours enfoui dans son silo à plusieurs milliers de kilomètres de là, et par deux fois il en avait perdu les codes, car le système complexe et capricieux de câbles optiques et de packs de gel avait perdu sa stabilité. Il lui fallait puiser jusqu'à sa dernière goutte de concentration et de dextérité pour mener la tâche à bien, et cette fusillade éprouvante pour les nerfs ne l'y aidait pas.

Etait-ce de plus en plus assourdissant ? Cela se rapprochait-il ? De qui pouvait-il s'agir ? Peut-être ce colonel Smith, avec des soldats anglais et américains.

Inquiet, il lança un bref regard à la reproduction de son tableau favori, qu'il avait accrochée au-dessus de son bureau. C'était Napoléon défait, avec les vestiges de la fierté de la France, entamant sa retraite depuis Moscou pour aller ensuite de défaite en défaite, cette fois sous les coups de ces chacals d'Anglais qui attendaient en embuscade. Il avait acheté cette reproduction alors qu'il était encore un jeune homme, et l'avait conservée, en mémoire de la grandeur passée de son pays. Pour lui, tout avait changé avec la mort de son épouse. Tout, sauf sa dévotion pour la France. Et ce tout devint le futur de la France.

Il en conclut que cette fusillade devait provenir du Croissant Armé, venu ici pour secourir Mauritania. Mais peut-être allaient-ils, cette fois-ci, vraiment voler l'ordinateur moléculaire et l'enlever lui aussi.

Il haussa les épaules. Peu lui importait. Ils arrivaient tous trop tard.

Lorsqu'il revint à son travail, la porte s'ouvrit. Roland de La Porte courba son imposante carcasse et entra.

« Le missile est-il programmé ? » s'enquit-il. Il se redressa, et il sembla emplir toute la pièce de son imposante stature et de sa personnalité impressionnante. Il était vêtu d'une tenue décontractée, un pantalon au pli impeccable, une chemise à carreaux et une saharienne. Ses bottes étaient cirées et brillaient, et ses épais cheveux noirs étaient plaqués en arrière.

« Ne me bousculez pas, répliqua Chambord, irrité. Ces coups de feu me rendent nerveux. Qui est-ce ?

— Nos vieux amis islamistes, le Croissant Armé. C'est sans conséquence. Bonnard et les légionnaires vont les écraser, et ensuite nous nous servirons des cadavres de ces islamistes pour nous assurer qu'on leur attribue la responsabilité de tout cela et qu'on leur donne la chasse. Il est vraiment dommage que vous ayez été interrompu avant de pouvoir déclencher cette frappe contre Israël. Voilà qui nous aurait fourni une couverture supplémentaire. »

Chambord ne répondit rien. Tous deux savaient qu'ils avaient manqué de temps pour déplacer toute l'opération depuis l'Algérie, se replier, se regrouper, et envoyer ce missile sur Jérusalem. Alors que l'attaque contre les Etats-Unis demeurait leur objectif primordial. Maintenant, il fallait tout mener de front, pour que La Porte puisse consacrer son dimanche à passer des coups de fil, afin de consolider ses soutiens en vue du vote du Conseil de l'Europe, dès lundi.

Chambord rencontrait des problèmes. C'est là que la compétence de Zellerbach lui aurait été des plus utiles.

« Ces codes sont plus difficiles à percer que ceux du missile que j'ai reprogrammé pour le compte de Mauritania, se plaignit-il. Ce missile est d'un modèle ancien, mais les codes sont récents... »

Le général de La Porte l'interrompit.

« Mettez cela de côté pour le moment. J'ai une autre mission à vous confier. »

Chambord consulta sa montre.

« Il ne nous reste plus qu'une demi-heure ! Il faut que je minute le missile russe précisément, pour que ma fenêtre reste étroite. Ce n'est pas une affaire facile d'établir la communication avec ce satellite, que je puisse effectuer son travail à sa place.

— Avec votre machine miraculeuse, vous aurez tout le temps, professeur. Je suis venu vous avertir que les Américains disposent d'un système de défense antimissile secret et expérimental. Je ne m'attendais pas à ce qu'ils le déploient, mais je viens d'apprendre qu'ils sont en train de l'aligner. Il n'a pas été certifié, mais je sais que les essais ont été concluants. Nous ne pouvons pas courir le risque que cela fonctionne, ou de voir échouer notre projet. Il faut que vous coupiez ce nouveau système antimissile, comme vous l'avez fait pour leurs autres défenses.

— Comment se fait-il que vous en sachiez tant ?

— Nous nous espionnons tous les uns les autres, même entre alliés supposés, lui confia La Porte avec un haussement d'épaules. Entre nations, il n'y a pas d'amitiés, uniquement des intérêts. »

*

Sur les remparts nus, la lune se reflétait contre les murs du château et donnait l'impression que le chemin de ronde ruisselait de sang. Traversant ce mirage, Jon, Randi et Peter avancèrent en reconnaissance rapide. Marty suivait Peter. Au sommet de la muraille, il y avait deux autres sentinelles, qu'ils avaient promptement expédiées, à la suite de quoi les quatre amis s'étaient regroupés.

Tenant en main l'un des fusils d'assaut FAMAS qu'il avait récupéré sur un garde, Peter souffla simplement un mot :

« Rien. »

Jon et Randi firent le même rapport.

« Dans vingt-deux minutes, il sera minuit, ajouta Randi. Si peu de temps. »

Ils foncèrent dans l'escalier obscur, profond, incurvé, qui donnait l'impression de plonger dans la nuit infinie. Derrière eux, Marty traînait, tenant à deux mains un exemplaire jumeau du H&K MP5K de Randi, s'y agrippant de toutes ses forces. Il lançait des coups d'œil nerveux.

« Les légionnaires sont occupés du côté de l'entrée principale, leur rappela Jon. C'est pour ça qu'ils ne sont pas plus nombreux par ici. Nous avons quatre étages et les tours à fouiller. Séparons-nous. Nous pouvons prendre un étage chacun. Si l'un d'entre nous a besoin d'aide, il utilise les talkies-walkies.

— C'est dangereux, Jon, de diviser nos forces, objecta Randi.

— Je sais, mais pour l'instant, perdre du temps serait encore plus dangereux. Mart ?

— Je vais avec Peter. »

Jon hocha la tête.

« Vous prenez le rez-de-chaussée. Je prends le deuxième étage, et Randi le troisième. On se retrouve au quatrième. Allez. »

Ils dévalèrent l'escalier de pierre en colimaçon, Peter et Marty ouvrant la marche. Randi démarra à son tour, et enfin Jon.

Une fois arrivé au rez-de-chaussée, Peter se glissa le premier dans le corridor, avec Marty derrière lui. De faibles lampes électriques, très espacées, étaient de peu d'effet pour dissiper l'obscurité. Il y avait quelques portes de chaque côté, toutes en retrait dans des renfoncements pratiqués à l'intérieur des épaisses murailles. Marty ouvrit chaque porte avec précaution, tandis que Peter attendait, son arme levée. Ils ne trouvèrent personne. Les premières pièces étaient dépourvues de tout mobilier, une indication qu'au moins une partie de l'énorme demeure restait en permanence inutilisée.

« Avez-vous une idée de ce que cela coûte de chauffer l'un de ces monstres médiévaux ? » chuchota Peter, sans attendre de réponse.

Marty ne croyait pas aux questions sans réponse.

« Non, mais si j'avais un ordinateur, je calculerais ça en quelques secondes. » Il libéra l'une de ses deux mains, qui tenait son lourd fusil, et claqua des doigts.

Peter lâcha un borborygme et ils poursuivirent leur recherche. De temps à autre, le crépitement bref d'une rafale pénétrait les murs du château, et il leur sembla qu'à l'extérieur, un deuxième assaut était en cours. Ensuite, il y eut une plage de silence, suivie d'autres tirs sporadiques. De l'endroit où ils se trouvaient, il était difficile de situer le lieu de l'affrontement, impossible de savoir s'il avait connu une issue, et laquelle.

Enfin, sans avoir capté le moindre signe concernant le professeur Chambord, son ordinateur ADN, le général de La Porte ou le capitaine Bonnard, et s'abritant dans des salles successives, baissant la tête au moment de franchir la voûte, pour éviter les quelques sentinelles patrouillant dans ces corridors, ils remontèrent en courant au dernier étage, où Jon et Randi les rejoignirent.

Le quatuor avançait sur le palier, vérifiant derrière toutes les portes, quand deux soldats surgirent au détour du couloir, manquant leur rentrer

dedans. En quelques secondes, les deux Français dégagèrent la bandoulière de leurs fusils d'assaut et les empoignèrent. Marty recula en chancelant, sa mitraillette prête au cas où les soldats auraient l'intention de
décamper. Randi et Jon plaquèrent le premier au sol, et Peter immobilisa
le deuxième avec son stylet Fairbairn-Sykes. Il y eut un bref soupir, la
détonation étouffée d'un pistolet muni de silencieux, et aucun des deux
soldats renégats ne bougea plus.

Marty eut du mal à avaler sa salive, il cherchait de l'air, la gorge serrée. Il détestait la violence, mais quand il monta la garde dans le corridor
pendant que les autres tiraient les corps dans une salle vide, son visage
affable et rond témoignait de sa résolution. Une fois la porte refermée, le
quatuor pressa le pas jusqu'à ce que Jon, qui avait pris la tête de la
colonne, s'arrête à un angle de mur et lève la main pour intimer le silence aux trois autres.

Il leur fit signe. Ils s'avancèrent à pas de loup, s'arrêtèrent. Devant
eux, une sentinelle isolée était postée devant une autre porte en bois
bardée de ferrures, pareille aux autres, paresseusement appuyée contre le
mur de pierre, en train de fumer une cigarette. Il regardait à l'opposé,
vers la porte qu'il semblait garder. Vêtu en tenue civile décontractée, il
portait des bottes militaires et un béret vert foncé basculé sur le côté
gauche. Il avait son fusil d'assaut FAMAS en bandoulière. Tout ceci
indiquait bien qu'il s'agissait encore d'un légionnaire.

Pendant que la sentinelle fumait et bayait aux corneilles, Jon fit de
nouveau un signe à ses compagnons. Ils attendirent qu'il se faufile en
douceur jusque dans le dos du gaillard et l'assomme d'un coup violent
sur la tête avec le canon de son Uzi. Le garde tomba comme une pierre,
sans connaissance. Peter et Jon le traînèrent à son tour dans une pièce
vide, le bâillonnèrent et le ligotèrent avec ses propres vêtements et sa
ceinture. Mais auparavant Randi eut l'idée de le fouiller et découvrit
dans sa poche une énorme clef en fer. Jon lui subtilisa son fusil d'assaut
FAMAS et un chargeur supplémentaire, puis tous quatre retournèrent
devant la porte devant laquelle le légionnaire montait la garde.

Peter y plaqua une oreille.

« Il y a quelqu'un qui fait les cent pas à l'intérieur », chuchota-t-il. Il
sollicita la poignée et secoua la tête. « Fermée à clef. Ils ne surveille-
raient pas Chambord.

— A moins que ce ne soit pour sa protection, remarqua Randi.

— Contre quoi le protégeraient-ils ? se demanda Marty.

— Contre l'attaque du Croissant Armé, précisa-t-elle.

— Voyons cela. » Jon introduisit la clef dans la serrure. Elle avait été
récemment graissée et la clef tourna sans difficulté.

Elle entrouvrit la porte, juste assez pour y pointer la tête. Peter s'y
faufila à sa suite, tandis que Jon et Marty restaient dans le couloir,
couvrant leurs arrières.

A l'intérieur, la chambre était plus chaude que les autres, avec un feu qui brûlait dans une grande cheminée. Meublée d'un mélange curieux de lourdes pièces de mobilier médiéval et d'éléments modernes assez quelconques, la petite chambre semblait vide. Randi et Peter braquèrent leurs armes vers la droite et vers la gauche, en se tenant presque dos à dos, sur le seuil. Ne voyant personne, ils avancèrent avec prudence.

Thérèse Chambord surgit comme une apparition immaculée derrière une longue commode, un lourd chandelier à la main.

« Agent Russell ? s'écria-t-elle en anglais, surprise.

— Où est votre père ? lui demanda Randi sans ménagement. Et l'ordinateur ADN ?

— Dans l'armurerie. Je peux vous y conduire. » Elle posa le chandelier et se précipita vers eux, une couverture sur les épaules, encore vêtue, preuve de son obstination, de son tailleur du soir blanc tout dépenaillé. Son visage meurtri était encore plus sale. « J'ai entendu des coups de feu. C'était vous ? Etes-vous venus arrêter La Porte et mon père ?

— Oui, mais cette fusillade ne venait pas de nous. Le Croissant Armé est dehors.

— Oh, mon Dieu. » Thérèse regarda rapidement autour d'elle. « Jon ? Est-il... »

Jon entra dans la pièce.

« A quelle heure l'attaque est-elle prévue ?

— Minuit. Il ne nous reste pas beaucoup de temps.

— Huit minutes, acquiesça Jon d'un air sombre. Dites-nous ce que vous savez.

— D'après ce que j'ai entendu, et si j'en crois les allusions de mon père, ils vont tirer un missile vers les Etats-Unis. Je ne sais pas exactement quelle sera la cible.

— Ça suffira pour le moment. Tenez, prenez ceci. »

Il lui tendit un fusil d'assaut FAMAS, et ils sortirent de la chambre en courant.

A bord d'**Air Force One**, *dans le ciel de l'Iowa*

A l'intérieur de la salle de conférences, le Président Castilla écoutait la vibration régulière des quatre puissants turboréacteurs et consulta la pendule accrochée à la cloison. Réglée sur l'horloge étalon de l'Observatoire de la Marine, elle-même calée sur cinquante-huit horloges atomiques, elle était d'une précision phénoménale – moins de dix nanosecondes. Sous le regard fixe du Président, les chiffres changèrent, et c'est le nombre 0552 qui s'afficha. Quand les tueurs allaient-ils frapper ? Cette longue journée les avait tous usés, leur mettant les nerfs à vif.

« Pour l'instant, rien à signaler », déclara-t-il sans s'adresser à personne en particulier, même si les visages de ses conseillers militaires et des membres de son cabinet, qui avaient tous le regard tourné vers lui, trahissaient à la fois la lassitude et l'anxiété.

« En effet, monsieur. » L'amiral Stevens Brose parvint à sourire, un sourire blême. Il s'éclaircit la gorge comme s'il avait du mal à déglutir. « Nous sommes prêts. Le STRATCOM a pris l'air, tous nos appareils sont en alerte, et le nouveau système antimissile est en place et prêt à attaquer dès qu'une cible se présentera. Tout a été fait. »

Samuel Castilla opina du chef.

« Tout ce qui peut être fait. »

Dans l'épais silence qui s'abattit comme un linceul sur la longue table, la conseillère pour la sécurité nationale, Emily Powell-Hill, qui portait le nom d'un des plus grands généraux confédérés de la guerre de Sécession, qui avait connu un destin des plus tragiques, eut cette réponse :

« Il est impossible de faire davantage, monsieur le Président. »

CHAPITRE TRENTE-NEUF

Château La Rouge

D ANS la vieille armurerie, avec ses épées, ses masses d'armes, ses haches de guerre ancestrales, le général de La Porte se tenait à côté d'Emile Chambord, ses grandes mains croisées dans le dos, et il ne quittait pas des yeux l'écran de l'ordinateur où se déroulaient des rangées de chiffres. Le visage affirmé de La Porte était grave, son regard immobile, concentré, et pourtant il ne comprenait rien de ce que Chambord était en train de faire.

« Le système antimissile des Américains est-il hors d'état de nuire ? s'enquit-il avec impatience.

— Encore une minute. » Chambord tapa sur une autre série de touches. « Oui... oui... nous y sommes. C'est fait. » Il se redressa contre le dossier de son siège, les joues rouges, exultant. « Voilà un système antimissile très contrariant coupé et dûment verrouillé. »

La Porte était rayonnant. Il approuva de la tête. En même temps, sa bouche dure et pincée s'était réduite à un trait.

« Achevez de programmer le missile, professeur. Je veux qu'il soit activé et prêt au lancement », exigea-t-il d'une voix sévère et impérieuse.

Chambord leva brièvement les yeux vers La Porte et se remit au travail, mais il se sentait mal à l'aise. Il s'apercevait que le général n'était pas seulement impatient, il était agité. Chambord comprenait l'impatience et la respectait. Après tout, elle était une émanation de l'enthousiasme. Mais l'agitation, c'était une autre affaire. Chez le général, quelque chose avait changé, à moins que cela n'ait existé depuis le début, mais à présent qu'ils étaient tout proches du succès, La Porte se révélait.

*

Jon et Randi levèrent la tête vers la cage d'escalier de la tour et scrutèrent le palier devant l'armurerie. Ici, l'air était moins ventilé, chargé des odeurs de moisi, d'humidité et de vieilles pierres qui semblaient imprégner le château. Dans cet éclairage sombre, personne ne les verrait, à moins que les yeux de l'observateur ne soient attirés par d'infimes mouvements dans la pénombre.

Jon consulta sa montre. Encore sept minutes, et il serait minuit. Ce serait trop court.

Très impatient, il observa la porte de l'armurerie, que Thérèse Chambord lui avait décrite. Elle se trouvait à peu près à sept ou huit mètres. Deux légionnaires la gardaient, mais ils n'avaient rien à voir avec la sentinelle insouciante et qui s'ennuyait ferme devant la porte de Thérèse. Vigilants, prêts à parer à toute éventualité, ils se tenaient les pieds écartés et tenaient leurs armes – encore deux de ces fusils d'assaut FAMAS à canon court – fermement en main en regardant autour d'eux, tout en lançant périodiquement des coups d'œil par-dessus leur épaule, sur la porte. Ils seraient beaucoup plus difficiles à surprendre, et ils avaient peut-être des congénères à l'intérieur de l'armurerie.

Jon et Randi se baissèrent et descendirent les marches. A l'étage inférieur, les autres étaient rassemblés sur le palier, et ils attendaient, visiblement tendus.

Jon leur décrivit l'agencement des lieux.

« L'escalier continue de monter en colimaçon jusqu'en haut de la tour. Le palier qui donne sur l'armurerie est très profond, un peu moins de dix mètres de longueur. Il y a un éclairage électrique, mais les lampes ne sont pas nombreuses. Il y a pas mal de pénombre.

— Un moyen de les prendre par le flanc ? » demanda Peter.

C'est Randi qui lui répondit.

« Aucun moyen de les prendre par-derrière. »

Ses paroles furent totalement couvertes par un violent crescendo de la fusillade, au loin. Elle semblait plus proche, se répercuta en échos plus nets, comme si le Croissant Armé avait enfin réussi à percer une défense importante. Peut-être les terroristes avaient-ils fini par se frayer une brèche dans le château proprement dit.

« Vu la façon qu'ont les deux gardes de surveiller sans arrêt cette porte de l'armurerie, là-haut, je dirais que le général est dedans avec Chambord, estima Jon.

— Je suis d'accord, approuva Randi.

— Il se peut que ce soit juste le capitaine Bonnard, nuança Howell. Ou les deux.

— Il faut bien que quelqu'un dirige la résistance contre le Croissant Armé, souligna Randi. Logiquement, le capitaine Bonnard est le mieux désigné pour ça.

— Exact, approuva l'Anglais. Mon principal souci, c'est que ces deux sentinelles, là-haut, pourraient se retirer à l'intérieur et tenir la pièce toute la nuit. Après tout, c'est une armurerie. Les armureries bénéficiaient toujours de la meilleure protection de tout le château. Partons en reconnaissance. Il faut trouver un moyen d'entrer dans cette pièce sans donner l'alarme.

— Encore six minutes avant minuit, leur rappela Randi, non sans inquiétude.

— Oh, mon Dieu ! » chuchota Marty.

En jetant des coups d'œil rapides autour d'eux, ils foncèrent dans le couloir, vers la fenêtre du fond illuminée par le clair de lune, et un couloir perpendiculaire. Il y avait du mouvement au croisement des deux couloirs. Smith s'en aperçut juste à temps pour leur éviter de se faire repérer.

« A terre ! » lâcha-t-il, dans un aboiement chuchoté.

Devant eux, des silhouettes s'engagèrent dans le croisement, par deux et par trois. La lune éclairait leurs visages au passage. L'un de ces visages brillait comme de l'ébène.

« Abu Auda, souffla Randi à voix basse. C'est un petit groupe. Ils évoluent en silence, j'entends des portes qu'on ouvre et qu'on ferme. Ils cherchent quelqu'un, ou quelque chose.

— Mauritania, trancha Jon.

— Oui, Mauritania, acquiesça-t-elle. C'est un détachement qui cherche à le libérer.

— Mais ils doivent d'abord commencer par le trouver, raisonna Peter. C'est pour ça qu'ils vérifient dans toutes les pièces. »

Smith s'accorda un temps de réflexion.

« Voilà qui peut tourner à notre avantage. S'il devait y avoir une fusillade, cela attirerait La Porte et probablement tous ceux de ses hommes qui ne sont pas déjà en train de riposter au Croissant Armé.

— Une fois qu'ils seront partis, pénétrer dans l'armurerie ne sera plus qu'un jeu d'enfant, conclut Randi.

— Nous allons donc faire le coup de feu avec ces abrutis. »

Marty les suivit crânement, et ils coururent en direction du croisement. Jon risqua un œil derrière l'angle du mur. Tout au bout du couloir, juste avant un tournant, Abu Auda s'affairait avec un jeu de rossignols, tentant de crocheter une porte, pendant que ses hommes gardaient le couloir.

Smith leur chuchota une description de ce qu'il voyait.

« Abu Auda pousse la porte. Ils sont tous occupés à passer l'intérieur de la pièce en revue. Maintenant, c'est notre chance. »

Il leur donna de rapides instructions, et ils se ruèrent de leurs cachettes respectives vers le passage dans la pénombre. Randi et lui s'agenouillèrent, pendant que Peter, Marty et Thérèse se tenaient debout en retrait. Ils ouvrirent le feu sur les terroristes du Croissant Armé.

La salve de balles jaillit en miaulant et se fracassa contre les murs et le plafond. Un terroriste tomba avec un cri. Abu Auda et les autres se retournèrent, se couchèrent à plat ventre dans le couloir et répliquèrent. Mauritania sortit de la pièce où il était détenu et rampa dans le hall. Il empoigna l'arme de l'homme qui venait de s'effondrer et se joignit aux autres. Le vacarme se réverbéra et s'amplifia tout le long du passage de pierre.

*

Alors que des chaînes de chiffres, de symboles et de lettres apparemment incompréhensibles emplissaient son écran, le professeur Chambord se démenait pour reprogrammer le vieux missile soviétique, en batterie quelque part au fin fond de la taïga arctique. Il ne comprenait pas pourquoi il avait tant de mal, pourquoi ses codes étaient nouveaux.

« Nous aurions dû nous en tenir au premier missile que vous aviez choisi, général », fit-il par-dessus son épaule à La Porte, qui était assis derrière lui, contre le mur opposé. Deux soldats montaient la garde de part et d'autre du général. « Ce missile-là était aussi facile à forcer que celui que le Croissant voulait envoyer contre Jérusalem. Mais les codes de celui-ci sont différents, plus compliqués. En fait, ce sont des codes de très haut niveau.

— Il faut trouver un moyen, professeur, insista le général. Immédiatement. »

Le professeur Chambord ne se donna même pas la peine de répliquer, fût-ce d'un hochement de tête. Ses doigts continuaient de frapper sur le clavier. Il s'arrêta et étudia l'écran, l'air soucieux. Enfin, il fut soulagé.

« Très bien. Là. C'est fait, annonça-t-il. Un missile balistique intercontinental reprogrammé. Pointé, prêt, et minuté pour un lancement automatique à minuit. »

Il allait se retourner vers La Porte, mais il se figea, comme subitement paralysé. Il se rembrunit et, quasiment au ralenti, son regard revint sur son moniteur. Rongé par la peur, il tapa sur quelques touches et regarda la réponse à sa question s'afficher à l'écran. Il ne se trompait pas.

Ses mains se retirèrent du clavier comme s'il venait de recevoir une décharge électrique. Il pivota sur sa chaise. Il éleva la voix.

« Ce missile que vous m'avez fait programmer est équipé d'une tête nucléaire ! Il n'est pas désarmé. Il est armé et pleinement opérationnel ! C'est pour cela qu'il est doté de nouveaux codes. Mon Dieu ! Comment avez-vous pu commettre une erreur pareille ? C'est un missile nucléaire, général. Nucléaire ! Ce n'est plus une simple frappe de missile destinée à démontrer la véracité de nos analyses ! » Il revint face à son clavier. Sous le coup de la peur et de l'indignation, il respirait de façon entrecoupée. « Il reste encore du temps, grommela-t-il. Il faut l'arrêter... il reste encore du temps... »

Une balle frôla l'oreille de Chambord avec un sifflement strident et l'impact lui projeta des éclats de pierre au visage. « Quoi ! » Chambord se leva d'un bond, se retourna, et vit le pistolet dans la main du général.

La Porte s'exprima d'une voix calme, posée.

« Ecartez-vous de ce clavier, professeur. »

Chambord avait du mal à respirer, il avait peur. Il était hors de lui, mais il commençait aussi à comprendre que sa propre existence était en danger.

« Dites-moi que vous n'aviez pas l'intention de commettre cet acte abominable, général. Une attaque nucléaire. Invraisemblable ! »

Toujours assis dans son fauteuil majestueux, La Porte abaissa le canon de son arme, qu'il laissa se balancer dans sa grande main. Sa voix de basse prit le ton de la confidence.

« Il n'y a pas eu d'erreur, professeur. Une tête conventionnelle n'aurait pas provoqué la commotion dont l'Europe et la France ont besoin. De la sorte, il ne pourra plus y avoir d'hésitation. Ils comprendront qu'il nous faut repartir sur de nouvelles bases. Après cela, lundi, ils voteront dans le sens que je souhaite. »

Chambord se rembrunit à nouveau.

« Mais vous m'aviez assuré... vous m'aviez promis... »

La Porte lâcha un soupir ennuyé.

« Je vous ai simplement affirmé ce que votre conscience bourgeoise voulait entendre. Vous éprouvez toujours cette sotte frayeur paysanne d'oser jusqu'au bout. Suivez mon conseil, professeur. Osez toujours. Celui qui ose gagne, mon pauvre Chambord. Même les Anglais et ces Américains si incompréhensibles entrevoient quelquefois cette vérité. »

Le professeur Chambord était un homme introverti, qui n'avait pas l'habitude d'exprimer ses émotions. En fait, les larmes et les rires le mettaient également mal à l'aise, manière d'être caractéristique de sentiments étroits, dont sa femme avait parfois eu l'occasion de se plaindre. En cet instant, elle lui manquait tout particulièrement. Mais il est vrai que depuis sa mort, elle lui avait manqué tous les jours. Il lui avait toujours expliqué que l'esprit était un système infiniment complexe et, même s'il n'exprimait pas ses émotions, il les ressentait tout aussi profondément qu'elle.

Tandis que ces réflexions lui revenaient en tête, il recouvrait son calme. Ce qu'il devait faire lui apparaissait clairement.

Il croisa les mains et tint des propos d'une grande sincérité.

« Avec ce missile balistique, vous allez purement et simplement assassiner au moins un demi-million d'êtres humains. Les radiations vont en tuer des millions d'autres, un chiffre incalculable. Il va propager la dévastation dans... » Il s'interrompit, le regard fixe.

Le pistolet du général venait de se relever, et il le pointait maintenant droit sur le cœur de Chambord. Le visage de La Porte avait une expression hautaine, et Chambord eut subitement l'impression que le fauteuil sur lequel il était assis avait cessé d'être un fauteuil. C'était devenu un trône.

Scandalisé, le professeur Chambord proféra un juron.

« C'est ça ! C'était votre intention depuis le début. C'est pour cela que vous avez choisi Omaha. Ce n'est pas uniquement parce que c'est le quartier général du commandement stratégique américain et une cible militaire encore plus importante que le Pentagone. Ou parce qu'il s'agit d'un nœud de services d'information et d'industries de la télécommunication. C'est parce qu'il s'agit du saint des saints, le cœur du pays, comme disent les Américains, où les gens se croient en sécurité parce qu'ils sont enfouis en plein milieu du continent. L'ensemble des Etats-Unis considère le Middle West comme un endroit sûr. D'une seule frappe, vous allez démontrer que les gens les plus protégés, dans le lieu le plus sûr du pays, ne sont pas en sécurité, en transformant ce "cœur du pays" en désert, tout en paralysant l'armée américaine. Tous ces morts, rien que pour démontrer que vous avez raison. Vous êtes un monstre, La Porte ! Un monstre. »

Le général de La Porte haussa les épaules.

« C'est indispensable.

— L'Apocalypse. » Chambord arrivait à peine à respirer.

« De ces cendres-là, le phœnix de la France... de l'Europe... va renaître.

— Vous êtes fou, La Porte. »

La Porte se leva, dominant à nouveau l'armurerie de sa stature et de sa personnalité.

« Peut-être suis-je fou, professeur. Mais malheureusement pour vous, ce n'est pas le cas. Quand les autorités vont arriver, elles découvriront les corps de Mauritania et du capitaine Bonnard, et le vôtre.

— Et vous aurez filé. » La voix de Chambord était celle d'un mort, même à ses propres oreilles. « Tout se passera comme si vous n'aviez jamais été là. Ils ne sauront pas que vous étiez derrière tout cela.

— Naturellement. Je n'oserais caresser l'espoir de leur expliquer l'emploi qui a été fait de mon château dans votre horrible complot, au cas où vous auriez survécu, le capitaine Bonnard et vous-même. Je vous sais gré de toute votre aide.

— Notre rêve n'était qu'un mensonge.

— Pas un mensonge. Mais simplement ce rêve n'était pas aussi médiocre que vous l'aviez cru. » Les deux coups de feu tirés par le pistolet du général éclatèrent dans la salle voûtée. « Au revoir, Chambord. Vous avez bien servi la France. »

Les yeux grands ouverts, le scientifique tomba de sa chaise comme un jouet dégonflé.

Au même moment, une violente fusillade parut jaillir de toutes parts. La Porte se raidit. Le Croissant Armé était à l'autre bout du château. Comment pouvaient-ils être si proches, si vite ?

Il se rua vers la porte, en ordonnant d'un geste aux deux légionnaires présents dans l'armurerie de le suivre. Dans le couloir, il marqua un temps d'arrêt pour aboyer des ordres aux deux sentinelles, et les cinq hommes décampèrent par l'escalier.

*

« En arrière ! » s'écria Jon dans le vacarme et au milieu des balles qui volaient en tous sens.

Le bruit importait peu, désormais, et donc ils se replièrent à toute vitesse dans le couloir, en direction de l'escalier en colimaçon qui conduisait à la tour est. Dans l'espace confiné de ces murs de pierre, la fusillade qui se déclencha derrière eux donnait l'impression d'une véritable armée.

Au-dessus d'eux, la porte de l'armurerie s'ouvrit en claquant, et aussitôt il y eut un ordre hurlé en français. Entre-temps, en contrebas, d'autres bruits se firent entendre. Des bruits de bottes martelant les marches. Les légionnaires montaient à la rescousse.

Jon, Randi, Peter, Marty et Thérèse plongèrent dans deux salles vides de part et d'autre du palier.

Le souffle court, Jon entrouvrit sa porte et vit Howell qui entrebâillait la sienne, lui aussi. Ils entrevirent La Porte, en tenue de civil, et quatre légionnaires qui passèrent en trombe, se dirigeant vers l'endroit où le détachement du Croissant Armé tirait encore, pris dans le feu des légionnaires, supposa Jon. Le général de La Porte beugla un ordre qui se noya dans le tonnerre d'une fusillade.

Jon et Peter sortirent et se faufilèrent dans le passage, suivis par les autres. Ils foncèrent vers l'escalier de la tour, pendant que loin derrière eux les légionnaires et le Croissant Armé continuaient de se battre.

Jon ouvrant la marche, les quatre autres à sa suite, ils grimpèrent promptement. Au sommet, ils marquèrent un temps d'arrêt et regardèrent prudemment tout autour d'eux. La porte de l'armurerie était grande ouverte, et on n'entendait pas un bruit provenant de l'intérieur. Le palier crépusculaire, avec ses faibles lumières et ses étroites fenêtres percées pour les archers, était désert.

« Qu'est-ce que cela signifie ? » s'enquit Marty.

Jon lui intima l'ordre de se taire. Avec un signe de la main, il dépêcha Peter et Randi dans l'armurerie.

« Marty, Thérèse et moi, nous couvrons l'escalier », chuchota-t-il.

Presque instantanément, Randi ressortait.

« Venez tous. » Elle les invita à entrer. « Vite. »

Marty se précipita derrière elle, cherchant le prototype des yeux, avec Thérèse dans son dos. Jon couvrait leurs arrières, parant à tout danger éventuel. Ils s'immobilisèrent tous en même temps, tétanisés par le spectacle d'Emile Chambord gisant sur le tapis à côté du bureau. Il avait basculé la tête la première, comme s'il s'était tombé en avant, du haut de son bureau.

Thérèse porta les mains à ses joues.

« Papa ! Oh non ! » Elle courut vers lui.

« Oh mon Dieu. Oh, mon Dieu. » Marty la suivit et lui tapota l'épaule.

Thérèse était en sanglots, elle s'agenouilla et retourna le corps de son père. Sa poitrine était percée de deux trous. Sa chemise était maculée de sang.

« Jon, est-il vivant ? Dites-moi s'il est vivant ! »

Jon se pencha à côté d'elle, consulta sa montre.

« Mart ! L'ordinateur. Dans moins de deux minutes, il sera minuit ! »

Marty secoua sa tête ronde, comme pour reprendre ses esprits.

« D'accord, Jon. » Il s'assit dans le fauteuil d'Emile Chambord et se mit à travailler sur le clavier.

Peter se précipita vers la porte.

« Allons-y, Randi. Il faut que quelqu'un veille sur leurs arrières. »

Acquiesçant d'un hochement de tête, elle fonça à sa suite. Leurs vêtements sombres se fondirent dans les longues ombres du palier.

Smith ausculta Chambord.

« Apparemment, les deux balles ont pénétré dans le cœur de votre père. Je suis désolé, Thérèse. Il est mort sur le coup. »

Elle hocha la tête et pleura.

Avec un mouvement résigné de la tête, Jon se releva, se précipita derrière Marty et resta là, derrière lui, en cas de besoin. Simultanément, il surveillait l'ancienne armurerie, avec ses armements médiévaux, ses boucliers, ses armures suspendues au mur de pierre et dans les coins. La pièce était vaste, avec beaucoup de meubles d'époque en bois pesant. Le plafond était haut, et l'éclairage électrique mal adapté ne parvenait pas à l'illuminer tout entier. En fait, il s'aperçut que la grande salle était aux trois quarts privée de lumière. Les sources d'éclairage étaient toutes concentrées dans cette partie de la pièce, près de la porte. Pourtant, Jon était en mesure d'y voir suffisamment pour distinguer des piles de caisses en bois, qui contenaient des munitions, supposa-t-il.

« Plus vite, espèce de monstre, s'exclama Marty, exhortant la machine silencieuse. Résiste à ton maître, tu veux ? Tu ne peux pas vaincre le Paladin. Là, c'est mieux. Zounds, espèce de bête visqueuse. Ha-ha ! Tu peux te tortiller, tu peux te défiler autant que tu veux, mais tu ne peux pas te cacher la face... » Il sursauta et se tut.

« Qu'y a-t-il, Marty ? demanda aussitôt Jon. Qu'est-ce que tu vois ? » Il regardait fixement les chiffres, les symboles et les lettres s'aligner sur l'écran, ligne après ligne. Il avait beau savoir exécuter certains programmes rudimentaires, il n'avait aucune idéc de leur signification.

Marty bondit sur son siège comme si c'était la chaise électrique.

« Serpent ! Dragon ! Tu ne peux pas vaincre le héros, le chevalier, le guerrier. Du calme... du calme... là... comme ça... ah ! je te tiens, saleté de Jabberwocky, espèce de... oh Seigneur ! »

— Il s'est produit quelque chose, Marty. Dis-moi ce que c'est ! »

Il leva les yeux sur Jon, le visage de craie.

« Emile a déniché un missile intercontinental russe. Il est armé. Armé d'une tête nucléaire. Et maintenant il est... il est... lancé ! » Il se retourna, haletant, pour traduire en langage clair les informations affichées à l'écran. « Le missile a pris l'air ! Il est en route ! »

La poitrine de Jon se serra. Il avait la bouche sèche.

« Où va-t-il, Mart ? Quelle est la cible ? »

Marty cligna des yeux.

« Omaha. » Il regarda fixement le moniteur, puis releva les yeux vers Jon, et son visage était un masque, pétrifié de détresse et d'angoisse. « Nous sommes arrivés trop tard. »

CHAPITRE QUARANTE

Air Force One, *atterrissage à Omaha*

SEUL dans sa cabine personnelle, avec le flux puissant des turbo-réacteurs dans l'oreille, le Président Castilla dévisageait son reflet dans le hublot, tandis que les roues d'*Air Force One* touchaient la piste, pour un atterrissage parfait. Sous peu, son entourage et lui-même seraient en sûreté dans les bunkers souterrains puissamment fortifiés du commandement stratégique américain – ou STRATCOM, ainsi que tout le monde l'appelait –, dans l'enceinte d'Offutt Air Force Base. Le STRATCOM était le cœur de la défense du pays, chargé de la planification, du déploiement et de l'acheminement vers leurs cibles des forces stratégiques en temps de guerre. Alors que le NORAD contrôlait le ciel, le STRATCOM coordonnait les frappes de représailles.

Il regarda par le hublot : oui, un autre Jumbo, de même aspect qu'*Air Force One*, prenait de la vitesse sur la piste d'envol, sur le point de décoller. Il y avait toujours un appareil de cette flotte stationné sur la base du STRATCOM, pour les situations d'urgence. A présent, il ferait diversion, attirant l'attention de l'ennemi lancé à sa recherche, quel que soit cet ennemi.

Le Président réprima un profond soupir, se sentant coupable de devoir exposer tous ces êtres au péril de leurs vies, pour le protéger, lui et sa fonction. Il se détourna du hublot. Alors que le grand 747 ralentissait pour s'acheminer vers le parking, il décrocha le micro d'une grosse radio à ondes courtes.

« Comment vous sentez-vous, Brandon ? »

Depuis son bunker en Caroline du Nord, le vice-président Brandon Erikson lui répondit.

« Bien, Sam, bien. Et vous ?

— C'est tolérable. Enfin, je commence à être en nage. Une douche ne serait pas de refus.

— Je sais.

— Prêt à prendre la relève, Brandon ?

— Ce ne sera pas utile. »

Le Président lâcha un petit rire dépourvu du moindre humour.

« J'ai toujours apprécié votre confiance en vous. Je reste en contact. » Il coupa la communication. Dans un mouvement malaisé, il changea de position dans son fauteuil, et on frappa sèchement à la porte. « Entrez ! »

Chuck Ouray entra. Il avait un visage de cendre, les jambes tremblantes.

« C'est le commandement du STRATCOM, monsieur. Le système de défense expérimental antimissile est en panne. Nous n'avons plus aucun recours. Nous sommes totalement impuissants. Les chefs militaires sont en train de s'entretenir avec les scientifiques, pour tenter de tout remettre en ordre de marche, mais ils ne sont pas optimistes.

— J'arrive. »

Château La Rouge

La tension emplit l'ancienne armurerie imprégnée d'humidité. Jon surveillait avec angoisse l'écran par-dessus l'épaule de Marty. La salle était froide et silencieuse. Les seuls bruits étaient ceux, étouffés, des coups de feu et du cliquettement du clavier sur lequel Marty s'affairait frénétiquement.

Jon ne voulait pas l'interrompre. Mais il lui posa tout de même sa question :

« Peux-tu faire avorter le tir du missile ?

— J'essaie. » Marty avait la voix rauque, comme s'il avait oublié comment on parle. Il leva les yeux. « Flûte, j'ai trop bien formé Emile. Il a fait de sacrés dégâts... et c'est moi le responsable ! » Son regard revint sur le moniteur, et il martelait le clavier, cherchant un moyen de stopper le missile. « Emile a appris vite... J'ai trouvé. Oh non ! Le missile est à son apogée... à mi-chemin au-dessus de l'Atlantique ! »

Jon se sentit trembler. Ses nerfs étaient aussi tendus que les cordes d'un violon. Il respira pour se détendre et posa une main qui se voulait rassurante sur l'épaule de Marty.

« Il faut que tu trouves un moyen... n'importe lequel... de stopper cette tête nucléaire, Mart... »

*

Le capitaine Darius Bonnard était appuyé contre le mur de pierre, son bras gauche ensanglanté pendant le long du corps, inutile, une chemise roulée pressée en boule contre son aisselle pour enrayer l'hémorragie, et il luttait pour ne pas perdre connaissance. La plupart de ses hommes s'étaient massés derrière une barricade de pesants meubles médiévaux, derrière l'angle du couloir. Il entendait le général lancer des ordres et les encourager. Bonnard écouta avec un petit sourire. Il s'était attendu à mourir lors d'une glorieuse bataille de la Légion contre un puissant ennemi de la France, mais cette petite joute d'apparence mineure revêtirait peut-être encore davantage de valeur, et cet ennemi serait le plus implacable de tous. Après tout, c'était là un combat net et sans appel, un combat pour l'avenir.

Tout en se réconfortant avec ces pensées, il vit un soldat en sueur du Second régiment de la Légion étrangère se précipiter dans sa direction, pour gagner la barricade.

Bonnard leva la main.

« Stop. Au rapport.

— Nous avons trouvé Maurice, ligoté et bâillonné. Il gardait la fille Chambord. Il dit que ses assaillants étaient trois hommes et une femme armée. Les islamistes n'auraient pas une femme soldat dans leurs rangs. »

Bonnard se redressa en titubant. Ce devait être cet agent de la CIA. Autrement dit Jon Smith et ses acolytes étaient là. En prenant appui sur l'épaule du légionnaire, il tourna l'angle du couloir d'un pas mal assuré, tomba derrière la barricade, et rampa vers l'endroit où La Porte était tapi, ouvrant le feu sur le mur de meubles empilés à l'autre bout du passage.

Bonnard était haletant.

« Le colonel Smith est ici, général. Dans le château. Il a trois comparses avec lui. »

La Porte fronça le sourcil et consulta sa montre. Dans quelques secondes, il serait minuit. Il lâcha un bref sourire satisfait.

« Ne vous inquiétez pas, Darius. Ils arrivent trop tard... » Il observa un temps de silence, s'apercevant que ce chiffre quatre était lourd de sens. Quatre... Ils n'auraient dû être que trois – Smith, cet Anglais, Howell, et la femme de la CIA. Zellerbach ! Ils avaient dû amener Zellerbach, lui aussi. Si quelqu'un était capable d'interrompre l'attaque, c'était lui. Il lança des ordres. « Retraite ! A l'armurerie. Allez ! »

Tandis que les hommes filaient, La Porte considéra Bonnard, son second, depuis si longtemps, qui avait l'air gravement blessé. Avec un peu de chance, il allait mourir. Pourtant, attendre présentait un risque. Il s'assura que les légionnaires avaient le dos tourné.

« Qu'y a-t-il, mon général ? » Bonnard le regardait, il était sans forces, mais déconcerté.

La Porte éprouva un fugitif sentiment.

« Merci de tous vos bons services. » Puis il haussa les épaules et chuchota : « Bon voyage, Darius. » Il lui tira une balle dans la tête, se leva d'un bond et emboîta le pas à ses soldats, à petites foulées.

Omaha, Nebraska

Le Président et son entourage étaient à l'étroit dans trois monospaces à l'épais blindage, qui foncèrent sur le tarmac d'Offutt Air Force Base. A bord de son monospace, la radio du Président crachota. Il décrocha et écouta une voix désincarnée émanant du centre de commandement, qui lui faisait son rapport.

« Nous ne réalisons plus aucun progrès, monsieur le Président. » Le ton de l'homme laissait percevoir un état de panique à peine contrôlée. « Les codes n'arrêtent pas de se reconfigurer. Nous n'arrivons pas à concevoir comment ils parviennent à un tel résultat. Un ordinateur qui réagit aussi vite, c'est impossible...

— Ce n'est pas impossible pour cet ordinateur-là », marmonna le secrétaire général de la Maison Blanche, Chuck Ouray.

Le Président et Emily Powell-Hill ignorèrent sa réflexion, et la voix continua de crépiter dans le haut-parleur. « ... il doit réagir automatiquement à un schéma aléatoire, comme un boxeur sur un ring. Attendez... nom de Dieu, non... »

Brusquement, une nouvelle voix transmise par radio interrompit la première. Une femme. « Nous avons un écho sur le radar, monsieur. C'est un missile. A l'approche. Un missile intercontinental russe. Nucléaire. Mon Dieu. C'est... quoi ? Répétez ça ? Vous êtes sûr ? » Le ton de la voix changea, se fit plein d'autorité, calme, fort et responsable. « Monsieur le Président. Il est pointé sur Omaha, monsieur. Je ne crois pas que nous serons en mesure de le stopper. Il est trop tard. Descendez sous terre, ou quittez l'espace aérien immédiatement. »

La première voix, plus forte, se fit entendre à nouveau. « ... Je n'arrive pas à me verrouiller dessus. Je ne peux pas... »

Château La Rouge

Abu Auda tendit l'oreille, à l'écoute. Les balles avaient fait éclater les ampoules électriques des murs, et le couloir baignait dans une pénombre crépusculaire et enfumée. Lentement, il se leva derrière la barricade, et ses yeux entraînés à la guerre du désert scrutèrent le mur de meubles, à l'autre bout.

« Ils sont partis, Khalid, lança-t-il à Mauritania. Inch Allah ! » s'exclama-t-il.

Les hommes du Croissant Armé, épuisés, blessés, poussèrent un cri et escaladèrent la barricade.

Mauritania leva la main pour les inviter au silence.

« Vous entendez ? »

Ils écoutèrent. Pendant un instant, il n'y eut plus le moindre coup de feu dans tout le château. Mais il y eut un bruit de pas. Un claquement de bottes, au pas de course. Ce devaient être les légionnaires du général français, ils couraient, mais pas dans leur direction, non, dans l'autre sens – vers le donjon.

Les yeux bleus de Mauritania scintillèrent.

« Viens, Abu Auda, il faut rassembler le reste de nos hommes.

— Bon. Nous allons quitter ce satané château et nous combattrons un autre jour contre les ennemis de l'islam. »

Mauritania, toujours vêtu de sa tunique de Bédouin déguenillée qu'il n'avait pas quittée depuis l'Algérie, secoua la tête.

« Non, guerrier, mon ami. Nous ne quitterons pas ce château sans ce que nous sommes venus chercher.

— C'est toi que nous sommes venus chercher, Mauritania.

— Alors tu es un sot. Pour notre cause, nous avons besoin de Chambord et de sa machine miraculeuse. Je ne m'en irai pas sans. Nous allons retrouver le reste de nos hommes, et ensuite le général français. Ce porc, ce La Porte. Là où il sera, sera l'ordinateur. »

*

Dans l'armurerie faiblement éclairée, avec ses armes caduques et son air glacial, Marty proféra encore un monologue furibond tout en se démenant pour faire échouer le tir du missile qui se rapprochait de sa cible.

Sur le tapis, presque à ses pieds, Thérèse Chambord tremblait. Depuis le moment où Jon avait déclaré son père mort, elle était restée assise, immobile à ses côtés, pleurant silencieusement, sa main dans la sienne, presque en transe.

A l'instant où Marty reprenait subitement ses divagations, elle releva la tête, elle l'écoutait...

« ... tu ne peux gagner, espèce de bête bornée ! Je me moque du degré de difficulté des codes d'Emile. Je vais t'écorcher vive et j'accrocherai ta peau écailleuse aux murs avec tous les autres dragons cracheurs de feu que j'ai terrassés en combat mortel. Là, espèce de créature faiblarde, c'est ça ! Oui, encore une défense de moins... prends ça... Ha ha ! »

Pendant ce temps-là, sur le palier, Peter et Randi restaient tapis dans la pénombre, montant la garde devant l'armurerie. L'air sentait la poussière et la cordite qui remontaient des étages inférieurs, leur picotant les narines.

« Tu entends ça, Peter ? » lui demanda-t-elle, d'une voix feutrée, enrouée.

Son arme était braquée sur la cage d'escalier, qui menait au rez-de-chaussée du château et montait également dans la tour est, au-dessus d'eux. A chaque étage, il y avait une ouverture de la taille d'une large porte.

« Et comment, si j'entends. Ces abrutis ne renoncent pas. Agaçant. » L'arme de Howell était pointée sur l'ouverture béante de la cage d'escalier, elle aussi.

Ils écoutèrent les bruits de bottes montant vers eux, en tâchant de rester silencieux sur leurs marches de pierre. Dès que le premier légionnaire fit son apparition, Randi et Peter tirèrent. La balle fracassa la tempe du gaillard, et il bascula en arrière dans un geyser de sang. Il y eut une soudaine débandade, les autres battirent en retraite.

Peter se retourna et lança un avertissement en direction de l'armurerie.

« Attention. Les hommes de La Porte sont arrivés !

— Grouillez-vous, là-dedans ! hurla Randi. Apparemment, ils sont beaucoup plus nombreux qu'on ne s'y attendait ! »

Toujours assise par terre à côté du cadavre de son père, Thérèse avait l'air de se ressaisir.

« Je vais vous donner un coup de main. »

Elle serra la main de son père et la lui reposa sur la poitrine. Elle lui plaça l'autre main sur la première. Avec un soupir, elle empoigna le fusil FAMAS que Jon lui avait remis, et se leva. Elle avait l'air frêle, anéanti, dans la lumière diffuse de l'armurerie.

« Est-ce que ça va ? s'enquit Jon.

— Non. Mais ça ira. « Ce fut presque comme si un flux d'énergie la parcourait tout entière, et elle parut se reprendre. Elle baissa les yeux sur son père, un sourire triste éclaira son visage. « Il a vécu une belle vie et réalisé une œuvre importante. Au bout du compte, il a été trahi par une illusion. Je me souviendrai toujours de lui comme d'un grand homme.

— Je comprends. En sortant, faites attention. »

Elle hocha la tête. De sa main libre, elle réunit les munitions que Jon lui avait données et s'avança vers le palier. Elle accéléra, disparut par la porte à petites foulées.

Presque immédiatement, Jon entendit son FAMAS ouvrir le feu pour aider à repousser une nouvelle attaque en haut des marches. La riposte fut cinglante. Cette fois, les renégats de La Porte répliquaient. Le vacarme fit écho juste dans l'armurerie, et Jon en eut des frissons dans le dos. Il avait envie d'être là-bas, de les épauler.

« Mart ? lança-t-il. Comment tu t'en sors ? Tu avances ou non ? Est-ce que je peux t'aider ? » S'ils avaient peu de temps pour échapper à cette situation, l'Amérique en avait encore moins.

Marty était penché sur son clavier, extrêmement concentré. Il avait l'air d'attendre, voir même d'espérer quelque chose. Son torse corpulent était courbé en avant, remonté comme un ressort.

« Meurs ! Meurs ! Meurs ! Espèce de monstre de... » Il se leva d'un bond.

« Qu'y a-t-il ? demanda Jon. Que s'est-il passé ? »

Marty fit une pirouette, leva les bras au-dessus de sa tête, et, les poings serrés, pompa, dans le geste du footballeur qui vient de marquer un but.

« Bon sang, Marty. Dis-moi ce qui vient de se produire !

— Regarde ! Regarde ! » Marty pointa l'écran du doigt.

Alors que la fusillade sur le palier diminuait en intensité, Jon regarda fixement. A la place des lignes monotones de chiffres et de lettres, l'écran noir scintillait d'étoiles blanc argenté, une reproduction du ciel nocturne. Sur le côté droit, on voyait le contour de la côte française, et sur la gauche des points de repère sur la carte des Etats-Unis, jusqu'à Omaha, dans le Nebraska. Une ligne rouge pointillée se déplaçait en arc de cercle en direction d'Omaha. Au bout de cette ligne, comme si elle en était le traceur, il y avait une minuscule flèche rouge.

« C'est ce qui affiche la progression du missile que Chambord a lancé, c'est ça ? demanda Jon. Le missile équipé de sa tête nucléaire ?

— Oui. » Ne quitte pas l'écran des yeux. Marty consulta sa montre et compta. « Cinq... quatre... trois... deux... un ! »

La flèche rouge explosa en une petite gerbe blanche, comme un nuage de crème fouettée.

Jon observait toujours fixement, espérant avoir correctement compris.

« C'est le missile ?

— C'*était* le missile ! » Marty exécuta un pas de danse chancelant sur le dallage de pierre. « Il a disparu !

— C'est fait ? Tu es sûr, Mart ? » Jon ne quittait pas l'écran des yeux, se laissant aller aux premiers frémissements de l'exaltation. « Absolument sûr ?

— Je l'ai fait sauter ! Pendant qu'il était encore au-dessus de l'océan. Il n'a jamais atteint nos côtes ! » Il tournoya sur lui-même et se pencha pour embrasser le moniteur, presque à en perdre l'équilibre. « Machine merveilleuse ! Je t'aime, machine ! Une larme perla au coin de son œil. L'Amérique est saine et sauve, Jon. »

CHAPITRE QUARANTE ET UN

DANS la vieille armurerie, Marty sautillait en rond, fêtant son triomphe, la destruction du missile nucléaire qui aurait tué des millions d'Américains. Pendant quelques secondes, Jon observa ces manifestations de joie. Il en était encore à prendre la mesure de la bonne nouvelle, alors que dehors, sur le palier, des rafales intermittentes lui signifiaient que Peter, Randi et Thérèse tenaient bon, défendant la tour, interdisant aux légionnaires de l'investir.

Mais ils ne pourraient pas les en empêcher indéfiniment. Ils étaient trop inférieurs en nombre. Maintenant que la menace du missile était écartée, il leur restait à s'échapper d'ici.

Marty s'arrêta face à Jon. Il s'exprimait d'une voix essoufflée, emplie de soulagement, comme s'il arrivait à peine à y croire lui-même.

« L'Amérique est sauvée, Jon. L'Amérique est sauvée !

— Mais pas nous, Marty. » Jon courut à la porte pour s'enquérir de l'activité sur le palier. « Es-tu capable de rétablir toutes les communications satellite ?

— Bien sûr.

— Vas-y. »

Marty se retourna promptement vers l'ordinateur et se remit au travail.

Jon se pencha au-dehors, vers l'endroit où Peter, Randi et Thérèse gardaient l'escalier. Ils étaient à genoux ou couchés sur le ventre, se mettant à couvert là où ils le pouvaient dans ce vaste espace noyé dans la pénombre.

« Vous pouvez les contenir encore quelques petites minutes ? demanda-t-il.

— Alors fais en sorte que ce soit vraiment de petites minutes », suggéra Randi, le visage tendu.

Il hocha la tête et rejoignit Marty à toute vitesse.

« Encore combien de temps ?

— Attends... attends... là ! » Marty leva la tête vers lui, avec un grand sourire. « Par comparaison, après avoir arrêté le missile, c'était une balade en bord de mer. Les communications sont rétablies.

— Bien. Envoie ceci. » Jon griffonna une série de chiffres, un code garantissant que le message atteindrait Fred Klein. Puis il ajouta : « La Porte, Normandie, Château La Rouge, tout de suite. »

Les doigts de Marty survolèrent le clavier. Il multipliait les bonds sur sa chaise, toujours en proie à la même excitation, rayonnant d'optimisme. « C'est fait. Ensuite ?

— Ensuite on dégage. »

Marty eut l'air choqué. Il se rembrunit et remua la tête en signe de dénégation.

« Non, Jon. Nous ne pouvons pas abandonner l'ordinateur. Nous allons le démonter. Comme ça, nous pourrons l'emporter avec nous.

— Erreur », rétorqua Jon d'un ton cassant. Il avait déjà tenté cette formule, et les coups de feu à l'extérieur de l'armurerie claquaient de plus en plus fort. « Nous n'avons pas le temps. »

Marty se lamenta.

« Mais, Jon, il faut qu'on emporte le prototype. Et si les hommes du général de La Porte remettent la main dessus ?

— Ce ne sera pas le cas. » Jon attrapa le jeune génie, mettant un terme à ses protestations et l'entraîna vers la porte.

« Lâche-moi, Jon, fit Marty, l'air vexé. Je peux marcher tout seul comme un grand.

— Cours. »

Sur le palier, Peter, Randi et Thérèse avaient une fois encore repoussé les légionnaires renégats vers le bas des marches. Thérèse avait arraché sa dernière manche de tailleur et s'en était servie pour bander la plaie à vif et ensanglantée de Peter, qui était blessé à la cuisse. Randi avait été touchée à l'avant-bras, la balle avait transpercé la chair sans provoquer de dégâts majeurs. Un bandage bien serré enraya l'hémorragie.

« Que s'est-il passé ? demanda Randi. Avez-vous arrêté le missile ?

— Tu parles, lui assura Jon. Marty a encore réussi son coup.

— Ça vous a pris un temps fou, bon sang », maugréa Peter, mais sa face tannée se fendit d'un large sourire, même s'il ne quitta pas la cage d'escalier des yeux.

Jon s'agenouilla à côté de lui.

« Donne-moi une grenade. »

En vieux soldat qu'il était, Peter s'abstint de poser la moindre question. Il sortit une grenade à main de son sac à dos et la tendit à Jon sans un mot.

« Je reviens tout de suite. »

Jon retourna en courant dans l'armurerie, posa la grenade sur le plateau de packs de gel, et tira sur la goupille. Il s'écarta précipitamment comme si tous les chiens de l'enfer étaient à ses trousses.

Il déboucha de nouveau sur le palier en hurlant.

« Tout le monde à terre ! »

Ils s'aplatirent sur les dalles de pierre. La grenade explosa derrière eux, projetant une grêle mortelle de fragments d'acier et d'éclats de bois. Au sommet de l'escalier, un légionnaire poussa un cri, du sang giclant de sa figure tailladée par les échardes. Il retomba en arrière, hors de vue.

« Nom de Dieu, pourquoi as-tu fait ça, Jon ? s'exclama Randi.

— Les packs de gel, expliqua Smith. C'est la clef de l'ordinateur moléculaire. Ils contiennent la séquence ADN créée par Chambord. N'importe quel scientifique approchant de son niveau de compétence aurait pu s'en servir pour reproduire son travail. »

Marty hocha la tête, l'air malheureux.

« Ils n'auraient même pas eu besoin d'un pack de gel complet. Il leur aurait suffi de prélever quelques résidus pour se constituer un échantillon.

— Il fallait complètement détruire ces packs de gel, souligna Smith, au cas où ils seraient tombés entre de mauvaises mains. »

Ils cessèrent de parler, car des bruits de bottes partant une nouvelle fois à la charge dans l'escalier se répercuta dans leur direction. Peter, Randi et Jon coururent vers la cage d'escalier et ouvrirent le feu. Pas un légionnaire n'était en vue. Les balles ricochèrent en contrebas, et ils entendirent des jurons furibonds et le brouhaha d'une retraite en désordre.

Marty avait regardé autour de lui, ce palier dans la tour, commençant de saisir tout le caractère désespéré de la lutte qui s'y déroulait, pendant qu'il travaillait dans l'armurerie sur l'ordinateur ADN. Il les considéra tous et avala sa salive avec difficulté. Il tâcha de prendre un ton réconfortant.

« C'est ça... une "grande" bataille, Peter ?

— Grande, confirma l'Anglais, mais probablement brève. Cet escalier qui descend, c'est, j'en ai bien peur, l'unique moyen de sortir de cette tour. Et ces légionnaires n'ont apparemment pas l'intention de nous laisser passer.

— Nous sommes pris au piège ? » Sous le coup de la terreur, le visage de Marty se décomposa.

« A moins que nous ne découvrions une autre solution », nuança Randi.

Comme en écho à ce sinistre verdict, la voix tonitruante du général La Porte tonna.

« Colonel Smith, rendez-vous ! Nous sommes trois fois plus nombreux, et j'ai d'autres hommes qui arrivent en renfort de minute en minute. Vous ne nous échapperez pas.

— Quand il apprendra que nous avons fait voler son plan en éclats, le général ne sera pas d'humeur très magnanime.

— Sans compter qu'il ne peut laisser aucun d'entre nous en vie, s'il veut pouvoir se sortir de tout ça en toute impunité, souligna Peter

— C'est probablement pourquoi il a abattu Chambord. et je

n'entends plus la voix du capitaine Bonnard en bas, dans cet escalier. Et vous ? »

Une salve violente l'interrompit. Apparemment, cela provenait de l'étage inférieur. Ils se tinrent prêts, mais cette fois il n'y eut pas de charge à partir de l'escalier. A la place, les coups de feu s'éloignaient rapidement, tout en gagnant en puissance sonore et en intensité. Ils entendirent des hurlements en arabe, en pashtoun, dans d'autres langues.

« Le Croissant Armé est vraiment tout près, estima Thérèse.

— Ils attaquent le groupe de La Porte par-derrière, en conclut Peter. Et si le fait de mourir pour son pays peut avoir ses bons côtés, espérons que nos amis islamistes ne nous imposeront pas cette solution. »

Marty avait observé Jon, qui examinait la cage d'escalier, en tenant son arme prête.

« Jon, tu as un plan, j'espère ?

— Il n'y a pas de raison de descendre, trancha-t-il. Nous allons monter dans la tour. Avec l'équipement d'escalade de Randi, les pains de plastic de Peter, et encore quelques grenades, c'est notre meilleure chance.

— Et puis il y a ce charmant petit hélicoptère stationné dehors sur la barbacane, que nous avons repéré en arrivant, leur rappela Peter.

— Splendide ! » Marty se dirigea vers l'escalier, de sa démarche gauche. « Les plus rapides et les plus malins l'emporteront, ô paladins. Soyons rapides et malins. »

Tandis que les autres se précipitaient à sa suite, Peter et Jon lâchèrent une dernière rafale dans l'escalier.

« Deux étages, dirais-je », estima Peter en se retournant et en commençant la montée au pas de course.

Mais soudain un courant d'air chaud arrêta Jon. Il recula sur le palier. Des volutes de fumée, puis des flammes s'échappaient par la porte de l'armurerie. Tout ce mobilier ancien et démesuré que La Porte appréciait tant avait dû prendre feu après l'explosion de la grenade.

Il se rua dans l'escalier de pierre, se souvenant des cageots de munitions qu'il avait également vus dans cette armurerie, empilés tout au fond de la salle. Les bottes des hommes de La Porte martelaient les dalles dans son dos, ils se rapprochaient. Jon rattrapa les autres, et Peter et lui agrippèrent Marty chacun par un bras et le poussèrent à eux deux.

Thérèse avait pris de l'avance, elle filait comme une gazelle, tandis que Randi ralentissait l'allure pour couvrir leurs arrières. Elle se retournait fréquemment pour gêner leurs poursuivants à coups de salves de son MP5K.

« Vite, vers la tour ! » Thérèse était essoufflée, sa silhouette traçait un éclair blanc dans l'obscurité.

« Randi et moi, nous allons retarder les légionnaires ici, les prévint Jon. Thérèse, tu emmènes Marty, tu cours droit devant et tu choisis une fenêtre. Mais pas une meurtrière, non, trouve-nous une ouverture par laquelle nous pourrons nous faufiler, et aussi proche que possible de la barbacane. Peter, amorce un peu de plastic et place-le à une dizaine de mètres environ. »

Peter approuva de la tête, pendant que Jon et Randi se laissaient tomber sur le sol de pierre pour ouvrir le feu sur leurs premiers poursuivants. Leurs balles eurent raison des deux premiers très vite, mais le troisième plongea dans l'escalier en colimaçon. Les deux blessés ne bougeaient plus. Pendant un moment, il n'y eut plus de poursuite, et la fusillade s'intensifia, beaucoup plus bas. Apparemment, La Porte et ses hommes étaient tellement occupés par le Croissant Armé que cela ne leur laissait quasiment plus aucune latitude de continuer la poursuite, mais cela pouvait vite changer.

Des éclats de voix étouffés montaient de l'escalier, suivis de bruits de pas que l'on prenait soin de camoufler. Il régnait aussi une vague odeur de fumée, une odeur de feu de bois, et pas seulement celle de la poudre d'arme à feu. Jon hésitait à parler aux autres de ces flammes et des caisses de munitions dans l'armurerie.

Au bout du compte, il décida de s'en abstenir. Pour l'heure, ils n'y pouvaient rien, si ce n'est accélérer le mouvement. S'enfuir aussi vite que possible. Ce qu'ils étaient déjà en train de faire.

« Terminé », leur lança Peter d'une voix feutrée.

Jon et Randi lâchèrent une autre salve sur le premier légionnaire qui se montra, et il détala à toute vitesse.

Ensuite ils coururent à la suite de Peter. Tous trois étaient parvenus à la hauteur d'un autre couloir croisant le premier, à l'autre bout de la tour, lorsque le pain de plastic de Peter explosa dans une déflagration assourdissante qui les projeta violemment en avant, face contre terre. Derrière eux, le couloir s'effondra en un monceau de pierraille, au milieu de la fumée. Loin devant, Thérèse se tenait sur le seuil d'une des pièces de la tour, leur faisant signe d'avancer.

En toussant, Peter extirpa une grenade de sa ceinture-filet et s'agenouilla à un endroit où il pouvait surveiller l'éboulement fumant.

De nouveau, Randi et Smith coururent. La pièce possédait trois étroites fenêtres ainsi qu'une quatrième, de plus grande taille, et c'était là que Thérèse et Marty les attendaient, avec impatience.

« D'ici, on peut voir l'hélicoptère », fit Marty à Randi. Mais ce fut aussitôt pour s'inquiéter. « Il a vraiment l'air petit.

— Ça ira, si on peut arriver jusque-là. » Elle crocheta son petit grappin dans une faille de la muraille de la tour, à l'extérieur de la fenêtre, lança le câble gainé de Nylon vers les remparts sept étages plus bas, se glissa dans le harnais et se jeta dans le vide.

« A toi, tu es le suivant, Marty, lui dit Jon dès qu'elle eut atterri.

— Oh, très bien. » Marty s'assit sur le rebord de la fenêtre et ferma les yeux. « Face au danger, je me suis endurci. »

Le harnais fut presque instantanément de retour. Thérèse et Smith le sanglèrent dedans et le firent descendre de l'autre côté. Marty atterrit, le harnais remonta à toute vitesse, et Thérèse suivit le même trajet que Marty juste à l'instant où une grenade explosait dans le corridor d'accès.

Il y eut des cris et des hurlements, et Peter déboula dans la pièce. Il avait une expression particulièrement sombre.

« Me voilà, Jon. On dégage. »

Jon lui indiqua la fenêtre.

« Toi le premier, Peter. L'âge prime sur la beauté.

— Avec une remarque pareille, mon garçon, tu mériterais de rester ici. » Peter passa sa dernière grenade à Jon et se laissa glisser par-dessus le rebord de la fenêtre, juste au moment du retour du harnais.

Alors que Howell se harnachait et disparaissait dans le vide, Jon attendit, en fixant la porte du regard. Il avait le cœur battant.

Lorsque le harnais réapparut, il l'attrapa au vol et l'enfila promptement. Juste à cet instant, deux légionnaires firent irruption dans la salle. Suspendu en l'air au-dessus du parapet, Jon tira sur la goupille, lança la grenade qui décrivit une parabole et libéra le cliquet pour se laisser descendre le long de la muraille du château.

Il filait vers le sol, la détonation secoua violemment le filin, et il sentit le grappin qui se libérait. Il avala une grande goulée d'air, sentit sa vitesse augmenter dangereusement. Il espérait avoir le temps de toucher le sol avant que le grappin ne se décroche tout à fait. Il vit l'épaisse fumée grise s'échapper d'une des fenêtres de la tour, et sa poitrine se comprima.

Enfin, pile à la seconde où ses pieds touchaient le rempart, le crochet jaillit, s'abattit au sol et faillit le heurter. C'est avec soulagement qu'il vit Peter, Marty et Thérèse déjà en train de courir en direction de la barbacane, où était stationné le petit hélicoptère de reconnaissance.

Des hurlements éclatèrent, qui ne venaient pas de là-haut, mais de la paroi du rempart.

« Cette fois, c'est le Croissant Armé ! hurla Randi. Plus vite ! »

Jon et Randi foncèrent derrière leurs amis. Peter était aux commandes de l'hélicoptère, la carlingue déjà frémissante, les pales tournoyant lentement. Thérèse et Marty étaient sanglés sur les sièges des passagers. Jon et Randi bondirent à bord, eux aussi.

Peter décolla, basculant brutalement l'hélico dans un virage serré pour s'écarter du château, tandis que les premiers spadassins du Croissant Armé étaient en vue, tirant en pleine course.

Des balles transpercèrent les cloisons et ricochèrent sur les montants du train d'atterrissage. Tous les occupants avaient le souffle court. Ils échangèrent des regards silencieux, incapables de parler, et Peter tâchait d'éloigner encore davantage l'appareil du château de granit rouge du comte de La Porte. Les étoiles déployaient leurs scintillements dans le ciel de la nuit, intact et lisse, comme si de rien n'était. Jon songea au général de La Porte, au Croissant Armé, à toute la dévastation et la terreur de ces derniers jours, et se demanda une fois de plus comment il pouvait se commettre tant de mal au nom du bien.

A presque deux kilomètres du château, ils commençaient à peine à se détendre quand ils entendirent un grondement volcanique. L'air autour d'eux en fut secoué, et l'hélicoptère trembla.

Ils se retournèrent vivement sur leurs sièges, juste à temps pour voir la tour est du Château La Rouge disparaître dans une éruption de pierrailles et de feu. Des flots de fumée s'élevèrent en tourbillons. Des flammes rouge et or montèrent à l'assaut du ciel nocturne. Des débris flottaient en l'air en scintillant.

« Bon Dieu, Jon, s'écria Peter. Impressionnant. Que s'est-il produit ? » Il vira, pour placer l'hélicoptère face au château. Il resta là en vol stationnaire pour qu'ils puissent contempler ce spectacle.

« Oui. Enfin, j'avais l'intention de vous en toucher un mot, avoua Jon.

— Toucher un mot de quoi ? lui demanda instantanément Randi. Qu'est-ce que tu nous as caché ? »

Jon haussa les épaules.

« Des munitions. Des caisses de munitions stockées dans le fond de l'armurerie. »

Peter éleva la voix.

« Tu as fait exploser une grenade dans une salle où étaient entassées des munitions ? Et tu ne nous as pas avertis ?

— Hé, c'était pour que vous ne remarquiez pas ces caisses, se défendit Jon, quelque peu vexé. Faut-il que je vous mette le nez sur tout ? En plus, ces munitions étaient assez loin.

— N'aie pas mauvaise conscience, Peter, intervint Marty, toujours serviable. Moi non plus, je ne les avais pas vues, ces munitions. »

Thérèse était devenue livide.

« Et moi non plus et, après coup, je ne m'en plaindrai pas.

— Tout le but de ce long et dangereux exercice, c'était de supprimer la menace de l'ordinateur ADN. » Randi ne quittait pas Jon des yeux, réprimant un sourire devant l'air coupable qui entachait son beau visage. « Tu as réussi, Jon. Avec cette grenade, tu l'as fait sauter.

— Nous avons réussi, rectifia Jon, envers et contre tout. »

Peter hocha la tête d'un air bourru. Puis il sourit.

« Sommes-nous prêts à rentrer au bercail ? »

Pendant une pleine minute supplémentaire, ils continuèrent de contempler l'incendie qui se propageait dans le vieux et majestueux château, là-bas, au loin. Puis Peter fit basculer l'hélicoptère dans un long virage lent, s'apprêtant à reprendre leur vol en direction de Paris. Jon et Randi sortirent leurs téléphones portables pour transmettre à leurs chefs respectifs un rapport complet des événements. Thérèse se cala dans son siège et soupira avec lassitude.

« Vous voyez ces petites taches brillantes dans le ciel ? demanda Marty sans s'adresser à personne en particulier, les yeux tournés vers l'est. On dirait des ampoules électriques. Quelqu'un peut me dire ce que c'est, en réalité ? »

Tout le monde fixa du regard ces points lumineux qui n'arrêtaient pas de grossir.

« Des hélicoptères de l'OTAN, remarqua enfin Jon. J'en ai compté une vingtaine.

— Ils se dirigent vers le château, compléta Randi.

— J'en déduis que ton message a bien été reçu, Jon. » Marty raconta aux autres que Jon lui avait griffonné un code destiné à alerter ses supérieurs pour qu'ils s'orientent sur le château La Rouge. « Je l'ai expédié juste avant que Jon détruise le prototype. »

Soudain, la nuit sombre parut se remplir d'aéronefs – de gros hélicoptères de transport de troupes auprès desquels leur Bell de reconnaissance paraissait minuscule. Les nouveaux venus volaient en formation impeccable, en faisant route au nord. Le clair de lune les faisait luire comme des bêtes d'un autre monde, et leurs pales ressemblaient à des épées argentées tournoyantes.

Ce déploiement de force était à couper le souffle. Les gros hélicos atterrirent au milieu des champs éclairés par la lune, sans rompre la formation. Les soldats de l'OTAN sautèrent des appareils, se déployèrent et coururent vers le château incendié, léché par des flammes toujours plus hautes qui s'étaient apparemment propagées dans la moitié de l'édifice. Il émanait de tous les mouvements de ces troupes une précision et un air décidé des plus rassurants.

« Pas déplaisant de voir l'OTAN en action », commenta Jon, en recourant à ce puissant euphémisme.

Marty approuva d'un hochement de tête, avec un soupir.

« Peter, nous en avons vu assez. Ramène-nous à Paris. Je veux rentrer chez moi.

— Et tu n'as pas tort », fit Peter, puis ils reprirent leur vol.

Epilogue

Un mois plus tard,
Fort Collins, Colorado

C'ÉTAIT l'une de ces journées ensoleillées de juin qui ont fait la réputation du Colorado. De grands ciels bleus, un air embaumé et le parfum aromatique des sapins flottant dans une brise légère. Jon entra dans le bâtiment fonctionnel qui abritait les laboratoires secrets du CDC-USAMRIID où, en compagnie d'autres scientifiques, il travaillait à la création du « premier » ordinateur moléculaire au monde.

Il adressait des signes de tête aux laborantins, aux secrétaires et aux administratifs, en les saluant par leur nom, et ils répondaient à ses salutations. Pour certains d'entre eux, c'était la première fois qu'ils le revoyaient depuis son départ, et ils prenaient le temps de s'arrêter pour lui dire à quel point c'était formidable de le voir de retour. Comment allait sa grand-mère?

« Elle nous a flanqué à tous une sacrée frousse, répétait-il invariablement. Elle a failli mourir. Enfin, maintenant, elle est sur la voie de la guérison. »

Quand il était arrivé sur ce campus universitaire rudimentaire de l'université d'Etat du Colorado, deux jours plus tôt, tous les événements de France, d'Espagne et d'Algérie étaient encore frais, même si la tension commençait de se dissiper. Ainsi, la mémoire pouvait être une bénédiction : ne retenir que le meilleur et oublier le pire. Il avait passé dix jours avec Fred Klein, à tout revoir dans les moindres détails. Les fichiers du Réseau Bouclier s'étoffaient, et chaque nouvel élément d'information, le nom, le lieu et les tenants et aboutissants concernant tous les individus susceptibles de nuire à autrui sur une grande ou une petite échelle fournirait du grain à moudre pour le futur. Au sommet de cette liste figurait le chef des terroristes, M. Mauritania, qui était parvenu, on ne savait comment, à échapper à la dévastation du château. Il avait disparu, s'évaporant avec toute la fluidité des tuniques blanches qu'il affectionnait.

D'après ce qu'avait pu apprendre Jon, quelques autres membres du

Croissant Armé avaient réussi à s'en sortir en sa compagnie. On n'avait pas dénombré autant de corps de terroristes que Jon, Randi et Peter l'avaient estimé dans leurs rapports respectifs. Toutefois, on avait retrouvé le cadavre d'Abu Auda avec plusieurs balles dans le dos. Naturellement, personne ne savait qui avait tiré sur lui, puisqu'on n'avait pas capturé un seul survivant – légionnaires renégats ou terroristes – dans les décombres enflammés du château.

Même le général qui s'était finalement révélé l'instigateur de toute l'affaire, Roland de La Porte, était mort. Une balle en pleine tête lui avait fracassé la moitié du crâne. Il avait réussi à trouver le temps de s'habiller en uniforme, la poitrine couverte de médailles et de rubans, avant de se tirer cette balle dans la tempe. Il avait le pistolet dans la main, et sa tunique impeccablement repassée était imbibée de sang.

A certains égards, c'était là une triste fin, songea Jon en montant l'escalier conduisant à la salle de réunion. Tout ce potentiel dévoyé. Mais c'était bien là tout le problème, et la raison d'être du Réseau Bouclier. Fred Klein avait transmis aux services de renseignement de l'armée une version édulcorée du rapport de Jon, en guise de couverture pour le poste qu'il était censé occuper en leur sein. De la sorte, si le général Carlos Henze, Randi Russell, ou même Thérèse Chambord se penchaient sur sa situation, ils découvriraient qu'il avait été engagé comme agent indépendant, en toute légalité.

Personne n'aimait croire la vie aussi fragile qu'elle l'était en réalité. Aussi, les différentes agences de renseignement avaient formé le carré face aux médias, et la CIA, le Département de la Défense et le Bureau ovale avaient bétonné leurs versions de l'affaire, où il était question de génies du piratage informatique, de virus tout à fait inédits et de la solidité de l'armée américaine et de tous les réseaux de communication. Avec le temps, tout ce grabuge se dissiperait sans laisser de traces. Les gens passeraient là-dessus. D'autres crises surviendraient. Cette affaire informatique avait déjà disparu de la première page des journaux et sombrerait bientôt irrévocablement dans les oubliettes.

Jon entra dans la salle de conférences et prit place dans le fond, tandis que ses collègues chercheurs prenaient la file. C'était la réunion hebdomadaire au cours de laquelle ils discutaient des nouvelles possibilités expérimentales qui leur paraissaient prometteuses dans leur élaboration d'un projet d'ordinateur moléculaire. Ils formaient une équipe hétéroclite, joviale, d'une grande intelligence, et assez incontrôlable. Des anticonformistes. Les meilleurs scientifiques avaient toujours un côté solitaire. Sans quoi, ils ne seraient pas intrigués par l'inexploré. Quelqu'un faisait passer du café. L'odeur se répandait dans la salle. Deux scientifiques sortirent en courant chercher des tasses.

Le temps que tout le monde se soit installé, il y avait là une trentaine d'hommes et de femmes entassés sur des chaises pliantes en métal.

Après que l'ordre du jour eut été passé en revue, le ténor de l'équipe confia la conduite de la réunion à Jon.

Il vint prendre la parole devant les premiers rangs. Derrière lui, les fenêtres donnaient sur le campus verdoyant du Colorado.

« Vous vous êtes probablement tous demandé où j'avais bien pu disparaître ces dernières semaines, commença Jon, le visage grave. Eh bien...

— Tu était parti, Jon ? s'écria sur sa gauche Larry Schulenberg. Ça m'avait échappé. »

Au milieu de l'éclat de rire général, d'autres renchérirent.

« J'avais pas remarqué... », « Tu es sûr, Jon ? Je n'ai pas rêvé ?... », « Ah oui ? Vraiment ? »...

« Très bien, fit Jon, riant à son tour. J'imagine que je l'ai bien mérité. Permettez-moi de formuler la chose autrement. Au cas où quelqu'un l'aurait éventuellement remarqué, j'ai été absent. » Il reprit son air sérieux. « J'ai notamment mis cette période à profit pour réfléchir à notre travail à tous. Il se pourrait que j'en aie retiré quelques notions, quelques idées nouvelles. Par exemple, j'en suis venu à me dire que nous avions négligé la possibilité d'utiliser des particules émettrices de lumière en guise de commutateurs. Avec ces molécules, nous pourrions obtenir mieux qu'une simple commutation marche-arrêt, nous pourrions obtenir des gradations, comme avec un atténuateur de lumière.

— Tu parles d'employer des molécules pas seulement pour le calcul, intervint Larry Schulenberg, mais aussi pour détecter les calculs.

— Ça, s'exclama quelqu'un d'autre, l'air surexcité, ce serait un drôle d'exploit !

— Ensuite on pourrait capter la lumière par des moyens convention-nels et la transcrire, spécula un troisième scientifique. Cette énergie de la lumière serait peut-être absorbée par une espèce de plaque revêtue de métal qui pourrait ensuite émettre cette énergie. »

Jon approuva de la tête, tandis que les uns et les autres continuaient ces échanges animés.

Il finit par les interrompre.

« L'autre problème que nous avons rencontré concernait la possibilité d'avoir un flux d'informations réversible, aussi simplement que sur un ordinateur au silicium. Le cas échéant, la solution consisterait à se servir d'une deuxième interface entre nos molécules d'ADN et le commuta-teur. Vous savez, nous avons limité nos conceptions à des supports matériels en dur... mais il n'y a aucune raison pour rattacher nos molécu-les d'ADN à des puces. Pourquoi ne pas recourir à une solution chimi-que ? Cela nous apporterait davantage de souplesse.

— Il a raison ! hurla quelqu'un. Pourquoi ne pas nous diriger vers une solution à base de gels biomoléculaires ? Roslyn, est-ce que tu n'as pas fait ton doctorat sur les biopolymères ? Arriverait-on à adapter cette nouvelle technologie des packs de gel ? »

Le Dr Roslyn James prit la parole quelques minutes, en s'aidant de croquis qu'elle traça sur le tableau blanc assez usé, mettant ainsi le groupe rapidement à jour sur les derniers progrès de la recherche sur les biogels.

La réunion revêtit vite une existence propre. Certains prenaient déjà des notes. D'autres lançaient des avis et des idées supplémentaires. Un élément menait à un autre, et bientôt toute la salle fut envahie de conversations. Jon resta avec eux, et ils cogitèrent ensemble toute la matinée. Il n'en sortirait peut-être rien. Après tout, il devait exister plus d'un moyen de créer un ordinateur moléculaire, et Jon ne détenait pas suffisamment de détails sur le chef-d'œuvre d'Emile Chambord pour être en mesure d'apporter des réponses susceptibles de mener à une reproduction facile de ce prototype. En revanche, il était capable de leur proposer un bon point de départ.

Ils firent une pause pour le déjeuner. Certains allaient continuer la discussion pendant et après le repas, tandis que d'autres allaient directement regagner leur labo, dans l'intention de suivre leurs propres lignes de recherche.

Jon emprunta le couloir d'un pas nonchalant, dans l'intention de rejoindre la cafétéria. Ensuite, pour lui, ce serait un retour direct au labo. Il avait hâte de se remettre à son travail. Il songeait à ces polymères lorsque son téléphone portable sonna.

Jon répondit.

« Bonjour, colonel. C'est Fred Klein. » Il avait un air joyeux, un ton de voix très différent de ce qu'il était quelques semaines auparavant.

Jon rit sous cape.

« Comme si je ne vous avais pas reconnu. »

Quelqu'un attrapa Jon par le bras. Il tressaillit. Et se ressaisit. S'il avait été interrompu dans son coup de fil par la pétarade d'un moteur, il savait que cela aurait suffi pour qu'il plonge se mettre à couvert. Il allait lui falloir un certain temps pour s'habituer à la sécurité de la vie ordinaire, mais il était prêt. Son corps et son esprit étaient presque guéris, mais enfin... il était surtout assez las.

« Jon, tu vas te joindre à nous ? lui demanda Larry Schulenberg, en jetant un coup d'œil sur le téléphone portable que Smith tenait en main.

— Ouais. Dans cinq minutes. Garde-moi une tranche de rôti. Il faut d'abord que je prenne un appel. »

Schulenberg eut un grand sourire, la lumière du plafonnier fit scintiller le diamant qu'il portait à l'oreille, où elle se refléta avec un éclair bleu argenté qui rappela à Jon les packs de gel de Chambord.

« Une conquête ? s'enquit poliment Schulenberg.

— Pas encore. Tu seras le premier à le savoir, lui promit Smith.

— D'accord. » Schulenberg éclata de rire de bon cœur et entra dans l'ascenseur.

« Ne quittez pas, Fred, fit Jon dans l'appareil. Je sors du bâtiment, que l'on puisse se parler. »

Le soleil de midi était brûlant. Ses rayons perçaient l'air limpide des montagnes comme des lasers. Il franchit la porte et descendit les marches. Etre ainsi dans les montagnes lui rappelait Peter. La dernière fois qu'ils s'étaient parlé, Peter était de retour dans son repaire de la Sierra, se dérobant aux propositions officielles de Whitehall. Les services britanniques avaient un nouveau projet à lui soumettre, et il n'était guère enthousiaste. Naturellement, il n'allait pas révéler à Jon de quoi il s'agissait.

Jon mit ses lunettes de soleil.

« Je suis tout ouïe, fit-il dans le micro du portable.

— Avez-vous parlé avec Randi, dernièrement ? s'enquit Fred, sur le ton de la conversation.

— Bien sûr que non. Elle est je ne sais où, en mission. Mais Marty m'a envoyé un e-mail ce matin. Il s'est installé chez lui et jure qu'il ne quittera plus jamais son domicile.

— Ce n'est pas la première fois que nous entendons cela. »

Jon sourit.

« Vous vous inquiétez pour moi.

— Croyez-vous ? Eh bien, je suppose que ce n'est pas faux. Vous avez vécu des moments assez difficiles, là-bas.

— Nous avons tous vécu des moments difficiles. Vous aussi. C'est rude, d'être dans la coulisse, à attendre, sans savoir. » Dans tout cela, il subsistait une inconnue qui tracassait Smith. « Et qu'en est-il de Mauritania ? A-t-on la moindre information à son sujet ?

— En fait, c'était lui, le motif officiel de ce coup de téléphone. Vous ne m'avez pas permis d'aborder tout de suite le sujet. J'ai de bonnes nouvelles. On l'a repéré en Irak. Un agent du MI6 a informé sa hiérarchie au sujet d'un homme qui correspond à sa description, et ensuite des témoins oculaires ont confirmé que c'était une touche sérieuse. A présent, nous ne tarderons plus à l'attraper, ce Mauritania. »

Jon songea de nouveau aux péripéties de cette poursuite de Chambord et de l'ordinateur moléculaire, à Mauritania, à sa volonté sans pitié de troquer la mort d'autrui contre l'accomplissement de ses rêves.

« Bien. Quand vous l'aurez trouvé, tenez-moi informé. Entre-temps, je reprends le collier, ici. Nous avons un ordinateur ADN à fabriquer. »

Dans la collection « Grand Format »

SANDRA BROWN
Le cœur de l'autre

CLIVE CUSSLER
Atlantide
L'or bleu
L'or des Incas
Onde de choc
Raz de marée
Serpent
Walhalla

MARGARET CUTHBERT
Extrêmes urgences

LINDA DAVIES
Dans la fournaise
L'initiée
Les miroirs sauvages
Sauvage

ALAN DERSHOWITZ
Le démon de l'avocat

JANET EVANOVICH
Deux fois n'est pas coutume
La prime

JOHN FARROW
La ville de glace
Le lac de glace

GIUSEPPE GENNA
Au nom d'Ismaël

GINI HARTZMARK
A l'article de la mort
Crimes au labo
Mauvaise passe
Le prédateur
La sale affaire
La suspecte

PAUL KEMPRECOS
Blues à Cap Cod
Le meurtre du Mayflower

ROBERT LUDLUM
La trahison Prométhée
Le complot des Matarèse
Opération Hadès
Le pacte Cassandre
Le protocole Sigma

STEVE MARTINI
Irréfutable
L'avocat
Le jury
La liste
Pas de pitié pour le juge
Principal témoin
Réaction en chaîne
Trouble influence

Cet ouvrage a été imprimé par

FIRMIN DIDOT

GROUPE CPI

Mesnil-sur-l'Estrée

pour le compte des Éditions Grasset
en avril 2004

Imprimé en France
Première édition, dépôt légal : mars 2004
Nouveau tirage, dépôt légal : avril 2004
N° d'édition : 13278 - N° d'impression : 68037
ISBN : 2-246-60051-0
ISSN : 1263-9559